Danske Studier

Axel Olrik

DANSKE STUDIER

UDGIVNE AF

MARIUS KRISTENSEN OG AXEL OLRIK

1904

FOR UNIVERSITETSJUBILÆETS DANSKE SAMFUND

KØBENHAVN

DET SCHUBOTHESKE FORLAG

H. H. THIELES BOGTRYKKERI

INDHOLD

FOLKEMINDER

FRA SPROG OG LITERATUR

SKRIFTER AF FØLGENDE FORFATTERE FINDES ANMÆLDTE

(De udførlig omtalte er mærkede *.)

H. F. Feilberg (Jul, Ordbog) 220, *S. Grundtvig* (æventyr, 2. udg.) 41, **J. Jakobsen* (Færøske sagn) 42, *E. T. Kristensen* (Æventyr, Skæmteviser) 41. 220, *F. v. d. Leyen* (Märchen in der Edda) 43, **Moltke Moe* (Eventyr gåder og sligt, Norvegia) 44. 45, **S. Müller* (Solbilledet fra Trundholm) 65, **C. Nyrop* (Håndværksskik, Gewohnheiter) 222. 224, *A. Olrik* (Danmarks heltedigtning I, Danmarks gl. folkeviser) 45. 220, **Hortense Panum* (Strengeinstrumenter) 221, **A. Rittershaus* (Neuisl. volksmärchen) 42. 43, **H. Schück* (Ur sagans historia) 44, **R. Steffen* (Sv. sagböcker) 41.

**A. A. Bjørnbo* og *Carl S. Petersen* (Cl. Swart) 210, *E. Magnússon* (Kristine-legenden) 126, *M. Vibæk* (Verner) 123, **L. F. A. Wimmer* (Runemindesmærker) 126. 234, *J. Aakjær* (Blicher) 126.

R. G. Berg (Den poetiska friheten) 124, *H. Falk* og *A. Torp* (Etymologisk ordbog) 124, *E. Gigas* (Ufrivillig komik) 123, *B. Hesselman* (Stafvelseförlängning och vokalkvalitet) 125, *Th. A. Hjelmquist* (Namn med sekundär användning) 122, *Anker Jensen* (Indfødt og fremmed) 123, **J. M. Jensen* (Vendelbomål) 125, *O. Jespersen* (Sprogrøgt, Sprogets begyndelse) 123, *A. Kock* (Barnspråk, Accent) 123, *E. Lidén* (alda) 122, *E. Ljunggren* (Passiar) 128, *Karl Mortensen* (Versbygning) 124, *A. Noreen* (Ordens död, De nordiska språken, Vårt språk) 121. 124, *K. Nyrop* (Ordenes liv) 121, *H. Pipping* (Eddametrik, Verner) 123. 124, *J. Reinius* (Transferred appellations) 122, *O. Rygh* (Personnavne, Norske gårdnavne) 124, *Per Sprogvild* (Sprogavl) 122, **P. K. Thorsen* (Folkesprog i Sønderjylland, Dialekt ved Husum) 125, *K. Verner* (Afhandl. og breve) 123, *H. G. Wiwel* (Synspunkter) 124.

KONG LINDORM

AF

AXEL OLRIK

FOLKEÆVENTYRENE er ikke stedt så gunstig, som folkeviserne er her i Danmark, at en dannet almenhed følger med forskningens arbejde og resultater, og at folket i det hele sætter en ære i denne digtning. Hverken nationale æresfølelser eller lyst til forskning sættes i gang, fordi æventyrene nævnes; for de voksne er de kun et halvdødt navn; og alene i barnets læsning, eller dets lytten, hævder de århundredgamle fortællinger en plads ved siden af nyere digterværker, der også kalder sig med navnet „æventyr“, men er af væsenlig forskellig art.

Og indenfor videnskaben er æventyrforskningen på sit förste trin, som slet ikke er let at komme over. Alene det at registrere, hvad der hører sammen, fra de hundreder af æventyrsamlinger, der er indhøstede hos jordens store og små folkeslag, var så kolossalt et arbejde, at et slægtled af forskere blev næsten helt til registermænd. Först nu er det, at vi kan ligesom løfte öjnene fra papiret og se ud over landene, hvor vi overskuer den samlede vækst af hvert enkelt æventyr. Men netop forskningens nyhed er tiltrækkende. Der er så få æventyr, der er kortlagte, og så mange der er ukendte. Her er jomfruelig jord, der giver grøde; fordi den hele egn er så ny, går forskeren derigennem med opladt öje.

Det er en sådan lille vandring, jeg byder læseren med til, beskeden i forhold til æventyrrejsernes sædvanlige længde, og dog fuld af nye scener og vekslende landskaber. Sit særpræg vil vandringen få ved, at vi ikke blot skal se ud over vidderne, men også granske æventyrets daglige liv, således som det former sig i den enkelte fortællers mund, studere dets biologi så at sige.

Men lad mig begynde med at fortælle et æventyr, det er vel de færreste der kender det på forhånd.

Kong Lindorm

Der var en konge, som havde så dejlig en dronning. Den tid de havde bryllup og gik til sengs den förste nat, da var der ingenting skrevet på deres seng; men da de stod op, stod der skrevet på den, at de skulde ingen børn have sammen. Kongen blev meget bedrøvet herover, men dronningen endnu mer; hun tykte, det var så tungt de ingen arving skulde have til deres rige. En dag gik hun i dybe tanker; og så mødte der hende en gammel kælling, der spurgte om hun turde vide, hvad dronningen var så harm for. Dronningen så op og svarede: „Å, det kan ikke hjælpe noget at sige dig det; det er en ting du ikke kan hjælpe mig i.“ — „Å, det kunde endda hændes,“ sagde den gamle, og bad at hun vilde sige det. Ja, hun kunde da sagtens sige det; og sagde så, hvordan der stod skrevet på deres seng bryllupsnatten, at de ingen børn skulde have, og det var hun så harm for. Det skulde hun nok sige råd for, sagde den gamle. I aften, når solen gik ned, skulde hun tage en kovs — sådan et lille drikkekar med to ører — og hvælve den om i nordvesthjörnet af haven; imorgen, når sol løb op, skulde hun tage den igen; så stod der to roser under den, en rød og en hvid. Tog hun den røde og spiste, så blev det en dreng; tog hun den hvide, så blev det en pige; men hun måtte ikke tage dem begge to.

Dronningen gik hjem og gjorde som den gamle havde sagt. Om morgenen, da sol løb op, gik hun også ned i haven og tog kovsen op; da stod der to roser, en rød og en hvid. Nu vidste hun ikke, hvilken hun skulde tage og spise. Tog hun den røde, og det blev en dreng, kunde han komme i krig og blive slagen; og da havde hun endda ingen børn. Så vilde hun hellere tage den hvide; det blev en pige, hun kunde blive hjemme hos dem, og siden kunde hun blive gift og få et andet kongerige. Den tog hun da og spiste; og den smagte hende så fortræffelig god, at hun også tog den røde og spiste. Hun tænkte ved sig selv, at skulde hun nu få tvillinger, så gik det da ikke hårdere til.

Nu traf det sig så, at i samme tid var kongen i krig; og da dronningen mærkede, at hun var med barn, skrev hun ham til og lod ham det vide, hvorover han blev meget glad. Det stod nu hen, og tidens fylde kom at hun skulde føde; men da fødte hun en lindorm til verden. Så snart han var født, grov han sig ned under sengen, og ingen så hvor han blev af. Men höjere op på samme dag fødte dronningen et drengebarn; og så blev der ikke talt mere om lindormen. Da kongen kom hjem i sit rige, var han meget glad over den prins, der var født ham; og sådan stod det hen, lige til prinsen var så stor at han skulde giftes. Der blev spændt seks heste for en kongelig vogn, og så agede han ud for at finde sig en prinsesse, der var fin nok for ham. Men ved den förste korsvej, de kom til, kunde de ikke komme længere; for da lå der en uhyre lindorm midt i vejen med opspærret gab, og den råbte: „Giv mig en brud, förend du får en!“ Der var ikke andet for, end at den kongelige vogn måtte vende om igen og prøve at komme frem ad en anden vej. Men hvad hjalp det? Den förste korsvej de kom til, dær lå lindormen og sagde: „Giv mig en brud, förend du får en!“ Så måtte prinsen vende hjem til slottet uden at komme til fremmede konger; og hans moder dronningen måtte gå til bekendelse om, hvordan hun havde spist både den røde og den hvide rose, og om lindormen som hun havde født til verden. Der var altså ikke andet for, end at man måtte se at skaffe lindormen en brud, förend hans yngre broder kunde giftes. Kongen skrev da til et fremmed land om en brud til sin sön, og hun fik ikke set sin brudgom, för hun stod ved siden af ham i den sal, hvor de skulde vies; og om aftenen blev de begge ført til brudekammeret. Men da man så ind i kammeret næste morgen, da var der helt blodigt, og lindormen lå der alene.

Da der var gået nogen tid derefter, skulde prinsen igen ud at finde sig en prinsesse, og han agede af sted i en kongelig karet med seks heste for. Men ved den förste korsvej de kom til, lå lindormen igen dær med opspærret gab og sagde: „Giv mig en brud, förend du får en.“ Så måtte vognen jo vende om, og de var lige vidt.

Nu skrev kongen til mange kongeriger, om der var nogen som vilde have kongens sön; og der kom atter en prinsesse, endnu mere langvejs fra end den forrige. Hun fik ikke sin brudgom at se, för hun var i den sal, hvor de skulde vies i, og da var det lindormen, der stod ved hendes side. Om aftenen blev de ført til brudekammer begge to; men om morgenen var kun lindormen der, og kammeret var helt blodigt.

Da prinsen næste gang rejste ud, kom han ikke længere end til den förste korsvej; dær lå lindormen med opspærret gab og bad om en brud. Prinsen kom da tilbage til slottet, og sagde at kongen måtte sörge for brud til hans ældre broder. „Nu véd jeg knap udvej mer," sagde kongen, „jeg har gjort mig uvenner med to mægtige konger, hvis døtre er kommen her til brud; så nu véd jeg aldrig, hvor den tredje brud kan skaffes."

Nede ved skoven lå et bitte hus; dær boede kongens fårehyrde. Han var en gammel mand og havde en datter. Ham går kongen ud til og siger: „Hør, god mand, vil du ikke lade mig få din datter til min sön?" — „Å nej," siger han, „det kan jeg ikke göre; for ét er det, at jeg har kun det ene barn til at forsörge mig i min alderdom, og for det andet, så da han ikke vilde spare sådanne dejlige prinsesser, så sparer han heller ikke hende; og så synes jeg det er synd." Men kongen vilde have hende, og den gamle måtte give sit minde.

Den gamle fårehyrde går ind og fortæller datteren dette. Hun bliver meget harm og går ud i skoven i dybe tanker. Som hun kom dær, møder hun en gammel kælling, der også vilde ad skoven at plukke vilde bær og æbler; hun var gammeldags klædt i rødt skört og blå tröjebul. „Hvad er det, du er så harm for?" siger hun. „Jeg kan sagtens have grund til at være harm; men det kan ikke hjælpe at sige jer det; for det er ikke noget, I kan hjælpe mig til." — „Å, det kunde endda hænde," sagde den gamle, „sig det kun." — „Ja, det er sådan, at jeg skal have kongens sön, og det er en lindorm; han har splittet to prinsesser ad, og nu véd jeg, at han splitter også mig ad." — „Å, der kunde være råd for det, når du vil lyde mig," sagde den gamle. Ja, det vilde hun. „Når du nu har stået for præsten med ham, og du véd du skal ind i kammeret, så skal du være i ti særke; og du skal forlange en balle fuld af lud og en balle fuld af sødmælk, og så mange ris som en karl kan bære i sin favn; og det skal sættes ind på kammeret. Så snart han byder dig at skyde din særk af, skal du byde ham at skyde hammen af; og siden skal du piske ham med ris og lud, og to ham i sødmælk og lægge ham i din arm, om det aldrig er så lidt."

Bryllupsdagen kom, og de kom og hentede hende med en kongelig vogn og kørte hende op på slottet; dær skulde hun nu pyntes til brud. Hun bad at de vilde skaffe hende ti hvide særke, som aldrig havde været brugt för, desuden et kar med sødmælk og et kar med lud, og så mange ris som en karl kunde bære i favnen fuld. Folkene på slottet fandt jo, at det var noget bondetossesludder og indbildning; men kongen sagde, at hvad hun forlangte skulde hun have. Nu blev hun jo klædt som den dejligste brud og kom ind i salen. Lindormen kommer også skridende ind og står ved siden af hende, og de blev viet sammen, som det sömmer sig for kongens sön. Om aftenen, da de var fulgt til brudekammeret, og dören var lukket, så siger han til hende: „Skön jomfru, skyd en særk!" — „Kong Lindorm, skyd en ham," siger hun. „Det har ingen budt mig för," siger han. „Nej, men det byder jeg dig nu." Og nu begyndte lindormen at vånde og klage sig, og den vred og skød sin ormekrop, indtil der lå en lang ormeham på gulvet ved den. Da drog hun sin øverste hvide særk af og kastede den over ormehammen. „Skön jomfru, skyd en særk!" sagde han igen. „Kong Lindorm skyd en ham." — „Det har ingen budt mig för." — „Men det byder jeg dig nu." Og med vånden og klage skød han den anden lange ormeham af sig, og jomfruen lagde sin anden særk over den. „Skön jomfru, skyd en særk," sagde han igen. „Kong Lindorm skyd en ham." — „Det har ingen budt mig för." — „Men det byder jeg dig nu." Og atter skød han sin ormeham, og jomfruen lagde sin særk over; — og sådan hver gang, indtil der lå ni stygge ormehamme i brudekammeret, og en snehvid særk på hver af dem, og lindormen var ikke anderledes end som en stor klump af blodigt kød. Da greb hun risene og dyppede dem i lud, og piskede hans krop så tæt hun kunde. Og da hun havde pisket ham, toede hun ham i sødmælk, og til sidst slæbte hun ham hen i sengen og lagde ham i sin arm.

Næste morgen tidlig kiggede kongen og hoffolkene ind gennem nöglehullet, for at se hvad der var blevet af pigen; de turde jo ikke gå derind. Men de kunde ikke se blodspor. Så lindede de på dören og keg igennem sprækken; og da lå der i sengen pigen sund og hel, og den dejligste kongesön ved siden af hende. Og kongen løb og hentede dronningen, og der blev sådan en lykønskning over den brudeseng, som der aldrig har været over en brudeseng. Så kom de jo op og hen i et andet kammer for at blive påklædte — for det kammer så jo dårlig ud — og der blev holdt bryllup på ny med glæde og fornöjelse; og kongen og dronningen havde hende så kær; de vidste aldrig alt det gode de vilde göre hende, for det hun havde frelst ham.

Hvorledes æventyret er på folkemunde.

Hvad her ovenfor er givet, er ikke nogen enkelt overleveret form af æventyret; det er mit eget forsøg på at samfatte de mest karakteristiske træk. Af opskrifter fra folkemunde har vi i alt ni:

Fra Vendsyssel: S. Grundtvig, Gl. danske minder, I nr. 216; en utrykt opskrift (Grundtv. æv. 31 b) stemmer næsten helt dermed, men er kortfattet og tör i fortællemåden.

Fra Himmerland: E. T. Kristensen, Jyske folkeminder, XIII nr. 11.

Fra Vestjylland: 1. Skattegraveren, XI, s. 165, „Kong Lindorms dronning" (fra Vedersø); 2. „Lindormen" (fra Ulborg; E. T. Kristensens utr. æv. 1925).

Fra Sydsælland: „Olaf kongens sön", optegnet 1854 af en gammel bondekone [?] (Grundtv. æv. 31 c).

Fra Vestsælland: „De tre nødder", optegnet 1869 af lærer Th. Leth, der i sin barndom har hørt den af en gammel pige i Særslev ved Holbæk, „hun har atter hørt æventyrene af sin bedstemoder, som også levede dær i byen og var født 1743" (Grundtv. æv. 31 d).

Fra Vestskåne: „Prins Lindorm", Eva Wigström, Folkdiktning i Skåne, I s. 242.

Fra Sydskåne: „Kung Lindorm", Nicolovius, Folklifvet i Skytts härad (2. uppl. s. 42).

To af disse opskrifter rager langt op over alle de andre. Den ene er den fra Vendsyssel, fortalt i 1854 af en 67-aarig bondekone i Fureby ved Løkken, Maren Mathisdatter; med folkemålets malende styrke og friske foredrag, og med en egen ævne til at skabe tydelige billeder og træk i en vis gammel og storslået æventyrstil. Den anden er den skånske, som Eva Wigström har optegnet i Landskrona, mindre ejendommelig i ord og udmaling, — og måske mindre nöjagtig optegnet — men fuld af følelse for hvert optrins værdi, og med en ganske sjælden ævne til at lade hver lille detalje stå i umiddelbar sammenhæng med helheden.

Disse to tekster har jeg lagt til grund for min gengivelse. Jeg har lånt sceneri og ordlag fra den vendsysselske, og har strammet optrinnene op med den spænding og energi, som ligger i den skånske, — eller som ligger antydet i den skånske; ti som vi nu har teksten, fortaber den sig undertiden i bredere samtale, og det æventyrvante øre må gætte sig til den korte replik, der ligger bagved.

Af æstetisk værdi har de andre opskrifter ikke ret meget; de er eksempler på, at gamle overleveringer kan blive stående, ikke mere med frodig og blomsterrig krone, men med en handlingsstamme og med svagt grönnende eller visne grene, hvor ydre indflydelser allerede øver deres forvitrende værk. Men for æventyrets historie har den murkne opskrift ofte lignende værd som den løvrige; både den friske og den muldne stamme giver vidne om, hvor skoven en gang har vokset, og om det liv der har rørt sig.

Den förste iagttagelse vi gör, er at opskrifterne fordeler sig jævnt over et landområde fra Vesterhavet indtil Skånes kyst mod Østersøen, altså over hele det gamle danske område. Men i alle nærliggende lande har det hverken været mig eller de forskere, jeg har rådspurgt, muligt at finde noget spor af det[1]. Danske fortællere må på et eller andet tidspunkt være trådt i et særligt forhold til denne digtning; en enkelt fortæller må have bragt den frem, andre har villig lyttet efter og formet videre på den; den bliver kendt i alle danske landsdele, men mærkelig nok overskrider den ikke folkegrænsen. Det er ikke med dette æventyr, som med de fleste af dem der lyder på almuens læber, at den samme digtning forekommer i alle Europas lande og til dels endnu videre omkring. Kun i Sydeuropa skal vi træffe et afgrænset område, hvor det samme æventyr går igen med en bestemt afændring; og en fjærnere frænde skal vi træffe endnu længere bort. Men den danske overlevering viser sin kendelige udformning af stoffet. Foreløbig er det os dunkelt, hvor digtningen er født og båret; men her har det fået sine klæder skåret. Det er dette snit på dets klæder, vi först må agte på.

Allerforrest i æventyret møder vi handlingens udgangspunkt: kongens og dronningens barnløshed. Vor mærkelige opskrift fra Vendsyssel har haft ævne til at omskabe også det — på ægte æventyrmåde — i begivenhed: hvad der efter brudenatten „stod skrevet" på deres seng, — på én gang åbenbarelse af skæbnens lönlige vilje, og dog i sammenhæng med de pågældendes personlige liv.

Men snart kommer hjælpen i skikkelse af den gamle kone, der indfinder sig frivillig for at lindre dronningens sorg. I den skånske opskrift søger tjænerne at holde hende tilbage fra adgang

[1] Jf. Köhler, Kleinere schriften, I 306, og meddelelse fra professor J. Bolte i Berlin; Feilberg, Ordbog: lindorm, og hans utrykte tillæg til den; S. Grundtvigs æventyrregistrant, nr. 31. Dr. R. Steffen kender det ikke fra Sverig (udenfor de to trykte skånske).

til dronningen, og hun får kun adgang ved den dunkle hilsen at hun kender dronningens lönlige sorg. Denne fornemhed hos dronningen er måske ikke den ældste æventyrstil; men den virker til at göre tilhørerne endnu mere spændt på, hvori hjælpen skal bestå.

Midlet til at göre dronningen frugtsommelig skifter efter overleveringens steder. I den sællandsk-skånske gruppe er der to (tre) rødlög; i Jylland er man så poetisk at lade det være æbler eller roser, som hun skal spise. Men interessantere end disse stedlige forskelligheder er det at se forskellen mellem de rige og de tarvelige overleveringer. De tarvelige beretter kort og godt, at hun får dette middel af den gamle kone; vi er dermed i folketroens sædvanlige apotek af tryllemidler, og intet ud over det. De rigere former bygger vej henimod, at det sælsomme kan ske: dronningen skal bade sig, og når hun slår vandet bort, skal hun se hvad der er under karret, og da finder hun de to lög; eller hun skal hvælve en „kovs" i haven, og se hvad der gror op under den i løbet af natten.

Som sædvanlig er det den vestskånske form, der har den klart tænkte fremstilling: hun har fået forbud mod at æde lögene för hun har skrællet dem; i sin nysgerrighed og attrå æder hun det ene med skal på, og skræller kun det næste; derfor føder hun to børn, men den ældste bærer dyreham. For os, der er opvante med læsning af digterværker, er det mærkeligt at se, hvor svært de folkelige fortællere har ved at holde den klare sammenhæng fast. I Sydsælland famler man imellem forbuddet mod at spise lögene med skal og mod at spise dem för hun kom hjem; i Vestsælland er den sidste tanke enerådende. I Vendsyssel må dronningen ikke spise både den røde og den hvide rose; i Himmerland må hun ikke spise alle tre æbler men nok de to. Sådanne træk sætter os hen i en verden, hvor det går underlig tilfældig til, med kun svag sammenhæng mellem årsag og virkning; man kommer uvilkårlig til at holde med dronningen, der spiste begge roser, og tænkte at om hun fik tvillinger, så var det da heller ikke værre. Der er ganske vist mange europæiske æventyropskrifter, der bevæger sig i en sådan halvvejs uforståelighed; men en sammenligning imellem dem vil da snarest vise, at æventyret er i gang med sin opløsning. Og dog kan det ulogiske have en vis digterisk ynde ved mangelen på logik, især når det er fortalt med den anskuelighed som i vor Vendelboopskrift.

For resten findes motivet igen på norsk i et af de allermorsomste af Asbjørnsens eller rettere Jörgen Moes æventyr „Lurvehætte“ (Asbj. og Moe, I Nr. 59): efter tiggerkællingens råd slår dronningen badevandet under sengen, og om morgenen er der vokset to blomster op, en smuk og en styg, hun må kun spise den smukke; men den förste smager så sødt, at hun ikke kan lade være at spise den anden med, og så føder hun et stygt pigebarn med tjavsehætte og slev i hånden og ridende på en buk; „sörg ikke for det,“ siger hun, „der kommer snart en som er vakrere end jeg“; og så føder dronningen et vakkert og vænt pigebarn. Siden får den fremmede konge ikke lov at ægte den könne datter, uden at kongesönnen vil tage den grimme; han gör det nødtvungen, men på vejen til kirke spörger han hende ud om grunden til hendes styghed, — og da er hun forløst.

Jörgen Moe meddeler i noterne (2. udg. s. 493) en anden opskrift af æventyret: dronningen får af en vís kone to frø som skal sås under sengen; næste morgen er så to roser spirede op, hun skal spise den ene, men lade den anden stå; men hun spiser dem begge og føder så först en prinsesse, dernæst en „Bukketøs“ med krageskindskjortel og med køkkenslev i hånden; siden sendes de sammen til fremmed land, og Bukketøsen tvinger kongesönnen til at gifte sig med hende, at kongen må få hendes søster, og under bryllupet med kongesönnen forsvinder hendes omskabelse.

Denne fortælling om den vanskabte datter, der hjælper sin könne søster og dærved også selv forløses af stygheden, er i og for sig et andet æventyr end „Kong Lindorm“; vi har det foruden i Norge også på Island og i Italien. Men her i den norske form ligger begyndelsen så overraskende nær ved lindormeæventyret, at der må være en særlig forbindelse til stede. Overensstemmelsen gælder ikke blot indhold, men også sted. De to roser, der spirer op for at göre dronningen frugtsommelig, findes kun i opskripter fra Vendsyssel. De norske tekster af „Lurvehætte“ tilhører de nærliggende dele af Norge; den ene opgives at være „fra Åseral“, ɔ: fra det lille dalføre, der munder ud ved Norges sydligste købstad Mandal; den anden er „fra Våge“, formodenlig den nærliggende bygd i Ryfylke. Ligheden er så meget mærkeligere, som roserne sikkert er en ret ung afløser for æbler, lög, fisk eller andre mere materielle bestanddele, der sædvanlig tjæner som frugtbarhedsmiddel i æventyr og overtro. Det synes da, som „Kong Lindorm“ — ellers indskrænket til danske egne — har spredt sine yderste lette frø også til de sydligste norske bygder; det ligger efter indholdet mindre nær at formode en indvandring af „Lurvehætte“ til Vendsyssel.

Lindormebarnet bliver da født, men forsvinder foreløbig fra skuepladsen: jordemoderen kaster den ud ad vinduet, eller slipper den ud ad dören, eller den flyver selv ud gennem vinduet (sællandsk-skånsk). Vendelbo-opskriften har — med en egen sans for det roderi, der kan findes i et gammeldags bondehjem, — tænkt, at den grov sig ind under sengen og „havde sin handel (sit bosted) dær.“ Straks efter fødes en yngre broder, der vokser op på slottet. Således beretter den sællandsk-vestskånske gruppe; også i Himmerland véd man, at hun fødte en „prinsesse og en lindorm“. Ellers mangler denne yngre broder, ikke blot i alle de korte tekster, men også i den vendsysselske.

Det næste afsnit af handlingen begynder, da lindormen er voksen og kræver en brud. (De mest medtagne opskrifter — sydskånsk og vestjysk — begynder först fortællingen her). Vor ypperlige skånske tekst har sat det godt i scene: da den yngre broder skal køre ud at finde sig en brud, ligger lindormen i vejen for ham og kræver en brud, inden han får nogen. Også sydsællandsk antyder noget i samme retning; men de fleste æventyrfortællere hjælper sig uden så dramatisk en overgang.

Så kommer da bryllupet, eller brylluperne; Vends. har en beretning om at han to gange sønderriver prinsesser i brudenatten, tredje gang tages fårehyrdens datter til brud[1]. At det er den fattige pige der nødtvungen står brud, er de allerfleste overleveringer enige om: hun er datter af kongens fårehyrde, eller af en fisker eller husmand; oftere udmales det, hvorledes faderen ikke tör sige nej til kongens bud, og at han siden meddéler datteren det sörgelige budskab. Kun i Sydskåne er det „en fornäm mans dotter“; og den slidte overlevering fra Himmerland har en kuriøs beretning om at lindormen vilde „have kongeligt blod til ægte“, men at ingen fandtes villig, indtil „en gammel hofdame, der havde gået ved

[1] Sydsæll. har en forvirret beretning om en prinsesse, der afslår bryllupet, og da tager de den fattige pige.

kongens fader og moder", tilbød at ægte ormen og virkelig løste dens fortryllelse. Fint kulde det altså være[1].

En anden beretning har vi fra Vestskåne: man tager den ene „brottsliga kvinna" ud af fængsel efter den anden og giver hende til lindormen som brud, men hver gang blev hun sønderrevet i brudenatten. Da er der en ond stemoder, som går til kongen og mælder, at hendes stedatter er villig til at blive lindormens brud. Her er indflettet et nyt — andensteds velkendt — æventyrmotiv: stemoderen, der af misundelse vil bringe sin stedatter i døden; tillige spiller æventyret på en modsætning mellem de „brottsliga kvinnor" og stedatterens uskyld. Men kvindelige tugthuslemmer er personer, der er ganske fremmede for trylleæventyrenes sædvanlige samfundskres; og hovedpersonens jomfruelige uskyld egner sig ikke til at stilles i forgrunden, fordi den ikke har direkte at göre med den måde, hvorpå forløsningen fremtvinges. Den skånske tekst (som ikke engang har støtte af de ellers nærbeslægtede sællandske) er her bleven overudpyntet; fattigmandsdatteren, der mod sin vilje gives til lindormen, er i sig selv nok til at bære handlingen: hendes uforskyldte nød påkalder en overnaturlig hjælper, som giver hende rådet til at bryde lindormens dyreväsen.

Hjælperen er i reglen en gammel kone, öjensynlig den samme som én gang har hjulpet dronningen med sit råd. Kun et par opskrifter lader det være den døde moder, der om natten åbenbarer sig for sin datter (Vestsæll., Vestskåne); eller — mere kejtet — hendes endnu levende fader er en vís mand, der kender det sælsomme middel til at slippe frelst gennem faren (Sydskåne).

Selve forløsningen er storartet i dramatisk kraft, med sit skarpe ordskifte, den ledsagende afkastning af ham og den symbolske aflægning af særk, den blodige scene af den mishandlede dyrekrop, der udpiskes og renses for sin forgörelse, og den halvt grufulde, halvt milde afslutning, da hun lægger det blodige legeme i sine arme, og den lyse og lette glæde, da han vågner forløst. Ingen æventyrdigtning har noget tilsvarende til en så ejendommelig

[1] Jeg vil ikke nægte læserne den fornöjelse, med det samme at høre den bedemandsstil, hvori den sydsællandske opskrift beretter forløsningen: „Du må först [inden broderen kan få bryllup] sende et fruentimmer, lige meget enten det er en prinsesse eller et fattigbarn, når hun kun er ærlig og skikkelig, velopdragen og smuk, og skikkelig påklædt i dejlig dragt, og så sender du en fyrstelig dragt med, både til hende selv og til din sön, at de kan klæde dem i, når alting er overstået".

forløsning, og ingen æventyrdigtning har så rig en udførelse af det store forløsningsproblem.

I æventyrene kommer visse måder af forløsning atter og atter igen. Et yndet middel er at opbrænde dyrehammen. Men dette er fra dansk æventyrdigtnings standpunkt ikke blot meget sjældent, men er også et kasseret motiv; man er sig altid bevidst, at en så ydre måde at overhugge knuden på kun bringer nye forviklinger. Et almindeligt stofligt lægemiddel eller tryllemiddel forekommer også, men er ikke af det mest yndede. For al få digterisk værdi må det i alt fald være tilsat med et særligt, mere menneskeligt vilkår, f. eks. dronningen der skal være stum mens hun strikker skjorterne til sine tolv omskabte brødre. Derimod forløses det skjulte menneskevæsen mangfoldige gange ved voldsomt indgreb eller mishandling: kongesönnen skærer den lille and til blods i dens tå, og hans brud står der i menneskelig skikkelse; den utro Aleksander må hugge hovedet af sin hjælper ræven, og Hans med guldhåret af sin hest osv. Undertiden er mishandlingen ikke af så skarp art: den fortroldede prinsesse (hun med de tolv par guldsko) bliver pisket i kirken, indtil syv djævleunger farer ud af hende, eller kastet i ild og vand. En anden stor gruppe af forløsningsmidler — dog næppe så almindelig som den anden — knytter sig til kærtegn eller samleje. Den yngste prinsesse løber ned i stalden til det lille grimme ög, kysser det og kalder det sin kæreste ven; i det samme står det forløst til kongesön. Eller lad mig nævne et slangeprins-æventyr, der i sin barnlige sorgløshed netop er modstykke til vor Kong Lindorm[1]. Vi har det i former som den bornholmske om „Slangen og den lille pige", hvor hun skal hente sin faders tröje på marken, men kommer til at sidde på slangeryggen og føres ud gennem verden, forbi hans faders og moders slotte, om aftenen ynkes hun over slangen og lukker den ind i sit kammer, og til sidst lægger hun sit forklæde imellem og kysser den; da er den forløst. Eller den lige så yndefulde om „Den lille slange", som brændehuggerens datter tager med hjem og opfostrer; hvorledes han sender sin plejefader at bejle til kongens datter, med den nydelige scene, hvor i skumringen den gamle vender sig om i havelågen og ser alle træer og buske fulde

[1] DgF 65; Grundtvig, Gl. minder, II nr. 314, III nr. 4; sa., utr. æv. 30; Kamp, D. folkeæv. I nr. 4; Folkeæv. af folkemindesamf., nr. 51; Skattegraveren XII st. 247.

af guld- og sølvblade, og potteskårene i gangene blevne til ædelsten; til sidst kommer slangen på slottet for selv at kræve sin brud, alle flyr undtagen kongedatteren, der rolig bier sin bejler; den snor sig op om hende, til den når at sætte mund mod mund; da svinder ormehammen. Så lys en glæde over det vidunderlige er der i alle disse æventyr, hvor kærtegnets magt får dyrehammen til at briste.

Digterisk værdifulde bliver da tre forløsningsmidler indenfor vort æventyrstof: kærtegnet, mishandlingen og den med trolddom forbundne viljesprøve.

Fra dette udblik i den större æventyrverden ser vi nu atter tilbage til lindormehistorien i dens forskellige former:

1) Tre forløsningsmidler: (Vends. 1). Den gamle kone råder pigen at være i ti særke, og have en balle lage og en balle sødmælk i brudekammeret, og dærhos så mange ris en karl kan bære; hun skal först byde ham at skyde ham når hun kaster særk, og siden piske ham med ris og lage; „så skal du to ham i den søde mælk bagefter, og så svøbe ham i de ni særke og lægge ham i din arm; men så skal du falde i sövn, om det er aldrig så lidt.“ Da hun vågnede igen, lå hun i en dejlig kongesöns arm. — Vends. 2 har udvisket det sidste til blot at være sygebehandling: „hun svøbte ham i linklæderne og lagde ham i sengen.“

2) To forløsningsmidler. Vestskånsk: syv nye særke og nye sengklæder, en gryde med lud og tre skureviske; „men då hon nåra slitit upp den tredje skurviskan, stod där framför henne den fagraste yngling i världen.“ Himmerland: ni særke, bades i tre kar med vand, mælk og vin, „og da bliver han til den dejligste prins.“ Sydsælland: hun stikker snogen med kniv i halen, dærnæst kaster hun den i ild, så i kar med blod, så i mælk, „hvoraf han så sprang op som en dejlig prins.“

Vestjysk 2 har levn af samme to motiver: den gamle kone giver hende de seks særke som hun skal drage af, og råder hende tillige til at have en balle vand stående ved sengen, og lade som hun vilde bade sig i den (!).

3) Ét forløsningsmiddel. Sydskånsk og vestjysk 1: kun de tre eller syv særke; „og da hun havde sagt syv gange: skyd ham! stod han i hans sande skikkelse og var frelst.“

Vestsællandsk: han bliver kastet i ild, så i vand, så i mælk.

Det forløsningsmiddel, der står fast i overleveringen, selv i de mest indskrumpede og frønnede (kun på Sælland er det mærkelig nok ukendt), er de syv særke og jomfruens bud til lindormen om at skyde ham når hun kaster særk[1]. Der er en dramatisk

[1] Tallet syv som det gængse er sikret ved vsk., vj. 1 og vends. 2; vestj. 2 har 6; sydsk. har 3; Himmerland og Vends. 1 har 9 ormehamme. Vends. 1 giver hende 10 særke, for at hun kan være i sin særk, når han er kommen

kraft og en simpel bygning deri; ved sin vægt og ved sin sjældenhed, eller rettere eneståenhed, står det som det der giver æventyret dets karakter. Det er påfaldende, at et motiv i den grad kan være et enkelt æventyrs ejendom. Endnu sjældnere er det at finde en forløsningsmåde, hvor viljesprøven — parret med et vist snilde — så stærkt er hovedsagen, og der dog ikke mangler ydre maleriske træk som det med de syv særke og deres magt over den syvdobbelte ormeham. Ypperligt sat i scene i vor skånske tekst: hun lægger en snehvid særk over hver af de aftrukne ormehuder. Den hele scene er vægtig nok til at være selve forløsningen, således som den er i de kortfattede tekster, og pragtfuld til at indlede et större frelsesarbejde, bryde ormens modstand, således som det skildres i de fyldigere former.

Det næste led i forløsningskæden er rengöringen. I de bedst fortalte, åndfulde opskrifter har den sin særegne form som en virkelig afskrupning med lud og ris, hvorefter den ene overlevering lader sødmælksbadet og sengelejet følge som en passende hviletid for den mishandlede ormekrop at komme sig i. Men de andre opskrifter, de tarvelige, har en anden opfattelse, en mere medicinsk, af hvad der hjælper i et sådant tilfælde. Lindormekroppen underkastes et tredobbelt bad: i vand, i mælk, i vin (Himmerland), eller i ild, i vand (el. blod), i sødmælk (Sæll.). At dette er det ældre, røber sig allerede dærved, at det er det mere udbredte, at det bæres af frønnede overleveringer, og at det i sig selv er mindre forståeligt. Det bevises yderligere ved ligheden med andre æventyr. Der er enkelte danske opskrifter af det velkendte æventyr om prinsessen der danser tolv par guldsko itu hos trolden; til slut må troldskaben tvættes ud af hende med et bad i kogende vand og så i mælk, eller i surmælk, sødmælk og ild[1]. Lignende findes i den engelske vise om Tam-Lin:

„First dip me in a stand of milk,
an then in a stand of wather,"

ud af alle ni hamme. Denne uregelmæssighed er ikke heldig fra æventyrets standpunkt, og er måske först opstået i en tid, hvor man ikke mere var vant til at gå nögen i seng.

[1] „Den forønskede prinsesse" (Grundtvigs utr. æv. 23 c, fra Vendsyssel). Da enkesönnen har opdaget prinsessens dans med fanden, kaster han hende efter sin moders råd tre gange i surmælk og så én gang i sødmælk, så én gang i ild, så hviler hun hos ham en halv time; under dette bliver hun först

siger den elvertagne ridder til jomfruen. I græske og italienske æventyr er det almindeligt, at helten i fugleham får sin menneskeskikkelse igen, hver gang kongedatteren dypper fuglen i vand eller mælk, eller i begge dele. I et russisk æventyr kastes den gamle kones aske i mælk, og hun står lyslevende op. Jeg nævner her kun de tilfælde, hvor ogsaa mælk forekommer; ti det blotte vandbad som middel til at få dyreham til at svinde, findes rundt omkring fra Lanzelot- og Melusinehistorier indtil indiske æventyr[1].

Således udviskes nogle af de mest gribende træk i æventyret, såsnart vi prøver at komme lidt længer tilbage i dets historie. Dannelsen af det sjælfulde udtryk synes slet ikke at ligge så mange århundreder tilbage.

Dette gælder i endnu höjere grad om samlejet som afslutning på den hele forløsningshandling. Den findes kun i de tre Vendelboopskrifter (to af „Kong Lindorm" og en af „Den fortryllede prinsesse"), og intet andet sted. Og dog er det slutstenen af den hele frelsende gerning fra jomfruens side: hele æventyrets register er da spillet igennem: viljesprøven og snildet bryder udyrets magt, piskningen driver det onde ud, sødmælksbadet og myge klæder linder sårene, og endelig tager hun selv den medtagne krop i sin favn, på én gang den störste prøve for hendes mod og hendes kærlighed, og tillige den sidste og ömmeste handling til at elske menneskeväsen frem i ormekroppen. Det synes som om folke-

sort, så brun, og så hvid og er forløst. Er vistnok påvirket af den vendsysselske form af Kong Lindorm. — I en tilsvarende opskrift fra Sælland forlanger soldaten en kedel med kogende vand og en kedel med mælk; da han kaster hende i den förste, bliver hun til en skruptusse; da hun kastes i den anden, bliver hun til et brød; han stikker sin kniv i brødet, og da er hun forløst. (Fra Höje-Tostrup, æv. 23 d; ligheden med sællandsk overlevering af Kong Lindorm er næppe tilfældig).

Nær i slægt med dette danske æventyrs slutning er den engelske folkevise „Tam-Lin" (Child, Pop. ballads nr. 39): Tam-Lin er i sin barndom ranet bort af elvedronningen, jomfru Janet vinder ham igen ved at holde ham fast i håret trods hans omskabelse i allehånde dyreskikkelser; hun kaster dyret i et kar med mælk og så i et kar med vand, og han er da forløst (varianter: hun kaster ham, omskabt til glød, i et kar med vand; ell. hun skal stænke vievand). — Andensteds forekommer det samme æventyr (på Kreta; egenlig allerede i sagnet om Thetis' og Peleus' bryllup) uden noget bad, blot med omskabelse i forskellige dyreskikkelser.

[1] Child, Engl. and scott. pop. ballads, nr. 39, II 338 f. 507, IV 505, VI 505; Mannhardt, Wald- und feldkulte II 63 ff.

æventyret her hæver sig over sit eget stade. Dets vanlige måde er at udtrykke et ejendommeligt forhold ved et enkelt tydeligt optrin; undertiden indprentes det ved en tredobbelt gentagelse, eller en tredobbelt variation af ret ydre art. Her mødes alle de forskellige midler som æventyret har til at udtrykke menneskeåndens sejr over ydre dyriske magter der hæmmer den: viljesprøven, mishandlingen, lægemidlet og elskoven. Langsomt har de vokset sig sammen på folkemunde, indtil den sidste sten föjes til bygningen; og da er en af vor æventyrdigtnings smukkeste tinder nået.

Et enkelt træk må drages frem, fordi æventyrets opfattelse særlig tydelig viser sig deri. „Det har ingen budt mig fŏr“, siger lindormen, da hun byder ham at skyde ham. „Men det byder jeg dig nu.“ Sådan er det viljesprøve mellem de to. Men det er en enkelt opskrifts — den skånskes — måde at udmale på; for de andre tekster er hele situationen udtömt i de ord: „Kong Lindorm, skyd en ham!“ Det sidste er os mere fremmed, men sådan er netop den gængse æventyrstil: dens helt udtaler ordet, og som en trolddom virker det, selv om det for os ikke har mindste præg af at være støttet til heksekunst. („Karl hold skovl, og skovl hold karl, og det skal vare til sol står op!“ Så varer det til solopgang med at karlen er bunden.) Fra dette gængse æventyrstandpunkt vil det være ganske örkesløst for lindormen at diskutere med sin brud, om den skal følge hendes opfordring: ti den kan slet ikke fraviges. „Det byder jeg dig nu!“ med sin viljesmagt skærer gennem dette gamle æventyrtrolderi, en pludselig åbenbaring af menneskeånden i sin styrke, stridende for eget liv og næstens frelse.

Jeg standser for denne gang undersøgelsen. Kongesönnen lever med sin brud; som ældre broder arver han også riget, og overgangen göres til en ny handling. Udgangspunktet for den er altid, at dronningen uskyldig jages ud i skoven, hvor den sörgende og søgende husbond endelig genfinder hende. Formerne, hvorunder dette motiv fremtræder, er höjst forskellige. Men jeg opsætter undersøgelsen af hele denne historie indtil en senere lejlighed, — for nu bedre at kunne holde det egenlige Kong-Lindorm-motiv fast.

„*Il re serpente*“

Går vi til Sydeuropa, træffer vi dær en gruppe overleveringer, der indeholder de samme hovedtræk som vort danske lindormeæventyr. De er hyppige i Italien; mere spredte udløbere når til Albanien, Portugal og en enkelt gang Sydtyskland[1]. Ligesom i den danske form møder vi et kendeligt afgrænset geografisk område, og tillige en bestemt form af handlingen.

Nærmest ved dansk ligger det albanske æventyr (Hahn nr. 100 „Slangebarnet"), hvor det er slangen selv der kræver en brud. Barnløs dronning ønsker sig barn, om det så kun var en slange; hun føder da en slange. Slangen kræver af sin moder vesirens datter, hende har hun lovet sit barn. Slangen sender moderen to gange at fri til vesirens förste og anden datter, de siger begge nej; tredje gang truer den at ødelægge alt; yngste datter går da til klog kone og får råd om at iføre sig 40 særke. Han siger i brudekammeret: „Klæd dig af", og hun svarer: „Klæd dig også af", indtil han står som en dejlig ung mand. — Her går æventyret over i en anden handling (Amor- og Psyke-æventyret): han er om dagen i sin slangeham, og hun må ikke åbenbare den skete forløsning for noget menneske; hun røber det dog for sin moder, han forlader hende, og hun må ved en lang vandring og æventyrlige oplevelser lede ham op og genvinde ham[2].

I de andre former af æventyret opfostrer pigen slangebarnet; jeg meddeler som den bedste overlevering den portugisiske (Coelho nr. 34, *O principe sapo* ɔ: „prins ögle"). Barnløs dronning ønsker sig barn, om det så kun var en ögle; og hun føder da et sådant uhyre til verden. Da ingen vil fostre kongesönnen, lover de ham til ægte og det halve rige, til den der vil påtage sig opfostringen. En pige mælder sig. Hun plejer og vasker den stadig; „dens öjne og dens tale er ingen ögles", siger hun. En nat hørte hun i drömme en røst, der sagde hende i øret, at hun skulde ægte den, således som det var hende lovet; i brudenatten skulde hun have syv skörter, ligesom öglen havde syv hamme, og hver gang den

[1] Jeg har set følgende tekster: Hahn, Griech. und alban. volksmärchen, nr. 100; Coelho, Contos populares (Lisboa 1879) nr. 34; Pitrè, Fiabe novelle e racconti siciliani, II nr. 56; Corazzini, I componimenti minori della letteratura popolare italiana (Benevento 1877) s. 418. Andre italienske tekster og Zingerle, Kinder- nnd hausmärchen aus Süddeutschland (Regensburg 1854) s. 173, kender jeg kun fra Köhler, Kleinere schriften, I 318 f.

[2] Jf. fra Livorno: Barnløs dronning påkalder forgæves Gud og hans helgene, føder siden en slange; 18 år gl. kræver denne en brud af sin fader.... Forløsning ved særkene (Prato nr. 4, mig kun kendt i udtog hos Cosquin, Contes de Lorraine, II 228. 227, jf. Köhler, Kl. schriften, I 319).

sagde: „Træk et skört af“, skulde hun sige: „Træk en ham af.“ Det sker således; da den sidste ham er draget af, står han som menneske. (Her går æventyret over i „Amor og Psyke“: han drager hver dag i sin ögleham; hun rådfører sig med kongen og dronningen og opbrænder en nat öglehammen; han forlader hende og må genvindes ved en lang vandring[1].)

Der er ingen tvivl om, at det er samme æventyr som det danske. Vi genkender jo alle dets hovedtræk: 1) det er en slange der skal forløses, 2) den er født af en dronning som følge af en urigtig handling hun har øvet, 3) forløsningen sker ved brylluppet, 4) midlet er at bruden er iført de syv særke og dærved kan tvinge slangen til at aflægge sine dyrehamme. På den anden side er der væsenlige uligheder. I Sydeuropa går fortællingen over i „Amor og Psyke“; i Danmark knyttes „Den forskudte dronning“ til den. Modsætningen mellem to brødre kendes slet ikke i den sydlandske. Badet i vand og mælk forekommer i en enkelt sydlandsk (Sicilien), men i en anden forbindelse. Det er to selvstændige former af æventyret, og den ene lader sig ikke aflede af den anden.

Men med disse to i sted og i handling afsluttede grupper standser vor viden; vi kan ikke følge syvsærkeæventyret videre om i verden.

[1] Andre former: Fra Benevent (Corazzini, s. 418): Dronning sværger falsk ed og føder slangebarn; det dræber alle sine ammer: kongen tvinger en mand at give sine døtre; de to ældste dræbte, den tredje går til moderens grav og spörger, hvorledes hun som mø skal kunne amme kongens sön(!); moderen svarer fra under jorden, at hun skal göre sig et panser af stål og derover syv klædninger; når slangen beder hende at tage sin klædning af, skal hun bede den tage en ham af, og sådan syv gange; da kan hun uden fare lægge den til brystet. Det sker således; slangen er fra nu af menneske, når de er sammen. Han begærer dernæst at giftes med hende, og de holder bryllup. Hun må ikke åbenbare dens menneskevæsen for nogen; men da hun en dag hilser sin ægtefælle, da han går på gaden, forlader han hende og må genvindes ved en uhyre vandring.

Fra Sicilien (Pitré nr. 56, „Slangen“). En dronning skal føde, men jordemoderens hånd bliver bidt af; dette gentager sig tre gange. En kvinde sender sin yngste stedatter til at være jordemoder; hun græder på moders grav, hun får dær det råd at kalde på fostret og at dyppe det i vand og i mælk. Da kom der en slange ud. (Da slangen bider brystet af alle ammer, sendes atter stedatteren; moderen i graven giver hende det råd, at have mælken i en kande med lang tud.) Slangen sønderriver stadig sin brud; stemoderen sender pigen; moder råder hende til de syv klædninger og at sige: „Klæd dig selv af.“ (Efter forløsningen samme fortsættelse som i ovennævnte.)

En lilleenkelthed kan vi i forbigående lægge mærke til. Det danske æventyrs helt bærer — i alt fald i Jylland og Skåne — navnet *kong Lindorm* (en enkelt gang *prins Lindorm).* Dette navn med det foransatte „kong" er så meget mærkeligere, som vi har det andet slangeprinsæventyr, hvor titlen stadig sættes bagefter: „Orm kongesön" el. desl.[1]. Men dette „kong Lindorm" genfindes ganske i den sydeuropæiske gruppe: *u re serpente* (Sicilien), *o principe sapo* (Portugal). Denne digtning har öjensynlig haft en for æventyr sjælden ævne til at holde et bestemt navn fast. Endvidere gör vi den iagttagelse, at vor Kong Lindorm her på nordisk grund er en yngre digtning end det andet slangeprins-æventyr; ti „lindorm" er et yngre, middelalderligt ord i sammenligning med det blotte „orm", og den foransatte titel er yngre sprogbrug end den eftersatte.

Dette viser med ret stor sandsynlighed, at vort lindormeæventyr ikke rækker tilbage til nordisk oldtid. Det har da sikkert sin oprindelse andensteds.

Magiske og religiøse motiver

Da kilderne ikke vil føre længer tilbage mod æventyrets udspring, må vi prøve at granske selve æventyret, fremfor alt dets optrin med de syv særke. Det er åbenbart, at brudens bestemte bud: „Kong Lindorm, skyd en ham", forenet med handlingen med særkene, er det der tvinger ormen til at afstryge sine hamme. Her kommer vi til at spörge: hvorfor må ormen lyde hendes ord? og hvorfor skal den ledsagende handling være just denne? Det nytter som bekendt ikke at svare, at det er jo blot æventyr og må ikke tages for nöje. Ti æventyr har jo deres egen, meget bestemte logik, „det overnaturliges naturlove" som man har kaldt det; og denne æventyrverden har vist sig i overordenlig stort omfang at svare til trosforestillinger og livsforhold hos folkeslag på et tidligt udviklingstrin.

[1] „Ormkarl kongesön" (Jylland og Bogø), „Lukormen kongesön" (Falster; lukorm på falstersk = lindorm), „den hvite ormen Kungsson" (Værmland); fællesnævner for alle disse former er öjensynlig „Orm kongesön". Den eneste undtagelse er vor sydsællandske opskrift, der efter heltens navn „Olav kongesön" hører sammen med Orm kongesön, men efter sit indhold hører til Kong Lindorm.

Løser vi dette optrin ud af de fantastiske omgivelser, hvori det nu forekommer, og betragter det blot som udtryk for en tidlig kultur, er det ganske i sin orden. Således som jomfruen her byder over lindormen, står hos alskens folkeslag troldmanden i sin ekstatiske tilstand og byder over den omgivende natur, følende at han i sin ånd har den kraft og det ord, der tvinger til at lyde, og idet han samtidig foretager en eller anden handling der indgiver genstanden for hans trylleord, hvad den skal göre. Lad mig blandt tusender af eksempler blot vælge et enkelt. Når blandt Södermanlands almue troldmanden vil påkalde „Oden" om at hans pile skal drive trolddom bort, siger han en trylleformel og holder samtidig en vidjekvist fuld af små ringe; hver gang han siger trylleordet, slynger han en ring af kvisten for således at antyde den handling der skal foretages. Således gör også lindormebruden; hun udfører hver gang den tilskyndende handling sammen med at hun udtaler det magiske bud.

Selv om vi ikke kan følge særkemotivet vidt om land, kan vi dog vurdere det: det er udtryk for den over hele jorden udbredte magi. En religiøs — eller rettere en troldmandsagtig — handling er bleven indpodet i æventyret.

Også en anden handling står mærkelig nær ved magisk-religiøse skikke. Vi kender, hvorledes jomfruen tvætter lindormen i mælk og i vand, og hvorledes prinsessen med guldskoene renses for sin troldeomgængelse ved at kastes i karret med mælk og i karret med vand. Denne rensning for troldskab minder om hyppig forekommende skikke i de gamle kulturreligioner. Hvilken rolle spiller ikke vandbadet i indisk gudsdyrkelse? hvor ofte taler ikke Persernes „Renselsesbog" om menneskers, klæders eller andre tings vaskning i okseurin og dernæst i vand, for at ligsmitte og djævelskab skal forlade dem. Man har lagt mærke til, at det ikke er de laveste religioner, men mere dem der er blevne udviklede og gennemarbejdede af præster, der lægger vægt på renselsens legemlig-åndelige værdi[1]. I nordisk hedenskab vil man f. eks. vanskelig opdage den egenlig religiøse renselse; den skare, der på midsommeraften badede sig i helligsøen og dærnæst samledes til dans på strand eller höj, har næppe ment nogen uddrivelse af troldskab, men snarere en tilførsel af styrke; i eddadigtningen gör vand-

[1] Schrader, Reallex. d. indogerman. altertumskunde: reinheit und unreinheit. Jf. Oldenberg, Religion des Veda, s. 407. 490 o. fl.

stænkning den odinviede kriger usårlig. Men hvordan det er med dette eller hint, æventyroptrinnets lighed med de religiøs-magiske renselser for trolderi er så håndgribelig, at en sammenhæng må være til stede. Og berøringsstedet vil man vel med störst sandsynlighed kunne søge i de sydasiatiske kulturlande.

Et holdepunkt for bestemmelsen vilde det være, hvis vi kunde eftervise bad i mælk og bad i vand som sideordnede. Men et bad i mælk er mig ganske ukendt. Mælken har andre egenskaber; i Danmark f. eks. er dens ævne til at slukke ild det væsenlige ved dens rolle i trolddommen. Dog når vi ikke kan eftervise mælkebadet som virkelig skik, er grunden måske den, at dette er tilsat i æventyrdigtningen, enten for at afløse et andet mindre forståeligt træk, eller fordi æventyrfortællerne fandt glæde i at fordoble motivet. Vi ser jo, at enkelte æventyrfortællere har tilsat endnu et tredje stof, ild eller blod, eller at de sætter lud ind i stedet for vand.

Nærmere end som så kommer vi ikke til æventyrets forbilleder i virkeligt liv. Et enkelt træk som de syv særke kan måske knytte sig til syvtallets hellighed hos de sydasiatiske folkeslag. Men strængt taget indeholder æventyret intet om helligheden. Brugen af syv som et typisk stort tal kendes i Norden og andensteds, måske allermest når talen er om noget troldeagtigt, som her med den syvdobbelte lindormeham.

Snarere kan forestillingen om en menneskeædende slange vise æventyrets udspring fra sydlige lande. Men mod dette — og mod de andre holdepunkter — kan man dog indvende, at der imellem vort æventyrs optrin og de tilsvarende træk i virkeligheden muligvis ligger mange mellemled, både i tid og i sted. Af den grund er det altid vanskeligt at anvende en rent kulturhistorisk målestok på et æventyr.

Lad os endnu en gang prøve den literære undersøgelse. Den gik i stå, fordi vi ikke kunde følge særkemotivet længere. Den kan atter komme i gang, når vi stiller spörsmålet lidt videre: hvor findes en overlevering, der ikke har særkemotivet, men i øvrigt svarer til vort æventyr?

Der er en indisk morskabsbog, „Kong Dharmangadas historie", som hvis forfatter en Nrisinha Kavi opgives. Den er ikke trykt, men findes skreven på palmeblade i et nyindisk sprog, telugusproget, fra det sydlige Indien. Fortællingen er lagt personer fra den gamle episke digtning i munden; kong Gautama fortæller den for sin dronning Ahalya som forbillede på en dydig hustru. Desværre kender jeg den kun i udtog, i beskrivelsen over Mackenzies håndskriftsamling[1].

Kong Dharmangada i Kanakapuri i Kashmir har en dronning, der føder en slange; men dette holdes skjult, han lader udsprede at hun har født en sön. Kongen af Saurashtra sender bud til ham og foreslår sin datter som brud til kongesönnen, og Dharmangada samtykker. Kongedatteren sendes til Kashmir, og da hun bliver voksen, spörger hun efter sin husbond. De giver hende slangen, og hun bliver meget nedslået; men dog plejer hun den og fører den med sig til helligdomme (flere forskellige steder navngives). På det sidste af disse steder hører hun en røst fra himlen, som byder hende at dyppe slangen i vandkarret; og da hun gör det, tager den menneskeskikkelse, og hun vender glad tilbage til Kashmir med sin husbond; svigerfaderen hører om det skete under, skænker både hende og hendes fremtidige sön nye navne, og overlader sin sön og svigerdatter riget.

Af de fire hovedmotiver i vort lindorme-æventyr genfindes her de tre: 1) slange der får menneskeskikkelse, 2) født af dronning, 3) frelst af sin brud. Forløsningsmidlet er her bad, ligesom i sællandsk overlevering; tillige findes badet som et af flere forløsningsmidler i de fleste danske tekster og undertiden i italiensk. Bruden har först været fostermoder for slangebarnet, ligesom det er almindeligt i sydlandsk. I det hele er den indiske tekst en mellemform mellem dansk og italiensk. Eller snarere giver den æventyret i en oprindeligere form end nogen af de andre. Det er hverken udvidet med nogen „forskudt dronning“ som i dansk, eller med nogen Psyke-historie som i sydeuropæisk; forløsningsmotivet er ret enkelt, hverken udvidet ved flere forskellige forløsningsmidler, eller ved fordobling af det samme (bad både i mælk og vand). Når vi för opfattede æventyrets hovedoptrin som efterligning af en religiøs-magisk handling, kunde vi påpege sådan hjemmel for vandbadet, men ikke for badet i mælk. Nu viser det sig, at mælkebadet ikke findes i denne simpleste form af æventyret; og det turde da være i höj grad sandsynligt, at dette træk ikke skyldes virkelig skik, men blot en digtersk fordobling. Det indiske

[1] Wilson, Mackenzie collection, I (Calcutta 1828) s. 324: Dhermangada cheritra; Benfey, Pantschatantra, I 254.

æventyr dærimod svarer ikke blot i sit hovedoptrin til virkelig indisk renselsesbad, men det optræder ligefrem som del af gudsdyrkelse, hustruen udfører den på helligstedet foreskrevne renselse. Også det tyder på, at vi her står ved æventyrets grundform. Endelig er der opfostringen. Fra indisk moralsk-religiøst standpunkt er det ganske i sin orden, at kvinden plejer sin fortryllede husbond længe og omhyggeligt, at hun fører ham om til hellige steder, og at de endelig efter sådan lang bodsgerning får frelsen åbenbaret. Digtersk set er det dærimod af det onde; det bryder brodden af den scene, hvor jomfruen på brudeaftenen står overfor det udyr, der kan blive både hendes husbond og hendes opæder. Overhoved er en handling, der strækker sig over lang tid, ilde på sin plads i et æventyr: det kræver öjeblikkelig handling, ikke tidsperspektiv. Vi kan da se de tre trin af digtersk udfoldelse: i den indiske tekst er vi helt i religiøs-etisk tankegang; i italiensk og portugisisk står opfostringen tilbage som et levn fra ældre tid, der hæmmer den fulde interesse for forløsningen; i de andre tekster har æventyret helt skudt ham og lader alt afgöres i det ene uhyggelige men sejrrige møde.

Vi betragter altså den indiske fortælling som i det væsenlige æventyrets grundform; intet træk indenfor de andre foreliggende overleveringer har krav på at gælde for mere oprindeligt end den. Men heller ikke den er forudsætningsløs; den bygger sikkert på andet æventyrstof. Der er en vidtudbredt æventyrfamilie, hvor et menneske i slangeskikkelse bliver forløst, og forløsningen står i nöjeste forhold til hans bryllup. I én gruppe sker forløsningen ved at slangehammen bliver opbrændt, mens han hviler i brudeseng; i en anden gruppe er selve favntaget eller kysset forløsende; i en tredje gruppe (den Amor-og-Psyke-agtige) træder forløsningsöjeblikket mere i baggrunden. Indenfor de forskellige grupper træffer vi atter kortere former der ender med bryllup og forløsning, og længere former hvor overtrædelsen af et forbud skiller ægtefællerne ad og hun gennem en uhyre vandring må vinde ham igen. I dette mylder af kryssende, indbyrdes beslægtede former træffer man nogle, der i visse træk minder om Kong Lindorm. I et rumænsk og sigöjnsk æventyr lugter barnløs dronning til en blomst og føder dærnæst en slange[1]; vi har lignende i vore danske opskrifter. En

[1] Benfey, Pantschatantra, I 266; jf. Köhler I 316. Når bruden i dette rumænske æventyr bliver iklædt syv jærnringe om livet, kan det i denne forbindelse muligvis være levn af motivet med de syv særke.

indisk fortælling i Fembogen ligger i meget nær ved den anden gamle indiske: En barnløs brahman bringer offer for at få sön, og en usynlig stemme lover ham en ypperlig og lykkelig sön; men da hans hustru så føder, er det en slange. Hun tager den dog til sig, bader den, lægger den i et stort kar og fodrer den med mælk og nykærnet smör, så den snart vokser sig stor. Men da hun ser nabobrahmanens sön holde bryllup, brister hun i gråd, og beder sin husbond at finde en brud til hendes sön. Brahmanen mener, at kun hos slangekongen i den dybeste afgrund kan han finde en brud til en slangesön. Men undervejs, efter et par måneders rejse, gæster han hos en brahman i Kukutanagara; da han hører at hans gæst søger en brud til sin sön, tilbyder han ham sin datter, og han hjemfører hende. Undervejs åbenbarer ledsagerne hende, at hendes brudgom er en slange; men hun vil ikke bryde sit løfte. Hun opfostrer slangen med mælk, og en nat står den hos hende i menneskeskikkelse; hun bliver forskrækket, men opdager, at det er hendes husbond. Mens de hviler i hinandens arme, opbrænder faderen hans dyreham, og alt er lykkeligt og vel[1]. Dette æventyr synes at være en krysningsform, hvor slangefødsel, bryllup, opfostring og måske tillige kar og vandbad hører til Kong Lindorm. En anden krysningsform er hele den sydeuropæiske form af Kong Lindorm, for så vidt Amor-og-Psyke-motivet ellers aldrig knyttes til denne, men dærimod til de beslægtede grupper. Vi ser her nogle få eksempler på, hvorledes slangeæventyrenes store familie mødes og krysses.

Det vilde blive for vidtløftigt at udrede, hvor hele familien har sit hjem; nogle antydninger må være nok. Så vidt jeg kan se, forekommer disse æventyr langt hyppigere i Østeuropa end i Vesteuropa. Den gamle romerske „Amor og Psyke“ — der er en slags variant af slangeæventyr — peger østpå mod Lilleasien som sit nærmeste hjem. Indien har störst krav på at betragtes som udgangspunkt. Her findes de store menneskeædende slanger, der tillige spiller en uhyre rolle i folkets religiøse forestillinger som guddommelige væsner; og i fortællinger er menneskers forhold til guddommelige „slangekonger“ eller deres børn et af de allermest yndede motiver. Her danner de nævnte slangeæventyr ingen afsluttet, særlig fantastisk gruppe; de glider over i de andre sagn om menneskers og slangers samkvem. Derfor ser vi også, at disse

[1] Benfey, Pantschatantra, II 144—148.

fortællinger sjælden behøver at give nogen grund for slangebarnets fødsel eller for hammens aflæggelse. Hvad der andensteds er æventyrligt, betragtes i Indien som dagligdags.

Den sandsynlige udviklingsrække for vort æventyr bliver da denne: I Indien er — blandt de andre æventyr af slangebrudfamilien — opstået en fortælling om slangebarnets fødsel og dets omdannelse til menneske ved hustruens pleje og religiøse magi overfor det, — en moralsk præstelig fortælling. Den har senere bredt sig videre, og har suget særkemotivet til sig, — også et magisk motiv, men ikke af så udpræget religiøs karakter. Tillige er navnet „kong Lindorm", „re serpente", tidlig blevet fæstet ved dens helt. Æventyrkarakteren gennemføres efterhånden renere og kraftigere: opfostringen dør langsomt ud; viljesmagten over ormen gör sig gældende; nye forbindelser indgås: i Sydeuropa med det rodbeslægtede æventyr om det overtrådte forbud, i Danmark med et fremmed motiv, og her får æventyret sin fineste udarbejdelse af enkeltheder.

De to roser

Lad os standse endnu et öjeblik ved det sælsomme middel, hvorved den barnløse dronning bliver frugtsommelig. Så urimeligt det ser ud for os, så stemmer det dog med talrige sagn og skikke hos jordens folkeslag.

Det er let at give et overblik herover, fordi vi kan støtte os til Hartlands store undersøgelse af Perseusmyten; det meste af hans 1ste bind er en opredning af den overnaturlige fødsel i folketroen.

I vor opskrift fra Himmerland er det æbler, der frembringer fødslen. Ganske svarende hertil har man over det meste af jordkloden den forestilling, at den barnløse bliver svanger ved at spise en frugt. Man synes fra först af at have tænkt sig sådan noget som, at ligesom frugten lægges i jorden og spirer op til træ, kan den sluges af et menneske og blive til det barn der fødes. Æblet som frugtbarhedsmiddel møder vi allerede i Volsungasaga, det bringes til kong Reres hustru af den fra Odin sendte krage. For resten er denne tro ikke så fjærn fra vor tid, som man skulde vente. Mangen frugtsommelig kvinde i de mellemeuropæiske lande vogter sig for at æde to bær på én stilk, at hun ikke skal få tvillinger.

Et andet vidtudbredt middel mod barnløshed er bad eller drik af vand; man har tænkt sig, at som regnen gör den golde jord frugtbar, vil det gå med mennesker, når de kommer i berøring med vandet. Bad og vanddrik findes ofte som et led i frugtbarhedstrolddommen; og således findes badet også i et par af vore fyldigere æventyrtekster som indledning til det egenlige middel. Et andet middel, der har spillet en vis rolle især i Mellem- og Nordeuropa, er nydelsen af en fisk; men det falder udenfor vort æventyr[1].

Löget i vor skånsk-sællandske gruppe spiller öjensynlig samme rolle som æble, mangofrugt og deslige i andre æventyrdigtninger; det opfattes som kim til nyt liv. Men det forekommer, så vidt jeg véd, ikke andensteds hverken i fortælling eller i skik. Det står i et særligt forhold til dette æventyr; den glemte skrælning af lögets mange skaller skal være årsag til at fosteret bærer de syv ormehamme. Hvis vi en gang kan opvise det andensteds, vil det give os et vink om, hvorledes syvhamme-motivet er kommet ind i vort æventyr. Således som stoffet nu ligger for os, må vi sige at löget, der kun findes i en lille nærbeslægtet gruppe æventyropskrifter, intet krav har på at være gammelt; det er kommet ind for at tilfredsstille den digterske trang til, at midlet og det fødte barn så nöje som muligt skal svare til hinanden. Hermed stemmer det, at den större fortrolighed med lögets — eller som der altid står i teksterne: rødlögets — natur vistnok forudsætter, at havedyrkningen var ret udviklet. I vor oldtids og middelalders sprog betyder „lög“ jo blot urt, og for det som vi kalder lög, har sproget intet ord. Dette synes at vise, at den gennemførte harmoni i vor skånske (og sællandske) tekst er nået i en forholdsvis ny tid ved åndeligt arbejde med stoffet.

Men roserne da, som vi har i Vendelbo-opskrifterne og i de tilsvarende sydnorske tekster af „Lurvehætte“? De falder ikke sammen med de tre arter af føde, som fra tidlig tid er barnemiddel i mellem- og nordeuropæisk kultur: fisk, vand og frugt. Selve ordet er en fremmed gæst, indkommet med middelalderlig kultur; og over den hele scene med deres plukning er der ligesom et lille pust af en skönhedsverden, pudsig tilsat med bondekultur, der gör scenen

[1] Endelig er der den friske urt, i reglen visse bestemte arter af urter (f. eks. mistelten), der gör svanger; men det fører over i en anden gruppe af forestillinger: man skal tygge urtens saft eller bære urten på sig, eller røres eller piskes med den.

halvt fremmedartet, halv hjemlig. Selve interessen for blomster synes at have været yderst begrænset i den nordiske oldtid; middelalderens „roser“ og „liljer“ kommer til os ikke blot efter navnet som nye forestillinger. Blomsten som barnemiddel er ikke sjældent i myter og æventyr; men som virkelig skik kendes det kun fra Indien. Et öjenvidne har ved festen for stammeguden Rahu i Bengalen set præsterne uddele tulsiblade til dem der led af uhelbredelig sygelighed, og blomster til barnløse kvinder; om de spiste dem eller blot lugtede til dem, vides ikke. Som sagnmotiv findes det frodigst i det fjærne østen. Et kinesisk sagn fortæller om en jomfru ved navn Ching-Mon, der efter badet fandt en blomst på sin klædning og spiste den, dærefter fødte hun sönnen Fo-Hi, der blev stifter af det kinesiske rige. Scenen minder om „Lurvehættes“ fødsel. I et æventyr fra Annam vandrer en jomfru i haven, plukker en blomst og spiser den; hun føder dærefter fem stærke sönner, der alle er hinanden lig. I en sanskrit-fortælling bader kongedatteren Ravati i Ganges og ser en blomst flyde på vandet, hun tager den op og lugter til den, hun bliver dærved svanger, ti — således forklares det i denne fortælling — mandlig sæd af en rishi var dryppet ned på blomsten[1]. Også om en berömt indisk myteskikkelse, kongesönnen Nacitekas der nedsteg til dødsriget, hedder det, at han var født ved at hans moder lugtede til en blomst[2].

Nu er det et spörsmål, om ikke også blomsterbefrugtningen i vesterlandske æventyr er genspejling af disse østerlandske forestillinger. Jeg løser da först en lille gruppe ud fra de andre, nemlig befrugtning ved den blotte lugt af blomsten, det som vi mødte i de sidste indiske fortællinger.

I et rumænsk æventyr, der hører med til vor store familie af slangeæventyr, lugter barnløs dronning til en blomst og føder en slange; ti år gammel sender han sin fader at bejle til kejserens datter, skaber blot ved et slag af sin tunge det pragtstykke som kejseren kræver, aflægger på bryllupsdagen sin slangeham; bruden opbrænder den men straffes med ikke at kunne føde, för hun genfinder ham og han lægger hånden på hende[3]. Det samme motiv

[1] Hartland, Perseus, I 150 (Bengal), 107 (Kina), 89 (Annam), 94 (sanskrit).

[2] Benfey, Pantschatantra, I 266. Desværre kender jeg ikke enkelthederne ved fortællingen. Professor Dines Andersen har forgæves søgt efter kilden til hans antydninger; det synes ikke at være noget af de ældre sanskritværker.

[3] Se ovenfor s. 23. I et andet rumænsk æventyr (Hartland I 93) bliver

findes hos Sigöjnerne i det nærliggende Siebenbürgen: en barnløs kvinde lugter til en bestemt blomst og føder dernæst en slange[1]. Når motivet er kendt hos Sigöjnere og deres nære naboer, men ellers ikke i europæiske æventyr, turde grunden vel være den, at Sigöjnerne har ført det med sig fra deres indiske hjem; selve det slangeæventyr, hvortil motivet her hører, vidner yderligere i den retning.

Længere vestpå findes motivet ikke i æventyr, i alt fald ikke i det store stof, som Hartland og andre meddeler. .Dærimod findes der i den franske omarbejdelse af romanen om „De syv vise mestere“, fra 13de årh., en ung vismand Jesse, der er født blot ved at hans moder har lugtet til en blomst; og hos en anden fransk digter midt i 13de årh., præst i Valenciennes, er der en beretning om hvorledes Abraham plantede kundskabens træ, som Gud havde udstødt af Paradiset, i sin have, og hans datter kom hen og plukkede en blomst og lugtede til den, hvorefter hun fødte Fanuel, fra hvem jomfru Maria stammede. Men også som kristent legendemotiv slutter det sig nær til Østerlandene; Muhammedanerne tror, at Maria har født Jesus efter at have lugtet til en rose[2]. Kort sagt det er den almindelige asiatiske fortælling om vidunderheltens fødsel.

Det tilsvarende motiv med at spise blomst og dæraf at blive svanger har en lidt större, men dog ret spredt udbredelse i europæiske lande. Vi har roserne i „Lurvehætte“ og den vendelboske „Kong Lindorm“; i et italiensk æventyr sluger dronningen et rosenblad og bliver svanger; i et spansk Tristandigt fra 15de årh. spirer der liljer frem af Tristans og Isolts tårer, og hver kvinde der æder af dem bliver svanger[3]. Disse eksempler er så få i sammenligning med den store mængde fortællinger om mere hjemlige tryllemidler, at vi har god grund til at opfatte dem ikke som hjemmeavlede, men som den yderste frøspredning fra et asiatisk digtningscentrum. For vort lindormeæventyrs vedkommende har vi de særlige holdepunkter, at vi allerede tidligere har set, hvor

pigen svanger af at drikke vand med blomstens saft. — måske sammenblanding af blomst og drik.

[1] Wlislocki, Volksdichtungen der siebenbürgischen Zigeuner (Wien 1890) s. 213. 336.

[2] Keller, Romans des Sept Sages (1856) s. CXCVIII; Hartland, Perseus, I 125.

[3] Hartland, Perseus, I 90—91.

nær dets stof hænger sammen med indiske fortællinger, og at sammenhængen mellem bad og blomster går igen; blomsterne synes endogså, i „Lurvehætte“ ligesom i den indiske fortælling, at have flydt i vandet.

I forbigående må jeg her nævne en stump af en dansk folkevise (DgF. 74 B). Blidelille går ude med strand og ser to roser flyde på vandet, hun tager dem op og stikker dem i sit ærme, og bærer dem hjem med og lægger dem om aftenen på sin seng. Om midnat vågner hun af stærke drömme, betagen af elskov til hr. Tidemand; ti han havde ristet de ramme runer og kastet dem over bord. Sammenhængen i visen er ikke videre god; ti roser er ikke videre egnede til skrivemateriale, og den måde, hvorpå det först omtales at han skrev runer, og senere lejlighedsvis oplyses at tryllemidlet var roser, ser underlig akkavet ud; vi har oven i købet en bedre fremstilling af det samme i opskriften A, der intet kender til roserne, men lader ham kaste sin kævle med runerne på den spange, hvor Blidelil skal over. Men scenen med roserne der flyder hen foran jomfruen er af en egen poetisk virkning; den kan ikke uden videre kasseres; der må gemme sig noget i den. Ja vi kender denne scene: blomsten på Gangesfloden der lokker jomfruen til at gribe den og gör hende svanger. Er det ikke dette digtningsmotiv, der ligger bagved, misforstået og da halvvejs tilpasset til de nordiske forestillinger om elskovsruner?

Noget endeligt svar herpå vil vanskelig kunne gives. Men hele den store poetiske strömretning synes kendelig nok. Æventyrets bad og roser fører os tilbage til vidunderfolket ved Ganges bredder. Den bedårende skönhedsglæde, som lægger blomsterpragt over al dets færd og virke, fra elskovgudens pil og Sakuntalas enebo indtil de matematiske regnestykker, den har skabt et billede som det af den badende jomfru og den svømmende blomst, og så fæstnes en sådan tanke i æventyr og sendes ud over landene, bringer bud om blomsternes skönhed til folkestammer, der knap endnu selv har opdaget den.

Man finder måske denne scene med dronningen og roserne for lille, for lidet digtersk udfoldet, til at den kan tælle med. Ja den er kun et bimotiv i et æventyr. Men det er jo så mange småforestillinger, der vækker og former vor bevidsthed om livets indhold, — ligesom der er mange andre værdier til end blomsternes skönhed. Hvor mangfoldige er ikke de idealer af menneskelivets bedste udfoldelse, af verdensordenens grundlove, som æventyret har båret ud på sin brede ryg?

Den gamle kone

Når den indiske kongedatter drager rundt til helligdomme med sin slangeægtefælle og dær hører en røst fra himlen om hvorledes han skal forløses, og når brahmanen bringer de for barnløse bestemte ofringer i helligdommen og der så loves ham en ypperlig sön, — da handler æventyret om guddommelige magters indgriben i menneskelivet, oven i købet i den mest kirkelige form. Når — i den portugisiske tekst — pigen hører en stemme tale til sig i drömme, da er det også overmenneskelige magters indgriben, selv om fortællingen ikke udtaler sig nærmere om deres art. Men når det er en gammel kone, der giver råd, synes hun at optræde som en helt menneskelig hjælper.

Nogle gange kan denne forklaring gå an, nemlig så ofte hun optræder som hjælper en enkelt gang. Men i andre overleveringer har dog denne hjælper en usædvanlig måde at optræde på. I sydsæll. sætter dronningen sig under en stor hul eg og sörger, da en gammel kone kommer og giver hende råd; da hun atter er i forlegenhed, kører hun atter ud til den gamle eg, og den gamle kone indfinder sig straks; og endnu tredje gang føres den fattige pige, lindormebruden, ud til egen, så kommer den gamle kone og giver hende råd om ormens forløsning. Der er altså en egen sammenhæng mellem den hule eg og den gamle hjælperske. I vestsæll. hedder det slet og ret, at dronningen ude i skoven træffer en „skovkone", ɔ: et overnaturligt væsen der hører til i skoven. Æventyret optræder altså her på Sælland som gennemvævet med en bestemt hjemlig mytologi.

Vendelbo-overleveringen har intet sådant kendetegn på hjælperens oprindelse. Det er kun en „gammel kælling" der møder dronningen „på afsides sted", og det er ligeledes en gammel kælling, der vil „ad skoven" at plukke bær, da fårehyrdens datter vandrer sörgende derud. Man får ikke engang at vide, om det er den samme; man vil kun så omtrent ane det. Men hvad der i æventyret er åbenbart, er at dette møde med den gamle kone ikke er noget blot personligt; det gentager sig for dem der er i nød under ensartede forhold; det er den form, hvorunder styrende magter bringer deres hjælp til de lidende. At denne opfatlelse er rigtig, véd vi desuden fra hundreder af andre æventyr; overalt åbenbarer en guddommelig hjælper sig som vandrer, der borte fra andre mennesker træffer æventyrets helt på hans vej ud at løse den vanskelige opgave der står for ham. Således møder jo også Hermes Odysseus — omskabt i menneskeskikkelse — for at give ham urt og råd imod Kirkes trolddom; og ligeledes Athene, da han er stegen i land på Ithaka: „ganske hun ligned en knøs der får på grönningen vogter“; således møder Odin som gammel rådgiver enhver af de nordiske helte: overalt er den enlig mødende fremmede den forklædte guddom. Det er helt mærkværdigt at se, hvor nöje vort æventyr overholder det. Så snart en opskrift kun har et enkelt besøg af den gamle kone, og hun kan gælde for at være en almindelig klog kælling, kommer hun ind på slottet og vil have foretræde for dronningen (Vestskåne, Himmerland og „Lurvehætte“); så snart optrinnet foregår to gange (Vends. og Sæll.), skal det henlægges til afsides møde på enligt sted, helst ud i skoven[1]. Så nöje holder æventyrdigtningen over sine love for de guddommelige væsners åbenbarelse.

Men, siger man, er det virkelig fortællerens mening, at denne gamle kone, der vil ad skoven at plukke bær, og går klædt i rødt skört og blå tröjebul (ɔ: blå tröje uden ærmer), og ser noget gammeldags men nok så virkelig ud, — at hun skal være et guddommeligt væsen? Jo netop. Dagligmennesker plejer æventyrene jo ikke at kostymere med den udførlighed; man kan vist lede hele æventyrliteraturen igennem uden at finde et klædningsstykke, med mindre der er brug for det i handlingen. Og den gamle kone afmales ikke udførlig, da hun förste gang viser sig; men da hun viser sig igen, ɔ: i det öjeblik da tilhørernes interesse bliver spændt på, hvem hun kan være; da holder æventyret denne spændig fast, lader tilhørerne studse og fæste blikket ved hendes ydre fremtoning, for at de skal være fuldt forberedte på at hun nu på afgörende måde griber ind i sagnets handling. Vi har i virkeligheden det ganske tilsvarende i norröne heltesagn; de giver sig lige så lidt som æventyrene af med at male almindelige personers dragt, men når helten møder den ukendte gamle, må beretningen

[1] Også i vestj. 1—2 møder hun gående og giver råd om særke (slangens hele fødsel er her oversprunget).

pludselig stå stille, man giver sig til at se på hans hele ydre som for at udgrunde hvem han er og hvad han vil. Dette ydre indeholder nogle træk, der kan være særlige Odins-kendetegn: sidhat og blå kappe; men når man kommer til den finske bue, de tætknappede brog eller stövler, er det kun træk der udmaler hans menneskelige og dog lidt usædvanlige fremtræden. Det samme lidt daglige og dog særartede er over vort æventyrs „kælling“ i tröjebul og rødt skört.

Ligheden mellem heltesagnene og vor jyske æventyrfortælling er mærkelig; men den beror sikkert ikke på et nærmere slægtskab. Samme grundforestilling har affødt ensartede ytringer. En anden sag er det med den hele gruppe af heltesagn og æventyr; deres guddomme, der åbenbarer sig som mødende i menneskeskikkelse, lader sig ikke holde ude fra hinanden. Odin, Høner og Loke, som i en færøsk fortælling skal skjule bonden for trolden, lader sig ikke holde borte fra den gamle mand i et tilsvarende sællandsk æventyr, der møder fattigmanden i skoven og yder ham samme hjælp mod heksen. Folkeæventyret har her en mytologi, der svarer til de mere mytiske fortællingers, med den forskel at den i æventyrene har afströget den mytiske baggrund, præget af denne eller hin guddoms væsen; det er kun jordiske iklædninger af en guddom, ubestemt hvilken, og forudsætter at der har været en tro på, at guder åbenbarede sig i menneskeskikkelse. Æventyret forudsætter her myten; dets hjælpere er guddomme med afströget særpræg, ligesom de atter kan tilegne sig et nyt religiøst præg (Vorherre og S. Peder, eller andre helgene, især i katolske lande).

Æventyret har disse guddomsvæsner, som vel må adskilles fra andre væsner der udfolder overnaturlige evner: ræve og heste, myrer og ørne, dværge og bjærgmænd; de er handlende personer i æventyret, optræder i længere virksomhed, og har en bestemt — ganske menneskelig — grund til deres handling. Æventyrenes „gamle mænd“ og „gamle koner“ er af anden art; de viser sig kun et öjeblik, og grunden til at de viser sig, er at helten på det tidspunkt netop trænger til deres hjælp. Undertiden får de en gave, en bid mad som oftest, der vel næppe er den egenlige årsag til deres understøttelse, men snarere er beviset for heltens etiske værdighed (i denne skikkelse kan de let glide over i bjærgmands- og hestetypen). Ofte — når tanken om den hjælpende guddom er stærkest — yder de slet og ret hjælpen, fordi helten er i nød.

I Æventyret om Kong Lindorm kan den personlige hjælper ikke følges udenfor Danmark; men i mange andre æventyr går han vidt om land, og med disse digtninger hænger vort æventyr sammen. I en tidsalder, hvor gudsforholdet havde hang til offervæsen — gaver til guden for at han skulde betale dem igen med renter — vandrer æventyr og heltesagn om land som apostle for den tanke, at guddommen har mennesker kær og hjælper dem i deres nød. Tanken forekommer i flere afskygninger; i heltesagnet er det fortrinsvis det herligt menneskelige, der støttes af guderne; i æventyret ligger der mere vægt på, at det er den uskyldig lidende, der drager hjælpen til sig; men i hovedopfattelsen mødes begge former, ligesom de står hinanden ganske nær i guddommens ydre skikkelse.

Lindormeæventyrets andre overleveringer — udenfor Danmark — viser andre former af hjælpere, i Sydeuropa undertiden med mere præg af, hvad vi vil kalde religiøs åbenbaring, i Indien indvævet i den kirkelige gudstjæneste; guddomsmagtens venlige indgriben følger med i alle disse former.

En egen form for hjælp har vi dærimod i enkelte overleveringer: vestskånsk, vestsællandsk og et par italienske. Datteren græder på sin moders grav, og den døde giver hende rådet med særkene. Vi kender motivet andensteds, særlig i æventyr om den yngste søster, askepotten; og her i Kong Lindorm røber det sin udlændighed ved at trække motiver ind, som ellers ikke findes der og ikke kan høre hjemme der. Således er der både i skånsk og siciliansk kommet en ond stemoder ind, som angiver hende til at blive lindormebrud, for at hun således kan komme af dage. I vestsællandsk er det også galt fat; pigen går ud i skoven og klager sig, indtil hendes døde moder kommer op af jorden og trøster hende. Men døde mødre er slet ikke begravne i skoven; dærimod skulde det være den mytiske „skovkone", der kom; hun har allerede vist sig en gang i samme opskrift.

Denne hjælpende moder er da et yngre motiv; og man kan forstå at hun er rørende nok til at brede sig i nyere tid. Men selv i denne form, eller med en blot klog kone til hjælper, bæres dog æventyret frem af noget af den samme idé som ellers, troen på at der er magter i livet der støtter den svage og truede, ja hjælper hende til sejr. Og overalt er hjælpen aldrig det ene bærende, den kommer som trøst og råd i den sorgfulde stund; men når faren er for öje, da står helten — ja her er det hyrdedatteren — ene med sit vid og sin vilje og skal kæmpe sig levende gennem faren. Her er æventyrets store öjeblik, da dets helt står i sin herlige styrke. I hendes bud: „Kong Lindorm, skyd en ham!" forkyndes menneskeåndens jublende sejr. I glæden ved hans forløsning taler menneskets fryd ved at være menneske; forkrympethed og nød er som en afkrænget ormeham, man kaster det hvide lin over. Det er æventyrdigtningens store indsats i menneskelivet, den alvor hvormed den siger: „Skyd en ham!" og da må alt det hæmmende briste.

FOLKEMINDER

DET SIDSTE NEG

Med det sidste neg på marken under høstningen har man — som det vist vides — to forskellige arter af skikke. Det almindelige i Danmark ligesom andensteds er, at neget behandles som en levende person, der føres hjem til gården i stateligt optog, eller sendes fra den bare mark til andre, der ikke endnu har ophøstet. I enkelte egne træffer man forestillinger af ganske anden art: neget efterlades på marken som offer til et væsen, der har i sin magt at skaffe trivsel til sæden i det kommende år.

Et sådant offerneg gives i Skåne til „Oens" eller „Noens" hest; ligeledes er det velkendt, at det på Møn ydes til „Jon Opsals hest"[1]. I de sidste år er den samme mærkelige skik funden også på flere andre egne.

I. Fra Falster

Min opmærksomhed henledtes på dette forhold ved, at gårdejerske Karen Toxværd fortalte fra sin barndom i Væggerløse, at man altid skulde lade de sidste æbler sidde på træerne, når man plukkede ned; for de var til *Go'i*. Når børnene spurgte, hvem Goi var, fik de intet svar; de mærkede kun, at der aldrig måtte snakkes rent ud om det. — På samme måde med den sidste neg-snoke (den sidste sammenrivning på ageren), den skulde ligge til Goi.

Jeg gik til den gamle Else Forskrækkers; men også hun kunde kun huske, at hendes far (i Væggerløse) altid lævnede det sidste på marken „til Goi."

En husmand fra Gedsergård kendte skikken, men mente at det var „til fuglene", og fandt det rimeligt at sige Vorherre tak for høsten på den måde.

På „Klokkergården" i Systofte har man en gang kendt skikken. Så længe Rasmus Klokkers far levede (i första halvdel af 19de årh.), lod man et neg af den sidste „hob" blive liggende til „Godens (Goins)hest", eller hvis det var ærter, omtrent så meget som et neg. Men hvem Goden var, kan nu intet oplyses om[2].

[1] Jf. min „Odinsjægeren i Jylland" (Dania VIII 139—73).
[2] Fr. L. Grundtvig, Livet i Klokkergården (utrykt).

Kun på et eneste sted er der truffet nærmere oplysning om ham, i et sagn der er optegnet for 50 år siden[1]. Goen er et spøgelse eller overnaturligt væsen, der kun lader sig se i helligtrekongers nat; hvor der i et hus eller gård er tre porte lige overfor hinanden, og disse döre står åbne i den aften eller nat, kommer han og rider igennem. Der fortælles et sagn fra en gård i Ulslev (Idestrup sogn), at da gårdmanden kom og vilde ind ad sin port, mødte han Goen ridende på en gloende hest; han standsede manden og spurgte, hvor der var ellefruer. „Jo," siger han, „nede i den store mose er der to." Goen for af sted, straks efter hørtes to skud, og Goen kom tilbage med to døde ellefruer hængende over hesten, og kastede nogle gloende penge til ham, der brændte hul i hans hat; men da de var blevne kolde, viste det sig at være sølvkroner.

II. *Fra Lolland*

Alle disse meddelelser tilhører den sydlige del af Falster. For at følge skikken videre sendte jeg en forespörsel til „Lolland-Falsters Folketidende". Der indkom da et svar; ikke fra Falster men fra Lolland:

„Her på Østlolland er folketroen om ‚Goen' ikke knyttet til høsttiden, men til julen. Lille juleaften, fortælles der, kommer Goen ridende på sin hest og forbliver som gæst, til julen er forbi; det vil sige, at lille juleaften begynder almuen at leve bedre end til daglig brug, og denne bedre levemåde varer julen ud. — Det hedder også til børnene: ‚Hvis du ikke er artig, kommer Goen og tager dig'." (Claus Kock, Rørbæk skole, Sakskøbing).

Sidste sommer (1903) udstrakte Evald Tang Kristensen sine samlerrejser til Lolland, hvor hidtil ingen grundig eftersøgning af folkeminder er foretagen. Blandt det fyldige udbytte var også en del oplysninger om Goen. Det er kendt adskillige steder, at Goen rider igennem, hvor der er to porte og et led ud for hinanden og de går op samme vej. Han „rider ud" eller „rider på jagt" lillejuleaften, og hjem igen om helligtrekonger; han kommer på en hvid eller skumsvedig hest (kun en enkelt gang kørende) og med sine tre eller fire ildpustende hunde. Hist og her haves fortællinger om hans ridt gennem gården, mens ingen tör gå ud at se efter. Vil nogen tale med ham, skal han stille sig på et sted, der har tre markled i rad og gående samme vej; dær kommer han igennem på de to nævnte aftner; så kan man komme frem med sine ønsker, og i reglen bliver de opfyldte.

Også høstofferet kendes. I Herridslev var det skik, når man rev det sidste korn af en mark, da at rive en lille bunke sammen, så meget som nogle håndfulde; den skulde blive liggende til Goen. I Flintinge mølle sagde mølleren til sine piger, når de var ved at køre det sidste læs korn sammen i marken, at de skulde rive lidt sammen til tyren. Men det var kun en forblommet måde at udtrykke sig på; de havde slet ingen tyr på møllen, og han mente, det var til Goen. Peder møller var en mand, der havde adskillige gamle skikke.

[1] S. Grundtvig, Gl. danske minder, II 93 („Gaden" er trykfejl).

Et enkelt fyldigere sagn fortælles. En mand mødte Goen på sin vej, og blev da udspurgt, om han ikke havde set ellefruer; jo, han havde mødt to. „Hvad sagde de?“ spurgte Goen. „Nekko vasken,“ sagde manden. Men såsnart Goen kom til vand, vaskede han sig, og så satte han efter ellefruerne. Lidt efter kom han tilbage med dem bundne sammen ved håret, en hængende på hver side af hesten.

Dette eneste egenlige sagn fra Lolland røber ved de indflettede ord sin tyske byrd; og selve dets indhold peger vel også på slægtskab med nordtysk overlevering[1]. Men sagnene er jo altid mere modtagelige for nyt end folkeskikken. Den egenlige tro på „Goen“ står som et eget, meget særpræget område, omfattende det sydlige Falster og det østlige Lolland, knap så meget som to herreder på hver sin side af Guldborgsund.

Dens betydning for videnskabelig forskning ligger i den fylde, klarhed og selvstændighed, hvormed den slutter sig til høstoffer og andre dyrkelser af den natlige jæger, således som de kendes fra Møn, Skåne og hele den sydlige del af Sverig langs Østersøens kyst.

Karakteristisk er her offeret af det sidste neg og den øvrige sidste afgrøde. Endnu mærkeligere er det, at julekosten betegnes som et gæstebud fordi man nu har Goen til huse; rundt omkring i Norden dækker man jo höjtidsbord for spøgelseagtige væsner, der kommer i besøg i juletiden; og måltider for den natlige ridende „Oden“ kendes fra Sydsverig, fra Værend. Mærkeligst af alt er det dog, at „Goen“ er et væsen, der kan opsøges af mennesker og skænke dem sine gaver; også den sydsvenske „Oden“ opsøges på samme måde, på de steder hvor han har sin vej; man slutter vennepagt med ham og får hans gaver til gengæld. I alt dette har vi de udpræget hedensk-religiøse forestillinger, og vi har dem i en form, der godtgör et slægtskab med skånsk-sydsvensk befolkning.

III. Fra Bogø

På Bogø, den lille ø nord for Falster, har jeg stødt på et enkelt spor af troen på Goen. I et æventyr i Jens Kamps samling (D. Folkeæventyr, I s. 61) træffes den ed „så Goen“. Om dens mening har været klar for fortælleren eller udgiveren, véd jeg ikke; det er næppe troligt. Men de der har læst ovenstående oplysninger, vil dæri finde: påkaldelsen af dette underlige dunkle væsen, der både skys som farligt og hvis venskab dog søges for gavers eller sædtrivsels skyld.

IV. Fra Sælland

Min forespörsel i Folketidenden havde imidlertid haft den skæbne, som avisstof ofte har og særlig i sommertiden: at gå videre. Den var gået over i det københavnske blad „Danebrog“ og indbragte mig føl-

[1] Se „Odinsjægeren i Jylland“ (Dania VIII) s. 161; jf. Knoop, Volkssagen aus Hinterpommern, s. 55; Jahn, Volkssagen aus Pommern (2. ausg.) nr. 18—19.

gende meddelelse fra „Heden" ved Roskilde. „Ved et besøg i et lille hus i nærheden af Hedehusene sidste efterår gjorde jeg ejeren opmærksom på, at der sad et æble på et træ; al anden frugt var plukket af. Hvortil han svarede, at det var til nissen. Muligvis sagde han julenissen." (L. Weber, tømmermester, Roskilde).

Tidsskriftets læsere kan måske bringe yderligere oplysning. *A. O.*

EN NYFUNDEN LEGENDEVISE

Fra Evald Tang Kristensen har vi modtaget følgende brudstykke af en hidtil ukendt gammel dansk folkevise, handlende om Marias og Jesusbarnets flugt til Ægypten:

Der gik en bonde på marken ud
og såede en ager til ende,
da jomfru Maria kom gangende frem,
og hun havde Jesum ved hænde.

„Og hør du gode bondemand,
hvad jeg dig nu vil sige:
du går nu hjem og henter din le
og mejer din ager tillige."

Der kom fra Jerusalem et ridende bud,
[det mon kong Herodes sende:[1]]
„Så du ikk' en jomfru kom gangende frem
og havde et drengebarn i hænde?"

„Jo, da jeg gik og såed min ager
og såed min ager til ende,
da kom Maria gående frem,
og hun havde Jesum ved hænde."

Den rytter han holdt og tænkte sig om:
„Hvad er det alt så længe siden!"
Så vendte han hastig sin ganger igen,
til Jerusalem monne han ride.

Visen er fra Falster. Den er optegnet år 1900 efter en 58-årig kone, Ane, enke efter bolsmand Jens Hansen i Nörre-Ørslev; hun er selv barnefødt i Franske i samme sogn. Viserne har hun fra sin moder, der var en meget oplyst kone: når hun i en eller anden gammel skreven eller trykt sangbog fandt en folkevise. sagde hun: „Nej, her er virkelig

[1] Denne linjes ordlyd kunde sangersken ikke ret huske.

den gamle overtros-vise kommen imellem.“ Selve hendes eget viseforråd, således som vi nu kender det gennem datteren Ane, har dog först og fremmest været af religiøs-legendarisk præg: den her meddelte om Maria og Jesusbarnet, så den velkendte vise om St. Steffen og Jesu fødsel, „Hr. Truels' døtre“, „Den talende strængeleg“, „Hr. Peders skrifte-

Jærtegnet med sædemarken. Maleri i Elmelunde kirke.

mål“, „Esben og Malfred“ med sin ulykkesspådom, og den sjældne vise om „De søfarne mænd“; kun to af hendes viser var af mere dagligdags og muntert indhold. Trods konens overlegenhed overfor gammel „overtro“ har næsten hele hendes viseforråd været arv fra en ældre slægt, med en egen blanding af middelalderlig glæde ved Jesusbarnet og almindelig religiøs anelsesfuldhed, knyttet til styrende og straffende magters indgreb i menneskelivet. Man må formode, at disse religiøse æmner har spillet en lignende stor rolle hos den falsterske bondealmue, som de har i den sællandske almues visesang.

Selve vor vises æmne er en af de mest udbredte legender om Jesu barndom: hvorledes på flugten til Ægypten en kornmark gror op og skjuler deres spor for Herodes' følgesvende; på deres spörsmål svarer bonden, at en kvinde med sit barn kom forbi, da han såede kornet, og de tror dem da langt borte. Det samme optrin haves også andensteds behandlet i viseform, i alt fald sammen med andre historier fra Jesu barndom (se Child, Engl. and Scottish pop. ballads, nr. 54), men næppe i nogen der står i umiddelbart forhold til den danske. Dærimod har vi en anden tilknytning for den danske vise. Den samme legende findes

Barnemordet i Bethlehem og jærtegnet med sæden. Maleri i Tingsted kirke.

fremstillet i kalkmalerier fra middelalderen, i Tingsted kirke på Falster og i Elmelunde kirke på Møn[1].

Det er ganske mærkeligt, at det er de samme sydlige øer af Danmark, hvor både visen og malerierne er fundne; og endnu mærkeligere bliver det, når man ser, at Ørslev, hvor visen blev sungen, er nabosogn til Tingsted, hvor samme æmne er fremstillet i korets malede hvælving. Man gætter uvilkårlig på, at visen er bleven sungen af og måske digtet iblandt den bondealmue, der hver söndag havde billedet for öje i kirken. Men denne sammenhæng rækker da langt tilbage. Billederne var, da de i vore dage fremdroges af professor Magnus-Petersen, dækkede af mang-

[1] J. Magnus-Petersen, Kalkmalerier i danske kirker, s. 76 samt tavle XXX og XXXIII (hvorfra ovenstående gengivelser er lånte ved forf.s velvilje). For det følgende er benyttet privat oplysning fra forfatteren.

foldige lag hvidtekalk. Hvornår de gamle papistiske fremstillinger först er blevne skjulte på denne måde, véd vi ikke med sikkerhed; men vi tör antage, at det i Sællands stift ligesom på Fyn er sket henimod år 1600. Selve malerierne i Tingsted og Elmelunde er — ifølge prof. Magnus-Petersen — malede af en og samme kunstner i tiden 1470—1480. Visen synes, efter det foreliggende brudstykke at dömme, at være et lidt sent skud af vor middelalderlige visedigtning; en tilblivelse o. 1500 eller 16de årh. vil passe godt til den. Det er mindre troligt, at en sådan sang blev til i 17de eller 18de årh., da de gamle malerier var overkalkede og tilførslen af legendestof var stoppet. Vi har al grund til at tro, at de malerier, der i århundreder har været overkalkede, og den vise, der sparsomt har levet videre, væsenlig tilhører samme tid. En lignende sammenhæng har vi imellem visen om St. Lucius og på den anden side de billedlige fremstillinger af hans kamp mod trolden i bælt; ret interessant er det, at visen stemmer med det gamle alterbillede i Roskilde fra 1498, men afviger fra den officielle legende[1].

En lille ulighed er der ganske vist mellem vor vise og kalkmalerierne. I visen er den forfølgende soldat en rytter, i billederne er han til fods, men dette forklares vistnok af den forskellige meddelelsesform; i fortælling lå det, ud fra datidens forhold, nærmest at tænke sig en rytter som forfølger; i billedfremstilling var der bedre plads til soldater til fods.

M. K. og *A. O.*

NORDISK ÆVENTYRLITERATUR FRA DE SIDSTE ÅR

I Danmark har der været usædvanlig stilfærdigt med udgivelse af de hjemlige folkeæventyr. I de sidste år er der kun udkommet et optryk af Svend Grundtvigs sidste og bedste samling, den illustrerede „Danske Folkeæventyr“ (jul 1903).

Evald Tang Kristensen, der efterhånden har udgivet fire större og fire mindre samlinger af jyske æventyr, hentede fra folkemunde (samt „Danske skjæmtesagn“ 1900), tog i den sidste afsked med sin udgiververksomhed på dette område. I stedet dærfor har han i de sidste par år ladet udføre en renskrift af sine rige samlinger, omfattende mindst 2200 æventyropskrifter. Den bliver udarbejdet med understøttelse af den hjelmstjerne-rosencroneske stiftelse, og vil blive skænket til en offenlig samling. Den tid er da ikke fjærn, da hele materialet til at studere danske folkeæventyr er tilgængeligt i vore biblioteker, — det förste store skridt ind på videnskabelig behandling af dem.

I Sverig træffer vi dærimod en ejendommelig samling fra folkemunde i Rich. Steffen's „Svenska sagböcker, efter berättarnes egna uppteckningar“ (1902), hvoraf to hæfter er udkomne[2]. Hans hensigt har

[1] Henry Petersen i Årb. f. nord. oldk. 1874, s. 416—23.

[2] Dr. Richard Steffen, tidligere docent i Upsala, nu rektor i Örebro, vil være folkemindernes venner kendt fra sin interessante disputats over „Enstrofig nordisk folklyrik“ (se Dania VI 95), sin store samling af norske stev (Sv. landsmålen XV) og sine mindre afhandlinger om lyrisk folkedigtning.

været at give tekster, der gengav almuens udtryksmåde, uden at udgiverens penneføring greb forstyrrende ind. Blandt mængden af ældre opskrifter har han ledt dem frem, hvor folk af selve almuen har ført æventyret i pennen, og hvor ortografiske fejl og folkemålsudtryk røber, hvor lidt fortællerne har været vante til at underordne sig skriftsprogets fordringer. Blot en udgiver retter på deres kejtede stavemåde, træder de frem med ægte præg af bondens udtryksmåde. Den förste af de to rækker, „Gamla Maj-Lenas sagor", er fortalt af en gammel tjænestepige Maj-Lena i en præstegård ved Linköping i beg. af 19de årh. og langt senere opskrevet efter erindringen af præstens datter Charlotte Rosvall, som efter sin penneføring selv har stået ganske på almuens dannelsestrin. Fortælleformen er frisk og ægte folkelig, om end lidt prydløs; stoffet er ægte nok, stundom lidt kortfattet eller ligesom afstumpet; lange historier har ikke rigtig ligget for hendes opfattelse. En anden fortæller, „Mickel i Långhult" er af forskellig type herfra. Han er en smålandsk bonde, med et lille tilløb til dannelse og med videre synskres; der er kvikhed og humor i hans fortællinger; stoffet er behandlet med större frihed, han kan tildanne det, ja det synes endogså at han ud af et enkelt folkesagnsmotiv kan spinde en fantastisk historie som den om „Odens julstek". Således får vi to typer af fortællere repræsenterede, den der er naivt bunden i det overleverede, og den der tildanner det efter eget godtykke. Desværre er der hidtil ikke kommet flere hæfter af denne udgave, der står höjt som kildeskrift til at lære folkets dannelsestrin at kende, både dets ordføring og dets ævne til at modtage eller forme et digtersk stof.

Större og for almen æventyrforskning interessantere er dr. Jakob Jakobsen's „Færøske sagn og æventyr" (1898—1901), der for förste gang har lært os Færøernes æventyr at kende; en rig og velordnet samling, over 700 sider stor, hvoraf den större part tilhører æventyrene, 80 numre ialt, til dels med mange varianter, og med henvisninger til de andre nordiske literaturer, foruden den almindelige redegörelse som indledningen bringer. Vi skal i en særskilt artikel göre nærmere rede for dens indhold; her skal kun udtales vor glæde over det rige materiale, som samleren har bragt til veje i årenes løb under sin færd fra bygd til bygd i åben båd eller til fods over fjælde, hele sit hjemland igennem.

Det andet store æventyrarbejde fra de sidste år knytter sig til de islandske folkeæventyr. En ung svejtsisk dame, frk. Adeline Rittershaus, nu fru Rittershaus-Bjarnason og privatdocent ved universitetet i Zürich, lagde i 1898 under et længere ophold på Island mærke til de islandske folkeæventyrs mængde og ejendommelighed, og hun satte sig for at lægge dette stof til rette til videnskabelig granskning. Resultatet af hendes arbejde foreligger nu i et stort og grundigt værk (Die neuisländischen volksmärchen, ein beitrag zur vergleichenden märchenforschung; Halle, Max Niemeyer, 1902. 50 + 458 ss., pris 12 mk.). Hendes opgave har været at give fuldstændig kendskab til de islandske folkeæventyr; hun giver ikke blot fyldige udtog af æventyr, der er trykte i Jon Arnasons store samling og i flere mindre nyere; men tillige har hun udnyttet de rige utrykte samlinger, der nu findes på landsbogsamlingen i Reykjavik. Det hele er vel ordnet, givet i skönsomt uddrag, forsynet med ypperlige tillægsbemærkninger, der dels henviser på ligheder mellem æventyrene indbyrdes, dels — og udførligst — på sidestykker i andre landes æventyrliteratur. En enkelt mangel er det, at det bibliotek, hun har benyttet, öjensynlig har været meget slet forsynet med nordisk folkemindeliteratur; men alt hvad der forelå for forf., er udnyttet på den smukkeste måde, — et eksempel for andre på samlet videnskabeligt overblik over et enkelt lands æventyrstof.

Foruden disse udgaver har vi så skrifterne om æventyr. Lad mig gå et par år tilbage til dr. Fr. v. d. Leyen's disputats om æventyrmotiver i edda-myterne (Das märchen in den göttersagen der Edda, 1899): Et ypperlig valgt æmne; ti spörsmålet om myte overfor æventyr, hvad der er oprindeligt og hvad der er afledt, begynder at blive brændende i videnskaben; og de nordiske myter byder et overordenlig interessant stof til sådan undersøgelse. Det fremtræder her belyst ud fra en ret rig, men noget spredt æventyrlæsning, uden helt skarp afgrænsning af opgaven og af midlerne til dens løsning. Et lidt senere arbejde af samme forfatter om Odins-mjøden står i metodisk henseende langt höjere. I det hele og store har han vist dog truffet det rigtige, når han adskiller en mængde mytiske forestillinger, der kun har almenlighed med æventyr, og en del andre, der røber påvirkning fra bestemte æventyr, og som særlig knytter sig til yngre skikkelser (f. eks. Udgårdsloke) og særlig findes i yngre kilder. „Af alt dette fremgår uimodsigelig, at æventyrene först kan være vandrede til Norden mellem det 9de og det 12te årh.“ Men selve dr. Leyen's bevisførelse for de enkelte lån er ikke tydelig nok, og hans datering af myter heller ikke sikker.

Fru Rittershaus' indledning til „Neuisl. volksmärchen“ er en selvstændig prøvelse af æventyrstoffets alder. Hun var — beretter hun — gået ud fra teorien om dets indiske hjem og dets sene indvandring, men nærmere bekendtskab med det gav hende en modsat opfattelse. Hun påviser i det enkelte, hvad det er for en simpel og oldtidsagtig samfundsbygning, som æventyret afspejler: konger og stormænd fælder træer; deres børn leger med bønderbørnene ved siden af, eller med børn i det nærliggende „kongerige“; der er vikinger, som kongedøtre befries fra, og vintergæster; fostbroder sættes levende i grav med den døde; der aflægges løfter om stordåd; med tolv års alder er den unge mand myndig; og meget andet. Leyen's teori om de sent indvandrede æventyr angriber hun ud fra den iagttagelse, at allerede eddakvadene indeholder en stor mængde æventyrtræk. I hendes selvstændige påvisning af æventyrstoffets höjere alder mærker man dog et par svagheder. Den ene, at hun ikke tilstrækkelig har haft öje for, at de islandske samfundsforhold endnu den dag idag er så simple, at de giver æventyrene deres „primitive“ udseende: deres „kongeriger“ er islandske bøndergårde med smedje og stald, tun og fåreflok, osv. Den anden, at sagastilen har smittet af på æventyrene; derfor er deres vikinger, hedninger osv. ikke så rent ægte en overlevering. Her er et punkt, hvor undersøgelsen ikke er dybtgående nok: forholdet imellem nutidens æventyr og middelalderens æventyrlige fornaldarsaga.

Påvisningen af ligheder imellem dem kunde være meget mere vidtgående; og spörsmålet om, hvor grundform og hvor efterligning er, skulde være klaret fra grunden af. Således som det nu er, har fru R. her skabt et baghold imod sit eget standpunkt. Men hun vil sikkert være i stand til at løse dette spörsmål ved fremtidig undersøgelse, når hun först har vundet en kendskab til nordisk middelalders-literatur, som hun for tiden mangler. Ti et roligt og ganske sikkert greb på videnskabeligt arbejde med folkeoverleveringerne er hendes styrke. Det endelige resultat af en sådan undersøgelse vil formodenlig blive, at en del af den fremsatte opfattelse om gammel kultur eller i alt fald særlig gamle æventyrtræk i de islandske folkeoverleveringer vil vise sig at være rigtig.

Af korte og letlæselige fremstillinger af æventyrets almenkarakter har de sidste år bragt to fra kendte forskere. Professor Moltke Moe har i samlingsskriftet „Forældre og børn“ skrevet en yndefuld lille artikel „Eventyr, gåder og sligt“, som følger folkedigtningens rolle i barnelivet, lige fra moderen förste gang „skor hest“ med barnet på sit skød, hvorledes ramsen gör det kendt med den nærmest omgivende verden i karakteristiske træk, hvorledes æventyret lærer det lidt större barn at spænde over mere af tilværelsen og dog i en form der svarer til barnesjælens sans for helhed og enkelthed, imens dets etiske grundtanker indplantes i barnets karakter, og barnet får sine förste kunstindtryk fra æventyrets persontyper. Så kommer gåden med sin anspændelse af kløgt og omsigt, og legen der kalder på dets selvvirke. På hvert af sjælelivets områder lærer de barnet at regne med hele tal, inden det endnu er vokset op til at mestre det virkelige livs mange brøker. — Professor Henrik Schück skriver „Några blad ur sagans historia“ (1901; Föreningen Heimdals folkskrifter, nr. 70; optrykt i Ur gamla papper, V). Æmnet er æventyrenes udbredelse og oprindelse. Han forkaster de tre gængse teorier om dem — Grimms om de ariske myter, Benfeys om vandring fra Indien, og Langs om deres hjemlige fødsel overalt ud fra fælles urkultur, — og slutter sig væsenlig til det fjærde standpunkt, Kaarle Krohns „geografiske“: alle folkeslag har til alle tider haft fortællinger af æventyrkarakter, og det enkelte æventyrs historie må udfindes ved at granske dets udbredelse og dets forskellige former. Om æventyrenes forekomst i ældre literatur gives ret fyldig oplysning. For øvrigt er „folkeæventyr“ i Schücks betydning langt mere end, hvad man sædvanlig kalder så; det aller meste af heltesagnene og en stor del gudemyter — de fyldigere fortællinger med præg af at være til underholdning — hører med dertil. Hans yndlingstanke er den, at stoffet — handlingsmotiver eller handlingskæder — vandrer, men at det först får sit rette liv ved at knyttes til en kendt skikkelse; ligesom anekdoter hænger ved Frederik den store eller kong Valdemar, vokser tryllemotiver fast til Thor eller Theseus. Men dette vedrører jo ikke det egenlige folkeæventyr, hvis helte er navnløse eller dog af upersonlig art; og netop i denne form har folkedigtningen den allerstörste ævne til at fæste rod. Problemet om guders og stammeheltes forhold til æventyrhelten står derfor som et uløst hovedspörsmål; — men man kan jo heller ikke forlange alt af et lille folkeskrift.

De enkelte æventyrs udspring og geografiske udbredelse er bleven undersøgt i nogle arbejder. Axel Olrik har i et afsnit af „Danmarks heltedigtning" I (1903) gransket „Kværnen på havsens bund" sammen med andre overleveringer, der knytter sig til kong Frodes guldmalende kværn. Æventyret frembyder den interesse, at det er indskrænket til Norden og Østersøens kyst; kun en enkelt, meget ufuldstændig opskrift har på mærkelig måde fundet vej til en af de græske øer. Han kommer til det resultat, at æventyret er dannet i middelalderen, snarest tidlig i middelalderen, ved at forene to af de almindelige vandrende æventyrmotiver med en fortælling, der i forvejen var hjemlig ved nordvesteuropæiske kyster (bl. a. knyttet til kong Fred-Frode) om „hvorledes havet blev salt." — Moltke Moe har i 1ste hæfte af „Norvegia" (udg. af samfundet for norske mål og traditioner 1902) udgivet utrykte norske „Eventyr" og knyttet undersøgelser til dem: Soldaten der bliver fyrbøder i helvede og koger sine onde officerer, er velkendt omkring i Europa (i denne bestemte form peger den mod Tyskland) og knytter sig til de middelalderlige helvedforestillinger; samme æventyrs anden del handler om, hvorledes han forpligter sig til et år ikke at vaske eller kæmme sig, imod at fanden skaffer ham alle de penge han vil have, og hvorledes han da tages for djævel og man af frygt tilstår ham alt; i den tilsvarende gamle indiske fortælling er det en vismand der under mange års ubevægelige bön og henrykkelse har fået det rædselsfulde udseende, som skræmmer kongens døtre; således finder æventyret sin forklaring i Indernes religiøse sædvaner. „Onde mennesker er værre end fanden" kendes ud over Europa i nær samstemmende former og er derfor næppe så gammelt; sit udspring synes det at have i middelalderens prækebøger.

Ser vi tilbage på disse års hele ydelse, tæller de vel ikke noget nyt og banebrydende arbejde, men de har et par försterangs værker af udgivende og ordnende art. Desuden mærker man på de forskellige mindre undersøgelser, hvorledes æventyrproblemet efterhånden former sig ud for granskerne. Vi begynder at kunne overskue stoffet og udbredelsen for de enkelte æventyrs vedkommende, og nærmer os til deres udspringssted og udspringstid. Vi får öjet op for æventyrets almenkarakteristik og dærigennem for dets indsats i menneskelig kultur. Og alt som vi kender det i sin enkelthistorie og almenformning, kan vi prøve at få fastere tag i dets forhold til sagn, myte og gammel kultur. *A. O.*

STEEN BLICHERS »MIN EGEN GRAVSANG« OG DENS FORBILLEDE

AF

IDA FALBE-HANSEN

Det Digt, som St. St. Blicher offentliggjorde i Marts 1842 under Navn af „Min egen Gravsang", hører ikke til de meget kendte; det blev f. Eks ikke optaget i P. Hansens Udgave af Digtene. Men det er Synd at lade det gaa ad Glemme; thi det er, med sin ejendommelige Gravhumor, noget af det mest blicherske, han har skænket os. Jeg kan have Lov at anføre nogle Strofer af det.

Tiden løber,
Taagesløret svøber
graat og tykt sig om den gamle Skjald.
Af og til en Straale glimter
til ham ind, og fjernt han skimter
uforstyrrelige Digterhal.

Han higer efter at bænkes „blandt dem der her af Hjærtet sang"; men først skal han bænkes der, hvor Livets Lænker smuldre hen i Støv; paa hans Tue skal Livets Børn synge hans Sange, uden at han dog selv kan høre dem.

Klokken falder
snart i Slag og kalder,
hvad ej mer kan trækkes op igen.
Snart skal Kirkeklokken kalde,
Spadekast paa Kisten falde:
„Nu ja, han er ogsaa sovet hen."

Det kan være,
naar de samled' ere
hist og her i Selskab og i Klub,
at ved Spillebord i Salen
af og til kan falde Talen
om den døde Præst i Spenderup.

„Jeg kan spörge —
Der er ej at sörge
over ham. — Jeg spörger i Kulør —
Stodder var han dog i Grunden —
Jeg turnerer — Nok af Munden
havde han — Solo; hvori? i Klør.

Ej som Digter —
De Kuløren svigter! —
var han daarlig, dog man gjorde ej
stort af ham, — Naa, De bekjender ikke —
i sit Hus — Spar Dame! hvem kan stikke?
Det var snavs — Nu er De Beet! aa nej.

Der er Knægten! —
Han var let i Vægten —
Den er stukken! — Det var ikke sært,
Kundskab havde han slet ej om Penge —
Pique! — som en Viol foruden Strenge —
Jeg bekjender! det er mig ret kært ...“

Og saaledes fortsættes: „Fem han kunde ladet være lige, det er Maaden, hvorpaa Folk kan stige .... Vil De dølge? — Mon der bliver Følge?“ osv.

Det var O. Borchsenius, der, i sine Artikler om Himmelbjergspræsten i „Nær og Fjern“ 1879, fremdrog „denne ejendommelige, om end nu og da lidt uklare L'hombre-Konversation“ som han kalder det. Om den er uklar, skal jeg ikke kunne sige, da jeg ikke er tilstrækkelig inde i L'hombrespillets Hemmeligheder, og det maa være der, den angivne Uklarhed findes, thi ellers er Digtet klart nok. Hvad O. Borchsenius derimod ikke gjorde opmærksom paa, er, at det, der slaar os som det mest originale i Digtet, Ideen med Klubpassiaren, der falder paa den nys afdøde, endnu ikke begravede Ven, mens Spillebemærkningerne slynger sig derimellem, indtil et nyt, lige saa ligegyldigt Samtaleemne afløser det — den ėr ikke original. Den er upaatvivlelig laant fra Swifts „*Verses on the Death of Dr. Swift*“.

Motivet i begge Digte er en humoristisk Udmaling af, hvorledes Digteren tænker sig omtalt efter sin Død, og der er ikke faa Punkter, hvori den danske Digter mødes med den engelske, som naar det hos denne hedder:

Had he but spar'd his tongue and pen,
He might have rose like other men:

But power was never in his thought,
And wealth he valued not a groat . . .“

men ellers er Digtene lige saa forskellige som de to Forfatteres Karakter. Swifts Digt er langt og bredt, c. 500 Verslinier, selvfølgelig skrevet i de klassiske Rimpar og for øvrigt fuldt af Peber, Salt og Sennop. Blicher har grebet et enkelt Motiv, Klubsamtalerne, der hos Swift kun udgør en, eller rettere to Episoder af det hele, og har derover komponeret sin lille Vise med den vemodige Indledning. Er Svælget stort mellem *the Dean* og den fattige Spentrup Præst, er det ikke mindre mellem de elegante engelske Ladies, der selvfølgelig spiller Whist, og de jydske Præster og Proprietærer, der ligesaa selvfølgelig er L'hombrespillere, men Hjertelaget er ens hos begge Parter.

Da Swifts Digt næppe er meget kendt, hidsættes her det Stykke af det (Vers 225—243), der indeholder Damernes Klubpassiar.

My female friends whose tender hearts
Have better learn'd to act their parts,
Receive the news in doleful dumps:
„The Dean is dead: (Pray, what is trumps?)
„Then, Lord have mercy on his soul!
„(Ladies, I'll venture for the vole.)
„Six Deans, they say, must bear the pall;
„(I wish I knew what king to call.)
„Madam, your husband will attend
„The funeral of so good a friend?
„No, madam, 'tis a shocking sight,
„And he's engag'd to-morrow night:
„My Lady Club will take it ill,
„If he should fail her at quadrille.
„He lov'd the Dean — (I lead a heart,)
„But dearest friends, they say, must part.
„His time was come; he ran his race;
„We hope he's in a better place.“

(The works of the Rev. Dr. I. Swift, London 1784, vol. 8.)

Forbindelsen mellem de to Digte forekommer mig værd at notere som et yderligere Vidnesbyrd om Blichers Tilknytning til det 18. Aarhundrede og særlig hans Kendskab til den klassiske engelske Litteratur, et Kendskab der synes fuldstændig forsvunden for den øvrige danske Romantiks Vedkommende.

H. C. ØRSTED OG DET DANSKE SPROG

AF

MARIUS KRISTENSEN

> I saadanne Fag, hvori vor Kundskab er mindst sikker, kan man af Kunstord danne et Slot af Sæbebobler, som seer saare pragtfuldt ud og skuffer den Ukyndige.
>
> *H. C. Ørsted.*

Året 1804 mindes i det danske åndslivs historie som det år, da Øhlenschlæger skrev Vaulundur, Langelandsrejsen og Årets evangelium, men dette år fortjæner også at mindes som det, da Hans Christian Ørsted, Øhlenschlægers ungdomsven og trofaste hjælper, trådte i fast virksomhed ved Københavns universitet. Ørsted havde i de foregående år foretaget en udenlandsrejse, som blev lige så vigtig for ham, som vennens et par år senere blev for denne. Han havde set og hørt, hvad der var at se og høre på naturlærens område i Tyskland, Frankrig og Nederlandene; ganske særlig havde han også lagt vægt på naturlærens anvendelse i det praktiske liv; i Tyskland havde han måttet göre Tyskerne bekendte med en af deres egne landsmænds, Winterls, undersøgelser i kemien; han havde sluttet sig nær til en anden stormand på naturlærens område, Schlesieren Ritter. Men under al denne modtagende og ydende virksomhed indenfor sit fag havde han dog stadig tænkt på hjemlige forhold, og i breve til sin ældre ven professor Manthey havde han antydet sin plan om at grundlægge en læreanstalt for naturvidenskaberne og deres anvendelse, når han kom tilbage. Og han havde heller ikke forsömt nogen lejlighed til udvikling på andre områder; han havde flittigt besøgt kunstsamlinger og overværet skuespil, ligesom han var blevet indført i Henriette Herz'es kreds i Berlin. Der var for øvrigt hele hans liv igennem hans måde at hvile sig på, at han kastede sig over noget uden for sit egentlige fag og blev ved med ufaglige ting, til han følte sig fri og let igen til sit faglige arbejde. Han kom dærfor også hjem, ikke blot som en naturvidenskabsmand der stod paa höjde med sin tids fagdannelse, men som den der i alle måder havde fået sin synskreds udvidet.

Ørsted havde for øvrigt allerede fra sin tidlige ungdom været alt andet end ensidig. Skönt han flittigt havde passet sine studier, havde han fået tid til ikke blot at høre og læse om 'de skönne videnskaber', men også til at vise, at han selv havde tænkt over digtningen. Samme år som han bestod sin farmaceutiske eksamen med glans, vandt den tyveårige student universitetets prisbelönning for sin besvarelse af den æstetiske opgave: „Hvorledes kan det prosaiske sprog fordærves ved at komme det poetiske for nær, og hvor er grænserne mellem det poetiske og prosaiske udtryk?“ (trykt i 'Minerva', Maj 1797). Det er en ædruelig afhandling, en indsigelse mod det opstyltede, og selv skrevet i et ædrueligt sprog, så den stikker underligt af mod kammerråd Rosenstand-Goiskes höjtravende „Tale i det kgl. Landhusholdningsselskab“, som står næst efter den i 'Minerva'. Noget særlig betydeligt kan man ikke vænte sig af en 19—20-årig students forsøg; det er allerede store ting, at den viser god smag og ikke ringe læsning i stilistisk retning.

Den kærlighed, Ørsted allerede så tidlig havde haft til tænkning over sproglige spørgsmål, blev selvfølgelig ikke svækket ved hans daglige omgang og nære venskab med Øhlenschlæger; jeg ved intet om, at han har haft indflydelse på Øhlenschlæger i sproglig retning, men anser det slet ikke for usandsynligt. At han har fulgt med i den slags sager, ser man af et brev til Øhlenschlæger fra 1808, hvor han gör opmærksom på, at Nyerup har påvist, at 'Dragør' er den gamle form for 'Dragøes' navn[1].

Dærimod anser jeg det for sikkert, at Ørsteds sproglige tænkning har fået ny fart ved den virksomhed, som snart knyttede sig til hans forelæsninger ved universitetet. Han havde, som ovenfor omtalt, den plan at oprette en læreanstalt for naturvidenskaberne og deres anvendelse. Det varede 25 år, inden den polytekniske læreanstalt blev oprettet, men i mellemtiden havde Ørsted ikke været ledig; han begyndte kort efter sin hjemkomst offentlige forelæsninger for ustuderede, og ved disse erfarede han sikkert, hvor stor betydning det sproglige udtryk har for forståelsen. Når en faguddannet mand taler for fagfæller, vil han let henfalde til et

[1] Breve fra og til H. C. Ørsted 1870. I s. 272.

vedtægtsbundet ordvalg, og mangen gang vil et fremmed sprogs udtryk falde ham fuldt så let i munden eller pennen som et hjemligt, og tilhørerne, der sidder inde med alle forudsætninger, vil fuldtud forstå det. Men den, som skal tale ufagmæssigt om faglige æmner, han må vælge sine udtryk med skönsomhed og mangen gang afvige fra det vedtagne for at nå til et udtryk, som giver mere end en antydning. Ørsted har ved sine forelæsninger for ustuderede sikkert erfaret det til fulde, at sproget ikke blot skal dække, men også udvikle tankerne, og kun få danske videnskabsmænd har gjort så meget som han for at udforme og afklare deres sprog.

Den første frugt af hans sproglige arbejder, som foreligger for os, er en meddelelse til Det kgl. danske videnskabernes selskab i 1812 eller 1813 om forslag til nye navne i kemien. Dette foredrag blev så, fordi Ørsted kom ind på udførlige sprogsammenlignende studier, udvidet og omarbejdet til et latinsk indbydelsesskrift til universitetets reformationsfest 1814, under titlen: *Tentamen nomenclaturæ chemicæ omnibus lingvis Scandinavico-Germanicis communis* (citeres i det følgende som 'Indb.').

Fra den nærmest følgende tid ved jeg intet at fortælle om Ørsteds arbejde med sproget. En enkelt udtalelse i en tale *Om Danskhed* fra 1835[1] viser, at han stadig har haft dette æmne i tankerne. Klarere kommer det fræm i hans tale ved naturforskermødet i Göteborg 1839: *Den gjensidige Nytte de Skandinaviske Tungemaals videnskabelige Kunstsprog kunne have af hverandre*[2]. Helt fyldigt kommer det igen til orde i fortalen til *Naturlærens mechaniske Deel* 1844[3] og endnu mere i enkelthederne i en samling efterladte optegnelser, som året efter hans død er trykt i *Samlede Skrifter IX*, udg. 1852. Disse optegnelser vidner om den kærlighed og omhu, Ørsted til det sidste viste sit sprog[4].

Ørsted har den rent umiddelbare kærlighed til sproget, som gör at et vel fundet sprogligt udtryk er ham en kilde til glæde. I et brev til sin hustru fra Berlin, avgust 1843[5], fortæller han følgende: „Der blev fortalt adskillige morsomme Anekdoter, hvilket jeg kunde mærke paa Kongens Latter; men af Mangel paa Kundskab om Omstændighederne fattede jeg dem ikke ret . . .; men et

[1] S. Skr. VII. [2] Se mødets *Förhandlingar* Göteb. 1840 s. 117—18. [3] Her citeret (Naturl.) efter 2. udg. ved C. Holten 1854. [4] Sml. også Breve II s. 261. [5] Breve II s. 195.

originalt Ord hørte jeg af Kongen. Der taltes om en Landstrækning, som man ved en Række slette Forholdsregler havde fordærvet; han sagde nemlig, at 'man hatte es *zermassregelt*'. Man kan ikke nægte, at dette ordentlig er et vittigt Ord". Er det ikke, som om man gennem ordene føler Ørsteds sproglæde — og er det ikke betegnende, at det er den eneste af anekdoterne, han genfortæller?

Men Ørsted er i höj grad fornuftig. Det mærkes gang på gang i hans forhold til digtningen, og det mærkes også i hans forhold til sproget. Den rent umiddelbare sproglæde er ham ikke nok; han vil forstå, hvorledes det hænger sammen. Hans kamp mod fremmedordene, som han fører så kraftigt, må have en anden begrundelse end blot den, at fremmedordene er stygge, at de, for at bruge gamle Samuel Kempenskjölds ord, står og glor som tællekłumper i en blodpølse. „Af Ærgjærrighed skulle vi neppe udelukke [de fremmede Ord], men heraf følger ikke, at vi skulle forsømme at erstatte disse Ord med andre, øste af vort eget Sprog. Naar de ere ret hjemlige eller ret betegnende, tjene de altid til at rykke Tingene vort aandelige Øie nærmere"[1]. „De fremmede Ord give det Betegnede selv noget Fremmed for Indbildningskraften, et Skin af at være mere betydningsfuldt, end man ellers skulde have tænkt. Man søger noget Dybere deri, ligesom dette skeer i Begyndelsen, naar noget meddeles os under mange Forberedelser. Naar man taler til en Ulærd om Temperatur, søger han noget Mere deri, end naar man taler om Varmhed: taler man om Pression, troer han, at det betyder noget Mere end Tryk: taler man om Objekt, tænker han, at det betyder noget Mere end Gjenstand"[2].

Ørsted beroliger altså sin samvittighed med, at når han fører sin kamp for et skönt, rent, uplettet sprog, så gör han det på gode fornuftgrunde; men tro, hvem der vil, at det er fornuftgrundene, som er den drivende kraft! Selv under det latinske festskrud hører man hans hjærteslag i udtalelsen om „de herlige nordisk-tyske sprog, som ikke blot har det til fælles med det græske, at de omfatter flere folkesprog, som er uddannede ved digtning og tænkning, men også det, at alle ord, som behøves til at udtrykke nye erfaringer og opdagelser, kan dannes af den hjemlige stamme; så de behøver ikke at gå under noget fremmed åg. Vore sprog kan med rette være stolte af denne jomfruelighed (*integritas*)"[3]. Og det er

[1] S. Skr. IX s. 9. [2] Sst. s. 6. [3] Indb. 1814 s. VII.

nok også mere end fornuft, når han siger: „Sysselsættelsen med fremmede Sprog gaaer hos os ofte saa vidt, at man tænker i mange Sprog paa eengang, og derfor belemrer Sproget baade med fremmede Vendinger og fremmede Ord"[1].

Han kræver dærfor også agtelse for sit arbejde i denne sag, som man gör det for alt arbejde, man gör i kærlighed. „Mænd, som nogenlunde udelukkende opoffre sig til en vis Videnskab, ringeagte ofte Bestræbelserne for at forædle Modersmaalets til deres Fag henhørende Kunstsprog. Mange af dem mene, at det vilde være Tidsspilde for dem at anvende Tiden derpaa. De kunne deri have Ret; for dem kan det være Tidsspilde, forsaavidt det ikke passer til deres Evners Særegenhed; men derfor er det dog vigtigt for Folkets og Sprogets Dannelse. Vi ville ikke dadle dem, som ifølge deres Aandsretning holde sig fra dette Værk, naar de virke hæderligt i andre Retninger; men naar de lade haant derom, ere vi berettigede til at sige dem, at deres Ringeagt beviser en Mangel hos dem selv"[2].

Dærfor kan Ørsted heller slet ikke lade være at sysle med sproglige spørgsmål. Dærfor drives han ind på undersøgelser over ordenes oprindelse. Dærfor sætter han sig ind i frændesprogene, ikke blot i tysk og svensk, men hollandsk og islandsk må med, ja angelsaksisk også. Og dærfor skriver han på sine gamle dage: „Man vil see, at jeg vedbliver den samme Bestræbelse efter at undgaae fremmede Ord, og udfinde nye danske, som jeg har fulgt paa hele min videnskabelige Bane"[3].

Ørsted er dog ingen 'målrenser' i Knud Knudsensk forstand. Han er, som alt sagt, i höj grad et fornuftmenneske, og trods sin kærlighed til det rene, uplettede sprog indser han, at man må fare med læmpe. „Uagtet det er vigtigt at rense Sproget fra ufornødne fremmede Ord, bør man ikke ængste sig paa Sprogærens Vegne, ved at det beholder mange fremmede Ord. Herfor er intet Sprog frit. Alle dannede Sprog ere Frembringelser af de forskjellige dannede Nationers Samvirkning. Hver for sig finder heldige Udtryk for Ting og Tanker, som især fremtræde for dem. Hvad den ene Nation siger nyt og træffende, hører den anden, griber og hruger det, og tager tit det fremmede Ord med den fremmede Tanke. Hvor vidtudbredt i Europas forskjellige Sprog ere ikke Ordene N a t u r, N a t i o n, P o e s i, L i t t e r a t u r, A r m e e, C a p i-

[1] S. Skr. IX s. 7. [2] Sst. s. 6. [3] Naturl. s. V.

tain, Astronomi, Physik, Medicin, Zenit, Nadir, Pol, Product, Mathematik o. s. v.!"[1]

Dog må man ikke tro, at han godkender disse ord som danske. Det er kun en foreløbig indrömmelse han gör. Først må man over det vigtigste, de fremmede ord som skader forståelsen; så må de andre komme i anden række. Det skal ikke være forfængeligheden, men kærligheden til modersmålet, som skal være drivkraften.

Ørsted ser også godt, at med ordenes fordanskning er ikke alt gjort. I talen om danskhed siger han: „Saa meget end fremmede til Sproget ikke passende Udtryk vanhelde det, bortfjerne vi os dog langt mere fra sand Danskhed ved at optage fremmed Stiil og fremmede Modedaarskaber"[2].

I korthed kan man vist ikke udtrykke Ørsteds standpunkt i forholdet til fremmedordene klarere, end han selv har udtrykt det: „Det, man siger sine Landsmænd, maa være saaledes sagt, som om det fra først af var tænkt i Modersmaalet. Dette vil ingenlunde hindre en Forfatter i at berige sit Sprog ved Hjælp af de fremmede; men han maa mage det saa, at dette Fremmede forvandles til Kjød af vort Kjød og Blod af vort Blod; den danske Mand maa fordanske det Fremmede, han vil byde sit Folk, og i samme Aand maa Enhver handle, som vil berige sit Sprog"[3].

I det hele står Ørsted langt nærmere ved den yderliggående Knudsen—Dahl'ske retning end ved ikke blot det standpunkt, som Holberg i sin ungdom indtog, men også det, han i sine Epistler forsvarer. Holberg skildrer selv sit første standpunkt, det som nu vel ingen mere vil godkende, således: „Endelig, da jeg skulde skride til *solide* ting, og skrive Dansk, kunde ieg ikke hitte paa ordene, vidste ei heller at orthographere dem ret. Ieg skrev derfore ligesom ordene udi en hast kunde falde mig ind. Naar ieg for *exempel* ikke kunde hitte det ord iagttage, skrev ieg beobagte, naar et signet ikke vilde falde mig ind, skrev ieg pitskaft. Naar ieg ikke kunde erindre dens eller dets, skrev ieg dessen, i steden for derudi derudinden &c."[4]. Dette er selvfølgelig uforsvarligt, og Holberg selv nævner det kun for at tage afstand fra det. Men ogsaa hans senere *raillerie* med *puristerne*, som den dag idag finder sine ivrige tilhængere, vilde af Ørsted blive mødt med bestemt indsigelse: „Jeg veed meget vel, at man kan være uheldig i mangen

[1] S. Skr. IX s. 9. [2] Sst. VII s. 57. [3] Sst. IX s. 8. [4] Mindre poet. Skr. ved Liebenberg s. 264, stavningen lidt ændret.

saadan Orddannelse, at man næsten altid har Fordommen imod sig, og at man udsætter sig for mange letfundne Vittighedspile; men jeg glemmer ikke, at Sproget i den ene Tidsalder efter den anden, til Trods for al denne Modstand, er blevet beriget med nye Ord. De uheldigt dannede ville ikke vinde Borgerret i Sproget; de heldigere ville være en varig Berigelse. Den, der danner nye Ord, gjør sine Landsmænd et Forslag, som antages eller forkastes af den almindelige Mening. Mange synes at ansee det for ligegyldigt, om vi udtrykke en Tanke med fremmede Ord eller med vore egne, ja der gives dem, som sætte megen Pris paa den Fordeel ved Brugen af Fremmed-Ord, at man sparer nogen Umage, naar man vil læse udenlandske Bøger; men herved gjør man sig skyldig i den Feil, at fremhæve en temmelig ubetydelig Fordeel, som kun kan nydes af nogle, medens man overser det, som er hele Folkets Sag. Sproget, hvori det udtrykker sine Tanker, og hvori den Ene modtager den Andens Meddelelser, er ikke en tilfældig Blanding, men har en stor indvortes Sammenhæng, som Udtrykket for den Tankeverden, der har udviklet sig hos Folket"[1].

Dersom man skal udrense de fremmede ord af sit sprog, må man give andre i stedet; kampen imod de fremmede ord vil blive gold, dersom der ikke skabes hjemlige til at afløse dem. Dette indser alle let, og dærfor vilde det være naturligt at gå over fra angrebene på fremmedordene til at se på, hvad Ørsted har skabt af nyt ordstof. Den letteste måde at afløse fremmede ord på er at oversætte dem, men den måde må kun bruges med skönsomhed. Det havde også andre gjort för Ørsted, og det har andre gjort efter ham, ofte höjst uheldigt. Nogle er næmlig slet ikke klare over den kendsgærning, at ordene ikke betyder én ting men flere ting, og måske danner de så en oversættelse, som rammer den ene side af det oversatte ords betydning — og bruger det også, hvor det oversatte ord betyder noget helt andet. Andre mener, det er nok at overføre et ords betydning, uden at de tager hensyn til, om måske et sådant ord på dansk vil få en meningsforstyrrende biklang. Disse farer er Ørsted på det rene med, og han søger at undgå dem. Han ved, at det gælder om at gengive tanken, ikke ordene.

„Det er aldeles ikke nødvendigt at give enhver Vending, som findes i fremmede Sprog, ganske i vort eget; intet fremmed Sprog

[1] Naturl. s. V.

formaaer heller at gjengive alle vore Ord og Vendinger. Lader os tænke paa Dansk, ikke paa Tysk eller Fransk eller Latin, og vi ville sikkert finde danske Udtryk for vore virkelige Tanker. Kunde Skintankerne døe i Fødselen, var det godt"[1].

Men netop disse farer var hans forgængere faldne for, idet det danske, tyske, hollandske og delvis det svenske kunstsprog på kemiens område kun var en oversættelse af det franske. De græskfranske ord, som lå til grund, var i og for sig gode, idet deres betydning var så afsvækket, at den ikke var påtrængende, men i oversættelserne Sauerstoff, Wasserstoff, Halbsäure eller Suurstof, Vandstof, Halvsyre blev grundbetydningen så klar, at man ikke kunde frigöre sig for den. Der er dærfor god grund for Ørsted til at fræmføre sin advarsel: „Mange fremmede Ord skulde slet ikke oversættes, f. Ex. barometrisk Tilstand, der ikke er andet en Lufttryk"[2].

Den allerførste forudsætning for at få et rent sprog er altså den, at man skal se, om vi ikke på dansk kan udtrykke det samme helt uden at bruge ord for ord, først dærefter kommer spørgsmålet om et nyt ord.

Men ofte vil dette spørgsmål ikke kunne undgås. Hvilke fordringer kan man da stille til det ny ord?

For det første skal det være sandt, d. v. s. det må ikke indgive falske forestillinger[3]. Dærfor er et ord som halvsyre forkasteligt for ilte *(oxide)*, fordi det vækker forestillingen om surhed (i egentlig eller kemisk forstand); endnu mere et ord som syrsatt kalium på svensk, fordi kaliumilte netop ikke er surt men basisk. Også vejrglas forkastes af samme grund som betegnelse for lufttrykmåleren.

For det andet skal ordet betegne, ikke beskrive, når da ikke beskrivelsen kan göres ved at angive de enkelte dele, som et sammensat hele består af[4]. „Mange begaae den store Feil at fordre, at Ordet skal udtale Sagen, og dadle det, naar det ikke har denne formeente Dyd. Vilde de behandle de gamle Ord paa samme Maade, skulde de snart see, hvor stridende mod Sprogets Natur deres Fordring er. Ordene ere nærmest for Fantasien og maae kun ikke være mod Forstanden. Selv den Omstændighed, at et Ord kan tages i en anden Betydning end den foreslagne, er ikke afgjørende imod det, men maa bedømmes med Hensyn paa alle Forholdene.

[1] S. Skr. IX s. 7. [2] Sst. s. 5. [3] Indb. s. VII. [4] Sst.

Ordentligvis skulde Ordene kun antyde, ikke stræbe at udtyde hele Tankeindholdet (ikke være Definitioner)"[1]. — I Indbydelsesskriftet udtrykkes det samme omtrent på følgende måde: „Er det således, at man ikke engang ved en vidtløftig beskrivelse kan give udtryk for alle et stofs egenskaber, selv om man bruger nok så mange ord, kan de da aldeles ikke udtrykkes i et enkelt ord. Selvfølgelig må ethvert navn da være ensidigt. Hvis det nu er af den art, at man blot aner dets betydning, er det særdeles godt; men dærimod ikke, hvis det altid tvinger en til at tænke på dets grundbetydning og altid fræmhæver den tilfældige side af det betegnede, som det knytter sig til. Hvor stor skade dette gör ved dannelsen af sammensætninger efter bestemte regler, er særlig tydeligt; ti det hænder ofte i den kemiske navnedannelse, at betydningen af det sammensatte ords enkelte led slet ikke kan forliges, så at man må gribe til en omskrivning i flere ord eller til et fremmed ord. Heraf kommer det, at disse sammensvejsede ord ofte er golde, så man af dem kun kan danne ganske få benævnelser på andre ting, og at disse har sådanne fejl, at de må forkastes"[2].

Disse regler for orddannelse følger Ørsted selv. Ilt og brint, æsk og ær for surstof, vandstof, alkali og metal, mållunder for dimensioner, opstemme for potensere er alle smukke prøver på hans forståelse af denne sproglov.

For det tredje må man så vidt muligt undgå at danne sammensætninger til at betegne usammensatte stoffer med, i særdeleshed stoffer, som ofte indgår forbindelser med andre. Det er hovedfejlen ved de gamle kemiske navne, at grundstoffernes navne selv var sammensatte, og at det ene sammensætningsled betegnede en forbindelse af grundstoffet og et andet stof (som vandstof, d. v. s. det stof, som forbinder sig med ilt til vand)[3].

For det fjærde må grundordene være frugtbare, så at man af dem kan danne sammensætninger og afledninger til at betegne de stoffer med, som dannes af grundstoffet[4]. Ved de gamle oversættelser af kemiske ord havde man „begaaet den Feil at betegne de første, meest usammensatte Grundstoffer vi kjende med afledede eller sammensatte Ord, af hvilke det da naturligviis ikke var muligt at danne lette og beqvemme Udtryk for de sammensatte Gjenstande. En Følge heraf var da, at man maatte blande det indenlandske Kunstsprog med fremmede Ord, der sjeldent føjede

[1] S. Skr. IX s. 5. [2] Indb. s. III—IV. [3] Sst. s. VII. [4] Sst. s. VIII.

sig efter Sprogets egen Grammatik"[1]. „Svenskerne har vel været mindre bundne i den sag; dog når de ord, som de har dannet, langtfra de bekvæmme franske i afledningsmulighed"[2].

Frugtbare er da også Ørsteds egne ord; vi kan tænke på de mange afledninger, som er dannede af ilt og brint, og sammenligne disse ords frugtbarhed med de golde norske surstof og vandstof. Alkali vilde Ørsted gengive med æsk og svagere alkali ved æskel, og ved krydsning af æsk-æskel og syre-syrling vilde så fræmkomme:

æsk + syre = salt
æsk + syrling = salting
æskel + syre = salsel.

Man kan kun beklage, at de frugtbare ord æsk og æskel ikke slog igennem ligesom ilt og brint.

For det femte må ordene ikke være for lange eller for vanskelige at udtale[3]. Også denne regel havde de tidligere kemiske navne krænket, men også en del af de senere dannede ord har været imod denne regel. Jeg er således ikke vis på, at Ørsted vilde have godkendt Deichmann-Branths forslag kvælt for kvælstof. Ørsted har ikke selv foreslået nogen afløser til kvælstof, skönt han kendte (og vist billigede) det svenske kväfve. Grunden har sikkert i første række været den, at han intet afgjort godt ord havde at foreslå; selvfølgelig kunde han lige så godt som Deichmann-Branth have fabrikeret ordet kvælt, men Ørsted var nu éngang ikke ordfabrikant men ordkunstner. Men i anden række er så dærtil kommet, at kvælstof ikke strider mod den tredje regels slutning, sådan som surstof og vandstof. Dersom ordet kvælstof i sig selv havde været lige så forkasteligt som de to andre, tænker jeg snarest at Ørsted havde taget det svenske kvæve, selv om det vilde have set udansk ud. Da nødstilstand ikke tvang ham, lod han imidlertid det gamle stå.

For det sjætte må et ord kunne föje sig efter sprogets vaner, ikke stride mod sprogets natur[4]. Dette er den anstødssten, som så mange fremmedord falder over. Man føler ganske tydeligt, om et ord kan danne afledninger og böjes efter de hjemlige mønstre, og kan det ikke det, føles ordet som fremmed. Ord som natur, grad, pest føles som hjemlige, fordi man enten kan danne hjem-

[1] Vidensk. Selsk. Forh. 1812—14 s. 8. [2] Indb. s. III. [3] Indb. s. VIII, jfr. S. Skr. IX s. 5. [4] Indv. s. VIII. S. Skr. s. 5.

lige afledninger (naturlig, at grade) eller i alt fald ikke kan danne fremmede afledninger af dem. Et ord som rest står på vippen, man kan både sige at reste og at restere, rent fremmed er restance.

Til disse 6 regler, som er opstillede på s. VII—VIII i det lalinske indbydelsesskrift, kommer endnu en, som er antydet sst. s. V. Det er de svenske navne syra og syre (syre og ilt), som giver anledning til den bemærkning, at det er uheldigt, når nye ord indeholder forvekslingsmuligheder ved alt for meget at ligne andre. Skönt de svenske ord i og for sig opfylder alle de seks regler (delvis med undtagelse af den første), er de dog uheldige, fordi deres afledninger vil falde sammen, og man dærfor ikke i afledningerne kan se, hvilket grundord de går tilbage til.

For kort at sammenfatte alt dette kan vi bruge Ørsteds egne ord: „Den Berigelse, man især maa ønske Sproget, er rigtige, indholdsrige, frugtbare Ord. Jo mere Menneskets betydningsfulde Tanker og Forestillinger finde Udtryk i Modersmaalet, jo mere beriges og uddannes Folkeaanden“[1].

Hvor finder man da sådanne ord? Ørsted har ikke ladet det bero med en enkelt vej; han har søgt dem, hvor de kunde findes, og det var flere steder. Nærmest ligger det at tage, hvad modersmålet allerede har i brug, og den vej har Ørsted selvfølgelig ikke forsömt. Den overfladiske fordansker af noget fremmed lader det bero på tilfældet, om han bruger ordet hurtig eller hastig, hurtighed eller hastighed. Ørsted siger: „Hastighed er en Stedforandrings Størrelse, maalt ved Forholdet af det gjennemløbne Rum til den anvendte Tid. Hurtigheden bestemmes ved Kortheden af den Tid, hvori en Handling tilendebringes . . . Man kan derfor sige om den Bevægelse, hvorved et Rum hastigt blev gennemløbet, at den gik hurtigt, tilendebragtes hurtigt . . . En faldende Steen kommer desto hurtigere til Jorden, jo mindre Højden er, hvorfra den falder . . . Dens Hastighed er jevntvoxende„[2]. Navne som lufttrykmåler, varmemåler, fugtighedsmåler, indsuge, afsiet, indhvælvet, udhvælvet og gnidning for barometer, termometer, hygrometer, absorbere, affiltreret, concav, convex og friction ligger så at sige på landevejen, og dog havde ingen anden fundet dem, til trods for at de latinsk-græske navne

[1] S. Skr. IX s. 9. [2] Sst. s. 17—18.

er så lette at forveksle endog for den kyndige. Man mærker også en berettiget stolthed i en udtalelse af Ørsted som denne: „En Steen falder til Jorden med en jevntvoxende Hastighed, jeg tænker at dette Udtryk rykker os Tanken nærmere end det gamle eensformigt accelereret Hastighed, eller det noget senere eensformigt tiltagende. Naar vi kun søge, finde vi bestandigt i vor Sprogskat flere brugbare Udtryk for Videnskaben. Til at betegne den Hastighed, et Legeme har ved Enden af en given Tid, som paa Latin hedder *velocitas finalis*, brugte nogle danske Skribenter det temmelig uheldige Endehastighed, men jeg fandt ofte, at selv Udtrykket Slutningshastighed, ligesaa vel som det latinske Ord, er ubeqvemt, fordi man dermed maa betegne den Hastighed, som et Legeme har ved Slutningen af en given Tid, uagtet Bevægelsen ikke afbrydes. Det faldt mig senere[1] ind, at vi har i vort eget Sprog Ordet Fart, som netop betegner den Evne, et Legeme i et givet Øjeblik har, til at fortsætte sin Bevægelse med en vis Hastighed, uden at derved udtrykkes noget Hensyn paa de Forandringer, Bevægelsen lider i de forskjellige Tidsdele. Vil man netop antyde Farten ved Slutningen af en Bevægelse, kan man enten beholde Slutningshastighed eller Slutningsfart; ofte vil Udtrykket den opnaaede Fart, *vitesse acquise*, svare til den nærmere Tankebestemmelse"[2].

Ofte vil det dog være sådan, at ordet ikke ligger rede; men så er Ørsted ikke ræd for at benytte sig af vort sprogs dannelighed, som når han skaber ord som rumfang for volumen, samgående for corresponderende, luftskifte for ventilation, vægtfylde for specifisk vægt[3], smulbrænde og iltes for calcinere, synsvildelse for optisk bedrag, hulret for porøs, trangsynet for bornert, afskygning for nuance, genstrålning for reflex, eller vindelbugt for spiral[4].

Her lægger Ørsted særlig vægt på, at det ene ord støtter det andet. Det er netop for en del de fremmede ords enlige stilling, som gör dem så lidet værdifulde. Vi må have ord, hvis grundbetydning støtter opfattelsen af deres særbetydninger. „Physiske Ordslægtskaber ere næsten aldrig blevne behandlede af dem, som skreve om de saakaldte eenstydige Ord, hvilke man hellere maatte kalde meningsbeslægtede Ord. Man vilde vinde meget for

[1] För 1839, ti ordet hører til dem, Ørsted nævner ved naturforskermødet i Göteborg. [2] Naturl. s. VI. [3] Göteborgs-mødet s. 117 flg. [4] S. Skr. IX spredt.

Sproget i Almindelighed ved en grundig Undersøgelse over Ordenes sandselige Betydning; thi den ligger som oftest til Grund for den aandelige"[1].

„Jo rigere Sproget er paa betegnende Ord, som indbyrdes hentyde paa hverandre, desto lettere trænger Dannelsen ud til alle Lemmer. Med andre Ord: naar Tankerne fremstilles i Udtryk, som ganske tilhøre Sproget, ville de opfattes med større Klarhed, og mangen Misforstaaelse undgaaes. Det være mig tilladt at anføre nogle Exempler, tagne af Naturlæren selv. Uagtet Barometer og Thermometer have gammel Borgerret i Sproget, hører man dog ofte begge Ord forvexlet, selv af Lærde, som kjende deres Oprindelse, og aldrig kunde tage feil deraf, dersom denne Oprindelse stod dem for Øie, medens de talede. Kalder man derimod det ene af disse Redskaber Lufttrykmaaler, det andet Varmemaaler, har Ordet rykket os Gjenstanden saaledes for Øie, at Forvexlingen er bleven os umulig. Kunde man nu tillige fortrænge det urigtige danske Ord Veirglas, vilde mange falske Forestillinger være tilintetgjorte. Det var ikke unyttigt, om en god Fugtighedsmaaler kom i Landmandens Hænder, men hvorfor skal han lære at kalde det Hygrometer"[2]!

Vi vil da også ofte i Ørsteds navnegivning finde 'samgående' ord. Som han på Göteborg-mødet foreslog vægtfylde og rumfang, foreslår han senere varmefylde og varmefang (for varmecapacitet). Modsætningen til vægtfyldig bliver vægtsvang, modsætningen til strålevarme vandrevarme. Han bruger udtrykkene fintmærkende og snartmærkende om undersøgelsesredskaber, höjtstemt og lavtstemt om varmeudstråling[3], og til dette ordpar knytter han senere opstemme (potensere). Ventil får ikke blot sit almindelige ord i sperrlukke, men også særformerne sperrklap og sperrprop får navne.

I disse sidste eksempler ser vi klart, at Ørsted vil noget andet og mere end afløse fremmede ord. Til adskillige af disse svarer intet fremmed enkeltord, men kravet om et navn på sagen har stået for Ørsted, og når han har fundet navnet, har han glædet sig over sit sprogs dannelighed og rigdom. Selv dristige ord, som andre har skabt, optager han, som Riisbrighs enster for individ[4]. Og selv viger han ikke tilbage for et ord som mållunder (dimen-

[1] S. Skr. IX s. 11. [2] Naturl. s. V—VI. [3] Göteb.-mødet. [4] Brugt i Vidensk. Selsk. Forh. 1821—22 s. 14 og 16.

sioner, sml. hvorlunde o. s. v.). Men gladest er han, når han finder et udtryk, som at i læren om ligevægt beror virkningen på masse × hastighedsanlæg[1]. Her har han nået at udtrykke kort og klart, hvad andre må bruge en lang omskrivning til. Sammen med denne glæde over velgjorte ord hører hans uvilje mod vanskabninger. Vejrglas er omtalt, men også bredde i geografisk betydning og gennemsnit synes han ilde om, og foreslår midfjærne (midkreds = ækvator) og tværsnit eller tværmål; dog har han sikkert lige så lidt her som ellers tænkt på en tankeløs overføring uden hensyn til det enkelte steds sammenhæng. 'Gennemsnittet' af en række tal vilde han sikkert kalde noget andet, måske middeltal. Stedegen for local må man vist heller ikke opfatte som en almengyldig 'afløser'. Selvfølgelig har det misbrugte ord liberal i Ørsted en udpræget modstander, som fuldtud indser det falske i brugen af dette mangetydige ord.

Dersom det nu kan indvendes, at de fremmede ord dog har deres betydning ved at lette samkvæmmet mellem folkeslagene, nöjes Ørsted ikke med at sige, at denne fordel langtfra kan opveje skaden[2], men han tænker også på midler til at skaffe en lignende fordel ved ny ords dannelse. I indbydelsesskriftet fra 1814 siger han omtrent således:

„På samme måde som ord, der er dannede af græsk-latinske grundord, let kan tilpasses i alle romanske sprog, kan der dannes et kemisk kunstsprog, som kan være gangbart i det meste af Evropas nordlige halvdel, på grundlag af ordrødder, som er fælles for de tysk-nordiske sprog. Jeg har længe haft min glæde i at skabe et sådant kunstsprog. Jeg er født til vort danske sprog; allerede i de spæde år lærte jeg af en tyskfødt lærer, som jeg altid mindes med tak, hans sprog, så at jeg på en måde kan kalde det mit andet modersmål; således har jeg tidligt lært både at se og elske dets søskendelighed med det danske. Med samme sindelag har jeg set på det skönne svenske sprog, siden jeg har lært det at kende, og ofte har jeg lånt lykkeligt dannede ord af det, når jeg skönnede at de ikke stred mod dansk sprogsans. Også det hollandske sprog, som mange i deres uvidenhed ringeagter, har jeg søgt at skaffe mig kendskab til. Under disse studier har jeg klart indset, hvor meget de nordisk-tyske folk har forsömt deres egne sprog ved at forsömme hverandres; deres nære slægtskab

[1] Göteb.-mødet. [2] Se ovenfor s. 55.

har ikke kunnet undgå min opmærksomhed; mere og mere har jeg dærfor følt mig tvungen til at øse af de kilder, som de er udrundne af. Da det vel sjældent hænder, at en kemiker arbejder så meget med disse sprog, har jeg anset det for min pligt at bringe udbyttet af mine granskninger til andre kemikeres kundskab"[1].

Det er på grundlag af sådanne granskninger og en sådan synsmåde, at han foreslår — ikke samme men — nærstående betegnelser for dansk, svensk, tysk og hollandsk, ændrede efter hvært enkelt sprogs natur, således de danske ilt (med tilknytning til ild, men med sådan ændring, at ligheden ikke bliver påtrængende), brint (ligeså til brænde, brinna), tan (kalium, til tænde), ær (rent metal, til ir o. lign., lat. æs), æsk (alkali, til aske, potaske), ætsel (*chlorine*, klor?, til ætse, æde osv.). Hvor stor vægt han lægger på disse navnes fællesgermanske præg, ser man af hans slutningsord i indledningen:

„Som et helligt slægtskabsbånd, der omslynger os alle, bør denne sprogets ypperlighed anses, og af den bør der fræmspire et brodersind, som efter min mening bør opelskes overalt, hvor det kan ske. Da jeg dærfor skulde indlede årsfesten til minde om kirkefornyelsen ved Luther, der selv har bidraget så meget til uddyrkelsen af vore nordisk-tyske sprog, syntes jeg intet inden for mit fag passede bedre end denne undersøgelse om kemiens kunstsprog"[2].

På samme måde, som han her regner med alle de nærbeslægtede sprog, regner han ganske særligt med vore nærmeste frændesprog:

„Uagtet saavel det Danske som det Svenske, i Forhold til det ringe Antal, som dyrker hvert af dem, er beundringsværdigt rigt og uddannet, ville dog vi Nordboer komme til at stå tilbage for de kraftigst fremadskridende andre Folk, dersom vi forsømme at virke sammen og i Forening at uddanne vort Sprog; men virke vi med sand Overensstemmelse, ville vi være istand til at udgjøre en Stormagt i Sprogverdenen. De Nordmænd, som ret udtrykkeligt lægge Vind paa at gjøre deres Sprog saa forskjelligt fra vort som muligt, handle i en for deres Folk skadelig Aand . . . Naturligvis kan det ikke falde nogen Fornuftig ind at raade Nordmanden til ikke at øse af den Guldgrube, som Almuesproget i hans Land frembyder — saa gjøre vi Alle — men lader os gjøre det i broderlig

[1] Indb. s. VI. [2] Sst. s. VII lige efter det s. 52 ned. anførte.

Forening, saaledes at vi kunne staae kraftige i rig Dannelse for os selv og hæderligt stærke ligeoverfor Fremmede".

Ørsted gör imidlertid heller ikke over for frændesprogene noget afslag i sin fordring om, at ordene i vort sprog skal være danske i præg. Han vil afløse gemüse med grönsel, gemyt med hu, og gemytlig med hyggelig. At sluge selv frændesprogenes ord rå er ham usmageligt. Dærfor må man sige, at disse sprog mere har givet ham tilskyndelser end færdige ord, og dærfor vil vi kun sjælden kunne påvise deres indvirkning. Om samnævner (for generalnævner) siger han selv, at ordet er islandsk. Adbyrd for gebærde synes påvirket af svensk åtbörd, men er dog vist optaget fra det ældre danske sprog. Men selv om håndgribelige påvirkninger er vanskelige at finde, kan vi ikke tvivle om, at Ørsted har ret, når han selv siger, at frændesprogene har virket befrugtende på hans ordskabervirksomhed.

Ørsteds eget sprog er, som man vil kunne se blot af de små prøver her er anført, smukt, rent og frit for alt skaberi. Stilen er en smule pillen, man mærker, at han ynder at kæle for sit sprog. Man kan også — således på brugen af -ig og -igt i biordene og på hans bemærkninger om hiatus i et brev til F. L. Mynster[2] — mærke, at han kan nærme sig det pedantisk-omhyggelige. Men alt i alt er det en ren nydelse at se på hans sprogbehandling.

Ørsteds forslag til nye ord trængte langtfra alle igennem — en stor del af de forslag, som ikke vandt godkendelse, er ikke medtagne her —; men alene de, som gik ind i den almindelige bevidsthed, er nok til, at vi på hans videnskabs område føler os langt borte fra hans forgængeres sprogform.

Steen Blicher skriver i en af sine noveller: „Skjøndt en smuk Piges specifiqve Tyngde maa være æqval en Hæsligs, saa har jeg dog ladet mig sige: at den Første skal være meget lettere at bære, især for en ung og forelsket Cavalier"[3]. For os ser dette ud som hebraisk og bliver først ret fordöjeligt, når det omsættes på 'Ørstedsk' til: en smuk piges vægtfylde må være lig en hæsligs.

Så iöjnefaldende kan forskellen være, og alt dette er følgen af Ørsteds korte regel; ti „Den korte Regel er: Tænk det, du vil sige, paa Dansk, og tal saa"[4].

[1]S. Skr. IX s. 8—8. [2] Breve II, 262. [3] Røverstuen Kap. 4, her efter udg. 1833. [4] S. Skr. IX s. 10.

SOLVOGNEN FRA TRUNDHOLM

AF

EDV. LEHMANN OG AXEL OLRIK

I

For hundrede år siden var vor viden om nordisk religion i oldtiden alene øst af boglige og forholdsvis sene kilder. I løbet af de sidste menneskealdre har oldforskningen fremdraget eller indordnet et ikke lille tal af lævninger fra oldtidens fjærne tidsrum. Navnlig har vi i Danmark den enestående række af religiøse mindesmærker, der karakteriserer hver sin af jærnalderens perioder: Dejbjærg-vognen, Gundestrup-karret og guldhornene. Dertil kommer nu solvognen fra Trundholm, der fører os tilbage til broncealderens förste halvdel.

Trundholm er en mosestrækning i det nordvestlige Sælland, i Odsherred; stedet har ligget uopdyrket indtil for et eller to år siden. Da den i september 1902 blev plöjet for förste gang, skete der det mærkelige, at ploven trak en lille hest af bronce op af jorden; manden plöjede så videre, vendte, og da han plöjede tilbage, trak ploven en bronceskive med guldbelægning frem. Manden samlede alle stumperne sammen og kørte dem hjem; der kom bud til musæumsmændene; de fik travlt med at grave efter og rode, at ingen stump skulde undgå dem, og siden med at passe dem sammen.

Der var ingen tvivl om, hvorledes det havde stået. Nederst var et vognstel med seks hjul. Over baghjulene havde siddet en lodret, på den höjre side guldbelagt skive; over de forreste fire hjul — altså foran skiven — stod en hest, og den havde ved en slags tömme været spændt foran den gyldne skive; man så endnu en øsken dertil under hestens hoved og en anden foran på skivens kant.

Det mærkelige fund foreligger nu offenliggjort i oldskriftselskabets „Nordiske fortidsminder" med en tekst af musæumsdirektør Sophus Müller, der betegner sig som en foreløbig redegörelse, men er så væsenligt et bidrag til nordisk religionshistorie, at jeg skal gengive det meste af dens tankegang.

Selve denne gyldne skive, hvis bevægelse ved hjælp af hest antydes, er solen. Umiddelbart indtryk siger det, og skivebilledets forekomst indenfor beslægtede tidsaldre i de gamle kulturlande bekræfter det. Vognstellet, der bærer hele gruppen, svarer til andre vogne i broncealders-kulturen, som bærer kedler eller figurgrupper, og som alle — eller dog i de fleste tilfælde — har haft en religiøs karakter. Ligheden med disse værker viser, at det ikke er af kunstnerisk ubehjælpsomhed man har sat hesten op på vognen i stedet for at spænde den foran den. Sophus Müller følger dernæst fremstillingen af solen som blot skive, altså som den nærmeste gengivelse af selve solfænomenet. Den fører os i tid bag om den sædvanlige klassiske Helios, menneskeformet, stående på sin vogn, styrende sit firspand og hyppig omgiven af strålekrans, — denne agende solgud som vi endnu møder i eddakvadene, men som synes at have været fremmed for de homeriske digte. I stedet ser vi skivebilledet som genstand for tilbedelse hos Assyrer og Føniker (en vogn med solbilledet kørtes rundt ved fester), i den græske Mykene-kultur, og i en bestemt egn af Italien syd for Po, hvor skivebilleder på stenstøtter er ret hyppige, („den hele gruppe viser tilbage til tiden om år 1000").

Trundholm-vognen er utvivlsomt hjemmegjort; dens hele arbejdsmåde er den velkendte fra den ældre broncealder, selv om hestefiguren står usædvanlig höjt, på höjde med de bedste dyrebilleder fra Mykene; billedet må tilhøre de sidste århundreder af

2. årtusende f. Kr. Med den som holdepunkt søger Sophus Müller at bestemme andre af broncealderens mindesmærker. Han går til de bohuslenske helleristninger, hvor man i flæng finder ring, dobbeltring, den simple skive prydet med fligede eller fingrede strålebundter, endelig også figurer som fire- eller otteegede hjul, tildels med mellemrummet udfyldt med prikker, så at det intet rigtigt hjulbillede er. I dem alle finder S. M. afændringer af den blotte solskive; ligeledes i de kres-kors, der er almindelige i broncealderen, men forsvinder ret snart efter jærnalderens indtræden. Endvidere tror han — med en vis varsomhed — at genkende lignende metalforarbejdede solbilleder som Trundholm-vognen: en tynd rund guldbelægning med indre stråleornament, fundet i Sælland, i en grav i Jægersborg hegn; og i en skånsk bronceskive med hjulagtig understilling, som man tidligere har antaget for bunden i en vandspand.

Fra disse mindesmærker vender S. M. sig til et större udblik. „Den stilling, som dyrkelsen af solen indtager indenfor den ældste religionsudvikling i Norden, kan, at dömme efter det ringe endnu foreliggende stof, have været omtrent følgende. I Nordens yngre stenalder og endnu i broncealderen synes der at have været en ånde- og naturdyrkelse, som dette almindelig antages for de primitive folk; om de religiøse forestillinger i den ældre stenalder vides intet. Sten- og bronceøkser ligesom allehånde andre genstande skulde i Norden have været kultusobjekter, ligesom køllen, øksen, spyddet eller pisken i Kaldæa, hvor de ses anbragte på altrene som genstand for tilbedelse. De ejendommelig sammensatte nordiske offerfund, hvis antal er blevet betydelig forøget, siden de for en snes år siden först blev omtalte, kunde tyde på en dyrkelse af træer, stene, jord og vande, som denne findes fremstillet på monumenter i orienten. Hertil skulde da soldyrkelsen være föjet i den ældre broncealder, idet den var et vigtigt åndeligt element i den store kulturmasse, der dengang tilførtes fra syden". Meget af de laveste dyrkelsesformer holdt sig ned gennem oldtiden. „Men de personlige guder trådte utvivlsomt i forgrunden fra den romerske tid. Med denne anden store kulturmodtagelse indtrådte der en fuldstændig forandring i gudeforestillingerne; dærom afgiver sølvkedlen fra Gundestrup et sikkert vidnesbyrd. For de nye personlige guder trådte den gamle soldyrkelse tilbage eller antog sådanne nye former, at den ikke kan eftervises...

Dærefter ses kun personlige guder, fremmede som på sølvkedlen og ukendte som på guldhornene; först ned imod oldtidens slutning træffes de guder, der omtales i de skriftlige kilder.“

Når vi går det samme igennem ud fra de boglige kilder, må vi vistnok indrömme, at denne inddeling i tidsaldre er væsenlig rigtig. Eddamytologien stiller os overfor guder, hvor det individuelle præg er stærkt gennemført, og hvor det samtidig indskærpes at guderne er hævet over naturfænomenerne. Som dens forudsætning kan vi skimte en tidsalder, hvor adskillige guder har været knyttede til de store især himmelske naturfænomener. For solens vedkommende har vi en række af kildesteder der viser dens dalen. I det ældste, Cæsars stærkt omtvistede men ikke helt forkastelige vidnesbyrd, er solen, ilden og månen Germanernes vigtigste guddomme. Intet senere kildeskrift giver solen rang som dyrket guddom; men Merseburgerkvadet lader dog „Sunna“ tilhøre gudindernes række. For eddakvadene er solen sunket ned under gudekresen til en underordnet tjænerinde; at lade hende optræde indenfor Asgård vilde være umuligt. Som norsk folkeskik på de enkelte gårde har soldyrkelsen dog fortsat sig ned i tiden; og i egne nord for polarkresen kendes på folkevandringstiden og i senere skik en större fest ved solens genkomst. (En snart fremkommende afhandling i „D. St.“ vil bringe oplysninger om, hvor udbredt denne soldyrkelse er.) Medens solens betydning således er dalet indenfor myteverden og indenfor samfundslag, har andre gamle guddomme beholdt deres rang, med afströget naturvæsenet; kun ad sproglig vej véd vi, at krigsguden Tyr för har været himmelgud; selv Thor i eddamytologien har langt mindre af en tordengud i sig, end man almindelig tænker.

At dyrkelsen af himmelmagter har stået i sin glans i broncealderen, stemmer med alt, hvad vi ad literær vej kan vide. At den skulde være fremmed for stenalderen, lyder os mere påfaldende; af sproglige grunde må man vel anse nogen himmelmagts-dyrkelse for fælles-arisk. Men det kan jo være, at man med S. M. skal fraskrive stenalderen ret til at eje krestegnet som solsymbol; dette må det jo være arkæologernes sag at afgöre.

Forud for denne himmeldyrkelse ligger ubetinget dyrkelse af vætter i sten, fjæld, ström osv. Sådanne forestillinger danner öjensynlig ned igennem tiden den brede undergrund af daglivets forestillinger og skikke, der f. eks. endnu blandt Islands landnamsmænd var stærkt levende. En henlæggelse af dens blomstringstid til den yngre stenalder synes overordenlig træffende, selv om det arkæologiske bevis vel er en kende spinkelt. Et offer henlagt ved sten eller på mark kan jo have höjst forskellige årsager.

Med interesse ser vi en ny periode eller i alt fald en ny stor gruppe i nordisk religionshistorie dukke op: tilbedelsen af hellige — men af menneskehånd dannede — genstande, der er henstillede på alter eller offerplads som jordisk åbenbaring af guddommen. I tidligere fremstillinger var disse genstande kun offerfund; nu tegner disse pragtøkser og andre genstande sig for S. M. som gudefetisher, fordi den hele kulturbevægelse svarede til Forasiens tidligste kulturformer. Langt nærmere sidestykker har vi indenfor selve de nordeuropæiske religioner på tidligt trin, hos Lapper og Littauer: hånd i hånd med tilbedelsen af de store naturmagter går deres synlige fremstilling ikke ved menneskebillede, men ved hammer, spinderok o. desl. Når S. M. opfatter den som en vis grad af modsætning til tilbedelsen af naturfænomener, synes det ud fra nordeuropæiske kilder at være nok så nærliggende at understrege denne dyrkelses sammenhæng med de store himmelguder.

S. M.s undersøgelser vender sig i förste række mod den religionshistoriske og arkæologiske sammenhæng, hvori Trundholmsolbilledet har hjemme. De beskæftiger sig ikke nær så meget med, hvad kunstneren har villet udtrykke i sit værk, og hvad der har været den praktiske hensigt med forfærdigelsen; der udtales kun en formodning om, at det måske er gentagelse af en stor solvogn, der var et virkeligt kultusbillede. Selve figurgruppen består af en solskive og af en hest der trækker den. For S. M. har det været en hovedsag, at man ikke møder den fuldt formede Helios-type, der i menneskelig skikkelse står på vognen og styrer sit firspand. Tilbage bliver da det spörsmål, hvad kunstneren har villet udtrykke ved denne forbindelse af hest og sol, — en sag der bl. a. har en ikke ringe mytologisk interesse.

Her møder to muligheder. Den ene er, at solen er opfattet som en skive, hvis bevægelse over himlen sker ved hjælp af en hest. Således kender de indiske vedasange solen som en çakra (skive eller hjul) der drages over himlen af solhesten Etaça. Men en anden tolkning er også mulig. Denne sol med en hest foran kan være en ubehjælpsom fremstilling af en solgud, der ager over himlen. Endnu i tidlig græsk kunst kan vi finde solguden fremstillet under skikkelse af en strålekranset skive, der viser sig bagved et af havet opdukkende firspand; såvel vognen som den dærpå stående skikkelse er underforstået. Trundholm-gruppen kan udtrykke ganske det samme med mindre greb på kunstnerisk iscenesættelse. For en tidsalder, der er vant til at fremstille solguden blot under skikkelse af en skive, lod den agende solgud sig ikke fremstille på anden måde. Denne sidste forklaring er vistnok den rigtige. Forestillingen om et hjul trukket af solhesten er ikke eftervist nærmere end Indien, og den forudsætter at man betragter det synlige himmelfænomen som noget forholdsvis underordnet. Hele den senere gotisk-nordiske tradition holder sig, som vi véd, til en personlig solguddom, lige fra Cæsars Germaner indtil den norske folkeskik, hvor den genkomne sol selv slikker smörofferet op.

Solguden dukker op af havet. Græsk vasemaleri. (La Borde. Vases grecs de M. Lamberg. II p. 13 & 63.)

Skivefremstilling af den levende og tilbedte solgud møder netop i de kulturer, der afgiver forbilleder for vor broncealder; og den møder ligeledes hos Lapperne, der på så mange punkter har bevaret træk fra tidlig nordisk gudsdyrkelse. Solen som et levende, i Nordeuropa altid et kvindeligt, væsen går igen — ofte i rig mytisk udformning — hos folkestammerne af arisk æt. Solgudens forbindelse med hest dukker fyldig op i alskens tidlige kilder. Vedasangene kender Surya med tospand, enspand eller ridende; hest og mand er begge udgangspunkt for stråleglansen („den guldmankede Surya"; ligesom vor nordiske „Skinfakse"). Grækerne har den i tidlig kunst og i mærkelig primitiv form; og om end Iliaden ikke kender solvognen, lader den dog morgenrøden køre sit spand over himlen. Endelig møder vi i Nordisk solen med sit tospand, og dagen med sin „Skinfakse", agende over himlen. Rent ud modbevise muligheden af en klassisk påvirkning i sidste tilfælde kan vi jo ikke; men der mangler enhver bestemt enkelthed til at støtte den: firspandet, strålekronen, solen som mandlig gud og hans opdukken af havet. Alle ejendommelige detaljer går i anden retning: solens skjold, solulve, dagens porte. Den enspændige kærre som dagen kører på, kan ikke tjæne som modsætning til broncealderens forestilling; den svarer netop til den enkelte hest der drager solbilledet fra Trundholm. En sådan ikke nær, men dog kendelig sammenhæng mellem broncealderens solkørsel og eddamytologiens vil også ganske svare til det almenbillede, vi för fik af soldyrkelsen i det hele; vi så i løbet af jærnalderen solguddommen langsomt dale fra sin egenlige guddomsrang ned til en lavere plads. — Muligvis skal vi gå endnu langt videre i sammenhæng. Det skjold, som solen holder foran sig, minder i påfaldende grad om selve det kresrunde solfænomen; forud for den nuværende edda-opfattelse, hvor det er en plade der afsvaler solens altfor stærke stråler, må der gå en ældre mere umiddelbar opfattelse, der i den synlige solskive ser solgudens skjold; dens tid har været den, da naturtydningen endnu gennemtrængte de mytiske former. Med dette for öje må vi spörge: hvad udtrykte i sin samtids opfattelse den gruppe af skive og hest, der er funden på Trundholm? var den et solskjold og en solhest, der tilsammen antydede solens kørsel og stråleglans, på samme måde som i Nordeuropa hammeren alene antyder tordenguden? eller var den måske kun en solskive, der i tidens løb udviklede sig til at opfattes som solskjold?

Noget afgörende bevis for eller imod, vil vi vistnok ikke kunne føre fra det fattige materiale. Men det er nyttigt at holde öjnene åbne for de muligheder der foreligger, og ikke binde sig til en mere bestemt opfattelse end kilderne kan bære. Når S. M. opstiller den simple solskive og en menneskelignende Helios som de afgörende modsætninger, har dette sin gyldighed for de arkæologiske figurtyper. Men så snart vi er i den blotte myteforestilling, således som den finder sit udtryk i gudesagn eller hymne, viskes skellet ud; og selve solvognen må have været til som folkelig tydning af solfænomenet, förend den fik udtryk i billedkunstens Helios. Virkeligt skel mellem broncealderens og jærnalderens mytiske tydning af solen lader sig ikke påvise; en sammenhæng er endogså det sandsynligste.

Overfor S. M.s gruppering af de store tidsafsnit og deres religiøse hovedtræk har jeg udtalt den stærkeste anerkendelse og den varmeste tilslutning til de betydelige resultater der er nået. Jeg mener kun, at der må tages med nogen forsigtighed på den skarpe deling i perioder, som S. M. tegner, og som næsten vækker forestilling om et trosskifte for hver ny kulturbevægelse sydfra. Her må arkæologiens materiale på en eller anden måde modtage tilførsel, for at den almengyldige religionshistoriske sandhed kan fremkomme. Det er måske arkæologisk rigtigt at tale om de bratte modsætninger inderfor jærnaldrens guddomme: „fremmede som på sølvkedlen og ukendte som på guldhornene; först ned imod oldtidens slutning træffes de guder der omtales i de skriftlige kilder.“ Men lægger vi den ene skriftlige kilde ved siden af den anden, vidner de ganske det modsatte. De hovedguder som tilbades af Germanerne på Tacitus' tid, eller af den mand der först overførte ugedagenes navne til gotisk-germansk sprog, var netop de samme, som deres efterkommere 700 år senere måtte afsværge under Karl den stores sværd; og vi har dem igen i Eddaernes gudekres. Sølvkedlens og guldhornenes figurer, skulde de stå os fjærnere end Tacitus' Germaner? og hvor længe vil de være „fremmede“ eller „ukendte“? Efter så rige fund, og så kyndige bidrag til deres vurdering, tror man knap mere på, at döre, som nu er lukkede, ikke en skönne dag springer op.

AXEL OLRIK

II

SUPPLERENDE BEMÆRKNINGER

I den slutningsrække, gennem hvilken direktør S. Müller søger at klare sig Trundholm-fundet som et gudebillede, en afbildning af solguden, bestemt til dyrkelse, standser han kritisk foran en afgörende vanskelighed, nemlig spörgsmålet om denne genstands benyttelse. Han nødes til at formode, at den lille gruppe, der jo ikke er större end et stykke legetöj, er en mindre gengivelse af et stort kultusbillede (s. 315). Men hvad skal en sådan miniatur tjene til? „Hvorledes dette billede var opstillet, og hvorledes det blev anvendt ved gudedyrkelsen, derom vil man lige forgæves adspörge dette og de andre foran omtalte små broncearbejder, der var bestemte til hellig brug. Den skrøbelige lille genstand skulde synes mere egnet til at stå under glas på en piedestal i et lukket rum, som det nu er opstillet, end til at spille en rolle ved gudedyrkelsen i tider, der ikke kendte templer, og hvor de religiøse ceremonier foregik under åben himmel" (s. 316).

Denne vanskelighed møder Sophus Müller tilsidst, fordi han fra först af har taget synspunktet „gudebillede" op som nærmeste mulighed, og fordi det under den arkæologiske sammenligning er hans hovedinteresse at drage linjerne til andre solskivebilleder, i hvilke han finder mindesmærker fra samme mytologiske trin, og som kan støtte hans opstilling af „broncealderens mægtige solgud".

Der er imidlertid et andet synspunkt at anlægge, ved hvilket disse vanskeligheder forsvinder; dette synspunkt frembød sig for mig ved förste betragtning af vort mindesmærke, og det er netop dets lille format og dets brug på åben mark, som har ledet mig på tanken.

Mit umiddelbare indtryk af Trundholmfundet er, at det er en votivgave. Når hellige sager er i miniaturformat, er de enten til husbrug (penater, helgenbilleder), til gravbrug (redskaber, skytspatroner o. l.) eller det er votivgaver. De to förste muligheder er åbenbart udelukkede her. Det sikre holdepunkt for bestemmelsen er dette, som Sophus Müller til evidens har påvist, at tingen har været voldelig sønderbrudt för nedlægningen; den indordner sig derved under den kendte række af votivgaver, der just „casseres" — tilintetgöres ved sønderbrydning — når de overgives til guderne for dermed at være udelukkede fra menneskeligt brug[1].

Ligheden med andre genstande fra broncealderen: kedelvognene fra Klein-Glein og Schwerin m. fl. a. er iöjnefaldende og tilstrækkeligt fremhævet; de er forskellige i behandling, men art og format er det samme; de hører hjemme i den samme sakrale sammenhæng — det er broncealderens gængse fabrikat af kultusgenstande.

[1] Arkæologerne ved British Museum går så vidt, at de nødigt anerkender noget som votivgaver, der ikke har været søndret.

Disse ting står i reglen på **hjul**, — en omstændighed, som man har famlet meget omkring med. Oxfordmændene, **Evans** og **Percy Gardener**, fastholder den forklaring, at hjulene er den bevægkraft, der bringer votivgaverne op til guderne. De henviser til Iliaden 18, 368 f. hvor Hefaistos laver bronce-trefødder og forsyner dem med hjul for at de af sig selv kunde bevæge sig afsted til gudernes forsamling[1].

Denne forklaring er aldeles fyldestgörende, da den passer for alle tilfælde, lige fra den ægyptiske guldbåd til de mangfoldige brugsgenstande — smedetænger og andre værktöjer — der er anbragt på hjul, ting, der alle synes at stamme fra samme broncealdertrin som kedelvognene. Af og til — ved mindre votivbilleder (i Brit. Mus. f. ex.) er hjulet fladtliggende, med tingen eller figuren anbragt ovenpå navet; — forestillingen om hjulet som nødvendigt substrat er nu så indarbejdet, at man kan nöjes med en lettere antydning af motivet og benytte det praktisk som fodstykke.

At forklaringen slår til, kan også vises ad andre veje. Hist og her ser man de små bronceting (f. ex. en lille kedel) anbragt på dyreryg (Tylor-Museet i Oxford), en anden form for det bevægende princip, og dette sidste har hjemmel i udbredte offerskikke, som når de indiske offergaver lægges på nyslagtede antilopers skind, eller der kommer antilopehorn i tryllemidlerne for at befordre dem hurtigt afsted. De finske shamaner kan intet foretage sig med deres besværgelser för de har fået en hestesjæl, en gåsesjæl e. l. at ride op til guderne på.

At **hjulet** har været betragtet som et selvbevægende væsen, kan der næppe tvivles om; denne vidunderlige opfindelse har hos den fjærne fortids folk med deres endnu primitive tanke fremkaldt de mest overdrevne og overtroiske forestillinger. Derfor er det blevet et af religionens mægtigste og mangfoldigste symboler, der anbringes allevegne; det følger den indiske religion på alle dens stadier; vi finder det i oldbabylonske skrifttegn, i Grækernes ornamentik som i deres filosofi, på keltiske offerkar, i nordiske helleristninger. Vel måtte man undres over denne ting, der hviler i sig selv og dog bevæger andre; der fra sin midte stråler ud til

[1] *'όφρα δι ἀντόματοι θεῖον δυσαιατ' ἀγῶνα.* Digteren har da på sædvanlig homerisk vis ikke forstået den sakrale betydning af sit eget motiv og erstattet den med en meningsløs praktisk, hvad man ser af strofen 377: *'ήδ' αὖτις πρὸς δῶμα νεοίατο, θαῦμα ἰδέσθαι.*

alle sider og dog afsluttes cirkelrundt. Hvor fristende for alskens symbolik! For Babylonerne blev det syvegede hjul et billede på det syvdelte verdenshele, altså for rummet; Buddhister og Pythagoræere udtrykker tiden, livsløbet gennem „fødslernes hjul"; der tales om „lærens hjul", „bönnens hjul", „årets hjul", det astrologiske lykkehjul, — kort sagt et magisk faktotum, hvis betydning man intetsteds på forhånd kan være sikker på. Også solen har man meget ofte tænkt sig som et hjul; men den idelige soltydning af hjulet har dog vistnok haft sine bedste dage.

Med hjulet som bevægelsens symbol er også nogle andre tilfælde fra broncealderen forklarede, som Furtwängler og Blinkenberg har arbejdet med, nemlig hjulkarret fra Cypern og de salomoniske tempelkar, den danske kedelvogn fra Skallerup og de hermed stemmende beretninger om det hellige kar fra Krannon i Nordgrækenland. Om dette sidste vil en oldtidsberetning vide, at det anvendtes ved törketid, og at man da satte kedelvognen i bevægelse. Den hæftig rullende (og klirrende) lyd har ved denne vogntroldom måske skullet efterligne regnpladsket; Evans og Gardener vilde mene, at selve bevægelsen er hovedsagen, og at den indleder karrets fart op til guderne. Således kan det da forstås, at også store og blivende kultusredskaber med god mening har kunnet stå på hjul.

Men hvortil nu disse rullende kar og figurer? Votivgaver er mangeslags, men deres oprindelige anvendelse og egentlige bestemmelse er at bringe guddommen en ting, som kan antyde hvad det er, man begærer af denne guddom. En gud har man på dette trin kun for at få noget af ham, og man gir ham kun noget for at få gengæld. Votivgaven er ikke blot indbetalingen i denne tuskhandel, men også et signalsprog, hvorved man præciserer sin fordring. „Und wer eine Wachshand opfert, dem heilt an der Hand die Wund; und wer einen Wachsfuss opfert, dem wird der Fuss gesund." Ved fårenes læmmetid dannede Vedatidens Indere lam af ler og uld, der skulde fremtrylle lammenes velsignelse; ved dagning tændes der ild for at få lys for lys, ved vårtid trilles der ildhjul for at få solen på gled.

I alt offervæsen, der ikke er sublimeret helt op i åndelighed, skinner denne magi igennem, materiel både i sit formål og sin ytringsmåde. De talrige votivkedler forstås i denne sammenhæng bedst ikke som drikkekar eller offerboller, men netop — som vi lærte om det thessaliske kar — som noget der bruges til regntrolddom, men rigtignok med en langt tydeligere tilkendegivelse end med lyden af torden og regn. Thi jeg tænker, at man har fyldt disse kedler med vand og derpå sendt dem afsted til det höje, dels for at sige: „det er vand, vi vil have", dels for at give guderne noget at begynde med, for så at sige at spæde himmelbrönden op.

Herpå tyder også det såkaldte „hav" i Salomons tempel, det mægtige kobberkar, båret af tolv kobberøxne, rummende to tusinde spande vand; tillige med de bevægelige kar, der hørte til det og formodentlig forsynedes fra det. Dette „hav" har da på lignende måde som det persiske tempels store vandbrönd (se min Zarathustra II, 235) været den symbolske garanti mod at vandet kunde slippe op i universet og et slags reservefond for de himmelske vande[1], ligesom den hellige arne hos Indere og Parsere sikrer verdensildens beståen; thi ethvert udviklet tempel er en slags genspejling eller miniaturudgave af universet, gennem hvilket man behersker tilværelsen.

Endnu tydeligere bliver denne regntrolddom, når man betragter de fuglefiguren, der så hyppigt findes sammen med disse votivkar, f. ex. på Skallerupvognen. De kunde antyde flugten; men de er mere end symboler. Thi i en række tilfælde, som Undset har undersøgt, består votivgaven i selve fuglen. Disse hjulkørende broncefugle, der findes spredt i musæerne, indsamlede fra et vidtstrakt europæisk område, har hidtil trods Undsets ypperlige beskrivelse været ret gådefulde, og han opgav da også at bestemme, hvortil de egentlig har været brugte. Navnlig turde han ikke udtale nogen mening om, hvortil den firkantede fordybning tjente, som fandtes under det låg, der danner fuglens ryg. Jeg vover gisningen, eller rettere: jeg anser det på grundlag af alt det her udviklede for evident, at disse fugle har været fyldte med vand, og dernæst, efter at ryglåget er sat fast på dem (at vandet ikke skulde spildes), med en rullende bevægelse er sendt op til skyerne, eller måske ned i vandene, for i deres egenskab af regnfugle at hente den nødvendige væde. Jeg vil ikke heraf lade mig forlede til at forklare den vediske myte om falken Çyana,

[1] Kosters har en lignende tanke, når han (se Benzinger til 1. Kong. 7, 26) betragter „havet" som et symbol for „die unterirdische Wasserfluth" tehôm.

der hentede den himmelske soma, — den, der er ødet så megen ånd på — ved hjælp af denne regnskik, skönt man kunde fristes dertil; men jeg vil minde om de mange regnfugle, der findes i alverdens overtro, fra Grækernes gøg til Australnegernes vildænder, og tillige minde om den udbredte regnmagi at hente regn ved hjælp af vand, hvad endnu i mands minde en ældre dame i Jylland bedrev ved at hælde flere spande vand i et hul i haven, når törken varede hende for længe.

Fra det synspunkt, vi har vundet os ad denne våde omvej vil Trundholmfundet være at forstå som en sol der ofres for at skaffe sol. Og denne sol er fremstillet i en efter datidens begreber videnskabelig fuldstændig form: ikke blot solen, men også dens bevægelse, nemlig den hest, der kører solskiven afsted. Denne forestilling om et enkelt trækdyr som himmellegemets bevæger er både af Sophus Müller og nu af Olrik påvist for Indernes vedkommende. Enspænderen Etaça („den rappe") er spændt umiddelbart for solens lyse skive (Rig-Veda VII, 66, 14), ja for solens hjul, (VII, 63, 2), den „bringer" eller „fører" hjulet (*bharat çakram etaçah*) og den identificeres med guden Savitar, der just er lyslegemernes „Bevæger". Forestillingen fastholdes i det senere videnskabeligt udformede brahmanske verdensbillede, hvor himmelkuglen drejes af én, uhyre hest.

Nu er det værd at mærke, at forestillingen om Etaça med solhjulet ingenlunde udelukker forestillingen om personlige solguder. Denne solhest figurerer både sammen med Surya og med Indra, i hvis kreds den synes hjemmehørende, og Indra har som solgud intet andet at bestille med Etaça end at spænde den for solhjulet. Etaça holder væddeløb med Surya (hvis ene vognhjul er solen) og vinder ved Indras hjælp — i virkeligheden kun en konkurrence mellem to solmytologier. At den indiske forestilling om Etaça skulde have sin rod i fællesarisk mytologi er ikke udelukket; Indra og hans kreds står denne nærmere end den særligt indiske Surya.

Om solhesten (dog ikke specielt om Etaça) vides det med en vis sikkerhed, at den kunde blive træt og trænge til fornyelse. Det berömte indiske hesteoffer *(açvamedha)* sigtede netop på dette. Gennem årelang forberedelse opdrættedes en herlig hest til at ofres solen. Det var det största af alle ofre, og foretoges kun, når verden var helt af lave. Skönt hesten er både slagtet og parteret, forsikres det i hymnen (I, 162), at den er hverken død eller itu; den går nu op til guderne „til de gyldne to, til de to skimler, til æselets vognstang". Derfra skal den skaffe os „heste og øxne, helte og sönner, rigdom, skyldfrihed og herremagt". Her tales vel om solens tospand, endogså om to, plus Açvinernes æsel. Men offerskikken er ældre end hymnen (der tilmed er særlig overlæsset og kunstig), og dette at der kun ofres én hest, synes at vise tilbage til den gamle forestilling om én solhest.

Forsåvidt har vi en, om end skrøbelig, analogi til hvad der er foregået på Trundholm mark. Thi også her er der jo, in effigie, ofret en solhest, og selv om solskiven vel er hovedsagen i denne ofring — hvad man vel må formode af dens prægtige udstyrelse —, må tanken om en votivofring af hesten slet ikke holdes borte, så meget mere som hesteofre spillede en betydelig rolle hos vore forfædre.

Det er da foreløbig på ganske fri hånd, — men rigtignok støttet til al erfaring om votivgavers egentlige hensigt og på en sammenligning med broncealderens og den ældre jærnalders særlige brug af netop denne slags votivgaver, at jeg tænker mig Trundholmsituationen som følger: En stor landeplage eller folkenød, solformörkelse, misvæxt, stormflod eller en begivenhed af anden kritisk art (thi om en årlig solfest kan der dog næppe være tale) har foranlediget en offerherre eller et præsteskab til at komme solen til undsætning eller give den en lille mindelse; man vil skaffe sig dens bistand, man vil måske slet og ret skaffe sol, hvilket turde være et billigt ønske her i dette land. Man bærer sig da ad, som man vilde göre, hvis det galdt om at skaffe regn; man laver en lille, men kunstfærdig sol, forspændt og udhalet i enhver retning, men ganske efter tidens sakrale regler og smag; og den indvier man da til helligt brug og konfiskerer den til bedste for den guddomsmagt, som har med solen at göre, eller måske — ved ren magi — til umiddelbar nytte for solen selv uden at tænke på nogen særlig guddom derved. Ofringen er foretaget under åben himmel; man har nedlagt den sønderbrudte gave på flad mark, at solen kunde se, hvad der gik for sig, og kunde tilegne sig den realitet, der tænkes iboende i billedet.

Ud over dette rent kultiske skal jeg ikke vove mig. Det mythologiske ved sagen, hvorledes den guddom har set ud, hvem man har bragt dette offer, eller om det overhovedet har været til en gud, kan selve fundet ikke lære os noget om. En votivgave er kun i sjældnere tilfælde et gudebillede eller en imitation af dette. Den beskriver os ikke den gud, man henvender sig til, men siger os kun, hvad det er for en ting, man vil give eller have. I dette tilfælde er det solen, det drejer sig om, og man har da fremstillet solen så smukt og så fuldstændigt som muligt, både himmellegemet og dets bevægelse, både skiven og hesten. Dette behøver ikke at være nogen guddom, ligeså lidt som den indiske hest Etaça med samt dens solskive er en gud. Ligeså med den af Montelius beskrevne, men af S. Müller rigtigere forklarede solskive fra Skåne. Denne står på hjul (som ganske vist ikke kan rulle), og også den er af mindre format. Det synes at være et med Trundholmsolen aldeles parallelt tilfælde: en sol, som man tænker sig rullende op for at forny solen. (Hvis derimod Montelius' tydning, at skiven er bund til en spand, er rigtig, hører denne votivgave hjemme i regnmagien.)

En anden sag er det, om Trundholmsolen af andre grunde måtte bestemmes som en fremstilling af en solguddom, hvad jo bl. a. de mange solskiver fra samme kulturtid kunde tyde på. Vi har da det sjældnere tilfælde for os, at et formindsket gudebillede tjener som votivgave. Men også under denne forudsætning vilde man være nået til en besvarelse af det spörgsmål: i hvad hensigt har man foretaget en sådan formindskelse, og hvad har man villet med denne nipsgenstand i åben mark?

EDV. LEHMANN

HOLBERGS FØRSTE LEVNETSBREV

AF

JUST BING

Holbergs første levnetsbrev til en berømt mand (Epistola [prima] ad virum perillustrem) er — ganske særlig i den senere tid — blevet nøie gransket. Og det er ganske naturligt; for det er saagodtsom den eneste kilde til Holbergs biografi i Peder Paars's og Komediernes tid. Og dernæst er brevet medrette kaldt gaadefuldt og sfinxagtigt[1]; det synes at antyde mere end det udtaler, det synes at ville udenom mere end det vil ud med. Man mærker snart, at det ikke er en ligetil objektiv beretning; i denne selvbiografi er selvforsvaret fremtrædende. Men ikke mindre paafaldende er brevet selv som faktum. Det er besynderligt, at en 42—43 aars gammel mand sætter sig hen at skrive sin selvbiografi. Og det indtræffer paa et tidspunkt, da Holberg vender sig fra sit satiriske forfatterskab, komedierne og skjemtedigtene, til det historiske. Bogens sidste sætning er en erklæring om at han vil holde op med at skrive skjemtedigte.

Saa opstaar da naturlig spørgsmaalet: i hvilken anledning er denne apologetiske selvbiografi skrevet? Og i forbindelse dermed ogsaa det spørgsmaal, som Holberg selv har lagt paa vor tunge: Hvem er denne „très illustre“ personnage, som brevet er rettet til? Her er det da, at meningerne staar mod hverandre, og man har ikke hidtil kunnet naa til noget sikkert resultat. Endog om naar brevet er skrevet, har man stridt, skjønt det til slut bærer datumet *Hafniæ pridie Calend. Januar. Anno MDCCXXVII;* ja, endog om betydningen af denne datering er man uenig: V. Olsvig[2] vil

[1] Deri er Olsvig (Holbergs I. Levnetsbrev, 1902, s. V) enig med Christian Bruun (Om L. H.s trende Epistler, 1895, s. 9). [2] Det store Vendepunkt i Holbergs Liv, Bergen 1895, s. 11.

fortolke det som „Nytaarsaften 1726", medens Chr. Bruun[1] forsvarer den almindelige opfatning, at det betyder „nytaarsaften 1727". I sin udgave af Holbergs Komedier[2] har Jul. Martensen fremsat den antagelse, at den første del af brevet er skrevet før Holbergs Pariserreise (juni eller juli 1725—april-juni 1726). Tid, adressat, anledning — her er meget at spøre om, meget at strides om. Og før vi har faaet et tilnærmelsesvis bestemt svar paa vore spørgsmaal, kan vi ikke bestemme dette levnetsbrevs værd og betydning som historisk kilde.

I.

Først tiden. Hvad dateringen angaar: *Pridie Calend. Januar Anno MDCCXXVII;* „dagen før 1ste januar; i aaret 1727", — da kan den fornuftigvis neppe betyde andet end nytaarsaften 1727. Olsvig paaberaaber sig, at den gamle (julianske) kalender, der begyndte nyt aar i marts, først nylig var erstattet med den nye (gregorianske), der begynder nyt aar 1ste januar; derfor kunde en forveksling af aarstallene tænkes mulig. Men ombyttet var sket for 25 aar siden, saa det er helt urimeligt. Vi fastholder, at underskriften betyder nytaarsaften 1727. Men dermed er ikke affattelsestiden afgjort; dateringen kan jo sættes i forbindelse med en slutredaktion af det hele. Derimod kan der neppe være foretat nogen saadan efter dateringen; skriftet er ved nytaar 1728 sikkert gaaet lige i trykkeriet; for Hans Gram omtaler det som udkommet „i disse dage" i et brev til Fabricius i Hamborg 3. april 1728[3].

Brevet omtaler udførlig Holbergs forfatterskab til og med digtet Metamorphosis, der blev skrevet efter hjemkomsten fra Paris 1726 og udkom ved vinterens begyndelse. Ligeledes nævnes som opført „Pernilles korte Frøkenstand", der efter en bevaret plakat opførtes første gang 3. februar 1727[4]. Derimod omtales ikke hans latinske Holger Danskes Brev til Burman eller dets danske oversættelse, der er dateret *pridie* Calend. Februar. 1727 og udkom i Holland og i Kjøbenhavn i Juni og Juli s. a.[5]. Det kan derfor være en rimelig antagelse, at levnetsbrevet er skrevet før Holger

[1] Anf. arb. 43 ff. [2] I. 80 ff. [3] Brevet oversat Bruun l. c. 24 f [4] Martensen l. c. I. 86. [5] Bruun s. 50 f. Oversættelsen ved en feilskrift dateret 31. Februar 1727.

Danskes Brev til Burman, at affattelsestiden falder ikke fuldt et aar før slutredaktionen, ved hvilken mulig Pernilles korte Frøkenstands opførelse kan være noteret.

Gives der nu nu noget spor af en slutredaktion? Jeg tror at ha opdaget et meget vigtigt spor deraf paa bogens sidste sider.

De lyder saa:

Quod studia attinet, cum ægritudine tam corporis quam animi sæpe laborem, magnum mihi in literis solatium est nihilque tam triste, quod non per has fit minus triste. Hinc variis sæpe casibus turbatus dolorem exinde natum ægre ferrem, nisi in portum Philosophiæ me contulissem, nisi ad unicum doloris levamentum studia confugissem. Variis studiorum tamen generibus me experior, nulli satis confisus: libros selectos in omni scientiarum genere lectito; exceptis medicis et Mathematicis, quos non intelligo. Olim historiarum ac philosophiæ moralis totus eram, mox ad jurisprudentiam veterem deflecto, huic successit studium poeticum, [quo iterum relicto ad pristina studia revolvor]. Poteram forsitan nonnullius in literis nominis censeri, ni naturalem istum ardorem, quo in litteras feror, inhibuisset longa ac pertinax valetudo. Poterat etiam forsitan nomen meum quodammodo peregre celebrari, ni scripsissem Danico idiomate, cujus limites angusti adeo sunt, ut in ipsa Dania interdum frustra quæras, at sufficit mihi a crimine ignaviæ nomen quodammodo vindicasse, sufficit ab injuria oblivionis inter solos populares me adseruisse, de lingua patria bene meriisse, tibi ad scribendum hortanti obtemperasse. Et cum ætas nondum receptui canere permittat, in aliis operibus excudendis, si productius mihi ævum contingat æque facilem alacrem, nutuique tuo obtemperantem me reperies. Nam tuo legendi studio meum scribendi studium vehementius indies incitatur. A te solo largam capi olaboris mei messem, qui libris meis aquiescis, quique magnificum illud ac gloriosum nomini Danico putas, ut peregrinis de doctrina morum literis amplius non egeamus: Neque me a proposito deterrebunt aliorum cavilli, contra quos obduruisse me arbitror, ut ille apud Euripidem

> Si mihi nunc tristis primum illuxisset Dies,
> Nec tam ærumnoso navigassem salo,
> Esset dolendi causa; ut injecto eculei
> Freno repente tactu exagitantur novo.

Sed jam subactus cavillis obtorpui. Niveoque tanti viri calculo munitus pergam convitia non solum ferre sed & novo sudore mercari. [Carmina vero jocularia & ludos solitos relinquam aliis, quibus ætas mea jam cedere et fasces submittere debet, cum flos veteris ubertatis jam exaruerit.]

Hafniæ pridie Calend. Januar. Anno MDCCXXVII.

„Hvad studier angaar, da jeg ofte er syg og lidende baade paa legeme og sjæl, er der for mig en stor trøst i literaturen, og der er intet saa trist, som ikke ved denne gjøres mindre trist. Derfor, da jeg ofte har været hjemsøgt af adskillig modgang, vilde jeg vanskelig bære den deraf voldte smerte, hvis jeg ikke havde begivet mig i Filosofiens havn, hvis jeg ikke havde taget min tilflugt til smertens eneste lindring, studier. Jeg forsøger mig dog i forskjellige arter af studier, da jeg ikke stoler ordentlig paa noget enkelt: udvalgte bøger læser jeg stadig i enhver art af videnskaber, med undtagelse af medicinske og matematiske, hvilke jeg ikke forstaar. I gamle dage gik jeg helt op i historie og moralfilosofi, saa gjør jeg en afstikker til den gamle retslære, efter denne fulgte det poetiske studium [som jeg atter har forladt, og vender tilbage til mine oprindelige studier]. Jeg kunde kanske blive regnet blandt dem som har en smule navn i den literære verden, hvis ikke den medfødte interesse, hvoraf jeg drives til literære sysler, var blevet forhindret af lang og vedholdende sygelighed. Det kunde kanske ogsaa være, at mit navn paa en maade kunde berømmes udenlands, hvis jeg ikke havde skrevet i det danske sprog, hvis grenser er saa snevre, at man i selve Danmark undertiden søger det forgjæves; dog det er mig nok, nogenlunde at have forsvaret mit navn mod beskyldningen for dovenskab; det er mig nok, naar jeg hos mine landsmænd har beskyttet mig mod glemselens krænkelse, at have indlagt mig fortjenester af modersmaalet, at have adlydt Dem, der opmuntrer mig til at skrive. Og, da min alder endnu ikke tillader at lægge aarerne ind, skal De, i udarbeidelsen af andre verker, hvis mit liv kommer til at forlænges, finde mig lige villig, ivrig og lydig mod Deres vink. Thi ved Deres iver til at læse anspores daglig heftigere min iver til at skrive. Fra Dem alene tager jeg ind en rigelig høst af mit arbeide, De, som er fornøiet med mine bøger, og som anser den ting for herlig og ærefuld for den danske nationalitet, at vi ikke mere trænger til fremmed literatur om hvad der er dyd og daarlige seder: Heller ikke skal jeg lade mig afskrække fra mit forsæt af andres skumlerier, mod hvilke jeg tror jeg er bleven hærdet, ligesom hin græker hos Euripides: Var nu først sorgens dag oprunden, og jeg ikke Før havde besejlet et hav, saa rigt paa modgang og møie; Da vilde der være aarsag til sorg; som uprøvede heste Vil steile, naar ukjendte bidsel de pludselig føler sig paalagt. Men allerede tæmmet og indpisket, er jeg blet ufølsom for skumlerier. Og bestyrket med en saa stor mands godkjendelse, skal jeg fortsætte med ikke alene at taale skjeldsord men og at fremkalde dem ved ny flid og møie. [Men spøgefulde vers og den vanlige skjemt skal jeg overlade til andre, som jeg nu i min alder bør vige pladsen og sænke flaget for, da den gamle frodigheds blomstring nu er udtørret.]

Kjøbenhavn, 31. December, aar 1727."

(Olsvigs oversættelse.)

Tar man af dette bort de indklamrede sætninger, gir det hele en ganske anden mening end det nu har. Holberg mener, at han kunde være blevet berømt, om han ikke havde skrevet paa Dansk for sine landsmænd. Men det er ham nok at have erhvervet sig fortjenester af den danske literatur. Han skal ikke trættes derved; han er ikke blevet for gammel til at frembringe nye verker. Selv om bare hans illustre ven sætter pris derpaa, skal han være lige ivrig; af ham venter han sit forfatterskabs løn; han ved at det er den danske nation til ære, at den nu selv har en moraliserende litteratur og ikke behøver nogen fremmed saadan for sædelærens skyld. Andres skumlerier skal ikke standse ham; han har prøvet det og er bleven haardhudet, ja, sætter den illustre ven bare pris paa ham, vil han ikke bare ikke ænse deres onde ord, men ogsaa udæske dem ved sine nye arbeider. Man ser, han føler sig i fuld gang med sit forfatterskab — og saa med en gang siger han, at han vil holde op med sine satiriske digte og overlade det til andre, da det snart er forbi med hans poetiske frugtbarhed. Det er jo en konklusion stik i strid med de foregaaende sætninger. Alderen tillader ham intet tilbagetog — og saa gjør han et tilbagetog. Han vil blæse sine fjender et stykke og udfordre dem — og saa opgiver han med et det eneste forfatterskab, hvori der ligger udfordring. For med sine historiske skrifter udfordrer han aldeles ingen. Der kan ingen tvil være; den sidste sætning er saa fuldstændig stridende med det foregaaende, at den ikke kan være oprindelig skrevet i sammenhæng med det. Den maa være tilføiet efterpaa, den tilhører slutredaktionen. Ved den oprindelige redaktion har det været Holbergs agt at fortsætte sit satiriske forfatterskab. Ser vi nu paa den første indklamrede sætning, som danner en pendant til slutsætningen, faar vi ogsaa af den et paafaldende indtryk. Der tales om at Holberg har studeret alle videnskaber — undtagen mathematik og medicin. Først historie og moralfilosofi, saa Romerret, saa drev han paa med poesi. Alting er en simpel rækkefølge, først det, saa det o. s. v. Men saa kommer ordene: quo iterum relicto ad pristina studia revolvor. Det er noget som ikke gjelder fortiden, men heller fremtiden. For det var ikke længe siden, han udgav sit Metamorphosis. Og saa gjør han, til forskjel fra den simple rækkefølge i det foregaaende, udtrykkelig opmerksom paa, at han forlader poesien. Det ligger i sagens natur, at tilhører den sidste sætning slutredaktionen, maa ogsaa disse ord gjøre det. De er indføiede og stilet saaledes, at Holberg i dem giver en udtrykkelig erklæring om at opgive poesien. Denne bestemmelse om at gaa over til et nyt slags forfatterskab ligger altsaa mellem den oprindelige affattelse og slutredaktionen. Saa meget vigtigere blir det altsaa for at bestenme tiden, naar brevet oprindelig er skrevet.

Da brevet til Burman ikke omtales, maa levnetsbrevet være skrevet, før dette blev trykt og sandsynligvis ogsaa før det blev skrevet — altsaa før februar 1727. Martensen vil som ovenfor nævnt hævde, at den første del af levnetsbrevet er skrevet før Pariserreisen 1725—26. Han bygger først paa, at Holberg tidligere i brevet udtaler, at vedvarende motion er gavnlig for hans helbred, men ved Pariserreisen oplyser om, at han, „mod forventning“ fandt, at den nu var skadelig. Men dette sidste kan referere sig til et enkelt tilfælde. Holberg var ved udreisen vistnok langtfra i vigør, og der indtraf netop paa den tid et ualmindelig afskyeligt veir i Nordeuropa, saa der var grund nok for, at fodturen ikke bekom ham vel. Dernæst bygger Hr. Martensen paa den sætning i levnetsbrevet: „Det undrer min Herre i Hans seneste skrivelse, at vore skuespil nu er ophørte“. Disse ord maa — mener han — sigte til theatrets fallit i 1725; det passer paa dets endelige lukning i 1727; for det var intet at undres over, at de ophører, naar theatret havde staaet lukket i et aar. Men stedet i den latinske original gir disse ord en anden betydning; der staar ikke: „a t vore skuespil ophører“; men Miraris tu . . . cur cessant jam spectacula nostra („Du undres over, h v o r f o r vore skuespil skal stanse“). Og det vel kjendte faktum, at theatret maatte lukke, kunde nok fremkalde undren over, hvorfor det dog maatte gaa saaledes. Hr. Martensens grunde er derfor ikke tilstrækkelige til at konstatere, at brevet ikke er skrevet i et. Og er det skrevet i et, da kommer vi her atter til at henvise dets affattelse til tiden omkring nytaar 1727, da theatrets lukning, der skete i februar, var en besluttet sag. I udtrykkene j a m c e s s a n t — det maa vel nærmest oversættes: nu s k a l ophøre — synes det at ligge, at dets lukning ikke er fuldbyrdet endnu.

Vi kan da kun sige, at levnetsbrevet er skrevet efter Metamorphosis offentliggjørelse (annonceret i „Nye Tidender om lærde og curieuse Sager“ for 29. Novbr. 1726) og efterat kritik og modskrifter (Mikkel Hansens alias Gerhard Treschows digt) har seet lyset. Det er skrevet før Holger Danskes Brev til Burman er publiceret — juni 1727. Sandsynligvis ogsaa før theatrets lukning

(25. februar 1727) var skeet; muligvis ogsaa før ovennævnte brev til Burman var skrevet (slutdatum 31. januar 1727). Naar Pernilles korte Frøkenstand — première 3. febr. 1727 — nævnes som opført, kan det tilhøre den oprindelige redaktion saaledes, at det er sket ved en foregribelse af begivenheden: at det nævnes som opført, medens man endnu f. ex. holdt paa med prøverne. — Brevet har senere undergaaet en slutningsredaktion, hvorved er indført Holbergs bestemmelse om at opgi poesien. Denne er afsluttet nytaarsaften 1727. Mellem den oprindelige redaktion (fra omtr. nytaar 1727) og slutredaktionen (nytaar 1728) ligger Holbergs beslutning om at opgi poesien. Og han har gjort sig umage for i slutningen af brevet at gi en tydelig erklæring om, at han vil forlade den, medens man ellers i hele brevet ikke finder spor af en saadan hensigt, naar man bortser fra en henvisning til fortalen til Metamorphosis, hvor han spøgende siger, dette blir vel hans sidste poetiske skrift; nu er hans blod efter hans barbers sigelse blit flegmatisk, saa han faar holde op og slutte fred med menneskeslegten.

II.

Hvad anledning drev Holberg ved nytaarstid 1727 til at skrive sin selvbiografi paa latin? Og hvorledes kan det gaa til, at den henligger et aarstid til nytaar 1728, for saa at underkastes en slutredaktion, inden den udkommer? Slutredaktionens art er yderst paafaldende. Der indføres den sætning, hvori Holberg — jeg kan gjerne sige: l o v e r at ophøre med poesien. Men brevet føres ikke up to date[1], og en mængde sprogfeil blir staaende. Det har altsaa været et yderst flygtigt gjennemsyn. Dermed har Holberg selv været paa det rene; i en efterskrift[2] desavouerer han trykningen; det er den illustre ven, som selv har sendt det i trykken, skjønt det var skrevet bare til ham, og de, som har havt med trykningen at gjøre, har slurvet, saa der er kommet mange feil i det og han retter de 11 værste. Sikkerlig er dette en fiktion; men Holberg har havt hast og har paa den maade faaet ansvaret for feil fra sig over paa ganske unavngivne folk (endog trykkestedet

[1] Allerede Gram — i det ovennævnte brev til Fabricius — har fundet det paafaldende, at brevet til Burman ikke var nævnt (Danske samlinger I 14). [2] S. 212 i orig. udg.

forties). Men hvad var grunden til at han vilde skynde sig saa? Det ser virkelig ud, som det var Holberg om at gjøre snarest mulig paa passende maade at faa bekjendtgjort sin bestemmelse om at opgi poesien, som om erklæringen derom har været vigtigere end revisionen. Nu maa man jo tænke: havde Holberg havt manuskriptet liggende hjemme hos sig i et aarstid i 1727, havde han jo havt god leilighed til at rette paa det. Der frembyder sig derfor den antagelse, at haandskriftet i denne tid har været hos andre, og dermed kommer vi uvilkaarlig til at tro, at vir perillustris ikke bare er en forfatterfiktion, men en virkelig person. Da bestemmelsen om at opgi poesien er indført tilslut saa kort og saa rent i strid med det foregaaende, er det rimeligt, at den ikke er kommet saa ganske af sig selv; selve brevets tilstand lægger den antagelse nær for os, at Holberg i aaret 1727 ved andres paatryk eller efter andres raad har bestemt sig for at opgi poesien. Og derved synes den illustre mand — hans indvirkning maa jo have spillet den største rolle derved — ikke bare at blive en virkelig person, men ogsaa at faa en afgjørende betydning for Holberg.

Dog, det er ikke bare slutredaktionen, som gjør et paafaldende indtryk; thi paafaldende er allerede brevet som faktum — det at en 42-aarig mand gir sig til at skrive sin selvbiografi; ikke mindre paafaldende er det, at det er skrevet paa latin — Gram mener i det ovennævnte brev, at han dermed vil vinde ry i udlandet. Paafaldende er ogsaa selve Holbergs beretning ved sine fortielser og sin behandling af de faktiske forhold. Om sin første udenlandsreise — Hollandsreisen 1704—5 — har han udtalt sig saa omsvøbsfuldt og utydelig, at ingen skulde have anet, han havde været ude et helt aar, og desuden har han fortiet og forvansket de virkelige forhold, saa man vistnok aldrig mere kan komme til et sikkert resultat derom[1]. Endnu mærkeligere er den fuldstændige forbigaaelse af berøringen med Kristian Reitzer, der havde opmuntret Holberg til at udgive sit første skrift, i hvis storartede bibliothek han havde gjort studier dertil, og som ganske sikkert har havt betydning for hans udvikling ved at føre ham til studiet af retsvidenskaben, hvorved han kommer ind i naturrets-

[1] Et forsøg paa at udfinde sandheden ved kritik og kombination har jeg git i min artikel „Holbergs ungdomsudvikling", Nordisk Tidskrift 1902; det ender i meget svævende resultater.

bevægelsen, der er et forbud paa, at kritikens epoke er i anmarch i verdenshistorien. Der foregaar et helt skifte i Holbergs studier i disse aar[1]. Feiden med Hojer er meget afdæmpet i sin fremstilling; paa sit forhold til den danske skueplads vil Holberg ikke gaa ind. Besynderligst af disse smaating er Holbergs fremstilling af historien om hans undertrykte universitetsprogram; han beviser sin uskyldighed ved at vedlægge et exemplar af programmet. Det faar den illustre mand tilsendt; læseren faar ikke et ord deraf, men Holberg slipper bekvemt for al argumentation.

III.

Enten faar man la være at indrømme, at Holbergs første levnetsbrev er „gaadefuldt og sfinxagtigt", eller ogsaa maa man søge at finde gaadens løsning. Vi kan ikke finde det paafaldende, at Holberg skrev det ved nytaar 1727, uden at vi samtidig søger efter anledningen til at han skrev det. Jeg er derfor fuldstændig enig med Olsvig[2], som siger, at vi for at faa klarhed herover maa studere Kjøbenhavns samtidige historie, baade hotkredsenes personalhistorie og universitetets indre collegiale privathistorie.

Holbergs Første Levnetsbrev er skrevet paa latin, henvender sig altsaa til de lærde. Saa meget mere paafaldende er denne kjendsgerning, som Holberg ellers meget sjelden skrev paa latin i denne tid af sit liv. Gram bemerker i sit brev til Fabricius, at han omtrent intet havde skrevet paa latin uden Første Levnetsbrev, og naar vi lægger til de to disputatser mod Hojer og det undertrykte program, har vi vistnok nævnt alle hans latinske verker paa den tid. — Men nu ved vi, at Holberg netop paa den tid var professor i latin og græsk, eller som det hed, professor i veltalenhed (pr. eloquentiæ). Har da Første Levnetsbrev noget dermed at gjøre? Vi maa for at klargjøre dette betragte hele Holbergs litteraere og videnskabelige position.

Holberg begynder som historisk-politisk forfatter, og han vil frem gjennem kongehuset. Han dedicerer sine første skrifter til kongen og kronprinsen og indleverer til kongen et haandskrift om Kristian 4.s og Frederik 3.s bedrifter. Han opnaaede derved at bli knyttet til universitetet; han blev sat paa dets exspektance-

[1] Se ovennævnte afhandling. Smlgn. Moralske Tanker 356 f. Første Levnetsbr. 211. [2] Det store Vendepunkt s. 14.

liste som extraordinær professor. Men der var en anden stilling som Holberg vistnok heller vilde ha ønsket sig og sigtede paa. Stillingen som kongelig historiograf stod ledig fra 1704 til 1714 — samme aar som Holberg blev extraordinær professor. Da blev der udnævnt en Tysker, Christoph. Heinr. Amthor, der var faldt i unaade hos det gottorpske hof, fordi han havde rost Danskerne for meget[1]. Holberg vender sig saa til studiet af retsvidenskaben, som har fængslet ham meget, gjennemgaar sine knappe aar, og blir saa virkelig professor i metafysiken, det fag, som kjedede ham mest. Men i hans virkelige fag, historien, er der liden udsigt til at han skal komme ind. Saa optræder en ny tysker, Andreas Hojer, pludselig med en Kurzgefasste Dänemarkische Geschichte. 1718. Det er en afgjort konkurrent, og han siger i sin fortale, at Holbergs afsnit om Danmarks historie i Introduktion til de europæiske Rigers Historie „wegen ihrer Kürze, Auslassung der nöthigen Allegationen und weil sie ausser den letzten Zeiten Puffendorf fast durchgehends folget, zu meinem Zweck ebenfalls nicht zulänglich gewesen". Det var kun sandhed med modifikation, hvad det sidste punkt angik. Holberg havde nok ellers benyttet Pufendorf stærkt, men for det første udgjorde „die letzten Zeiten" en meget omfangsrig del af bogen, og dernæst var i afsnittet om Danmark Pufendorfs arbeide ikke saa afgjørende grundlaget; Pufendorf skrev nemlig fra svensk standpunkt, og Holberg havde andre let tilgjængelige kilder — særlig Hvitfeld —, saa hans fremstilling her ikke blev saa afhængig af Pufendorf. Paastanden om, at Holberg gjennemgaaende havde fulgt Pufendorf, kunde ganske særlig bringe hans verk i miskredit, netop fordi Pufendorf var danskfiendtlig i sin fremstilling. Rostgaard og Wolfen, som ex officio skulde kritisere Hojers arbeide, dadler ham for, at han saa ofte citerer Pufendorf, som var ildesindet mod Danmark, og denne og flere lignende græsseligheder (som f. ex. at han tilskriver skjæbnen det, som han burde have tillagt Guds forsyn, og at han dadler den store Meursius's uorden og skjødesløshed) førte til at bogen blev beslaglagt. Beskyldningen for at have fulgt Pufendorf var saaledes ikke ganske ufarlig for en ung historiker, da den kunde bringe folk til at tvile paa hans patriotisme. I sit stridsskrift mod Hojers bog paastod Holberg, at det var opdigtet af „ond hu"; og det er karakteristisk, at han svarer derpaa, at

[1] N. M. Petersen: Dansk Litt. Hist.[2] IV. 156.

han ikke har tat det fra Pufendorf, men fra Hvitfeld og Snorre. Men det væsentlige motiv til Holbergs optræden maa have været konkurrentskabet. Holberg følte sig ikke paa sin hylde uden i en historiker-post. Og saa kommer en mediciner, som tilmed ikke var dansk, men tysk, en som fornylig havde udgivet en afhandling om febris petechizans — han kommer med et og vil spærre veien for Ludvig Holberg, der fra sin tidligste ungdom har studeret historie. Det gjaldt om at faa konkurrenten tilintetgjort. Det er ikke smukt; det er tværtimod menneskeligt. I sit stridsskrift gjør han alt for at ødelægge ham. Hojer havde i sin fortale talt om de danskes vankundighed i fædrelandets historie; — Holberg puster det op til en national fornærmelse. Holberg faar verket til at bli et skrift, der er fiendtligt mod den danske nation; det er øst af holstenske og svenske kilder; naar det af og til roser de danske, er det bare skalkeskjul. Hojer afmaler vor „store helt og fyrste Valdemar“ som en blodgjerrig tyran, og dronning Margrethe, „hvis ihukommelse bør være os hellig“, spares ligesaa lidt. Forf. viser „uvidenhed og dumdristighed“ i „historien om den indførte eller rettere sagt gjenoprettede“ enevoldsregering, Ulfelds og Griffenfelds historie, hvad som er passeret i Holsten i Kristian den 5tes tid“, — alt sammen intrikate historiske punkter for kongehuset. Holberg ønsker kongen til lykke, „der har sat en ære i at kaste foragt paa alt dette“. Den altid omhyggelige og nøiagtige Werlauff gjør ved dette sted den bemærkning, at den kongelige kommission (Rostgaard og Wolfen), der skulde granske Hojers skrift, dengang „ikke maa have været nedsat eller ikke Holberg bekjendt“[1]. Det er da ikke umuligt, at netop Holbergs angreb har givet anledningen til, at den blev nedsat. Skriftet blev efter dens beslutning — ialfald for en tid — undertrykt.

I 1718 udgav saa Hojer en juridisk afhandling, der forfægtede at der i guddommelig ret intet forbud fandtes mod giftermaal mellem nærbeslægtede, selv mellem søskende, ja selv mellem forældre og børn. Hojer optraadte her som en jurist af Thomasius's naturretsskole. Thomasius var selv ikke fri for at ynde paradoxer, og Hojer havde her overherodet Herodes. Atter faldt han ind i Holbergs vildtbane; — Holberg havde jo studeret naturretten og 1715—16 udgit sin Moralske Kierne eller Introduktion til Naturens og Folkerettens Kundskab, bygget paa Grotius, Pufendorfs og Tho-

[1] Boye: Holbergiana III. 160, note *).

masius' verker. Holberg forstod meget godt, at bogens haarreisende paradox vilde vække forargelse og kalde det hele kleresi under vaaben. Meget listig forberedte han at faa kobbelet sluppet løs mod sin konkurrent. Hans modskrift taler i de stærkeste ordelag om den Hojerske sætnings „ugudelighed", men han vogter sig vel for at spille den theologiske kjættermesters odiøse rolle; han gjennemgaar og besvarer Hojers juridiske og historiske argumenter, og skriver saa: „Hermed slutter jeg da, min hr. Hojer, og overgiver Eder i theologernes hænder, der lettelig vil vise, hvor svage de vaaben er, I har hentet fra den hellige skrift." Det var ligefrem et „vagt i gevær" til theologerne. Og det bar sin fulde frugt, om end ikke netop hastig. I juli 1720 udstedtes kongelig befaling til de theologiske professorer om at indgi betænkning om Hojers skrift[1]. Hojer tog den derpaa følgende storm rolig og mandig, besvarede ufortrøden alle indvendinger; men han havde neppe undgaaet forfølgelsen, om han ikke havde havt formaaende beskyttere, navnlig J. G. Holstein, for hvis sønner han var hovmester.

Holberg har siden paaberaabt sig, at han overfor Hojer kun har talt om hans skrifter og skaanet hans navn og rygte ellers. Det er sandt, paa en maade, — og hvor sandt det er, faar man det bedste indtryk af, naar man til sammenligning læser de angrebs- og smædedigte der i 1720erne blev skrevet mod Deichmann og Møinichen. Holberg holder sig til Andreas Hojer som forfatter og omtaler hans ydre forhold kun forsaavidt, som han kunde læse sig til dem af fortalerne til Hojers skrifter. Men paa forfatteren Andreas Hojer rakker han ned efter evne. Det kan ikke forklares af en almindelig forfatterjalousi, at han skriver som han gjør. Her har han følt, der var krig paa kniven om livsstilling og position — og det har sikkert været en skuffelse for Holberg, da Hojer 1722 efterfulgte Amthor som historiograf. Holberg vilde og maatte naa frem til at faa plads ved universitetet i sine egne fag, historie og samfundslære; ellers blev hans universitetsgjerning en stadig ærgrelse for ham. Bekjendt er hans forhold til sit første fag metafysiken; ved tiltrædelsen, fortæller han, at han holdt en tale til metafysikens pris, som hans venner fandt heller var en ligtale end en lovtale. Og da han saa blev professor eloquentiæ —

[1] Boye: Holbergiana 162, note **).

professor i de klassiske sprog — var han heller ikke paa den rette hylde.

Det var ilde nok, at han ikke kunde holde sin ironi i tømme overfor universitetets gamle stel og den store disputerhest professor Lintrup, der det aar var rektor for sidste gang; han blev samme aar biskop i Viborg. Han lod den komme saa sterkt tilorde i det universitetsprogram, han 1720 efter sin stilling som professor eloquentiæ skulde skrive, at konsistoriet undertrykte programmet og lod Hans Gram skrive et andet i steden. Men ligesaa ilde var det, at han vakte studenternes misfornøielse. Vi har et brev fra Fr. Lütkens til Lintrup[1], hvor den unge Montanus i latinens allersirligste snirkler — fuldkommen uoversættelig — lader sine klager høre over, at der ved det store lys Lintrups bortgang er faldt det sørgeligste mørke over musernes tempel:

> Enimvero, quocunque me jam confero, sinistra Academiæ nostræ fata ubique mihi obversantur, quæ ingentem suam in Te amisit lucem, qua exteris olim caliginem inducebat; Jam enim illa ex splendido celebrique Athenæo in umbratile aliquod Gymnasium et Scholam Pythogoricam flebili quadam metamorphosi degenerat, ubi nullus amplius magni Nominis Lintrupius, ubi silent desideratissima illa Collegia Historico-Literaria atque ejusdem commatis alia, verbo: ubi solus regnat Tacitus, aut si forte aliquid nobis audire contingat, id tamen, quicquid est, ultra rudem indigestamque Elementorum molem non assurgit, vel etiam meris turget citationibus Biblicis sine necessitate multiplicatis, vel inanes tantum et ex tempore fictas spirat argutias, atque adeò nihil hic discere possumus nisi pristini temporis bona et felicitatem grata memoria recolere, quo e Tuo doctissimo ore tot tantaque haurire nobis licuit oracula quanta nunquam nobis enarrabit noster scilicet Eloquentiæ Professor Dnus Holberg, egregius ille pristino nostro Ciceroni successor, qui rem nobis gratissimam faceret, si taceret potius quam male loqueretur. Proinde jam Academiæ nostræ hoc nomine plane indignæ pertæsus, sub auspiciis sequentis anni ad exteras, volente Deo, divertam Camoenas, &c.

Hvor svæver den Lintrupske svadas aand over hver linje i dette brev! Hvor runder latinens perioder sig i de rette snirkler i de smigrende komplimenter og baselementer! Og hvor kroer den sig med sit akademiske vid og sine ciceronianske fraser overfor den stakkars professor Holberg! Disputerhestene kan nok la ham høre, at *Tacitus* hersker ved hans kollegier; for han er ikke af mange ord. Og naar han taler, saa synes de, han bare kommer

[1] Udg. af Chr. Bruun, Danske samlinger 3, 275 ff.

med elementære ting; han kan vel bli usikker og gi sig til at belægge sine paastande med en hel del bibelsprog. Og dog! Prøver de sig mod ham, har han svar paa rede haand; fanger sine argumenter i farten; men de er helt uden indhold (inanes), seet fra philosophia scholastica's standpunkt — akkurat som Jacob Bergs argumenter — om de end kan stoppe munden paa Montanus'erne; og man hører gjennem Fr. Lütkens's brev alle Montanus'ernes foragtelige dom om den nye „professor i veltalenhed (jo, jo!)" — scilicet Eloquentiae Professor —: „Male et hæsitanter et absque methodo!" Man kan forstaa, at Holberg ikke følte sig særlig paa sin rette plads som elokvents-professor under saadanne forhold, og han har vistnok tat sig den temmelig let.

IV

Det er bekjendt, hvorledes Holberg siden i anledning af Peder Paars blev anklaget for konseillet som pasquillant mod den ø Anholt og dens beboere, prest og foged ikke undtagne, af øens eier Fr. Rostgaard, og at klagen af konseillet afvistes, fordi skriftet kun indeholdt „lutter fingeret skjemt". Holberg og Rostgaard maa siden være forsonede; de arbeider begge sammen i anledning af Den danske Skueplads's oprettelse. I Rostgaards prolog til aabningsforestillingen hentydes der ligefrem til Holbergs komedier; Rostgaard anmoder publikum om ikke at „ta det til sig" — slig som han selv havde gjort i anledning af Peder Paars's fata paa den ø Anholt[1].

En lignende forfølgelse og forsoning har Andreas Hojer samtidig oplevet. Han udgav en litteraturtidende, Nova litteraria, og kom der til at rive ned paa en tale, som rektoren ved latinskolen i Kristiania havde holdt til minde om skolens indvielse; latinen i den var en rektor uværdig, paastod han. Nu var denne rektor, Jakob Rasch, svigersøn af Kristiania biskop, Bartholomæus Deichmann, og han var en af de mægtigste hos dronning Anna Sophia og hos kongen. Han fik da tidsskriftet forbudt. Men Hojer maa ha forstaaet at forsone ham; kort efter — 1721 — blev han forfremmet til sekretær i den norske matrikelkommission, der ledes

[1] Se min artikel „Holberg, Rostgaard og Montaigu", Nordisk Tidskrift 1900.

af Deichmann, og nu bar det stadig fremover med ham, allerede næste aar blev han kongelig historiograf[1].

Holberg nød ved sin forbindelse med Rostgaard vistnok ikke megen forfremmelse, men desto mere behagelighed. Han havde ialfald hodet fuldt af komedier efter Molières mønster — hvis han ikke allerede havde dem liggende færdigskrevne, hvad jeg ikke kan frigøre mig for at tro, — og nu fik de afløb; scenen slugte dem ligefrem. Og det var en scene, som paa en eklatant maade var protegeret af en formaaende minister. Rostgaard skrev selv prologerne for den, han lod sig officielt hylde og takke af den. Der skete det bedrøvelige, at studenter lod sig engagere som skuespillere der, og konsistorium kunde ikke gaa frem mod dem med fuld strenghed, for oversekretær Rostgaard tog sig af dem og lod sig forlyde med, at hans svoger, universitetspatron, storkansler grev Ulrik Adolf Holstein vilde ta det meget unaadigt op, om den fulde rigueur blev anvendt. Man fik jo nok den ene af gjøglerne, Høberg, væk fra Valkendorfs kollegium — for det gik jo dog ikke an at la en saadan bli boende blandt studenterne der —, men man maatte finde sig i at la ham beholde sit stipendium. Og en, der kun havde optraadt leilighedsvis, havde den freidighed at anmelde sig til theologisk examen; han havde i sin ansøgning udtalt, at han haabede, det ikke vilde være ham hinderligt, at han havde spillet komedie, for han havde straks holdt op dermed, da han var blevet vidende om, at det var hans høie øvrighed imod — han vidste ikke, at det var ugudeligt levnet at fare om som en gjøgler, altsaa, den knegt! Og saa gaar jurister og filosofer og medicinere (naturligvis!) — med gjøglermesteren Holberg i spidsen selvfølgelig — hen og paalægger ham hykkelsk et prøveaar, saa kan han gaa op til theologicum saa godt som nogen — der var bare biskoppen med to theologiske professorer, som søgte at hævde akademisk anstændighed og forkaste gjøglerens ansøgning. Men naar banden var beskyttet af hr. oversekretær Rostgaard, og kunde logre for universitetets patron grev Holstein og hans frue, ja gjennem dem ogsaa for hendes søster dronningen og for kongen, — hvad skulde man da gjøre?[2] Naar man maatte gaa saa lemfeldig frem mod studenter, der havde optraadt under eget navn, kunde nok elokvents-professoren tage sig

[1] N. M. Petersen: Bidrag til d. danske litt. hist.[2] IV. 155 f. [2] Overskou, Den danske skueplads I. 210 f.

sin gjerning saa let som muligt, naar hans tid var optaget af ølbrygger Hans Mikkelsens arbeide med at være theaterdigter for den scene, som saa tydelig nød oversekretærens, storkanslerens og hans mægtige gemalindes gunst.

Scenen fik alt, hvad den kunde ønske sig; direktøren Montaigu fik protektorium overfor sine kreditorer; der udstedtes privilegium mod andre komedianter. Man fik lov til at holde maskerade i theatret, storkanslerinden besøgte theatret, og den fine verden fulgte med, og naturligvis strømmede folk til. Men ud paa sommeren gik naturligvis ikke den fine verden mer i theatret, og da blev der selvfølgelig tyndt hus og smaat med gagerne. Man vilde helst slippe for afgiften til fattighuset, som det var skik og brug for komedianter at afgi. Det lykkedes dog ikke; det resolveredes, at det skulde gaa efter lov og ret; men da fattighuset forlangte 10 % af hver spilleaftens bruttoindtægt, indgav man ansøgning om at slippe billigere, og det blev nedsat til 6 rigsdaler ugentlig — udsolgt hus ansloges til 126 Rdl. 48 ß pr. aften og der spilledes 2 gange ugentlig, saa moderationen var meget betydelig.

Ikke nær saa begunstiget var maskinmesteren, som havde leiet komediehuset ud til Montaigu og hans trup. Han fik ikke protektion mod kreditorerne, han maatte i slutteriet sommeren 1723. Da han saa næste aar forskrev sig en bande linedansere til at optræde de aftener, der ikke var komedie, var straks skuespillerne ude med en ansøgning (til Rostgaard eller Holstein) om at bli dem kvit, da de danske aktører „regardent comme une honte d'alterner avec telle sorte de gens“. De kunde nok sætte næsen i sky, for der regnede gunstbevisninger over dem. Da der kom et almindeligt forbud mod maskerader — det var vakt ved nogle præsters nidkjærhed i anledning af, at der havde fundet skandaler sted ved dem —, fik dog den danske komedie tilladelse til at holde maskerader, naar visse forholdsregler iagttoges, saa intet forargeligt indtraf. Ja, man tænkte paa at gjøre den danske scene til en fast institution — „at faa dem sat paa en bestandig fod“ som det kaldtes — og la den faa indtægterne af et lotteri. Da kongen efter en brøndkur i Aachen kom hjem i juli 1724, opvartede theatret ogsaa i anledningen med en prolog, hvori de takkede for at der var kommet befaling til, at

Fort skulde skaffes af al spring og gjøgleri.

og føiede til i underdanig selvbevidsthed:

Og at vi kunde ret se danner-kongens hjerte
og omhu for vort sprog, det denne ordre lærte[1].

Det var vel ogsaa et fint vink om at sætte aktørerne „paa en fast fod“, naar prologen sluttede med de ord

Dog haabe vi, at det med tiden bærer frugt,
saafremt theatrum ei forinden bliver lukt[2].

Men al denne gunst fik en brat ende; de høie protektorer fik andet at gjøre end at ta sig af scenens anliggender. Det var dronning Anna Sophies specielle yndlinge, biskop Deichmann og Chr. Møinichen, der nu rykkede frem. Den høie embedsstand blev sat i skræk, da der nedsattes en geheim kommission for at undersøge sandheden af de beskyldninger om mislig embedsførsel, der nu begyndte at strømme ind. Et af de mest fremragende ofre for den geheime kommission, var netop den danske skuepladses ivrigste beskytter, oversekretær ved det danske kancelli Fr. Rostgaard. Han blev anklaget for at ha modtaget „skjænk og gave“, tabte hodet, flygtede til Helsingborg (jan. 1725) og skrev ynkelige breve til kongen om at faa beholde sit embede. Han blev hentet ved kongelige lakeier, forhørt af sin egen svoger storkansleren i geheimekonseillet og dømt fra sit embede. Møinichen blev udnævnt til hans efterfølger som oversekretær i det danske kancelli.

Rostgaard havde været den danske skuepladses erklærede beskytter, havde skrevet prologer for dens forestillinger og staaet den bi med „omhu, hjelp og raad“. Den danske skueplads blev da med en gang reduceret fra at være en scene, der tydelig var protegeret af en ledende minister, og som syntes i færd med at blive en fast understøttet institution — til at bli en „bande“, ganske som de andre bander. Montaigu ilede med at søge protektorium for to aar mod sine kreditorer (25. jan. 1725)[3].

Og nu Holberg? Det havde neppe nogensinde været hans

[1] Overskou l. c. I. 157—223. Bruun, Danske Samlinger II. 354 ff. [2] Prologen kjender jeg kun gjennem citater af Overskou, N. M. Petersen[2] IV. 441, Chr. Bruun, Rostgaard I. 301. [3] Chr. Bruun, Danske Samlinger II. 383.

tanke at knytte sig til Montaigu, dersom han ikke havde stolet paa, at den danske scene havde havt en fremtid for sig, saaledes som den var anskreven hos de høie herrer. Men som det var, havde han sat ind derpaa et overvældende kraftigt arbeide — over en snes komedier havde han skrevet, det var ligefrem et arbeide, der kom op mod Molières, noget han kunde tænke at grundlægge en europæisk berømmelse paa, om det kom frem paa fransk. Ganske sikkert har nu Holberg aldrig tænkt paa at la sig binde til Montaigus nu synkende skib; denne gamle theaterpraktikus havde nødt ham til „at sætte mading paa krogen" for at trække publikum, og kommet med stive theaterregler; Holberg havde maattet rette og rette paa sine stykker af den grund; og det havde ikke været til deres fordel. Udover vaaren søgte Holberg permission — han var overtræt og det skulde være en badereise til Aachen, hed det officielt. Han har sikkert villet komme bort fra Montaigus skueplads en stund og har — ganske sikkert ogsaa — havt sine egne planer dermed.

V.

Badereise til Aachen. — Tro det, hvo der vil, jeg gjør det ikke! For det første blir Holberg ude i 3 fjerdingaar paa en badereisepermission, hvad der er lovlig drøit; men desuden gaar det med den badereisen slig til, at han reiser over Amsterdam til Aachen, hvad der neppe er den lige vei did, men ganske sikkert den lige vei til Paris. Og i Amsterdam gaar det saa, efter Holbergs fortælling, at da hans venner faar at vide grunden til hans reise, befaler de ham at forandre sin plan; han agtede ikke paa deres raad; men saa kom de som kjendte hans konstitution for at overbevise ham, og for deres argumenter gav han sig. Men da han nu havde udstaaet en besværlig reise, syntes det ham utilraadeligt at vende tilbage til sit fædreland i høstens tid, og derfor reiste han til Bryssel og videre til Paris for at bli vinteren over der. Jeg fristes til at raabe ved denne beretning: Nei min gode Ludvig Holberg, den gaar ikke! „Høstens tid" — han var reist i Juni eller Juli fra Danmark, saa det var nu ikke lidt langt paa høsten; men med god vilje kan man jo kalde slutningen af august for høst. Og dernæst er der vist humbug med alt det opstyr, han laver blandt sine

„venner“ i Amsterdam. Hvem er da disse venner, Holberg havde i Amsterdam? Han havde været der kanske henimod et aar for over 20 aar siden, han havde saa været der nogle dage paa henreisen og nogle paa tilbagereisen fra Pariseropholdet 1714—16, da han havde havt en glad aften hos sit bysbarn Adrian Gelmuyden, som nu var bosat der; den aften havde ved musik og moro jaget hans sygdomsgriller paa flugt. Men at minderne om denne glade aften skulde have magt til at faa ham til helt at forandre sin reiseplan, er neppe troligt. Og neppe har „alle“ venner i Amsterdam brudt sig med større overtalelser for at faa ham fra badereisen til Aachen. Og de „som kjendte hans konstitution“ — hvem er de? Er det lægen Ivar Brederok, som han opgir at ha raadspurgt ved opholdet i 1704? Eller er det Adrian Gelmuyden, der for 9 aar siden havde sagt til Holberg, at han havde en doktor hjemme hos sig, som sikkert vilde kurere ham — og det var musikanter, som han havde spillet sammen med paa henreisen. Det kan saamænd gjerne være, at han har sagt til Holberg: „Jeg kjender dig, jeg ved, du blir frisk, naar du bare har det morsomt. Lad du Aachen ligge, det nytter dig ikke til noget at pjaske i vandet der. Reis du lige lukt til Paris.“ Og saa kan Holberg faa ret efter bogstaven med hvad han fortæller i Første Levnetsbrev. Men bag alle de store svævende talemaader her, ligger der visselig i realiteten det rene ingenting. Holberg har ganske sikkert fra først af villet til Paris.

Holbergs Pariserophold denne gang synes at være af en helt forskjellig karakter fra det foregaaende. Uvilkaarlig kommer man til at tænke paa, at grunden til hans reise maa sees i forbindelse med, hvad han fortæller, at en forfatter i Frankrig kan tjene 2—3000 daler paa et eneste stykke, som gjør lykke. Og hele opholdet er vistnok at betragte ud fra dette synspunkt. Han havde bestemt at tilbringe vinteren der, „da jeg af erfaring har lært, at dette steds klima er velgjørende for min konstitution“ — naturligvis! Og „for at fordrive tiden“ — bare derfor, selvfølgelig! — oversætter han to af sine komedier paa fransk. Hans „venner“ finder, at det kunde være umagen værd at faa dem opført paa det parisiske theater. Men baade det franske og det italienske selskab var i Fontainebleau fra September til Jul, og da Holberg i Februar maatte pakke sine kufferter, blev der ikke tid dertil. Han fik bare sendt en indholdsangivelse af Den Politiske Kandestøber til Fontainebleau til Lelio (Riccoboni, det italienske theaters chef) gjennem en ven, og fik et svar, hvori handlingen kaldes „tutta meravigliosa", men siden skrev Riccoboni, at han havde betænkeligheder, da stykket kunde antages rettet mod bestemte stormænd, om hvem der kunde siges med digterens ord, at de var blit „factus de Rhetore Consul" — det vil vistnok sige: mod kardinal Fleury — og denne betænkelighed fik ikke Holbergs ven ham fra.

Ser vi nu paa denne beretning fra det givne standpunkt, tar det hele sig noget anderledes ud. Holberg gaar straks igang med sine oversættelser. Han gir sig ikke tid, til det italienske theater kommer tilbage til Paris, eller til han har sin oversættelse færdig. Han laver skyndsomst et uddrag af Kandestøberen, og saa maa en „ven" — rettere sagt, kanske, en „forbindelse" — i vei dermed til Fontainebleau og præsentere det for Riccoboni. Da saa Riccoboni blir politisk nervøs, maa samme „ven" atter hen og tale ham tilrette. Men det gaar alligevel ikke. Holberg har her lagt sig ordentlig i sælen, og da det hele er strandet, har han sikkerlig været meget ærgerlig, det kan man se af den sure omtale, han gir det italienske theater; den er vistnok ganske uretfærdig; et selskab, der svarede til Holbergs karakteristik, vilde neppe være blit valgt til tolkere af Marivaux fine salonkomedie — og Marivaux' biograf Larroumet gir den en ganske anden bedømmelse. Men Holberg var kommet i urette tid; smagen var gaaet over fra Molieres borgerlige komedie, der i Holbergs haand blev endnu massivere og mere borgerlig, til Marivaux fine salonkonversation, der skildrede menneskehjertets skjulte stier, ikke dets aabne veie, og psykologisk — som Voltaire kaldte det — „veiede flueæg paa spindevævsvegt." Om nu Holberg havde tænkt at slaa sig ned for godt i Paris, dersom hans stykke havde gjort lykke, er noget, som vi ikke her kan behandle, blandt andet fordi historien ikke befatter sig med sandsynligheder. Men paafaldende er det, hvor Holberg under dette sit ophold søger litterære forbindelser. Han gjør visit til Fontenelle, til Montfaucon, P. Hardouin, P. Tournemine, P. Castel; han besøger de litterære selskaber, navnlig Café des Beaux Esprits, hvor Lamotte præsiderede.[1]

[1] Paa min forespørsel meddeler professor Emile Faguet: „Montfaucon était de l'académie des Inscriptions et des médailles. — Hardouin n'était d'aucune académie — Tournemine non plus, — Castel non plus. Ces trois derniers

Holberg fortæller, at han blev nødt (coactus) til at reise hjem fra Paris i februar 1726. En hel maaned før han drog afsted, var han saa ængstelig, som om reisen skulde gaa til Indien. Efter endel fataliteter kommer han da til Amsterdam, mangler penge og maa laane sig frem. Her faar han et brev fra en ven i Kjøbenhavn, at han maa skynde sig hjem, da hans fiender smeded rænker mod ham i hans fravær.

Er nu disse bekymringer, disse fiender, disse rænker hallucinationer hos Holberg? Det har alle troet fra Hans Gram indtil vore dage, med undtagelse af Viliam Olsvig, der dog i sin bog Det store Vendepunkt i Holbergs Liv intet kan fremdrage til forklaring af forholdet. Men siden er Olsvig ved fortsatte studier blit opmerksom paa et dokument, som man hidtil har anført i tildels rosende udtryk, men som Olsvig mener blandt andre er rettet mod Holberg, og hvori forklaringen til de ovennævnte fienders rænker skulde ligge. Hr. Olsvig har mundtlig gjort mig opmerksom paa dem, og jeg gir ham ret i hans opfatning. Uden dette vilde denne afhandling ikke kunnet bli skrevet.

Disse dokumenter, der er udgit af Chr. Bruun i Danske Samlinger,[2] er undertegnet af Christian a Møinichen, der havde været virksom ved at faa styrtet Rostgaard og nu havde efterfulgt ham som oversekretær ved det danske kancelli. De er fremkomne i anledning af et forslag, der, som udgiveren udentvil ganske rigtig mener, er forfattet af Andreas Hojer om oprettelsen af en kommission til reorganisation af universitetet. Forslaget fremhæver, at som det nu er, raader en a to professorfamilier over alle stipendier og karrer dem til sig selv saa godt de kan. Universitetet følger ikke med tiden, men blir ved det gamle, slig som det var for 100 aar siden. Der læses ikke over „Tidernes eller Fædernelandets historier, ingen Politica eller Moralia, men endeel Skolemester-Gloser“, og „derfor nødis eenhver ærekiær Fader, der vil iche lade sin Søn blive til een Pedant, at lade ham udsendis til fremmede Academier og Stæder og hazarderer derved sit Barns stundum timelige stundum ævige Vælfært.“ Universitetspraksisen tvinger en til det ene aar at være Mathematicus eller Metaphysicus og saa, „om der vil falde en lychelig død blandt de, der ere

étaient des savants ou critiques honorablement connus à Paris. — Je suis persuadé comme vous qu'il y a beaucoup de rancune dans les sentiments que Holberg manifeste à l'endroit des Italiens.“ [2] III. 389 ff.

ældere i Consistorio", ad aare at „sidde som Theologus med fuld geistlig habit." Kommissionen skal bestaa af biskop Deichmann, konfessionarius Lintrup fra det theologiske fakultet, kancelliraad og lektor i Kristiania Jakob Rasch (Deichmanns ovennævnte svigersøn) for universitetets forhold til skolevæsenet og for det filosofiske fakultet, sekretær Hojer for det juridiske og medicinske fakultet og for universitetets indre økonomi. Kommissionen skal undersøge forholdene med stipendier og andet til økonomien henhørende, om professorene efterlever statuterne „med flittig Disputeren og Læsen publice og privatim", om virkelige og designerede professorer besidder den lærdom, som kræves. „Og som vi fornemmer, at endeel af de yngste Professoribus sig endnu ikke ved en Disputation pro loco eller ved et andet Specimen skal have legitimered; saa skall saadanne tilholdes, denne loflige Anordning i en viss tiid, og om I det fornøden eragter, over en dem foreskreven Materie at efterkomme." Fandtes nogen professor ubrugelig paa grund af alder, svaghed eller mange embeder, skulde kommissionen overveie at faa ham fjærnet og anbragt andensteds, ligesaa at ophæve professorposterne i antikverede fag og erstatte dem med mere moderne fag.

Dette forslag er et ægte koteriprodukt; i dets motiveringer blander paa koteriers vis de gamle theologers og disputatorers røster sig med de moderne filosofers og naturretsforskeres, og dens sammensætning viser, at den vilde gi den Deichmannske klik og dens protegé Hojer samme raadighed over universitetet, som den ved den „geheime kommission" havde faaet over mange embedsposter. Denne klik søgte først og fremmest at faa sine ønsker opfyldt gjennem dronning Anna Sophias indflydelse; forslaget om oprettelsen af denne nye aflægger af den „geheime kommission" blev personlig overleveret til hende 27. Februar 1725. Man var ved besættelsen blevet modigere end ved den geheime kommission; da havde Hojer som tysker forsigtigvis afslaaet den tilbudte sekretærpost som en „scabreuse Commission"; i kommissionen havde man givet plads til en mand, der synes at ha staaet udenfor koteriet, nemlig Christian Reitzer, da stiftamtmand i Trondhjem, før professor juris ved universitetet. Men nu holdt man ham udenfor undersøgelseskommissionen over det universitet, hvorved han i en aarrække havde virket som lærer, og hvis rektor han endog havde været; Hojer skulde træde ind i den og skulde fungere baade i egenskab af medicus og jurist. — Holberg vilde være kommet slemt i klemme ved denne kommission; han havde blæst ad alting, som hed disputats; han havde været saa optaget af at grundlægge en dansk nationallitteratur, at han ikke havde faaet tid til at habilitere sig „pro loco“ som professor i klassiske sprog; og hvad hans duelighed som professor angaar, havde konsistorium undertrykt hans program i 1720, og af Lütkens brev til Lintrup ser vi, med hvilke øine studenterne betragtede ham. Holberg maa ikke ha vidst om hvad der var igjære, ellers havde han neppe reist fra Kjøbenhavn i sommeren 1725. Han kunde i sin almindelighed føle sig tryg. Reitzer, som havde støttet hans første videnskabelige forfatterskab og sikkert bidraget til at lede hans studium over paa retsvidenskabens gebet, sad i den „geheime kommission“ og var saaledes magtens kilde nær. Men efterhvert maa der ha sivet ud noget om, hvad der var igjære, og dermed sætter vi i forbindelse hvad Holberg antyder om, at han blev „coactus“ til at bryde op fra Paris i Februar, og end mere det brev han fik i Amsterdam om at hans fiender smeded rænker mod ham (var Reitzer den „ven“, som skrev til ham derom, eller var det kanske Rostgaard?) Paa veien hjem ser vi ham ivrig knytte alle de lærde forbindelser han kan, Leclerc i Amsterdam, Fabricius og Hübner i Hamborg. Saa kommer han da hjem i slutningen af April eller begyndelsen af Mai 1726. Kort efter fik magthaverne Reitzer anbragt som stiftamtmand i Aalborg; han var dermed fast fortøiet langt fra magtens kilde, og det paa en hæderlig maade; nu begyndte tampen at brænde. Holberg kunde ret vel behøve at forsvare sig selv og sin virksomhed, at la den lærde verden rundt i Europa faa kundskab om den og tillige ved et skrift at habilitere sig pro loco som professor i klassiske sprog.

VI.

Betragter vi nu Holbergs Første Levnetsbrev, som han vel er begyndt at skrive paa ikke saa længe efter, maa vi sige, at det i alle disse henseender gjør ret god fyldest for sig. Det vrimler af klassiske citater og hentydninger, saa Hans Gram trods alle sprogfeil (lapsibus et soloecismis) maa rose stilen for at den er „ikke ulærd“ (caetera non indocti)[1]; det er altsaa ikke ilde som habili-

[1] Danske samlinger I. 14.

tationsprøve for en klassisk professor. Desuden er selvforsvaret her baade klogt og maadeholdent; særlig interessant er her Holbergs omtale af sin feide med Hojer. Han nævner at Hojer havde kritiseret de danske historieskrivere skarpt og beskyldt ham for plagiat efter Pufendorf. Han selv tog denne kritik rolig; han havde ikke skrevet en Danmarkshistorie, bare et Danmarks-kapitel i en Verdenshistorie; men saa purrede hans venner paa ham (vennerne igjen, naturligvis!) og saa skrev han sin Poul Rytters disputats, som alene mishagede Poul Rytter, der dog blev forsonet, da han saa, det var et hæderligt forsvarskrift for fædrelandet. Holberg faar altsaa ganske let understreget sin patriotisme uden yderligere at saare Hojer, der nu sad ved magten, og kunde paakalde sine venners hjælp. Og det er bare Hojers fortale, Holberg har gjennemgaaet i skriftet, ikke hans eget arbeide — for at finde feil i kronologien det er skolemesterarbeide, — man husker, hvordan Holberg i sin Poul-Rytter-disputats tog paa vei i anledning af fremstillingens feil og de haarde domme over danske konger og historiske personer; saa dette er kun sandhed med betydelig modifikation. Men modifikationen forstaar klogt at afdæmpe det hele. Ligesaa afdæmpet er fremstillingen angaaende Hojers juridiske disputats om ægteskab mellem nærbeslegtede og Holbergs angreb derpaa. Atter er „vennerne" ude; denne gang holder de formelig raadsforsamling for at faa Holberg til at skrive mod Hojers arbeide. Han skriver da bare nogle „smaasider", hvor han holder sig udelukkende paa juristernes mark og overlader „resten helt og urørt" til theologerne — ikke et ord om afhandlingens „ugudelighed", som han i sin disputats stadig havde ført i munden. Og saa faar vi en tilføielse: „Der manglede ikke paa dem der fandt, at min disputats var for kaad og at jeg havde railleret formeget i begge disputatser. Og kanske ikke med urette; men saadan er nu min natur, nemlig at sige sandheden skjemtende."[1]

Det er jo halvveis en afbigt overfor Hojer; men Holberg forstaar at tage det hele saa let, at det ikke gjør indtryk af nogen anger og tilbagekaldelse; det dækkes af verdensmands-tonens lette „maaske" (forsitan), og han har sin natur, som altid er god at skyde skylden paa i slige tilfælde. Og saa staar han tilsidst med palmer

[1] Neque deerant qui petulantem nimis hanc crisin judicabant, in utraque dissertatione uncis me naribus nimium indulsisse putantes. Et forsitan non immerito, sed ita fert indoles mea, scilicet ridendo dicere verum.

i hænderne: han har ikke brugt skjældsord og har skaanet sin modstanders gode navn og rygte. Han ved intet, hvordan forfatteren er sindet mod ham for hans afhandlinger; de lærdes samfund kan dømme, han selv kan dømme, han havde fornærmet mig grovt og fik et lempeligt svar. Man ser: det hele er blit en bagatel, og Holberg har faaet det til at ta sig overmaade pent ud. — Hvad Holbergs selvforsvar ellers angaar, saa bemerker vi, at han fremhæver, at han under Oxforderopholdet 1706—8 omtaler, at Englænderne syntes han talte latin rask og flydende, — men de er jo daarlige i den ting; og at i de aar han laa paa Borchs kollegium, var han og stiftelsens inspektør M. Nils Aagaard de eneste „som færdedes i det gamle Latium". Og han er blit offentlig professor; og de, som maaler studierne med en anden alen end skolemestrene, der bare er optagne af gloser, bare elsker tomme ord, finder ham at være professorposten fuldt voksen, skjønt han ikke ved „hvormange prædicamenta og prædicabilia Logica udi ufredstider kan stille i marken". Ogsaa til denne side søger han altsaa at gardere sig; baade i den private og i den offentlige situation forstaar han at forsvare sig og varetage sit tarv.

Imidlertid, var anledningen til Holbergs selvforsvar den ovennævnte, saa kunde han ikke forsvare sig ganske ligetil. Han var jo i den eiendommelige stilling, at det, han skulde forsvare sig imod, slet ikke existerede. Endog Gram ytrer paa det anførte sted sine tvil, om Holberg virkelig har havt de fiender, han klager over.[1] Derfor maatte hans forsvar naturligvis ikke være noget forsvarsskrift; det, hvori han forsvarede sig, maatte komme som bemærkninger en passant. Holberg har fortræffelig forstaaet at indrette dette; det er en selvbiografi fuld af lystige historier, skrevet med lyst og lune, dette hans Første Levnetsbrev; og forsvaret glider saa let ind i forbigaaende som vel muligt. Men det er dog et forsvar, bestemt for den lærde verden, og det er et skrift, som hævder hans verks betydning ogsaa overfor udlandets lærde; ikke for intet fremhæver han, at hans stykker har gjort ligesaa stor lykke som den verdensberømte Molières. Men ganske særdeles er det bestemt for den lærde verden hjemme, et slags habilitation som klassisk professor, et forsvar for hans studier, hans karakter, en forklaring af hans religiøse standpunkt. Univer-

[1] Censoribus suis et, si quos habet, ut sæpe queritur, adversariis. Danske samlinger I. 14.

sitetet og dets mænd er og blir brevets nærmeste adresse, og spør vi efter den egentlige adressat, brevets „vir perillustris", saa er han ganske vist at søge blandt dem, der havde noget at sige ved universitetet.

Ja, hvem er denne vir perillustris? Af det foregaaende har man seet, at jeg af indre grunde tror, han maa være en virkelig person. Holbergs brev har henligget en god stund i 1727, fra før brevet til Burmann (skrevet i Januar, udkom paa forsommeren) og til nytaarsaften. Det har faaet en slutredaktion, hvori Holberg erklærer at ville ombytte poesien med sine tidligere videnskabelige studier; men slutredaktionen har end ikke rettet sprogfeil og ikke ført brevet up to date, saa det er sandsynligt, det ikke har været i hans eget verge. I det ser jeg spor af vir perillustris: brevet har i den omtalte tid ligget hos ham, han har faaet Holberg til at afgi erklæringen om at opgi poesien, han har saa faaet ham til at la det trykke saa fort som bare muligt og tilladt Holberg i en efterskrift at skylde paa ham for at det kom i trykken saadan rent uforvarende. Der ligger saamænd virkelighed nok deri.

Men jeg tror ikke, at denne vir perillustris's virkelighed overalt er bogstavelig at forstaa. Naar saaledes Holberg taler om, at han (v. p.) siger det og det i sit sidste brev, saa behøver vi ikke at tænke os, at det skulde være en af Holbergs stadige korrespondenter. Dette og meget andet lignende er rimeligvis bare en litterær façon de parler, en maade, hvorved Holberg søger at faa sagt det, han har at sige, saa det falder naturligt og utvungent.

Og endvidere: Holberg har skrevet tre levnetsbreve til vir perillustris. Men de er saa forskjellige i tonen, at de ikke behøver at være skrevne til samme mand; ja det er ikke engang sandsynligt, og det er mere end tvilsomt om Tredje Levnetsbrevs vir perillustris er en virkelig person. Spørgsmaalet om Første Levnetsbrevs vir perillustris er altsaa isoleret fra de andre levnetsbreve.

Holbergs samtid har ingenlunde tvilet paa, at vir perillustris var en virkelig person; vi har fra den to forskjellige beretninger om hvem perillustris har været. En vel studeret skolelærer paa Amager, Jochum Halling (død 1737) nævner i en stor dansk bibliografi, han havde udarbeidet, Hans Mikkelsens komedier og tilføier saa „Comoedie Skriveren kjendes af Ludvig Holbergs latinske Epistel til Est. R. Frid. Rostg(aard)".[1] En anden meddelelse, som

[1] Danske Samlinger I. 14.

synes at slaa denne ihjel, er imidlertid optegnet af Langebek under et besøg paa Kraagerup hos Rostgaard og vistnok efter Rostgaards egen meddelelse. Den lyder saa: „Holbergs Epistola ad virum perillustrem er skreven til Greve Rantzau, nu Statholder i Norge“[1]. Denne notis skriver sig fra 1738, og aaret i forveien var Holbergs andet levnetsbrev udkommet. Naar Langebek kun nævner epistola i ental, refererer det sig vel til det nys udkomne andet levnetsbrev[2]. Hallings notis derimod gjelder ene og alene Første Levnetsbrev; den skriver sig sikkert fra før 1731, for i den nye udgave af Holbergs Danske Skueplads fra det aar er Hans Mikkelsens navn fuldstændig forsvundet.[3] Antager man, at Langebeks notis gjelder Andet Levnetsbrev, staar Hallings fuldstændig samtidige oplysning saaledes ved magt.

Men det siger sig selv: Rostgaard kan ikke være den endelige adressat, til hvem Holberg 1727 retter sit Første Levnetsbrev; for man skriver ikke til en falden minister. Har Holberg stilet brevet til Rostgaard, saa har han, som man siger, slaaet paa kjærra og ment mærra. Hvis man antager, at Hallings notis er rigtig, maa man tillige antage, at Rostgaard her er mellemand mellem Halling og en anden, en indflydelsesrig person, hos hvem Holberg vil søge støtte.

Og antager man dette, er det ikke vanskeligt at finde vedkommende. Der kan neppe bli spørgsmaal om andre end Rostgaards svoger, grev U. A. Holstein. Han var som Rostgaard gift med dronningens søster; baade han og hans hustru hørte til de personer, der havde mest at sige i kongens og dronning Anna Sophias nærmeste kreds. Fremmede diplomater beilede til hendes gunst, og Den danske Skuepladses direktør og personale havde gjentagne gange sendt hende og greven ansøgninger saavelsom lykønskninger — veien til dem var kanske gaaet gjennem Rostgaard[4]. Men ganske særdeles betydning for Holberg havde grev Holsteins bevaagenhed derved, at greven i 1721 havde afløst Ditlev Vibe som patron for universitetet. Ifølge sin instruks som saadan skulde han føre tilsyn med fundationernes anvendelse, desuden skulde

[1] L. Daae: Optegnelser til L. H. biografi, (Norsk) Historisk Tidsskrift. II. 291; særtrykkets S. 50 f. [2] Merk dog udtrykket om Rantzau: nu (fra 1731 af) statholder i Norge. [3] Martensens udgave af Holbergs komedier, I. 227. [4] E. Holm, Danmark-Norges Historie 1720—1814, I. 56 ff; Overskou l. c. I. 220; Chr. Bruun, Danske Samlinger II. 371.

universitetets rektor og vedkommende hvert aar afgi til ham erklæring om hvert fakultets tilstand, og han skulde paase at ingen blev ansat som professor eller andet ved universitetet eller fik afgangsvidnesbyrd derfra, „som jo respektive præstanda at præstere og sine vices fuldkommeligen at sustinere, enhver i sin profession, tilstrækkeligen bekvem og kapabel er“.[1] Udenom ham kunde saaledes Hojer, Møinichen og Deichmann og deres koteri vanskelig komme med sine reformprojekter for universitetet; og han maatte naturlig bli den, til hvem Holberg først og fremst her i denne sag henvendte sig. Men det er klart, at paa samme maade, som Holberg maatte kachere sit selvforsvar, paa samme maade maatte han omgi den, til hvem det var rettet, med en ugjennemtrængelig hemmelighedens kaabe; ikke med en antydning maatte det forraades, hvem han var. Derfor er det umuligt i Første Levnetsbrev at finde noget holdepunkt for en identifikation af den illustre mand. Men der er en enkelt ting, der tyder paa, at den endelige adressat er grev U. A. Holstein. Ved et enkelt punkt har Holberg bilagt brevet med dokumenter. Det er i anledning af det undertrykte program; det har Holberg oversendt (i manuskript) til vir perillustris. At han derved slipper for at forsvare sig yderligere paa dette punkt, er meget heldigt for den gode Holberg, og forsaavidt er det et meget fiffigt forfattertræk. Men da dette var et væsensligt punkt, hvor Holberg havde at forklare sig, er det tillige rimeligt, at her aktstykket maatte fremlægges. Og navnlig maatte dette være fornødent overfor grev Holstein; for dengang da Holbergs program blev kasseret, var grev Holstein endnu ikke blit patron for universitetet, saa han kunde intet kjende til denne sag paa forhaand og havde al grund til at forlange at faa det oversendt. Denne oversendelse, som jeg antager virkelig har fundet sted, er da et moment, der bestyrker min opfatning, at den e n d e l i g e adressat for Holbergs Første Levnetsbrev er universitetets daværende patron, grev U. A. Holstein.

Man hører ellers om grev Holstein, at han var temmelig langsom af sig, og tillige yderst forsigtig.[2] Det passer da ret godt til den forklaring af forholdet mellem affattelsen og slutredaktionen af Første Levnetsbrev, at det skulde i flere maaneder henligget i Vir Perillustris's verge. Det er ogsaa noget, der stemmer med hans

[1] H. Matzen: Kjøbenhavns Universitets Retshistorie I. 158 f. [2] Holm, l. c. I. 57.

forsigtighed, at han foranlediger Holberg til i slutredaktionen at indføre sætninger, der indeholder en udtrykkelig erklæring om, at han agter at forlade poesien og ta fat paa sine tidligere studier. At Holstein skulde ha syn for, at Holbergs satiriske forfatterskab var epokegjørende, er jo mer end man kan forlange af et sølle stykke minister; som saadan kunde han ikke beskytte digteren Holberg, ligesaalidt som man nu omstunder vilde tillade, at en professor forsømte, hvad han havde at gjøre i sit fag, for at skrive noveller og theaterstykker, selv om han havde ganske god succes med dem. Derimod kunde man især dengang, da professorerne kun foreløbig var bundne til sine fag, nok holde haand over en mand, som dyrkede anden videnskab end den, han paa den tid tilfældigvis var paalagt at foredrage. Det kan ogsaa ligne en forsigtig minister at nøde Holberg til at lade den habilitationsprøve som klassisk professor, han ved sit Første Levnetsbrev havde præsteret, trykke saa skyndsomt som det lod sig gjøre. Derimod ligner det ikke en ængstelig forsigtig mand, at sende Holbergs skrift i trykken uden at underrette ham derom, saaledes som Holberg har meddelt i efterskriften til Første Levnetsbrev om sin Vir Perillustris. Men da Holberg siger i efterskriften, at brevet alene var bestemt for den illustre mand, hvad vitterlig dog ikke kan ha været meningen med det, maa meddelelsen modtages med adskilligt forbehold. Holberg kan ganske vist ha gjort adskillige indvendinger mod at skulle trykke levnetsbrevet paa kort varsel i begyndelsen af 1728. Han var adskillig optaget i den tid. 1728 udkom nemlig den nye udgave af hans Natur- og Folkeret, og det følgende aar hans Danmarks og Norges Beskrivelse, en anseelig kvart. Udgaven af Natur- og Folkeretten er en hel omarbeidelse, og i den bygger Holberg bro mellem sin virksomhed som komedieskriver og som videnskabsmand. For den nye udgave optar henvisninger til de menneskelige forhold, der er berørte i Molières og Holbergs egne komedier, og hele fremstillingen har i denne udgave — til forskjel fra den mere astadige fra 1715—16 — faaet hele det holbergske lunes festivitas over sig. Den gjorde ogsaa stor lykke; den udkom i 5 oplag mellem 1728 og 1763 og den blev oversat paa Tysk og paa Svensk.[1] Det har været Holberg om at gjøre at vise, hvilket arbeide han har lagt paa denne nye udgave; for de

[1] N. M. Petersen l. c. IV. 393.

stykker, som er indføiede i den nye udgave, er alle betegnede med en stjerne i den. Hvad angaar Danmarks- og Norges-beskrivelsen, saa klager Bergenseren C. M. Stub i et brev til Hans Gram [1] over at den er unøiagtig og at afsnittet om Historia Juris Danici (kap. 12) kun er skrevet af efter en gammel disputats af ham. Det kan nok være. Det har vel maattet gaa temmelig i en ruf med den, og Holberg havde — han er som bekjendt ikke alene derom blandt Danmarks epokegjørende forfattere — blandt sine mange store talenter ogsaa et temmeligt talent for afskrift. Det kan da vel være, naar han var saa optat, at han maatte gjøre de skrifter, han holdt paa med, temmelig hastig af, — saa har han sat sig imod at skulle gjøre sin selvbiografi færdig à jour; og saa har det blit staaende ved, at grev Holstein har sagt som saa: „De faar da trykke den som den er, med forfatternavn og alting; lad det gaa saa fort som bare muligt, heft Dem ikke med korrekturen! De kan jo skylde paa Deres vir perillustris. — Men hold for alting ganske tæt med, hvem han er“. Saaledes staar Holberg med palmer i hænderne, hvad angaar sprogfeil og trykfeil; grev Holstein har ingen nogen anelse om har havt del deri; hele skylden falder paa en anonym, som intet menneske ved, hvem er. Det er ligefrem udspekuleret listigt.

Om det Hojerske projekt med universitetskommissionen er blit nærmere forhandlet, kjender man, saavidt jeg ved, intet til. At der har været nogle ventilationer — ialfald mundtlige — over det, er rimeligt nok. Men det hele er formodentlig gaaet op i røg ved Kjøbenhavns brand 1728, da man saa fik meget andet at tænke paa. Og det hele drev saa over, da Holberg efter Arne Magnussens død i januar 1730 blev professor i historie. Fra tronskiftet — 11. oktober samme aar — var det ude med al indflydelse for Deichmann og hans parti; nu var det deres tur at falde i unaade.

Den her udtalte formodning om Første Levnetsbrevs oprindelse bestyrker delvis den ældre opfatning, at Holberg blev nødt til at standse med poesien, hvorimod Martensen, [2] Chr. Bruun [3] og jeg selv [4] har udtalt os. Men derved er at mærke, at Holbergs komedier allerede er saa godt som standset af sig selv, og at de har

[1] Danske Saml. I. 398 f. [2] Udgaven af Komedierne I. 112 f. [3] Holbergs trende Epistle. 136 ff. [4] Afh. „Den Holbergske Komedie“, Nordisk Tidskrift 1901

snevret sig ind til at bli fornøielige intrigestykker. Holberg selv forlod komedien for sin Metamorphosis skyld. Det er Metamorphosis-satirikeren, som er blit nødt til at lægge sin pen fra sig for en stund; og man behøver vistnok ikke at sørge saa meget derover. Man har en ganske god erstatning i den store og betydningsfulde Danmarks Riges Historie, som Holberg i begyndelsen af 1730erne lod se lyset.

Bergen, Januar 1904.

ENDNU EN LEGENDEVISE

DE SYV BØRNESJÆLE

(Optegnet 1902 af Evald Tang Kristensen efter Kirsten Marie Jensdatter ved Rørbæk sø i Vrads herred.)

1. Stalt Ingerlil hun havde bejlere fem,
hun fik hr. Peder, den værste af dem.

2. Stalt Ingerlil hun havde bejlere ni,
hun fik hr. Peder, den værste af di.

(De fik syv børn sammen, og dem smed han i stranden. Så gik han en gang dernede, og:)

3. Da kom der syv Guds engle sejlende i land,
han traj dem ned i hvideste sand.

Så ufuldstændig, og måske ikke særlig betydelig, Visen nu synes os, har den dog interesse, bl. a. vel som et svagt genskær af det berömte legendestof, der nu er bedst kendt gennem Hauchs romance „De syv børn“, hvor moderen ser de syv børn, hun har nægtet livet.

SMAABIDRAG TIL DANSK SYNTAX

I. EJENDOMMELIGHEDER VED SAMMENSATTE ORD. II. SPRING I ORDFØJNINGEN

AF

KR. SANDFELD JENSEN

I

DET er i flere henseender interessant og lærerigt at betragte sammensatte ord, navnlig sammensatte substantiver. Man kan iagttage, hvorledes ord ved at indgaa i en sammensætning mister deres selvstændighed, hvilket dels ytrer sig i, at den lydlige form ændres, f. ex. dam'p men dampskib uden stød paa *m*, eller bliver helt ukendelig, f. ex. vindue af vindauga, medens auga bliver til øje, dels deri, at leddene i en sammensætning ikke altid følger med den betydningsudvikling, der foregaar i de samme ord udenfor sammenhængen, f. ex. ligtorn, hvor lig har sin oprindelige betydning „legeme“, medens det ellers har faaet betydningen „dødt legeme“. Eller man kan studere følgerne af den omstændighed, at der ikke gives noget bestemt betydningsforhold mellem sammensætningens led indbyrdes. En vandslange kan betyde en slange, der lever i vandet og hører saa sammen med ord som søslange, sumpslange, eller det betyder en slange, som der løber vand igennem, og hører sammen med gasslange. Et madskab er til mad, men et flueskab ikke til fluer, og komælk kan tillige være børnemælk. Se flere exempler hos Nyrop, Ordenes liv s. 177 og følgende[1]. Endelig kan man undersøge sammensatte ords forhold i sætningen. Det viser sig her, at de enkelte led i mange tilfælde bevarer en vis selvstændighed, hvorved der fremkommer adskillige mærkelige ting.

Hvad dette sidste punkt angaar, har prof. Jespersen i Dania I 261 ff. gjort udtømmende rede for det fænomen, at et adjektiv foran et sammensat ord meget ofte kun indeholder en nærmere bestemmelse af

[1] Er sammensætningen treleddet, kan der opstaa tvivl om, hvor det midterste led hører hen. Et trægasværk er ikke et gasværk af træ, men et sted hvor der tilvirkes trægas, men denne adskillelse vil næppe blive gjort i talen: ·trăgasvärk og ikke 'trăgas,värk. „Østersøgade“ maa deles „Øster-søgade“, men udtales af Københavnere som „Østersø-gade“, medens omvendt „Nørrebrogade“ kaldes for „Nørre-brogade“.

sammensætningens første led, som f. ex. en examineret Jordemoderhaand (G. Wied, Knagsted 365); faldne Kvindelæber (Bergsøe, Sandhedens Mænd 37); en skarpladt Revolverpatron (smst. 168); hverken Fynboer eller de omliggende Øboer kunne udtale det bløde d (Anton Nielsen, cit. af Mar. Sørensen: Danmark 233). Efter først engang at være paavist, har fænomenet vist sig at være saa almindeligt (Dania II 313 ff., 351 ff., X 40, 41 n. 1), at det ikke ret godt mere lader sig henføre under rubrikken „sproglige kuriosa". Man hører eller læser saa at sige dagligt udtryk som „det kommunale valgretsforslag", „dekorativ kunstudstilling", „unumereret droskekørsel" osv., og for en uhildet betragtning er det ikke let at se, hvad der egenlig kan indvendes mod dem[1]. De fritager i mange tilfælde for en besværlig eller stiv omskrivning, og misforstaaelse er saa godt som altid udelukket[2]. At der undertiden kan fremkomme komiske udtryk paa denne maade, kan ikke nægtes, men det vil da for en stor del bero paa de enkelte ords betydning eller paa, at grænsen for misforstaaelse er overskredet[3].

Nær beslægtet med dette er en række tilfælde, som Dr. Siesbye først har fremdraget et exempel paa i Dania X 40 og som skal undersøges nærmere i det følgende. Dr. Siesbye nævner i forbigaaende forbindelsen „Hotelprojektet paa Raadhuspladsen" (Danebrog 13. 3, 1902). Meningen er tydeligt nok den samme som om der havde staaet „Projektet til et Hotel paa Raadhuspladsen", og vi har da her et exempel paa, at første led i en sammensætning ikke alene kan staa i forbindelse med et foregaaende ord, men ogsaa med ord, der følger efter hele sammensætningen. Er dette nu kun et tilfældigt udslag af en journalists hastværk, eller er der virkelig i sproget en tilbøjelighed til at danne saadanne forbindelser? Jeg tror, at dette sidste spørsmaal maa besvares med ja, og skal søge at vise, at udtryk af den art forekommer hyppigere end man maaske vilde have tænkt sig det.

Først endel hørte tilfælde:

Han er anlægsgartner af parker og kirkegaarde; læs Weigands rejsebeskrivelse gennem Makedonien[4]; under Kampaarene med

[1] Om de tilsvarende tyske forbindelser udtaler den ansete tyske filolog v. Wilamovitz-Mœllendorf sig paa følgende maade: „die „reitende artillerie-caserne", „der lederne handschuhmacher" sind ganz sprachgemäss, mögen die pedanten es nicht verstehen und in ihrem papiernen deutsch durch reitende-artillerie-caserne ersetzen" (Komm. til Euripides Ἡρακλῆς μαινόμενος v. 468; meddelt mig af dr. Siesbye).

[2] Misforstaaelse kan, som Jespersen viser, Dania I 269, kun finde sted, naar adjektivet lige naturligt kan henføres til bægge led.

[3] Berl. Tid. havde engang følgende avertissement: „En yngre Dame (afdød Embedsmandsdatter) søger .... osv.". Her vilde det have været ulige bedre at skrive „datter af en afdød embedsmand", medens omvendt „et legat for ugifte landmændsdøtre" ikke kan opløses til „et legat for ugifte landmænds døtre", som der engang stod i flere blade. — Tilsigtet komisk er det, naar Flieg. Blätter meddeler, at „eine drahtlose Telegraphistin" er bleven forlovet med „einem rauchfreien Pulverfabrikant".

[4] Rejsebeskrivelser i de nordlige Farvande, C. Hauch, Romaner VII (1874) 442 (meddelt mig af doc. Dahlerup).

Estrup; valgmaaden af lærerne; det er en aflæggergaard fra den egenlige hovedgaard; de har opgivet baneplanen mellem Grindsted og Kolding; et overgangssted over Jalufloden; modstandsævnen mod rystelser.

I alle disse tilfælde bliver præpositionen kun forstaaelig, naar den henføres til det første led af de foregaaende sammensatte ord, og det samme gælder følgende exempler, der er hentede fra skilte, opslag og avertissementer:

Billetsalg til Malmø; Togenes Ankomsttider til Københavns Hovedbanegaard; Maleundervisning paa Lærred og Glas gives (saaledes med første led verbalt ogsaa: den egenlige regnefærdighed med det (hørt), Rejsetilladelse til Udlandet (Sorø Amtst. 21. 2. 04), paa Grund af en Hørefejl i Telefonen (smst. 16. 1. 04); Tyveriforsikringsselskabet mod Indbrud; „Da vi var Tyve“, Parodikomedie paa Sherlock Holmes (Sorø Amtst. 28. 8. 02); med Attestcopier for Duelighed (Nordisk Cycle- og Motor-Fagblad 1902, 198); under en reproduktion af et bekendt maleri af Bloch (udg. af Udv. for Folkeopl. Fremme) staar der: „Chr. d. IV. modtager af den døende Kansler Niels Kaas Nøglerne til Opbevaringsstedet af Rigets Krone og Scepter“.

Der er altsaa i daglig tale og ellers, hvor al vidtløftighed af praktiske grunde maa undgaas, en tilbøjelighed til at danne saadanne kortfattede udtryk i stedet for en længere omskrivning. Det er da ganske naturligt, at der findes mange exempler i avisernes sprog:

Der burde lægges en meget stor Skat paa Udsalgsretten af Spiritus (Vejle Amts Folkeblad 22. 7. 03); [Jærnbanesagen Give—Brande smst. 25. 1. 04]; hvor urimeligt Valgsystemet til det prøjsiske Deputeretkammer er (Sorø Amtst. 23. 9. 03); Forandring i Valgloven til Rigsdagen (smst. 3. 11. 03); de to Vælgerklasser til Landstinget (Vejle Amts Folkebl. 13. 2. 04); en Reklameplakat for dansk kunstindustri (Danebrog 7. 5. 03); Selskabets Vedligeholdelsespligt af Sporarealerne (København 17. 9. 03); i Kampkredse mellem Højre og Venstre (smst. 17. 6. 03); Falsknerisagen mod Statsbanerne tager Dag for Dag større Omfang (Danebrog 9. 10. 03); hvis Oplysningsarbejde om vore vanvittige Beskatningsforhold har fundet Anerkendelse overalt (Sorø Amtst. 13. 6. 02); de andre Signaturmagter af Forliget 1871 (smst. 23. 2. 04); det store beskrivende Katalogarbejde over det store kgl. Bibliotheks orientalske Haandskrifter (Danebrog 5. 4. 02). I dette sidste exempel har, som man ser, første led i ordet „katalogarbejde“ tillige en foranstillet bestemmelse.

Forlader man avisernes sprog — hvorunder her er indbefattet alt hvad der ikke har været forsynet med forfatternavn — og stiger højere op i de skriftlige frembringelsers sfære, træffes saadanne udtryk ikke slet saa hyppigt. De fleste skrivende søger jo at bevare en vis logisk sammenhæng i sproget, skønt dette, selv om man ikke gaar udenfor den almindelige norm, til tider kan være ulogisk nok i sine forbindelser. Imidlertid forekommer de dog af og til, og stadige læsere af moderne literatur vil sikkert kunne føje adskilligt til følgende exempler:

Det fornødne indre Bevissupplement for Rigtigheden af vor Ytring (Søren Kierkegaard, Af en endnu levendes Papirer 29, optegnet af J. M. Jensen; tilfældet er parallelt med det sidste af de ovenfor nævnte); andet Steds end i Genbohuset til „Hesten“ (Herm. Bang i København 19. 12. 03); at miste Handelsretten med de Lande, som er dets naturlige Afsætningssteder (E. Rørdam i Vejle A. F. 3. 3. 04); Fredag blev Brevdag fra „Drengene i København“ og Brevdag fra dem blev en Festdag (F. Tolstrup, Solvang 115); censurrejser ved examen (Jespersen, Sprogundervisning 180 n. 2); en ganske mærkelig Afpasningsævne efter de vekslende ydre Forhold (Østrup i Tilskueren 1903, 472); Middelfart var fordum som Overfartsby til Jylland af ikke ringe Betydning (C. C. Christensen, Mindre Skolegeografi 24); alle Nabosprog til Græsk (Holger Pedersen i Nord. Tdskr. f. Fil. 3 række III 25).

Det sidste forekommer mig overhovedet at være det eneste naturlige udtryk i dette tilfælde, thi „alle græsks nabosprog“ er ikke almindeligt dansk, „alle græskens nabosprog“ lyder gammeldags og mulige omskrivninger bliver mere eller mindre kluntede. Man siger vel ogsaa almindeligt, f. ex. at Fredericia er „en naboby til Kolding“, og der er i virkeligheden endel tilfælde, i hvilke det „anerkendte“ sprog bruger og længe har brugt tilsvarende forbindelser, uden at der er bleven lagt mærke dertil. Vi taler saaledes alle om at have valgret til rigsdagen, stemmeret til rigsdagen, uden at lægge mærke til, at forbindelsen er en anden end f. ex. i „retten til vaskekælderen“. Naar en skole meddeler, at den har indstillingsret til artium eller præliminærexamen, menes der jo, at den har ret til at indstille til disse examiner. Universitetet udsender hvert aar et „Indbydelsesskrift til Kjøbenhavns Universitets Aarsfest til Erindring om Kirkens Reformation“, de lærde skoler indbydelsesskrifter til afgangs- og aarsprøverne, og ingen vil falde paa at udtrykke sig paa anden maade. Mindre kendt er det vel, at universitetets almanak hvert aar fortæller om asteroiderne, at deres omløbstider om solen er mellem 3 og 9 aar.

Ogsaa andre sprog kender saadanne forbindelser. Fra svensk kan jeg saaledes nævne: Z. Topelius var mer än de fleste författere genomträngd af ansvarskänsla för sit ord (Topelius, Blad ur min tänkebok, fortalen; i den danske oversættelse staar der mere „korrekt“: gennemtrængt af følelsen af ansvar for sit ord). Paa tysk finder man temmelig hyppigt overskrifter som „Zur Gutturalfrage im Lateinischen“ (Indogerm. Forsch. I 255), „Ein Erklärungsversuch der Duenosinschrift (Jahresber. des österr. arch. Inst. 3), „Zur Sprachfrage der alten Mazedonier“ (Kuhns Zeitschr. 37, 150), „Die Kämpfe Molières um das Aufführungsrecht des Tartüffe“ (afhdl. af Suchier), men fænomenet optræder ogsaa ellers, f. ex. „Ein Uebergangsprozess aus dem Albanesischen ins slavische ist jetzt bei den kuči zu beobachten“ (Jireček, Die Romanen in den Städten Dalmatiens I 42). Rejsende i sachsisk Svejts faar lejlighed til at løse „Eintrittskarte in die Edmundsklamm“.

Det vil ses, at vi i alle de nævnte tilfælde har at gøre med en bestemt side af det af Jespersen fremdragne fænomen. Det til første sammensætningsled hørende tillæg maa, naar det ikke er et adjektiv, nødvendigvis sættes bag ved hele forbindelsen[1]. Og vil man indrømme, at udtryk som „det kommunale valgretsforslag" har deres berettigelse, kan man ikke godt forkaste de her omtalte. De er efter min mening fuldt forsvarlige, naar der ingen misforstaaelse kan finde sted, ɔ: naar præpositionen efter sammensætningen ikke lige naturligt kan henføres til bægge led, og selv da kommer det meget an paa betydningen af de enkelte led. Af de ovenfor nævnte exempler er der kun et, der kan give anledning til uheldig misforstaaelse, nemlig „Falsknerisagen mod Statsbanerne". Da ordet „sag" meget ofte forbindes med præpositionen „mod" kan dette udtryk let forstaas som „sagen mod statsbanerne for falskneri", hvilket langtfra er meningen, og udtrykket maa derfor kaldes forkasteligt. Angaaende exemplerne „oplysningsarbejde om", „katalogarbejde over" kunde man indvende, at ordet „arbejde" kan forbindes med baade „om" og „over" („han har udgivet et arbejde om eller over det og det æmne"), men dertil er at bemærke, at „arbejde" saa er anvendt i betydningen „resultat af et arbejde", en afhandling eller en bog, medens det i de to nævnte tilfælde er anvendt i sin oprindelige betydning. „Tyveriforsikringsselskabet mod Indbrud" kan ikke misforstaas, uagtet „mod" kunde forbindes med „Selskabet"; en anden sag er det, at det paa grund af den deri indeholdte tautologi er et temmelig kluntet udtryk. — Tilsigtet komisk er: „et Offesersben *a* Fofaalket" (Klods-Hans 1901—02, 294).

Det mere eller mindre paafaldende ved første leds henførelse til noget efter hele sammensætningen følgende er, at sidste sammensætningsled træder adskillende imellem. Men naar dette alligevel ikke føles som nogen særlig stærk adskillelse af noget, der hænger nøje sammen — i mange tilfælde lægger man slet ikke mærke til det — kommer det sikkert for en stor del deraf, at sproget frembyder flere analoga dertil indenfor de hyppige og anerkendte udtryksformers omraade[2]. Et par specielle tilfælde vil blive behandlede nedenfor. Her kan mindes om, at naar i „valgret til rigsdagen" de to sidste ord hører til det første led, er det ikke meget forskellig fra det, der finder sted, naar f. ex. substantiver paa -skab ikke forbindes paa samme maade med noget følgende, men i reglen saadan, at præpositionen retter sig efter stamordet: kendskab til en sag, ubekendtskab med en ting, ondskab mod dyr, mesterskab *i* brydning, naboskabet til Tyskland. Dette forhold viser sig ogsaa ved mange andre afledede ord (f. ex. ved ord paa -hed: i permanent imponerthed af alt hvad der var moderne, Dansk Tdskr. 1903, 847); omhyggelighed for, delagtighed *i* osv.) og er i tidens løb kommen til at spille en stor rolle ved substantivers forbindelse ved hjælp af præpositioner. Uden at komme særlig ind paa dette vidtløftige

[1] Treleddede sammensætninger kan ogsaa frembyde lignende mærkeligheder. „Strubespejlbillede af en mand" (Nyrop, Kortf. fransk lydlære [2], 5) betyder, hvad billedet noksom viser, ikke „billede af en mand, set i strubespejl", heller ikke ligefrem „spejlbillede af struben af en mand", men „billede af struben af en mand, set i strubespejl".

[2] Sml. ogsaa det bibelske udtryk „Kundskabens træ paa godt og ondt" Gen. 2, 9.

kapitel skal jeg blot anføre nogle tilfælde, som staar i forbindelse med det foregaaende. Ligesom et adjektiv foran et afledet ord i visse tifælde kun hører til stamordet (f. ex. en social reformator, Dania I 272; en positiv retusjør), saaledes vil i mange tilfælde et substantiv, der er afledet af et verbum eller et verbum + objekt, forbindes med det følgende ved hjælp af den samme præposition, som følger efter vedkommende verbum eller verbaludtryk, f. ex. „udvandrerne til Amerika", „Vejbryderne for Revolutionen" (Fr. Nielsen, Verdenshist. III 103), „Sydamerikas Befrier fra det spanske Herredømme" (Dansk Tdskr. 1904 157), „Jøviks Udfrier af Middelalderens Mørke" (H. Scharling, Jøvik 30) og præpositionsleddet bliver da i virkeligheden skilt fra det, som det egenlig hører til. Men ikke alle afledninger paa -er lader sig lige let anvende paa denne maade; medens de nysnævnte udtryk er ret naturlige, er der noget paafaldende ved „brandstifterske ved petroleum" (oversættelse af fr. petroleuse i P. Kl. Bergs Folkets Fremmedordbog) og ved at læse om en mand, at han „har forstaaet at være Brolægger mellem By og Land" (Sorø Amtst. 13. 6. 02); her vilde dog „Brobygger" have været mindre paafaldende, idet „Brolægger" for meget leder tanken hen paa haandværkeren af samme navn. De der underviser i folkedans, kalder sig ofte „undervisere i folkedans", men svarende til „at arbejde paa noget" siger man ikke „en arbejder paa en bygning", fordi „en arbejder" i saa fald vilde opfattes i sin sædvanlige betydning, heller ikke „en arbejder i læder", „en maler paa glas", medens jeg mindes et sted at have læst „han var en af hovedarbejderne paa dette værk". „En oversætter fra fransk" forekommer vist ret almindeligt, men kan man ogsaa sige f. ex. „Chr. Wilster, Iliadens oversætter paa vers"? Det kan man i hvert fald paa fransk: Salel, traducteur en vers de l'Iliade (cit. af Mätzner, Fr. Syntax II 390). Paa dette sprog er det overhovedet saare almindeligt, at substantiver, ikke blot afledninger, konstrueres med samme præposition som kræves af det verbum, som substantivet kan omskrives med, f. ex. un accueil à bras ouverts ≠ accueillir à bras ouverts, metteur en scène ≠ mettre en scène; un peintre sur porcelaine ≠ peindre sur porcelaine; vous êtes une brillante metteuse de pieds dans le plat (Ohnet, Le crépuscule 118) ≠ mettre les pieds dans le plat.

Anm. Det vilde være interessant at undersøge, i hvor stort et omfang substantiver i dansk forbindes med samme præposition som det verbum, de er beslægtede med eller kan omskrives med. Da det vilde føre for vidt her, og forøvrigt ogsaa falde udenfor denne artikels ramme, skal jeg indskrænke mig til at nævne et par enkelte ting. Man har tidligere sagt og siger tildels endnu f. ex. „tanken om døden", „tanken derom afskrækker mig", men ved indflydelse af „at tænke paa" eller „henlede tanken paa" bliver det mere og mere almindeligt ogsaa at bruge „paa" ved substantivet, f. ex. Tankerne paa min Fader var traadt noget i Baggrunden (Karl Larsen, En Kvindes Skriftemaal 71), Tanken paa Mænd (samme, Hvi ser du Skæven 112), Tanken paa den tit omtalte illustrerede Bog (J. Skytte, Arvesølv 246), Tanken paa hende (Gyr. Lemche, Folkets Synder 316), ogsaa i ældre literatur: Tanken paa sin Ven (Adam Homo I (1893) 125); Tanken paa vor Kærlighed (Lie, Ulfvungerne 210), tanken paa det højere og det hinsidige (Samfundets Støtter, IV slutn.). Saaledes er „valg til rigsdagen" opstaaet af „at vælge til eller foretage valg til rigsdagen" osv. Svarende til „at dø af eller ved noget“ kan man finde „Døden af Brystsyge“ (Granzow, Vort Aarhundrede II 590), „endog Døden ved Ulykkestilfælde eller ved vilde Dyrs Angreb synes sikkert at være smærtefri“ (Dr. P. Hertz i „København“ 19. 10. 03). Siger man „blodbadet paa indbyggerne“, skyldes det forbindelsen „at anrette et blodbad paa —“[1]. — Medens paa fransk substantiverede participier forholder sig som deres verbum, kan dette i reglen ikke finde sted paa dansk uden en særlig ordstilling. Svarende til fransk les condamnés à mort kan ikke siges „de dømte til døden“ men kun „de til døden dømte“ eller de „dødsdømte“. Dog finder man af og til exempler paa det første: Den ihjelkørte paa Jærnbanen (Politiken 15. 11. 02), Den overkørte paa Jærnbanen (Sorø Amtstid. 28. 6. 03), hvilke udtryk efter almindelig sprogbrug vilde betyde noget helt andet end der er ment med dem, næmlig „hvorledes det gik den ihjel- eller overkørte (da han var) paa Jærnbanen“, medens meningen er, at der under disse overskrifter findes nærmere oplysninger om den afdøde. Sml. tysk „das Vorgefallene in Ems“ for „das in Ems Vorgefallene“ (Gerstäcker, Irrfahrten 118). Det samme gælder præsens participium, der paa denne maade vel kun forekommer i „de studerende til embedsexamen“ (Storm, Engl. Filol. I^{1} 9). Naar man siger „de studerende ved universitetet“ er forholdet lidt andet, ligesom i de „rejsende til Fyn og Jylland“ („Rejsende til København tilbydes komfortable Værelser“, avertissement); her kan i stedet (dog ikke i det sidste exempel) sættes henholdsvis „studenterne“ og „passagererne“, idet udtrykkene er at forstaa som forkortelse af fuldstændigere forbindelser paa samme maade som „damperen til Malmø“, „toget til Roskilde“, fransk les voyageurs pour Bordeaux, le packet de Douvres à Calais (Daudet, Tartarin sur les Alpes 131).

II

Den ovenfor omtalte adskillelse af noget, der hører nøje sammen, støttes ikke blot af de nævnte analoge tilfælde ved afledninger, men ogsaa ved visse ejendommeligheder i adjektivernes stilling, idet et adjektiv + substantiv maa opfattes som nær beslægtet med sammensætninger.

Forbindelsen adjektiv + substantiv er i dansk en fast forbindelse, der ikke taaler at skilles ad[2]. Faar nu adjektivet en nærmere bestemmelse, maa denne stilles foran dette, eller i visse tifælde adjektivet anbringes bag ved substantivet, men ingen af delene er naturligt talesprog, og følgen heraf er, at man ofte kommer til at udtrykke sig som drengen, der hos boghandleren bad om „en blaa blyant i den ene ende og en rød i den anden“. At sige „en i den ene ende blaa, i den anden rød blyant“ er en altfor akademisk vending og „en blyant, der er blaa i den ene ende og rød i den anden“ er en noget tung omskrivning. De fleste vil vel redde sig med at sige „en rød og blaa blyant“, men i de færreste tilfælde staar en saadan udvej aaben, og vil man forblive indenfor det naturlige talesprogs omraade, maa adjektivets tillæg skilles fra dette og sættes bag ved substantivet. Dette var ret almindeligt i ældre dansk,

[1] Indsætter man synonymet „Bartholomæusnat“ faar man „det blev tegnet til en Bartholomæusnat paa indbyggerne“ der staar et steds i Granzows Vort Aarhundrede.

[2] I modsætning til f. ex. latin og slaviske sprog, hvor et til adjektivet hørende tillæg kan anbringes mellem dette og substantivet, f. ex. lat. idonea ad navigandum tempestas gunstigt—til—at—sejle—i vejr, bulgarsk naučenijot ot tatka sin den instruerede—af—sin—fader søn, russisk s mokrymi ot rosy sapogami med vaade—af—dug støvler.

f. ex. throtnæ lymmæ af watn sot (lemmer, der er ophovnede af vattersot) Brandt, Gammeldansk Læsebog 49 [2], Kiettere oc affskaarne menniskir fraa den hellige Kirckis samfundt (Poul Eliesen), stoppede Poser med Fjær (P. Dass), se Falk og Torp, Dansk—norskens Syntax s. 309—10, hvor der ogsaa omtales, at det samme findes i middelhøjtysk. I det nuværende sprog anvendes denne ordstilling regelmæssigt i to tilfælde: 1) naar der til adjektivet hører et sammenligningsudtryk eller en følgesætning (sml. Falk og Torp, anf. sted): en bedre mand end du; han har saa mange penge, at ....; 2) naar adjektivet er nærmere bestemt af en infinitiv, enten en enkelt (sml. Mikkelsen. Dansk Sproglære s. 287, 437): det er ærgerlige penge at give ud, det er en rar kost at feje med, det er en vanskelig sag at sige noget om, — eller med „til" foran: det er en rædsom lampe til at ose, hun er en dygtig kone til at bestille noget, han er en slem dreng til at stjæle, hvor dygtigt et Kvindfolk hun havde været til at bruge sine Hænder (P. E. Benzon, Landsmænd 29).

Men ogsaa udenfor dette omraade anvendes denne ordstilling i en mængde tilfælde, der ikke lader sig sammenfatte under nogen bestemt regel. Man siger og skriver ofte: hun er en dygtig kone *i* sit hus, de er to mutte personer overfor andre, paa den aftalte dag til afrejsen (skoledrengeoversættelse fra latin), de mange ulykkelige Krige for Sverrig (stil), trods en krydset Klinge om afvigende Synsmaader (dagbl.), sminkede og malede skuespillerinder er meget forskellige væsener fra dem man møder paa gaden (smst.), en god hest til ploven (Baruël, Fransk syntax 113), hele rækker af ens Ord *i* Græsk og Litavisk, (Age Meyer, Et Folk der vaagner 35; kunde ogsaa forstaas som rækker af ord, der er ens indenfor hvert af de to sprog), København er ikke nogen rig By paa Fortidskvarterer (Bierfreund i Tilskueren 1903, 776), store Videnskabsmænd *i* deres eget Fag (Wimmer, Om Undersøgelsen og Tolkningen af vore Runemindesmærker 3), dækkede Borde af Madkurve (dagbl.), en dreven Karl udi Latinen (Wulff, Den danske Rigsdag 5). Fra en noget ældre tid kan nævnes titlen paa pastor Gjellebølles omvendelsesskrift „Spildte Guds Ord paa Balle-Lars" og „Monument for faldne Fædrelandets Forsvarere den 2den April 1801 (avertissement af Lahde i Berl. Tid. 11. 4. 1803).

I visse tilfælde kan man være i tvivl om hvorvidt adjektivet alene eller adjektiv + substantiv i forening er nærmere bestemt ved et følgende tillæg, f. ex. en kærlig søn mod sine forældre, han er en stor mand paa det omraade (= noget stort paa det omraade) og lignende [2].

[1] Undertiden findes „til at", hvor man skulde vente „at" alene: Det er et godt Kadaver til at anatomere, Hostrup, Spurv i Tr. II 3; infinitiven med til at bruges nemlig i reglen saaledes, at det foregaaende subjekt tillige er subjekt for den handling, infinitiven betegner.

[2] Saaledes ogsaa ordenstal + substantiv som f. ex. i „Holbergs anden rejse til udlandet", „Cæsars første felttog mod germanerne", „den tredje koalitionskrig med Frankrig". Derimod i „Det sjette nordiske filologmøde i Upsala", „Det ottende nordiske skolemøde i Kristania" hører stedsbetegnelsen udelukkende til substantivet.

Samme adjektivstilling findes ogsaa i andre sprog, f. ex. svensk „Däremot uppviser Esterhazy's stil oupphörligt likartede fel med de i bordereau'n befintliga“ (E. Edström i Pedag. Tidskrift 1899, 539), tysk: „die siegreichen Völkerschaften über das römische Reich“ (Zs. für franz. Sprache u. Litt. 18, 219), die gestörte Grabesruhe des toten Bräutigams durch seine überlebende Braut (Zs. des Vereins für Volkskunde 1902, 147). Paa fransk sættes efter den officielle grammatik adjektivet i saadanne tilfælde efter substantivet, hvilket for øvrigt falder sammen med den fremherskende efterstilling af adjektivet. Men de adjektiver, der i reglen staar foran substantivet, bevarer ofte i mere utvungen tale denne stilling, selv naar de modtager et tillæg, f. ex. j'suis tout de même plus fort que des plus grands youpins que moi (Gyp, Jacquette et Zouzou 94), de plus solides natures que la sienne (Daudet, Les rois en exil 209), ældre: un grous œuf comme le poing (Quinze joies du mariage 107). Ved siden deraf tilfælde som de sidst nævnte danske: il était un bon garçon pour sa patrie (Cohen og Kaper, Fr. læsebog 45), je suis à bonne école pour apprendre à dédaigner les biens que j'ai perdus (Feuillet, Rom. d'un jeune homme pauvre 111); ældre: vous n'estes pas bon home à mener femmes par païs (Quinze joies du mariage 130). Paa latin og græsk er tilsvarende fænomener ret almindelige.

Paa samme maade som adjektiverne indgaar i fast forbindelse med substantiverne, smælter ogsaa titler og lignende foran navne sammen med disse til en enhed (sml. Jespersen, Fonetik § 337), der nødigt skilles ad af andre ord. Men ord der staar som titler foran andre ord bruges jo ogsaa i andre forbindelser (sml. Professor Nyrop — professor ved universitetet — professor i romansk filologi), og støder saadanne forbindelser sammen, maa det gaa ud over den mindst faste. Nu er det i papirsproget vist almindeligst at betragte den førstnævnte forbindelse som den løseste og i overensstemmelse dermed at sige f. ex. „professor ved universitetet N.“, „professor i romansk filologi N.“, men talesproget viser ganske den modsatte tendens, hvorfor man ogsaa i dagbladenes omtale af personer hyppigt træffer vendinger som „professor S. ved Landbohøjskolen“, „direktør T. ved de forenede papirfabrikker“, „fuldmægtig M. ved brolægningsvæsenet“ osv. ved siden af det mere „korrekte“ „justitiarius i Kriminalretten J.“ Medens disse vendinger vel nok kan siges at være almindelige i omgangssproget, er derimod skridtet endnu ikke gjort helt ud til at forandre „professor i romansk filologi N.“ til „prof. N. i romansk filologi“. Tilløb dertil findes, f. ex. „Redaktør Vogelius af Frederikshavns Avis“ (Sorø Amtstid. 10. 12. 03), „Redaktør Klaveness af Tidsskrift for Kirke og Kultur“ (Samfundet 7. 9. 1900), „Professor Schück i Literaturhistorie ved Upsala Universitet“ (Vejle Amts Folkeblad 15. 1. 03; altsaa alle tre forbindelser paa én gang), men disse udtryk lyder, i alt fald for min sprogfølelse, en lille kende stødende i modsætning til de før nævnte[1]. Hvad er grunden hertil? Vistnok den, at „af“

[1] Men heller ikke „Professor i literaturhistorie ved Upsala universitet Schück“ lader sig godt sige; det minder for meget om „Hvorvidt holder ord-

og „i“ efter personnavne (med eller uden titel) i reglen har stærk lokal betydning. Forbindelser som „Kong August af Sachsen“, „Grev Raymund af Toulouse“ er ganske normale; „af“ refererer sig ikke til titlerne, men til titel + navn i forening, hvilket ses deraf, at man lige saa godt siger „August af Sachsen“, „Raymund af Toulouse“, „Robert af Normandiet“. Den samme betydning: hjemmehørende i, stammende fra, har „af“ desuden i visse gammeldags vendinger som „ungkarl N. N. af København“, der bruges ved ægteskabstillysninger. Men idet saadanne udtryk staar for bevidstheden som forældet eller historisk stil[1], vil analoge forbindelser, i hvilke „af“ ikke har saa konkret en betydning, uvilkaarligt minde om dem og ved modsætningen vise sig paafaldende. Endvidere kan man fortræffeligt sige „professor Schück i Upsala“, ligesom man siger „skomager Petersen i Odense“, „barbér Sørensen i Frederiksborggade“ og lignende, hvor „i“ betegner stedet og hvor præpositionsleddet hører til bægge de to foregaaende ord i forening, men netop saadanne forbindelsers hyppighed vækker opmærksomhed overfor udtryk som „prof. Schück i literaturhistorie“.

Af andre exempler paa, hvorledes titel + navn føles som en uadskillelig enhed, kan endvidere nævnes: „Hr. sekretær H. for Kristelig Forening for unge Mænd“, „Biskop Sørensen over Lolland-Falsters Stift“ (dagbl.) og det meget dristige „Verdensmesteren Audemar over 100 Kilometer-Løbet“ (Illustreret Tidende 30. 8. 03).

Det har ikke været min hensigt at behandle alle tilfælde, i hvilke noget sammenhørende skilles ad, men kun saadanne, der frembyder et sidestykke til det i første afsnit behandlede forhold. Lidt fjærnere ligger saaledes de tilfælde, i hvilke et relativpronomen er skilt fra det ord, det hører til, og andet mere af samme slags. Ovenstaaende kunde endvidere, set fra et andet synspunkt, udvides betydeligt med yderligere exempler paa, hvorledes ofte flere sprogregler støder sammen og kræver en afgørelse til den ene eller den anden side. Og endelig er det kun et ganske lille bidrag til at belyse det almindelige omgangssprog i modsætning til det af grammatikker mere eller mindre regulerede literatursprog, et æmne, som det utvivlsomt vilde lønne sig at uddybe.

sproget „Krukken gaar saa længe til vands, at den kommer hankeløs hjem“ stik?“ — Paa en lidt anden maade er præpositionsleddet knyttet til i følgende: „Docenten havde set mit kort og var da ilet til professor Leskien (i slavisk) og professor Braune (i gammeltysk) for at meddele, at jeg var der“ (K. Verner i „Karl Verner, Afhandlinger og Breve“ s. LII). Sml. endvidere „Jeg har siddet over. Det er den vigtige Frøken Jensen i Geografi, du ved“ (Laur. Bruun, Historiens Dom 44), hvor „Frøken“ har bibetydningen af lærerinde.

[1] Moderne fyrstenavne kan ikke undvære titel eller nummer i saadanne forbindelser. Det hedder „Kong Kristian af Danmark“ eller „Kristian d. 9de af Danmark“, men ikke „Kristian af Danmark“.

FRA SPROG OG LITERATUR

—

NYT FRA SPROGGRANSKNINGENS OMRÅDE

Det skal være vort mål så vidt muligt at give et kort overblik over det ny, som fræmkommer, og ganske særligt over alt, hvad der umiddelbart vedrører dansk sprog: også andre ting skal omtales, for så vidt de fræmbyder bidrag til forståelsen af danske forhold, men uden for de særlig danske ting kan vi selvfølgelig ikke nå blot tilnærmelsesvis fuldstændighed, da det delvis beror på tilfældet, hvad der kommer til vor kundskab. Enkelte værker, som kræver mere indgående behandling, skal vi senere komme tilbage til. Af en eller flere af disse grunde, vil man ikke i det følgende finde omtale af så vigtige værker som S. Bugges Norges Runemindesmærker med de ældre Runer, tredje udgave af A. Noreens Altisländische und altnorwegische grammatik eller Clara Holsts Studier over middelnedertyske laaneord i Dansk i det 14de og 15de aarhundrede, for ikke at nævne andre.

Hvad nu først sproggranskningens mere almindelige del angår, kan der næppe fra de sidste år nævnes noget arbejde, som har bidraget mere til en øget indsigt i sprogets liv, end Kr. Nyrops Ordenes liv (Kbh. 1901). Nyrop viser endnu mere i dette værk end i noget af sine tidligere, hvor udmærkede ævner han har til at fræmsætte videnskabelige kendsgærninger på en tiltalende og almenforståelig måde. For første gang er der her i nordisk sprogform og med eksempler væsentlig hentede fra de nordiske sprog givet en udførlig fræmstilling af större dele af betydningslæren. Enkelte kapitler er i forvejen behandlede af Nyrop selv, og man lægger med glæde mærke til, at et af disse ved indarbejdelsen i det större værk har fået en anden begyndelse; i dette tilfælde er det så meget heldigere, som det pågældende stykke er det første i bogen. At en romanist som Nyrop let kommer til at tage sit udgangspunkt i de romanske sprog, er forståeligt; men som indledning til en bog væsentlig om danske forhold er man dog glad ved at se Chr. Winther afløse Boileau som første nævnte mand. Om enkeltheder i fræmstillingen kan der nok rejses tvivl endnu, men som helhed er bogen en utvivlsomt god og gavnlig forøgelse af den danske sproglige litteratur. Et lille hjørne af samme område, som Nyrop behandler, har A. Noreen behandlet i Ordens död (Nordisk [letterstedtsk] tidskrift 1902 s. 440 flg.).

Andre dele af samme område af sproglæren er behandlet i tre

svenske værker fra de seneste år. THEODOR HJELMQVIST har udgivet Bibliska personers namn med sekundär användning i nysvenskan (Lund 1901) og Förnamn och familjenamn med sek. anv. i nysv. (Lund 1903)[1]. Bægge disse store bind behandler udelukkende personnavnenes udvikling, altså kun et ringe område, og væsentlig kun i nysvensk. Dog giver navnlig den første også en del bidrag fra dansk, og i mange måder kan de også tjæne til oplysning om danske forhold. Væsentlig samme område, dog også omfattende andre personbetegnelser end navne, er behandlet i J. REINIUS' doktordisputats: On transferred appellations of human beings chiefly in English and German (Götebg. 1903). Kun i behandlingen af artsnavnene giver den for de nordiske sprogs vedkommende noget mere end Hjelmqvists bøger.

Vi kan i sandhed være stolte af udviklingen, når vi tænker tilbage på de tider, da 'etymologi var den videnskab, hvor medlydene betød grumme lidt og selvlydene slet ingen ting.' Men det kan ikke nægtes, at der har været nogen tilböjelighed til at stille ord sammen, som i lyd svarede til hinanden, selv om deres betydninger var tilsyneladende uforligelige. Og det nytter ikke at henskyde sig under den omstændighed, at i sprogudviklingen kan sort og hvidt og ja og nej være det samme; man har været letsindig. Nu da betydningslæren i en noget mindre oldtidsagtig form end forhen igen kommer til ære og værdighed, er det naturligt, at man gör indsigelse mod et sådant letsind, og en træffende indsigelse derimod har EVALD LIDÉN gjort i Blandade språkhistoriska bidrag I (Göteborg 1903) ved sin undersøgelse af nordisk alda. Forf. drager alt, hvad han kan samle af nordiske folkemål, ind i undersøgelsen for at finde den forholdsvise grundbetydning. Det viser sig da, at ordet både i danske, svenske og norske folkemål bruges i betydningen 'trug, kasse', i svenske og norske, ja også i islandske mål og stednavne i betydningen 'dalsænkning, hulning, strömleje', i Hallingdalen om 'bølgedal' og endelig i norske mål og det oldislandske skjaldesprog om 'bølge'. Gennemgående er man tidligere gået ud fra den sidste (tidligst påviste) betydning som den oprindelige, men Lidén påviser slående, at den nordiske grundbetydning må være 'trug, kasse, kar', som så har udviklet sig på den ene side til betydn. 'dalsænkning osv.', på den anden gennem 'bølgedal' til 'bølge'. Hans videre redegörelse for, hvorledes ordet stammer fra et trænavn og i sidste instans fra roden al- (i elske) skal vi lade ligge og blot fræmhæve den smukke måde, hvorpå folkemålene her er anvendte til at bestemme en betydningsudvikling.

Af en helt anden art er stud. jur. PER SPROGVILDS Dansk Sprogavl (Kbh. 1901), en bog, som har sat sig til hensigt at vække samvittigheden over for det danske sprogs renhed og skönhed. I mangt og meget er den forfejlet, således er et ord som orddanslære alt for farligt; men den indeholder en sjælden rigdom af virkelig frugtbare synsmåder, og vi tror, at H. C. Ørsted, om han havde levet, vilde have hilst sin broders studiefælle med et venligt: bliv ved at holde fanen höjt, men

[1] Nu også: Bibelgeografiska namn m. sek. anv. osv. (Lund 1904).

glem dog ikke, at mængden af nydannelser betyder mindre end de enkelte nydannelsers kunstneriske værd. En sprogøger må være en kunstnernatur — og det er Per Sprogvild vist også — og han må desuden lære den svære ting aldrig at synde mod sin kunstneriske samvittighed og yde hæderligt håndværk uden kunstpræg — og den ting har Per Sprogvild ikke lært endnu. Bogen har vakt en del diskussion, som næppe er til ende endnu. Bestemt tilslutning på vigtige punkter har Per Sprogvild fundet hos Otto Jespersen (Tilskueren marts 1902: 'Dansk Sprogrøgt'); afvisende, dog mere mod ældre sprogrensere end mod Per Sprogvild er Anker Jensens: Indfødt og fremmed i modersmålet (Studier fra Sprog og Oldtidsforskning Nr. 53, Kbh. 1902), et velskrevet forsvar for brugen af fremmedord. Imod Anker Jensen optrådte bl. a. Marius Kristensen i 'Dansk Tidsskrift' (Juni 1902: Er der Grund til at standse?) og Jens Arsbo i 'Vor Ungdom' (1902).

Om sprogets barnlige form har Otto Jespersen givet gode oplysninger i sin Sprogets Begyndelse (Grundrids ved folkelig Universitetsundervisning 1903), ligesom han sammesteds har givet et uddrag af sine tidligere stykker om sprogets oprindelse. Mere udførligt har Axel Kock skrevet om barnspråk i (Letterst.) Nordisk tidskrift 1901 (s. 375—99). Endnu kan nævnes at E. Gigas har udgivet en samling sproglige kuriosa, som i sin tid er optegnede af 'den indbyrdes undervisntngs' fosterfader, generaladjutant Abrahamson. Et og andet har sproglig interesse, som *Her Jomfru Grondt* (sml. Dania X Register under 'hr. frue' og *herra móðir* Heilagra Manna Sögur II, 539) og nogle breve fra almuesfolk. Gigas's stykke En Samling 'ufrivillig Komik' fra gamle Dage står i 'Julebogen' 1902.

Går vi fra sprogvidenskabens mere almindelige sider over til de særlige, må det først nævnes, at de senere år har givet os et par hovedværker på et særområde inden for lydlæren. Det ene er Axel Kocks: Die alt- und neuschwedische accentuirung (Strassburg 1901), en fortrinlig sammenfatning af næsten alt, hvad der i forvejen er skrevet om nordiske betoningsforhold, også med mange bidrag til oplysning om dansk, og med nye tilföjelser til det, som alt var kendt i forvejen.

Endnu nærmere står os udgaven af Karl Verners afhandlinger og breve (Kbh. 1903) med en lævnedsskildring ved Marius Vibæk. Vel vedrører en stor del af bogens indhold ikke-danske æmner, særlig de slaviske sprogs betoning, men der bliver dog altid meget, især Verners indgående arbejde med Höysgaards værker, som vi atter og atter vil søge tilbage til. Også til forståelsen af Hofforys udvikling byder bogen adskillige bidrag. Bogen er ledsaget af en beskrivelse af Verners apparat til udmåling af sproglydene. Denne beskrivelse er dog nu ikke længere den bedste, man har; ti i Neuphilologische Mitteilungen, sept—okt. 1903, har Hugo Pipping offentliggjort to breve, han har fået fra Verner, med en fuldstændig beskrivelse af hele fræmgangsmåden. Pipping er vel på dette område Verners nærmeste arvetager, så der er noget smukt i, at han har kunnet sætte vor store landsmand dette minde, men man kunde ønske, at disse breve var komne med i den store bog, så at de var blevet tilgængelige for videre kredse.

Det vigtigste bidrag til dansk formlære, som de foregående år har bragt, er H. G. WIWELS meget omtalte Synspunkter for dansk sproglære (Kbh. 1901), som allerede har været genstand for livlig meningsudveksling både i „Dania" (indlæg af K. G. Brøndsted, Kr. Mikkelsen og forfatteren selv) og i 'Vor Ungdom' (indlæg af Karl Mortensen, Byskov o. fl.).

Med KARL MORTENSENS Studier over ældre dansk versbygning I (Kbh. 1901) og HUGO PIPPINGS Bidrag till Eddametriken (Hfors 1903) har den nordiske versbygningslære fået et par værdifulde, til dels grundlæggende forøgelser.

Et udmærket bidrag til nordisk navneforskning skyldes nordmændene. O. RYGHS efterladte arbejde Gamle Personnavne i norske Stedsnavne er blevet udgivet som universitetsprogram (Kria. 1901), og dærmed er Norge forrest i udforskningen af det gamle nordiske personnavnestof. O. Nielsens Olddanske Personnavne kan med hensyn til pålidelighed og grundighed langtfra måle sig med dette, og Lundgren efterlod sit værk om de gamle svenske personnavne ufuldendt ved sin død ifjor. Også udgivelsen af Ryghs andet og endnu större navnearbejde, Norske Gaardnavne, er i de forløbne år skredet jævnt fræmad.

Af svenske værker må endnu nævnes anden udgave af A. NOREENS De nordiska språken (Sth. 1903), som altså nu efter mange års forløb igen er tilgængelig i boghandelen. I den ny udgave er adskilligt rettet (som trykfejlen 'Kristian IV:s' bibel for 'Kristian III:s'), og danske vil med glæde se, at nu er „den norra hälften af Schleswig" dansktalende, medens det i første udgave kun var 'den allra nordligaste delen'. De udkomne tre første hæfter af samme forfatters Vort språk behandler for en stor del sager, der har lige så megen interesse for danske som for svenske. Vi kan kun anbefale hvem der kan overkomme det, at vove sig i kast med dette værk, som er beregnet på at fræmstille den nysvenske sproglære i ni tykke bind (!). En lille fejl er det, at kortet over skandinaverne i Amerika kaldes kort over svenskerne i Amerika.

Også RUBEN G:SON BERGS Den poetiska friheten i 1800-talets svenska diktning (Göteb. 1903) kan der være grund til at henlede danskes opmærksomhed på. Det er kun afvigelser fra det prosaiske sprog i ordstilling, ordföjning og böjning hos det 19. århundredes svenske digtere, som er behandlet her, men dette stof fylder dog sine halvfjærde hundrede sider. Mon de danske digtere har været lige så ubundne som de svenske? Vi kan næppe tro det, men det kunde være rart at få troen afløst af viden, og det kunde være dobbelt rart, om vi så også fik besked om den poetiske frihed med hensyn til orddannelser og betydning. Sådanne værker som 'Vårt språk' og 'Den poet. friheten' giver os danske noget at tænke over også ved deres omfang. Vi kunde trænge til noget af det svenske mod til at give os i kast med store opgaver.

På ordbøgernes område kan vi mærke os, at HJALMAR FALKS og ALF TORPS Etymologisk ordbog over det norske og det danske sprog med sit sjætte hefte har afsluttet første bind (A—M). Den er som helhed betragtet et udmærket værk, måske dog ikke fuldt på höjde med Fr. Tamms — desværre langsomt fræmkommende — svenske etymologiske ordbog. Bogen giver en mængde gennemgående fuldtud pålidelige oplysninger om vore ord, og som en særlig fordel ved denne ordbog kan det mærkes, at den giver oplysninger om oprindelsen til en mængde talemåder i de nordiske sprog. Dærved bliver den som kulturhistorisk kildeskrift af dobbelt værdi.

Kalkars, Dahl og Hammers og Feilbergs ordbøger håber vi ved lejlighed at komme til at omtale nærmere.

Indenfor folkemålsgranskningen skal vi henlede opmærksomheden på Bengt Hesselmans Stafvelseförlängning och vokalkvalitet (Ups. 1902), som særlig fortjæner at nævnes, fordi Hesselman i stor målestok har benyttet folkemålene som vejledere til forståelsen af den historiske udvikling. Men det ligger dog os nærmere at se på P. K. Thorsens ædruelige og oplysende, men tunge og på sine punkter overlæssede Det danske Folkesprog i Sønderjylland (Haandbog i det nordslesvigske Spørgsmaal s. 117—167)[1]. Dersom det endnu behøver at bevises, så er det her uigendriveligt bevist, at sønderjysk er et nordisk folkemål. Desuden kan man her få mange gode oplysninger om sønderjyske sprogtilstande og om de mænd, som har arbejdet i de sønderjyske mål. I slutningen antyder Thorsen en nær forbindelse mellem sproget i de sydligste dansktalende sogne og svensk, og dette forhold har han taget op til nærmere undersøgelse i det foredrag han holdt på filologmødet i Upsala 1902: Den danske Dialekt ved Husum i Slesvig (VI Nord. Filologm. Förh. s. 170—188). Her giver Thorsen efter en længere indledning en god og fyldig beskrivelse af det sydligste danske mål på halvøen (særlig Fjolde sogns mål). Kun må det beklages at lydbetegnelsen er elendig, ja sådan, at man skammer sig ved at se den hos en landsmand og efterfølger af Lyngby, og så oven i købet i noget, som er trykt i fremmed land; ligeledes burde der ikke have stået, at könsböjning af participierne er ukendt i Vestdanmark ellers, ti Samsø har i alt fald rigelige spor af könsböjning i de stærktböjede fortids-tillægsmåder. Udtalelserne om forholdet mellem målet og svensk er her med god grund en del mere dæmpede end i „Haandbogen". Jo mere man sammenligner Fjolde-målet med Ærøsk, des klarere bliver det, at her er nært slægtskab, og så er vel den svenske forklaring unødvendig.

Fra Thorsens åndrige men meget dristige formodninger og slette lydskrift er der et stort spring til den danske dialektforsknings största målskildring, J. M. Jensens Et vendelbomåls lyd- og formlære, hvis sidste hæfte udkom i 1903. Jensen savner både Thorsens ualmindelige kundskab til vort sprogs udviklingshistorie og hans dristige kasten nye opfattelser ud. Hvad der findes af nyt og udæskende i Jensens bog, skyldes i reglen ikke ham, undtagen når det gælder lydgengivelsen. På

[1] Mod enkeltheder i Thorsens opfattelse optrådte Holger Pedersen i Nordisk tidskrift, 1901 s. 524 flg. På et enkelt punkt har P. misforstået Thorsen og rettet bager (d. v. s. Thorsen) for smed (undertegnede).

det punkt er Jensen næsten genialt sikker. Med hensyn til fin iagttagelse og nöjagtig gengivelse af ordenes lydforhold er han en mester, og det er beklageligt, at udgiveren ikke har turdet gennemføre hans modneste opfattelse i det lidt ældre tillæg om rim og lign. Så fyldig en dialektmonografi har vi vist næppe over noget nordisk mål, ordregistret omfatter omkring 7000 ord, dæraf meget få sammensætninger. Og man går sjældent forgæves, når man vil have oplysning om et ords lyd- eller böjningsforhold. Vi håber, at et og andet af forfatterens efterladte optegnelser endnu skal komme fræm i vort tidsskrift i bearbejdet form.

Sprogrøver på Dansk fra den tidligste middelalder foreligger nu for første gang fuldt pålideligt oplyste i L. F. A. Wimmers De danske runemindesmærker IV, (Kbh. 1904), hvis mangesidige indhold vil blive nærmere omtalt i næste hæfte.

Et håndskriftfund af mere end almindelig interesse gjordes i 1902 i bindet om en bibel fra 1519, som Cambridge universitetsbibliotek 1897 havde erhværvet sig. Som smudsblade bagi var indsat to pergamentsblade, som ved afløsningen viste sig at indeholde et stykke af den hellige Kristines legende og en bön til jomfru Maria; disse brudstykker svarede væsentlig til dele af den kendte legendesamling „De hellige Kvinder" (udg. af Brandt 1859) og gav beviset for, at denne samling var oprindelig jysk, hvad allerede bl. a. Wimmer havde hævdet; de stammer fra o. 1300. Også minder skriften, så vidt jeg mindes, meget om de religiøse brudstykker på jysk, som er indklistede i det stockholmske Harpestreng-håndskrift. De nyfundne brudstykker er udgivne i faksimile med indledning, omskrivning og glossar af Eiríkr Magnússon (Transactions of the Cambridge Philological Society Vol. V, Part. III).

Af nogen anden art end Cambridge-håndskriftet er det håndskriftfund, som J. Aakjær har offentliggjort i 'Det ny Aarh.' for 15. jan. 1904. Det er Blichers originalopskrift af 'Jyden han æ stærk aa sej' og af et hidtil ukendt jysk digt af Blicher. Bægge dele er fundne mellem H. C. Simonsens efterladte papirer. De er udgivne i faksimile og forsynede med nogle få oplysende bemærkninger. *M. K.*

GAMLE GADENAVNE

1. *Frue Kirkerist* er navnet på en gade i Århus, og dette navn har vist for flere end mig stået som ubegribeligt. I 1901 fik jeg kirkerister at se for første gang, dog ikke i det nuværende Danmark, og måske kan det more nogen at få besked om sagen.

Kirkerister omtales gentagne gange i ældre tid. 'Liden Kirsten ganger om kirkerist,' hedder det i en folkevise[1]). I Peder Palladius' visitatsbog[2]) står, at kirkegården skal være smukt indhegnet og indhøvet med kirkegårds mur, riste, stette, port og andet, som dærtil er behov. Det er tydeligt nok, at kirkegårdens rist må være noget lignende som stente eller

[1] Udv. danske viser, V 128. [2] S. Grundtvigs udg. s. 8. 7.

port. Det samme fræmgår af en efterretning fra Longelse på Langeland (1568) om en præst, som har klaget over optöjer og skyden 'rett hoss kirckegordsristen och for huer mands indgang til kirchen.'[1] I hekseprocessen mod jomfru Kristence Kruchow (1621) omtales en kirkerist ved Vor Frue Kirke i Ålborg[2]), og igen her betegner ordet en adgang til kirken. I en fortegnelse over brøst ved kirker i Bjærge herred på Fyn efter svenskekrigen (1664 og 1665)[3]) forekommer gang på gang manglende rister, og man ser, at de må have været alt andet end små, og gjorte af jærn, idet der til tre kirkerister ved Marslev kirke beregnes et skippund jærn foruden bomme og stolper af træ, og ligeledes et skippund til tre kirkerister ved Birkende kirke.

Af hvilken art denne adgang til kirkegården har været, så jeg under et besøg på Gulland i sommeren 1901. Her er næmlig endnu kirkegårdsindgangen på den ene side ved flere landsbykirker over en rist. Hvor kirkegården hæver sig fra den omliggende grund, er der mur om den, og adgangen er som her i landet gennem en port — måske også på sine steder ad en stente — men på steder, hvor kirkegården ligger lavere end jordsmonnet omkring, er der en grøft uden om kirkegården, og så er der slået en bro over grøften over til kirkegården. Denne bro er en jærnrist med temmelig spinkle træmmer og vidt imellem træmmerne, så at den gör det umuligt for dyr at komme over, medens mennesker uhindret går over til kirkegården.

På samme måde må vi tænke os de gamle danske kirkerister, og hensigten med dem har været den samme som med kirkestenterne, at give en let adgang for mennesker, men hindre kvæg og hunde fra at komme ind på kirkegården, hvad Peder Palladius indtrængende formaner til. Det kan ikke nægtes, at kirkestenten og kirkeristen i den henseende har været sikrere end de små låger, som nu findes ved kirkegårdene, og som aldeles ikke hindrer, at hunde kan komme ind, især de små køtere, som altid er i hælene på dem, de følges med. Dr. Peder Palladinus vilde næppe se mildt til den uorden, som er følgen af, at kirkeristen og kirkestenten er forsvundne fra vore kirkegårdsmure.

Vor Frue Kirkegård i Århus må på østsiden have haft en sådan kirkerist, men ligesom selve kirkegården med dens mur er nu også risten forlængst borte, blot navnet er bevaret som navn på den gade, der støder ud til den gamle rists plads. *M. K.*

2. *Graven.* Fra befæstningens tid har Århus bevaret de tre gadenavne *Borgporten*, *Volden* og *Graven*. Hvad dette sidste angår, vilde man på forhånd være tilböjelig til at udtale det [*gra'vən*] (med stød), men den gængse udtale er [*gra·vən*] (uden stød). Hvorledes forklares dette forhold? Der er sikkert kun een forklaring mulig, nemlig den at udtalen [*gra·ven*] ikke er ordet *grav* + den best. art. *-en*, men derimod flertalsformen *grave* + art. *-ne*, men vel at mærke den jyske form af denne

[1] Saml. til Fyns Hist. og Topogr. I, 117. [2] N. D. Mag. I 389. [3] Kirkeh. Saml. III, 240 flg.

forbindelse, med bortfalden endevokal: *graven(e)*. Man har i den jysktalende tid (ligesom endnu i dialekterne deromkring) sagt [*gra·wən*] (ɔ: „gravene"), og denne form er slæbt med ned til Nutiden, naturligvis læmpet m. h. t. *v* for jysk *w*. På den tid gadenavnet har fået sin skriftlige form, har man misforstået denne jyske form og på grund af det manglende -*e* opfattet den som ental, trods den fremhævede fonetiske uoverensstemmelse.

Denne opfattelse vinder i styrke ved betragtning af de historiske forhold. I sin bog 'Århus' (trykt som manuskript: Århus, 1881, Zeuner), s. 8, fortæller J. Hoffmeyer: Mod nord og vest dannedes den [befæstningen] af volde og grave og mod syd af åen med en langs denne liggende vold (Søndergrave og Søndervold) .... Nørregrav fandtes omtrent der, hvor nu gaden „Graven" går .... Vestervold og Vestergrave gik omtrent, hvor nu Badstugade og Immervad findes.

Endvidere findes flertalsformen, bestemt eller ubestemt, i adskillige andre jyske byer som gadenavn: Viborg og Haderslev, *Gravene;* Randers, *Nørre-*, *Øster-* og *Vestergrave;* Flensborg *Grave* og *Nørregrave* (Graben, Nordergraben). Måske foreligger ental — jeg kender ikke den lokale udtale — i *Gravensgade*, i Nibe; Ålborg har både *Gravensgade* og *Østergravensgade*. Endnu skal tilföjes, at et fuldkomment sidestykke til det århusianske *Graven* findes i Horsens, og også der har jeg iagttaget udtalen [*gra·vən*]. *Anker Jensen*

STRØGODS

Passiar. Hvor kommer Danskerne til deres „passiar"? Hverken Svenske eller andre naboer kender jo det ord!

Jessen forklarer i sin Etymologisk Ordbog, at det danske passiare kommer af det italienske *pazziare*. Men det betyder at te sig som galning. Falks og Torps Ordbog gör det til en sammenblanding at *pazziare*, at te sig som galning, og *passeraio*, spurvekvidder, snak i munden på hinanden. Men helt nær kommer vi endda ikke i betydning; og fra Italien til Danmark er et langt hop. Vi må kunne sejle nærmere! Når i det 18de årh. en admiral vilde holde krigsråd med sine skibskaptajner, hejste han et „pascharflag"; og den forsamling, der da blev holdt på admiralskibet, hed på svensk „pascharning" og på dansk „patiare". Ordet er lånt fra hollandsk *pitsjaar*; og dette var atter et ord, som Ostindiefarerne havde bragt med hjem fra langfarten (malajisk *bitsjara*, rådsforsamling). Kanske ligger der noget ejendommeligt dansk i den mangel på respekt, hvormed det alvorlige krigsråd forvandles til en fru Sörensens kaffesladder.

Sådan omtrent skriver dr. E. Ljunggren i en vittig lille artikel i Lunds Dagblad 26—4—1904. Ordets historie er vel i alt fald et vidnesbyrd om den rolle, sømandslivet har spillet for vor hovedstad og dærigennem for vort sprog.

»REJSENDE«

AF

JOHAN MISKOW

(Den følgende artikkel er en del af en lidt større, „Teltsigøjnere og Rejsende“, som forf. har udarbejdet. Der gives dær en udførligere redegørelse først for de Sigøjnerflokke, der i den sidste menneskealder har gæstet Danmark, sædvanlig under et meget kort ophold eller smuttende fra sted til sted for at undgå øvrigheden. I andet afsnit findes en skildring af de her til landet knyttede familier af slibere, cirkusfolk eller spillemænd, Rejsende som de kalder sig. Forf. har opsporet deres tilværelse og vandringsområde, gjort deres stamtavler op ud af spredte oplysninger, politirapporter o. desl. for at fastslå, hvorledes de indvandrer, tillæmper sig efter danske forhold og taber sig i den almindelige befolkning, eller — hvad hyppigere er — endnu bevarer deres særpræg som en lille kreds af gøglerslægter, der ved indbyrdes giftermål holder sig skilt fra de almindelige menneskers livsvilkår.

Den udførligere fremstilling er skænket til Dansk Folkemindesamling, og vil være et mærkeligt kildeskrift for dem, der interesserer sig for det vandrende folks færd.

For ikke at krænke endnu levendes følelser, har forf. kun med en vis varsomhed antydet sine hjemmelsmænd og enkelte personlige forhold. *A. O.)*

De der af og til har kunnet vende Hovedstaden Ryggen og søge hen, hvor Luften er renere og Udsigten friere, har vist ikke undgaaet ved Holdepladser eller lignende Steder at lægge Mærke til nogle store Vogne med Gardiner for Vinduerne, eller har set dem rulle tungt hen ad Landevejen. Sigøjnervogne kalder nogle dem for, eller Rejsevogne. De ligner et lille bevægeligt Hus, mangler bare Skraataget. Folkene som bor i dem er „frie Fugle"; de forstaar ikke at sætte Pris paa de Goder, et ordnet, regelmæssigt Samfundsliv tilstaar; de taaler nu en Gang ikke strammende Baand, og vil rejse hvorhen de lyster. Mange af dem er af fremmed Herkomst, hvori der ogsaa er blandet en Del Sigøjnerblod. Kigger vi ind i et saadant Vognhus, hvortil en Trappe i den bageste Del fører op, forbavses vi over, at man nogenlunde frit kan bevæge sig derinde trods det meget forskellige Bohave, hvoraf den i Reglen ret talrige Familie betjener sig til Døgnets forskellige Tider. Saaledes er Sengestederne anbragte ligesom Køjer fremmest i Rummet. Et fast Bord er befæstet op til en af Langvæggene; et Par Stole, en Kiste eller Kuffert, et lidet Komfur paa den ene Side af Indgangen med Tallerkenrækker over, paa den anden Side et Madskab. Brogede Skilderier er der paa Væggen, og Spejl. I Vinduerne Potteplanter. Endogsaa Husdyr fører disse Folk med sig, som Duer og Dverghøns, anbragte i passende Bure. Orden er ikke netop nogen Hoveddyd hos dem; men hvad man ikke benytter for Øjeblikket, kan saa vidt mulig sættes udenfor, eller man skiller sig af med det paa Sengestederne, hvor sovende Børn og Hundehvalpe, Guitarer og Madvarer, Vandstel m. m. ligger hulter til bulter.

Foruden dette rullende Hus besidder de mere bemidlede en lille Ejendom, et Sted, hvor de kan ty hen i den strengeste Vintertid. Naar saa Sneen smelter om Foraaret, og Familien skal til at forlade Egnen, saas Marken til; Huset lukkes, Tjørn og Granris lægges omkring, og kun de efterladte Pjalter og Skarndyngen vidner om, at Huset har været beboet. Om Efteraaret vender de tilbage en kort Tid for at høste; men det bliver næppe nogen god Høst. De mindre bemidlede har intet Hus, men opholder sig i Vintertiden hos Slægtninge, eller hvor det ellers bedst kan træffe sig; ja, de ejer maaske ikke engang Heste, men maa leje dem for at komme fra By til By, og da kan det gaa uheldigt, naar andre Rejsende nylig har været der, saa intet Arbejde er at faa. De fattigste har kun en Kærre med Slibestenen, en Bylt Klæder og et Kogeapparat, og trasker paa den Maade af Sted i Hede og Kulde, Slud og Tørke, Aar igennem, indtil de en Gang dør i en Kro eller kommer paa Fattiggaarden. — Deres væsentligste Beskæftigelse er først og fremmest Slibning, hvorved de, naar de har fuldt op at gøre, kan tjene en halv Snes Kr. om Dagen. Hestehandel befatter de sig ogsaa meget med. Kvinderne især sælger Konkyljer, som de forskriver fra Tyskland. De kender Navnene paa de mange forskellige Snekker og laver Smaasager, Fotografirammer og lignende, af dem, saa der heraf ligesom har udviklet sig en hel lille Industri. De giver sig ogsaa meget af med Musik, og man kan faa de nyeste Revyviser og sentimentale Folkesange at høre, og det baade paa

Ældste Slægtled.

Sønnesøn (Musiker).

Guitar og Horn, eller sungne af de unge Knøse og Piger med ganske kønne Stemmer og stærkt Eftertryk paa alle Konsonanterne. Ogsaa arrangerer de Varitéforestillinger i Landsbyerne og de smaa Købstæder, hvor de fremviser Hestedressur og Akrobatik, og hvor de spiller og danser. De arbejder sjælden mere end højst nødvendigt, og er uvidende, idet Børnenes Skolegang under denne Omflakken forsømmes i høj Grad; dog lykkes det i Reglen at faa dem konfirmerede, navnlig hos Katolikkerne. De unge Piger ynder at sende hverandre smaa Breve og Kort, lidt ubehjælpsomt skrevne og daarlig stavede; men det tjener dog til at fremme det nære Familieskab og store Sammenhold, som stadig findes imellem disse Rejsende.

En af de største Familier og bedst kendte er Enok's, hvis Stamfader Klaus Enok, Søn af Kunz Enok, i Ungarn blev udstødt af Sigøjnerfolket, fordi han havde giftet sig med en hvid Kvinde; i Slægten regnedes dette for højst vanærende. Klaus og hans Hustru drog saa bort, flakkede om i Italien, Østerrig og Tyskland, hvor de ved Musik og Linedans tjente deres Underhold, indtil de slog sig til Ro i Kiel, hvor Klaus Enok begyndte paa Sliberhaandværket, og hvor han lod sine mange Børn oplære. En af Sønnerne (Heinrich Vilhelm) skulde først være Fisker, men gav sig imidlertid snart til at være omrejsende Skærslipper. Paa sine Farter kom han en Gang til Glücksborg, hvor hans prægtige sorte Haar og de mørke Øjne i det milde tænksomme Aasyn (saaledes er han beskrevet for mig) gjorde saa stærkt Indtryk paa en Købmands (Grosserer Clausens) Datter, at hun meget mod sin Faders Ønske besluttede at følge den kønne Skærslipper paa hans Vandringer. De kom her til Danmark, og Kvinden stod ham trolig bi og gik fra Hus til Hus og hentede og bragte Arbejde, medens han blev ved Kærren; og hvor de to kom hen, vakte de bestandig Opsigt, stadselige og kønne Skikkelser som de var. Folkesnakken fik travlt med dem og fortalte, at hun var en adelig Dame fra Østerrig, der var bleven bortført af Sigøjnerne. — Familien Enok har nu eksisteret her i et Par Slægtled og har vundet deres Medmenneskers Agtelse alle Steder, hvor de har boet og rejst; mange af dem rejser af og til omkring og er dygtige til Musik og til Legemsøvelser. De arrangerer saa Cirkusforestillinger og er selv Artisterne. Saaledes har Enoks fra Hanehoved (et lille Sted ved Frederiksværk) en lille Cirkus, kaldet „Dannebroge“, som er godt nok kendt paa Sjælland. Denne Familie er ogsaa Fiskere eller Handelsfolk, og de farter ligesom Norges Fanter omkring med deres gamle hvide Hest og sælger Fisk og Fjerkræ. Datteren, Frk. E., har været engageret ved Baron Knuth's Cirkus. Ældste Søn Henrik er gift med en Datter af den omrejsende Familie Schulze. De er Sliberfolk. Han er en slank blaaøjet og sortlokket Mand; Konen er ogsaa mørkladen. De er noget drikfældige og derfor fattige.

Saa er der en Gartner i en af vore Provinsbyer og en anden, der har en mindre Landejendom i Nærheden. En Fætter, gift med sin Kusine, har en Kro i Jylland. Alle har de noget fremmedartet i deres Ydre, og har bevaret deres Kærlighed til Musik, og deres Rejselyst.

Familien Møller. Den er indvandret fra Tyskland, men har rejst baade i Skandinavien og Danmark. Den ældste Søn, Herman M., ejer et Hus ved Grenaa, hvorfra han gør Udflugter i Omegnen med sin Sliber-Kærre. Mere bekendt er Broderen Oskar M., der med sin store Familie farter omkring paa Halvøen, snart i Øst, snart i Vest, snart i Vendsyssel, ja endog en Gang om Aaret tager en Tur til Samsø fulgt af en af Sønnerne. Han er gift med Frederikke Altenburg, født ved Skanderborg 1857. Uagtet de har haft over en halv Snes Børn at forsørge, har Familien (ifølge Politirapport) kun faaet kommunal Understøttelse een Gang, da der var en Del Sygdom hos den, og den da modtog 20 Kr. Sliber M. er en mørkladen Mand af Middelhøjde, med sort, noget tyndt Haar; Ansigtstrækkene er grove. Han er meget flittig og kendt som en dygtig Sliber. Ustyrlig heftig er han af Karakter og en lidet hyggelig Mand at træffe paa, beskyldes ogsaa for adskilligt. Til Tider har han været slem til at drikke; dog skal han nu være bleven Afholdsmand. Børnene er meget mørke og ret kønne; de spiller, synger, danser, sliber og fisker. De huslige Forhold er ikke netop idylliske, og Faderen har ofte jaget de voksne Sønner bort; men de kommer bestandig igen og kan ikke begaa sig alene. Saaledes traf jeg for en halv Snes Aar siden Sønnen Leonhard paa Hobro Banegaard. Han havde faaet Prygl af Faderen; og da han kunde spille paa fem Instrumenter og slaa Saltomortaler, saa mente han ikke at kunne lade sig byde sligt, og at han nok kunde tjene Føden til sig selv. En anden Gang var en af Døtrene kommen løbende og forlangte Politiets Hjælp. Faderen havde trukket Kniv mod begge Sønnerne, og mente, de havde villet overfalde ham. Kniven sidder overhovedet løs hos Sliber Møller; det er ikke saa længe siden, at han tilredte sin Svoger Mundeling saa ilde, at han maatte indlægges paa Sygehuset i Ringkøbing.

Sliberfamilie.

Familien Sørensen. Tilhold i Vesteregnen (Ribe eller Varde). Manden har været Smedesvend i Hjørring. Han ser ikke ud til at have Sigøjnerblod i sig, men han taler Plattysk, og har kunnet det fra Barn, siger han. Konen er ældste Datter af den lige omtalte Sliber Møller. De sliber og spiller; begge er venlige i deres Optræden.

Familien Mundeling. Forældrene har i sin Tid haft Tilhold i Nibe, hvor de ejede et lille Sted og drev omkring med deres Svin og ellers søgte Arbejde i Vintertiden paa Kludefabrikken. Nu er Børnene spredte viden om; men at Familiebaandet ikke ganske er løst, kan man se deraf, at Fru Louise Hertzberg f. Mundeling, der bor i Karlshamn, for nylig skrev til Sognepræsten og bad om Oplysninger vedrørende sin Slægt, og derefter sendte en Pengeunderstøttelse til sin afdøde Broders Enke paa Nibe Kommunegaard. Denne Enke, Søster til Sliberne Møller, er meget mørk og meget grim, med skelende Øjne, og lille af Vækst. Hendes Mand var i sin Tid en kendt Skikkelse paa Kroer og i Landsbyer. Ogsaa han var lille og tilmed skrutrygget. Dertil kom at han drak, og under sin Beruselse ofte følte Trang til at hævde sin Myndighed som Familiens Overhoved. Fattige som de var, traskede de hele Aaret rundt med Kærre og Hund fra Sted til Sted. Nu er Børnene voksede godt til og skikker sig vel i de Stillinger, de er satte i. Den ældste, en god Sigøjnertype med stærk Glans i sine sorte Øjne, er i Gartnerlære; den næste Skomager; Datteren tjener; den yngste Søn gaar endnu i Skole. Alle holder de af Musik og spiller selv.

Ernhard Mundeling, den bekendte Cirkusdirektør, ser derimod ikke meget ud til at være Tater, han ligner snarest en solbrændt Landmand. Han er en ordentlig Mand, der ikke taaler Drikkeri eller Uorden ved sin Cirkus. Hestebestanden udgør kun en 5—6 Stykker; men hans sorthaarede Døtre spiller kønt og danser „ungarsk Dans", som Pigebørnene en Gang har lært af en Sigøjnertrup, de traf sammen med i Viborgegnen. Han har aftjent sin Værnepligt (i Viborg 1886), hvor han var godt lidt af Kammeraterne for sin Tjenstvillighed og sit gode Humør; og han har nylig købt sig et Sted ved Fjerridslev til Vinterophold. Derimod er hans gamle Moder, der ejer Hus ved Hjallerup, en rigtig Tatertype; og ligesaa en Søster, som er Husmandskone der i Nærheden (beskrevet hos Anton Gaardboe, Himmerlands Rakkere, I.). Selv har jeg truffet en anden Søster der er vandrende Sliberkone; en temmelig ægte Tatertype, men rolig og net, næsten dannet i sin Fremtræden. Slægtshemmelighederne skal hun nok vide at holde paa, og affærdiger alle nærgaaende Spørgsmaal med ironiske Svar. Hun er veloplyst, taler godt for sig, og viser sig religiøst paavirket. Hun er viet i „Jesu Hjertes Kirke" i Randers 1889. Hendes Mand, Peter Nissen, ser slet ikke ud som nogen Tater; han er ogsaa Slagtersøn fra Vejen og har været i Smedelære indtil sit 18de Aar. Men han har i mærkværdig Grad vidst at tage efter de Folk han omgaas; bl. a. ved jeg med Sikkerhed, at han indenfor sin Vest bærer et Halsbaand fuldt af Mønter, saadan som alle Sigøjnere gør til Erindring om de Steder, hvor de har rejst.

Endnu en Søster til dem er gift med en Sliber af Slægten Mågeli. Manden er høj og slank, med gulbrun Hud; han gør et dygtigt Indtryk og forstaar foruden Slibningen ogsaa at arbejde i Metal. Familien er velstaaende, og har endogsaa Tjenestefolk, der dog ikke opholder sig i Vognen om Natten. Der har været tolv Børn, hvoraf kun fem nu er levende; mørke af Lød og med en forunderlig stirrende Glans i de kulsorte Øjne. Jeg har aldrig truffet to Søstre, der var hinanden saa lige i Væsen og Udseende som Madam Mågeli og Madam Nissen; man forbavses over den Orden man træffer hos dem i Modsætning til andre Familier, og saa kommer hertil Beboernes dannede Væsen.

Justine.

Jeg skal ikke dvæle mere ved Familien Mågeli, eller dens Svogre Hertzberg'erne (samt Familien Lott), men springer til Familien Rosenhagen, hvor det musikalske er særlig fremtrædende. Peder Rosenhagen holder til paa Lolland, og hans Kone er Søster til Sliberne Mågeli. Af deres syv Børn lever kun en Dreng paa 12 Aar, lyshaaret og blaaøjet, og en Pige, Justine, 8 Aar gammel, en lille spillevende Skabning ganske af Taterracen. Forældrene er henved 40 Aar, begge mørke af Lød; men Konen har helt lysblaa Øjne, medens Haaret er meget mørkt og stærkt kruset. Ansigtstrækkene minder om Brødrenes, og hun har den samme magre Vækst. De kører omkring i en gul Rejsevogn, der ser noget gammel og medtagen ud. To lange Medestænger er hængte op paa den ene Side. Ved en Kro stalder de ind og gaar derfra til de nærmeste Landsbyer, hvor de spiller ved Dørene, eller de lader sig engagere til Dansegilder. For Resten lider Peder R. af en Brystaffektion, der ofte tvinger ham til at holde sig i Ro, og han har haft temmelig alvorlige Blodspytninger, fortalte en Læge. Blæse paa Horn tør han ikke mere; det er for anstrengende; men Violinen forstaar han da ogsaa at behandle med Dygtighed. Konen spiller Guitar og Drengen Violoncel, og naar de stiller sig op og begynder at musicere, saa er det ganske vist ikke fin Kammermusik, man faar at høre; men Danse og Viser spilles saa taktfast og tillige saa rent, at det nok kan mætte Øret. Og Instrumenterne de spiller paa? En Violin med et stort gabende Hul paa den ene Side, og kun tre Strenge. Buen knækket og bundet sammen igen. Men Paganini har jo en Gang spillet paa en Træsko og endda begejstret Tilhørerne. I ethvert Tilfælde lod Instrumentets Mangler ikke til at genere Kunstneren Rosenhagen. Buestrøget var blødt og fik Strengene til at klinge kønt. Fingrene var smidige, og hans Staccato og Flageolet lød godt ud i den stille Morgenluft. Det maa være en endnu større Nydelse at høre ham spille paa en rigtig Violin. Saadan en hel Violin har han ogsaa, men den gemmes til bedre Lejligheder. Guitaren manglede ogsaa en Streng og blev slaaet med et Plekter. Men det mest umulige Instrument var Celloen, thi den havde kun to Strenge; den hørte man da heller ikke meget til. Folkene syntes saa fattige, og Konen saa baade træt og mismodig ud. Kun lille Justine var lutter Liv og Lystighed, og hoppede omkring inde hos os, idet hun anbefalede sine Konkylier, spiste Blommer og pludrede løs, lo og fik os til at le med. Hun brugte Udtryk som „at spille Byen a" — fortalte, at Faderen ikke kunde „lie at bli fot'graferet, saa render han langt væk", men hun vilde da nok selv, hvis hun saa maatte faa et Billede. „Glem det nu ikke", formanede hun; „men det gør De sagtens", føjede hun til under Afskeden. Og væk var hun for den Gang.

Ogsaa Familien Altenburg var dygtige Instrumentister og spillede bl. a. Harpe. De var sent indvandrede fra Tyskland og blev besvogrede med Enokerne. Nu har de næsten helt tabt sig i almindelig Borgerstand, kun Cirkusdirektøren tilhører endnu Rejselivet.

Familien Brun-Benneweiss har i sin Tid ejet et Hus ved Dronninglund Storskov, men det brændte under mistænkelige Forhold. Der kom imidlertid intet ud af selve Sagen, men under Forhørene fandtes en Morgen den 16-aarige Datter hængt i et Træ i

Skoven. Saa drog Familien fra Egnen og flakker nu om med en 2—3 smaa Cirkus[1].

Familien Miehe ejer den flotteste Cirkus i Provinsen. Manden, en Brunsviger af Fødsel, er Broder til Md. Brun-Benneweis. Han har haft 27 Børn, og de Døtre der for Tiden optræder i Manegen, er unge, kønne Piger, der rider godt og paafaldende ligner Sliber Møllers Døtre. Iblandt Personalet findes en ægte Sigøjner, der optræder som Lassokaster.

Hermed er næsten alle Omstrejferfamilier nævnte — de blotte Markedsgøglere dog ikke medregnede — blandt hvilke man endnu kan finde enkelte Typer, som minder om Taterne. — Synderlig Ro er der nu engang ikke paa dem, og Børnene lærer sjældent noget, hvorved de som bosiddende kan begaa sig.

„Naar vi er et Sted, længes vi andet Steds hen", siger de. Ægteskaberne indgaas jo enten med Slægtninge eller med løse Individer, der alt har sluttet sig til dem og er kendte med Landevejslivet, og dette fortsættes saa videre paa samme Maade, som det er begyndt. Derfor holder de heller ikke af at blive kaldt Tatere eller Sigøjnere, og opfatter det som Smædeord. „Vi ere Rejsende", siger de selv, naar man hentyder til deres fremmede Maal og Ydre; og de kan ved saadan Tale lægge noget ind i deres Væsen, som skal sige: „Vi er lige saa gode som andre Folk." — For det meste taler de Tysk (Plattysk eller Højtysk), men undertiden hører man et andet Sprog. Det er Romnisk, saaledes kalder de det, og nedennævnte Ord har jeg alle faaet opskrevne af en af dem, saadan som de udtales[2]: Gȧjo [gɔɪo, gɔɪə], en Mand (alm.); Gaije [gɔɪi], en Kone; Rakli, Pige[3]; Schavo, Barn; Prahl, Broder; Pehn, Søster; Dadt, Fader; Juggel, Hund; Sterne, Kat; Surette, et Pindsvin; Kachsche, en Høne; Furo, en By; Kér, et Hus; Gadschedi, Brændevin; Sano, Fløde; Maro, Brød[4]; Sanomaro, Hvedebrød; Pano, Vand[5]; Kaadder, Stykke; Melli, Kaffe; Gortlo, Sukker; Matje, Fisk (alm.); Gorgepen, Usandhed; Gadschenis, Tysk; Kurepen, at slaas; dill, giv; baro, stor[6]; tigne, lille; latscho, god; boklo, sulten;

[1] Om Taterfamilierne eller „Tyskerne" ved Dronninglund Storskov, se Anton Gaardboe, De sidste Natmandsfolk i Vendsyssel (1900), S. 145. [2] Meddeles her med Optegnerens noget ufuldkomne Lydbetegnelse, a ell. aa bruges om en Lyd imellem a og å. [3] Jf. Raklo, Pige, hos Rejsende i Jylland. [4] Hos vore Teltsigøjnere: Manro. [5] Hos vore Teltsigøjnere: Pani. [6] Hos andre Rejsende: bare·dər.

navlo, forrykt; pasch maddo, beruset; ma, mig; jék 1; dui 2; trin 3; sta 4; wansch 5[1]; scho 6; schegte 7; ochte 8; weschte 9; desche 10; deschejek 11; deschedui 12; osv. „Dill ma jek Kaadder maro" = „Giv mig et Stykke Brød."[2] Imidlertid holde de paa dette Sprog som paa en Helligdom, og det er vanskeligt at skaffe sig nøjere Oplysning derom. En af Kvinderne, der overfor en bekendt Skribent havde ladet sig forlyde med at hun kendte lidt til dette Sprog, blev ilde omtalt af sine Slægtninge herfor, og de kom med Bemærkninger som: „Hvor J. dog kunde bære sig saadan ad! Men hun har vel trængt til Penge; hun fik en 50-Øre derfor!" — For Resten tror jeg ikke, det egentlig tales, men at blot løsrevne Sætninger og Udtryk anvendes. Min Erfaring herom skriver sig kun fra tre af Familierne, de to i Jylland og den ene paa Øerne. — Overfor fremmede, der vil udfritte ham, er Sliberen afvisende. Men kommer man som Gæst, er han elskværdig, og det stærkeste Skænderi og Spektakkel forstummer straks, naar man banker paa. Hans Sind er let bevægeligt, og Overgangen saa pludselig som hos Børn; fra det mest vindende Smil har jeg set ham skifte til saaret Selvfølelse med taarefyldte Øjne og rynket Pande. For en en Gang vist Villighed er han taknemlig og vil gerne gøre Gengæld; ogsaa er det værd at fremhæve det indbyrdes stærke Sammenhold. Hans Tale lyder derimod brovtende og flot; han er ikke at lide paa, og Dovenskab og Drikkeri er slemme Skødesynder. Hvad Sædeligheden angaar, kan til Eksempel anføres, at Sliber Lotts Husstand (i Følge Politirapport 1900) foruden af Mand, Kone og 4 Børn, tillige bestod af en Søster til Konen, dennes Kæreste, en Slagtersvend N. og saa en forhenværende Sømand M. der alle sov i samme Rum. — De fleste af dem er Katolikker, er baade døbte og konfirmerede, naar de har naaet den Alder, men dermed er ogsaa sagt, hvad der kan siges om deres aandelige Interesser; ti de følger kun deres øjeblikkelige Lyster og Indskydelser.

Med Hensyn til de retslige Forhold, hvorunder disse Familier lever, saa er den tidligere Bestemmelse, at Personer, der rejste omkring for at søge Arbejde, skulde være forsynet med Rejsepas, bortfalden; dog har de i Almindelighed et saadant for eventuelle Tilfælde. Heller ikke behøver Sliberne nogen særlig Tilladelse for

[1] Hos Teltsigøjnerne: pantsch. [2] En yndet Glose iblandt dem er „schogar", (godt, kønt).

at kunne drive deres Haandtering, men kan rejse frit omkring paa denne og opholde sig saa længe paa et Sted, som de finder for godt. Men med den store tunge Vogn følger de næsten altid Hovedlandevejen; og hvor de en Gang have fundet Søgning og er bleven kendte, indfinder de sig igen til visse Tider. Derfor er der Egne, hvor man længe ikke ser noget til disse Folk, ja end ikke hører Tale om dem, og derfor tror det hele er „en Saga blott“. Bladene beretter sjælden om dem, det skulde da være i Tilfælde af et Sammenstød med Lovens Haandhævere; men det vogter de sig vel for. — Vil man iøvrigt træffe dem og se dem færdes, maa man søge dem paa Markeder, i Landsbykroer og — i den haardeste Vintertid — i deres Tilholdssteder, hvor de da lever af deres sammensparede Penge. Mindre frit rejser Beriderselskaberne omkring. De maa indhente Tilladelse hos de stedlige Myndigheder for at kunne give Forestillinger og maa svare Afgift af Indtægten. Ogsaa de omvankende Musikanter skal have særlig Tilladelse, for saa vidt de da ikke er Liredrejere.

Allerede for et halvt Aarhundrede siden vare de Rejsende talrigere, og man kunde træffe dem i Flokke paa 30—50. En af dem har fortalt mig, at de heller ikke benyttede disse lukkede Vogne, som man nu ser, men at de rejste til Fods eller i aabne Vogne, og at de enkelte Familier da plejede at sætte hverandre Stævne til bestemte Tider og Steder, hvor de saa morede sig med at fortælle deres Oplevelser, medens Flasken gik rundt; thi den skulde de altid have „ved Siden“, ellers var der ingen rigtig Morskab. Traf de paa nogen der talte deres Sprog, var det en „Romnis“ eller en „Sinding“[1]; men de som talte „det andet Sprog“, var Tatere, og dem saa de ned paa, dem regnede de ikke for noget — saadan fortalte han. — De selv var fri og af gammel Slægt og indlod sig ikke i intim Forbindelse med andre, adskilte som de var ved Sproget, ved deres Ceremonier og Overtro. Et af disse Træk, som jeg nylig har hørt, skal anføres her. Naar

[1] „Romnis“ (vel egl. rumænsk) er almindeligt som Taternes Navn paa deres eget Folk og Sprog. „Sinding“ svarer til „Sinte“, hvormed de siebenburgske Sigøjnere benævner deres Folk; ifølge deres Sagn stammer de fra en Kong Sin, der maatte flygte fra sit Hjemland, fordi hans Dronning, Ildkongens Datter, opbrændte alt; Wlislocki (Vom wandernde Zigeunervolke, S. 3 f.) forklarer Navnet som stammende fra Indien, Indus osv..

Romnierne havde lejret sig, og en Kvinde gik over en Stok, en Pibe eller en anden Ting, som en Mand havde lagt fra sig, saa blev den uren, og han maatte ikke tage den op. Flere saadanne Skikke, ved Bryllup og andre Lejligheder, havde de imellem sig; men derom ved jeg maaske mere en anden Gang. — Da det blev vanskeligere at rejse over Grænserne, og Forbindelsen med de tyske Sigøjnere og med Fanterne afbrødes, giftede de tilbageblevne Familier sig med andre udenfor Slægten, og det er disse Efterkommere vi nu har lært at kende.

DEN BUNDNE JÆTTE I KAVKASUS

AF

M. ANHOLM

Lige ved grænsen til vor verdensdel ligger et land, der i vor fantasitørre tid endnu er et virkeligt æventyrets land — et land, hvor de overmægtige naturforhold tvinger mennesket i knæ, paa samme tid de stærke modsætninger i naturens fremtoninger giver en frodig vækst til dets fantasi, og den ældgamle, men efterblevne kultur holder dets aand tilbage paa et barnligt standpunkt. Ogsaa er det derhen, vi maa søge, for endnu at finde et frodigt vækststed for enkelte af menneskehedens ældste myter, hvor disse ikke blot opbevares i folkelige æventyr, men endnu tildels lever som virkelig folketro. Dette land er Kavkasus.

Mellem de kavkasiske sagn er der særlig et, som maa kunne paaregne interesse hos nordiske læsere. Det hører nemlig hjemme i verdensundergangs-kresen og hænger sandsynligvis ved en eller anden traad sammen med vore hjemlige Ragnaroks-forestillinger. Det er sagnet om den i fjældet bundne jætte.

Hos folkestammerne i Kavkasus lægger det en ganske særlig livskraft og udbredningsevne for dagen. Man træffer det saavel i højfjældene, hvor folk sidder ved folk stivnede i ældgammelt barbari, som paa det aabne land, hvor en ny tids kultur er begyndt at trænge ind og brydes imod en gammel, højst ejendommelig kulturform. Man træffer det blandt kristne Georgiere og Armeniere saa vel som hos hedenske og mohammedanske folkefærd. Paa mange steder stedfæstet, hører det i det hele taget til de mest yndede.

Under sin gang gennem saa mange forskellige folkeslags fantasiverden er sagnet, som rimeligt er, kommet til at undergaa ret store forandringer, men betragter man nærmere det hidhørende stof, ser man let, at dette, geografisk saavel som ved ydre og indre kendemærker, skiller sig ud i to grupper, den østlige og den vestlige[1]).

Vi begynder med den vestlige.

Blandt Kabardinerne fortælles sagnet saaledes[2]). Oppe paa Elbrus, i den uhyre klippespalte paa bjærgets top, findes der en vidunderlig kilde. Den, som drikker af dens vand, skal leve indtil dagenes ende. Men Gud tilsteder intet menneske at nærme sig den. En gang for mange mange aar siden levede der en mægtig enøjet kæmpe. Denne mand fik lyst til at trænge ind i Guds hemmelighed. Med megen møje lykkedes det ham at komme ind i klippespalten paa Elbrus' top. Han saa kilden pible frem med vand klart som bjærgkrystal. Men nærme sig den kunde han ikke. For denne formastelighed lod Gud ham lænke til en klippeblok tæt ved kilden. En grib kommer daglig og hakker i hans hjærte, og naar han vil læske sin tørst af kildens vand, slaar fuglen straks ned paa kilden og drikker alt vand lige til sidste draabe. Nu har han siddet der i mange mange aar. Han er bleven meget gammel, og hans skæg er hvidt som gletscherne paa Elbrus, hans krop er bøjet. Men der kommer en tid, da Guds langmodighed med den syndige slægt er omme. Da skal jætten paa Elbrus løslades, og da ve menneskene! Paa dem skal han hævne sig for alle sine lidelser.

En anden optegnelse fra Kabarda[3]) véd at fortælle, hvorledes kæmpen paa Elbrus en gang for sin fromheds skyld stod den store Tcha (Gud) nær, men da han vilde styrte Gud for at ophøje sig selv, blev han til straf smeddet fast ved klippen paa Elbrus' top. I stedet for en grib, der plager ham, har han en vogter. En gang

[1] Den vestlige gruppe omfatter sagnet hos de halvhedenske, kvasimohammedanske Abschaser, som bebor de sydlige skraaninger af højfjældene langs det Sorte Havs kyst; videre de mohammedanske Tscherkessere paa den tilsvarende nordlige side af fjældene og de ligeledes mohammedanske Kabardiner (et tscherkessisk folk) paa sletten nord for Elbrus. Den østlige gruppe derimod omfatter sagnet hos Osseterne, den iraniske stammes vestligste udløber, som bebor en lang strimmel land tværs over højfjældene langs det berømte Darial-pas og den grusinske hærvej; videre hører herhen de egentlige Georgiere med deres stammeslægtninge i Imeretien og Kaketien samt Armenierne. At disse to folk er kristne turde være bekendt. Af Osseterne er en del stammer kristne, andre mohammedanske, atter andre har bevaret deres oprindelige naturdyrkelse.
[2] Svornik Materialoff dlja opisanija njestnoski kavkasu XII (1891) s. 37 f. [3] Russische Revue, XXIII 194.

imellem vender han sig til denne og spørger: „Føder jorden endnu lam og siv?“ Vogteren svarer ja, og derved gribes jætten af raseri, thi han ved, at saa længe dette sker, skal han plages. Han vil sprænge sine lænker, og derved ryster jorden.

Endnu er den hemmelighedsfulde jætte en navnløs, men vender vi os til Tscherkesserne, faar vi hans navn at vide.

I nærheden af den lille aul (landsby) Bag, ikke langt fra Urupflodens udløb i Kuban, rejser sig bjerget Ditz. En baltisk rejsende, von Turnau,[1] beskriver egnen som noget af det uhyggeligste man kan se. Bjerget rejser sig indenfor en tredobbelt mur af klippeblokke, der er gennemhullede af aabningerne til grotter. Vejviseren, der var en krimsk Tatar, pegede med alle tegn paa forfærdelse op imod et gabende hul i bjergets top. „Dette,“ sagde han, „er et frygteligt sted for alt levende, thi der i hulens dyb ligger Dachkal, bunden med syv kæder. Nær ham ligger hans sværd, som han dog ikke kan naa. Derfor ryster han sine lænker i raseri, saa at jorden bæver fra det ene hav til det andet. Men naar hans tid en gang kommer, da skal han gribe sit sværd, bryde sine baand og drage ud for at tilintetgøre menneskeslægten.“ — „Har nogen set Dachkal?“ spurgte jeg. — „Allah bevare os! Ingen turde vove det forsøg. Man siger, at en abschasisk bonde af dumhed havde givet sig ind i hulen, at han saa Dachkal og døde af skræk.“

En optegnelse fra de vilde Abschasers land[2] viser yderligere udvikling af motivet. Her er jætten, ligesom i det kabardinske sagn, lænket til en klippe paa Elbrus ved kilden til floden Hadsilga. Men her er kommet det ny til, at der ved siden af den fangne befinder sig en drage, som stadig gnaver paa hans lænker. Saa snart det er lykkedes dragen at faa lænken næsten helt gnavet igennem, viser der sig en kvinde i sort klædning. Hun rører ved kæden med en stok, og lænkerne bliver som ny igen.

Vi vil nu sammenfatte de forskellige optegnelsers væsentlige træk.

Et mægtigt urtidsvæsen, som stod den store Tcha nær, men oprejste sig imod ham, er til straf bleven lænket enten paa toppen af et bjærg eller i en hules dyb. Den fangne er bunden med ind-

[1] M. Brosset, Collection d'historiens Arméniens, II: 595. Sagnet er optegnet inden de tscherkessiske stammers masseudvandring efter den russiske erobring i treserne. [2] Russ. Rev. XXIII: 199. Kæmpens navn er Amiran (jfr. nedenfor), han er trodsig mod Gud; han er bunden saa længe der vokser bregner, lever rødhaarede mennesker, og vinstokke naar ud over stierne.

til syv kæder. Til forøgelse af hans straf og pine er der enten en grib der hakker i hans hjærte, en vogter der plager ham med sine svar, en drage som ved sin gnaven paa kæden stadig vækker hans haab om befrielse, et haab som dog skuffes; eller ogsaa har han indenfor sin synsvidde sværdet, befrielsesmidlet, som han ikke kan naa. Men dette plagede væsen er ikke blot en genstand for Guds vrede. Den fangne trold er tillige forudbestemt til en gang at udføre Guds straffedom over menneskeheden. Han skal i tidens fylde gaa ud og tilintetgøre menneskeslægten, er altsaa hovedperson i verdensundergangen.

At sagnet om den bundne trold i disse egne ikke blot fortælles som et æventyr, men endnu lever som virkelig folketro med det overnaturliges hele skrækindjagende magt over sig, fremgaar ikke blot af von Turnaus skildring, hvori siges, at egnens folk ikke kunde bevæges til at nærme sig bjerget Ditz, men altid lagde en stor omvej for at komme forbi det. Ogsaa i det ovenanførte russiske værk[1] fortælles der en lille begivenhed, der tydelig nok røber den magt over sindene, som den gamle myte endnu ejer. Da medlemmerne af den engelske alpeklub for en del aar siden havde besteget Elbrus' top og var komne tilbage til udgangspunktet, en tscherkessisk „aul", forbavsedes de over at se landsbyens folk stimle sammen om dem, ivrigt spørgende, om de ikke havde set den fangne paa Elbrus.

Vi gaar nu over til den anden gruppe, den østlige.

Osseterne er det folk, som bor Kabardinerne nærmest, da deres land udbreder sig mellem Kabarda mod nord og Georgien mod syd. I Osseternes land ligger det mægtige bjerg Kasbek, som skønt to tusind fod lavere end Elbrus, har en endnu vældigere rejsning. Naturforholdene svarer altsaa til dem, som formentlig har fostret sagnet i den vestlige gruppe. Man kunde derfor vente at finde det her udformet i de samme hovedtræk eller i alt fald med en tilsvarende grundkarakter.

Efter en navngiven ossetisk bondes fortælling, lyder sagnet saaledes:

En gang levede der en kæmpe ved navn Amiran. Han var et voldsmenneske. Gud saa deri et indgreb i sin magt. Ved list lykkedes det ham at bemægtige sig Amirans person og at inde-

[1] Sv. Mat. XII 37 f.

spærre ham i en hule. Saa hændte sig en dag, at en jæger forvildede sig og førtes af Gud lige til Amirans hule, hvis kobberdør aabnede sig for ham. Jægeren træder ind i hulen. Der sidder Amiran og stirrer paa ham med øjne saa store som en okses aag. Jægeren forskrækkes, men trolden siger: „Frygt ikke! Jeg er Amiran. Jeg var en gang et voldsmenneske, som ikke undte menneskene paa jorden nogen fred; jeg kæmpede endog med engle og gik ikke af vejen selv for Gud. Da vrededes han paa mig og bandt mig her ved guddommelig straffedom. Men ræk mig mit sværd, og din belønning skal blive stor.“ Jægeren prøvede at løfte sværdet, men forgæves. Da siger Amiran: „Bind sværdhæftet til din arm og ræk mig den!“ Amiran trækker nu, saa at jægerens arm gaar af led, og han beder ynkeligt for sig. Amiran slipper ham saa. „Gaa hjem,“ siger han, „og bring mig en kæde, men gør det uden at sige et ord og uden paa vejen at vende dig om, ellers lukker min hule sig.“ Jægeren gør, som Amiran har sagt. Men da han vilde vende tilbage med kæden, er den hele landsby efter ham. „Er han gal,“ raaber man. „Hvor skal han hen med den kæde?“ Jægeren løber og er allerede ved hulen; dog det laa sikkert ikke i Guds plan, at Amiran skulde komme løs, thi jægeren ser sig om, og i samme øjeblik slaar kobberdøren i. Og der maa nu Amiran i al evighed blive i sin hule[1].

Som man let vil kunne se, har sagnet uden overgang skiftet karakter, og det er ikke blot den fangnes navn, som er forandret. Her er ikke længer tale om den vældige Tcha, der ved sin magt binder sin fjende; der er kommet en Gud til, som behøver at gribe til list for at naa sit maal. Enhver vil indrømme, at det er et fald fra det ophøjede og ned i en lavere, mere menneskelig sfære, thi selv om listen, ud fra et naturfolks standpunkt, kan betragtes

[1] Russ. Rev. XIII 194. Sstds. 195—97 findes „En ossetisk Prometheuslegende“, saaledes som den har staaet i bladet „Kawkas“. Den siges at være hørt i den ossetiske landsby Izergo, men er kendelig nok literært overarbejdet. En hyrde ved navn Besso bliver vildfarende i bjærgene ved Elbrus, træffer i en kløft en mandsskikkelse lænket (hans udseende udmales nærmere, bl. a. er der en grib, der hakker i hans indvolde, — uden at den faar nogen betydning for handlingen). Den fangne beder Besso at række ham enden af den lænke, der sidder i den modsatte væg. Men den er for kort; Besso gaar da paa hans bøn til landsbyen og smeder en kæde af gammelt jærn. Landsbyens beboere følger efter, da de ser ham bære denne kæde til fjælds. Men da styrter hulens indgang sammen, og Besso falder i afmagt (!)

som udslag af en højere intelligens, saa er dog forestillingen om en guddomsmagt i sin vælde mere oprindelig. En kendelig indskrumpning er det ligeledes, at det ossetiske sagn lader Amirans saga være ude. Han er gemt for alle tider, og sin ødelæggelseslyst skal han aldrig faa tilfredsstillet. Hans straf er en pinsel uden maal og uden mening, ligesom det guddommelige drilleri der lod kobberdørene aabne og lukke sig.

Men paa samme tid den ossetiske folkeforestilling saaledes har hugget baade hoved og hale af det gamle sagn, har den til gengæld øget det i bredden. Der er en rig udpensling af motivet, som forvandler det gamle mytologiske sagn til et mere folkeligt æventyr.

Følger vi nu sagnets geografiske forbindelseslinje videre, kommer vi til Georgierne, der alt fra den tidlige middelalders dage har staaet i fortrolig berøring med Osseterne. Ogsaa i Georgien finder vi sagnet om den bundne trold meget yndet og udbredt. Her har folkefantasien især livligt beskæftiget sig med Amirans forhistorie og har desuden tilføjet et nyt motiv af ejendommelig art.

En optegnelse[1] gør Amiran til en af Guds livegne. Han var begavet med uhyre styrke, som han dog misbrugte. I sit overmod slog han en pæl i jorden og befalede hver forbigaaende at prøve paa at rykke den løs. Hvis han ikke magtede det, gjaldt det hans hals. Ingen formaaede det, og Amiran dræbte ubarmhjærtig alle, som kom forbi. En dag kommer Gud gaaende i en gammel mands skikkelse. Amiran befaler ham at gøre styrkeprøven, ellers er du dødsens, siger han. „Hvad formaar vel en gammel mand,“ siger Gud. Den grusomme Amiran kaster sig over ham, men i samme øjeblik drager den gamle mand med en finger pælen op. Gud forbander derpaa Amiran.

En optegnelse fra Tclav i det østlige Georgien[2] ophøjer Amiran til Guds gudsøn. Han havde kæmpet med de stærkeste kæmper og stadig baaret sejren hjem. Nu var der én tilbage, kæmpen Ambri. Ogsaa denne udfordredes af ham, men Gud, som vidste, at Amiran her maatte trække det korteste straa, sendte Ambri døden. Paa vej til kamppladsen mødte Amiran sørgetoget, og Ambris moder bad Amiran at lægge den dødes haand op paa hans bryst. Amiran prøvede forgæves paa at løfte den og gik derpaa i

[1] Russ. Rev. XXIII 198. [2] Sv. Mat. XVII 135.

vrede til Gud. „Du har lovet mig at være den stærkeste,“ sagde han, „og se, jeg kunde ikke en gang løfte Ambris døde haand.“ „Derfor har jeg jo ogsaa sendt ham døden,“ sagde Gud. Men da blev Amiran overmodig og vilde kæmpe ogsaa med Gud.

Herefter følger beskrivelsen paa den list, Gud maatte bruge for at faa Amiran bastet og bunden, hvad de ossetiske sagn ikke vidste besked om. Fremgangsmaaden er en naturlig følge af Amirans grusomme leg med pælen i den foregaaende optegnelse, men staar i den herværende sammenhæng lidt kejtet: „Her ser du en pæl og en snor,“ siger Gud. „Slaa pælen i jorden, bind snoren dertil og den anden ende om din fod, og lad os saa se, om du kan rykke den op.“ Amiran syntes, at det vel var under hans værdighed at give sig i lag med saadanne børnestreger, men han kunde jo føje Gud. Og nu gik det saaledes, at jo mere Amiran rykkede, des fastere stod pælen, og til sidst var den forvandlet til en jærnpille, der skød op af jordens dyb, og af snoren var der bleven en jærnkæde. Saaledes gik det Amiran, da han vilde maale kræfter med Gud.

I Imeretien i det vestlige Georgien er Amiran som Jesu Kristi gudsøn flyttet ind i den kristne forestilling; men gangen er den samme. Amiran, siger sagnet, opfordrede en gang sin gudfader, Jesus Kristus, til kamp. Kristus svarede ham: „Først vil jeg lægge denne snor omkring dig, siden skal vi maale kræfter.“ Amiran gik ind derpaa. Kristus stak en pæl i jorden, bandt en snor ved den og lagde den om Amiran. Amiran rykkede i den, men den gik ikke af; den forvandledes i stedet til en kæde. Paa den maade blev Amiran bunden. Han vil befri sig og rykker i kæden, saa at pælen til sidst løsner sig. En gang om aaret, da dette er lige ved at ske, kommer der en lille fugl, en vipstjært, og sætter sig paa pælen. Amiran griber en tyk stok og vil dræbe fuglen, men denne flyver uskadt bort, og slaget træffer kun pælen, som derved atter synker ned i jorden[1].

I disse georgiske sagn er den bundne jættes forbindelse med verdensundergangen temmelig udvisket. I de fleste er tankegangen den, at naar menneskene blot gør deres, vil Amiran aldrig komme løs. At hint moment dog oprindelig har hørt ogsaa til den geor-

[1] Sv. Mat. XVIII 378. Vipstjærten betragtes i disse egne som en hellig fugl.

giske sagnforestilling, vides fra en anden imeretinsk optegnelse, som ender med, at naar trolden kommer løs, skal verden forgaa[1].

Hvis menneskene blot gør deres, vil altsaa for de mest optimistisk anlagte Georgiere verdenskatastrofen kunne afvendes. Og det er virkelig grumme lidt, der skal til, efter dette lyse syn paa tingene.

Herved er vi saa kommen ind paa det, som er det særlig ny for de georgiske sagn. Der fortælles nemlig, at Amiran til selskab i sit fangenskab har en lille hund, der uafladelig slikker paa hans kæde. En gang om aaret, paa Skærtorsdag, er kæden nær ved at briste. Da gælder det for de georgiske smede at slaa stærkt med hammeren paa ambolten. Derved bliver Amirans kæde som ny.

Dette mærkelige motiv med hundene og smedene kan vi forfølge videre til Georgiernes sydlige naboer, Armenierne, der har det paagældende sagn stedfæstet paa forskellige steder. En optegnelse af Emin fortæller saaledes (Russ. Rev. XXIII 200):

Der var en gang en konge ved navn Artawazd, som da hans ældste søn Schidar var aandssvag, ved sin død overlod regeringen til den anden søn. Men herved opstod megen uro i landet. En dag efter at Schidar havde faaet heroldeme til at udraabe sig til konge, gik han paa jagt med sine bedste mænd. Næppe var han dog kommen paa broen, der gik over floden, før han blev greben af en ond aand. Han faldt i vandet og forsvandt. Men hans mænd udbredte det rygte, at guderne havde grebet Schidar og lænket ham inde i det skumle bjerg Masis (Ararat). Der ligger han stadig bunden. To hunde, en hvid og en sort, slikker paa hans kæde for at befri ham. En gang om aaret er det nær ved at lykkes for dem. Derfor maa alle smede den første dag i maaneden Navassarda (Armeniernes nytaarsdag) slaa med hammeren paa ambolten. Men lykkes det en gang for Schidar (Armenierne lader ikke til at være fuldt saa optimistiske som deres georgiske naboer,) at rive sig løs, da vil han gaa ud og ødelægge den ganske verden.

Atter er sagnet sunket et trin lavere ned. Den fangne i bjærget

[1] Russ. Rev. XXIII 197. Jætten hedder her Rokapi, er bunden ved en pæl, som han stadig arbejder med for at faa til at løsne sig. En gang om aaret, i heksenatten 14—15 Aug., er det nærved at lykkes. Da kommer en lille fugl (her ikke nærmere bestemt) og sætter sig paa den. Han slaar efter den med en hammer og opnaar derved kun, som i foreg., at tilintetgøre sit eget aarelange arbejde.

Ararat er ikke den vældige titan, der faar jorden til at ryste fra det ene hav til det andet. Han er ikke engang Guds gudsøn eller livegne, for hvem menneskene ryster og bæver; han er kun en stakkels halvfjollet søn af en jordisk konge. Saa meget mærkeligere er det derfor, at hans forbindelse med verdensundergangen er saa fremtrædende.

Stiller vi Schidar ved siden af Dachkal, faar vi et godt begreb om det afledte i forhold til det oprindelige. Det vilde være umuligt at tænke sig Dachkal som en affødning af Schidar. Ved siden af denne rykker han i stedet tilbage i tiden, maaske aartusinder, og vi faar en forestilling om Dachkalsagnets ælde, naar vi hører, at sagnet om Schidar kan følges op til det femte aarhundrede. Det blev da ved et lykkeligt tilfælde ført i pennen af en lærd mand.

Armeniens ældste historieskriver, Moses af Khorni, i første halvdel af det femte aarh., bruger nogle kapitler i sin anden bog til at fortælle om den armenske konge Arshag, Trajans og Hadrians samtidige. Det var en meget berømt konge, hvis liv og levned bevaredes i de heltesange, som Armenien var saa rigt paa. Hans søn Artawazd derimod, som efter ham besteg tronen, var i alle henseender en undermaaler. En dag da han jagede vildsvin, grebes han af sindsforvirring, og i den tilstand flakkede han om paa Ararat, indtil han faldt ned i en kløft og forsvandt[1].

Dette er, siger Moses, den historiske sandhed, men folket fortæller noget ganske andet. De gamle koner vil vide, at Artawazd ligger lænket i en hule og at to hunde uafladelig slikker paa hans kæde for at befri ham. Bliver han fri, siger de, skal han tilintetgøre den hele verden; derfor maa smedene slaa paa deres ambolte. Det er derfor, tilføjer Moses, at mange smede endnu i vore dage den første dag i ugen plejer at slaa 3 eller 4 slag paa ambolten for at, som de siger, gøre Artawazds kæde hel igen.

At en navngiven, i en forholdsvis sen, historisk tid levende person bliver ophøjet til værdighed af verdensødelægger uden at have nogen anden adkomst til denne hæder end en hemmelighedsfuld forsvinden, synes jo temmelig meningsløst. Folketroen, der i sine fantastiske sving dog kræver en vis logik, synes ogsaa at have følt dette. Derfor fortæller sagnet, at Artawazd ikke var den

[1] Moses af Khorni, overs. af Le Vaillant, I 291—93; jf. Zeitschrift des vereins f. volksk. XII 407.

virkelige kongesøn, men af onde magter var bleven forbyttet i vuggen.

De kavkasiske sagn om den bundne jætte er endnu meget lidt studeret, paa grund af det indsamlede stofs nyhed og ringe mængde. Det store russiske samlingsværk, hvorfra en del af de her anførte optegnelser er hentet, har blandt meget andet ogsaa til opgave at bøde paa denne mangel. Sædvanligvis er det læreren fra en kresskole, der altsaa er kendt med den paagældende egn og folkets sprog, som besørger optegnelsen. Som vi har set, er det lykkedes at følge sagnet et godt stykke vej[1], men endnu er der ikke faa af de kavkasiske folkefærd, til hvis sagnverden man overhovedet slet ikke har formaaet at trænge ind. Maaske sidder der rundt om blandt Chevsurer, Tuscher, Dagestaner osv. slægtninge til Amiran-Dachkal, om hvem vi intet véd.

Hvad der hidtil saa vidt mig bekendt foreligger af videnskabelig vurdering, er Wilh. Müllers afhandling fra 1883 „Prometheische sagen in Kavkasus"[2]. Han sammenstiller navnlig de kavkasiske sagn med Grækernes Prometheus og med Persernes Dahak, slangeuhyret, der skal bryde ud af fjældet Demavend. Grækernes Prometheus har i en tidlig tid laant fra Kavkasussagnene; derimod skal det armeniske sagn om Artawazd i Ararat være en blanding af den persiske Dahak (i hans yngre, mere menneskelignende skikkelse) og den historiske Armenier-konge. Saaledes er Müllers standpunkt. Dog hvad Artawazd angaar, synes mig de sagnmotiver der er indflettede i hans historie, nok saa godt at kunne være hentede fra Amiran-Dachkal, som fra Dahak. I hvert fald peger motivet med hundene derhen.

Hermed maa den korte redegørelse for sagnet om den bundne jætte i Kavkasus være tilendebragt. Lejlighedsvis er jeg under et ophold i landet bleven kendt dermed og har i Tiflis haft adgang til et kildeskrift, der vistnok ikke haves i nordiske bogsamlinger. Det gamle sagn har i høj grad tiltalt og interesseret mig, og meget vil jeg ønske, at dets forhistorie maa blive videnskabelig uddybet. Muligvis vilde man kunne paavise forbindelse med vor Loke, med hvem den kavkasiske jætte har baade væsenslighed og flere

[1] Foruden de ovenfor anførte sagn findes der i Sv. M. VII 20 et sagn om hvorledes Amiran dræbte jætterne. [2] Russische Revue, XXIII 193—208; gengivelse af en russisk afhandling i det russ. undervisningsministeriums tidsskrift.

fælles træk. Ogsaa han havde en gang staaet den højeste Gud nær (havde i urtiden blandet blod med Odin), men faldt — blev ved list bunden — skal ligge bunden til Ragnarok, og er under ventetiden genstand for pinsel. Maaske ogsaa hundene, der ved deres gnaven eller slikken uafladelig arbejder paa at fremkalde verdenskatastrofen, ved en nærmere undersøgelse vilde vise forbindelse med de finsk—tatariske undergangshunde[1] og derigennem med den nordiske Fenrisulv.

[1] A. Olrik, Om Ragnarok, 238 f.

MINDEORD

Aret 1903—4 bragte tabet af flere af de bedste blandt folkemindesamlerne.

I Danmark var *Frederik Grundtvig* allerede for længe siden trådt mere i baggrunden; så at de færreste ret mindes, hvor meget han har givet til folkeminderne af sin ungdoms varme og sin manddoms kraft. Som yngste sön af N. F. S. Grundtvig — født 1854 — voksede han ganske naturlig ind i det folkeminde-arbejde, som den 30 år ældre broder Svend havde viet sit liv til. Ligesom for Svend var det en enkelt oplevelse i drengeår, der gav ham stødet til videnskabelig syssel; men det var ikke noget folkevisehåndskrift. En vinter slog en flok af små pragtfulde, men ham ganske ukendte fugle (silkehaler) sig ned i gamle Grundtvigs have ude ved Tuborg på Strandvejen. Det vakte den tolvårige dreng og gjorde ham först til jæger, så til en naturforsker, hvem det at følge fuglenes liv i den fri natur var den egenlige opgave. Men i et par års tid voksede der endnu en opgave ud af disse oplevelser: han vilde have rede ikke blot på fuglenes danske navne, men også på de forestillinger som navnene udtrykte, og snart på hele den rolle som fuglene havde spillet i menneskenes bevidsthed, især hos den jævne landbefolkning, der var i umiddelbar berøring med fuglelivet. Den tanke at skrive „fuglenes saga“ følger så Fr. G. i en lang årrække som den røde tråd i hans liv, som ungt menneske hjemme hos faderen, som student, og — fra 1881 — som nybygger i Amerikas urskove; endnu efter at han havde fået anden gerning — han blev præsteviet 1883 — arbejdede han videre derpå. Af hans zoologiske iagttagelser er en værdifuld række bleven offenliggjort[1]. Men „fuglenes saga“

[1] Meddelelser om Fuglene ved Sciocton i Visconsin (Vidensk. meddelelser fra den naturhistoriske Forening i Kjøbenhavn 1887, s. 305—396). En engelsk udgave er fremkommen i Amerika.

blev aldrig skreven; det blev kun ved omfattende samlinger. En anden livsgerning var imens gået op for Fr. G.; han vilde være kristendomsforkynder, og han vilde vie sig til at bevare danskhed og nedarvet tro hos de danske i Amerika. Men selv under det fortsatte han sin gamle yndlingssyssel. Når han samlede udvandrerne i sin stue, frittede han ud om hjemmets skik og tro; og han sad langt ud på natten for at renskrive og ordne det vundne stof. Dette arbejde med almuens nedarvede forestillinger har han holdt fast ved som præst, dels vel af dybt indgroet trang til videnskabelig syssel, dels fordi det for ham var det bånd der knyttede ham nær til det nationale liv, som han vilde hæge om. Hvem der kun læser hans trykte skrifter, „Løsningsstenen" (1878) og nogle foredrag om „Fuglene i folkets tro og digtning" (1883), får ingen ret forestilling om hvad indsats han har gjort i dansk folkemindearbejde. Men hans skrevne samlinger — en statelig række af folianter og kvarter. nu i Dansk Folkemindesamling på det kgl. bibliotek, — rummer et opsparet arbejde, som en kommende tid vil beundre og udnytte. Næppe nogen anden nordisk folkemindesamler har på den måde taget alle midler i sin tjæneste for at løse en bestemt opgave så fuldkomment som muligt. Spörsmålsblade er strøt ud over alle Nordens egne, og der er nöje holdt regnskab med, fra hvilke bygder der er skaffet oplysning; skemaer, småsedler og protokoller giver overblik over både det læste og det mundtlig samlede stof. Om han selv under de bedste ydre forhold vilde have kunnet frembringe en videnskabelig behandling der stod på höjde med denne stofsamling, er vel uvist; men det gör den ikke mindre værdifuld.

Vil man have målestok for Fr. Grundtvigs forskerværdi, byder en sammenligning med den ældre broder sig som selvfølgeligt udgangspunkt. Der er et nært slægtskab imellem dem i arbejdskraft og ordenssans, i kærlig nænsomhed overfor fædrenes minder og samtidig i sanddruhed og vilje til at trænge til bunds i videnskabelig erkendelse. Det kan dog ikke nægtes, at Svend har forspring for Frederik Grundtvig i den store sluttede livsopgave, i folkemindearbejdets bredde, og i ævnen til at forme en videnskabelig metode, der kunde vinde afgörende resultater. Men i selve indsamlingen — den videnskabelige iagttagelse — står Fr. G. utvivlsomt höjere; han har ikke blot lært af Svend, men han har ført hans arbejdsmåde videre. Der er plöjet dybere for at finde stoffet, og den strænge fordring om at kende hjemstedet for enhver overlevering er hævet til videnskabeligt princip. Dette hjemstedsmærke følger hver lille notits fra Fr. G.s hånd; og den udvider sig til at blive en fordring om interiørets nöjagtighed i al indsamling af folkeminder. Selv har han givet eksempel derpå i sine „Svenske minder fra Tjust“ (1882), og i en stor skildring af sydfalstersk bondeliv „Livet i Klokkergården“, der endnu venter på udgivelse. I det ene af disse skrifter gengiver han en smålandsk almuesmands hele forestillingsverden af „gamle minder“, i det andet skildrer han bondelivet i en eneste falstersk gård på grundlag af en udvandrers levende erindringer om barndomshjemmet. Det enkelte hjem og det enkelte individ som typiske former af iagttagelsesstof træder her frem, for förste gang i vor folkemindesamlings tid. Også er folkemålets udtryk for det hele nedarvede stof kommet til anvendelse i et omfang som næppe nogensinde för; som tillæg til sit bondeliv udarbejdede han således en hel falstersk ordbog. Når Svend Grundtvigs indsamlinger betegner stort fremskridt i retning af at give minderne, som de lød på folkemunde, skal Fr. Grundtvig have æren for at have fuldkommengjort hans arbejdsmåde og bragt forskeren nærmere til hans undersøgelses-genstand.

At vi har disse samlinger, er en glæde; og vi må med taknemlighed se tilbage til det liv, der har bragt også dette udbytte. Men den tanke lister sig ind imellem: kunde det ikke være fortsat i endnu bredere bane i de tyve år siden Sv. Grundtvigs død? burde denne samvittighedsfuldhed ikke, allerede i samtiden, have skolet og ægget andre samlere til noget lignende? Da vilde vi vistnok have almuens tro og „meninger“ skrevne op med en lignende fuldstændighed, som nu folkedigtningen er blevet. —

Island har i *Ólafur Davíðsson* mistet sin nidkæreste samler og udgiver af folkeminder. Skönt han kun blev 41 år gammel, ligger der en omfattende livsgerning bag ham. Han har for det islandske literære selskab (Bókmentafjelag'et) fortsat Jón Árnasons folkesagn med en hel række af skrifter: gåder, lege, musik, viser, ramser osv. Stoffet fandt han til dels allerede samlet fra sin forgænger, dels bragte han det tilveje ved at plöje håndskriftsamlinger og ved at opspörge det ude i folket. Han var en egen urolig samlernatur; uden embedseksamen eller fast stilling vendte han hjem til sin faders provstegård på det nordlige Island, og herfra strejfede han om, om sommeren opsporende Islands talrige hidtil uopdagede planter for at sende dem til lærde i København, om vinteren levende i bøger eller vandrende om for at fritte om gammel viden. Det var en af disse færder, der kostede ham livet. Da han den 6. sept. 1903 var på vejen hjem med fyldt botaniserkasse, og lod hesten svømme over Hörg-åen, blev han reven bort af strömmen. Om aftenen kom hesten herreløs ind på Hof og bragte provstefolkene til at lede efter ham ved åen, men de fandt ham kun som lig. Hans værker vil bevare hans minde. Selv om det undertiden kan skorte ham på filologisk nöjagtighed, og han aldrig — så lidt som nogen anden Islænding — nåede til en egenlig videnskabelig forskning af folkeminderne, vil hans fyldige række af samler- og udgiverarbejder stå som hovedværker indenfor Islands folkelige overleveringer. A. O.

Friherre N. G. Djurklou. Når man bliver gammel, er der en vemodig lov, forholdene gör en fortrolig med: den ene efter den anden af dem, man har stået i forbindelse med, lært af, set op til, dør; de efterlevende i kresen bliver bestandig færre, den som éngang var den yngste er nu blandt de ældste. I de første dage af April så jeg i en svensk avis, at kammerherre, friherre Nils Gabriel Djurklou d. 31. Marts iår var død i sit hjem i Ørebro[1].

Han var født den 24. Juli 1829 på godset Sörby i Närke, sön af kaptain, friherre Djurklou og hustru f. Silverschöld. Han studerede i Uppsala og underkastede sig „kansliexamen“ 1854, blev samme år ansat ved Rigsarkivet, men forlod snart denne stilling for at overtage sin fædrenegård Sörby.

[1] Det er aldrig faldet i min lod at opleve den glæde og ære at mødes med den afdøde fremragende forsker. Min broder, inspektør P. Feilberg i Søborg, havde under et besøg i Sverige gjort hans bekendtskab og bragte mig fra ham et fotografi og en hilsen, hvad der gav anledning til, at i årenes løb en del breve veksledes; jeg er ham taknemmelig for mere end én klar og velvillig meddelelse om svensk folkeliv som svar på mine spörgsmål. I en opsats „Hvem var Staffen Stalledräng“, særtryk af „Till vår Hembygd“, efterviste han, at legenden om den stegte hane, der stod på kong Herodes' bord og slog med vingerne og gol, da Herodes tvivler om barnets fødsel i Betlehem, skønt ingen skriftlige vidnesbyrd foreligger, også har været kendt i Sverige, hvad et billede på et antemensale i Broddetorp kirke i Vestergötland beviser. I det sidste brev, jeg modtog fra ham, af 31. November 1901 meddeler han mig, at nye billeder er fundne, således i Skara domkirke (m. henv. t. Antikv. T. f. Sverige XV. 2. 518) og at han agter at omarbejde og øge sin afhandling.

Han interesserede sig levende for folket, dets sprog, dets sæder, dets liv, og denne interesse gav sig udslag, idet et foredrag han holdt, gav stødet til at Närkes fornminnesförening blev dannet 1856. Det var den første provincielle forening, vel i hele Norden, der stillede sig som opgave at indsamle og bevare fortidsminder og studere bygdemålene, og den blev i tidens løb forbillede for mange andre. Fire år senere 1860 udkom fra hans hånd „Ur Nerikes Folkspråk och Folklif". Den fulgtes 1874 af „Unnarboarnes Seder och Lif", skildringer fra en overmåde gammeldags bygd. Da den svenske Landsmålsforening blev stiftet og dens tidsskrift „Nyare Bidrag till Kännedom om de Svenska Landsmålen og Svenskt Folklif" skulde gå ud i verden, skrev Djurklou fortalen og ved Landsmålsforeningernes fest i Uppsala, Novemb. 1879, blev „studenten" Djurklou to gange på stærke skuldre båret rundt i salen under råbet: „må han länge lefva, alltid ung!" (Sv. Ldmålstidskr. 1. 458).

På forskellige måder krævede samfundet i höje og betroede embedsstillinger denne mands arbejde, men han glemte ikke sin ungdoms kærlighed. Jeg kender hans „Sagor och Äfventyr" (1883) med illustrationer af Carl Larsson; en afhandling om „Vedernamn och känningsnamn i äldre och nyare tider" (Sv. fornminnesför. möte, Lund 1893) och „Några ord om våra folksagor, föredrag hållet uti kristliga föreningens f. unga män lokal i Örebro" (1896?), måske er andre undgåede mig.

Et virksomt og rigt liv er afsluttet, måtte mange, som han, bevare ungdommen under de grå hår og det praktiske livs slidende arbejde! H. F. Feilberg

Ser vi tilbage på disse dødsfald fra det sidste år, og på dem der er gået nær forud, — jeg tænker da især på den ypperlige skånske folkemindesamlerske Eva Wigström, hvis værk og hvis liv var så nær knyttet til den danske folkemindegerning, — da ser vi, at det er ikke folkeminde-forskerne, der er gået bort, men det er samlerne. Idet vi mindes deres livsløb og overskuer deres udbytte, vil vi ikke blot med tak huske på, hvad de har udrettet hver på sit område, men nu da vi overskuer høsten, ser vi også de huller der endnu er at udfylde. Og spörsmålet bliver da: Kan der endnu kaldes på kræfter som fortsætter de gamle samleres arbejde, og lærende af dem forbedrer det? Eller har de været af den sidste kres der samlede på fortidens minder? A. O.

„SVENSKA LANDSMÅLEN“ 1879—1904.

„Nyare bidrag til kännedom om de svenska Landsmålen och svenskt Folklif“ holder den 30te september 25-års fest, og den samme mand har i 25 år været leder af dette Nordens største og vægtigste foretagende til udgivelse af gamle folkeminder og undersøgelser i sproglige spørgsmål, især folkesproget. Johan August Lundell har mere end én gang vakt opmærksomhed ved ikke at være som alle andre. Han er bleven professor i eksamenslandet Sverrig uden at være andet end *fil. kand.* — allerede det er en bedrift. Han har selv en gang skrevet, at han synes der er så meget som skal göres, og så tænker han altid: mon ikke jeg skulde göre det? Således er han blevet den ivrige leder af husholdningsskolen i Uppsala, har været opstillet som rigsdagskandidat, og var nu i forsommeren leder af en svensk selskabsrejse i Frankrig — for ikke at nævne mere. Men et fast punkt i denne stærkt bevægede virksomhed har hans arbejde i Svenska Landsmålen været.

Den unge Kalmarbo J. A. Lundell var tidlig kendt som en dygtig fonetiker, og da Landsmålsforeningerne i Upsala dannede deres fællesudvalg, blev Lundell sjælen i arbejdet for fælles lydbetegnelse og for at sætte et tidsskrift i gang. Han skabte det svenske landsmålsalfabet, vist den smukkeste lydskrift, der er lavet, og han gav en fræmstilling af, hvad man dengang vidste om de enkelte lydovergange ud gennem det svenske sprogområde. Nu har han gennem 25 år ledet det store tidsskrift, og ingen har i höjere grad end han fortjænt en tak og en lykønskning, fordi han har holdt ud og bevaret sin kærlighed frisk til fædrelandets folkelige historie. Vi danske kan nok trænge til at minde hinanden om hans 23 år gamle sætning:

Til en god sprogvidenskabelig uddannelse hører også øvelse i direkte iagttagelse, og denne vindes bedst gennem folkemålsstudier.

Til at skaffe de svenske sprogvidenskabsmænd lejlighed til at få denne uddannelse har få bidraget så meget som J. A. Lundell.

Derfor vor tak og hilsen!

M. Kr.

STEEN STEENSEN BLICHER OG HANS UDGIVERE

AF

HENRIK USSING

Den, som sysler med Blicher og bruger forskellige Udgaver af hans Noveller, vil snart blive opmærksom paa, at de i adskillige Retninger afviger fra hverandre. — Forskellene ytrer sig ikke alene i det mere udvortes, i Linjeskifte, Retskrivning, Trykfejl med tilhørende Rettelser, Tegnsætning og lignende; men de foretagne Ændringer rører ogsaa jævnlig ved de ædlere Dele, Ordvalget, Ordformerne, ja selve Meningen, saa den, der vil sætte sig ind i Blichers Ordforraad og Ordbrug, i hans Ordformning og Ordföjning, ja blot i selve Tanken, ikke kan nöjes med den förste den bedste Udgave i tryg Forvisning om, at alt væsentligt her er, som det er kommet fra Digterens Haand. — Vi skal tage de vigtigste Udgaver for os og vise, hvorledes Afvigelserne fordeler sig.

Forskellen paa „Nordlysets" Noveller *(Nordl.)* og dem i „Samlede Noveller", C. Steens Forlag, 1833 og følgende Aar *(O)*, ytrer sig mest i Retskrivningen.

I disse Aar stod den berömte „Strid om i'et" paa. Blicher slutter sig i Nordl. til det Rask'ske j og skriver saaledes (Eksemplerne fra „Røverstuen"): ej, lejre, dejlige, sejler, Veje, Ejer osv.: skyehøje, Øjet, Gravhøje, bøjede, fløj osv. Men dette gennemførte Stade er opgivet i O, saa vi i nævnte Novelle paa de tilsvarende Steder finder: ei, leire, deilige, seiler osv., skyhøie, Øiet, bøiede osv. Man maa imidlertid ikke tro, at den ny Retskrivning er fulgt med uböjeligt Gennemfør. Slaar vi op i „Stakkels Louis!", finder vi ganske vist at Nordl.'s H u n d e s t e j l e r er rettet til H u n d e s t e i l e r i O; men straks efter böjer det skilte sig atter sammen, og vi faar i bægge Udgaver h ø j t, Ø j e, Ø j e b l i k, f e j e d e osv. Dobbelt Selvlyd til at betegne lang Selvlyd er gennemgaaende i O, — ikke saaledes i Nordl., der har s n e g, t i l s m i l e d e og s m i l t e, dog ogsaa h i i n s o. lign.; medens O stadig har s n e e g, t i l s m i i l t e, s m i i l t e, H i i n s osv., men s m i l e d e. A h n e n d e rettes til A n e n d e, a h n e til a n e; dog ogsaa a h n e r i bægge Udg.

Tillægsord og Stedord, brugte uden noget Navneord at støtte sig til, skrives i Nordl. i Almindelighed med lille Begyndelsesbogstav, i O oftest med stort: deres (Tiltale), den niende, den smukkeste, den næste, en levende, begge, hiins — bliver til: Deres, den Niende osv. Dog er der ogsaa her Selvuoverensstemmelser; naar Nordl. i „Røverstuen“ har Man, har O baade man og Man; Nordl.: Ingen, Lidt, nogle Tusinde Alens —, men O: ingen, lidt, nogle tusinde Alens.

Ret almindeligt ændres Endelsen -ede i Fortid fremsættende Maade til -te: tilsmilede — tilsmiilte (dog ogsaa smilede i bægge Udg. og smilte — smiilte); svarede — svarte (dog mange Steder svarte i bægge Udgaver): besvarede — besvarte; — men Nordl. klemte bliver i O til: klemmede.

En enkelt Afledning fremtræder noget forskelligt: saaledes træffer vi Afbildinger — Afbildninger, ligesom man ogsaa møder andre smaa Afvigelser: Samqvem—Samkvem, Fælledskab—Fællesskab, skyehøje—skyhøie, Smale (Tillægsord)—Smalle, Skjemt—Skjæmt, strængt—strengt, fyrgetivende—fyrgetyvende, burde—borde, kjæmpet—kæmpet, svarede Lorenzo—svarte Denne; sagde Nicolo—sagde Hiin, Cavalier servante—Cavaliere servante; en Forbrydelse, der heller maatte have været begraven — en Forbr. osv. begravet („Sildig Opvaagnen“); en Gidsel — et Gidsel; et Jordsmon — en Jordsmon. — Sjælden er en større Rettelse, som naar i „Sildig Opvaagnen“ Sætningen „hvor Skolen dengang stod i slet Rye“ helt er udeladt i O, eller: letsindet er rettet til: let af Sind; i „Kjerlighed i Syden“: „saa skarpe Omrids“ er blevet til „saa rene Omrids“, fordi der følger et skarpe umiddelbart efter; — eller: „op mellem Graner og Laurbær, som fjerne Klipper“ rettes til: „som fjerne Klipper op mellem Graner og Laurbær.“

Er Forskellene saaledes smaa og ret ubetydelige mellem de Udgaver, Blicher selv har udsendt af sine Noveller, stiller Forholdet sig helt anderledes, naar vi sammenligner disse med de Udgaver, der er besørgede af andre, P. L. Møllers fra Digterens sidste Leveaar *(M)* og P. Hansens fra 1882 *(PH)*. Udgiverne har her søgt at gennemføre en Ensartethed, som de ikke fandt i Originalerne, navnlig hvad Retskrivningen vedrører, og denne Retskrivning har de (særlig PH) delvis gjort mere „tidssvarende“; de har fjærnet Ord- og Böjningsformer, som har forekommet dem for gammeldags, uvante eller stødende, og sat velkendte i Stedet; de har af og til pudset lidt paa Blichers Stil, der jo unægtelig ogsaa undertiden er en Hastværks-Stil; og endelig har de rettet formentlige eller virkelige Trykfejl; men alt dette er ikke løbet af uden adskillig Vold mod Teksten, saa at der endog nogle Steder er sket selve Meningen Overlast.

Der er selvfølgelig store Vanskeligheder til Stede for den, der ønsker at udgive et Bogværk som Blichers Noveller paa den for Digteren værdigste Maade. Adskillige Tvivlsspörgsmaal skal först afgöres. Bör man bringe Selvoverensstemmelse til Veje, hvor en saadan ikke findes, eller bör man tænke som saa: naar Digteren selv kan lade Uoverensstemmelserne staa, kan Udgiveren vel ogsaa? Er t. E. Retskrivningen ikke saa underordnet en Sag, at den overhovedet ikke er værd at skænke en Tanke? — Eller skal man muligvis, for ikke at skræmme ömtaalige Mennesker, der med megen Möje i deres Skoletid har tilegnet sig en „korrekt“ Retskrivning, levere Udgaven efter den allernyeste ministerielle Forordning? Skal man lade uheldige Udtryk, maaske ligefremme

Sprogfejl, staa som et Vidnesbyrd om, at „store Helgen ogsaa haver Adams Kjød og Klæder paa“, idet man giver den kyndige Lejlighed til at trække paa Smilebaandet ad saadanne Ting hos den store Mester, som en Dansklærer vilde sætte tre Streger under i sine Elevers Stilebøger; — eller bör Udgiveren driste sig til at indsætte, hvad Forfatteren muligvis eller sandsynligvis selv vilde have skrevet, var han blevet gjort opmærksom paa det uheldige eller urigtige? — Om disse og lignende Spörgsmaal kan der tvistes; men et kan der ikke strides om, at enhver Ændring först bör foretages efter nöje Overvejelse. Hvis Udtrykket paa nogen Maade lader sig forstaa eller forsvare, bör der næppe foretages nogen „Forbedring“; det kan nemt ske, at Udgiveren med en alt for let Haand kommer til at udviske sproglige Træk, der er ejendommelige for Forfatteren eller for Tiden; men sligt bör næppe ske, selvom „Forbedringen“ vilde falde rettere paa et almindeligt Nutidsmenneskes Tunge. Paa den anden Side maa Udgivelsen selvfølgelig ske med saa stor Omhu, at Rettelser eller Oplysninger fra Forfatterens egen Haand ikke lades uænsede. Men disse Krav er langtfra sket Fyldest i de nævnte Udgaver. Dette vænter jeg vil fremgaa af en Sammenligning mellem disse Udgaver og den fyldigste af Forfatteren selv besörgede Udgave, der trods sine Mangler dog nærmest maa kunne tages gyldig som den Skikkelse, hvori han har ment at turde fremlægge sit Livs vigtigste Arbejde, nemlig O. — Paavisningen skal ske ret kortfattet for den P. L. Møllerske Udgaves Vedkommende, fordi denne jo hovedsagelig har udspillet sin Rolle, — fyldigere for Udgaven: St. St. Blichers Samlede Noveller og Skizzer. Ordnede efter Tidsfølgen af P. Hansen. København C. A. Reitzels Forlag 1882 (PH) — der jo lever og virker i fuld Kraft og avler rigeligt Afkom.

Retskrivningen i M er hovedsagelig den samme som i O — altsaa Blichers egen, snart med i og snart med j i Tvelydene: Blyspræiser, bøiet, Vei osv., men ogsaa: vajede, høj, højere, nej, med Selvlydsfordobling i de da brugelige Tilfælde til at betegne lang Selvlyd: uliig, hiin, eensformige, Muursteens, (dog mørkebrunt), — med stumme e'er: Søesiden, smaae, Møe, Vindebroe; — med Fordobling af Medlyd forved Stavelsen: -re: pluddrende, qviddrer, tappre, sikkre, skoggre. — Fortids Flertals-Former af stærke Udsagnsord forekommer i bægge Udgaver: droge, glede osv. Men i Enkelthederne er der ikke saa faa Forskelle; O har i mange Tilfælde æ, hvor M har e: elændige, hæftede, Strænghed, skjældet, kjære — ændret til: elendige, heftede osv.; røddede bliver ryddede. Er det i O. ret ufuldkomment gennemført at skrive navneagtige Stedord med stort Begyndelsesbogstav, gennemføres det i højere Grad i M: alting rettes til Alting, intet til Intet, eders Præst til Eders Præst. — Dansk (i Betydning: dansk Sprog) skrives i O dansk, men i M Dansk; paa samme Maade græsk — Græsk; — omvendt kan et og andet Ord „med stort“ blive rettet til „lille“: Samme (= denne) — samme, den Næste — den næste, Man — man. Orddelingen er ikke altid den samme: O andengang — M anden Gang. Lignende Smaaforskelle vrimler det af, ogsaa saadanne, der vedrører Ordbøjningen: O takte — M tækkede; O: Har I ikke lagt paa Taarnkammeret — M: har I ikke ligget; O: han selv med Familie vare just ifærd — M: . . . var just ifærd; „En frodig Abildhave, og foran denne tvende Rader af høie Graner, omgav“ faar i M den korrekte Flertalsform af Udsagnsordet: omgave; O: der stode Taarer i hans Øjne — M der stod; istedetfor — istedenfor. Nordl. havde („Jøderne paa Hald“): et Jordsmon; dette rettes i O til: en Jordsmon, og atter i M til: et Jordsmon; O: en almindelig Hærskue . . Herren foretog den — M: et almindeligt Hærskue . . Herren foretog det; Hexer — Hexe; Trommestikke (Flert.) — Trommestikker; skedte — skeete; smale — smalle; allene — alene; revangere — revanchere.

Men P. L. Møller værger sig i en „Efterskrift af Udgiveren“ paa det kraftigste imod at blive betragtet som blot og bar Korrekturlæser; han fremhæver selv: „Den her meddelte Text er nemlig ikke aldeles ordlydende med den ældre“. „Man støder“, skriver han fremdeles, „i den forrige Udgave ikke ganske sjelden paa aldeles meningsløse Steder, som hidrøre fra, at Correctøren enten ikke har kunnet eller ikke villet anvende den fornødne Eftertanke, ikke confereret Manuskriptet, eller ikke forstaaet de jydske Udtryk og Vendinger, som overalt forekomme i Blichers Sprog. Undertiden laa det Rette saa nær, at man ikke kunde være i Tvivl om den oprindelige Læsemaade; men undertiden har jeg ved Gætning eller ved mit Bekjendtskab med Forfatterens Haandskrift restitueret den mishandlede og tidt aabenbar forvanskede Text. Imidlertid vil Ingen her vente eller fordre en i streng philologisk Forstand kritisk Udgave — — — — derfor har jeg i det Hele indskrænket mig til saadanne Forbedringer i grammatisk og syntaktisk Henseende, som det kunde antages at Forfatteren selv ved en nøiagtig Revision maatte have foretaget.“ Af dette fremgaar for det förste, at P. L. Møller kun har haft trykte Udgaver for sig, men ikke Forfatterens Manuskripter; thi naar han taler om sit „Bekjendtskab med Forfatterens Haandskrift,“ mener han aabenbart sit Kendskab til Forfatterens Skrifttræk, hans „Haand“, der har kunnet være vejledende for ham ved nogle af hans Gisninger, idet Ejendommeligheder ved denne har kunnet forklare adskillige Fejl i O. — Og dernæst er det tydeligt, at Udgiveren nærer grundig Mistillid til O's Paalidelighed. Denne Mistillid forekommer mig at være i ret stort Mon ugrundet. Blichers Udtryk er langtfra altid det jævneste og glatteste; undertiden er det et Hastværks-Udtryk, der nok kan skurre i et korrekt Øre; — men hvis man ved den bedste Udgave forstaar — ikke den, hvor enhver Sprogknude er løst og glattet, men den, der kommer Forfatterens Manuskript med alle dets Skrøbeligheder nærmest, — ikke den, der giver, hvad Forfatteren muligvis vilde have skrevet, hvis han havde gjort sig noget större Umage, men den, der giver, hvad han — med sine Evner og sin Tid — virkelig skrev, — saa tror jeg, man maa kalde Udgaven O bedre end M. Jeg tror, at adskilligt af, hvad P. L. Møller tager for Sætterens Fejl, i Virkeligheden maa komme paa Blichers egen Kappe; og og jeg mener, at naar Talen er om en Digter og Stilist af Blichers Rang, er det i alle Henseender at foretrække at faa Forfatterens eget

Sprog saa nöjagtigt som muligt selv med nogle Ukorrektheder paa Købet, end den allerkorrekteste Udgivers allerglatteste Vendinger.

Den Mængde Smaaord, som dagligdags dansk Sætningsbygning er ligesom belemret med, har aabenbart ikke tiltalt Blicher; man mærker hos ham en stadig Stræben efter at göre sine Sætninger saa meningstunge og ordknappe som muligt. I „Jøderne paa Hald“ staar i O: hun indvilgede begge Dele“; — men i M: „hun indvilgede i begge Dele“. I „Marie“ har O: der var ingen Mulighed at komme dem tilhjælp —, men M: ingen Mulighed i at komme; „Røverstuen“ O: mangt sivgroet Kjær — M: mangt et sivgroet Kjær. I „Præsten i Veilbye“ staar i O med en ejendommelig Knaphed i Vendingen: men derom vilde han Intet høre, hvorledes det vil gaae, naar hun nu drager til mig; — hvorledes betyder her et bekymret: „og man maa ængstes for hvorledes“ eller: „og man kan spörge om, hvorledes det saa ..“. Men denne Korthed er faldet bægge Udgiverne for Brystet; M retter det til: „men derom vilde han Intet høre. Hvorledes vil det gaae, naar hun nu drager til mig?“ Men det er jo tydeligt, at af dette klare Udtryk kunde Teksten i O næppe opstaa ved en Forvanskning. Dette har Professor P. Hansen vel indset, og derfor foretager han denne endnu större Rettelse: „men derom vilde han intet høre. Jeg veed snart ikke, hvorledes det vil gaa, naar hun nu drager til mig.“ — Men denne Forbedren er helt overflødig; Blicher har udtrykt nöjagtigt det samme med en hel Sætning mindre.

Blichers Jydskhed kan spille Udgiverne slemme Puds, som Tilfældet har været med Ordet „Balker“ i Begyndelsen af „Røverstuen“: „Smalle Veje med dybe Hjulspor og høje Balker i Midten“; ved en Trykfejl er her i Nordl. kommet til at staa Bakker; men denne Trykfejl er rettet i O. Balk betyder nemlig en Skillevæg og her (som saa tit) Forhöjningen mellem to dybe Hjulspor; — skönt det selvfølgelig er meningsløst at tale om høje Bakker mellem et Par Hjulspor, gaar denne Trykfejl igen i næsten alle senere Udgaver, Udvalg, Læsebøger osv, (*M*, 5te Del Side 2; — *PH* I 258). Paa lignende Maade er det gaaet med den jydske Form nærest (ligeledes i „Røverstuen“); i O siger sorte Mads som ægte Jyde: „Een er sig selv nærest;“ men dette „rettes“ i M til: .. nærmest, og „Rettelsen“ genfindes i senere Udgaver. — For at tage et Tilfælde fra Blichers rent jydske Ting saa staar der i Visen om „Hudden a fek Kjesten“ baade i „Samlede Digte 1836“ og i Førsteudgaven af „E Binnstoww“ 1842: „Aa A veed et, Hvem de sku væhr — han suer: „A vedfk hejer ..““; den mærkelige Ordform vedfk findes i Samlede Digte forklaret saaledes: „„Jeg veed ikke“. Dette fk i vedfk er et Slags Mundheld, som træder i Stedet for en Eed, og er vanskelig nok at udtale. Saaledes bruges ogsaa pm (som her: vedpmek), ft, nt.‘ Udgiverne har ikke kendt dette, og de har overset Forklaringen i „Samlede Digte“; de opfatter vedfk som en Trykfejl for vedsk, og M retter da Udtrykket til: „A vedsk ett hejer“, hvor sk aabenbart skal være en Forkortelse for „sgu“, — og *PH* følger M (Sml. Dania II S. 142).

Naar vi i O støder paa en Vending som: — „om saa kun Een af disse have profiteret osv.“, bemærker vi i vort stille Sind noget om den gode Homer, der undertiden er sövnig, og vi billiger Udgiverens Rettelse af det urigtige Flertal. — Men der er andre Rettelser af formentlige Urigtigheder, som man ikke saa villigt gaar med til, særlig naar „Urigtighederne" er nöje knyttet til Forfatterens Ejendommelighed. Der kan sikkert ikke være Tvivl om, at Blicher har kendt den Forskel, man almindeligvis gör paa Axe og Axel. Naar han ikke desto mindre (i „Præsten i Thorning") skriver: „væltede den (Kassen) sig om sin egen Axel," burde Udgiveren ænse Forfatterens Ret til at vælge sit Ord lidt ved Siden af det dagligdags og ikke (som han har gjort) rette Axel til det mere geometriske Axe. Og naar man kender Blichers overalt ret frie Benyttelse af sig og sin, finder man det lidet nødvendigt at ændre: „om den (Besvimelsen) var forstilt for at redde ham, eller frie sig selv fra Forbindelsen" til: „om den .... eller frie hende selv." — I det store og hele maa man dog indrømme P. L. Møller, at han har været hensynsfuld over for de Blicherske Sprogejendommeligheder, og man kan vel ikke gaa synderlig i Rette med ham, fordi han ændrer: „ethvert Værelse paa den vidtløftige Borg var fuld" til: ... var fuldt; eller: „et drukken Menneske" til „et drukkent Menneske," selvom det er höjst rimeligt, at Blicher selv har skrevet Fælleskönsformerne, idet han helt naturligt har Jydens lidet udprægede Sans for Könsböjning af Tillægsordene. Ligesom det i Rigsmaalet hedder: lidt Mad, hedder det paa Jysdsk ogsaa: noget Mad, meget Mad, og i Østjydsk: noget godt Mad; det maa være dette Forhold, der har bragt Blicher til (i „Jøderne paa Hald") at skrive: **tørt** og **koldt** Mad; M retter selvfølgelig ligesom senere PH dette til: tör og kold Mad. —

Vi møder i M en Række helt eller næsten grundløse Ændringer af Teksten. — Hvorfor ændres saaledes i „Præsten i Thorning": „glede de hvide Skorstene hen mellem Granernes Toppe" til: „hen over Granernes Toppe"? — Det förste Udtryk er ligesaa forstaaeligt som det sidste. Om den, der kommer gaaende over en Bakke hen mod en Bygning med en Rad Graner forved, ser Skorstenene glide hen mellem Granernes Toppe eller over disse, beror jo alene paa, hvor høje Bakke, Bygning og Graner er i Forhold til hinanden. — Med större Grund ændres „Allerede var denne kommen" til „Endelig var den kommen", da der lige i Forvejen staar et allerede; men man finder det dog betænkeligt, at Udgiveren pynter paa Forfatterens Sprog. — Men hvorfor stryger Udg. det Ord velklingende i: „disse velklingende Toner"? — Eller skal det være en Forbedring i Stedet for: „den kjækt opkastede Overlæbe" at skrive: „den kjækt opstaaende Overlæbe"? — Ja, P. Hansen maa ogsaa have syntes det; thi han følger den P. L. Møllerske „Rettelse". Men det er sikkert ikke bedre Dansk at skrive: „de .. burde været forenede". end — som Blicher selv gör — at skrive: „de burde være forenede". — Alle disse sidste Ændringer foruden flere andre forekommer i den korte Novelle „Præsten i Thorning"; men Forholdet er det samme hele Udgaven igennem; og er man först blevet opmærksom paa det, gör det en utryg under Læsningen, at man aldrig ved, om det Ord, den Vending, det Udtryk nu virkelig er Digterens eget eller en af Udgiverens

Forbedringer. — Naar hertil föjes, at der er mange Trykfejl i M, vil man forstaa, at den, der vil kende Blichers Sprog og Blichers Udtryk, som de foreligger fra Forfatterens egen Pen, helst maa gaa til den ældste Udgave.

Anderledes stiller Forholdet sig heller ikke, naar vi sammenligner denne med P. Hansens Udgave; tvært imod: ved en Række yderligere „Forbedringer" fjærnes vi nu et Skridt videre fra det oprindelige.

Allerede Retskrivningen i PH frembyder et helt nyt Billede. I Tvelydene er j gennemført, saa vi overalt møder: Veje, nej, Høj, højere; — dobbelt Selvlyd til at betegne Længde er forsvundet: helt, tren, ulig, hin hul osv. Det stumme e's Anvendelse indskrænkes i höj Grad; der skrives ikke: Ironie, smaae, Skoe, tael! — men: Ironi, smaa, Sko, tal. Dobbelt Medlyd forved: -re bliver enkelt: sikre, ytrede, forbitre, tapre, slubrede. — I Stedet for v forved t skrives nu f: Uddrivten — Uddriften; Kløvten — Kløften; givtede — giftede. C fortrænges i stor Udstrækning fra Fremmedord til Gunst for k: Aristocrater — Aristokrater; Nationalconventet — Nationalkonventet osv. Af andre „fremmede" Bogstaver römmer qv Marken og overlader samme til kv: qvæle — kvæle. Medlydsfordobling i Ord som Boutikkerne bortfalder, og vi faar Boutikerne. Enkelte Fremmedord staves mere i Overensstemmelse med deres Hjemlands Stavemaade: Turen bliver: Touren; Roialist — Royalist; Liniamenter — Lineamenter; Misalliance — Mesalliance; duse Klokkespil — douce; Lieutnant — Lieutenant; Kaptainen — Kapitainen; Logie — Logis. Andre Fremmedord bliver iklædt en mere dansk Retskrivning: Princesse — Prindsesse; Oncle — Onkel; Philosophicum — Filosofikum; Discours — Diskurs; Orchestret — Orkestret; Manoeuvre — Manøvre. Terrain — Terræn; Postcontoir — Postkontor; Cavalierer — Kavalerer; curieux — kuriøst (I 36, Citater uden nærmere Angivelse gælder PH 1882).

I en Mængde Tilfælde har O æ, hvor PH har e: istædet for og istæden for, de tilstædeværende, hæftet, uhældigt, Æmnet, erhværvet, strænge, smældede, næmlig, elændige — istedet for, de tilstedeværende, heftet osv. Omvendt har O: e og PH: æ i: pent, Sjel, Sjelemesse, kjernefuldt, Kjerlighed, Kjereste, kjere, Kjerlingen, begjerlig, Begjering, Vert, Vertinde, skjenke, hjelpe, til Hjelp, den venne Maar, Kjeden, selsomme — pænt, Sjæl, kjærnefuldt, væne osv. Paa lignende Maade: Dynningens — Dønningens III 238; men: udrødde — udrydde. — Ja selve Ordenes Lyd angribes, — naar kantrede ændres til kæntrede III 243; havde fastnet til: havde fæstnet.

Kommer der efter en Ganemedlyd en Fortungeselvlyd, som er opstaaet ved Omlyd af a, aa eller o, har O som Regel j mellem Medlyd og Selvlyd, mens PH udelader j: hans Gjæs — Hans Gæs; Forgjængere — Forgængere II 207; skjød — skød; Afkjøling — Afkøling. — Desuden findes der en hel Del enkeltstaaende Afvigelser: Flause — Flouse, Vestervauvau — Vestervovvov, tav — taug, Have (og Hauge) — Hauge I 30, Kojeklæder — Køjeklæder, borde — burde, torde — turde, ukonstlet — ukunstlet, Konstneren — Kunstneren, fiendtlig — fjendtlig III 346, Fienden — Fjenden III 237, kiende — kjende III 571, fiorten — fjorten III

549, hvidskede — hviskede, gandske — ganske, Dans — Dands, kuske — kudske.

Undertiden har O Ordgrupper sammenskrevet, mens PH har dem delt: idetsamme — i det Samme; førstegang — første Gang; Andengang, kanskee Sidstegang — Anden Gang, kanske sidste Gang; igang —, i Gang, igjære — i Gjære; rundtom — rundt om; ægtenordisk — ægte nordisk; hvorvidt — hvor vidt; ligesaalet — ligesaa let.

Til andre Tider har O Ordgrupperne delt, mens PH har dem sammenskrevet: over Bord — overbord, istædet for og: istæden for — istedetfor, saa tidt — saatidt, oven over den — ovenover den, alle mine Ungdoms Glæder — alle mine Ungdomsglæder, paa ny — paany, ved høj lys Dag — ved højlys Dag, til Bedste — tilbedste, til højre — tilhøjre, til Hest — tilhest.

O har lille Begyndelsesbogstav, men PH stort: græsk — Græsk (Sprog), sit jydsk — sit Jydsk, paa højdansk — paa Højdansk, idet samme — i det Samme, det hvide — det Hvide, det vigtige — det Vigtige, med eet — med Et, i eet væk — i Et væk, et par Gange — et Par Gange, et smule Kongerige — et Smule Kongerige, de fyrgetyve — de Fyrretyve, syd efter — Syd efter, de (Tiltale) — De, dem (Tiltale) — Dem, deres (Tiltale) — Deres, eder Selv — Eder selv, og den der? — og Den der?, samtlige — Samtlige, nok (navn.) — Nok, flere — Flere.

O har stort Begyndelsesbogstav, men PH lille: en Anden — en anden III 347. Denne — denne, Dette — dette, Disse — disse, Hiin — hin, Hiint — hint, Man — man, Vores — vores, eder Selv — Eder selv, Alle — alle, Noget — noget, Begge — begge, Tre (navn.) — tre, Velædle Jomfrue Hansen — velædle, Høivelbaarne — højvelbaarne.

Flertal af de stærke Udsagnsords Fortid, der anvendes i ret stor Udstrækning i O er forsvundet i PH: brøde — brød, stode — stod, glede — gled, forlode — forlod, droge — droge, indknebe — indkneb, toge — tog, raadsloge — raadslog, fremstege — fremsteg, grebe — greb, sade eller sadde — sad, fore — for, „Fiore og Fioretta“: laae de og sove — laa de og sov.

Det hænder for Blicher, at han — som Talesproget — bruger et Omsagn i Enkelttal til et Grundled i Flertal; — for saa vidt Omsagnets Tid er Nutid, retter Udgiveren det omhyggeligt til Flertal: formaaer — formaa III 307, vi har havt — vi have havt II 243, Forældre .. har — Forældre .. have III 374, de discourerer — de diskurere I 34: — nu var gode Raad dyre — Nu vare .. I 35; — og saaledes ikke helt faa Steder.

Naar en Sætning indledes med det ubestemte der, og der bag efter kommer et Grundled i Flertal, har O Omsagnet i Flertal, men PH har det i Enkelttal: der groe allerede Tidsler — der gror .. I 51, Der ere gode Dage — Der er .. I 31, at der .. vare nedrammede tvende Pæle — at der var nedrammet .. II 212, Der kunne være gode Vare — Der kan .. III 571, der ligge Tvende i Sengen — der ligger .. II 134; der vare Damer nok — der var .. III 347.

Med disse sidste Tilfælde finder vi os paa Grænsen mellem Retskrivning og Sproglære; selvfølgelig hører noget som Flertalsdannelse egentlig ind under Böjningslæren; men naar Böjningen staar som en

Forstening fra Fortiden, uden at der i det levende Sprog svarer noget til den, slaar man den uvilkaarligt i Hartkorn med den Sprogets Ager, der rummer saa mange Fortidslævn, Retskrivningen; og her har man jo til alle Tider ladet Udgiveren frit Spillerum, ja endog krævet mere af ham end af Forfatteren, nemlig Gennemfør, Ensartethed for ensartede Tilfælde.

Anderledes forholder det sig, naar vi kommer over paa det Omraade, som utvivlsomt er Sproglærens. Her kan Forfatterens Ejendommelighed allerede begynde at ytre sig; det afhænger i stort Mon af Forfatterens bevidste eller ubevidste Egenhed, om han vælger den Böjningsform eller den; han er her ikke i den Grad bunden af Overleveringen og det i Samtiden sædvanlige, som han er det i Retskrivningen. Det er derfor en given Ting, at vi i, hvad der hører under Böjningslæren, møder langt större Varhu med Rettelser end i Retskrivningsspörgsmaal. — Dog tillader PH sig ogsaa at ændre adskilligt for at fremtræde med formentlig rettere Böjningsformer end dem, der forekommer i den oprindelige Tekst. —

Allerede i en Anmeldelse af „Samlede Noveller“ i „Dansk Litteraturtidende“ Nr. 10, 1833, peges der paa, at til Blichers „Sprogbommerter“ hører Forvekslingen af ligger og lægger, sidder og sætter m. m. deslige“. Dette er dog ikke helt ret udtrykt; Blicher skriver aldrig ligger, hvor han burde skrive lægger; men som saa mange ældre Forfattere (se Dahlerups Sproghistorie Side 99) overfører han Böjningsformer fra det ene af slige tvefolds eller hinanden lignende Udsagnsord til det andet, saa han t. E. kan bruge lagt med uindvirkende Betydning. PH indsætter de nu brugte, „rette“ Former: „Har I ikke lagt paa Taarnkammeret“ bliver til: „Har i ikke ligget paa T.“ I 292; — paa samme Maade indsættes ledet for opr. ledt (= ført), røgede (Tobak) ændres til røg III 360. Med Hensyn til Fortid af hedde hersker der det syndigste Virvar: hedde rettet til hed t. E. III 361, hedde rettet til hedte III 256, heed rettet til hedte III 245 og 405, hed' — hed III 566, hedde — hed' III 543.

I det hele taget er der hos Blicher ikke saa faa gammeldags Ord- og Böjningsformer, som Udgiveren har ændret efter Nutidens Sprog:

Navneord: Engellændernes — Englændernes III 239, Knærken — Knirken III 240; Krøs — Kryds II 205, Kruser (Flert. af et Krus) — Kruse III 243 (det hedder om disse Krus: Hver af de hjemkomne greb sin og slap den ikke — men PH: sit og det); I Østerboer — Østerboere III 255, Dørre — Døre I 31, Secundantere — Sekondanter III 556, Bekjendtere — Bekjendter III 523, lutter Bekjendte — Bekjendter III 526, Bekjendtere — Bekjendte III 267, de Vare — de Varer III 570, flere Spørgsmaale — Spørgsmaal III 540, Kartøflerne — Kartoflerne II 222, Hanker — Hanke III 295, Knæene — Knæerne III 311, Ører — Øren III 315 og mange Steder, huslige Forholde — Forhold III 388, mit Hjerte (min kære) — min Hjerte (Pr. i Vejlb.); et Lærkerede — en Lærkerede III 273, en Folde — en Fold II 205, Grennaae — Grenaa, Jomfrue Hansen — Jomfru H., Frue Hansens — Fru H. III 524, Slumreren — den Slumrende III 356, Amorer — Amoriner III 268, Vellystning — Vellystling III 314, Indbildingen — Indbildningen III 371, Ulykkensbudskab — Ulykkesbudskab III 391.

Tillægsord: naadige Herren — naadig Herren I 56, haardnakken — haardnakket III 572, melankoliske Tanker — melankolske I 57, vegetabiliske — vegetabilske III 307, d. rædselfulde Sted — rædselsfulde, Lovens modtvillige Overtrædere — modvillige III 405, lugslidte — luslidte III 411.

Stedord: og lad vi Andre gaae ned — lad os Andre II 218; Der var virkelig heller Ingen, som mærkede den uden dem, der saae os — uden de, der . . II 229.

Udsagnord: svarte — svarede II 135, og mange Steder: svarede — svarte, varte — varede I 43 og I 40, men samme Side bægge: varede, svart — svaret I 44, brølte — brølede III 244, anstrængede sig — anstrengte sig („Pr. i Vejlb."), knuset — knust, takte — tækkede, har holdet — har holdt III 364, erholdet — erholdt III 397, kystes — kyssedes II 132, kigede — kiggede I 45, kigede — kikkede I 47, kantrede — kæntrede III 243, fastnet — fæstnet III 368, knarrede — knarkede III 264, nedslaaen — nedslagen („Pr. i Vejlb."), gaaen — gaaet („Pr. i Vejlb."), det skede — skete III 545, skedte — skete III 545, bragde — bragte II 343, Herre styre og regjer mig — styr III 573, allarme — allarmere II 212.

Biord: er jeg ikke meer i Jylland — mere III 398; anden Grad af Biordet længe skriver *O* længere, men *PH* retter det til længer og skiller det saaledes fra anden Grad af langt: — længere: tøver længere og længere — længer og længer III 344. Jo længere jeg bliver — jo længer jeg bliver I 44; — egentlig — egenlig I 55, vemodigen — vemodig I 29, sandeligen — sandelig III 99, endeligen — endelig III 344, dertilligemed — tilligemed den III 368.

Forholdsord: Da jeg gik ind af Porten — ind ad P. I 46, vrikkede ind ad een Dør og ud af en anden — ind af een D. og ud af en anden („Landsb. Dagb."), men: kigede ud af Vinduet — kikkede ud af Vinduet (ens).

I sin Anmeldelse af „Samlede Noveller" i „Maanedskrift for Litteratur" 1835 hævder Madvig, at „saadanne ufrivillige Jydskheder som „et pænt Kro" træffer man ellers paa intet Sted hos Blicher." Dette turde dog være en noget forhastet Dom fra den store Sprogmands Side. Mig forekommer det, at vor Digter ikke blot vilkaarligt, men ogsaa uvilkaarligt, røber sin Fødestavn gennem sit Sprog fra Side til Side. — Men over for disse mindre iöjne- eller iørefaldende Jydskender er Udgiveren rigtignok faret lidt uvarsom frem.

Tillægsordene böjes paa Jydsk i Almindelighed ikke i Kön, og de, der ender paa -ig heller ikke i Tal; det maa da vist regnes for et Jydskende, naar Blicher skriver: „hvor underlig ere dine Veje", hvilket PH retter til: . . underlige . . I 59; — og det er ikke blot særjydske Tillægsord som knøv, Blicher ikke könsböjer (et knøv Folk — PH: et knøvt Folk III 255), men af og til ogsaa almindelig-danske Tillægsord: ethvert Værelse paa den vidtløftige Borg var fuld — PH: fuldt II 455 dette faldt ham besværlig — besværligt III 542, et drukken Menneske — drukkent I 55, tør Land — tørt Land II 518, hvid Marmor — hvidt Marmor III 591, og alt saadan — alt Saadant III 545; — paa den anden Side har vi (ovenfor S. 11) set, at Blichers Jydskhed har bragt ham til at skrive: tørt og koldt Mad — rettet til: tør og kold Mad I 576. Tillægsord, der bruges som Biord, faar paa Jydsk i Almindelighed ikke noget t tilföjet saaledes som i Rigsmaalet; i en hel Del Tilfælde er det vanskeligt at afgöre, om vi for os har et Tillægsord i Hosstilling til Grundleddet eller et Biord hørende til Omsagnet; men andre Tilfælde er utvivlsomme. O: fik rigtig at se — PH: fik rigtigt at se III 336, kort men tydelig tegnet — tydeligt III 351, hun gik langsom — langsomt III 356, ubehagelig skuffet — ubehageligt III 347, hvor kjæk og ivrig hun end kæmper — kjækt og ivrigt III 371. Denne satte ham skarp irette — skarpt II 121, Jeg greb det begjerlig igen — begjerligt III 398, forlod jeg hurtig Værelset — hurtigt III 398, hvori han handlede meget viselig — viseligt III 587; han gik, men langsom og forsigtig — langsomt og forsigtig II 221 osv.

Stedord: Som tredje Persons personlige Stedord Enkelttal bruger vi jo i Rigsmaalet enten han eller hun, naar Talen er om Mennesker; men der kan være Tilfælde, hvor det er en ubelejligt at antyde Könnet, og vi griber da til Omskrivninger som „vedkommende“ eller lignende; Blicher bruger i slige Tilfælde i Lighed med Jydsk: den: Enhver kan dog naar den vil, — men PH: enhver kan dog, naar han vil III 571. Blicher er som Jyde noget fri i Brugen af Ejestedordet sin: der er hos ham ikke den mindste Antydning til Overholdelse af den Regel, at sin skal gaa paa Sætningens Grundled. Han bruger sin, hvor Rigsmaalet kræver noget andet, og noget andet, hvor Rigsmaalet kræver sin; PH tilfredsstiller i Reglen Rigsmaalets Krav: den trætte Junker havde næppe fyldestgjort Hungeren for sit Krav, før han tænkte alvorligen paa at betale Søvnen sit. — PH: dens..dens I 286, for at frarive Havet sit Bytte — dets B. III 243, Hiint antyder dog Mennesket, om end i sin dybeste Fornedrelse — dets d. F. III 382, og tilstod ham sin Begjæring — hans Begjæring II 122, tilstod hende sin Begjæring — hendes Beg. II 123, formæle ham efter sin kongelige Stand — hans k. St. II 124; omvendt: han kunde have sparet det meste af hans Frokost — sin III 524, Otte Dage derefter modtog Hovedstaden det lykkeligste Par inden dens Volde — sine V. III 403, med Hensyn til hans eget Hjerte — sit e. Hj. III 366, Hiarum, der under hele Samtalen havde siddet i hans Yndlingsstilling — sin Y. III 339, her modtages han af hans Kone — her modtages han af sin Kone III 341.

Mange af de stærke Fortids-Tillægsmaader ender i Jydsk altid paa -en, mens Rigsmaalet baade har Endelsen: -en og -et; naar Blicher følger den jydske Sprogbrug, „rettes“ han i Almindelighed i PH: var gaaen hjem — var gaaet hjem, var Vidnet bleven bange — var V. blevet b., intet Skud var bleven mig til Deel — .. blevet t. D. II 210 (men: „var han vel bleven noget bange“ uforandret!), det var kommen — .. kommet II 248, at have sunken — .. sunket III 247, saa har vi Spillet vunden — . . vundet I 43, har bekommen — har bekommet I 51, drukken Kaffe og ryget — drukket K. og røget III 313, havde . . tvungen — tvunget III 322. — Men Blicher bruger ogsaa undertiden Formerne paa -et i Tilfælde, hvor *PH* retter til -en, nemlig i omskrevne Lideformer efter et Grundled af Fælleskön; een lille nysselig Fod efter den Anden blev . . trukket tilbage — blev trukken II 215, Dugen var taget bort — tagen III 242, der Prinsen var moxen betaget af — betagen II 129; — og fremdeles i: Øjnenes Glands er forsvundet — er forsvunden II 206, jeg var forblevet — forbleven II 214, Gid jeg var blevet — bleven I 48; — jeg stod saaledes, siger jeg, næsten givet til Priis — given t. Pr. II 209, befandt jeg mig uventet omgivet af — omgiven af III 360.

Blicher er som Jyde tilböjelig til at bruge Hjælpeudsagnsordet have i Handleforms sammenstillede Tider af Bevægelsesudsagnsord; havde faret vild — PH: var faret vild III 251 (saml. jeg tænkte Fingrene havde gaaet af Led III 257).

Det forekommer mig da, at der i Blichers Sprog, baade i de Ting, Madvig har haft for sig, og i de senere, findes talrige Spor, saavel frivillige, som ufrivillige og uvilkaarlige, af Forfatterens jydske Oprindelse; men Udgiveren har rigtig nok haft travlt med at glatte disse Spor efter. —

Til de Tilfælde, vi har omtalt ovenfor som Efterdömme paa, at Udgiveren undertiden slet ikke forstaar det jydske Udtryk, kan vi föje et Sted i „En Landsbydegns Dagbog“: „Han skal ikke i fremmed Være“, hvilket betyder „fremmed Besiddelse“; — men dette „rettes“ af Udgiveren til: „Han skal ikke i fremmed Værge“, hvilket giver mindre god Mening. Være er et gammelt Ord, kendt fra Folkevisen: „Hr. Bugge bygger op Hald med Ære, han agted det aldrig i fremmed Mands Være“; — og dette Være kan vist ikke være det samme som Værge; thi det förste hedder paa Jydsk [*væ·ə*], det andet [*værə*]. —

Sært lyder det, men sandt er det: Udgiveren kan misforstaa et saa ligefremt, almindeligt dansk Udtryk som: „Min yngste Søn ligner sin Broder, som een Gran den Anden“ — og ændrer dette til det ret meningsløse og flove: „. . som eet Gran ligner et andet“; om et Gran ligner et andet, er höjst uvisst; det kommer an paa, om disse Gran er af samme Stof; men at det ene Grantræ ligner det andet, er noget, som alle ved. Heller ikke Udtrykket „temmelig urepublicanske Complimenter“ maa Udg. have forstaaet ret; thi han ændrer det til „temmelig republikanske Komplimenter“ III 362 — hvilket ikke giver saa god Mening.

Det er let forstaaeligt, at det kan krible i en Udgivers Fingre efter at rette: „en flad, nøgen, uafseelig Ørken“ til: „en flad, nøgen, uoverskuelig Ørken“, saaledes som *PH* har gjort det II 250; men er der nogen Virksomhed, der kræver Selvfornægtelse, er det vist Udgiverens; og han burde have ladet ogsaa det nævnte Tyskende staa. En lignende Selvfornægtelse burde han have vist over for et Udtryk som: „i den laskede Stellas Tone“, hvor ikke hans Danskhed men hans Smag har følt sig forulempet, saa han retter det til det „pænere“: „i den korpulente Stellas Tone“; det interesserer næppe i synderlig Grad at blive gjort opmærksom paa — af Udgiveren selv — at han har en ædlere Smag end Forfatteren. Derfor kunde han ogsaa gerne have undladt at ændre: „jeg brækkede den (en forseglet Seddel)“ til „jeg aabnede den“ III 357, og „Jeg brak (et Brev)“ til „Jeg brød det“ III 397.

Endnu mindre forstaaligt er det, at han tillader sig at rette gode — og pæne — danske Udtryk, der muligt nok har noget særegent Blichersk ved sig, men som netop derfor burde behandles med Varhu. — Den Blicherske Korthed i Vendingen lider stedse Overlast; hvor Forfatteren har udeladt Kendeord, sætter Udgiveren det til; hvor Tilknytning sker uden noget forbindende Ord i den oprindelige Tekst, indskydes der et Forholdsord i 1882, — hvor O taler faamælt uden „foreløbigt Grundled“ el. lign., snakker PH løs med almindelig dansk Fart og Mængder af „foreløbigt d e r“.

Der indsættes K e n d e o r d eller andre „B e s t e m m e l s e s o r d“: med stort Forliis — med e t stort Forlis II 119, blev jeg snart ledt i Samtale — blev jeg snart ledt i n d i e n Samtale III 341, at blive længe paa Sted (jydsk!) — blive længe paa e e t Sted III 342, Indgang til et Gravkammer — Indgang e n til III 293, var han i Tale nødt til — var han i Tal e n III 336, i Djævels Skind og Ben — i Djævl e n s Sk. o. B. I 35, Jeg sørger ikke over Døde — ikke over d e Døde III 248, Maal for alle skjelmske Pigers Vittigheds Pile — for alle d e sk. Pigers Vittigheds-Pile, sin egen og mandhaftige Kjærestes Skaal — sin egen og d e n mandhaftige Kjærestes Skaal III 598, takkede Selskabet for nys udtalte Lykønskning — for d e n nys udtalte L. III 598, Hun rakte mig Haand til Kys — rakte mig s i n H. til Kys II 236.

F o r h o l d s o r d indskydes: de indeholdt jo en forblommet Tilstaaelse: at hun virkelig besad — Tilstaaelse o m, at osv. III 383; ikke heller, at alle de andre skulde jages — ikke heller o m, at alle III 387; bad om min Tilladelse at læse — Tilladelse t i l at læse III 389; at hurtig Anstalt maatte føjes, ved flere Ridende osv. — maatte føjes t i l, ved flere Ridende III 389; Forsøg at forvilde Sporet — Forsøg p a a at forvilde III 358; der var ingen Mulighed at komme dem tilhjælp — ingen Mulighed i at komme III 246; Jeg har Tid nok at læse — Tid nok t i l at læse I 32; see de Fandens Tøser — se t i l de Fandens Tøser III 304; andre Markedstidens Herligheder — andre a f Markedstidens Herligheder III 350.

„F o r e l ø b i g t G r u n d l e d“ eller „upersonligt Grundled“ indskydes: og saadan som kunde passe til flere end mig — saadan som d e t kunde passe III 384; den smalle Sandvold, som endnu var imellem Gaulen og Bølgernes Vælde — som d e r endnu var III 413; Gaarsdagen havde været Bryllup — havde d e r været III 322; Atter blev nu saa tyst — Atter blev d e r nu saa tyst III 598.

B i o r d indskydes: hvad skulde jeg vel udrette? — hvad skulde d a jeg vel . . II 240, Denne vendte hurtig — Denne vendte hurtig o m III 340, det skete da paa en Maade — det skete da o g s a a paa . . III 565, for mange Aar — for mange Aar s i d e n III 256.

PH kan endog indskyde U d s a g n s o r d: at han intet Mundskjæg havde, og Ansigtet vel derfor en langt større Lighed — og Ansigtet f i k vel . . III 598.

Og der forekommer en Mængde andre Tilfælde, hvor den oprindelige Tekst udmærker sig ved et vist Fynd over for *PH*: drage Skye over min skjønne, klare Efteraarshimmel — drage Skyer over II 248; vilde bære med en Styrke, Den hidtil ikke anede — bære Ulykken med en Styrke III 401; men stundom falder det til den modsatte Fejl — henfalder det til III 401; og gjerne skulde ladet det bero — gjerne skulde have ladet det bero III 401; .. eller et Rivt i Gardinerne blevne ustoppede — forblevne ustoppede III 408; en Oase midt i Ørken — midt i Ørkenen III 377; den skjønneste Sommerdag — paa de skjønneste Sommerdage III 321; Slumreren — den Slumrende III 356; hvad er der mellem din hypocondriske Forestilling og Skyttens Kone — hvad Forbindelse er der mellem III 344; giør jeg aldrig i mine Dage — aldrig mer i mine Dage I 57; Tabet, det tilføjer ved at undergrave — det tilføjer den ved at III 237; sprang ind og grebe Aarerne — sprang ind i den og III 238; jeg holdt Miner — holdt gode Miner II 203; den netop synlige Mathed og smule Uorden — og en Smule Uorden II 206 (Sml. S. 008); faaer jeg da afbenytte saa godt jeg kan — faaer jeg da at afbenytte II 207; Udtrykket: „endogsaa en Blyring i det venstre Øre vedkendtes alle de Omstaaende som Niels Bruuses“, hvor selvfølgelig „alle de Omstaaende“ er Grundled, synes Udg. slet ikke at have forstaaet; han ændrer det derfor til: „endogsaa en Blyring i hans venstre Øre vedkjendtes af alle de Omstaaende“, hvilket er daarligere Dansk. Vi har tidligere omtalt, hvorledes hverken M eller PH har kunnet slaa sig til Taals med den Blicherske Knaphed i Udtrykket: „men derom vilde han Intet høre, hvorledes det vil gaae, naar hun nu drager til mig.“ — Det er jo meget almindeligt paa Dansk, at et Udsagnsord, der betegner en Bevægelse, udelades, naar Bevægelsen tydeligt nok fremgaar af et Biord eller Forholdsled; ikke des mindre finder PH det nødvendigt at ændre: „saa fik han først Prygl, og saa paa Porten“ til „. . . og kom saa paa Porten“ III 532. — Ogsaa Udsagnsordet være udelades almindeligt — ikke saa meget i Talesproget, som i et lidt gammeldags Skriftsprog; derfor kan Blicher ogsaa skrive: blandt hvilke nogle nyankomne“; men PH finder for godt at indsætte vare III 550.

Er der dog i disse „Rettelser“ en Stræben efter Regelmæssighed, der kan gives som en forstaaelig Grund til dem, — forekommer det en helt grundløst, naar „Endnu stod Billedet af den indmurede Frøken paa Betrækket i Krogen“ ændres til „Endnu stod Billedet for mig af den . . .“ — Det maa indrömmes, at Blichers Knaphed kan falde en lidt haard, som naar der staar: „Herregaardens — et stort Pulpitur,“ — og dog er jeg ikke helt viss paa, at man med PH bör rette til: „Herregaardens Stol — et stort Pulpitur.“ Det kan dog ogsaa hænde, at Udgiveren er mere kortfattet end Forfatteren, idet han udelader Ord eller hele Sætninger, som findes i O — og ret almindeligt forekommer disse Udeladelser en helt grundløse. I „Ak, hvor forandret!“ optræder slige Forkortelser i et Antal af 2—3 paa Siden. I „Fiore og Fioretta“ fattes II 121: lige fra den Tid af de begyndte at skjønne; Fiore slog Hænderne tilsammen — F. slog H. sammen; et mørkt, hartad et vredt Ansigt — et mørkt, hartad vredt Ansigt III 601; hang ganske rigtigt sammen — hang rigtigt sammen III 580; dereses Hr. Broder — Dereses Broder III 555; inden vi endnu havde ytret os noget over dette — havde ytret Noget over III 555; som han ogsaa kaldte Skuden — som han kaldte Skuden III 562; „nedtrykkende — undertrykkende Sorger" bliver slet og ret: „nedtrykkende Sorger" III 571; fører det hele Menneske til sin Undergang — det hele Menneske til Undergang III 572; „men det er nu saa Skik og Brug iblandt Søefolk, og det kan ikke være anderledes" forkortes til: „men det kan inte være anderledes" III 546; som han ogsaa klippede lidt med Øjnene — at han klippede lidt med Ø. III 548; Styrke til med Kjækhed og Lethed at bære et Kors — Styrke til at bære et Kors III 551; af „Dog holdt hun ham, ved sin kolde Adfærd og alvorlige Modstand, inden for Sædelighedens Skranker" udelades i PH „ved sin kolde Adfærd og alvorlige Modstand" („Præsten i Thorn."); før jeg besluttede at opsøge — før jeg besøgte II 193; paa benævnte gamle Herregaard — paa benævnte Herregaard II 197; mange smukke og passende Eeder og Talemaader — mange smukke Eeder og Talem. II 198, ikke et Støvgran enten paa de hvide eller sorte Kjoler — ikke et Støvgran paa de — II 205. —

Af og til foretager PH en Omstilling af Ordene: drog sig selv tilbage fra mig længere og længere, alt jo nærmere Søsteren kom mig — drog sig selv tilbage fra mig alt længere og længere, jo nærmere II 239; ... reiste sig Herredsfogden — rejste Herredsfogden sig III 597; lod Hovedet endnu synke dybere — lod Hovedet synke endnu dybere III 566; hendes jeg ikke tør nævne — hendes, jeg tør ikke nævne I 52; Baronen, som allene mødte mig — Baronen, som mødte mig alene III 357; Væsen, der sover nu Uskyldighedens Søvn — Væsen, der nu sover U. S. III 374.

Forandringer af enkelte Smaaord, Forholdsord, Vedord, Sammensætsord og lignende er meget almindelige: Dag fra Dag — Dag for Dag II 239; Mellemvæsner blandt Mand og Qvinde — mellem M. og K. III 533; glede de hvide Skorstene hen mellem Granernes Toppe — hen over G. T. („Præst i Thorn."), gled ud fra Rørene — gled ud af R. II 213; hun opdrog et lille Guldhjerte — hun fremdrog III 601; forestille — fremstille III 550; Herrernes Klæder ere bestøvede — ere støvede II 206; Middagssolen skinnede allerede paa Svirumgaards Sø — skinnede atter paa II 207; og over alt dette — og desforuden III 587; ikke en gammel — ikke nogen gammel III 587; De ere de halve af mine rede Penge — det er osv. III 548; dem den gamle Pedant jo selv var Ophavsmand til — som den gamle osv. III 524; denne Aarstid er min den kjereste — er mig den kjæreste III 525; gjorde een Tallerken bar — gjorde sin Tallerken bar III 534; spadserede ud i Frederiksberg H. — ude i F. H. II 194; Og Skam for den der ikke — Og Skam faae Den, der ikke III 593; Sindelaget var endda nok saadan — nok saa godt III 563; „hendes Hænder faldt magtesløse ned med Kroppen" (d. v. s. langs Kroppen) bliver „rettet" til „faldt magtesløse ned mod Kroppen" (her ændres Billedet ikke ubetydeligt ved den lille „Rettelse", der vistnok skyldes Antagelse af en Trykfejl, som slet ikke findes): „Man behøver allene at attendere" virker bedre i „En Landsbydegns Dagbog"s gammeldags Sprogtone end „Man behøver blot at attendere" I 48.

Enkelte Gange er det saa at sige hele Sætninger, der ændres: Vel synes det ved første Blik at fremvise en reen Ulighed — Vel synes der ved første Øjekast at vise sig en reen Ulighed III 572 (den, som læser den oprindelige Tekst med den rette Forstaaelse og det rette Tryk paa Ordet det som pegende hen paa den følgende at-Sætning, vil finde enhver „Rettelse" overflødig). I: „Nu vendte Bassen sig og lige hen forbi mig" har vi i Virkeligheden to Sætninger, idet der efter og som saa tit i daglig Tale er udeladt et Bevægelsesudsagnsord som for eller lignende; men det har Udgiveren ikke forstaaet, han finder da og generende og sletter det, saa vi faar: „Nu vendte Bassen sig lige hen forbi mig" I 35 — men hvor langt mindre malende er ikke dette!

I endnu höjere Grad end over for den Störstedel af Blichers Frembringelser, der er affattet paa almindeligt Dansk, har Udgiverens rettende Haand øvet sin Virksomhed paa de i rent Jydsk skrevne Fortællinger og Digte. Marius Kristensen har „Dania" II i Tilslutning til Kr. Lyngby udtalt, at naar man vil vide noget om Blichers Retskrivning, maa man gaa til selve Originaludgaverne, da de senere Optryk i mange Henseender er upaalidelige. Og han har fremhævet en „omstændighed, der gör Blicher så interessant i sproglig henseende, det næmlig, at han ikke skriver samme ord ens alle tider, men med vilje lader dets form skifte efter betoningen." Og han hævder, at „er der noget, man skal være varsom med, så er det netop med at finde fejl i hans toneholdsangivelser." — Men er der noget, Udgiveren i Virkeligheden ikke har været varsom med at rette i, saa er det netop i samme Toneholdsangivelser. —

Blicher havde en helt ret Opfattelse af, paa hvor mange Maader en Stavelse kan udtales i Jydsk. Han udtrykker sig paa følgende Maade i „Samlede Digte" 2. Del: „Jeg antager i hver Vocal 5 Qvantiteter .... Det sidste (de 5 Qvantiteter) kan antydes saaledes, f. Ex. Vocalen a 1) i „var" 2) i „bar" — dette bogstaverer jeg baer. 3) i „Narr" (verb. narre udtalt paa jysk hvor e finale udelades). 4) i „en Narh" og 5) i „Plahd" (en Plade)." — Udtryksmaaden stemmer vist nok ikke med den nyeste Lydvidenskab; men Meningen er ret; Blicher mener, at en Stavelse, der i den almindelige Retskrivning bliver een og den samme for Øjet — kan udtales paa fem forskellige Maader: 1) kort Selvlyd og kort Medlyd, 2) lang Selvlyd med Stød og kort Medlyd 3) kort Selvlyd og lang Medlyd, 4) kort Selvlyd og Medlyd med Stød, og 5) lang Selvlyd og kort Medlyd. For hver af disse Udtalemaader har Blicher sin visse Stavemaade, saaledes som det fremgaar af hans Eksempler; men han er klar over, at forskellig Stilling i Sætningen og dermedfølgende forskelligt Tryk giver forskellig Udtale og derfor ogsaa forskellig Stavemaade, naar man vil være nöjagtig i sin Gengivelse af det talte Sprog. „Dæ gik en Maahned, aa dæh gik tow" er stavet, som det siges; det förste Dæ er uden Tryk, er derfor kort og staves uden h; medens det sidste har Tryk, er langt og følgelig staves med h; det förste gik har Tryk; men det følgende en er uden Tryk og skal da paa Jydsk hedde en og ikke andet; — mod denne klare og rette Angivelse af Tryk og Udtale i den oprindelige Udgave af „E Bindstouw“ Randers 1842 forbryder *PH* sig, naar den ændres til: Dæh gik jen Maahned, aa dæh gik tow. — Udgiverens Stræben efter Gennemfør ved at stave samme Ord (dæh) ens paa de to forskellige Steder er helt forfejlet, og hans Rettelse en til jen er vildledende; thi det ubestemte Kendeord hedder en, men Talordet jen; — det er da ogsaa ufornødent at ændre „i et Land“ til „i jet Land“ I 335. „Fil døe øwwerenn“ er den eneste mulige Udtale, medens *PH*'s: filh døe osv. angiver et Stød efter l, som ingen Jyde vil vedkende sig. Naar man læser: „Hun gor i Silke“ er man klar over, at der intet Tryk er paa gor, men derimod paa Hun; den af Forfatteren angivne Rytme forstyrres af PH, naar han skriver: Hun goer i Silke; — thi her antydes et Stød i goer, som det kun har, naar der er Tryk paa det. — Ordet hvordan kan paa Jydsk udtales paa to Maader: *[huðən]* og *[hu'dan]*; Blicher selv bruger den sidste Udtale, naar han skriver: huddan han ku sæ snow; — uden nogen som helst Grund har PH den förste Udtale: hudden han ku sæ snow. I Visen om Helhesten staar i andet Vers: Hwor han hor Fiolen, han dannst dær; — der er da Tryk paa han (det förste), men ikke paa hor; — i tredje Vers staar: Da hohr han en Hæjst, dæ kam lumpend; — her har vi Tryk paa hohr, hvilket ses af h'et, der viser, at Selvlyden er lang; — men bægge Steder retter PH til det helt gale hoer (hvilket kun kan betegne lang Selvlyd med Stød). Samme Digt sidste Vers staar i Originaludgaven: „de for aa blyw den sihst“, hvilket maa betyde: det faar ogsaa blive den sidste; — men læser vi med PH: det foer aa blyw osv. — kan det kun betyde: det faar at blive den sidste. — At sige hedder med Tryk sejj (d. v. s. har langt j); men uden Tryk forkortes det til sej, og Blicher har som sædvanlig Ret, naar han skriver: vi sku sej: „Dragoon dannoa“ — og det er uret af PH at ændre det til: sejj. — Men det er tydeligt, at Udgiveren hverken har forstaaet Blichers Troskab mod Talesproget med dets Bølgen og Vekslen eller Blichers Retskrivning, hvad Stød og Lydlængde vedrører; ellers kunde han umuligt ændre dæhænh til dæhæhn (hen har kort Selvlyd og Stød efter Medlyden); Swønh til Swønn (den jydske Udtale af Svin er med kort Medlyd og Stød, ikke som man skulde tro efter *PH*: lang Medlyd uden Stød); eller: „nær di bløw laa te mihn“ til „nær di bløw laae te mihn“ (laa er i denne Forbindelse kort og uden Stød); Faahøer til Faahør (thi Ordet skal have Stød i sin sidste Stavelse); eller: „ekke Jenh“ til „ekke Jen“ (thi jenh har Stød efter n). Gentagne Gange rettes „jen“ (= ene) til „jenh“ (en Form, der er fuldstændig umulig; Eks.: de jen Herred — de jenh Herred I 341, i hans jen Haahn — i hans jenh Haahn; skulde der rettes, maatte det blive til: jenn, med lang Medlyd uden Stød).

En rigtig Udtaleregel for Jydsk giver Blicher ogsaa i „Samlede Digte“ II, naar han siger: „r finale efter en Vocal udelades ofte i Udtalen naar følgende Ord begynde med en Consonant“; og han følger selv sin Regel naar han skriver: „baade faa ham aa for Aaffisireren;“ men

PH udvisker den, naar han ændrer det til: baade faa ham aa faa Aaffisireren I 344.

I Anvendelsen af v og w er Originaludgaven ikke helt nöjagtig; w bruges enkelte Gange, hvor Udtalen er v: A wel, hvilket PH ret nok ændrer til: A vel I 354; Kjøwwenhawn — Kjøvvenhawn I 339; — og v bruges for w i Tyv, rettet til Tyw I 341, — men i det hele taget er Blichers Gengivelse rigtig. PH er derimod höjst unöjagtig i saa Henseende: Wowhals — Wovhals I 330; tavt — tawt I 335; krøv — krøw I 340 og 343; Smodæwl — Smodævl I 341; unneviist — unnewiist I 249; vill — will I 349; wa — va I 355; — fra „Høstferierne“: hweranne — hveraanne (!) III 580; Howdet — Hovedet III 582, — i hvilke Tilfælde Originaludg. har Ret over for PH.

En Del Ændringer forstaas kun ud fra Udgiverens Mangel paa Kendskab til Jydsk. Venstre kan paa dette Maal lige saa godt hedde venstre som venster, og der er altsaa ingen Grund til at rette det förste til det sidste, som *PH* har gjort I 329; fejlagtig er Rettelsen: „A vedfk hejer“ til „A vedsk ett hejer;“ unødvendig er Rettelsen: Sessioen — Sessiuen I 337, Profession — Professiun I 340; — og det vrimler af saadanne unødvendige, grundløse eller gale Ændringer: leggen (= liggende) — læggen I 347, døgti — døgtig I 349, tow Gaanng — tow Gaang I 351, Pigh — Pig I 355, aalljenn — aalljen I 355, æ Mund a ham — e Mund o ham I 355; djer — d'er III 581, kjerlig — kjarlig III 581, bar — baar III 583, mæ — med III 583, hwerken — hwarken III 585 og 586, faataal (Fort. Tillm.) — faataall III 587, Hwallingen — Hwællingen III 586. „en grusselig stuere Hjørm“ ændres til „en grusselig stuer Hjørm“, idet Udg. ikke kender det forstærkende e, som kan föjes til jydske Tillægsord i slige Stillinger. —

Ogsaa de enkelte Sætninger i Rigsmaalet, der findes hist og her i Blichers jydske Frembringelser, staver han paa en saadan Maade, at de kommer Talesproget nærmere end i den almindelige Retskrivning; af ufornøden Omhu for denne ændrer *PH* slige Steder: I ikke sower — sover I 332, til Graven fløtte — flytte I 338, dit Pus — dit Puds I 347, Di kommer nok — De kommer nok I 347, ha — ha'e I 349. Originaludg. er i lige saa god Overeensstemmelse med jydsk Udtale, naar den skriver: Kapballe, som PH med Rigsmaalets sædvanlige Stavemaade, naar han skriver Katballe I 317 og 356.

En Del Ændringer kan være rette nok eller i hvert Tilfælde forsvarlige, som naar svarede, der af Blicher skrives: suet, swuert, suert, swaahrt og suort, gennemgaaende rettes til suort (dog et Par Steder til suot I 345), rele — rehle I 343, Træhejst — Træhæjst I 343, e Chor — e Kor I 343, Unneraaffisiren — Unneroffisieren, Vaeren — Vahren I 319, — og lignende; men til disse hører ikke: Binnstoww — Bindstouw I 317; thi det er Titelbladets Stavemaade Bindstouw, der strider mod Blichers jydske Retskrivningsregler, og ikke nævnte Steds.

Lige saa lidt som det kan kaldes en Forbedring af Teksten at ændre „de æ den bejst ve hiele Reggimentet“ til „de æ den bejst Hæjst ve osv“ (thi Rasmus Owstrup siger selvfølgelig det förste og ikke det sidste), — lige saa lidt bliver det en Forbedring af Udtalebetegnelsen at dele sammenskrevne Ord ved Apostroffer eller helt i to Ord; thi det ejendommelige ved saadanne Ordforbindelser er netop, at de udtales som eet Ord; beddo — bedd o I 332, seddo — sedd o I 332, al — A'l I 332; hvor meningsløs en saadan Adskillelse kan blive, ser man af „Do æddet nahgen", ændret til „Do æd'd'ett nahgen", hvor det sammenskrevne „æddet" giver et rigtigt Billede af Udtalen, medens „æd'd'ett" kommer til at staa som et besynderligt Uhyre, avlet af en nöjagtig Lydgengivelse og en overflødig Hensyntagen til den almindelige Ordadskillelse. — Endnu er der en Del Fejl i PH's Gengivelse af de jydske Partier af „Høstferierne", og disse skyldes den Omstændighed, at Udg. sjældent tager Hensyn til de Trykfejlsfortegnelser, der af og til findes bag i Originaludgaverne af Blichers Noveller. hweraunne' rettes bagi til hweranne'; PH har set, at her foreligger en Trykfejl, men ændrer det til det umulige: hveraanne III 580; løwen rettes til løw, men PH: løwen III 581; Minnæsti rettes til Minnætsti, men PH: Minnæstih III 581; rovd r. t. rovt, men PH: rovd III 583; hown rettes fejlagtigt til howre, PH har how; der skal sandsynligvis staa howw; i n r. t. e n, men PH: In III 589; offrer dæ r. t.: offrer do, men PH: offres dæ. — I de jydske Partier forekommer Trykfejlene i rigeligst Mængde, og gör mest Skade her, da Udg. som Følge af sit mangelfulde Kendskab til jydsk Maal ikke har været i Stand til at rette dem paa egen Haand; hvor uheldigt da, at han har den Vane at overse Trykfejlsfortegnelserne; thi en meget stor Del af de Rettelser, Digteren selv har foretaget, lades aldeles uænsede.

Blot et Par Tilfælde skal anføres: i „En Landsbydegns Dagbog" staar i *O* (Thiele, den 1ste Mai 1710): „det skar mig i mit Hjerte;" i Rettelserne er efter m i g indföjet: „som en Kniv"; men PH har ikke Tilföjelsen. — I „Høstferierne" staar (Høstgildet. A.): F æ l d e t baade i O. og PH III 578; man bryder forgæves sit Hoved; den jydskkyndige konstaterer maaske en ny Betydning af Ordet F æ l d (der ellers betyder: langt, vissent og afblomstret Græs), indtil Gaaden løses, naar man i „Rettelserne" finder F æ l d e t rettet til F a l d e t, der jo netop har den ønskede Betydning: Vangen, „Indtægten", „Tægten", det Stykke af Marken, som er tilsaaet med een Slags Sæd.

Det skal indrömmes, at de af Blicher selv besörgede Udgaver har mange og tit slemme Trykfejl, baade rettede og urettede; men saaledes som de er, giver de dog efter min Mening et langt bedre Billede af den Tekst, Digteren selv har nedskrevet, end de af andre besörgede Udgaver, om disse endog — hvad der særlig maa siges til Ros for PH — har faaet deres Korrekturlæsning bedre besörget. Til det mere livfulde og oprindelige Indtryk, som de gamle Udgaver i Mods. til de yngre gör, bidrager ogsaa Blichers ejendommelige Tegnsætning, der ikke i saa höj Grad retter sig efter de grammatiske Sætninger og Sætningskæder, som efter Talens naturlige Ophold og Fald. — Det forekommer mig, at hvad jeg her har fremstillet, tydeligt nok viser, at vi endnu ikke har den Udgave af Blichers Noveller, som vor Tids ivrige Granskning af Digterens Liv og den stigende Læsning af hans Værker kræver.

VORE FOLKEVISE-MELODIER
OG DERES FORNYELSE

AF

THOMAS LAUB

I lang tid har jeg haft en trykkende følelse af, at jeg skyldte at göre regnskab for mit arbejde med folkevise-melodierne. Allerede ved den förste offenlige fremførelse, i maj 1898, af 6 melodier som jeg havde fornyet, burde jeg have gjort rede for det grundsyn der havde ledet mig, for den vej jeg havde fulgt, og det mål jeg vilde nå. Men en anden lige saa trykkende følelse afholdt mig derfra: følelsen af at jeg i grunden ikke havde nogen for hvem jeg kunde aflægge dette regnskab. Hvem vil skrifte, naar ingen forstår hans skriftemål? Mit arbejde er jo et usaligt amfibium, en slags flyveøgle, der hører ligeságodt hjemme i musikkens løse og luftige höjder som i den historiske videnskabs vanskelig tilgængelige tjørnekrat og sumpe; og bægge steder har det ondt ved at göre sig fuldt forstået. Historikerne kan til en vis grad dömme om rigtigheden af mit grundsyn, forsåvidt som det stemmer mere eller mindre med hvad der er lov og ret indenfor deres videnskab, men om gennemførelsen af dette grundsyn i selve musikken kan de aldeles ingen grundet dom have. Musikfolkene derimod kunde, — om de da vilde, — arbejde sig op, gennem en virkelig forståelse af grundsynet, til en sikker dom om måden hvorpå det er gennemført. Men det turde være en kendt sag, at intet er vanskeligere end at rokke musikfolk ud af de forestillinger som de nu engang har slået sig ned i; og at få dem til at arbejde med en ny tankerække hører vist omtrent til umulighederne. Hvad har også de der svømmer i kunstnydelsens og inspirationens æterströmme med det prosaiske tankearbejde at göre?

Men alligevel — følelsen af at skriftemålet bör göres er vokset sådan i de følgende 5—6 år, at den nøder mig til at sætte mig ud over betænkelighederne: det får så gå med forståelsen, som det vil.

Jeg vil bedst kunne klare min mening ved at gå „historisk" frem, idet jeg viser, hvordan grundsynet på melodierne efterhånden har klaret sig for mig selv. — Til at begynde med havde jeg naturligvis, som de fleste andre, den gængse opfattelse af dem, den man kunde kalde den efter-romantiske eller den Berggreenske: i Berggreens store folkevise-værk er opfattelsen jo praktiseret i alle sine konsekvenser og udtalt, ikke blot i ord, men da særlig i toner. Hvad den går ud på er ikke så let at sige, i den grad „omsvæver mystisk helligdom" „folkets" sang, når der tales om den; ophöjede lovtaler forekommer tiere end ren besked. Dog tror jeg ikke at tage fejl, når jeg siger, at meningen i hovedsagen er denne:

Folkemelodier er kun „sådanne, der ere udgåede fra folket selv, eller ere af folket optagne og med forkærlighed længe bevarede." (Dette og de følgende citater skriver sig fra B's fortale og slutningsord.) Hvem „folket" er, siges ingensteds, men der tænkes rimeligvis kun på almuen: på røgtere, gamle husmandskoner, malkepiger o. s. v.; folkesangen skal jo være en modsætning til kunstmusiken, natur modsat kultur. Desuden er jo de allerfleste af melodierne optegnede efter almuens sang, og hvormange tænkte dengang på muligheden af at de kunde skrive sig fra andre samfundskrese? Folkesangene er altså „umiddelbare ytringer af folkeslagenes natur", og de lader os derfor „skue dybt ind i hver nations ejendommelige væsen", de er portrætter der giver „nationernes åndige fysjonomier", o. s. v. De forskellige folkeslags sange karakteriseres, men udtrykkene siger i deres poetiske almindelighed utrolig lidt: de tyske melodier udmærke sig ved ro og klarhed i stilen og ved en „frimodighed i udtrykket, der indbyder til at synge dem af fuldt bryst"; „sydens varme, det sprudlende liv, den lidenskabelighed, der udmærker sydboerne, gennemströmmer" de italienske melodier, o. s. v. Kun undtagelsesvis göres der opmærksom på ejendommeligheder ved den musikalske opbygning af melodierne, således nævnes ved nogle af de skotske melodier den skala der ligger til grund for dem.

At der tales så lidt om denne side af sagen, som dog er den afgörende, når der skal skelnes mellem folkeslagenes musikalske „fysjonomier", — al karakteristisk forskel i musik, al stil, afhænger jo til syvende og sidst af forskellen i toneopbygningen, — kommer i virkeligheden af, at B. går ud fra, at folkesangene som helhed tilhører det moderne musiksystem, at de er byggede over de moderne mol- og dur-tonearter, dem man med et vildledende udtryk har kaldt de „naturlige". Han siger i anledning af mel. til „Ravnen flyver om aftenen", at det må „betragtes som noget ganske tilfældigt, at flere af de nordiske folkemelodier stå i de „græske" tonearter" (det burde hedde de middelalderlige kirketonearter) „endskönt det vel var muligt, at en eller anden med musikalsk indsigt forfattet melodi kunde fra kirken, hvor disse tonearter især ere blevne anvendte, have forplantet sig til folket og være benyttet til folkeviser". Her skinner det tydeligt igennem, at kun kunst- og kulturmusikken, — og det var i middelalderen kirkemusikken — bruger de kunstige tonearter (se nedenfor), mens naturmusikken, folkets sang, bruger de naturlige. Og B. har da også — hvad der i virkeligheden siger mere end alle ord — udsat alle viserne, danske og fremmede, på to*nær, i moderne dur og mol, selv dem som han betegner med „græske" tonearters navne, hvilke forøvrigt er ganske få, ikke „flere", som han ovenfor siger.

At han betragter det moderne dur- og molsystem som det naturlige, og det gamle som en kunstig omformning af, eller modsætning til det naturlige, ses tydeligt af noten til nr. 39 af hans svenske folkeviser. Her skriver han, at man „uden at tillægge de „græske" tonearter de fortrin, som flere musiklærde har gjort, dog ved at følge den anvisning til harmonisering, som disse tonearter (skalaer) selv give, vil kunne ledes til harmoni-forbindelser, der ved deres ejendommeligheder give disse melodier en alvorlig ligesom al flitterstads forsmående karakter, der afvigende fra den dagligdags og gængse just derved er bleven befunden at være af så god virkning i koralen, idet man vilde forbeholde kirken en egen fra den verdslige forskellig musikstil". Denne stil kendetegnes efter hans mening ved udeladelsen af alle skalafremmede (kromatiske) toner, — dem han ellers selv bruger i alle de andre udsættelser af viserne, både gamle og nye. Det vil med andre ord sige, at kirkestilen beror på en bevidst, villet, indskrænkning af det, som ellers gælder for al anden musik, på en kunstig ændring af de „naturlige" tonearter, de „gængse", d. v. s. vor dur og mol. — De to viser han har udsat i denne „kirken forbeholdte, egne stil", — en udsættelse, der kunde få Palestrina og de andre mestre i gammel kirkestil til at vende sig i deres grave, — er da også ikke egenlige folkeviser men en slags åndelige sange, som han nu gennem udsættelsen flytter over på kirkens område, bort fra folkets natursang. Det er nr. 39 og nr. 49 i hans svenske folkeviser.

Efter den Berggreenske opfattelse er det forskellen i nationalitet der sætter hovedskellene i folkesangen; man kunde sige at opfattelsen er geografisk. Det historiske, musikperioderne, spiller ingen rolle og omtales så godt som aldrig: de gamle ridderviser og de nye almueviser er lige gode som „umiddelbare ytringer af folkeslagenes natur" og giver lige gode portrætter af deres „fysjonomier". Ti — hører de allesammen til ét musiksystem, d. v. s. er deres toneopbygning i hovedsagen af samme natur, så må deres indhold også være nær beslægtet, og derfor kan skellet mellem gammelt og nyt kun være af underordnet betydning. Så bliver da resultatet: folkesangen er en fortløbende, sammenhængende ström, der i hvert enkelt folk bevarer sit særpræg gennem tiderne, i det væsenlige uafhængig af den skiftende udvikling i kunstmusikken.

Ser man sagen efter i sømmene, kniber det imidlertid svært med sammenhængen. For at holde os til de danske viser — hvor er sammenhængen mellem ting der ligger hinanden så fjærnt — musikalsk næsten mere end digterisk — som ridderviser fra middelalderen, moralske viser fra det 16de og 17de årh., soldater- og selskabsviser fra det 18de, markedsviser fra det 19de o. s. v.? Og dog skal denne opdyngning give et samlet billede af den danske folkemelodis karakter, hvis præg særlig skulde være „strængere alvor" i modsætning til den svenske der „oftere afspejler ynde og dyb erotisk følelse", mens der i den norske „hersker en idyllisk munterhed blandet med et træk af vemod, der går igennem hele Nordens sange". Sammenhold melodierne til „Ebbe Skammelsön" og „Dronning Dagmar" med dem til „O yndige Lise, så er det da dig, kom hit i din Luddevigs arme!" og konsorter, — hvor er så fællespræget mellem dem selv indbyrdes? hvor den fælles modsætning til vore naboers melodier?

Det sidste citat, sammenligningen mellem de tre nordiske folks sang, er utrolig betegnende for uklarheden i det Berggreenske syn. Efter sammenhængen med det foregående og følgende (se B.s danske folkeviser 3dje udg. side 367) skulde man nærmest tro, at talen var om de gamle viser, men selve ordene viser tydeligt, at der tænkes på gamle og nye mellem hinanden. Den „strænge alvor" kan jo kun gælde de danske middelalders-viser, — de nyere danske er som bekendt alt andet end strenge, — ved den „erotiske ynde" må der vel tænkes på det stærkt lyriske præg der kendetegner den langt senere svenske sang, som jo i de fleste tilfælde kun er en efterklang efter den gamle, — ved den „idylliske munterhed" på hallinger og lystige viser fra de sidste århundreder, hvor forbindelsen med den gamle sang så godt som helt er brudt. At en sådan sammenstilling af ting, der ikke vedkommer hinanden, ikke kan hjælpe til klarhed over fællespræget eller særpræget i vore folkesange, siger sig selv. Hertil forslår det blot geografiske skel ikke, der må søges et andet dyberegående.

Men hvor ligger det? Der hvor skellene altid ligger i musik: i tonesammensætningen, og det vil igen sige, i de historiske musikperioder. Det er nemlig ikke sådan som romantikerne gærne vil tro, at musikindholdet er noget poetisk der svæver ovenover tonerne, og at den måde de föjes sammen på, kun er form og teknik. Form og indhold er ét i musik: hvad der ikke er sagt i tonerne og deres sammensætning, er ikke sagt i musikken, — tonesammensætningen er alt: indhold og poesi, form og teknik; den forskellige måde hvorpå tonerne stilles imod hinanden, frembringer alt udtryk i musik, al stilforskel.

Og så er det fremdeles sådan, at de forskellige musikperioder har haft hver sine musikmidler, eller for at tale teknisk-prosaisk: hver sine tonearter. Ingen af disse tonearter kan kaldes „naturlige" på bekostning af de andre; alle er de lige naturlige, forsåvidt som de kan udtrykke det, den pågældende musikperiode ønsker udtrykt. Middelalderen vil have ét sagt i sin musik, den nyere tid et andet; bægge tider fandt efter ihærdig søgen og ved geniale mænds arbejde de midler, de kunde bruge til deres formål: kirketonearterne og de moderne tonearter, der hver for sig lige naturligt og lige udmærket siger hvad der skal siges.

Når mål og midler således er grundforskellige, kommer der en forskel i stil og indhold i de forskellige musikperioder, som betyder mere end alle andre ydre forskelle, dem der ligger udenfor musikken selv, de poetiske, nationale o. s. v. Middelalders-musik og nutids-musik ligger så fjærnt fra hinanden som pattedyr fra fugle eller fiske. En dansk middelalders-melodi er derfor nærmere i slægt med en tysk fra samme tid, end den er med en dansk nutids-melodi, ganske ligesom en hval er mere i slægt med en løve end med en torsk, skönt den har ydre form og opholdssted fælles med torsken. Den gamle danske og den gamle tyske melodi har fællesskab i tonesystem, i opbygning, og derfor slægtskab i udtryk; den gamle og den nye danske har kun fællesskab i ting der har fjærnere beröring med det egenlig musikalske. Og når talen er om sammenligning mellem melodier, må det musikalske vel sagtens være det afgörende. Her har vi altså hovedskellet i musik: tonesammensætningen, melodi-opbygningen sådan som den historisk gör sig gældende i de forskellige musik-stilarter. Uden syn for dette skel forstår man ikke vore folkevise-melodier, kan ikke stille dem på den plads der tilkommer dem, og derfor er det, at den Berggreenske sammenligning af melodier fra forskellige perioder er så lidt oplysende.

Men hvad bliver der så af det nationale? Har det ingen betydning? Jo, men det kommer til sin ret på en helt anden måde end ved den blot geografiske inddeling. Til de forskellige tider — i musikperioderne og deres underafdelinger — er det forskellige folkeslag der fører an og frembringer de nye musikværdier. Når nu en musikperiode er nåt tilstrækkelig vidt i udtryksfærdighed, når det, den nye tid vil, særlig ligger for et bestemt folk, når der her er mænd med kræfter til at bære det nye frem, kan der i dette folk skabes en virkelig national musik. Sådan en musik er det 17de og 18de århundredes italienske operasang: noget mere italiensk end denne „bel canto" kan ikke tænkes; den er et nationalt storværk, en virkelig folkemusik. Folkevise-sang i ordets snævrere forstand er den ikke; den har jo ikke den populære sangs små former og tætsluttende rammer. Men den havde kraft i sig til at føde en sådan sang. Den senere italienske folkevise — vel særlig den neapolitanske — er jo tydelig en afføding af den ældre kunstsang; den har fra sin moder arvet ævnen til at kunne „tale italiensk", så den forstås af alle Italienere, og samtidig har den noget i sig af den store kunst, har noget værdifuldt at sige.

Hos os gik det anderledes til: vor folkesang, den sang som virkelig fortjæner dette navn, er ikke en efterklang af den store kunst, den er selve musik-opsvinget. Med Kristendommens indførelse i Danmark fulgte den gregorianske kirkesang, den kulturström hvorfra al kunstmusik i Europa er udgået. Mage til sang havde vore fædre ikke hørt, og i begejstring over den skabte de en ny sang, helt og holdent bygget over motiver fra kirkesangen og dog en genial nyskabelse, hvori de sagde alt hvad der lå dem på hjærte. Denne folkesang har intet at göre med romantikernes naive almuesang, den er fremgået af sin tids höjeste musikkultur, og dens store stil og stolte musiklinjer viser tydeligt, at stormænd i musikken har båret den frem.

Men hvordan kan sådanne melodier, der er fremgåede af en kultur, og ovenikøbet en fremmed kultur, — hvordan kan de være „umiddelbare ytringer af folkets natur"? Hertil kan svares: gælder ikke det samme al stor kunst? Palestrinas, Mozarts og alle de andres? er den ikke, på samme tid som den er båren af en kultur der kommer udefra, umiddelbar og original tale af en stor natur? Ingen sang bliver folkesang, — et helt folks sang, — blot fordi den har simple, letfattelige udtryksformer, fordi den er „populær"; den må være stor kunst for at fortjæne sit navn, d. v. s. den må sige store ting på en stor måde, sige det der rører sig dybest i folket, og — i al sin enkle letfattelighed — sige det i store linjer, i stor stil. Fordi de gamle danske melodier gör det, er de folkesange. At de er sprungne frem af kultur, af dannelse, forhindrer det ikke, tværtimod, uden den kunde de ikke have sagt, hvad der skulde siges.

Og ved siden af dem skulde man vove at nævne de sølle nutidsviser! Selv de skikkeligste af dem, pæne viser som „En yndig og frydefuld sommertid", „Det var en lördag aften" o. a., selv de er jo rene ubetydeligheder ved siden af de gamle. Muligt at man i nogle af dem kan finde vendinger, der kunde beæres med navnet „danske", — dog ikke i mange, gennemgående savner de ganske stil. Alt i alt er de affald fra en musikkultur, der kun har været de „musikalskes" ejendom, og som aldrig er bleven hjemme i folket; de er smuler der er falden fra de riges bord, som almuen i al troskyldighed har formet efter sit behov, — og på affald bygger man ikke videre. Der tales så meget, særlig når det gælder musik, om den „foryngelsens kilde" der ligger i det folkelige, om at man stadig må vende tilbage dertil for at få kraft til det nye. Men så må folkesang, min sandten, også være noget andet end affaldsviser: den må være den sang, der udtaler idealet, der giver det bedste i folket musik-skikkelse. En sådan sang kommer kun op i en stor musiktid, måske kun én enkelt gang.

Altså: af Berggreens 282 „danske folkesange og melodier" kan jeg umuligt regne mere end omtrent 90 for virkelige danske folkesange; resten hører ikke sammen med dem, de hører til en anden musikperiode, de har andre tonearter og anden toneopbygning og som følge deraf et grundforskelligt musikpræg. Vil man derfor dömme rigtigt om vor folkevise-stil, gælder det först og fremmest om at skille de uvedkommende dele ud. Rimeligvis trænger B.'s andre samlinger af fremmede folkeviser til en lignende renselse; dog for at kunne udføre den, måtte man være godt inde i hvert lands vise-sang, vide i hvilke perioder höjdepunkterne falder, kende de gode visers særstil o. s. v. Selv for vore nærmeste naboers vedkommende er det slet ikke så let at klare sagen; det ser her ud, som om vore gode tider ikke falder sammen: den svenske folkesang gör indtryk af at være en lyrisk-musikalsk efterblomstring efter en ældre fælles-nordisk, eller måske snarere dansk, visesang, der havde et strængere, mere arkaisk præg end den nyere svenske; og der kan jo ikke være tvivl om, at den norske folkemusik som helhed skriver sig fra en endnu senere tid; — jeg siger med vilje musik, ikke sang, fordi det instrumentale gör sig så stærkt gældende, også i selve sangmelodierne. Det er vist også dette instrumentale der giver de norske melodier det særpræg, der i så påfaldende grad skiller dem fra de danske og svenske, som jo står hinanden meget nær. Hvor dette særpræg kommer fra, — jeg vilde aldrig kalde det „idyllisk-muntert", det vilde være et altfor mildt udtryk for det „troldede" i den norske musik, — har jeg ikke anelse om. Her må hvert folk feje for sin egen dör.

I det følgende taler jeg kun om vore egne viser, og når jeg bruger ordene „folkevise", „folkemelodi" o. s. v. tænker jeg kun på de danske middelalders-viser. — Til syvende og sidst er ordet „folkevise" jo kun et navn, og ovenikøbet ikke noget heldigt navn; vil nogen regne de senere almueviser for folkeviser, så for mig gærne. Dog finder jeg det ikke i sin orden at give samme navn til to grundforskellige ting. Her er det mig om at göre at få sat et tydeligt skel mellem dem.

Jeg har måttet opholde mig så længe ved den Berggreenske opfattelse af folkeviserne, fordi det i virkeligheden var og endnu er den gængse blandt de musikalsk dannede. Den var, som sagt, fra först af også min, men jeg fik dog lidt efter lidt en tiltagende følelse af ujævnheden i B.'s melodisamling; at förste og sidste halvdel skulde have samme præg og samme værd, kunde jeg ikke rigtig få i mit hoved. Större klarhed fik jeg först, da jeg lærte den gamle lutherske kirkesang at kende. Denne sang har, som man véd, sin rod i den tyske folkesang fra middelalderen: en meget stor del af melodierne er ligefrem folkemelodier fra den katolske tid, verdslige såvel som åndelige, og resten der er kommet til pä reformationstiden, har ganske samme bygning og karakter som de ældre melodier: musikken på reformationstiden hører jo endnu til den ældre musikperiode; den musikalske „renæssance", overgangen til den ny stil, falder langt senere end renæssancen i de andre kunster, först omkring år 1600. Derfor har de lutherske melodier alle samme raccpræg; de der er komponerede i det 16de årh. ligner de gamle tyske folkemelodier som søstre.

Denne sang fulgte med reformationen til Danmark. Den slog i den grad an herhjemme, at den nye lære, som man har sagt, snarere vandt indgang ved at blive sunget end ved at blive forkyndt i ord. Og at den virkelig blev hjemme hos os, viser sig da også derved, at der til de tyske melodier föjede sig et stort tillæg af danske, som er i selvsamme stil. Dette vilde ikke være sket, hvis vore fædre ikke havde kunnet kendes ved den tyske sang, hvis den ikke havde stået for dem som nær i slægt med deres egen. Men det er jo netop det den er: den tyske og den danske folkesang fra middelalderen er af samme musikfamilie, de er børn af den samme moder, og de ligner hende både i sind og i skind. Hvad skindet angår, — når de lutherske melodier står i kirketonearterne, — og det vover vist ingen at nægte, — så må vore folkeviser göre det samme: ellers kunde der ingen egenlig søskendelighed være. Hvor skulde det også kunne være anderledes; de moderne tonearter var jo slet ikke til dengang, de kom först frem i det 17de århundrede.

Dette har jeg påvist i en bog jeg skrev 1887, „Om kirkesangen". At jeg der kommer ind på vore folkeviser, har sin grund ikke blot i, at folkesang og kirkesang altid har påvirket hinanden, altid skal og må stå hinanden nær, — en kirkesang der ikke har folkeligt præg, duer til ingen ting. Men det var mig især om at göre, at få det klart frem, hvor langt nærmere den gamle lutherske sang, den ypperste folkelige kirkesang der gives, — ypperligst ialfald for vor form af gudstjæneste, — hvor langt nærmere den står vor egen folkesang end de nyere danske salmemelodier, der jo til syvende og sidst har deres rod i en helt fremmed musik, den indførte italienske teater- og koncertmusik. Når dette blev klart, håbede jeg, at man skulde være villig til at tage godt imod de gamle melodier. Jeg forregnede mig: der tales ganske vist mange og skönne ord om kærligheden til dansk folketone, men kærligheden er dog ikke större, end at man ikke gider ulejlige sig med at klare, hvori dette folkepræg da egenlig består, og man foretrækker at beholde sine tilvante falske forestillinger og de dermed følgende uægte folkelige melodier.

Det mærkes ellers på flere steder i min bog, at det ikke er så let at komme ud af de falske forestillinger. Jeg har jo tydeligt nok fået det rigtige syn på visernes stilling, både de tyskes og de danskes; målet jeg stiler efter og resultatet jeg når, er rigtige, men vejen jeg går ad, er af og til lidt bagvendt. Således ved fremstillingen af folkevisernes tonearts-forhold. Min påvisning går ud på følgende: folkeviserne står enten i kirketonearterne eller i de moderne, — en udsættelse af dem i de sidste støder bestandig på vanskeligheder, en udsættelse i kirketonearterne falder derimod af sig selv, — altså står de i kirketonearterne. Dette er jo rigtigt nok, og det er også sikkert, at en melodi altid bör udsættes i sin egen stil: ligesom de gamle tyske melodier i det 15de og 16de årh. fik en flerstemmig udførelse (fuldførelse kunde man gærne sige), der var vokset ud af dem selv, sådan må vore viser også udsættes i samme stil, hvis de skal stå i det rette musiklys; i moderne udsættelse som Berggreens og andres står de i falsk lys. Men overfor melodier der oprindelig er tænkt e n s t e m m i g e, er det en omvej at gå om ad udsættelserne, selv om man også når til samme mål; det naturlige vilde være at undersøge deres toneopbygning; følger den de samme regler som den øvrige gamle musik, så står melodierne i kirketonearterne. Den vej kunde jeg imidlertid på det tidspunkt ikke godt gå; jeg var bundet i det moderne syn på musikken som absolut flerstemmig og kendte af den gamle musik igrunden kun bagsiden, den der vender mod os, den senere middelalders flerstemmige musik; den ældre afgjort enstemmige sang kendte jeg derimod så godt som ikke.

Den samme bundethed i tilvante forestillinger kendes i fremstillingen af de enkelte tonearters indretning. Man mærker her det moderne k l a v e r-ø r e med dets krav på inddeling efter s k a l a e r.

Her tjæner det dog til min undskyldning, at jeg måtte skrive sådan, at det kunde forstås af nutidslæsere uden kendskab til ældre musik. — Også de flerstemmige udsættelser af viser og salmer, som jeg har givet i denne bog, tilfredsstiller mig ikke længere: de minder mig om en mand, der er kommen til et fremmed land, og som der har fundet skatte, hvis værd han med begejstring erkender, men som dog ser på dem som den fremmede, udefra. Först efterhånden har jeg lært at føle mig helt hjemme i den gamle musik, at tale dens sprog som en indfødt[1].

Altså: dengang gjorde jeg det förste afgörende skridt ud af den falske opfattelse af viserne. Det næste var, at jeg lærte de gregorianske melodier at kende; ved dem fik jeg klaret, hvordan det hænger sammen med ligheden mellem de danske og de tyske melodier, ved dem fik jeg syn for vore visers musikalske bygning.

Jeg mindes den forbavselse der greb mig, da jeg fik fat på de ældgamle kirkemelodier: de var mig så bekendte, og dog vidste jeg, at jeg aldrig för havde hørt dem. Men hvor kendte jeg dem da fra? Pludselig gik det op for mig; det var jo vore egne folkeviser der overalt stak hovedet frem! Jeg undersøgte sagen nærmere og kom så efterhånden til følgende resultat.

Oldkirkens sang, der har sit navn efter Gregor den store (død 604) er en afgjort enstemmig sang, fra begyndelsen af tænkt ganske uden akkorder. Den når vel omtrent sin höjde i det 7de årh., og føres så i fuldfærdig skikkelse med kristendommen ud over hele det vestlige og nordlige Europa. Overalt hvor den kommer frem, giver den tonen an: dens tonesystem bliver det herskende i alle romersk-katolske lande gennem hele middelalderen; fra den udgår i lige linje ikke blot den øvrige kirkesang, de mellemevropæiske sekvenser så vel som de tyske åndelige viser, men også al middelalderlig folkesang, vore viser ligesom de tyske. Tilsidst udfolder denne kirkelige og folkelige sang sig i en flerstemmig kormusik, hvis höjde falder i det 16de årh.; og först derefter bliver der brudt

[1] Det kunde måske synes, at ovenstående førte vel langt bort fra æmnet: folkeviserne. Jeg tror det ikke. For de mange musikfolk, der står som jeg stod dengang, vil det være oplysende at se de omveje og fejlsyn, man kan komme ind på, för man når ud af uføret. Desuden føler jeg en rimelig trang til at rette mine gamle fejl; da jeg ikke véd, hvor eller når jeg ellers kan få det gjort, gör jeg det her.

afgjort og bevidst med den gregorianske sang, med dens system og dens tonearter.

Kendemærket ved det gregorianske system er tilböjeligheden til at danne tonefigurer om to faste punkter. Dette hænger sammen med melodiernes oprindelse. Fra först af var den kristne kirkes sang ikke stort mere end en syngende tale, en fremsigen af ordene tilnærmelsesvis på toner. Nu har man vist lagt mærke til, — både når en enkelt, og især når flere samtidig fremsiger ord i en höjtidelig, lidt syngende tone, — at talen da efterhånden sætter sig fast i en vis bestemt tonehöjde, som man kun forlader, enten når man fremhæver en enkelt stærkt betonet stavelse ved hjælp af en lidt forhöjet tone, eller når man ved sætnings-afsnit lægger sig til hvile på en lidt lavere. Fra denne halve syngen er kirkesangen lidt efter lidt gået over til virkelig musik; de to faste punkter, „taletonen“ og „hviletonen“ fæstnes, deres höjde og indbyrdes forhold bliver bestemt, bevægelsen fra den ene til den anden og forhöjelsen ved akcenterne fremhæves og afrundes ved tilföjede mellemtoner. Se således følgende melodi, — den tages i fri takt, uden hensyn til nodeværdierne, så hurtigt som en naturlig fremsigelse af ordene kræver:

Her er *a* „taletonen“, dominanten, og *e* tonica, „hviletonen“, hvor melodien lægger sig til ro ved hvert större afsnit. I midten af de to længre afsnit, hvor man har tid til et större sving, fremhæves akcenten særligt ved et *h* (hominibus, tibi) og forstærkes ydermere ved en opadgående bevægelse (*g a h*). Et *g* indskydes i begyndelses-opgangen og i slutnings-nedgangen for at mildne bevægelsen *e a*; *g* indskydes foran *a* (i adoramus og andre steder)

for at betoningen kan falde på en höjere liggende tone, *a*. Det *g* der findes som fjærde-sidste tone ved voluntatis og gloriam tuam, er tydeligt nok indsat for at give slutningen en musikalsk afrunding. — Se fremdeles flg. melodier:

I den förste er *c* dominant og *g* tonica; i den anden *c* dominant og *f* tonica.

Den gregorianske sang bliver ikke stående ved den slags syllabisk-deklamerende melodier, den udfolder sig til melodier med den rigeste, man fristes til at sige overdådigste fylde, men overalt, selv i de mest begejstrede tonesving, skimter man gennem rankernes fletværk den oprindelige enkle og faste bygning: tonika og dominant og de af dem og om dem dannede tonefigurer. Det er disse tonefigurer der giver kirketonearterne deres præg; hver enkelt toneart har sine særlige karakteristiske figurer. Til syvende og sidst beror særpræget på de to faste punkters forskellige stilling til hinanden. I det förste af ovenstående eksempler er afstanden *a*—*e*, d. v. s. en molkvart; i det andet *g*—*c*, en durkvart; i det tredje *f*—*c*, en durkvint. Der gives andre melodier (og tonearter) med afstandene: en molterts, en molkvint, en molsekst, ja endogså en sekund, o. s. v. De karakteristiske figurer der er byggede over disse afstande, spiller en ganske anderledes rolle i det gregorianske tonesystem end skalaerne og deres omfang, som omtales så meget i de fleste musikhistorier, men som kun er abstraktioner, gjorte til skolebrug. Et bevis på rigtigheden heraf har man i den omstændighed, at den moderne Cdur-skala og den joniske skala fra middelalderens slutning (der jo svarer til 5te og 6te kirketoneart) er fuldstændig ens, og dog er en jonisk melodi og en moderne Cdur-melodi grundforskellige i karakter. Var skalaerne afgörende, måtte præget blive ens; men nu er det ikke skalaerne men den afgjort forskellige benyttelse og opstilling af de selvsamme toner i den selvsamme skala der gör udslaget[1].

Det som altså gjorde, at jeg i sin tid blev så slået af ligheden mellem vore folkeviser og de gregorianske melodier, var den uimodsigelige sandhed, at viserne helt er gennemvævede med gregorianske vendinger, ja — jeg tör sige, at der ikke gives én ægte dansk folkevise, som ikke til hovedmotiv har en af de mest karakteristiske tonefigurer fra kirkesangen. — Men hvordan kan man så tale om oprindelighed, om ægte dansk tone og deslige? hvor kan slige eftersnakkere have musikalsk værd? Hertil er at sige, at det selvsamme gælder om al anden musik, også om den största. I den senere tid har katolske forfattere moret sig med at vise, hvorledes hver enkelt verslinje i melodien til „Vor Gud han er så fast en borg" er taget fra forskellige gamle katolske melodier, „altså har Luther ikke komponeret melodien." Jo netop! Den der har kunnet forme en helhed af de sammensankede smådele, den der har gjort de døde stene til en levende bygning, han er melodiens geniale skaber, selv om der så ikke findes én tonegruppering, som ikke også findes andetsteds. — På samme måde har det sig med folkeviserne.

Hvordan det ellers er gået til i det enkelte, kan vi nu til dags ikke vide det ringeste om. Vi må her nöjes med hvad viserne selv siger om deres oprindelse, — og de taler for den sags skyld tydeligt nok. Og så er det jo morsomt, at den eneste fortælling vi har om en vises fremkomst, — den bekendte historie om kong Knud der sejler til klosteret i Ely, — at den siger det selvsamme. Den være pålidelig eller ej, typisk er den ialfald. Når kongen bliver greben af begejstring over munkenes sang og i sin hjærtens glæde på stedet digter og synger en ny sang, så må — det er umuligt andet — toner fra munkenes sang være gledet over i hans, han må med andre ord have gjort sin melodi over motiver fra deres. Og vore fædre gjorde som han.

Selvfølgelig formede han tonerne om til sit brug. Jeg hører her den indvending: lad os tage os iagt for en sammenblanding af verdslig og gejstlig sang, de to var ikke ens i middelalderen. At de var éns kunde det aldrig falde mig ind at sige, og jeg har aldrig sagt det. Jeg har sagt, at de har samme tonesystem, samme

[1] Jeg har her kun kunnet tage fremstillingen af det gregorianske tonesystem i sine allergroveste træk.

tonearter, samme måde at opbygge melodigange på, samme karakteristiske figurer. Her er deres indre, væsenlige lighedspunkt, deres race-fællesmærke; i det ydre er der derimod forskel nok. De gregorianske melodier har en fri bølgende rytme med store tonesving (koloraturer), således som det passer sig for en sang, der er digtet til prosa-ord og bestemt til at synges af et kunstkor; vore melodier har en fast rytme og ingen tonesving, som det må være i en sang der går på vers, — ovenikøbet til dans, — og som synges af lægmænd. Det er da forskel nok.

Men anden forskel end den tror jeg ikke der i det hele er mellem gejstlig og verdslig sang i middelalderen. Jeg ved nok, at der af og til tales derom af musikhistorikerne; men det må hævdes, at der i naive tider ikke kan være tale om, at to forskellige musiksystemer kan være i brug på samme tid. Derimod kan det samme systems anvendelse til forskelligt brug nok göre en del forskel i det ydre, sådan som vi så det ved vore viser, — og sådan som det kan ses i vore dage: en operamelodi og en moderne dansk salmemelodi hører efter ydre form ikke til samme musikart, men deres indre racepræg er dog det samme. — Og når man af og til anfører visse gamle melodier, særlig franske, i den 5te toneart som beviser for at man allerede i middelalderen komponerede i moderne dur, tyder det på en mærkværdig mangel på ævne til at skelne mellem væsenligt og uvæsenligt. Disse melodier kan måske have visse ydre ligheder med moderne melodier, — der er jo ingen som vil nægte, at den gamle og den nye musik har beröringspunkter, — (bevægelsen *f—a—c*, som minder om moderne dur, er jo netop stærkt fremtrædende i den nævnte toneart) — men det som er afgörende for det moderne system, den stadig underforståede dominant-septimakkord med dens opløsning, findes aldrig i disse melodier. Altså hører de til det gamle system.

Jeg tror, at denne mangel på skelneævne skriver sig fra, at de allerfleste musikhistorikere hidtil har været ikke-musikere. Kun den der er inde i håndværksiden af musikken, toneopbygningen, kan dömme sikkert om stilforskel, — og det lærer man ikke på en studs, ikke ved et par måneders kursus i musikteori, det kan man kun lære ved at leve hele sit liv i selve musikken. Musiklitteraturen, det som er skrevet om musik, forslår ikke. Men den er ganske vist lettere at løbe til, — og lettere at blive „lærd" på. — Forresten træffer vi på mange andre steder i musikhistorien den samme uklarhed af den samme grund, og den er ikke værst her i det foreliggende tilfælde: det stakkels 17de årh. med overgangen fra gammel stil til ny har lidt ganske anderledes af ikkemusikerbehandlingen.

Men også i det ydre er der dog alligevel tydelig forbindelse mellem kirkesangen og folkevisen, — endogså i det alleryderste: foredragsmåden. Dette med enkelte der sang for, og kor som sang omkvæd, behøvede folkevisen ikke selv at opfinde: det var iforvejen godt kendt i kirkesangen, ja den allerældste kirkesang er i virkeligheden kun vekselsang mellem de få og de mange (antifoner), sådan som det må være i en tid, hvor de mange ikke, som vi, kan læse i en salmebog, og hvor de derfor må nöjes med at tage del i sangen ved omkvæd. — I sekvenserne med deres syllabiske sang og stadig stigende tilböjelighed til verserytme er der jo en tydelig overgang mellem kirkesang og folkevise, også i det der ligger udenfor det egenlig musikalske; og de tyske åndelige viser med deres „kyrieleis“ som omkvæd peger jo lige hen på forbindelsen.

At kirkesang og folkesang sådan hænger sammen, i det ydre som i det indre, er naturligvis ingen tilfældighed. Det ligger ikke blot deri, at de bægge har med de mange at göre; tingen ligger dybere. I virkeligheden har de ganske samme opgave, stiller sig på selvsamme måde overfor de ord, de skal sætte toner til. De står i denne henseende fuldstændig modsat koncert- og teatermusikken, d. v. s. hele den nyere musik fra de tre sidste århundreder. Denne sidste musikart er altid fremstillende: den går ud på at give udtryk for sindsbevægelser, som den foreviser tilhørerne, til beskuelse, til kunstnydelse. Hvad enten musikken har ord, eller den er blot instrumental, altid virker den som fra en skueplads. Og tilhørerne véd godt, at de er på komedie; hvor stærkt de end rives med i deres fantasi, hvor levende de end tager del i de menneskeskæbner der males dem for öje, — eller øre —, de glemmer aldrig, at de er tilskuere til et spil, en „leg“ for fantasien, at formålet er kunstnydelse. I denne sammenhæng bliver ordene underordnede, de er nærmest kun en anledning til den musikalske sjæleskildring, — det er for dens skyld og ikke for ordenes, at musikken opføres, — hvad dog ikke hindrer, at man søger at få ordene så gode som muligt, for at de ikke skal skurre mod helheden.

Ganske anderledes i kirkesangen. Her er ordene — kirkens ord, gudstjænesteordene, hovedsagen; musikken er tjæner. Dens opgave er på den værdigste måde at frembære ordene, at fremsige dem i en tone, der udtrykker menighedens tilslutning, med ét ord: den er menighedens ja og amen til ordene. Og denne tilslutning er ikke en fantasileg til nydelse, den er en virkelighed, en personlig udtalelse af dem, der gör kirkens ord til sine. Jo mere musikken böjer sig ydmygt under ordene, jo nærmere er den sit mål; den stræber ikke efter at være kunst for kunstens skyld, men idet den med sine beskedne midler søger at göre ordene al mulig ære, kommer den ligesom uafvidende til alligevel, på sin måde, at blive stor kunst.

På samme måde har det sig med folkesangen. Den skal også frembære ord, være tjæner for dem; den hværken kan eller vil give indtrængende sjæleskildringer til kunstnydelse, men nöjes med sit troskyldige ja og amen, sin deltagende tilslutning til ordene, — tænk på omkvædene, visernes musikalske knudepunkt. Også den søger med sine endnu beskednere musikmidler at göre den störst mulige stads af ordene og bliver derved uden at ville det stor kunst. Hvis de stolte musiklinjer i melodien til „Ebbe Skammelsön“ ikke er stor kunst, så ved jeg ikke, hvor den overhovedet er at finde.

Hvor er den dog middelalderlig, denne musik-tankegang: at bære ord, at pryde ord, at søge sin storhed i at tjæne! hvor ligger den langt fra den moderne musikopfattelse! Men jeg beder dog at huske: jeg har ikke i mindste måde villet fremhæve den gamle musik på den nyes bekostning; det de vil, er grundforskelligt; hver for sig og med hver sine midler når de så höjt, som der kan nås. Al sammenligning er derfor ørkesløs. I virkeligheden ligger Mozarts dramatisk „fremstillende“ musik mit hjærte ligeså nær, ja måske nærmere, end middelalderens ord-frembærende musik, så der ligger altså ikke noget som helst nedsættende i det jeg sagde om „teater-ageren“ o. s. v.

I andet bind af „Dania“ (1892—94) findes en afhandling af mig, hvori jeg i det enkelte har gennemgået de musikalske grundlinjer i viserne og påvist deres forbindelse med de gregorianske melodier. Jeg kan altså her slippe for at gå nærmere ind på denne sag og nöjes med at henvise til det jeg der har skrevet.

Det var ikke noget glædeligt resultat, jeg var kommet til, — idetmindste syntes jeg det ikke dengang. De gamle melodier var ruiner, — ganske vist kunde de oprindelige grundtræk endnu tydelig ses, men enkelthederne var så ødelagte, at det hele vilde ramle sammen i stumper og stykker, hvis man prøvede på at röre ved det for at få det renset. Nogle få melodier var imidlertid forholdsvis så lidt ødelagte, at jeg vilde göre forsøg på at redde dem som brande af ilden: det var dog altfor sörgeligt, om alting skulde opgives. Mens jeg nu vers for vers lagde disse melodier til rette på ordene, gik det op for mig, at det endda ikke stod så galt til: jeg havde på et enkelt punkt endnu været hildet i et moderne syn på viserne, og det havde hindret mig i at se sagen, som den virkelig var.

Folkevise-melodierne er ikke moderne romance-melodier, ikke en fast noderække der uforandret lægges over på ordene, vers efter vers. Også her kendes slægtskabet med kirkesangen. Igennem al middelalderens sang går som en rød tråd formlerne; overalt i den gregorianske sang træffer man melodier, man genkender som varianter af andre melodier, hvis grundformer nu er læmpede efter andre ord, ændrede eftersom omstændighederne krævede det, på en altid smagfuld og forstandig måde. Folkevise-melodierne har taget alle deres elementer fra kirkesangen, taget dem og læmpet dem, eftersom de havde brug for dem. Og her var noget, som der i allerhöjeste grad var brug for. Tænk på folkevise-versemålet, tænk på vers som disse, der alle skal synges på den samme melodi:

> I otte år de sammen var,
> otte börn hun til verden bar

og

> Hr. Bjõrn han rider så vide,
> så fæste han jomfru Blide

og

> Blide dem börste og hun dem flette,
> hun dem løfte og hun dem lette.

Her har vi, — i förste vers de fire sædvanlige taktslag, — i tredje de samme fire men overfuldstændige, — i andet kun tre taktslag, d. v. s. en takténhed mindre end i de andre. Hvorledes skulde den slags vers kunne synges på en fast gennemført romancemelodi, — sådan som Berggreen og de andre har gjort det. Enhver som blot i nogen måde har vænnet sit øre til middelalderens musikkrav stritter imod med hænder og fødder. Eller skulde man virkelig, fordi man i ét vers har sunget:

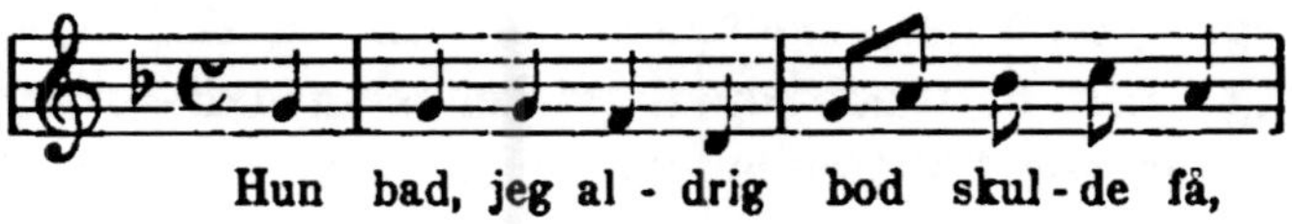

— skulde man derfor i et andet synge:

— kan det virkelig gå an i en sang fra middelalderen, hvor melodien altid bör være ordenes lydige tjæner? Nej her er ikke andet for end at give sig middelalders-stilen i vold, finde den oprindelige grundlinje, som heldigvis næsten altid skinner tydeligt igennem, lægge den på versene med de ændringer, som ordene kræver, og efter den gamle musiks regler.

Morsomt er det at se, at denne gamle syngemåde, hvor tonerne i deres skiften trofast følger ordene, mens de oprindelige musiklinjer bliver ved at stå fast midt i alle ændringer i det enkelte, — at den gennem alle ødelæggelserne alligevel har holdt sig lige til vore dage. Evald Tang Kristensen skriver (i „Jyske folkeminder" 2den samling side XI): „Vil man ret have tonen til en folkevise, så bör man egenlig sætte den op til hvert enkelt vers og så se at fatte den grundmelodi, der er bagved. De gamle syngere behandle nemlig musikæmnet så frit, at et vers næsten aldrig bliver sunget som et andet, idelig er der variationer, og de mange overflødige stavelser kunne ikke indsnævres i en bestemt forms spændtröje". — Hvis én efter øret vilde opskrive de gregorianske melodier til Davids salmer, vilde han blive nødt til at bære sig ad på samme måde; ovenstående ord passer i den grad på visse af de gamle kirkesange, at man godt kunde tro, der var tænkt på dem. Overalt støder man på slægtsligheden mellem kirke- og folkesang.

Her har vi forklaringen til en mærkelighed ved visernes melodier. Man behøver ikke at have givet sig meget af med dem for at opdage, at en stor del af dem er varianter af hinanden, snart nærmere-liggende, snart fjærnere. Disse varianter er sandsynligvis fremkomne derved, at den samme melodi er bleven brugt, ikke blot til de forskellige vers i den samme vise, men også til helt andre viser. De nye ord har så, idet tonerne skulde læmpes efter dem, frembragt nye former, undertiden blot løse og skiftende, undertiden nogle der helt fæstnede sig til virkelige melodi-forandringer. I det hele er der noget flydende over melodierne; de er, — hvad der både kommer af deres oprindelse fra kirkesangen og af deres brug til de bølgende tekster, — mere formler end uforanderlige tonebygninger, det afgörende ved dem er mere stilen end den melodigang, der i det enkelte kan slås fast. Derfor kunde de heller ikke stå imod, da fra midten af det 17de årh. den nye tids musikstil væltede ind over landet med de nye kirkesange, med soldaterviser og håndværksviser o. s. v.; så længe stilfølelsen endnu var sikker, dengang da den gamle kirkesang og folkeviserne var vor eneste musik, — så længe kunde de omdannes, udvides, ændres, og dog var og blev de ægte i deres hele holdning, selv om måske ikke én af dem var ægte i ordets almindelige betydning, d. v. s. uforandret som den oprindelige komponist havde sunget dem. Og hvem er så forresten også han? Gregor den store? hr. Iver? eller hr. Peder? Den förste opfinder af tonefigurerne, eller han der læmpede dem om til deres nye brug?

Det nytter altså ikke at spörge om de oprindelige former for viserne, vi må søge at finde de gode former. Og hvor findes så de? I melodiernes grundlinjer, de som på éngang er fast stil og fast udpræget karakter, de linjer som, idet de anbringes på ordene bliver flydende og skiftende. At forny viserne vil sige: indleve sig i den gamle sangs ånd og så, fyldt med den rette stilfølelse omforme linjerne til levende brug. Sådan var det i den gode gamle tid, sådan må vi lære det igen, hvis vi påny vil eje viserne.

Man vil måske sige: dette er en lovlig løs opfattelse. Ja ganske vist, den stemmer ikke med den moderne musikopfattelse, sådan som den er udviklet af den nye musik, fæstnet sort på hvidt. Men middelalderen er nu engang ikke nutiden. Og hvorfor skulde det være anderledes med tonerne end med ordene? Er ikke også teksterne til vore viser flydende, variant på variant? Er ikke hele digtningen nærmest en stil? og alligevel, går der ikke overalt igennem den kraftige karakterfulde linjer, — linjer i fællesstilen og dog hver for sig kendelige, selvstændige?

Af det foregående vil det ses, hvad jeg har villet med mine arbejder på fornyelsen af folkevise-melodierne. Hidtil har man taget viserne på to måder: man har enten læst dem, sådan som man læser Øhlenschlägers eller Chr. Winthers digte; og man har på den måde fået fat på mange af deres skönheder, men er dog gået glip af noget væsenligt: den farve og svingkraft tonerne giver ordene, og fremfor alt det liv, omkvædets stadige indgriben giver hele fortællingen; — der er dog ingen som læser omkvædet med ved hvert vers, uden toner vilde det blive uudholdeligt, — man nöjes med at læse det de to gange det står trykt i bogen, ved förste og sidste vers. Uden melodier er viserne som malerier uden farve, som græske tragedier uden kor. — Eller man synger dem, — på moderniserede forvanskede melodier, der kaster et falsk lys over viserne, — i regelmæssig romanceagtig gentagelse af versene, så ordene ikke kan röre sig frit, med moderne akkorder til ledsagelse, så at melodierne får et endnu falskere præg og end ydermere tynger ordene. Enden på det hele bliver så, at man som i andre moderne sange ikke kan udholde mere af viserne end höjst 5 eller 6 vers. Dette sidste er om muligt værre end det förste.

Ganske anderledes når viserne synges „på min måde", d. v. s. sådan som jeg tror, at vi kommer den oprindelige stil nærmest, så nær som vi for tiden kan komme. Her hæmmer tonerne ikke ordene, tværtimod, de giver dem flugt, farve og liv. Og ikke blot ordene kommer til deres ret, de gamle tonelinjer ses först i deres rene skönhed, når de, som de var bestemte til, bliver bærende, tjænende, og fries fra alt påhæng. Jeg venter ikke, at ret mange af de egenlige musikfolk skal indse dette; jo mere man er gået ensidigt op i den nyeste musik med dens overhånd tagende hensyn til klang og klangfarve, jo mindre forstår man middelalderens enkle musiklinjer, der er så lidt indsmigrende, så lidt gör opmærksom på deres egen skönhed; jo mere man har vænnet sig til den moderne musiks kommando-tone, jo mindre fatter man, at musik, netop ved at underordne sig, kan vinde skönhed.

Forsvaret for „min måde" ligger deri, at bægge værdier, den

poetiske og den musikalske, nu kan göre sig gældende i forening, uden som för at stå i modsætning til hinanden. Forsvaret er dette, at viserne nu helt kan synges, sådan som de fra först af var bestemte til. Kun derved bliver de levende. Og vi som har hørt Jerndorff synge dem, vi véd, at det kan ske: at viserne kan stå op fra de døde.

I virkeligheden er det også det eneste, jeg har villet opnå med mit arbejde: at levendegöre de tabte værdier. At viserne en gang i fortiden havde lydt sådan eller sådan, og at de siden var bleven ødelagte på den eller den måde, det var i grunden en så lidt opmuntrende oplysning, at jeg ialfald ikke gad röre mig for dens skyld. Men at en stor tid har frembragt sådanne skönheds-værdier, og at de på ny kan blive levende til glæde for levende mennesker, det står for mig som et evangelium, jeg har lyst til at forkynde. Og herpå går, såvidt jeg kan se, alt historisk arbejde ud, — ialfald da det kunsthistoriske. Det gælder om at finde nöglen, der lukker op til pulterkammeret, hvor de glemte værdier ligger, at drage dem frem fra alt det ragelse der skjuler dem, at pudse støv og rust af dem, så de igen kan stråle i deres gamle glans. At man under dette arbejde også kan komme til at beskæftige sig med værdiløse sager, følger af sig selv; de kan jo af og til hjælpe til at stille værdierne i det rette lys. Men udover dette har de ingen betydning; at de engang har været til, vil blot sige, at de nu er døde, — lad så de døde begrave deres døde sager.

Her kommer vi til et vigtigt spörsmål: dansen, — hører den nødvendig med til visernes fornyelse? er den en af de værdier der skal drages frem pány? Hertil vil jeg svare: det kommer an på om den letter eller hindrer tilegnelsen af de egenlige værdier i viserne, de poetisk-musikalske. Gjaldt det om en nöjagtig rekonstruktion af det historiske, om en slavisk kopi af det oprindelige, så var den selvfølgelig uundværlig. Og dette er vistnok idealet for mange. Folk for hvem bogstaven er mere end ånden, vilde være lyksalige, om det kunde konstateres, at — lad os sige hr. Tage Mus den 14de Juli 1292 havde sunget for ved dansen på Ribe bro, at de og de viser var bleven sunget, med nöjagtig de og de ord på de og de toner, at dansen var bleven trådt med de og de trin, at skaren var klædt i de dragter, o. s. v. o. s. v. Så vilde man straks give en offenlig forestilling i koncertpalæets store sal, hvor det hele blev reproduceret, fonografisk så vel som fotografisk nöjagtigt. Og folk vilde storme til, — alle de som sværmer for dragkister i rokoko, som løber til koncerter, hvor empire-klædte damer spiller værdiløs musik på spinetter (eller værdifuld, — det er i denne sammenhæng ligegyldigt) — alle de som beder bordbön, fordi det passer til stilen i deres nye egetræs spisestue-møblement. De vilde alle juble og sige: nu er da endelig den ægte folkevise funden. Ja, det kommer an på! Var det godt, det hr. Tage sang? ordene, tonerne, foredraget? Det må vi först vide. Og hvis det var godt, kan det så stå sig over for det store apparat? kan nutids-tilhørere så finde kærnen mellem alle skallerne?

At dansen historisk set hører med til viserne, er sandt. At den har haft stor indflydelse på deres form, at mange skönheder i digtningen og musikken skyldes den, er ligeså sandt. Men nu, da formen er afsluttet og skönhederne fuldbragte, er dansen så nødvendig for tilegnelsen af dem? Jeg tror det ikke. Jeg er derimod vis på, at dansen, hvor den har taget herredömmet over viserne, har gjort stor ulykke på foredraget af dem. Man behøver blot at tænke på Færingernes dans til viserne, for at blive klar herpå. Hvordan skal poesien og musikken kunne göre sig gældende i denne evindelige trampen, denne forskelsløse og foredragsløse gåen på i sang? Lad denne syngemåde hundrede gange være historisk rigtig, — hvad jeg forresten ikke tror, — i visernes ånd er den ikke.

Digtningen og musikken i viserne står på et så höjt kunstnerisk trin, at de har retfærdigt krav på en skön udførelse. Ingen ved, hvordan det stod til i den gode tid, men det tör man tro sikkert, at de gode forsangere — og det var i den tid, da der ikke var et teater at gå til, mænd med fremstillingsævne, altså med skuespiller-begavelse, — at de har skabt en stil i foredraget, der svarede til skönheden i viserne. Og når nu en sådan god forsanger var opfyldt af sin vise, har han naturligvis betaget tilhørerne i den grad, at deres dans af sig selv underordnede sig visen, tjænte den, som musiken tjæner den. Betagelsen har afspejlet sig ikke blot i sangen, når de svarede ham i omkvædet, men også i dansen. „Dronning Dagmar" er hverken bleven sunget eller danset på samme måde som „De var vel syv og syvsindstyve."

Om dansen bör tages med ved visernes fornyelse, lader jeg

stå hen; men skal den det, må dens gode stil ialfald först findes. Da jeg, som sagt, ikke tror, at den er nødvendig for værdiernes tilegnelse, føler jeg ikke kald til at arbejde derpå. Ved de offenlige fremførelser af de viser, jeg har fornyet, og som Jerndorff foredrog, vilde hverken han eller jeg have dansen med. Og med god grund. Dans kræver jo deltagere, ikke tilskuere; kun gamle tanter holder ud en hel aften igennem at se de niecer danse, som de selv har pyntet til bal; vi andre keder os, når vi ikke selv danser med. Og de 12—1400 tilhørere i koncertpalæet kunde dog ikke godt alle danse med. Skulde de have set på dansen som tilskuere, havde de ikke holdt mere end én enkelt vise ud, måske knap den. Her var det altså nødvendigt at udelade dansen. For historisk kuriositets skyld bör man ikke sætte poetiske værdier på spil.

For resten har jeg indrettet de viser, jeg har udgivet, sådan, at der kan danses til dem. Jeg kan ikke være enig med Hj. Thuren i, at viser absolut skal have samme form som Færingernes for at kunne kaldes danseviser (se hans afhandling i „Sammelbände der internationalen Musik-Gesellschaft“ Jahrgang III, Heft. 2). At den tredelte takt alene skulde være den egenlige og oprindelige dansetakt, tror jeg ikke, og mærkelig nok er også af de 12 danske viser, Th. meddeler, kun tre i tredelt, resten i firdelt takt. Hertil er desuden at bemærke, at dansetrinene til viserne, ja i virkeligheden alle dansetrin, lige let föjer sig til den ene som til den anden takt. Enhver der har danset, véd det. Det kommer ud på et, om man danser således:

eller således:

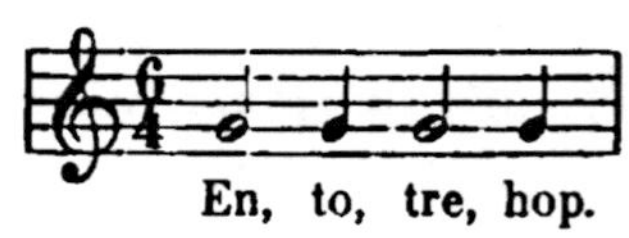

Trinene vedbliver at være éns, kun takten er forskellig. At jambisk og trokaisk versemål overhovedet skulde bero på en skiften mellem lange og korte stavelser, og at de omsatte i musik skulde give en skiften mellem halve og fjærdedels noder, er en overtro, som vi vel alle for længe siden er kommen ud over. Man siger jo lige så godt

som

— ja man kan endogså udmærket godt tænke sig at betoning og

længde går imod hinanden: 

— Med andre ord: både til visernes versemål og til deres dansetrin passer firdelt og tredelt takt lige godt. — De få melodier der er optegnede för 1650 er **ikke** i tredelt takt.

Min hovedgrund til ikke at lade Færingernes sang være afgörende på dette punkt er det påfaldende præg af **dekadence**, der kendetegner den: en hårdhændet holden fast på visse ydre enkeltheder, så at alt indre liv dræbes under stivnede monotone former. Lad mig dog straks slå fast: jeg taler kun om den musikalske side; det kunde aldrig falde mig ind at nægte, at der er noget poetisk, noget rörende i den trofasthed, hvormed de gamle ord og de gamle skikke er bevarede; og særlig smukt er det at se, hvordan de alle, — gamle koner og unge mænd, håndværkere, præster og småbörn, — tager del i dansen med samme uskyldige glæde. Men sangen, — jeg tilstår, at jeg sjælden har haft en större skuffelse, end da jeg förste gang så og hørte Færinger danse til folkeviser. Og alt hvad jeg har set af melodioptegnelser peger i samme retning: Færingerne må være meget umusikalske. Sammenlign følgende varianter af samme melodi:

Den förste findes i Thurens afhandling, de to andre hos Berggreen (nr. 53 a og b). T. Kristensen har en fjærde og femte form (K. I, 41 og III, 41), der meget ligner B's, men som har *f—c* istedetfor *f—cis*. Dette er selvfølgelig det oprindelige; grundformen kan vel omtrent have set således ud:

o.s.v.

Den færøske form har bevaret det ægte *c* i begyndelsen, men hvor er den dog ellers fattig i sammenligning med de danske former. Den karakteristiske figur *f—c—d* har den helt tabt, og egenlig kun beholdt bevægelsen fra *d* i förste linje til *a* i anden, så at det lige kan skimtes, at melodien er den samme; endnu mere svækkede er tredje linje og omkvædet. — Den samme armod findes overalt i Færingernes sang. Og hertil kommer de utåleligste musikalske misforståelser og meningsløsheder. Jeg skal nævne nogle af dem, man tiest støder på.

Först den besynderlige tilböjelighed til, når de höje toner falder ubekvemt for den syngende, da uden vidre at lægge dem en oktav ned uden hensyn til, hvilke melodiske misfostre der på denne måde kan fremkomme. Således i melodien til „Sigurds kvad" i Weyses samling:

 og 

Læg mærke til det hæslige usyngelige spring *h—c*, der jo i virkeligheden kun vil sige, at de tre sidste toner er flyttet ned; det skulde altså hedde:  o.s.v. Man vil måske indvende, at optegnelsen er upålidelig, — den indvending er gjort mod alle ældre optegnelser af færøske melodier, (se den ovennævnte afhandling). Hertil kan svares: optegneren kunde ikke falde på at nedskrive en så urimelig melodigang, hvis den ikke var sunget for ham, og foresyngeren kunde ikke falde på at synge den, hvis han ikke var vant til at høre den; den ligger altfor fjærnt fra det normale, til at den kan komme dumpende sådan rent tilfældig. Thuren, hvis optegnelser må anses for korrekte, har selv et meget mærkeligt eksempel på oktav-nedflytning, — det undrer mig, at han ikke har gjort opmærksom på det. Der findes i afhandlingen to melodier til „Dronning Dagmar", den sidste med temmelig velbevarede linjer, den förste derimod af den meget uheldige færøske slags. Tilsyneladende kommer de to melodier ikke hinanden ved, men ved nærmere eftersyn viser det sig, at den förste kun er en omlæmpning af den anden, som er fremkommen ved oktavnedflytning. Jeg sætter for tydeligheds skyld bægge melodier i samme tonehöjde, den bedste øverst, den omlavede nederst, og tilföjer med små noder de oprindelige, men senere nedflyttede toner:

Ganske særlig grimt og stilløst er, — efter nedspringet i 2den og 4de verslinje, — opspringet til 3dje linje og omkvædet, hvorved det moderne *cis* er indløbet for at glatte lidt ud på bruddet.

En anden umusikalsk löjerlighed er tilböjeligheden til i viserne på fire linjer at springe den pavse over, som både metrisk og musikalsk nødvendigvis må findes efter anden og fjærde linje. Jeg har betegnet stedet med et NB i de tre melodier, jeg har anført efter Thuren. Følgen af denne udeladelse er, at sætningerne bliver på syv led istedetfor på otte, som det sig hør og bör, — noget der i musikalsk henseende er så stødende, at jeg ikke kan finde ord stærke nok til at udtrykke dets hæslighed. Thuren finder de syvleds sætninger nødvendige for dansetrinenes skyld; jeg kan ikke tro det. De kan jo slet ikke forekomme i viserne på to linjer, heller ikke i dem på fire med to lange og to korte linjer (Åge og Else-strofen). Når den musikalske meningsløshed er umulig i de viser, der rimeligvis er ældst og måske også talrigst, hvorfor skulde vi så tro på den i de andre?

Fremdeles viser Færingernes poetiske og musikalske fattigdom sig i udførelsen. Nutildags synger de så godt som alle i munden på hinanden under hele visen og danser uafbrudt rundt til sangen, mens det tidligere var skik, at én sang for, og koret kun sang med i omkvædet, og mens der ialfald til en del af viserne kun dansedes til omkvædet (se foruden Thurens afhandling, anmærkningerne bag i Berggreens samling, side 367 og 368). At al skönhed i foredraget, al stil på den måde må gå tabt, siger sig selv.

Af alle disse grunde mener jeg, at der ikke bör tages for meget hensyn til Færingernes sang, når talen er om en fornyelse af viserne. På den anden side kan det hændes, at der midt i de dårlige former kan være bevaret enkeltheder, der kaster lys over de bedre danske former; jeg skal i det følgende nævne et eksempel. Forresten gælder det vist om Færingernes sang som om vor, at den giver bedre former, jo tidligere den er optegnet. En samling melodier, som Henrik Rung har opskrevet efter en Færings sang för 1850, har bedre musiklinjer end de senere optegnelser jeg har set.

Til slutning nogle ord om de enkelte viser, jeg har fornyet. — Der er udkommet en samling på 14 viser, teksten ved Axel Olrik, musikken ved mig; de 6 förste viser er desuden udkommet særskilt i en pragtudgave med tegninger af J. Skovgård. Disse 14 viser har alle været sunget offenlig af P. Jerndorff. Om kort tid udkommer en anden samling ligeledes på 14 viser, hvoraf de 8 allerede er sunget. — Når jeg havde gode melodier, der hørte til de viser jeg arbejdede med, beholdt jeg dem; var der ingen god melodi til en vise, men passede en, som hørte til en anden, tog jeg uden videre den. Heri har jeg handlet efter god gammel folkevise-skik: det er jo velkendt, at de gamle vise-opskrifter ikke sjælden har samme omkvæd til forskellige viser, og dette vil igen sige, at de forskellige viser er bleven sunget på samme melodi; omkvæd og melodi hører sammen. Hvorfor skulde vi ikke have lov til det samme, når vi derved kan göre værdier levende på ny? Jeg har tilmed i dette stykke handlet efter samråd med Olrik og med hans billigelse, og mener derfor at have de bedste avtoriteter for mig, både fra fortid og fra nutid.

Jeg skal nu nævne mine kilder. Jeg bruger de samme benævnelser som i min afhandling i „Dania": *A* betyder „Udvalgte danske viser" ved Abrahamson, Nyerup og Rahbek (1812—14) 5te bind; *W* er „50 gamle kæmpeviser, harmonisk bearbejdede af Weyse" (2 hæfter uden årstal); *B* „Danske folkesange og melodier", udsatte af Berggreen (3dje udgave 1869); *K.* I, II, III er 1ste, 2den og 11te samling af „Jyske folkeminder ved E. T. Kristensen" (1871, 76 og 91). Nogle melodier har jeg fra de omtalte opskrifter af H. Rung, jeg kalder dem *R.* De fleste af melodierne har jeg omtalt i „Dania" og henviser dertil.

„Kongemordet i Finderup", melodien fra *K* III side 402*); den hører til „Ravnen flyver om aftenen".

„Ulver og Vænelil", mel. *K* I 47 hører til teksten.

---

*) Enkelte af melodierne fra K står i et tillæg og har hos ham intet nummer; ved dem sætter jeg som her ovenfor sidetallet. Ved alle de øvrige angiver tallet numret i samlingerne.

„Jomfruen i hindeham", mel. hos *R.* hører til en fremmed tekst: „Der går dans på tofte". — Den begynder i opskriften med tonerne *e—e—a*, men mit øre blev ved med hårdnakket at kræve *e—g—a*: „sådan", sagde jeg til mig selv, „vilde enhver sanger, der var inde i middelalderlig sangbrug, have sunget". Og skönt jeg i virkeligheden ikke havde ydre ret dertil, satte jeg dog de tre toner, mit øre krævede, — altså blot med den indre ret, som det øre har, der har levet sig ind i stilen. Nu indtraf imidlertid den mærkelighed, at jeg i Thurens afhandling finder den samme melodi, i en form der ellers er mindre god end R.s, men som havde de tre toner, mit øre krævede; (mel. står hos Th. en tone lavere, og begynder altså med *d—f—g*). Uden at vide af det har han altså givet mig den tillids-erklæring, at mit øre er til at stole på.

„Jomfruen i ormeham", mel. hos *A* 175 hører til „Kong Gørel". Denne udmærkede melodi findes ikke hos *B.*

„Stalt Vesselil", mel. hos *B* 58 a, b og c, desuden flere varianter hos *K.* Nogle af disse melodier hører til „Stalt Vesselil", andre til „De to kongedøtre".

„Åge og Else", mel. kun hos *W* II 17, se hvad jeg skrev om den i „Dania" II s. 168. Jeg havde dengang ret i, at tonearten ikke hører hjemme på *a*, men derimod på *e*; men jeg mener dog nu, at melodien alligevel godt kan ende på *a*, — det er i virkeligheden et gammelt træk, at en melodi ender på dominant istedetfor på tonika. Det *h* som dengang stødte mit øre, tror jeg heller ikke nu at man behøver at mildne ved et indskudt *c.* Mel. hører til „Sivard haver en fole".

„Havfruens spådom", mel. hos *B.* 18 b hører til denne tekst.

„Elverskud", mel. til förste afsnit hos *W* I 20; den opadgående bevægelse i omkvædets slutning fra *K* I 18, der ellers er meget forvansket. Den hører til teksten. Det samme gælder mel. til andet afsnit: den findes hos *W* II 40 „Opstanden på Bornholm", og har det vrövlagtige omkvæd: „Hvad hjælper det at ride". Der kan vel næppe være tvivl om, at dette er en misforståelse af „Hvad hjælper det, vi kvide", og at vi altså her har den oprindelige udmærkede melodi til den dejlige form af visen, der findes hos Karen Brahe med dette sidste omkvæd.

„Kong Oluf og hans broder", mel. hos *W* I 32. Den

dårlige færøske form hos *B* kan jeg ikke bruge. Ord og mel. hører sammen.

„Nilus og Hillelil", mel. hos *W* II 35 og hos *R*. De to varianter, der hver for sig har store mangler, giver tilsammen en meget smuk grundform. Ord og mel. hører sammen.

„Jomfruen på tinge", mel. hos *K* I 1 og I 122. Den förste form, som vistnok er mest ødelagt, har beholdt det karakteristiske förste omkvæd, der er bleven borte i den anden.

„Ebbe Skammelsön", mel. hos *B*. 67 hører til ordene.

„Fru Gundelils harpeslæt". Melodien findes hos Geijer og Afzelius, men er alligevel sikkert dansk og hører til ordene. Nr. 60: 2 i den svenske samling har et besynderligt omkvæd: „Så stolt var den Gundela, ungersven och vi, vi vinna henne aldrig". I den svenske vise giver dette omkvæd ingen mening, — kongen vinder netop stolt Gundela; — men straks da jeg så visen, slog det mig, at omkvædet måtte være en forvanskning, en høren fejl af det danske omkvæd: „Stolt var hun Gundelil, hr. Bondes viv, de vandt hende ikke end". I den danske vise passer omkvædet; kongen vinder ikke stolt Gundelil. Det ret forståede omkvæd giver os altså den gode gamle melodi tilbage. Forresten brugte jeg ikke 60: 2 men 58: 2, der har en bedre form af samme melodi. I de danske samlinger findes flere nærbeslægtede former.

„Hr. Luno og havfruen", mel. *K* II side 392 hører til „Kong Oluf og hans broder". Den er meget forvansket, især begyndelsen, men heldigvis gentages verset to gange og står anden gang langt tydeligere i linjerne end förste gang.

„De var vel syv og syvsindstyve"; den velkendte mel., som hører til ordene, findes hos *B* 5.

„Valravn og Dankongen". Den bedste form for mel. står hos *K*, II 35, en mindre god findes *K* III side 411; den sidste har begyndelsen bedre, men slutningen og tonearten er misforståèt. De hører bægge til „Hustru og mands moder".

„To brude om én brudgom", mel. hos *R*. hører til en anden vise: „Min kære moder læg mig råd".

„Hr. Oluf og hans forgyldte ljud". Den dejlige melodi findes hos *R* til ordene: „Liden Ellen hun skulde til gæstebud gå", men jeg gad vidst, om denne nyere vise ikke skulde have brugt den ældre vises melodi, så at den og mel. alligevel hos mig var kommen sammen igen. Omkvædene minder stærkt om hinanden; den nyere vise har: „Der stander en lind — der stander en lind i grönnen lund så sörgelig", og den ældre har: „Op under den lind — op under den lind der vågner alkæresten min". — En meget dårlig form findes hos *B.* 41.

„Hr. Verner i fangetårn", mel. *B.* 21 hører til „Kæmperne på Dovrefjæld".

„Hr. Bøsmer i elvehjem", mel. hører til ordene og står hos *K.* II 29.

„Esbern Snare", den almindelig kendte mel., der hører til visen og står hos *B* 50.

„Dronning Dagmars død", *B.* 51 b, hører til visen. M. h. t. det afskyelige *f—a—cis—d* se „Dania" II 158.

„Lave og Jon", *B.* 90 hører til visen.

„Moder under mulde", *B.* 72 a hører til „Redselil og hendes moder".

„Havbor og Signelil", *B.* 7 hører til „Det var ungen Ulf van Jern".

„Hr. Palles bryllup" til sin egen mel., der findes hos *K.* I 48. En variant står i *K.* 105; *B.* 85 er i slægt med dem.

„Alf i Odderskær", mel. der hører til ordene, står hos *W.* II 28. Gennem en smagløs overbrodering og en tankeløs gentagen af tonefigurerne skimtes den storslåede alvorlige melodigang.

„Harpens kraft" til den kendte melodi, hvormed den almindelig synges. Den findes ikke i de danske samlinger af visemelodier, derimod hos Geijer og Afzelius („Och jungfrun hon skulle sig åt ottesången gå") og i flere nyere danske koralbøger som mel. til „Guds menighed syng for vor skaber i lön". — Jeg har borttaget de moderne krysser i omkvædenes slutninger.

Tidligere, i „10 gamle danske folkeviser", og nu, i pragtudgaven af 6 folkeviser, har jeg givet i alt 16 folkeviser en flerstemmig udsættelse i gammel stil. Jeg har bægge steder i fortalerne gjort rede for min fremgangsmåde, der i hovedsagen går ud på den simple og selvfølgelige sandhed, at en melodi bör udsættes i sit eget tonesystem, — når den altså hører til det gamle, kan en moderne udsættelse ikke passe. Herimod kan der ikke göres en eneste fornuftig indvending. Naturligvis var det ikke min mening, at jeg fornyede noget, der engang havde eksisteret, — viserne er jo aldrig bleven sunget som flerstemmige kor. Men jeg vilde göre mit til, at de kunde komme også til deres musikalske ret: få en fuld musikudfoldelse, sådan som de tyske viser fik det i det 15de og 16de årh. ved Isak, Senfl og andre. Ligesom de gamle prydede deres hellige messebøger med initialer og billeder på guldgrund, — sådan som Skovgård har prydet Olriks og mine 6 förste viser, — således vilde jeg også, så godt som jeg kunde, pryde og hædre de gamle melodier, som jeg elsker og beundrer.

KULTUR OG FOLKEMINDER

ET DANSK VERS FRA ERIK AF POMMERNS TID

Et af de mærkeligste skrifter i dansk literaturhistorie er mag. Bjørnbos og kand. Carl S. Petersens nylig udkomne undersøgelse om geografen Claudius Swart[1]. Ved et heldigt håndskriftfund og endnu mere ved deres alsidige udnyttelse af hele materialet bliver en skikkelse fra middelalderen, som hidtil kun har stået i mere vage træk for os, omskabt til en for hine tider ganske enestående forfatter- og forskerpersonlighed.

Claudius (ɔ: Niels eller Klaus) Klaussön Swart er født i landsbyen Salling på Fyn den 14de september 1388. Sin boglige dannelse fik hans forskende og urolige ånd i Sorø klosters skole og blandt dets bogskatte. 25 år gammel forlod han Danmark og flakkede om i Europa; först en halv snes år senere viser han sig i Rom som tilhørende den humanistiske kres ved pavehoffet. Men indenfor den nyopdukkende latinske bogverden var der et enkelt, der helt fangede hans interesse; det var Ptolemæus' verdensbeskrivelse. Den tanke, at man kunde overskue hele jordklodens mangfoldige former, afsætte dem på kort og regne det hele ud i længde- og breddegrader har slået ned i ham som en ny og overvældende idé, og han sætter sig for at fortsætte og fuldstændiggöre Ptolemæus' skildring. Her i Italien tegner han sit förste Nordenskort, og snart efter (måske allerede 1424, efter Erik af Pommerns italienske rejse) giver han sig på vej for efter selvsyn at udarbejde et nyt fuldstændigere kort. Han bliver til et med den tids unge geografiske videnskab både i dens fejl og i dens fortrin; han er bunden af Ptolemæus' oplysninger, og tör intet fjærne som denne har udgivet for rigtigt, men på den anden side er han sikker og klar,

[1] Axel Anthon Bjørnbo og Carl S. Petersen, Fyenboen Claudius Claussøn Swart (Claudius Clavus), Nordens ældste Kartograf (Vidensk. Selsk. Skrifter, 6. Række, hist. filos. Afd. VI 2) Københ. 1904 (160 ss. 4° og tre Tavler).

hvor han har lejlighed at følge sit eget öje. Hans Jylland er derfor en vanskabt „kimbrisk halvø", hans Sjælland ypperlig set efter naturen. Under hvilke former han fik lejlighed til at tilfredsstille sin videlyst, ved vi ikke, men vi ser, at han har sejlet langs Norges vestkyst til Trondhjem, hvor han så et par fangne eskimoer samt deres i kirken ophængte skindbåde, og hvor han — for eneste gang — fik en virkelig gradsbestemmelse til sit kort. Herfra har han skaffet sig lejlighed af en eller anden art til det yderste land i den da kendte verden, til Grönland, hvor han så de fjendtlige eskimoskarer (som da truede de sparsomme levninger af nordiske bygder); og her oppe har han udarbejdet et mærkelig fornuftigt kort over de vidtstrakte landstrækninger lige til det „yderste os kendte punkt", som han sætter til 70° 10′.

Det ejendommeligste træk i Claudius Swarts arbejder er hans vilkårlig indsatte stednavne. Til brug for sin korttegning og den tilhørende beskrivelse måtte han have stednavne; og hvor han ikke kendte virkelige stednavne, skaffede han sig dem vilkårlig, — omtrent som når nu astronomerne bruger de græske bogstavnavne til betegnelser på stjærnehimlen. Til Sverig tog han talrækken, til Island runealfabetet, til Norge og Gulland et par underlige remser uden mening, og endelig til Grönlands forbjærge og fjorde følgende tekst af virkelige ord[1]:

> Ther boer eeynh manh secundum eyn Gronelandz aa.
> ooc Spieldehbedh mundhe hanyd heyde;
> meer hawr han aff „nidefildh",
> een hanh ha[w]er flesk hi[n]th feyde.
> Nordhum driuer sandhin naa new new.

Hvad der her dukker op, er et vers i gammeldansk sprogform, nærmere bestemt i fynsk dialekt, således som udgiverne har eftervist, eller — som Marius Kristensen gör mig opmærksom på — nöjere talt i vestfynsk dialekt[2]. Men allermærkeligst er dette verses nære tilslutning til vor folkevisedigtning.

Dette folkevisepræg i strofen har allerede udgiverne set meget klart. De to förste linjer

[1] Jf. skriftets s. 108 ff. 137 f. 226. [2] Mærkelig er formen hanyd (den ene gang), hvor vi vist med udgiverne må erkende forløberen for det nyfynske [ha̧i], og new, der vel må læses [niuw] el. lign., næppe med udgiverne tydes som ny. Men aller mærkeligst er måske de vestfynske former eynh, heyde, feyde, så meget mere, som Claus Svarts fødeby Sallinge ligger lige ved skellet mellem østfynsk og vestfynsk. *M. Kr.*

„Der bor en mand [udmed ?] en Grönlands å,
og Spjellebedh monne han hede“ [1].

minder om visebegyndelser som: „Hr. Bonde han bor sig ude ved å“ (DgF. 45, jf. 67 C) eller: „Der bor en konning i Dannemark, konning Snede lader han sig kalde“. Sidste halvvers

„Mer haver han af ‚nidefildh‘
end han haver flæsk hint fede.“

svarer i sin bygning til et udtryk som: „Mer haver han af det røde guld, end andre af sølvet det hvide“ [2].

Endelig røber den 5te, omkvædsagtige linje „Nordhum driuer sandhin naa new new“ — hvor svær at tolke den så ellers er — et kendeligt slægtskab med udtrykkene i DgF. 19, omkvædet: „Nu driver uren på hviden sand for norden“ [3]; „nord“, „driver“ og „sand“ er fælles for begge, og tanken bevæger sig i den samme barske naturstemning.

For så vidt er strofen godt nok i folkevisestil. **Men det er alligevel ikke et vers af en folkevise.** Et udtryk som, at

[1] Det er ikke nødvendigt at rette Spiellehbedh til -bodh eller -bodhe på grund af ordets grundform Spiallbuði; jf. Ambluþe svækket til Amleth(us), Esbiorn til Esbern. — Vanskeligere er læsemåden i förste linje, hvor håndskrifterne afviger stærkt. Jeg tör ikke fra et mindre godt håndskrift optage „i“; ti manden kan ikke bo i åen, men ved den; selv om han havde været et overnaturligt væsen (hvad han ikke er), kunde han ikke siges at bo i åen, ti visestilen kræver at overnaturlige væsners boliger skildres så menneskelige som muligt (DgF 45,2 „den ellekone bode sig ude ved å“). Det bedst hjemlede er ordet *secundum*; formodenlig har da Cl. Swart — således som det ikke helt sjælden sker i middelaldershåndskrifter — skrevet et latinsk småord, men ment at det skal læses som et dansk: „ud ved“ [eller „ud med“] „en Grönlands å.“ (Det hedder jo i folkeviser at „bo ude ved å“, og at „gå ud med å“; men formen „med“ svarer bedst til lat. secundum, og en sammenblanding af de to udtryk er næppe utænkelig). [2] Ordet „nidefildh“ er uforklaret. At ændre det til „(h)uide sildh“ går næppe an, da Cl. Swart har opfattet det som et enkelt ord, og da det i visesprog måtte hedde „de hvide sild“, for øvrigt er også „hvide“ en dårlig modsætning til „fede“. [3] Det skal her öjensynlig hedde „Nu driver uren osv.“, ɔ: nu kommer uvejrsbygen nordfra ind mod den hvide strand (sv. *ur*, „starkt regn eller snöfall med häftigt blåst“). Linjen er på forskellig måde forvansket: „Men nu driffuer vreden“ (A; „vrden“ må være bleven fejllæst af afskriveren som „vreden“); „End driffuer ulff“ (C; „ur“ mishørt som „ul(v)“); „Oc nu driffuer gron“ (B; = sv. *gråe*, „vind som krusar vattenytan“; norsk *gråe*, „vind som kruser vandfladen, svagere kuling“; oldn. *gráði*, Lex. Poet.). Denne sidste variant, som kun støttes af én opskrift, giver dog den svagere læsemåde.

manden bor ved „en Grönlands å“ er ganske ude af visestil, fordi en sådan vag, flerleddet stedsbetegnelse ganske strider mod visernes enkle udtryksmåde. Det kunde hedde „Der bor en mand i Grönland“ eller „Der bor en mand her ude ved å“; men foreningen af begge dele giver det virkelige livs stofmængde på en for digtningen fremmed måde. Også et sært navn som Spiellehbedh (hvor virkeligt det så er) lyder fremmed som visebegyndelse. Og strofens egenlige indhold, at manden ved den grönlandske å savner flæsk, ser virkelighedsagtigt nok ud, men bevæger sig i en udtryksmåde, der er viserne fremmed.

Heller ikke til skæmtevise passer strofen. Dær vil alle de individuelle træk være endnu mindre på deres plads, foruden at det höjtidelige omkvæd ubetinget modsætter sig en sådan opfattelse. Vi kan foreløbig ikke komme det nærmere, end at det er en strofe, der står i et vist nært forhold til folkevisestilen.

Lad os se på omkvædet lidt nærmere. *Nordhum* er sikkert det samme som „norden“ i DgF. 19 (ɔ: nordfra); *driuer* er i sig selv tydeligt; *sandhin* ligeledes; begge genfindes i DgF. 19: „Nu driver uren på hviden sand for norden“; vi savner blot udtryk for at bølger eller uvejr driver ind på stranden. Dog også det står der: *sandhin naa* ɔ: sandhin aa („på sandet“) med *n* trukket over på den følgende selvlyd. Endelig må *new* vel — med Marius Kristensen — opfattes som vestfynsk udtale for „nu“. Det dobbelte *new new* ser påfaldende ud, men gör sig rytmisk udmærket. Således er hele omkvædet forståeligt: *Nordhum driuer sandhin* (*n*)*aa new new,* „nordfra driver det ind på sandet, nu, nu.“ Et stærkt uroligt naturbillede, den eneste linje i strofen, der er höjstemt nok til virkelig at passe ind i folkevisestilen. Tager man den alene for sig, vil ingen betænke sig på at kalde den et folkeviseomkvæd.

Cl. Swarts Grönlandsvers indeholder da et ægte omkvæd og en halvægte strofe. Det må være en efterligning eller en travesti af folkeviserne. Sådanne løse småvers, et eller flere i følge, men uden virkelig handling, og nærmest frembragte af lyst til at bruge den höjtidelige form på et mere plat indhold, optræder både i ny og gammel tid i folkevisernes fodspor. Fra Vestjylland har vi sådanne vers, hvor visens „Per Svinedreng“ ombyttes med „Per Hurtigkarl“ eller Mimmering med „Bittemand“, medens melodi og omkvæd bevares uforandrede. Eller denne efterklangs-poesi kan få et mere skæmtende-satirisk præg og tage sigte på sin forfatters nærmeste omgivelser. Således vides det — for at tage et velkendt eksempel — at i året 1621 ved et barselgilde på Østråt i Trondhjemsegnen biskop Anders Arrebo digtede nogle skæmtevers, der lånte omkvæd — med en lille ændring — fra visen om „Spanieland og Myklegård“, og hvor han skæmtede med det barske vejr, med egnens skovløshed og med fogeden Peder Lauritsens drikkelyst[1].

Verset om Grönland er i virkeligheden af ganske lignende type: genklang — i alt fald i omkvædet — af en bestemt folkevise, men i sit indhold af rent lokal interesse: den handler om en mand af navnet Spjellebedh, som bor ved en å i Grönland, og som da verset digtes har mangel paa flæsk. Vi kan endda komme situationen endnu nærmere. Verset er digtet på dansk; og det var yderst få danske der da kom til Grönland eller kunde have interesse for dets beboere. Selve Spjellebedh kan ikke tilhøre den dær hjemlige nordiske befolkning; ti navnet er ganske ukendt i vestnordisk (hvor ellers det gamle navneforråd er os godt nok kendt), og dets sprogform følger danske lydlove. Han må altså være en dansker der opholdt sig kortere tid i Grönland. Endelig er der det sære udtryk „en Grönlands å“, sært ikke blot under synspunkt af folkevisestil, men sært også fordi en så ubestemt betegnelse ikke vilde passe for den indfødte befolkning, men nok f. eks. for en overvintrende skipper. Og endelig er der selve mangelen på „flæsk hint fede“; tyder den ikke på at provianten har været ved at slippe op? Samler vi alt dette sammen, versets poetiske karakter og dets sproglige kendetegn, bliver det sandsynligt, at det er digtet af selve Cl. Swart og at det tager sigte på hans fæller i Grönlandsfærden. Naturligvis bliver der også den mulighed, at det er digtet af en eller anden rejsefælle; men Cl. Swarts personlige interesse for det forklares bedst på den anden måde. I hvert fald bliver det en oplysning om vor geografs ellers ukendte private forhold, når vi her har et af de småvers, hvormed han eller en af hans nærmeste under möje og kostmangel har muntret sig og rejsefællerne.

Som literært aktstykke bliver versets interesse ikke mindre. Det er nedskrevet i tiden nær efter 1425, tidligere end nogensomhelst linje af en folkevise er optegnet. Kun et andet småvers (af

[1] Rørdam, Arrebos levned og skrifter, I 111—112.

lyrisk-erotisk art, i runehåndskriftet o. 1300) er ældre end dette. Grönlands-strofen er det förste digt, der viser os i skrift folkevisernes ejendommelige fortællemåde, og tillige bevarer os et ellers ukendt viseomkvæd med naturindhold af uvejret mod stranden. —

Endnu et andet spörgsmål møder os på Cl. Swarts vej: hvad er det for underlige ordrækker, som han også har brugt til sin kort-navnegivning, og som hidtil har modstået selv de kloge udgiveres gætteævne. Jeg hidsætter de to lister med navnene ordnede parvis:

(Norge) s. 266	(Gotlandia) s. 276
Enarene apocane	eeone opetane
uithu wultu	uithu uulta
segh sarlecrogh	segh salecragh
crogere comenter	crogher comenter
[termor tiem]	tarrener tier
enegh ynesegh	masegh
	seger sancolder
	tolleyr knaper
	uiuer uonchiadh
	tyalder tyanesald.

Vi finder her bogstavrim og enderim (eller dog en slags parallelisme) i sådan mængde, at det tydelig nok skal fremhæve rytmens trokaiske præg. Med andre ord: det er en ramse. Selv om den foreligger noget forskrevet i sin lydform, er det sikkert, at den kan ikke have bestået af forståelige ord således som Grönlandsstrofen. På den anden side nærmer adskillige led sig til kendte ord (jf. udgiverne s. 155 ff). Men dette — meningsløshed i helheden, halvforståelighed i enkeltheder — udmærker netop de barnlige tælleremser, sådan som de kendes den dag idag („Enneke benneke“ og den slags); formodenlig bygger de på ældre remser med mening i, hvis ordbetydning er glemt, og derfor er de sunkne ned til at være blot tælleremser. Norges- og Gullandsnavnerækken er da sådanne tælleremser fra begyndelsen af 15de årh. De udmærker sig ved at det bogstavrimende element er stærkere end i nutidens, som naturligt er, da de ligger den stavrimede digtning så meget nærmere i tid.

Dette giver os et klarere blik for Cl. Swarts hele arbejdsmåde: han har skabt disse geografiske navnerækker ud af remser som hans lærlinge eller læsere kendte: talrækken (Sverig), runerækken (Island) og tælleremserne (Norge og Gulland). Hensigten har da været at skaffe et støttepunkt for hukommelsen i det allerede kendte huskestof. Valget af remse i hvert enkelt tilfælde har öjensynlig været bestemt af, hvor mange punkter på kortet der skulde benævnes; til Islands indskårne kyst måtte han således have hele alfabetets længde, og til Grönlands lange kyst den endnu ordrigere skæmtestrofe.

Således blev hans værk ikke blot udtryk for en egen pædagogisk tanke, men også — den förste lille samling af folkeminder.

Axel Olrik.

FRA SAGNENES DYREVERDEN. VALRAVN.

Blandt de dristige og snilde, men ikke egentlig overbevisende ordafledninger, som dr. Vilhelm Andersen i sin tid fræmsatte i 'Dania's første bind, var også den morsomme forklaring (s. 217) af Valravn som opstået ad kling-klang-vejen: villevalle-ravn, som et slags kælenavn, 'en sympatetisk gemytlig benævnelse, af „vilden-ravn"'! Nu skal ingen være mere villig end undertegnede til at erkende kling-klangens betydning som orddannende element, men jeg kan dog ikke nægte, at det kom mig som en befrielse, da jeg så arkivar Thiset omtale Ulfeldternes 'valravn (d. v. s. vargravn)'[1]. Det var så behageligt at få form på dyret, men om det var en ulv eller varg og en ravn, det vidste jeg ikke ret besked om, og hvorfra Th. havde sin viden, var mig lige så ukendt. Selve lydovergangen rgr>lr voldte mig ikke synderlig kval; den så ud til at være nær beslægtet med peregrim>pelgrim, altså et led i den solideste dissimilationskæde som kendes, udviklingen r-r>l-r. Men en smule historisk vilde jeg gerne have at støtte mig til, og dette blev mig velvilligt ydet af arkivar Thiset, som skriver følgende:

„Hvad Ordet Valravn angaaer, da er jeg kommen temmelig let til min Forklaring; maaske for let. I en forøvrigt temmelig upaalidelig Ahnetavle for en norsk Slægt Skaktavl anføres, at Torbern Torbernsen Skaktavls Enke Inger Jørgensdatter, som levede 1610, var Datter af Jørgen „Walraun" til Trosviggaard, Søn af Claus Walraun til Ørs i Jylland, Søn af Henrik Walraun til Bygholm. En adelig Slægt af Navnet Walraun kjendte jeg ikke,

[1] AnO. 1902 s. 6. Ovenst. gengivelse af våbnet er efter Danm. Riges Hist. II 205.

men skjøndt de 2 ældste Led, hvad de angivne Gaarde og Hustruers Navne noksom viste, vare opdigtede, kunde den hele Stamtavle dog ikke være opdigtet, eftersom Inger Jørgensdatter er en historisk Person. Det faldt mig da ind, at Navnet Walraun var hængt paa Slægten paa Grund af dens Vaabenfigur, og da der i Skaane levede en ret ukjendt Linie af Slægten Ulfeldt, der ikke brugte noget Slægtnavn, men førte den halve Ulv og den halve Ørn, faldt det mig ind at undersøge, om der ikke i denne Linie var en samtidig Jørgen, der kunde være Fader til Fru Inger, og ganske rigtig levede der af denne Slægt en Jørgen Jensen i Skaane, der nævnes i Aarene 1536—1566 (da han faldt i Krigen) og som saare vel kunde være Fru Ingers Fader. Da det saa endvidere viste sig, at disse skaanske Ulfeldter efter en gammel Tradition ikke som de øvrige førte en rød Ulv og en rød Fugl, men derimod en sort Ulv og en sort Fugl, altsaa en Ravn, var jeg ikke i Tvivl om, at det var denne Skjoldfigur, der havde givet Anledning til Navnet Valravn, og Forklaringen vargravn tilbød sig da af sig selv. Men skjules kan det jo ikke, at jeg savner Angivelse om, hvilket Vaaben Fru Inger Jørgensdatter førte, ligesom Beviset for, at hun er Jørgen Jensens Datter, mangler[1]......

De kjender nu Vejen, ad hvilken jeg er kommen i Tanke om en Valravns Udseende og Ordets Oprindelse. Figuren kjendes ogsaa i svensk Heraldik, men kaldes her — dog først i en nyere Tid — Lejonörn, idet den øverste Halvdel antages at være en Løve. Hvad den hed i gamle Dage veed jeg ikke, saalidt som jeg her hjemme har fundet Ulfeldt-Vaabnets Figur andetsteds betegnet som en Valravn. Vore Vaabenbøger kalde den blot en halv Ulv og en halv Ørn — sikkert paavirkede af Navnet Ulfeldt. At det er en Sagnfigur i Lighed med Jomfruen i Fjerhammen („Arpen“, Harpyjen), tvivler jeg dog ikke om, da den overalt fremtræder som eet Hele, ikke som to halve Figurer, hver i sit Felt, og der bliver vel da heller ikke nogen anden Figur at tænke paa end Valravnen.“

[1] At hendes Fader kaldes Jørgen Clausen Walraun er dog intet Modbevis, da hverken Claus W. til Ørs eller Jørgen W. til Trosviggaard ere historiske Personer. Værre er det, at Jørgen Jensens Hustru kaldes Ursala Gjere af Sommelberggaard, medens det er historisk at Fru Inger Jørgensdatters Moder hed Anne Finsdatter Rostvig af Samsalgaard; men det maa strax tilføies, at heller ikke Ursala Gjere er en historisk paaviselig Person, hun kjendes kun fra en Ahnetavle, og Sommelsberggaard kunde vel nok være en Forvanskning af Samsalgaard.

Selv om jeg nu må give arkivar Thiset ret i, at det historiske grundlag kunde være sikrere, tror jeg også at måtte give ham medhold i, at en sort rovdyrs-fugl meget passende kunde hedde 'vargravn', og foreløbig er jeg tilböjelig til at tro, at den vilde valravn er funden både i digtningen og i billedkunsten.

M. Kr.

ANHOLT FÖR PER PÅRS

Det var næppe ganske tilfældigt, at Holberg lod Per Pårs af „himmelvejr og en poetisk storm" blive slået så meget ud af sin kås fra Kalundborg, at han just måtte strande på Anholt. Hverken øen eller dens beboere, der „lever christelig og nærer sig af vrag", havde åbenbart det bedste rygte, således som det bl. a. fremgår af de efterfølgende uddrag af aktstykker vedrørende øens matrikulering under Kristian V.

Selvfølgelig havde man gemt den til sidst, og i en skrivelse af 17. aug. 1683 meddeler den pågældende kommission rentemesteren Peter Brandt, at den havde besluttet kun at sende én konduktør (landmåler), én taxérmand og nogle bønder til øen, såsom den er „en 7 uges søes her fra landet [Jylland] i hafvet indbeligende og ellers noget fahrligt at til och frakomme". Ved deres ankomst til Nörre herred fandt kommissærerne imidlertid alt dertil slet disponeret, som det hedder i et senere, ligeledes til rentemesteren rettet brev af 9. septbr. Personalet skulde i Grenå vente på tilbørlig vind, „for det andet skal die hafue øl og mad med dennem til fornøden ophold, saa lenge die der forblifuer, foruden øl til landmændene der paa stedet, at die desto villigere schal findes, saasom die beskrifuis at verre et møget hart folck". De vidste desuden ikke, hvorlænge de måtte blive derovre for vejr og vinds skyld, da der kun gik færgebåde, når børen var god, og bønderne, der skulde med for at taxere, klagede ynkelig over at måtte hjemmefra i høstens tid, ligesom de forsikrede, at „om derris fæetallig skulle der paa landet dennem mangle, die da gandshe intet af landmendene huerken for penge eller gode ord skal kunde tilkomme". Tilmed fremstilledes hele expeditionen som ret unødvendig, eftersom „berrettis, at der paa landet findes fast aldellis ingen herlighed at verre, . . . uden blot at 16 mænd hafve nogen ringe augling, saa die faa bester og kræeter die ernærris mæsten om vinteren af marre-halmb, mens det beste, der skal verre, er dend fangst, die hafuer med sæel." De beder derfor, om arbejdet må udsættes til næste forår, da sejladsen dertil så kunde ske fra Helsingør (!)[1]. Imidlertid måtte de dog afsted, thi den ønskede tilladelse kom, karakteristisk nok for hele tiden, først efter at øen var opmålt. Af brevene om turen får man det indtryk, at færden har været betragtet som ret vovelig, og skipperen vilde da også have hele 15 slettedaler for at sætte dem over.

Nogle år senere måtte matrikuleringsarbejdet i Jylland göres om fra grunden af, og da blev det atter galt. I en skrivelse til rentemesteren af 30. maj 1687[2] anmodede de to kommissærer Otte Friis og Lange ham om at måtte blive fri for at lade øen ommåle og istedet for nöjes med de skriftlige oplysninger, de kunde få om den, „saasom det falder hans may[t]. kostbart oc os megit besuerligt at reise ud til Anholt, derimod ingen nøtte derued er at forvente, saasom landit fornemmis at vere saa armt oc ringe, at det iche af sit sædeland eller fischerie kand underholdis, dersom de iche ved u-løchelig vrag iblant hafde undsettning"!

M. Mackeprang.

SMÅ KIRKEKLOKKER

1. Ved den østre ende [af Valsbøl kirke] er nu et klokketårn anbragt.... Så lille og dårlig end kirken er, så vidt og bredt er den dog bekendt i landet, ja langt oppe i Jylland, er det blevet mig sagt af en mand, kendte folk historien om de Valsbøl mænd, der blev råbte sammen til kirke af degnen. — Kirkeklokken skal næmlig i gamle dage have været så lille, at den ikke kunde høres ned over byen. Degnen væntede da, til Medenerne var komne, gik så omkring kirken, så' ud, om ellers flere var at se, og når det ikke var tilfældet, gik han ned gennem byens hovedgade og råbte:

Kommer no I Valsbøl mind!
di Mejn mind er kommen,
så nær som æ skræjjer frå Skeggevaj,
men ham hær æ int fornommen[3].

2. Kirken [i Korsør] lignede [1794] en lade, den havde hværken tårn eller spir, klokkens ringen kunde ikke høres over hele den lille klump huse, så et par drenge måtte løbe gennem gaderne, råbende: „Nu ringer det sammen!"[4]

[1] Kalø kommissions protokol (kopibog) s. 28 v, 33 v—34. [2] I pakken „Breve vedr. matrik. 1680—97." [3] Feilb. Fra Heden, s. 3—4. [4] Rönning, Rationalismen III, 1 s. 27.

NYT FRA FOLKEMINDEFORSKNINGEN

Dr. H. F. Feilberg står i det sidste år ubetinget forrest i videnskabelig ydeævne. I foråret har han sluttet 2. bind af sin jyske ordbog, dette ypperlige arbejde, der har udformet sig til ikke blot at være et sprogligt værk af höj rang, men tillige til at være den rigeste samling i verden af henvisninger til folkeskik og folkedigtning af enhver art. Trykningen af den 3dje og sidste del skrider samtidig stærkt frem.

Samtidig udsender han nu ved årets slutning 1ste bind af sin „Jul", fremstillingen af, hvorledes julen er i nordisk folkeskik; det arbejde, der har optaget ham stærkest i de sidste seks år, og som er hans största samlede skrift. Den store læsekres, der plejer at glædes ved hans sjælfulde sans, hans jævne fortællemåde og hans stilfærdige opreden af fortidslivets tråde, vil snart med samme glæde fordybe sig i dette arbejde. Vi skal engang senere søge at samle i kort overblik julespörsmålets stilling efter denne nye og grundlæggende forskning.

Evald Tang Kristensen har udgivet et stort bind viser: „Et hundrede gamle danske skjæmteviser efter nutidssang" (forf.s forlag, Mindebo ved Vejle), den förste omfattende udgave af nordiske skæmteviser. Samtidig har han fortsat sit store håndskrevne værk af æventyr (omtalt ovenfor s. 41).

Af „Danmarks gamle folkeviser" er nu udkommet slutning på 7de bd. („Danske ridderviser ved Axel Olrik", 2det bd.). Til næste år vil da det 8de og sidste bind af tekstrækken begyndes (romanviser, viser om elskendes forening, og enkelte viser på overgang til yngre digtning).

Carlsbergfonden har for to år fornyet dr. Ernst v. d. Recke's understøttelse til udarbejdelse af et stort værk over parallelsteder indenfor nordisk folkevisedigtning.

Selve „Danske Studiers" beskednere bidrag i dets förste årgang vil være læserne noksom bekendte. Det bör dog endnu med tak nævnes, at tidsskriftet har fået en understøttelse af den raben-levetzovske fond for at kunne tilvejebringe billeder, der knytter sig til folkeliv, sagn og tro.

Endelig har året bragt den begivenhed, at der er lagt grundstenen til et fælles dansk arkiv eller musæum til opbevaring af folkeminderne og støtte for det videnskabelige arbejde med dem.

Vi skal senere göre nærmere rede for samlingens indhold og virkemåde. Foreløbig gör vi kun opmærksom på, at der findes en sådan samling, hvis opgave det er at bevare alt, hvad der har interesse, af fortidens tankegang, og at den har bud til hver om at indsende hvad de støder på af gamle fortællinger, vers, meninger eller skik, det være sig i dagliglivet, i stedlige aviser eller i opskrift. Både den riges gave og enkens skærv vil blive modtaget med tak, fordi de alle fylder et eller andet hul eller giver nærmere oplysning om et eller andet, der bör kendes fra grunden af. — Samlingens adresse er: Dansk Folkemindesamling, Det store kongelige bibliotek, København. *A. O.*

STRENGEINSTRUMENTER

I den af „Foreningen til norske Fortidsmindesmærkers Bevaring" udsendte årsberetning for 1903 (Kria. 1904 s. 106—42) har frk. Hortense Panum offentliggjort en afhandling om „Nordeuropas gamle Strengeinstrumenter", der bör kendes af videre kredse end musikhistorikernes og arkæologernes lille flok. Såvel for vor viden om de senere rent middelalderlige strygeinstrumenter som om de her skildrede oldtidsagtige knipseinstrumenter, der i lige linje kan føre deres stamtræ tilbage til antiken, er kilderne af dobbelt art, dels litterære efterretninger, dels afbildninger på mindesmærker. Til den sidste gruppe slutter sig de selvfølgelig yderst få originaler fra den ældre middelalder. Men medens strengelegen i de keltiske beretninger og sagn forekommer under flere forskellige navne, hvortil der svarer forskellige former, kender Nordboerne og Angelsakserne kun det ene: harpen, der allerede nævnes af Frankeren Venantius Fortunatus i et distichon, hvori han opremser de vigtigste folkeslags nationalinstrumenter:

> Romanusque lyra, plaudat tibi Barbarus harpa,
> Græcus achilliaca, chrotta Britanna canat.

I Beowulfkvadet og Eddaen, i sagaerne og folkeviserne overalt møder vi „harpen". Intet under, at den for den videnskabelige bevidsthed er blevet et fast led i forestillingerne om vort folks gamle kultur. Frk. Panums afhandling er imidlertid et ypperligt eksempel på, hvor varsom man må være med at slutte fra lighed i navn til lighed i begreb, thi den, der uden videre — således som hidtil sket — opfatter litteraturens harpe som det velkendte trekantinstrument, kommer i den sörgeligste modstrid med samtidens mindesmærker. Harpen har nemlig kun været „et Fællesnavn for alle Strengeinstrumenter af Harpens, Lyrens og Citherens Slægt". Klarest fremgår dette af en sammenligning af oldkvadenes og den rigtignok noget yngre bildende kunsts fremstilling af det samme motiv f. eks. Gunnar i ormegården, der er afbildet på tre norske stavkirkeportaler, på en stol fra Hitterdals-kirken og på en font fra Bohuslen (?). Kun i ét af disse relieffer genkender vi i den „harpe", den bundne helt aftvinger så mægtige toner, det trekantede instrument, hvormed kong David plejer at fremstilles; de fire andre viser en art lyre, en „rotta". Ja, om det så er kong David selv, er han på et romansk kalkmaleri fra Ål kirke ved Varde, der mærkelig nok synes at være undgået forf.'s opmærksomhed, fremstillet med et instrument af en lignende lyreagtig karakter, som det Gunnar trakterer[1]. Det samme er tilfældet i en fremstilling af ham på et emailleret portatilt alter af kölnsk arbejde stammende fra tiden o. 1130, der er afbildet i det nylig udkomne pragtværk af Falke: Deutsche Schmelzarbeiten des Mittelalters (1904),

[1] Magnus-Petersen, Kalkmalerier T. IX samt (bedre) Helms, Danske Tufstenskirker T. 47. Hvorvidt Lille-Lyngby fontens mand, der spiller på en virkelig trekantharpe (afhandl.s fig. 30), skal opfattes som kong David, lader sig ikke afgöre.

tavle 18. På et sent-romansk portalrelief i Vejlby kirke ved Randers (Sønderhald h.) forestillende David, der trøster Saul, spiller han derimod på en almindelig trekantharpe med 4 eller 5 strenge.

Både det fra lyren afledede instrument og harpen træffes hos Kelterne på de britiske øer, hvor navnlig harpen i flere former opnåede den största yndest og har bevaret den sågodtsom til vore dage. De angelsaksiske erobrere har sandsynligvis optaget den fra de undertvungne og skattede den ikke mindre höjt; den blev dem en ligefrem nødvendighedsgenstand, der — efter Bedas fortælling — ikke engang kunde beslaglægges af kreditorerne! Fra disse egne er vel så strengelegen vandret over havet til Norden.

På studiet af harpen hos Kelterne har frk. Panum anvendt megen flid, har ikke engang skyet en rejse til Irland for på stedet at undersøge flere af de vigtigste mindesmærker. Så meget mere må det beklages, at hun ikke har kunnet benytte alt det stof, der er fremkommen i den engelske arkæolog Romilly Allens i slutn. af 1903 udgivne værk „The early Christian Monuments of Scotland (Edinburgh CXXII + 419 + 525 s. Nationalmuseets bibl.), hvor der findes afbildninger af en hel række harper, således bl. a. et nyt eksempel på den ejendommelige firkantede harpe fra et kors på den berömte ø Jona (II 382).

M. Mackeprang.

HÅNDVÆRKSSKIK

C. Nyrop: Haandværksskik i Danmark. Nogle Aktstykker samt nogle Oplysninger om Handwärksgebrauch und Gewohnheit, udgivne som et Forsøg. (Det nordiske Forlag.)

En meget smukt udstyret bog, i anseligt kvartformat på håndgjort papir, og til glæde for bibliofiler trykt i kun 250 exemplarer. — Med altfor stor beskedenhed nævner professor Nyrop dette ikke så ganske lille værk „et forsøg". Under alle omstændigheder står det vel fast, at der herhjemme ikke er en eneste anden, der ævner at yde et lignende værk; man læser igennem det, hvordan det linje for linje er voxet frem af hans omfattende udgiver- og forfattervirksomhed på lavsvæsenets område, og man må være den kyndige forsker taknemmelig for at han har lagt sine samlinger og undersøgelser på dette område frem for offenligheden. Og man forstår ydermere, at det som for læseren står som et i alt væsenligt fuldført værk, at det for forfatteren selv dog må synes „et forsøg", fordi ingen bedre end han kan se hullerne, hvor den historiske underbygning fattes eller dog kun er svag.

Værket falder i to afsnit, „Handwerksgebrauch[1] und Gewohnheit" og „Zünfthistorie"; det første behandler de forskellige lav og meddeler en mængde interessante aktstykker af betydeligt kulturhistorisk værd til lavenes og zünftens historie; det andet er „forsøget" på en sammenhængende skildring af zünftens opkomst og dens optræden især hertillands. Heri behandles først de gamle lavsgilder og forholdene indenfor dem, og

[1] Hvorfor skriver forf. på titelbladet „Handwärksgebrauch" men overalt ellers „Handwerksgebrauch"?

forf. gör det höjst sandsynligt, at den senere tids lavszünft næppe har det mindste med vore gamle lavsgilder og deres ceremoniel at göre. Disse hersker helt ned til år 1600, da på én gang forholdene vender sig. Mens tidligere mestrene har været enerådende, er det nu nærved at svendene blir det; de ældre tiders bestemmelser, om hvormange svende hver mester må have, falder vel ikke helt bort, men læmpes så at bestemmelsen kun gælder indtil alle mestrene har det fastsatte antal; så kunde enhver derudover antage så mange han vilde: lavet skal ikke mere skærme mestrene men svendene. Og som sagt: svendene kommer til at spille en langt större rolle end hidtil, ja blir i visse måder mestrenes herrer, så at de endog søger at mulktere de mestre, der ikke vilde gå ind på deres væsen — eller uvæsen. Det er „handwerksgebrauch und gewohnheit" der trænger ind og gör sig gældende på næsten alle håndværksområder; og det er fra Tyskland vi har fået det. Når man ser det store tal af tyske håndværkere der indkaldes til landet, især i slutningen af 16. og begyndelsen af 17. hundredår men også gentagne gange senerehen, så indser man let at det var uundgåeligt at med disse måtte zünften trænge sig frem. Både mestrene og myndighederne søgte at kæmpe mod zünften til det yderste; som modvægt mod de tyske svende indkaldes nederlændere — der altså ikke har været zünftige — men altsammen til ingen nytte; „des löblichen handwerks zünft" er dem for stærk og går af med sejren. Hele den besynderlige, stundom mystiske, stundom rå ritus blir gennemført i alle enkeltheder; en zünftig svend kan ikke arbejde sammen med en ikke-zünftig; i løbet af kort tid blir zünften til en tvang der kuer stærkere end fagforeningerne nutildags, og voxer til en kræftskade på håndværkslivet, mens dens oprindelse hviler på en både sund og god tanke: den indbyrdes hjælpsomhed. Det blir et frimureri, som stænger ude hvem der ikke er tilpas, og øver vilkårlighed og tvang over alle grænser; ikke mindst viser dette sig ved „behövlingen", „depositsen" eller hvad den ceremoni nu kaldtes, hvorved drengen blev optagen blandt svendene. Det er iøvrigt mærkeligt at se, hvordan denne deposits nöje svarer til de skikke, som brugtes blandt studenterne i ældre tid, og det synes en fuldstændig rimelig slutning, at den netop stammer fra studenterne, der jo også i tidligere tider følte sig som et lav. Og da forfaldet indenfor lavene kommer, så viser det sig atter gennem „handwerksgebrauch und gewohnheit", der gör det muligt for talrige svende at leve tiden hen i svir og sværm uden at göre gavns gærning; kameraterne måtte underholde dem aldeles. Men på den anden side kan det ikke fragås, at der ved mangt og meget indenfor det zünftige væsen — t. e. ved skilteflytningen — har været noget betagende, og at der blandt svendene viser sig tilfælde af et sammenhold og godt kameratskab, der er ganske forbavsende.

I to fulde århundreder hersker zünften her i landet; øvrigheden griber tit nok til endog skrappe forholdsregler imod den, men først omkring 1800 begynder de at frugte, og den nationale rejsning i 1848 gör omsider ende på zünftens tyskeherredömme, men endnu den dag i dag er der i ikke så helt få henseender spor deraf tilbage i vort håndværkerliv.

Det er et i höjeste grad interessant værk som professor Nyrop her har udgivet, og det må sikkert betragtes som hævet over al tvivl, at hans resultater i alt væsenligt er uomstødelig rigtige. *E. Rørdam.*

Efterskrift. I tilslutning til den ovenomtalte bog har prof. Nyrop senere udgivet: „Nogle Gewohnheiter. Et Tillæg til Haandværksskik i Danmark", et hæfte på 44 kvartsider, trykt i 75 exemplarer. Heri findes nogle gode bilag til hovedværket, af hvilke skal fremhæves „Der Reinischen Weisgärber-Gesellen, ihr Gewohnheit", skreven i Odense 1749; denne gewohnheit indeholder et karakteristisk ceremoniel ved optagelsen blandt de zünftige svende; „der Jude" — drengen der skal göres til svend — blir overhørt i de 10 bud, som „der Pfaff" forklarer, men ikke ganske overensstemmende med Luther, og dertil knytter sig et 11. bud „Du solt nich fuchsschwantzen". Desuden er der indlagt en „Predigt", der ganske godt begrunder de mange klager over zünftråheden. *E. R.*

EFTERSLÆT TIL „KONG LINDORM"

1. Jeg har nu fået forklaring til det træk i Vendelbo-opskriften (ovenfor s. 10), at den nyfødte lindorm „grov sig ind under sengen og havde sin handel dær". I gammeldags bønderhuse (Marius Kristensen har set sådanne i Ty, E. T. Kristensen på forskellige steder) udgöres sengen af et alenhöjt leje af lyng, hvor husets tamme snoge har deres tilhold og nu og da kommer krybende ud. Fortællersken af æventyret har tænkt sig kongens og dronningens sovekammer som sådan en bondestue med lyngsenge, og lindormebarnet har da naturligvis krøbet ind i lyngen og lavet sig rede dær. *A. O.*

2. De tager mig vel ikke ilde op, at jeg giver en lille rettelse til en anmærkning under „Kong Lindorm". Lukormen er her på Falster i al almindelighed ikke en lindorm, men en lille larve af en natsværmer, jeg ved ikke engang hvilken; den er „luggen" (lådden), har sorte eller mörkebrune börster over hele kroppen; den kaldes også „Vorherres hund". En pelshue kaldes også en lukhue (eller lugghue). Hvis lindormen her fra Falster skildres som en lukorm, skal det vist betyde „et låddent uhyre". *Karen Toxværd.*

Den tidligere givne oplysning [s. 19 note] om et falstersk æventyr „Lukormen kongesøn" stammer fra frk. Elise Lindberg, en af de bedste meddelere i Svend Grundtvigs samlinger. Hendes forklaring af navnet må dog efter dette opgives; ordet hænger sikkert sammen med det nu fra literaturen velkendte norske *lugg*, hårtop, jysk *lugge*, „en hvis hår hænger uordentlig, om mennesker ell. dyr" (Feilberg); og er videre beslægtet med *lu*, „det uldne på töjet". Jf. lollandsk *lugget*, „lodden, langhåret, f. eks. om hunde" (Molbech). *A. O.*

SMEDENS MORTENSGILDE

ET BILLEDE AF LIVET I ØSTJYLLAND FOR 25 AAR SIDEN

AF

J. P. JAKOBSEN

Mortensaften stod for min barnlige Fantasi i Festglans, som en straalende dejlig Aften med megen Lys og god Mad og med Stuerne fulde af støjende Gæster, hvorfor den ogsaa gennem mange Dage i Forvejen ventedes med Længsel, tillige fordi den altid gav et klækkeligt Bidrag til Sparegrisen.

Med Travlhed i Mors lille Køkken og i de smaa Stuer, med Bagning og Rengøring, indvarsledes Mortensaften flere Dage forud; det hele Hus stod i Festforberedelsens Tegn. Og naar Far Aftenen før kom hjem fra Købstaden med den smækfede Gaas, der blev hængt op under Køkkenbjælken sammen med slagtede Ænder, en Kalvefjærding og en Grisesteg, da havde vi de synlige Beviser for, at Aarets store Dag var nær; thi stor var den i alt Fald for Far; som naturligt var, blev den det da ogsaa for os Børn — med det meget andet in mente.

De gamle Smedelav paa Landet vil snart være en Saga blot; dog i enkelte Egne har de holdt sig urimeligt længe til liden Baade for begge Parter; ja, der er Landsbyer, hvor Lavene er fuld Virkelighed den Dag i Dag, hvor Bymændene i Fællesskab ejer Smedjen med Beboelse samt tilliggende Jordlod, og hvor Smedens Arbejde saa at sige gaar op i lutter Naturalier; dog maa det tilføjes, at Naturalydelsen i de allersidste Aar er undergaaet væsentlige Forandringer og staar i Begreb med helt at forsvinde, saa man ogsaa i dette Haandværk er det Tidspunkt nær, da man over hele Linjen opfylder Tidens Krav: at sætte de rede Penge som Værdimaaler for udført Arbejde.

Det aarlige Mortensgilde, som det da var i Højen ved Vejle, var en kontraktmæssig Ydelse fra Smedens Side, for hvilken Forpligtelse der til Gengæld ydedes ham „2 Skp. god Byg og 12 Lpd. godt Hø af hver Heelgaards Part eller i Forhold dertil“; og strængt taget skulde hver Mand paa denne Aften møde med i det mindste den pligtskyldige Byg, hvilket dog kun yderst sjælden overholdtes.

Naar de smaa Stuer var ryddet for alt nogenlunde transportabelt Bohave, lange Borde og Bænke anbragt, og Lamperne tændt i Stuerne, medens Køkkenet genlød af Stegning og Brasen, da var Festens Time kommen. I Aftenens første Timer indfandt Gæsterne sig den ene efter den anden under livligt Rykind, og disse omfattede foruden Bymændene tillige Byens øvrige Haandværkere og tilfældige Kunder uden for Bymændenes Kreds; men disse sidste samt Haandværkerne var af Smeden særlig indbudt, dog derfor lige velkommen i Laget. En og anden saavel af Bymændene som de særlig indbudte udeblev altid, saa det var sjælden, at Selskabet omfattede over 25 Mænd. Kvinderne maatte nemlig pænt blive hjemme denne Aften og tilbringe den sammen med Børnene og Tyendet. Udover de 2—3 unge Piger, som ifølge Anmodning var mødt for at hjælpe til med Opvartningen, var Kvinder fuldstændig bandlyste i dette Selskab; det var kun for Mænd.

Efterhaanden som Gæsterne ankom, blev de beværtet med Kaffe og Kage samt en Kaffepuns; og var et tilstrækkeligt Antal kommen, begyndte Kortspillet. Man spillede mest Trekort og Esmakker; det gamle Skjervinsel var allerede dengang gaaet af Mode. Ny Partier dannedes, som Gæsternes Tal steg, og snart var Festen i fuld Gang over hele Linjen. To, tre store Karafler fyldt med den mest dugperleklare Brændevin, en Hoben Snapsglas, samt nogle Krus med Øl, kom ind og blev anbragt paa Bordene. Man talte og pludrede i Munden paa hverandre, imellem som en Lattersalve over en enkelts Uheld eller særlige Held under Spillets Gang gennemrystede hele Selskabet. Slagene paa Bordet faldt haardt eller afdæmpet, eftersom Beterne var høje eller lave.

Hver Gang Klør var Trumf, gav det en Snaps, og var der for længe imellem dette Held indtraf, var det tilladeligt at „lyve“ Klør i Trumf, ligesom man renoncerede paa enkelte, om Heldet blev altfor overvældende. Med passende Mellemrum serveredes desuden en Omgang Kaffepunser; dog i Aftenens første Periode toges gennemgaaende lidt varsomt paa de vaade Varer, under Ihukommelsen af at der var længe til Dagen atter gryede. Vi Drenge — jeg og en yngre Broder — var hele Aftenen igennem beskæftiget med at kradse Piber ud og stoppe dem paa ny, for hvilken Ulejlighed vi altid rigeligt lønnedes med klingende Mønt, særlig længere hen paa Aftenen, naar Taager dansede for Øjnene, og der ikke saa nøje skelnedes mellem Kobber- og Sølvmønt.

Klokken 9—10 blev der et Par Timers Standsning i Kortspillet. Man rejste sig fra Bordene for at rette Ryggen lidt, gik udenfor for at fylde Lungerne med lidt frisk Luft, medens Bordene blev dækket med forskellig Slags varm Steg og megen anden god Mad, hvoraf Gaasen selvfølgelig indtog en fremtrædende Plads; og sad man atter bænkede, kan det nok være, man lod Maden smage sig og gav synlige Beviser for, at der til Livets det fornødne alligevel hører mere end Øl og Brændevin. Under megen munter Skæmt og Samtale om Dagens og Tidens Begivenheder gjordes der god Besked med Retterne; mange muntre Historier fra fordums Gilder friskedes op og meddeltes af den ældre til den yngre Slægt. En enkelt af Historierne bed sig fast i min Erindring; her er den.

Det var til et Mortensgilde under den foregaaende Smed; hen paa Morgenstunden, da Smeden selv laa slagen paa Valen — d. v. s. af hans Kone var hjulpen i Seng, og hun selv var falden i Søvn i en Armstol ude i Køkkenet, gik Flasken læns. Vække hende for at faa den fyldt paa ny turde man ikke, da man af gammel Erfaring vidste, at sligt Forlangende paa dette Tidspunkt af Døgnet ikke vilde blive efterkommet; hvorfor man besluttede at hjælpe sig selv. Den store Per Vollesen paatog sig Hvervet at besørge Flasken fyldt. Da Hvervet nødvendigvis maatte udføres paa Hosesokker, om det skulde lykkes, hjalp man ham med megen Besvær Støvlerne af; thi selv om Selskabets Tilstand kunde være noget betænkelig, saa havde man dog ikke drukket bort det diplomatiske Snille, som de fleste halvfulde Mennesker næsten altid gør Krav paa at være i Besiddelse af. Per Vollesen listede forsigtigt gennem det tilstødende Værelse, gennem Køkkenet, hvor den aldrende Smedekone sad og sov i en svag Belysning fra den stærkt dalende Lampe, og ind i Spisekammeret, hvor Ankeret havde sin Plads bag Døren. Da man forgæves havde ventet paa ham i nogen Tid, og han bestandig intet lod høre fra sig, skulde Skrædderen liste sig ind for at se efter, hvor han blev af. Da kort efter det hele Selskab ved den førstes højlydte Latter var hidkaldt for at se, hvad der var paa Færde, fik man ret et Syn, som selv den rasende Smedekone — der med et tændt Lys i Haanden havde skubbet sig frem lige til Dørtrinet — ikke kunde staa for. Der sad han den store Per Vollesen paa sit brede Agterspejl med Flasken i den ene Haand og Tappen i den anden, prikkende og stikkende efter Hullet, hvor Tappen hørte hjemme; men forgæves, af havde han faaet den, men ind igen kunde han ikke faa den. Nu var det ogsaa ligemeget; thi al Brændevinen var løben af Ankeret og stod som en stor Sø ud over Gulvet, og midt i den sad P. V. bandende og skældende over baade Tap og Tønde. Han fik baade foruden og forinden, saa han lugtede af det et helt Aar efter.

Med denne og lignende Historier foregik Spisningen under største Munterhed. Var denne forbi, og man havde takket for Mad, begyndte et lille alvorligere Afsnit af Gildet, som indledede med, at Smeden fra sine skjulte Gemmer hentede en hel Pakke af mere eller mindre velsete Papirer; Regninger var det. Under hele denne Akt residerede Smeden for Bordenden, og foreløbig var det ham, som førte Ordet.

Ifølge Kontrakten skulde Ejerne holde Huset med Smedje i forsvarlig Stand udvendig, baade levere Materialerne og bekoste Arbejdet, hvorimod den indvendige Vedligeholdelse paahvilede Lejeren, dog skulde Ejerne ogsaa dertil levere Materialerne. I Praksis blev denne Paragraf udført saaledes, at Smeden i Henhold til de den nærmest foregaaende Mortensaften tagne Bestemmelser sørgede for alt det fornødne, sørgede ikke alene for Indkøbet af Materialier og Udførelsen af Arbejdet, men gjorde ogsaa det kontante Udlæg.

Efter at have gjort Rede for det i Aarets Løb udførte Arbejde mødte han nu frem med sine kvitterede Regninger, hvis samlede Beløb fordeltes blandt Lavets Medlemmer i Forhold til deres Andels („Parts") Størrelse i Ejendommen. Portemonæen kom frem, hos nogle lidt nølende, og der betaltes.

Saasnart denne Post var refunderet, tog Smeden ubarmhjertig fat paa den næste; det var de mere reglementerede Regninger over Aarets Udlæg af Jærn og Kul og Levering af nyt Arbejde, der ikke faldt ind under Naturalydelsernes ellers saa vide Ramme, som nu kom frem. Skønt Regningerne sjælden var ret store, blev dog de færreste betalte denne Aften, men puttet i Lommen med en elskværdig Anmodning til Smeden om at komme en anden Dag.

Skønt man allerede begyndte at trække Vejret lidt friere, stod der dog endnu et Punkt paa Dagsordenen, som maatte behandles, før man atter helt og holdent kunde give sig Glæden og Sorgløsheden i Vold. Paa Forslag af Smeden, eller af en eller anden af de mere velvillige og mindre nøjeregnende, fremførtes hvad der muligvis i det kommende Aar kunde tiltrænge Lavets Bevaagenhed med Hensyn til Reparationer. En almindelig Snakken i Munden paa hverandre, frem og tilbage, var snart i fuld Gang. Da de strængt parlamentariske Former i hine Dage kun var i sin Vorden, var de formelle Hensyn, man iagttog under Sagernes Drøftelse, kun ringe. Selv mindre betydelige Ting fik en nogenlunde grundig Behandling, mere fordi man uvilkaarlig følte Trang til at lade det fri Ord have frit Spil nu lige efter hele Aarets Opgør med sig selv og Smeden, end af ond Vilje eller utidigt Kniberi. Naar en lille Tid var forløben, og det kunde antages, at Spørgsmaalet, som laa for, var tilstrækkelig debatteret, til at hver enkelt af Forsamlingen havde haft Tid og Lejlighed til at danne sig en begrundet Mening om Sagerne, skar en kraftig Røst igennem og overdøvede de talende med de afgørende Ord: „Skal vi saa være enige om at lade det lave!“ eller „hellere lade det vente til næste Aar!“ Selv om en enkelt Kniber muligt sad med en Protest paa Læberne, naar noget skulde bekostes, skulde vedkommende nok holde sine Ønsker skjult hos sig selv, da han ellers kunde resikere en almindelig Latter eller mindre velkomne Spydigheder til Løn for sin Omsorg; thi naar en Sag var afgjort, fandt man sig ikke i Smaaligheder og Vrøvleri bagefter, derom var Flertallet altid enigt. Og det skal siges til Fædrenes Ros i min gamle Fødeby, at de sjælden sagde Nej, naar Far kom frem med velgrundede Forlangender.

Der gik et Lettelsens Suk gennem hele Selskabet, naar denne mindre livlige Akt var udspillet.

Endnu en Gæst havde paa dette Tidspunkt gerne indfundet sig for at bidrage sit til Aftenens Underhold; det var Landsbyens, ja for den Sags Skyld hele Egnens Musikant, en halt, noget forfalden Subjekt, som med en gammel Skindpose under Armen traadte ind i Selskabet. Violinen i Skindposen var næst efter Flasken hans det kæreste.

Med visse Mellemrum fik han Lov til at give en Del Numre til bedste, mest gamle Dansemelodier, og lønnedes rigeligt derfor med baade Mad og Drikke, og saa fik han endda en god Slump

Smaamønt i Tilgift; ikke alene fordi hans Spil til en vis Grad morede Selskabet, men han var nu engang i nær Slægt med en af Byens velstillede Familier; og skønt en vanartet Søn, følte man alligevel en Del Medynk for Staklen, lod ham spille, gav ham Smaaskillinger og undte ham en Plads i Selskabet, da man tillige vidste, at ogsaa for ham stod denne Aften i Festglans; og Glansen tiltog, jo oftere han maatte faa Lov at vise sin Færdighed i at behandle sit Instrument.

Medens de gamle af Laget allerede nu gjorde Tegn til at bryde op og gaa derhen, hvor de ældre af Aar ved Midnatstide føler sig mest velforvaret og finder Alderdommen mindst trykkende, tog det øvrige Selskab atter fat paa Kortspillet og hvad dermed uløselig var sammenknyttet. Snart stod det hele hen i en blaalig Taage. En kvælende stram Tobaksrøg indhyllede Selskabet og drev som tykke Skyer gennem den lavloftede Stue. Lamperne døsede og gav kun et mat og dæmpet Lys; men Slagene i Bordet faldt lige faste, og Beterne gik lige højt, om ikke højere; de spillendes Ansigter røbede ved de spændte Træk og det stadigt vekslende Minespil en usvækket Intéresse for Spillet og dets Gang; Glas og Kopper fyldtes og tømtes, indtil Tanken antog en umiskendelig Lighed med den tunge, taagede Luft, som svøbte sig stedse tættere og fastere om de forhen saa glade Morgengæster.

De første Afsked var tillige Signalet til vi to „Pibestopperes" Afsked med Selskabet. Snart efter maatte vi, hvor nødig vi end vilde, lægge os til Ro i vort lidt afsidesliggende Sovekammer. Men Slagene i Bordet samt en enkelt gennemtrængende Latter naaede endnu rum Tid vort Øre, indtil Søvnen tog os; — dog i Drømme havde vi endnu længe travlt med Pibestopning, Sparegrise og Mortensgaas.

En enkelt Slutningsscene af et Mortensgilde fra disse Aar staar endnu klar i min Erindring. Efter at have sovet i adskillige Timer vaagnede jeg hen paa Morgenstunden ved en ualmindelig Støj, som ved sin højrøstede og gennemtrængende Karakter gjorde mig lidt angst til Mode. Jeg kaldte paa Moder, som beroligede mig med, at det kun var Povl C., som ikke selv kunde gaa hjem, og som endda vilde have flere Kaffepunser. I en Fart iførte jeg mig en Smule Tøj og listede mig forsigtig ind i Stuen for paa nærmere Hold at følge Begivenhedernes Gang. Povl C. havde da i siddende Stilling placeret sig paa Gulvet i Forstuen, medens et

Par hjælpsomme Mænd af Selskabet forgæves gjorde Forsøg paa at hjælpe ham op af Fornedrelsen. Povl kun brummede, skældte og vilde have flere Punser. Da man endelig, efter at have modtaget Forstærkning af de hjemfærdige Gæster som havde tilstrækkeligt Herredømme over deres Bevægelser, fik ham bragt paa ret Køl, tog et Par velvillige Naboer sig af ham under Hjemturen.

En raakold Efteraarstaage hvilede hen over Egnen i den tidlige Morgen, da de sidste Gæster samtidig med Povl styrede hjemefter. Henad Gaden gik de, Par om Par, diskuterende Nattens Beter og Begivenheder, smaasnakkende, noget uklare — baade i Tanken og Stemmen, og ikke alle med fuldstændigt Herredømme over Bevægelserne.

De gamle af Slægten, som holdt Mortensgilde for 25 Aar siden, ligger næsten alle gemt under Mulde; de yngre, som tog Arven efter dem, bevarede Skikken endnu en Række Aar; men kun faa Steder har den holdt sig til vore Dage; og det er da i en meget ændret Skikkelse.

FRA SPROG OG LITERATUR

BETYDNINGSOVERGANG PÅ GRUND AF OMGIVELSERNE

Medens en række tilfælde er påvist, hvor et ords lydform er påvirket af de omgivelser, som det sædvanlig forekommer i[1], ligesom også at forbindelsen har indflydelse på ords formovergange[2], synes der ikke at være påvist sandhi-indflydelse på ordenes betydning[3]. Det vilde i og for sig være naturligt, at betydningslæren har lignende forhold som lyd- og formlæren, om end måske mindre hyppigt og mindre iöjnefaldende, og jeg tror da også at kunne påvise nogle enkelte herhen hørende tilfælde, som jeg håber at andre vil forøge.

På samsinger-målet har ordet lebendig fået betydningen ond, slem. Denne betydning har næppe sin forklaring i, at ordet gennem den opr. betydning levende, livlig kan komme til at betyde for livlig, men hidrører snarere fra, at ordet hyppigt forekommer i forbindelsen den lebendige satan. Da nu mørkets fyrstes navn og ordet lebendig føles som sammenhængende, får tillægsordet sin farve af navneordet og kommer selv til at betyde ond. Betydningsovergangen er beslægtet med den svenske udvikling af ordet hin, men medens hin vel har fået sin betydning ved underforståelse af det egentlige ord (onde, hårde el. lign.), kan dette næppe være tilfældet med lebendig.

En helt forskellig betydning fra den oprindelige har ordet uforgribelig fået. Jeg tror at turde påstå, at de aller fleste ved min uforgribelige mening tænker på en mening, som ikke er til at rokke, men vore ordbøger fra Molbechs til Larsens dansk-norsk-engelske (2. udg. 1888) er enige i, at det tværtimod betyder: som dog ikke skal foregribe andre mere kyndiges dom. At dette er den oprindelige betydning nærer jeg ingen tvivl om, men den stadig genkommende ordforbindelse og det temmelig ubegribelige ord, som vi i sin tid har fået fra tysk, har ført til, at vi næppe nu vil godkende Molbechs ord, om at uforgribelig i „daglig tale“ har sin ældre betydning. Måske har her foruden ordforbindelsen også ligheden med ord som uforanderlig eller uforkastelig spillet en rolle.

[1] Se bl. a. Passy: Changem. Phon. § 552; O. Jespersen i Festskr. til Vilh. Thomsen s. 1 flg.; Nyrop: Adj. kønsb. s. 44 flg.; Dania I, 222, III, 92; Kock: Spr. förändr. s. 127; Jensen, Vendelbom. § 285; Feilbergs ordb. I, 24; Meringer: Idg. Sprachwiss. s. 37. [2] Dania X, reg. under Kuriosa, Mon, Og = at, Substantiver. [3] Antydninger findes dog, se Tegnér Spr. makt s. 26 flg., Nyrop: Ordenes liv, s. 210 flg.

Ordet patent betyder oprindelig åbent (brev), bekendtgörelse, og er da særlig blevet knyttet til offentlig meddelelse af eneret, i nyere tid særlig eneret til at forfærdige et eller andet. En patenteret (eller forkortet patent) indretning er da egentlig en, som iflg. bekendtgörelse tilhører en bestemt person, men kommer i den alm. bevidsthed let til at betyde noget, som der er „mekanik“ ved. Derfor er det ikke så underligt, at man ser efter, hvordan patentet i en pibe ser ud, eller i, at patentet ved Lavals centrifuge består i ringsystemet. Man har hørt et par københavnske arbejdere sige, at bommen ikke kunde hejses op fordi patentet var gået i stykker i den stærke frost.

I meget jævne folks tale er ordet indfødt blevet omtrent enstydigt med vild (om mennesker) på grund af den hyppige brug af det om de indfødte i fremmede verdensdele, og jeg er vis på at have hørt udtalelser i retning af, at i Australien er der snart ingen indfødte mere, eller at de indfødte forsvinder år for år. Man vil vel også kunne træffe kundgörelser om, at der forevises indfødte kaffere eller singalesere, uden at nogen gör sig klart, at der egentlig skulde stå noget om, hvor disse mennesker var indfødte.

Til de lavere lag af sproget hører også udtalelser som „en middag, der uden overdrivelse kunde kaldes frugal“, eller „jeg vil udbringe en skål for vores allesammens ve og vel“, men bægge disse udtryk hører åbenbart også hjemme her.

Endnu kunde nævnes fore (Dania I s. 245), som adskillige hæderlige mennesker, dels på grund af omgivelserne (sværd — spore), dels på grund af lydligheden (fole, at fore), har opfattet som et poetisk udtryk for hest. Endnu mere end ved uforgribelig har dog vist her egentlig analogiindflydelse fra lydlignende ord gjort sig gældende.

Det er rimeligt, at lignende indflydelser har gjort sig gældende på ethvert tidspunkt i sprogets udvikling, og dersom vi går tilbage til ældre sproglag, må vi sikkert også dær kunne finde eksempler. Jeg skal blot tage et enkelt eksempelpar.

Dansk ting (en) går åbenbart tilbage til ting (et) og betegner fra først af, ligesom sag (sml. søge, ransage[1]), hvad der forhandles om på tinge. Men selve ting(et) går nok tilbage til et ord, der er det samme som lat. tempus, og en sideform þeihs har endnu i gotisk betydningen tid, tidspunkt. Betydningsudviklingen fra tidspunkt til forsamling (som vi også har i rigsdag, herredag) har vel netop haft sit grundlag i forbindelser som bestemme ting, indkalde til tings og lignende.

Dette er blot nogle få antydninger. Forhåbentlig vil andre og kyndigere påvise, om dette spørgsmål fortjener at tages op til yderligere drøftelse. Mig forekommer det, som om sandhi-fænomenerne ved også at omfatte ordbetydning får en större afrunding og skiller sig ud som en særlig afdeling fra det store pulterkammer, analogidannelserne, som nok kunde trænge til at udskiftes i ordnede underafdelinger. *M. Kr.*

[1] Sml. også fransk chose af lat. causa.

MIDDELALDERENS RUNEMINDESMÆRKER

Ludv. F. A. Wimmer: De danske runemindesmærker. Fjærde binds første afdeling: Runeligstene og -mindesmærker knyttede til kirker. Kbh. 1904.

Vi har med stor glæde set dette ny bind af runeværket komme frem. Ud af et ualmindelig stridigt stof er det lykkedes professor Wimmer, som dog her mangen gang er uden for den nordiske sprogforsknings område, at få vel omtrent så meget, som man i öjeblikket kan få ud af det. Det har været et overmåde besværligt arbejde, og hvor dårlige forarbejder forf. har haft, får man et stærkt indtryk af ved at se den række rettelser af tidligere forskeres værker, der findes næsten ved hvært eneste nummer. På en måde er dette bind i endnu höjere grad end de andre et grundlæggende arbejde, og det kan dærfor måske håbes, at dog nogle af de vanskeligheder, den første bearbejder har måttet give tabt overfor, kan klares af senere.

Sprogligt fræmbyder disse indskrifter langtfra samme interesse som de to tidligere binds. De er små, meget rigelig forsynede med skrivefejl, og nærmer sig i tid stærkt til vore langt fyldigere kilder på pergament, landslovene og de gamle lægebøger. De ældste, som den skånske i Københavns bispegård og den nyfundne billedsten fra Ørsted kirke, har dog også i sproglig henseende betydning fræmfor de fleste andre. For øvrigt synes det, som om man kan skelne målejendommeligheder, som jysk mæk, gørþæ, men skånsk mik, giorþi, i disse sene indskrifter.

Af det sprogligt vigtige må dog særskilt nævnes personnavnene, som Amdi (Tisted), Asbiarn (Føvling), Ingærþ (Sal I), Horderus (Gæssingholm), Skalmi (Vejerslev), med flere, som er oplyste på forskellig måde. I anledn. af Skalmi drager forf. Olriks sammenstilling af dette navn med Skammel i tvivl, og formoder, at det sidstnævnte navn stammer fra Skammels af Skammhals. Til styrkelse heraf kunde også nævnes Klemens > Klemen.

Som oplysninger om den danske middelalders åndsliv har dærimod disse få og små indskrifter den störste betydning. De viser, at den kirkelige brug af runerne kun i ringe udstrækning har hjem på Sælland, medens Fyn med Ørsted-billedet og de svendborgske røgelsekar, Jylland med sine mange runeligstene, og Skåne med sine døbefonter, hvær har sin ejendommelige brug. Endda er den mærkeligste af de skånske fonter, den i Åkirkeby, ikke medtaget, da den ikke er dansk arbejde. Sælland har dog også sin lille ejendommelige gruppe, runeteglstenene, men den kan ikke stå mål med de andre.

Af enkeltindskrifterne lægger man mærke til de latinske vers, de jyske ligstenes hexametre (Føvling, Sal II) og den nu omstøbte skånske Hardeberga-klokkes leoninske vers; til det fuldstændige Ave Maria på Hæstrup kirkeklokke, og de ufuldstændige på Ulbølle-røgelsekarret og Esrom-stenen. Den skånske Hästveda-sten har Jesu ord på korset: „i dine hænder, herre, befaler jeg min ånd“, på latin, men trohjærtigt hedder det på den jyske Hvidbjærg-sten: „beder for Bo“! På den sønderjyske ligsten fra Bjolderup og den nordjyske fra Hillerslev træffer vi de første mere eller mindre sikre spor af danske adelsvåbner.

Helt ejendommelige er enkelte. Den sællandske døbefont fra Bårse med kalenderrunerne har måske en frænde i de svenske Göta-landskaber, hvad der er så meget mærkeligere, som runekalendere ellers kun har efterladt sig svage og tvivlsomme spor i Danmark. En anden dansk omtale af kalenderrunerne findes dog vist i Claudius Clavus' geografi, som i sommer er udgivet af Carl S. Petersen og A. A. Björnbo, men i denne synes runerne at have islandske navne. De tre jyske brudstykker af runerækker viser intet sikkert om, i hvad hensigt de er indhuggede, medens Bårse-rækken næppe kan være andet end en hjælp til forfærdigelsen af runekalendere.

Ejendommelig på en helt anden måde er den gamle billedsten, som nylig er funden i Ørsted kirke på Fyn. Af indskriften lærer vi, at ,Eskil i Gård' har hugget dette billedværk, og at det forestiller Samson der dræber dyret, — et mærkeligt bidrag til, hvad forestillinger der i middelalderen knyttedes til de kirkelige billedværker; ti denne riddersmand med skjold og sværd og ridende på vilddyret synes os ret fjærn fra den bibelske bryderhelt.

Professor Wimmer har ladet dette halvbind udkomme fôr tredje bind, fordi han ikke turde betro nogen anden det særlig vanskelige arbejde med disse indskrifters og deres fortolknings typografiske udstyr, men meddeler at 3dje bind, de østdanske runesten, nu går i trykken, — hvormed den egenlige tekstrække vil være sluttet. Vi ønsker forfatteren til lykke med værket, og vort folk og forskning med at eje det. Han har ført vore runer med ære! *M. Kr.*

GAMLE GADENAVNE

3. *Støden.* Ved at læse Anker Jensens notits om *Graven* i D. St. I, 3 (s. 127—148 ovenfor) kom jeg til at tænke på gaden *Støden [sdø·ðən]* i Roskilde. Den ligger i forlængelsen af byens hovedgade (Al- og Skomagergade) og navnet kunde måske betyde: stubbene; i VSO. står stød forklaret bl. a. som stub. Molbech siger, at ordet i denne betydning er masc. i Nordsjælland, men anfører ingen exempler.

Karl Hude.

Uden at turde nægte muligheden af rektor Hudes forklaring, skal vi dog henlede opmærksomheden på det glda. ord stødhe (se Kalkar IV. 200 a og henvisninger), som synes at betyde kag el. gabestok. Støden ligger i et naboskab (Natmandstræde, Tyvegade og Hundkær) som nok kunde passe til denne forklaring. *M. Kr.*

MORTEN BØRUPS LATINSKE FORAARSVISE

Oversat af *Vilh. Andersen.*

In vernalis temporis
ortu lætabundo,
dum recessum frigoris
nuntiat hirundo,
terræ, maris, nemoris
decus adest deforis
renovato mundo,
vigor redit corporis,
cedit dolor pectoris
tempore iucundo.

Terra vernat floribus
et nemus virore,
aves mulcent cantibus
et vocis dulcore,
aqua tempestatibus
caret, aer imbribus,
dulci plenus[1] rore,
sol, consumptis nubibus,
radiis potentibus
lucet cum decore.

O, quam mira gloria!
Quantus decor Dei!
Quanta resplendentia
suæ faciei!
a quo ducunt omnia
summa, ima, media,
formam speciei,
magis hæc[2] distantia[3],
quam sit differentia
noctis et diei.

Naar den første Foraarsdag
ler i vore Dale,
og naar Kuldens Nederlag
meldes af en Svale,
Jord og Hav med Velbehag
vaagner ved et Trylleslag
af sin Vinterdvale —
o, hvor træder vi med Mag!
o, hvor let vort Aandedrag
i det lyse Svale!

Skoven i sin grønne Dragt,
Engene i Grøde,
Fuglesangens søde Takt
vandrer vi i Møde.
Havet har til Ro sig lagt,
gennem Ætren glider sagt
Duggens Draaber søde,
Solen gør paa Skyen Jagt,
lader sine Straalers Pragt
herligt gennemgløde.

Eja, hvilken Ære stor
af Guds Naades Straaler!
Hvilken Efterglans vor Jord
af Guds Aasyn taaler!
som til alle skabtes Kor —
her og der og hvor de bor —
deres Glans udmaaler,
skønt de spreder deres Spor
fjernere end Syd fra Nord,
Nat fra Dagens Straaler.

Af dette Digt findes en smuk dansk Oversættelse fra 1896 af Dr. Fr. Moth, som dog ikke følger den formentlig bedste Tekst (i Erasmus Lætus' Festskrift i Rørdams Hist. Kildeskrifter II, 668), og hvori Rimet ikke er saa strængt gennemført, som det her er forsøgt.

[1] var. plexus. [2] eller hac (nemlig facie)? [3] var. dictantia.

DANSKE STUDIER

UDGIVNE AF

MARIUS KRISTENSEN OG AXEL OLRIK

1905

FOR UNIVERSITETSJUBILÆETS DANSKE SAMFUND

KØBENHAVN
DET SCHUBOTHESKE FORLAG
H. H. THIELES BOGTRYKKERI

INDHOLD

KULTUR OG FOLKEMINDER

FRA SPROG OG LITERATUR

SKÆLDSORDENES LYRIK

AF

H. F. FEILBERG

„Det nye stiliserede moment, som Hørup forstod at anvende med en så forbløffende kunstnerisk og agitatorisk virkning: skældsordet." Hagensen, Den jødiske Periode, citeret i Middagsposten 10/10 04.

„Lyrik er vel alt det, der umiddelbart vælder frem af et menneskehjærte, det, hvis værd kun beror på den personlige inderlighed og varme, den følelsens styrke, den sindets modtagelighed, der kommer til orde deri."

A. Gnudtzmann. (Dgbl. nr. 284. 1900.)

Det er mit håb, at nedenstående redegörelse vil udfylde et dybtfølt savn i studiet af lyrikkens former [1]. Ikke således at forstå, at jeg tror at have udtömt æmnet, langtfra, men jeg håber, at det brugte materiale er rigt nok til at optrække grundlinier, som følgende forskere vil kunne skære dybere, måske hær og dær rette. Hvor vreden umiddelbart vælder frem af et menneskehjærte finder den hos rigt begavede et rigt udtryk, gammelkendt er talemåden: „ira facit versus"; men også for den mest umiddelbare, for den mest personlige inderlighed og varme vil udtrykkene ubevidst træde ad de alt banede veje, loven gælder for alt levende.

[1] Et skældsord-leksikon er ifl. „Demokr." bleven udgivet af en forlægger i Frankfurt. Det nyttige værk, som forfatteren mener ikke bör savnes i nogen familie, indeholder 2500 skældsord, delte i forskellige klasser, alt eftersom de kan anvendes mod mænd, kvinder eller börn. Med hensyn til bogens „praktiske" værdi skriver forfatteren i sin fortale: „Jeg sætter, at man hader en eller anden person og gerne vil sige vedkommende sit hjærtes mening. Kalde ham en slyngel tör man ikke uden at komme i konflikt med straffeloven; men så hjælper mit leksikon en over vanskelighederne. Man sender vedkommende et brevkort og skriver blot derpå: „se skældsord-leksikonet side 25". Dette forudsætter ganske vist, at begge parter ejer leksikonet, og er dette tilfældet, har vedkommende på side 25 følgende skældsord at anvende på sig selv: „bedrager, skarpretter, blodsuger, blodigle, blodhund, vampyr, bæst, røverbandit, ågerkarl m. m." *(Hejmd. nr. 69. 1902.)*

Der er ved skældsordene jævnlig en velgörende oprigtighed, en klarhed i udtrykket, hvorved al misforståelse, enhver tvetydighed undgås. „Abort“, „kloset“, „lokum“, „das“, „partemang“, „toilette“ hører enfoldige mennesker fra provinsen uden at forstå, sålidt som forf. forstod, hvad „nr. 100“ betød på et schweizersk hotel, eller „Md. Meier“ på et københavnsk, eller „Påfven“ på et svensk.

I senere år er et ideografisk tegn bleven temmelig almindeligt: W. C. Herved tænker jeg ikke på et brev, adresseret til Hr. W. C., der forrige år ankom fra udlandet til postkontoret i Kbh. og som tydedes W. C. Petersen, der af vort kloge postvæsen blev opdaget i Frederiksberg[1]. Dette viser öjensynlig vort snilde postvæsens udmærket dygtige uddannelse. For ikke lang tid siden fik jeg brev fra England, hvorpå afsenderen havde forsömt at angive adressatens land. Bagpå var skrevet på dansk hilsener og andre meddelelser; en postmand havde med rødkridt i store træk skrevet: „Try Denmark!“ Nu, man kan jo ikke antage, at en sædvanlig postembedsmand skulde kunne kende vort mesopotamiske sprog af ordenes form, han har derfor indskrænket sig til forsøget, som jo kunde være mislykket.

Det er et andet W. C. jeg tænker på. En Englænder ønskede sommerophold i Norge, averterede i Kristiania aviser, modtog en del svar. Et syntes han særlig godt om, skrev til afsenderen om forskellige oplysninger og lod indflyde: „er der en bekvem ordning med hensyn til W. C.“? For modtageren var disse bogstaver en uløselig gåde, han gik til degnen, sognets höjeste oplysning; denne udfandt at C. med rimelighed var kirke eller kapel på engelsk, W. måtte være Vatnsdal. Så skrev da Nordmanden tilbage, at såvidt var alt i orden, W. C. var 1½ mil borte, der var 180 siddepladser, stedet var meget søgt, og da han og hans kone forleden havde været der, var alle pladser optagne, de måtte stå op, hvad der havde været meget anstrengende.

Her træder jo öjensynlig faren ved brugen af slige mystiske tegn frem.

Tegn kan jo da forresten også tale, men for at forstås af alle, må de være kendte og vedtagne af alle. Hvad der i Belgien og Frankrig betragtes som en blodig fornærmelse, at en dame stiller en kost med stagen nedad udenfor sin nabokones dör, vil

[1] Kold. Avis nr. 19. 1901.

ingen forstå hærhjemme. Anderledes med at „pege fingre ad en“ eller „række lang næse ad en“, det tegnsprog synes at være kendt i alle lande. En ung dame, der udgav sig for døvstum, blev fanget af politiet som landstrygerske, og skönt man bestemt antog, at hun var simulant, var et forsøg på at bringe hende til at høre eller tale i retten forgæves. Tilsidst endte det med, at dommeren oplæste kendelsen i rettens nærværelse: seks måneders fængsel, skyldig i landløberi. Næppe var ordene ude af hans mund, förend hun „zette een fermen neus“ til ære for retten, han fortsatte så rolig og föjede til, „men da hun havde hånet øvrigheden tillige, øgedes straffen til tre års fængsel [1]“. Den geberde vilde utvivlsomt også være bleven forstået i en dansk ret, som den var kendt i Rom under navnet „ciconiam facere“ [2]. Vi kan forøvrig på dansk om selve figuren af de udspændte fingre, der øger næsens længde, göre meningen endnu tydeligere ved at råbe: „erre dig, ferre dig, gör a dig gal! er do det ent, så wor do 'et wal!“

Derved vil sagtens fuldtud nås den ønskede forståelse, hvad enten så udtrykket for den bliver en lussing eller en næsestyver. Det samme turde gælde det ikke ualmindelige at „række tunge ad en“, måske efterligning af barnets gestus, når noget smager stygt [3].

Ordet er dog ganske anderledes talende, rigt, moduleret end dette tegnsprog, hvortil passende kunde föjes at „klappe i måsen ad en“, her er kun liden afveksling mulig, lidt flere eller lidt færre klap, tungen lidt kortere eller lidt længere ude siger ikke synderligt i sammenligning med ordets og stemmens rige modulation.

En arbejdsmand havde kaldt en værtshusholder en „rød dreng“ og en „drabant“. „Det er bare sådan i al gemytlighed, hr. Assessor. Den røde dreng, det er nu et slags kælenavn, vi har til ham. Drabant, det har jeg inte sagt, derimod kan det nok være at jeg sa' labant. Det kom til en slags mundhuggeri mellem os, hr. Assessor, og så kan det jo nok være, at kejen bli'r lidt gemytlig, men han sa' nu ellers: din sorte kulsjover og din platfodede bondetamp til mig“ [4]. For Börglum politiret stod to madammer, som i samtalens varme havde brugt „kule“, „mær“ og andre af sprogets fagre ord om hinanden. Indklagede forsvarede sig med, at klagerinden havde kaldt hende „sådan en kasse“, men da alle udtrykkene måtte antages at være brugte i kampens hede, mente

[1] Nederl. Volksk. II. 140. [2] jfr. Tylor Urgesch. 66. Sittl Gebärden 88. [3] se Sittl Geb. s. 90 (Rom), lingvam exserere. [4] Kold. Avis nr. 225. 1900.

retten, at de ikke burde komme nogen af dem til skade på ære, gode navn og rygte [1].

Eller et selvoplevet exempel. For mange år siden bragte pigen på Borchs Kollegium mig grædende kaffe. På mit spörgsmål, hvad der var ivejen, sagde hun afbrudt af hulken, at madammen var fuld og havde først skældt hende ud for „so-mær", lidt efter for et „mögdyr". Her er atter variation i udtrykket. I den så bekendte Alma Bondesenske sag hævdede politibetjent Petersen, at han aldrig til de kvindelige fanger sagde „tyvemær", men bestandig brugte det ædlere og mere hensynsfulde udtryk „tyvetøs" [2].

En almindelig bemærkning tör jeg vel her indskyde, at skældsord, når de mand og mand imellem anvendes for at forsvare berettigede interesser og med omhu tilbagegives af modtageren, er tilladelige og passelige. En proprietær havde tilskrevet en kreaturhandler og kaldt ham for „udøver af et ualmindelig frækt lammeprakkeri". Handelsmanden kvitterede for modtagelsen ved at betegne proprietæren som et „råt, uopdraget menneske, hos hvem galgen [ɔ: galden] havde taget overhånd". Disse udtryk gik op imod hinanden [3]. I Esbjærg byråd mente for ikke længe siden et af medlemmerne, at formanden ikke havde påtalt fornærmelige udtryk, der var bleven brugt. Borgmesteren svarede: Hær i rådet bruges stærkere udtryk end mange andre steder. Således sagde R. P., at det i Sundbo's artikler „ikke vrimler med sandheder". Det var på grændsen, men når det ikke blev påtalt, var det, fordi der fra anden side var brugt lige så kraftige ord. Han kunde ønske at dirigere et mindre kraftigt byråd. Westergård (tört): „Jeg synes at tonen er ganske behagelig." (Stormende munterhed.) Borgmesteren: „Ja, om smagen kan der ikke diskuteres" [4].

Men jeg fortsætter. Særdeles udtryksfuld må omtalen af Niels Lollænder siges at være. Først kaldes han en „gemén tyveknægt" og „en mögskidt fyr", og så siges, at han skulde slås fordærvet og bagefter stampes sammen til svineæde [5]. En redaktör nævner en af sine kollegaer „en socialistisk pladshund", der farer alle ikke-socialistiske godtfolk i benene og derfor må finde sig i at få over snuden, når han farer i vore private ben [6]. Til denne art lyrik henfører jeg en bekendtgörelse om agrarmøder på Ærø: „offentlige

[1] Samf. nr. 840. 1902. [2] Fyns Avis nr. 31. 1901. [3] Kold. Avis 12/5 03 [4] Kold. Avis 5/11 04. [5] Erichsen. Der er et yndigt Land s. 13. [6] Fyns Avis nr. 11. 1901.

møder om reformpolitik og agrarpolitik samt om danske jordbrugeres stilling som stumme pakæsler, der under socialdemokraternes jubel drives frem af landsbydegne, byprokuratorer, kupons- og skorstensbaroner samt avisfabrikanter, afholdes"[1].

Der kan anføres dom for, at „valgflæsk", hvormed danske vælgere trakteres for at blødgöre hjærter og fylde maver, ikke er injurie[2] mod den, der siges at traktere med sligt. Også kan passere, hvad der anføres i Krist. Dgbl.[3] efter Demokraten: „hvis de 33 oversnobbere samt deres af en klat politiske bløddyr hist og her i landets kommuner valgte eftertravere, tror" ...

Politikken synes i det hele i bevægede tider at være det, der stærkt kalder både på følelsens styrke, den personlige sindets modtagelighed og det umiddelbare væld, der strömmende bryder frem i menneskehjærtet. Særlig har jeg ikke studeret disse skældsord, sålidt som rækkerne af ældre og yngre „kloakpolitiske ukvemsord"[4], men kun nu og da på min vej plukket en enkelt blandt de bly og beskedne blomster, jeg traf. „Fædrelandet" i sin tid, i vore dage „Socialdemokraten" og „Politiken" vil utvivlsomt kunne give en smuk buket og en rig høst for den, der med nogen tålmod vil søge.

Jeg citerer en avisartikel fra en valgagitation. „Socialdemokraten" fremstiller sig selv både som fredens og retfærdighedens vogter og bevarer, mens alle andre, som står udenfor partiet, er afarter af menneskeheden, egentlig kun dyr. Høgsbro er en „rotte", Witzansky en „overrotte" ... Hele venstrepartiet er en klump, der er filtret sammen af en mængde ubestemmelige bestanddele. Der er hofsnobberi og godsejersmörelse, folkelig militarisme og krigsgal fredsvenlighed, indremission med kaninpoter og lange ører, fritænkere på hosesokker, grundtvigianisme i bælgvanter, pengeposeinteresser og lange aktionærfingre. Noget slimet og tåget, som ikke er til at komme igennem. Ministrene er frasemagere og løftebrydere, præsterne slavehandlere, der gör livet til et helvede for menneskeheden. Kun socialismen kan føre ud i frisk og solvarm luft og give mennesker lykke[5]. Fremdeles: Venstres færd er kapitalsjæle værdig; „Demokraten"s modstandere er rundbugede exemplarer af agrarklassen, Grundtvigianere med deres fordummelsesskoler, bragebræg og smör, valgsnyderi, uldne Deuntzere, folk,

[1] Kold. Avis nr. 148. 1901. [2] Kold. Avis nr. 135. 1901. [3] Nr. 263. 1901. [4] Hejmdal 1902. [5] Kold. Avis 3/6 03.

der driver vadmelsfrakkernes rovpolitik. Borgbjergs modkandidat er et amfibium [1].

Endvidere: Venstre består af sognekonger, kommunehertuger, oversnobbere, politiske bløddyr, krumryggede; det er en duknakket landrace, de er ordens- og titeljægere, moderate slavesjæle, danske spytslikkere, præsteforskrækkede degneministre, hovne storbønder, reaktionære skrydere, tykhudede vigtigpetere [2]. Af og til får man et bidrag også andetsteds fra. Jyllandsposten siger, at ministrene Christensen og Sörensen har været næringsdrivende bondeassistenter, og at hele ministeriet ligner det hæderlige redskab, der kaldes en „vindböjtel". Agrarerne er tværfyldinger og isterbuge [3].

Endelig samler jeg i flæng på må og få nogle udtryk. Overfor „Socialdemokraten" og „Politiken" er alle modstandere overløbere, forrædere, sammensmeltere, Eskimoer, kretinere, hundetampe, spidsborgere, lækatte, kaniner, Siamesere, Køedt-ere [4], Ny-Estruppere, ny-höjremænd, kommunehertuger [5], bondehertuger og storborgere. En politiker nævnes en „litteraer bajerhenter, hjemfalden til hver fribåren sjæls dybeste væmmelse" [6], en person med majestætisk tanketomhed. „Socialdemokraten" taler om reform-idioter, hvad der nok betyder det samme som „mellemflæsket". Arbejdsgiverne er overflødige snyltedyr, ødelæggende skadedyr, fædrelandsforrædere, barnemordere, trafikbaroner. De kristelig sociale er hellige skruebrækkere. En mand nævnes med pyntelig efterligning af de gamle, rimede retslige formler: grundlovsbryder, valgkredssnyder, valgflæskbyder [7]. Der tales om Struds-Stadil, Tulipan-Jens og Bom-Alberti [8], og såvidt jeg mindes, er Høgsbro nævnet „egoismens lavstammede trankusk", Alberti „en brölende træl og en politisk undermåler".

Som nyt af årstiden kan jeg nævne, at bladet København har fået navn af „regeringsköter" [9]; Antisocialistforeningen er „selvbespytterkompagniet [10] og „Antikøbenhavnere". En lidt ældre dannelse er „kanonkvindemand" om en officer [11], öjensynlig formet efter jordemodermands forbillede, alt udtryk for „Socialdemokratens" rige begavelse, hvor det gælder at opsøge og bruge de dybe lejer,

[1] Kbh. 9/6 03. [2] Kbh. 9/5 03. [3] Kold. Avis 1/9 03. [4] se Samf. nr. 170. 1900. [5] Samf. nr. 63. 1900 efter Hørup. [6] Samf. nr. 23. 1900 efter Polit. [7] Berl. Tid. nr. 78. 1900 (?). [8] Fyns Tid. nr. 11 1901. [9] Kbh. 19/2 04. [10] Kbh. 21/4 04 [11] Kold. Avis 29/9 03.

som gemmer sprogets kosteligste malm. Så er en militær tilmed så uoplyst og uforstandig at mene, at udtryk som selvbeskattere, lirekasser, bløde Edvarder, kongelige spytslikkere, kanonfruentimmer, idioter osv. egentlig ikke er argumenter men kun slet og ret skældsord [1].

En særlig interesse har det dog i denne sammenhæng at gå til „tidens höjeste oplysning". Den ejer jo naturligvis den mest omfattende kundskab i alle retninger og vil sikkert kunne „uden pæredansk skidtvigtighed", jeg anfører med glæde udtrykket efter et norsk blad fra i vinter, levere det bedste og fyldigste, som sproget ejer. Jeg kan desværre hær kun anføre andenhånds-vidnesbyrd, og jeg har i det hele taget blot kunnet give antydninger, andre får at eftergå, uddybe og rette. „Politiken"s modstandere eller vel de, som ikke deler dens politiske, sociale, religiøse anskuelser, kan samles i grupper: det blegfede snobberi, den grön-gule misundelse, klerikale, militarister, mørkemænd, storhedsgale, alt hvad der blærer sig, alt hvad der kryber, de overvundne og hadefulde, floskelmagere og de narrede, de erkesnedige og spidsborgerne [2]. Væsentlig det samme siges under noget andre former således, at alle, som ikke hører til bladets kreds er, — jeg håber eller frygter mennesker, der er åndsforladte, pengedyrkende, fladttænkende, spidsborgerlige, snobbede, hykleriske, fæiske, underkuede, ynkelige, hundsede og ludelendige [3]; mens naturligvis alle dens egne er ærlige, usnobbede, borgerlige, vidttænkende, idédyrkende, åndselskende. Antisocialisterne viser en råhed, støttet af storsnudet embedsmandsvælde [ak, i vort land!] til forskel fra de rigtige ægte Københavnere med K. De er „tirrede dyr, hvem fråden står ud af gabet, brölende uhyrer, som borgerne væmmes ved og vender sig fra". Antisocialismen slår ud i ordets brutalitet [deres modstandere holder på det urbane, finhed og noblesse], der grænser til det umenneskelige i en agitation, der søler sig i det laveste, smudsigste" [4]. „Du hast Diamanten und Perlen, mein Liebchen was willst du noch mehr?" Vi lever blandt et kristnet folk, der kender og agter det bibelske ord: Eders tale skal være ja ja og nej nej, hvad derover er, er af det onde.

Dette er jo forøvrig i sin gode orden, og man kunde jo misunde vedkommende deres æevner, men — jeg mindes en historie, jeg for nogen tid siden så i et svensk blad. En skikkelig landsby-

[1] Kold. Avis 8/10 04. [2] Kbh. 24/3 03. [3] Kbh. 28/3 03, 22/3 04. [4] Kbh. 27/3 03.

præst var ved et uheld kommen ind i en kupé, hvor hans medrejsende „begagnade ett tungomål så sällsamt drastiskt och fullspäckadt med svordomar", at præsten, som jo naturligvis hørte til de „klerikale" og „hyklerne" blandt sine landsmænd, udbrød i forfærdelse: „men hvor i al verden har I dog lært at tale således!" En ung karl smilede godmodig og svarede nedladende og overlegent: „så'nt kan man inte lära sig, pastorn. Det är inte värdt, pastorn frestar på det, för så'nt är mera som en gåfva" ... Ja det er vel det, det er, det er en lyrisk ævne, der kan gribe, nej griber både höjt og dybt, så der klinger gennem ordenes brusende ström noget som „en lirekasses grådkvalte, halvt berusende, halvt angstfyldte toner", — jeg tillader mig at låne et slående udtryk hos en samtidig forfatter, — mens på den anden side frygten for at göre uret, misbruge sin magt, knuse istedetfor at rejse „klinger som en stærk og dyb violonceltone gennem et akkompagnement af flöjter".

Jeg er her som botanikeren på Møens Klint, jeg glæder mig over den rige flora, de duftende blomster, skönner, at jordbunden må være rig, dyb muld, og beklager blot, at forhold og tid ikke har tilladt mig at undersøge de mange andre egne, som findes inden vort lands grænser. Men jeg håber på, at andre, yngre og dygtigere, vil følge mit exempel og øge samlingen, så en deling i slægter og arter kunde göres.

En anden betragtning omtaler jeg blot i forbigående uden at tillægge den videre betydning. Som bekendt går projektilet fra en bøsse på en afstand af 1500 alen først gennem et tykt bøgetræ, dernæst gennem ti levende soldater, endelig slår den hul gjennem en fyrretræs planke på to tommer, altsammen uden såmeget som at blinke, fortsætter dernæst flöjtende og fornöjet endnu andre 1500 alen inden den efter et vel udført arbejde lægger sig til hvile i et muldvarpeskud. Havde skældsord samme dræbende magt, — hvad de jo heldigvis ikke har, — var der næppe ret mange voksne mere levende i vort fædreland. Der var al udsigt til, som sagnet fortæller, at der kun fandtes såmange tolvårs drenge, som kan samles om et tøndebånd. Men så kommer jo Holger Danske og verdens ende.

Vi står altså hær ved en samling af den moderne kulturs skönneste, ejendommeligste og mest duftende blomster.

Et gammelt ordsprog siger: „af bande kommer vrede, af vrede

slagsmål, thi bande bider ikke i skind, uden at næverne følger med". Her er det mærkelige ved alle disse ukvemsord, at man har frit slag mod anskuelser og aviser, men de personer, hvis hjærtensmening udtrykkes ved de udskældte anskuelser, eller som med deres pen fylder aviserne, — „rør ikke festungen, du dær dreng med den grönne kasket!" — nævner man dem, rører dem, så må der bøsses. Politik er en sær fornöjelig og nyttig syssel for alle dem, der studerer dens væsen.

For borgere i en moderne retsstat er det nødvendigt at studere herhenhørende; thi helt sikker kan ingen vide sig. Under visse omstændigheder kan „pulverhexe" passere, når det ej vidnefast kan afgöres, hvem af parterne der har brugt ordet [1]. Det er dog vist sikrest ikke at bruge pulverhex som påpegende stedord om en nærværende dame. En borgmester kan ikke antages at have lov til at kalde stiftets fysikus for „en gammel rad" i et byrådsmøde uden at risikere en injurieproces. Om man må sige, at „degnen så ud som en oppudset landsbyhøker i pragtbind", eller om udtrykket en „jordemodermand" er fornærmeligt, så man hellere skulde sige eller skrive „jordemodersbesidder" eller „-ejer", véd jeg ikke sikkert. Dommen i sagen er undgået mig [2].

Det samme gælder en anden sag fra Skive. En mand var indstævnet og beskyldt for at have skældt sin nabo ud for flab, torsk, kæltring. Dommeren spurgte: „har De skældt deres nabo ud for flab?" — „Ja, de ka jo ett nægtes!" — „Har De også skældt ham ud for en torsk?" — „A tykkes, lisom det kommer mæ for." — „Og for en kæltring?" — „Nej, hr. Herredsfoged, det glemte a." Dommen er jeg ikke bleven va'r [3].

Det kan tillades, at en redaktør skriver: „vi mangler en lov, efter hvilken de dyrehandlere, der prakker en kommune et byrådsmedlem på, der lider af dødkuller, kan tvinges til at tage kadaveret tilbage inden 6 års forløb" [4]. Ligeledes passerer det upåtalt, at en redaktør kalder en kollega „et opblæst stykke kalvekød, som det ikke er vor sag at klemme luften ud af [5]." Når Jens Busk i „Vorwärts" er kaldt Jens Lusk, må det betragtes som en ufrivillig vittighed af det tyske blad [6] og kan overspringes. Lykkelige sammensætninger kalder jeg „smörfjerdingsfyrster", „venstrekabyler",

[1] Heimdal nr. 262. 1901 eft. Slagelsep. [2] Kold. Avis nr. 89. 1899. [3] Vestj. Socialdemokrat $^{29}/_{10}$ 04. [4] Kold. Avis $^{27}/_{8}$ 03. [5] Kold. Avis $^{28}/_{10}$ 03. [6] Kold. Avis $^{2}/_{9}$ 04.

„höjskolefjog"; bibelkundskab forråder: „sådan en Habakuk". Som en af de nyeste blomster noterer jeg: „folketinget, hr. Albertis lyd- og lakajting" [1].

Derimod kan ingen mand ustraffet kalde en politibetjent „en gammel, skelöjet gedebuk", eller nævne sognefogden, som panter ham, „en æsel", det sidste koster 14 dages simpelt fængsel [2]. Heller ikke må man nævne sin modpart „stiftsfysikus". Desværre kan jeg ikke længere kapitelfæste min påstand. Jeg har en sagførers udtalelse for, at man ikke må sige om sin næste, at han er en „nobel person", men hvormeget brugen af det ord koster, kan jeg ikke oplyse. Derimod kan udtrykket „professor" med fuld sikkerhed ansættes til mindst 10 kroner. Klageren skaffede bevis for, at en dag, han havde købt en frakke og hat af tredjemand, havde anklagede i sit hjærtes ondskab sagt: „nu er du meget kõnnere end en anden professor". Klageren oplyste, at folk kaldte ham, uvist af hvilken grund, „professor", og at han i bladene havde indrykket et avertissement, der gik ud på, at enhver, der for fremtiden kaldte ham således, vilde blive blive stævnet. Indklagede vedgik at have brugt udtrykket, men uden tanke om fornærmelse. Dommen lød, at da indklagede ved sin udtalelse, i al fald indirekte, havde betegnet klageren som „professor", måtte han bøde 10 kroner, hvorimod udtrykket ikke mortificeredes, da „professor" ikke egner sig dertil [3]. Siden den tid har jeg altid været noget betænkelig ved at adressere breve til universitetslærere eller andre: „Hr. professor", man kan jo dog ikke vide, om vedkommende har averteret, at han ikke modtog slige titler. „Docent" eller „lektor" må derimod antages for at være fareløst.

En blikkenslagermester havde kaldt sin medbroder i lavet „en hædersmand", hvilket ikke kunde tilstedes. Vedkommende fik dog ingen erstatning for tort og svie, men udtrykket mortificeredes: han var ingen „hædersmand", det fik han dommerens ord for. Det er ganske lærerigt her at mindes kadetten, der i Marryats roman havde sagt om næstkommanderende, at han end ikke duede til at være björnetrækker og som, straffet, ærbødig tog sin beskyldning tilbage og höjtidelig erklærede, at han anså sin foresatte fortrinlig skikket til stillingen.

Jeg kommer nu til en hel anden gruppe: de egentlige skælds-

[1] Kbh. 12/4 04 eft. Soc. Dem. [2] Kold. Avis 9/10 03 (Viborg). [3] Kold. Avis nr. 27. 1895.

ord, og skal til medborgeres oplysning og tilrettevisning anføre nedenstående fakta, der mulig kan give en almindelig forestilling både om kvalitet og pris.

En forsigtig mand spörger i Ærø Folkeblad således: „Forespörgsel: hvormeget kan det koste at kalde anden mands kone en mögkasse?"[1]. Jeg beklager i höj grad, at svaret er undgået mig. Noget kan dog herom oplyses. På en maskerade i Stege skældte en herre sin dame ud for en „mögkasse", det kostede 20 Kr. + 8 Kr, i omkostninger[2]. Således er ordet blevet takseret på Møen[3]. „Ågerkarl" må kun siges til en mand, der har taget over 33 % ved pengetransaktioner, når man er villig til at betale 100 Kr. for fornöjelsen[4]. At sige til en redaktør, at han er en „gammel spidsborger", er i Vestjylland temmelig billigt, det koster kun 20 Kroner[5]. Til samme pris udleveres i Randers „en snottet tøs", i al fald som meddelelse fra en ejendomskommissionærs hustru til en tjenestepige[6]. Endnu billigere er dog „en snottet hvalp", hvilket udtryk en gæstgiver i Horsensegnen leverer à 5 Kr. til tjenestekarle[7]. Prisen på „en forbandet karl", brugt af en borgmester, kan desværre ikke oplyses[8]. Den, som modtog det, var tömmermester.

For Holsted politiret er nylig en sag bleven afgjort, som har adskillig interesse. Hovedklageren havde sagt om sin modpart, at hans opførsel lignede en gadedrengs. Dette var utilstedeligt, til trods for, at det kunde oplyses, at den indstævnede havde kaldt hovedklageren en „infam lögner, flab, laban, grönsnudet dreng", hvorfor han måtte betale 20 Kr. Retten har så ikke skönnet, at disse udtryk hørte hjemme i gadeungdommens forestillingskreds, hvad enten de nu må anses for altfor fine eller altfor simple, synderen måtte bøde 10 Kr.[9]. Denne afgörelse turde kræve særlig opmærksomhed.

[1] Hejmdal 8/10 02. [2] Kbh nr. 76. 03. [3] En gjort forespørgsel får ved samme lejlighed at gå videre. Århus Amtstidende (1904) har modtaget følgende: „Kan en kone, der ikke undser sig for at slå folks börn på offentlig gade, f. eks. med et riveskaft, kaldes en „dame"? — Kan en kone, der ikke skammer sig ved at bruge udtryk som: lusepak, beskidt so, mær, kaldes en „dame"? — Endelig, hvorledes forholder man sig for at pille den slags „damenykker" ud af vedkommende på en nem måde"? Bladets juridiske konsulent melder pas over for disse spörgsmål, som herved indankes til mere kyndiges besvarelse. [4] Kold. Avis 19/8 03. [5] Hejmdal 16/12 02. [6] Kold. Avis nr. 57. 03. [7] Samf. 13/9 02. [8] Kold. Avis 11/5 03. [9] Kold. Avis 13/4 04.

Endvidere kan oplyses, at en „tyvetaske", anvendt om en samtidig, er i Stege politiret betalt med 50 Kr., en „sort, beskidt rad" derimod kun med 25 Kr. Man tör vel göre regnestykket efter og sige, at 2 stykker „sorte, beskidte rade" æquivalerer 1 „tyvetaske" [1]. En „skön plante" er ved en politiret takseret til 30 Kr. + 60 Kr. i omkostninger, hvoraf man kan lære, at retten er dyr. „En stor idiot", sagt til en herredsfuldmægtig, kostede derimod kun 10 Kr., hvad man må kalde utrolig billigt. Ikke må man sige til en medborger: „De er en, — nok sagt!" men, hvormeget det koster at göre det, véd jeg ikke. Om en person i en pæn stilling må man ikke sige „löjser", derimod kan man ganske rolig kalde en bonde „dum". Det er ingen fornærmelse, da „udtrykket ikke har hensyn til klagerens sædelige karakter, vandel eller forhold", og „da dadlende domme om kvalificationer i henseende til kundskaber, indsigt, dygtighed o. l. kun angriber den borgerlige agtelse, når vedkommende befinder sig i en livsstilling; der kræver kundskaber, indsigter, dygtighed" o. s. v. Heraf tör så vel drages den slutning, at en bonde ikke befinder sig i en livsstilling, der kræver kundskaber, indsigt eller dygtighed [2]. „Uselryg", anvendt som bekvemt udtryk om en politisk modstander, kan bruges mod en udbetaling af 200 Kr. til kongens kasse og 80 Kr. i omkostninger. Fornöjelsen kan ikke egentlig siges at være billig [3]. „Pjalt" anvendt i en telefonsamtale takseres til 40 Kr., „kæltring", som rimeligt er, til 50 kroner [4].

Endnu nævner jeg udtrykket „agent for Satan". Det blev brugt af en bestyrerinde for et missionshus om en mand, som anbefalede en anden liste end missionens til valget af medlemmer i menighedsrådet. Om de anbefalede personer hørte til den grundtvigske kreds eller den „tredje" retning siges ikke, nok er det, hun måtte ved Søndre Birk betale 20 Kr. for sin mund. Hertil bemærker så en skribent i Kristl. Dgbl.: „hvad er vel opnået ved denne dom andet, end at en kvinde er kommen af med en sum penge. Hun bliver dog ved at mene om gårdmanden, at han er „agent for Satan", og gårdmanden er ikke ved dommen bleven et bedre menneske eller renset for beskyldningen. Han er endnu bestandig den, han er. Agent er han i en åndelig sag, og i åndelige sager er man enten agent hos Satan eller Kristus. Men hos

[1] Samf. nr. 841. [2] Kold. Avis nr. 257. 1901 (Sorø). [3] Kbh. 19/4 04. [4] Klokken 12 6/9 04.

hvem af disse to herrer han er agent, det kan ikke afgöres af Søndre Birks politiret[1]." Det er jo en slående sand bemærkning, men man kunde jo i al beskedenhed så spörge: ligger afgörelsen hos bestyrerinden eller hos indsenderen i Kr. Dgbl? — Og mon nogen af de andre mange, der under indtrykket af den „personlige inderlighed og varme i følelsens styrke" har kaldt höjtærede samtidige „mögkasser" eller „idioter", har skiftet mening efter modtagen dom. Jeg tænker det i grunden ikke. Der er et ikke ukendt jysk ordsprog, som siger: „luk ikke din mund for höjt op, så bliver dit hjærte koldt".

Ak ja, mennesker er så uforligelige. Det var for en del år siden rent galt med en blå farve; vandblå var ikke kriminel, mørkeblå eller tyrkeblå heller ikke, sålidt som mellemblå, himmelblå, grønlyseblå eller gensdarmblå, men „lyseblå". Om den mere er det, véd jeg ikke sikkert. Der var i provisorieårene en mand ude vesterpå, der jævnlig med en gammel rallik for kørte til stationen. Hver gang han fik öje på en af gensdarmerne forude, standsede han, greb hestedækkenet eller fodersækken, sprang af vognen og tildækkede dermed hestens öjne under mange „pturr, hoa, rolig gamle tøs!" Dette gentog sig atter og atter, til gensdarmen var kommen forbi, indtil denne omsider stod stille og spurgte, hvad det skulde betyde. Tøvende kom det så ud af manden, at hesten partu ikke kunde tåle at se den „lyseblå" farve, så fik den kuller. Gensdarmen klagede til øvrigheden over den modtagne fornærmelse, men såvidt vides druknede hans vrede i kontorpersonalets homeriske latter.

Og hvorfor bruger man skældsord? Jeg kunde svare med et andet spörgsmål: hvorfor bruger man blomster, hvorfor hæver og sænker man stemmen, taler hurtigt og taler langsomt? For at give farve, liv, afveksling i talen, bryde dens ensformige flade, som ved stukornamenter og forskellig farvede mursten på fasaden af en bygning. Hør blot: „ret for S.! hvordan F. er 'et I står og dingler på ligtornene? Hold kæft 65! Deling marsch! Nå, et to, et to! Kom nu med 'et for S.! Hvordan er 'et han går og træ'r i 'et 82? Og De vil være theologisk kandidat? Jo, De er sgu en nydelig fårehyrde! Spark i lögsovsen, karle, så stövlerne ryger ad helvede til! Hvordan er 'et han render og sjopper i 'et, bondebæst? Tror han måske, han danser trippevals med Maren ude på

[1] Kold. Avis 22/1. 4/2 04.

bondelandet? I er den O. l. m. no'ne kumpaner! Hør, De agrarformand derhenne på flöjen, De med de lange skanker, ka' De samle deres hæle og synke geværet? Nå 90, hva' glor De efter? Jeg tror, minsæl, Deres fa'r var en skabet hankat! Tarme har De ikke i livet, det er gamle klude altsammen. 67, De skal, D. br. m., holde snuden lige ud, ellers skal jeg, den O. vælte mig, konfirmere Dem, det kan De være vis på! — Holdt! — Sikken et holdt. det lyder, den O. rasle mig, som man triller en skæppe kartofler ned ad en trappe. Om igen![1]"

Jeg tager et eksempel fra andre omgivelser: „Ka' de ikke lade være at puffe til mig?" — „Å, vær nu bare gemytlig og lad os drikke en skive!" — „De må jo ha' træk i stærekassen". — „Hold kæft!" — „Den er gunstig! Hva' Fredrik, han er gunstig, hva'?" — „Gå De bare Deres vej." — „Hør Du, Fredrik, hent en ambulancevogn! For nu ska den storsnudede skvatfigur sku nikkes, og skaf mig så et stykke kridt". — „Hva' vil Du med det?" — „Jeg vil sku nummerere splejsens knogler, for ellers kan de ikke hitte ud af dem på hospitalet. Jeg skal sla ham sådan i hovedet, at tarmene ry'er ned i hans støvler[2]." ...

Og nu i sammenligning hermed en vestjysk hyrdedreng, når han en dag skal koble sin flok, mens bræmserne sværmer: „nå Blis, din ravna's, ka do sto? Hwa er der i æ vej mæ dæj, Jænhuen, ka do hytt' dæj, din swapp? O do vil mæj, Broge-Danmark? — ja, a kan wal tænk 'et, skiderik, som do er! Pröw do, Broge, o rør dæj å æ stæj, om do tör; do ka æjsen trow, a ska kanøffel dæj, din rakker!" osv.

Ved slige lejligheder kan man lære noget med hensyn til sprogets velklang og ordforråd, især om husbonden kan have held til at overvære forestillingen usét.

Det nytter ikke, at man vil forestille sig, at livet er en blomsterstrøet vej, hvor man i ro kan fryde sig ved rosernes duft og fuglenes sang, eller at man tror, at mennesker er så gode, som de burde være. De er det desværre ikke. Der kommer öjeblikke, hvor man ikke kan holde sig på måtten, nöjes med i lange baner at sige: „vil du hilse din mo'r!" eller „må jeg nu be' om mine himmelblå!" eller „har du ikke sét den lille Cohn?" — man tvinges til at hævde sin anseelse, til at værge for sin person. Der kan komme overgreb, der må og skal påtales. Jeg mindes, at jeg

[1] Kold. Avis nr. 286. 1901. [2] Kbh. 4/1 03.

engang for mange år siden gik med en kammerat over Kongens Nytorv. En dreng piskede en top rundt på en af fliserne, og min følgésvend sparkede, — måske med villie —, til toppen. Öjeblikkelig udbrød knægten:

„æh, sikken én,
hornfisk med grönne ben!“

Studenten, jeg fulgtes med, bar mørke bukser, hvis farve faldt i det grönlige. Nuomtider havde det vel lydt:

„student, student, dine bukser de er vendt,
din frakke den er grå
med sorte lapper på!“

I skældsordene søger og finder ens selvfølelse tilflugt ligeoverfor toldere og syndere; man påtaler sin ret, anklager, skælder.

Når man kommer til at høre et par, der nogenlunde har „deres sakse slebne“, hører dem skændes som „føre karle“, er skældsordene gerne som i de homeriske heltes tid, det lyriske forspil til kampens drama, noget som at spytte i hænderne, inden man „smider næverne i grams“. Er én „hoven i overskorpen“, lader man ham først vide, med træffende og pyntelige ord, hvad man mener om hans opførsel, og smælder ham dærefter „en tæve på torsken“, det er den ligefremmeste sag af verden. Skældsord kan dog også blive kælenavne, det er vel tonen, der er afgörende —, som når en jysk bonde nævner sin præst „en kål ved æ l'hombrebuer o en rejn hund o æ prekstuel“. „Ka han prekk?“ — „Om han kan prekk? — Ja du kan trow 'et, det er den grimmeste drengebån o en prekstuel, te a i mi tier hår høt.“ Det er fuld og hel beundring og kærlighed. Hermed kan sammenstilles de ældre kælenavne: „min desmerdukke, mit nus, pus, lille hvalp, min lille kat, min hjærtegris“ [1]. Barnepigen siger til den dyngvåde dreng: „kom nu, hr. Pjaskenberg, så skal du få tört på!“ Moderen til sit barn: „din lille grædepose, din grisebasse, dit knudeliv, din lille kvapsæk.“ I anledning af droskestrejken anførtes en hel række slige kæle- og kendingsnavne på kuske: vintergækken, skråsovs, lænkehunden, næsestyveren, farmaceuten, Jødeknækkeren, Eifeltårnet, munketossen, mellemflæsket, m-s efterfølger, violinen, den stive mand, den store björn, Judas, Judas' bro'r, Pudse-Peter,

[1] Tr. Lund IX. 439.

Luske-Madsen, Liste-Lars, peberbøssen, ræven, sangfuglen (Middagsposten).

Inden jeg går over til skældsordenes systematik, må jeg dog først sætte et nødvendigt skel og udsondre udtryk eller ordforbindelser, der kun under ejendommelige, abnorme forhold træder i de „egentlige" skældsords sted. Der er nemlig enkelte tilfælde, hvor modtageren tror og må antage, at visse englerene og uskyldige lyde gemmer de styggeste forestillinger. Et eksempel vil oplyse sagen. Ældre damer, der sælger fisk, har jævnlig i årenes løb gennemgået så meget, at deres sind er blevet noget tungt og tilböjeligt til at se sort, — man tillade mig udtrykket, — på samfundet og de købere, der antog, at de kunde få bedre torsk end dem, der lå i deres kurve. Det gælder både de damer, der sælger ferskvands- og dem, der sælger saltvandsfisk. En student i Halle påtog sig en forhandling med en af de mundrappeste af disse damer og gentog med höjtideligt alvor: „jeg skal sige Dem, hvad De er, De er Alef, og vil De vide det, De er Beth og Gimmel og Daleth!" Han var ikke kommen tilende med det hebraiske alfabet, förend hun gav tabt og sagde: „so gotteslästerlich habe ich doch niemand fluchen hören[1]!" — Fra København fortælles en ganske lignende historie, kun med den forskel, at „storborgeren" tiltalte „kvinden af folket" med trigonometriske udtryk og lange formler, sagde til hende: „ved De, hvad De er, De er ikke blot en Cosinus, men en Cotangens, og jeg skal straks forklare Dem, hvad en Cotangens er for en fisk!" — så kom formel på formel. Hun gav straks tabt.

Efter denne, forhåbentlig tilladelige, digression, går jeg over til de „egentlige" skældsords systematik.

Nu er det jo en afgjort sag, at skældsord er gloser, som man må eje, for at kunne bruge dem. Det er derfor mit håb at kunne udfylde et savn, — jeg véd ikke, om jeg tör sige, at det er et dybt følt, — især hos Jyder, ved at give en let adgang til et således ordnet stof, at man uden besvær kan finde hvad man søger. Tilmed har jeg ment, at i evolutionens århundrede, hvor ikke blot alle livets former fremstilles som udviklede af cellen, men hvor også møbler spontant gror ud af hverandre (alkove udvikler sig af bænken, der atter ved en generatio æquivoca spalter sig i sofa og bord) — jeg har ment, at man, forsåvidt det på undersøgelsens

[1] Fr. Polle, Wie denkt das Volk über die Sprache (1898) s. 25.

nærværende standpunkt var muligt, burde gå ud fra cellens primitive, levende kim. En vanskelighed møder dog hær straks. Encellede alger, bakterier eller diatomeer er endnu ikke fundne i de dybeste lag, jeg idetmindste ævner ikke at gå længere tilbage i celleplanternes række end til svampene, og selv blandt dem kun til en enkelt af de höjere, stærkere individualiserede slægter, former af saprofyterne. Som indledning til slagsmål kan høres: „tror du, jeg stikker op for en „skurvehat" som dig?" — Her kan dog ganske vist også bruges andre udtryk, men det er allerede et langt spring ind i de höjere organiserede karplanters orden: sådan en „agurk", sådan en „grim pastinak", eller en rådden „kartoffel" som dig. Nælde findes, trods sin sviende ævne, kun i sammensætninger, der slet ikke går ind på smærte: „nældepiskere" er hånsord til slette slåkarle; „raginælde", hvis da afledningen er pålidelig, om en tynd, slunken kvinde. En „rod" er en liderlig person, en „rold" en vissen, vreden bøgegren og en vreden og tvær person; en „trunte" et tykt surt kvindfolk, og dem, som man ikke synes om, kan man med et fællesnavn kalde noget grimt „ukrudt". Hermed er så motiverne fra planteriget udtömte med mindre man kunde medtage „en spålt", en forsoren knægt, fuld af löjer og kneb.

Det næste trin omfatter „bløddyr", man kan også sige „bomuldsdyr", (jf. „sådan et stykke affedtet sygevat", Samf. nr. 930) om personer, der ingen rygrad har, den dumme er en „østers", den søre en löjerlig „snegl".

Blandt krybdyrene er nok kun en enkelt form kommen med; tudsen med dens dialektnavne povis og prog: en tyk „povis" er en før person; en „prog", en uduelig knægt. Sådan en bitte „tudse" som hende! kan siges om et lille kvindfolk med grå hudfarve. Infanterister kaldes „tudse"- eller „paddetrædere".

Det er endnu ikke hær, som ellers i udviklingshistorien, lykkedes at påvise den dyreform, hvor de første spor af ryghvirvler, nej, lad mig hellere i denne sammenhæng med sideblik til bomuldsdyret, sige rygrad, forekommer. Som en mulighed nævner jeg en „flæskeansjos", men usikkert.

En person kan være en sær eller löjerlig „fisk", et „ålehoved", „torsk" eller „flynder". Her må dog mærkes verset:

> Og er det så, du har mange synder,
> og altså er en rigtig flynder,

så gå til Frelsens Hær min ven,
så vasker sjælen sig ren igen.

Et rim, som tjenestepiger „kan fra de blev født“; kritikken må dog her indvende, at „flynderen“ ikke står i forhold til synd, men til bristende forstand. En „ulk“ er er en sær, ordknap person; en „kvabbe“ såvelsom en „ålekvabbe“ en tyk person. Silden forekommer i sammensætningerne „pibesild“ om et grædende barn, og „spegesild“ om en tör person. En stykke skidt „styrris“ (stør) er en grov karl, en „rette“, pigrok, en knoklet kvinde. „Skrubbe“ er hånsord om en Læsøbo, man må aldrig have flere „skrubber“ ombord end der er master, Bornholmere gælder nok det samme om. Endnu er hajen tilbage som „ludhaj“, sengevæder, „pumpehaj“, trampende person, „middagshaj“, også kaldet „middagsherre“, en der går på rov efter middagsselskaber.

Iblandt fuglene nævner jeg først fællesnavnet, indgået i en „spjattefowl“, d. e. spradebasse. Dernæst kommer husfuglene: en „skræppeand“ er en meget talende kvinde, en „pövs-drage“, en våser af hankön (drage betyder andrik), omtrent det samme som „hjappre-gasse“. En kælling kan nævnes en gammel „tippe“; kaldenavnet for „höne“, der har adskillige kyllinger. „Det er en knibsk höne i hende“ er et velkendt udtryk. Så er der en „flandre“-, „hvejre“-, „pjaldre-höne“ om særdeles veltalende damer. En „pylre-höne“ er en klynkende kvinde eller pigebarn, en „tulrehöne“ vel nærmest et kælenavn. Jeg kan blive ved familien og medtage „din hönsetyv“, „han skuler som en hönsetyv“, samt: „sikken et hönsehus“ om en löjerlig udseende person. „Præstekapun“ er hånsord til konfirmander. Hørte så hönen nærmest ind under talens rigdom og velklang, er „gåsen“ den, som kun har liden forstand, der er „flandre-“, „hjorde-“, „pjatte-“, „stöje-“ og „trættegæs“, om hver enkelt kan siges: „hun er et gåsehoved“. En „pummerkok“, kalkunsk hane, er en vigtig, storsnudet person.

Blandt vilde fugle findes i en byremse de Alstrup „alliker“ fra Sams. En „grød-høg“ er en forslugen person. „Irisk“ siges måske mest om en ung pige, nok noget i familie med „lærke“, dog kan høres: „sådan en gammel irisk som hende“. „Ja, du est mig en lærke!“ en „spidslærke“, tyder på rigelig megen lystighed; at gå på „lærkesjov“ kan ikke anbefales til ældre herrer, der har noget i retning af borgerlig agtelse at tabe. Ravnen kommer som første del af „ravne-as", som vel er tysk raben-aas = aas für raben, et såre almindeligt skældsord (Vestj.) og som sidste led i „morgen-ravn", „natteravn", der angår hyrderne og deres kvægdrift. Blandt vadefuglene har vi en usel „ryle", et „ryleben", langbenet person, en „pintel-ryle-tarm", en lille vigtig person. En „stork" har lange ben. Din „ugle" hører til de mange ubestemte skældsord, en „frostugle" er en forfrussen person, en „snotugle" en, som er skiden om næsen, et „uglehoved" har vel hårene stående uredt om hovedet. I en fortælling hedder det at kællingen råbte: „her har du dit barn, din ørn[1]!"

Men nu må jeg standse et öjeblik, thi jeg ser, at jeg har sprunget en hel dyreklasse over, en, der nødvendig indgår som led i udviklingens række, nemlig leddyrene. Hvor små de end er, kan de komme med. En rigtig „hveps" er stærkt om sig; en „klæg" (bræmse) er en slesk person; drenge håner hverandre med tilråbet: „sådan en bitte „knæk-" eller „knæpvatter" (smelder) som du! Ja, så er der en „lus", der udtrykker stor foragt, ordet kan fremstilles billedligt, når man ostentiøst klapper tommelfingerneglene sammen. Tit med særlig eftertryk om en påholdende, gerrig person: „hungrig lus bider hårdt"; sammensætninger er „lusangel" og „luseknækker" og „-kræmmer". En „tæge" er en arrig pige, en „skarnbasse" en slet person, en „stjabe" (fårekylling) og „stjabehoved" er i almuesmålet nærmest det moderne „patentidiot". Da kendskaben til trikinerne kom op og der i Odense blev fundet trikiner i et svin, hvilket kom i alle aviser, det var vel 1865—66, morede skoledrenge sig med at skælde hinanden ud for „trikiner", et udtryk, der er gået under i tilværelseskampen.

Efter dette lille sidespring vender jeg tilbage til pattedyrenes store gruppe og deres kontingent. Det falder bekvemmest at begynde med „aben": „den ene abe, får den anden til at gabe", men det er sædvanlig i sammensætningerne, „abegant", „abekat", begge udtryk om löjerlige personer, at ordet bruges. „Basse" (vildsvin) er et temmeligt neutralt ord: „en sær basse", og det har som følge deraf et rigt afkom: „drunte-, fidde-, grise-, knaldre-, knurre-, knægte-, mosle-, pangle-, ruske-, russe-, seg-, slurre-, snakke-, snave-, snylte-, spjarre-, sprade-, svine-, svire-, tratte-, tægle-, vade-, vild-, vradebasse", som alle har det første leds be-

[1] Kristensen Folkem. III. 50.

tydning. „Björnen“, en grov person, nöjes med fire sammensætninger, soldaterskældsordet: „hasebjörn“, samt „fåre-“, tosse-“ og törvebjörn“. Brokken, grævlingen, kender jeg kun i sammensætningerne: „fissi-“ og „lurenbrok“, om lumske personer og „skulderbrok“ om en höjskuldret mand. En „hare“ er en kryster. „Egle“ kendes kun i sammensætninger, det betyder ikke igle, som i Nationaltidendes gamle historie om iglen, der åd slangen, hvad der nødvendig må henregnes til de mere mærkelige zoologiske begivenheder, men betyder et pindsvin. Da Tyskerne 1848 drog bort fra mit fædrenehjem, Ullerup i Sundeved, havde soldaterne skrevet med kridt på porten af en af böndergårdene: „dieser Bauer ist ein Schweinigel“, pyntelig oversat på dansk: en „svinegle“. Om en „maltilder“ har intet kunnet oplyses, sålidt som om en „klapodder“. Så er der det sønderjydske skældsord: „rongedo·r“, mon det ikke oprindelig betyder en rasende elefant? Rotte forekommer i börneskældsordene „præsterotte“ til en konfirmand; der svares med: „hold snut, din skolerotte!“ [1]. „Ræven“ er en „luskefas“; „væselen“ er en meget ubetydelig person.

Et par fremmede dyreformer har stærkt grebet fantasien: en „dromedar“ eller „trampeldyr“, det gamle navn på dromedaren, om stor og klodset fyr; en rigtig „elefant“ kan også siges. En „kamel“ er en usel klædt, sær person, også om en dårlig hest.

Som rimeligt er, har husdyrenes egenskaber eller væsen sat flest mærker i skældsordene: en „ged“ er en ung dame, der er noget løs på tråden, omtrent det samme som „rilleged“, „galged“ og „tordenged“ siges om arrige kvinder. Så kommer det enfoldige „får“ med sine lam: et „tokkebæ“, et „guds-, klokke-, lokke-, tokkefår“, alle med samme betydning, såvelsom: „dit fårehoved!“ en „fårebjörn“ er nævnt. Endelig om en mager kvinde en usel „ræbe“, ɔ: et hedefår. Til væderen hører „dorske“- og „flødevæder“, den sidste broder til et „flødeskæg“, og en rigtig enfoldig kvinde nævnes en „træd-får-ihjel“.

Den anden drøvtygger i bondens hjem er koen. Først er der et ledt „kreatur“ om en arrig kvinde, også dog medlidende om en stakkel „en sølle kret'“; et „kvaj“ er indkommet fra det dannede talesprog; et „fæ“ enkelt, men især sammensat. Da prov-

[1] Hær må dog siges: docti dissentiunt. Efter vidnesbyrd af Kbh. ($^{27}/_{1}$) ansá direktør Schiøtt det for en stor kompliment, om man kaldte en mand „en gammel rotte“; thi rotterne var i höj grad intelligente.

sten nøs, ønskede hans tjenestekarl ham ikke: prosit! og fik så irettesættelsen: „kan du ikke sige prost, din fæhund?“ eller i en variant: „din bolstud?“ naturligvis fik provsten næste gang, han beærede verden med at nyse, fra sin lydige karl ønsket: „prost, din fæhund!“ „Fæhoved, -høved, -nød, -mon“ hører til familien, og er de almindelige navne for den. Kalven lever i det ubestemte: „tordenkalven“, et navn, som bl. a. en bekendt tigger i Nibeegnen bar. I sammensætninger „kodyr“, „ko-Malene“ findes navne til klodsede personer, jfr. at springe så let som den fugl, der hedder ko; „håndko“, lederen af den koblede flok, siges om en vigtig, rådende person. Et „høved“ er dum og rå både som „fæ-, fåre-, svine-, øghøved“, og stemmer nogenlunde med et „nød“, som er dum og dvask: „det er et sølle godt nød“, dertil „nødhoved“, „nødstage“. „Skratte“, „smalrend“ er navne til usle køer og magre kvinder, „stud“ og „studehoved“ til tølpere. „Studen-Pejer“ kaldtes en mand, der havde stjålet en stud[1], i mindre mon noget lignende som når Napoleons generaler i gamle dage fik navn efter deres bedrifter, hertugen af Magenta f. eks. Endelig en „møddingtyr“ er en person, der fører rå utugtig tale.

Så kommer hesten med dens familie. Sønderoppe sagde man, at „skælde en til hest“, når han ordentlig fik teksten læst. Hest findes i „hov-, hum-, kjævle-, mosle-, slæbehest“, de første to om galsindede personer; de tre andre har det første leds betydning. „Hors“ er et særdeles foragteligt navn til en skiden kvinde, med sine føl: „flandre-“ og „møghors“. Det er ret en „helmisse“ kan siges om en berygtet kvinde, dertil hører en „tråd-helmisse“, måske er billedet taget fra en hest, der ælter ler eller tørvedynd. En sværlemmet person kaldes en „kamp“ eller „kamper“; „pillek“ og „rallik“ om sjaskede kvinder. En skidte, sølle „mær“ om et dårligt kvindemenneske; „sny'd di nies, din snotte mæ'r!“ yttrede enken grædende, „var det sidste ord min kære, salig mand sagde“. Mæren har temmelig stort afkom, alle kraftige og stærke: „knokkel-, kvinde-, lefle-, piter-, rabalder-, rakker-, skind-, so-, tyve-, tævemær“. Ja, hvad skal man sige? Da præstens husholderske stod for alteret med Morten Murmester, og præsten var kommet til det sted i ritualet, hvor der står: den som får en hustru, får en god gave, så standsede han og udbrød: „men hvem der som hær får en skidt, skejs rabaldermær ... Morten, Morten, hvad vilde du dær?[2].“

[1] Kristens. Almueliv VI. 220. 20. 21. [2] Kristensen, Kirketjeneste 113. 117.

En „pitermær“ er en gnieragtig kvinde, de andres tydning volder liden vanskelighed. Endelig er der: et beskidt, grimt „øg“ om løsagtig kvinde med slem mund, „gade-“, „rimpe-“ og „soøg“ hører fuldt ud til familien. „Øghøved“ er vel nærmest en klods.

Familien „æsel“ er i vort kolde land ikke synderlig stor, d. v. s. antallet af individer kan være anseeligt, uden at slægten har kløvet sig i grene. En tværblændt „asen“ (Vestj.) er altid på tværs. Vi havde i mit fædrenehjem i Sundeved et æsel, der bar mælk; dyrlægeregningen begyndte det år: „en æsel 50 mark“. I vestslesvigske almueskoler har været en „æselsbænk“, på hvilken alle sinkerne sad, og en „æselskrog“ svarende til vor skammekrog.

I en ganske anden retning ligger begavelsen hos „æ swynslæjt“, hvortil Pe Sow hørte. Først soen.

Ehre den Frauen!

Der var en mand, der hed Sören Slump, bruden var enke og en bekendt „so“, der dog ejede et hus. Præsten havde gode indfald og begyndte sin vielsestale: „at blive gift er en lykke, at blive godt gift er en slumpelykke. Du anser det vel for en lykke at få en „sǫ“ med et „trug.“ Det er almindelig sagt, „at mangen ta'r soen for trugets skyld“, men der er nogen risiko derved, thi det siges også, „at en so kan vrade mere ud end ti galte kan vælte ind“[1]. „Soen“ er nu engang et „svin“ i sine bedste klæder; thi alt hvad Gud har skabt er godt, sånær som en tintet so og en ond kone. Soens grise hedder „fuld-, grav-, mög-, vrapso“; af orne er der kun én sammensætning, „poseorne“, lille, arrig mandsperson. Et skabet „svin“ har et ganske anseeligt følge, der alle hører til familien: en „svineangel, -basse, -bæst, -dreng, -egle, -hoved, -hund.“ Den, der kom sidst op pinsemorgen kaldtes „korive“, „lusekonge“, „svinehøved“, eller „pinsegris“[2]. Hertil kommer endnu et „mögsvin“. „Grisen“ udtrykker den begyndelse i anlæg, der kan nå soens eller svinets fulde modenhed, — er derfor langt mildere end noget af dem. I dens følge er „snaldregris“ og „grisebasse, -Hans, -Mikkel, -øre“. Med „Grise-Palle“ hænger det derimod noget anderledes sammen. En fynsk bonde kom til at køre for en general i Svenskekrigen. „Hvad hedder du dær bagpå?“ sagde han. „Jeg hedder general v. Oxenstjærne“. „Så er du vel kommen en okse for nær engang“ — „Hvad siger du, din bondelømmel?“ „Jo“, svarede bonden, „jeg havde en broder,

[1] Kristensen, Kirke-tjeneste 117. 118. [2] Kristensen, Almueliv I. 22. 61.

der hed Palle, han havde det held, at han annammede en gris, og siden den tid hed han ikke andet end Grise-Palle". „Så din dosmer tror, at jeg er en tyv, siden jeg hedder Oxenstjærne?" „Ja, det var jo lige til", mente bonden[1]. Galten findes endelig blandt „mudder-, pludder-, rodegalte".

Tilbage står menneskets tro ledsager „hunden"; en „storken, mulet, peget svinehund" i tiltale går sjælden af uden blod, men så er der desuden med hund som ledeord: „hundeas, -fitte, -hale, -lort, -møg, -pande, -skidt, -snude, -stegle, -tamp, -tunge". „I forb. hundehaler, vil I holde snut?" og „dit bitte hundemøg, dit hundeskidt, vil du se, du kan skrubbe af!" vil blive anset som en særdeles kraftig, om ikke just pyntelig tiltale. Man skal ikke kalde en jærnbanekonduktør for en „gammel tyk hund"[2], det koster ligesåmeget som at rykke i sikkerhedssnoren og bringe toget til at standse, nemlig 20 Kr. Det sidste havde man dog i grunden mere morskab af. „En tæve" om en løsagtig kvinde er vel almindeligt.

Her mindes jeg faren ved at bruge udtryk, man ikke forstår. For en del år siden kom en ung karl, efter et kort ophold derovre, hjem fra Amerika. Han fortalte mig om en kammerat, der havde været med ham og som, for at give sin dansk-amerikanske tale et noget mere pynteligt sving, havde bedet en Englænder lære sig en passelig, dog ikke for stor engelsk ed. Denne var straks villig, lærte ham, hvad han ønskede, og föjede til, at den især vilde göre lykke mellem Irlændere. Danskeren sagde pænt tak, trakterede sin lærer med „a drop of something hot", brugte ved første lejlighed sin lærdom i en gebrokken samtale med en Irlænder, men blev i samme nu slået i gulvet. „Forstod De, hvad han sagde?" spurgte jeg. „Nej." „Men husker De ordene?" Jo, han havde lagt nöje mærke til udtrykket, det var: „you damned son of a bitch!"

Af „katte" er der jo nu adskillige slags, der er abekat, „drillekat", hankat, hunkat, havkat, „klavrekat", „lækat", „marekat", „missekat", „mussekat" og „vildkat". Hertil kommer endnu: „flyve-" og „morgenkat", alle temmelig tamme, forsåvidt de kan komme i betragtning i denne forbindelse.

Med „tohjort" eller „totihjort", et „mæhæ" véd jeg intet at stille op. Der er så kun et par fællesnavne tilbage, „bæstet" og „dyret". Hver af dem er gode og kraftige udtryk for sig. Fra

[1] Kristens. Almueliv VI. 220. 21. [2] Frederiksborg Amtstid. nr. 247. 1900.

det første stammer et „bagbæst", der nok nok har hjemstedsret hos det plt. bakbeest, i betydningen: et plumpt skib. Sammensætningerne med dyr, „blød-, bomulds-, kodyr" er alt nævnede, der er nu kun et „dovendyr" tilbage, vi slutter så, som vi begyndte, med menneskets nærmeste slægt, de firehændede, og går over til selve skabningens herre, homo sapiens, hans person, hans forhold og arbejde og krop.

Jyder, Jøder og gråspurve skal der være nok af allevegne. Af Jyder er der fem slags: hæderlige „Kronjyder", der slet ikke hører med til denne familie, men foruden „Flynder-, Kvab-, Torsk-Træsko-, Fnatjyder" og „Molboer", som vi alle her medtager.

„Jøde" som skældsord betyder ågerkarl, og „rabalderjøde" en höjtalende, larmende person, mens hånsordet til Jøden er spæksmows (speck-schmaus). I gamle dage har jeg tit i Angel hørt: „do æ nok tysk å tvæ·re!"

En gruppe for sig selv danner døbenavne og deres sammensætninger, som jeg anfører i bogstavorden. *Anders*, en lodden A—. *Frans*, gal Fr—. *Habakuk* skylder vel sin fremmede form: en sær H—. *Hans;* „du Hans" ɔ: Klodrian; H— har et talrigt afkom: bukse-, gal-, grise-, klods-, plæbre-, pral-, pøle-, [smal-], sulten-, tosse-hans. *Jan;* dumrian, grimrian, klodrian. *Jens;* pøle-, tyk-. *Katrine;* kyse- ɔ: person med kyse på hoved. *Kristen;* døve-. *Lars;* doven-, lange-, lede-. *Mads;* kludre-, knokkel-, skidt-. *Madsen;* snot-. *Malene;* slatte-, so-. *Mikkel*, som rævens navn, er en lumsk person: „Mikkel har alle dage været lådden"; en remse siger, at der er mangeslags Mikkeler: hunte- og dunte-, ræve- og skræve-, men — der også Mikkeler, der er gode nok. Ofte kan høres: „han hed ikke Mikkel for sine gode gerningers skyld". I smstn. er M— nevtralt: dode-, dratte-, fedel-, fedte-, fidde-, flire-, grise-, grutte-, klat-, kludder-, svine-. *Palle:* -dasker, -prædiker, megettalende person. *Peder*; -dasker, doven person, -dejligben, -dose; *-Eriksen,* en fattig-; -kroven, tvær person; -lettelig, -lirke, -lortenbider, -lækkersulten, -nittengryn, -pold; -sjokketå, -tot, -tratte. Doven-, døve-, luske-, nysgerrig-, nøle-, renfærdig-, sølle-, tidig-, tålig-, våde-, ægte-Peder. *Povl;* trange-, tungnemt Barn. *Rasmus* er jo en rådende frue; -hu-hej, en forstyrret person. *Sissel;* onde-. *Steffen,* den som kommer sidst op 2den juledag (Vens.). *Terkel*, en hustyran. *Terman*; kjællig-. *Thomas;* hæten-, lækkersulten person; nysgerrig-, snyski-.

En anden gruppe er en række fremmedord, der af en eller anden grund er komne ind i ukvemsordenes kreds, og som hører til eller er sammensatte med navne på fyrster, adel og gejstlighed. „Monarker“ kaldes i Vestslesvig de udenlandske, lasede og fordrukne jærnbanearbejdere. „Hertugerne“, i Østjylland, hører vel sammesteds hen. En „prygle-greve“ er en skødesløs, klodset person; en „baron“ er en vigtig fyr, en „malke-komtesse“ hånsord til de ringeagtede herregårds-malkepiger. Endelig en „bassedør“[1], en „bos“, vandrende håndværkssvend. Blandt militæret har vi en „kaptain“ (Agger) en löjerlig fyr, om han han da ikke er hentet blandt skibsførerne, samt en „klods-major“, en löjerlig „drabant“ og en sær „hoppegist“ (hoboist) det sidste bruges mærkelig nok om kvinder. Lærdommen og gejstligheden har adskillige repræsentanter. En rigtig bred „pave“ er en vigtig person, omtrent som „profet“, der ikke blot er en vigtig „profet“, men også en hellig „profet“ af dem, som letter dynen og fiser i halmen. Ja, undskyld, men almuen er nu ikke særlig snærpet i sin tale. Provsten har „mosle-, møg-, snaldreprovst“ med sig i følge, præsten en „kakelovnspræst“ samt hånsordene til konfirmander: „præste-kapun, -potte, -prop, -rotte“. En lille tyk person kan nævnes „munk“, et påfaldende klædt kvindfolk en „nonne“; „eremit“ er et særdeles stærkt skældsord i betydningen liderlig person. Så er der en lådden „professor“ om et underfundigt menneske.

For nemheds skyld medtager jeg hær „monsør“ eller „monsør Snus“ i vred tiltale, samt et „geni“ og et „subjekt“, der begge er omskrivelser for „fuldsnude“. En sær „pøbel“ er en tåbelig person.

Til forskellige livsstillinger og erhverv er dannet hånsord, som enten ganske i almindelighed spotter med arbejdet eller udtrykker at vedkommende er en slet arbejder.

Apothekeren kaldes „pilledrejer“ eller „plastersmörer“. Arbejderen, som arbejder flittigere og raskere end sine kammerater, „galopspringer“. Bager, „kringlesmed“ eller „kringlevrider“. Barber, „skjæggeskraber“. Blikkenslager, „bliktud“. Forvalter, „avlsfordriver, -fortærer, knoldstamper“. Gartner, „persilledreng“. Gæstgiver, „gæstkniber“. Handelsbetjent, „diskespringer, sveskeprins, -sluger“. Herremand, „messingherremand, kammerherren fra mögfjæld, knald-

[1] ambassadeur.

proprietær". Husmand, „pindemand". Intendant, „flæskedrager". Jordemoder, „kasketvender, krat-i-land-kælling, riveskind". Jæger, „suppejæger", der møder ved gildet efter jagten; „søndagsjæger". Kokkepige, „skorstenssmed". Landmand, „agerdyrker, agrar". Maler, „en maler, en praler, en skidt betaler", „klattensmörer, malerklat". Opvarter, „rejepiller". Politibetjent, „tyvetrækker". Prokurator, „tingstud". Skomager, „mester Begtråd", „skuster", „suder"; „skomagerdreng, -lap, -pjalt". Smed, „bæslinge-, nellike-, træskosmed; grottelbanker", se bager. Skriver, „penneslikker". Skrædder, „bukse-, fikke-, galop-, ri-, rimpe-, skrumpeskrædder" = lappeskrædder. Snedker, „klamphugger, klyttremager, krittebørssnedker". Studedriver, „Jyllandske tranlamper" (Sønderj.). Sygepasser, „byldesuger". Tolder, „posekigger", „snag-i-sæk", „snager", „spejder". Trainkonstabel, „ridder af lampevægen", „trandunk", „dunk".

En bemærkning må være mig tilladt. I vort ulykkelige „moralredne" og „præstekuede" folk er det dog en lykke, at man har nogenlunde talefrihed. Den bekvemme lov om „grober Unfug", som de har syd for grænsen, mangler vi jo ganske vist, men skælde ud, det kan vi da, og det letter hjærtet. Jeg skal yderligere give midler ved at gå over til indehaverne af mere eller mindre borgerlige næringsveje.

Bonde; en „postelins-bonde" er rigelig „fin i filten"; desuden: „bonde-Frederik, -knold, -torsk". „Bøddel" kan gå på egen hånd; „skovter-bøddel" er person, som går dårligt på benene. Drejer; „filuren-", „pilledrejer" er anført. „Fisker"; „det er såmeget en sær fisker, ham!" Gjøgler; en „gjøngler" er en driver, en „gjøglerkrukke" en slusket kvinde. Hyrde; din „svinehyrde"! „Kjeltring" og „kjeltringeknægt". „Komediantspilleren" er fuld af optöjer. „Konditor", en sær k-, er ubestemt. Kræmmeren har mange med sig i følge: „bisse-, bukse-, buse-, butle-, fedte-, fidde-, fisle-, flandre-, flanni-, hjappe-, luse-, pjalte-, pjatte-, raltekræmmer". -Mager; „posementmager" er en lystig fyr, ordet støtter sig öjensynligt til et puds; „spas-, spilop-, vind-, vindsel-, tullibrik-". „Marketender" er ubestemt. „Nar" med „narrifas", „narrehoved". „Parykmager" kan siges til barn med stort hår. Perser, i smstn. „grødperser" og „persevom" om forslugne personer. „Rakker"; „han-, hun-, hunderakker" samt „rakkermær". „Rufferske", en rå, grov kvinde. „Skidehus-karl". Skipper; „gal-". „Spillemand" er en vindböjtel. Spådeje har helt mistet den oprindelige betydning: stå som en sølle „sippedeje“; en tyk „sippedunte“. „Stodder“. Tyv; „tyveknægt, -kvind, -trækker, -mær“, din „gavtyv!“ Tærsker; „kødtærsker“.

En gruppe kan samles om personer, der hører til en familie, et hus.

Mand; „drunte-, drövse-, pinkel-, spille-, spjarre-, spjatte-, tratte-, vassemand“, den sidste en löjerlig person med dårlige klæder; en lille „mandser“ er kæleord til en dreng. „Kvind“ kan gå ene som et stygt skældsord: „hore-, kanallie-, lefle-, tigger-, tyvekvind“ fortsætter. „Kjælling“; „fisker-, rende-, sladre-, svaldre-, tiggerkjælling“. Broder; „fissi-, ja-, snakke-, svirebroder“. Søster; „ja-, sladdersøster“. „Purk“ er en skændegæst, nærig person; „gjerrig-purk“. „Unge“; „din visne, grönne unge!“ „klæpunge“ er vel kæleord; „ravneunge“. „Dreng“; „sådan et skidte stykke dreng, som dig!“ „Skidtmadses tørvedreng“, „svinedreng“. „Knægt“; „din grimme, visnæsede knægt!“ „kjæltringe-, tyveknægt“. Svend; „hallöjmagersvend“; til et barn, der volder moderen forsinkelse kan hun sige: „tødesvend“. Et par, jeg ingen bedre plads har til, får så gå med hær: „sviregast“, „snyltegæst“, „krybily“, „kryster“.

Nogle ukvemsord tages fra navne på djævelen og vætter, således: „djævel“; „det er rigtig en led djævel!“ Foruden at anvendes som et stygt skældsord, bruges dj- beundrende om noget ypperligt: „han er en döwl til at fiske“; „han er så möj en döwl til at prædike“, om en veltalende præst; derimod: „den der får en döwl, har en döwl!“ sa' manden, da præsten sagde: „den som får en hustru, får en god gave“; hun er en „husdjævel“ men en gade-engel; „hovedpande-djævel“. Fanden er et langt mildere ord; „dær kommer han, fandenhovedet“. „Satan“; skönt det er et stygt skældsord, kan det også bruges som ros: „han er en S- til at føre leen“. „Trold“; „en grim trold“, en dværgagtig person (Vens.); i Sønderjyll. ofte = djævel; „æ döwl og æ trold, de er af jet kold“ (kuld). „Utyske“; „utuske“ er vist sællandsk. „skibelse“ = spøgelse; „et gammelt sk-“. „Spøgelse“ er et mildt skældsord: „det sølle sp-“; en „spøgelse-dreng“, en vild, uvoren dreng. „Skifting“ er en styg person.

Et par æventyrrester er en „Langben-riser“ en lang person og en „ridder Rød“, en spilopmager“; en „Uglspil“ det samme.

Fra legemet, menneskers og dyrs, kan en stor indsamling göres. „Krop“; „en liderlig krop“, „dovenkrop“. „Ådsel“, „et ledt ådsel“. Så kommer legemets enkelte dele, jeg begynder med hovedet, der i sammensætningerne er det neutrale udtryk = person;. egenskaberne bestemmes ved 1ste led, og mange er de, som følger, der findes vel ligesåmange til, de kan dannes efter behag og lejlighed: „bladre-, blat-, brokkel-, brus-, buf-, buffel-, bulme-, bumre-, buse-, bøgle-; dogre-, dorsk-, dosmer-, drante-, drimse-, dummer-, dvot-; fanden-, fjog-, fjot-, flab-, flane-, fæ-, fåre-; glabre-, gnav-, gratle-, grød-, gåse-; hjadre-, hjangle-, hjaske-, hænge-; jejtre-; kimse-, kjæbre-, kjød-, kjølle-, klods-, kludre-, klumre-, klæbre-, klæp-, knokkel-, knop-, kodre-, krontel-, kyllinge-, kål-; lut-; muffe-, muffel-, murke-, møg-; narre-, nydde-, nød-; pjatte-, pjave-, pjæbe-, pludre-, proge-, prosle-, puffel-, pulter-; skogre-, skrummel-, slubre-, sludre-, snyldre-, snyle-, snövle-, stjabe-, stage-, stude-, svine-, sylre-; tokke-, torden-, torske-, tosse-, tronni-, tryk-, tørve-, tåri, tårkel-; ugle-, vrövle-, æsel-, åle-“. „Høs“, svinehoved, kan bruges om fed kvinde. „Pande“, enfoldigt kvindfolk, hører vel delvis til redskabet pande; dertil: „flave-, gnav-, hunde-, klumre-, knave-, knokkel-, torske-“. Öje; „strude-, sövnöje“. Nos; „snotnos“. Næse; den „næse-i-ast“ ɔ: nysgerrige person. Snude; „brændevins-, fuld-, hunde-“; „snydestage“, „snydeskaft“, hånlig om næse. Mule; „fedt-, surmule“; en „mulebider“ tvær person. „Næb“; „et storsindet n-“, storsnudet person. Tryne; „sövnetryne“. „Flab“; „din flab!“ — „å, du er selv bredmundet nok“; „flabhals, -hoved, -mund“. Mund; „bavle-, bjaldre-, bravle-, drible-, fedt-, flab-, gab-, klæp-, knæbre-, lække-, musk-i-, plabre-, pludre-, puffel-, skjæv-, skrævle-, sladder-, slik-, slæbre-, sukker-, torske-, trut-, vis-, åben-“. Kjæbe; „din grimme, viskjæbede knægt!“ „bladre-, blaf-, flæbe-, fløs-, gabe-, hjadre-“. Kjæft; „asens-, bjaldre-, skærsliber-“. Tunge; „hundetunge“. Hage; „smadrehage“, som spilder mad. Skjæg; „drible-, flire-, grine-, mumle-, sægle-“. Skalle er mulig hjærneskal, hoved; „hjante-, hjappe-, ralte-, rive-, vild-“. Øre; flægre-, flæg-, grise-, hjaske-“. Hals; næsten alle med betydning af at tale, råbe, græde; „bjalstre-, bjæffel-, bjældre-, bjæle-, bröl-, flab-, lögn-, pjæbre-, pral-, skrig-, skræfle-, skrål-, slug-, svaldre-, trykhals“. Nakke; „dwot-, hjappe-, skave-, tosse-, traminakke“. Side; arrig-, gal-, hæsken-, hæten-, ond-, vringleside“. Finger; „dratfinger“, som taber alt. „Negl“;

„en hård negl“. Liv; „grød-, klunt-, knude-, kvab-, mælke-, rimpe-, vradeliv“. „Raje“, kallun, ond uordentlig klædt kvinde. Blære; „skideblære“. „Vaje“, blære; „en bred vaje“, vigtig person (Vens.). Mås; „drukken-, fedtmås“. Rumpe; „rumpeskider“. Röv; „barne-, bukse-, dratte-, drunte-, flægre-. glabre-, hjante-, hjappe-, klister-, pinkel-, pjakke-, pjaldre-, pjatte-, plæbre-, possi-, prik-i-, ralte-, regle-, rimpe-, sakke-, sikke-, sladre-, sludre-, smyge-, snaldre-, snærpe-, tratte-, tulre-, vrikke-, åbenröv“; „rövbaldeast“ ond kvinde, ubestemt. Ast; “bladre-, hunde-, møg-, slurre-, åbenast“. Hale; „hunde-, sleg-, stoje-, strandehale“. Ende; „blærpe-, græde-, knaldre-ende“. „Vom“ skældsord til en tøs; „persevom“. Kok; „bable-, pludre-, poje-, spejter-, spjarre-, spradekok“. Pes; „knave-, pladder-pes“. „Pig“, „en gerrig pig“; „drille-, erre-, gjerrig-, kjællinge-, luske-, narre-, nærig-, ræde-, samle-, skave-, sulte-, trodsig-, tvær-, tørve-, værkpig“. Pil; „dralre-, mosle-, pulre-, tommelpil“. „Pind“; „drasse-, drille-, fedt-, fissi-, frossen-, futte-, gnie-, grav-, skave-, ærrepind“. Pitte; „brændevins-, pråsepitte“. Rædde: „dingle-, fidde-, poje-, pöwserædde“. Kodde; „fonnikodde“. Fitte; „fåre-, hunde-, karrig-, klistre-, klæbre-, knave-, pjatte-, sludre-, suge-, surfitte“. Fud; „sludrefud“; „hundsfot“. Kutte; „gal-, knibe-, kyse-, slatte-, trattekutte“. „Dings“, liderlig person (Vens.). „Tingest“ = dings. „Pose“; „i skön pu·s“ (Vens.) en löjerlig fyr; ellers i smstn. nok kun om kvinder: „edder-, flanni-, græde-, lögne-, rase-, skranne-, tinni-, vindpose“. Lår; „lytte-, mög-, so-, sokke-, tokke-, trokke-“. Ben; „hinkel-, ryle-, spjalterben“; „en ung kathalet spjatteben“; „sprinke-, sprægle-, spy-, stumle-, svejl-, svifle-“. „Skank“, lang, mager person; “dratte-, hjabre-, hjadre-, hjampre-, hvibre-, kjællinge-, mög-, nysle-, peble-, pirre-, poje-, prosle-, pøle-, slæbe-, vrade-, vradsle-, vride-, ævleskank“. „Knokkel“, liderligt kvindfolk; stor grov karl; „knokkelhoved, -i-donner, -kvind, -mær, -pande“. [Has; „bön-, skrabe-, snot-, stragte-, vindhas“] jfr. „hasebjörn“. Fod; „pöjte-, skidtfod“. Hæl; „dratte-, flagre-, flante-, flasse-, flyve-, hjaldre-, klæg-, lap-, resen-, sjakke-, sjokke-, skidt-, skræbe-, slovster-, slurre-, slæbe-, slöje-, snærpe-, sokke-, spræk-, stræbe-, tjalder-, tratte-, trædehæl“. Tå; „possi-, sjokketå“. Fedt; „fedtekræmmer“, „fedtlap, -mikkel, -mule, -mås, -syl“. Snot; „snothas, -hus, -lap, -nose, -slikker, -ugle, -ærme“; „snottefas“, „snotte-Madsen“. Spyt; „spytteflöjte“, „spytslikker“. Fis; „aske-, bleg-, busse-, tinfis“, det sidste en forfinet kvinde; „fiseknippe“, fisende person. Fjært; „din dumme slå-fjært!“ Lort; „hjap-i-, hunde-, pjat-i-, prik-i-lort“, „lortensparker“. „Mög“, „dit gamle mog!“ også kæleord: „dit lille mog!“ „mögast“, „det er rigtig en ægte priviligeret möggalt“; „möggris, -hjatte, -hors, -hoved, -kar, -lår, -plejl, -pram, -provst, -skank, -so, -svin, -sæde-, -told, -tønde“; „dit mögelse“ udygtig person; „hundemög“. „Skarn“; „eje-, pladre-, sylre-, tvol-, tægleskarn“; „skarnager“, „skarnbasse“. „Skid“ har et stort, særdeles ofte anvendt afkom; „hvirme-, pibe-, pirme-, pjatte-, pjæbe-, rende-, stræbeskid„; „skidager“; „skide-balle“, -bennike, -bælg, -hejring, -kasse, -knægt“; „skidehuskarl“; „skider“; „rum-, rumpen-, spinat-, stue-, vejskider“; en „skiderik“, „skiddis“; „skidpejs“; „skidt“, „hump-i-, hundeskidt“; „skidtfas, -fod, -hæl“; „skidting“, „-Mads, -vinge“. Mødding; „-snager, -student, -tyr“.

En anden gruppe skældsord er taget fra brugsgenstande af forskellig art, der er vanskelige at samle i större hovedafdelinger. En mængde tager køkken- og husholdningsredskaber i tjeneste, især sådanne, som der kan rummes noget i, og de bruges da tit om kvinder. Balle; „skide-balle“, skiden person. „Bæger“; „et ledt bæger“, ond kvinde. Kande; „flæbe-, hvæse-, pjatte-, tude-kande“. Kop; „snurrekop“. „Kovs“ dum person, jfr. bæger. „Krukke“; „en bitte ond krukke“; „gögle-, vallekrukke“. Gryde; „trykt-i-gryde“, sammensunken person. Potte; „brumme-, flandre-, flante-, flæbe-, flægre-, gumle-“; „kjællingepotte“, kæleord; „knurre-, lure-, negre-, præste-, simre-, skranne-, sladre-, sliske-, snaldre-, svaldre-, sygre-, sylre-, tinni-, tinstrepotte“, mest om kvinder; om mand: „pottekiger, -snager“. „Kasserolle“, stor, grov kvinde. Kar; „hjorde-, mosle-, mögkar“. „Karusse“, skiden, liderlig kvinde. Bøtte; „fisle-, fløde-, fylde-, grine-, sludre-, smadre-, trimle-, vrövle-bøtte“. Bøsse; „peberbøsse“, en tyk, undersætsig person efter peberbøssernes form. „Kasse“, grov kvinde, „ret en madkasse“; „kassemester“ til noget er ophavsmanden. Spand; „bøgle-, knave-spand“. „Tragt“, klodset kvinde (Vens.). „Trug“, dorsk, skiden kvinde; „hjappe-, hjap-i-, hjask-i-, murk-i-“. Tud; „fisletud“. Tønde; „bærme-, mögtønde“. Bælg; „knave-, narre-, skave-, skide-bælg“. Böjtel; „vindböjtel“. „Pung“, en enfoldig person. Taske: „fisle-, fledre-, flægre-, skvaldre-, sladre-, svalretaske“. „Æske“, „du er en net æske!“ til et uartigt barn. Vår; „fyldevår“. Sak; „döv-, hoppe-, klump-, klöj-, knort-, knub-, krum-, [pu-, ti-], tyksak". Sæk; „kvap-, prop-, reble-, skruppe-, snak-i-, stop-, vind-, vrapsæk"; „sæk-i-bukse", sen person.

Så kommer klæder eller dele af dem. Pels, der vel er dyrets skind besat med hår; „ruske-, svinepels". „Bukser"; „Jens wa et sæ pa bowse i oll hans posty're"; „fjolle-, flagre-, flægre-, kravle-, måltids-, smadre-, snaldre-, trok-, vadebukse". Hose; „fissi-, vadehose". Ærme; „snotærme". Hat; „klygrehat". Hætte; „flagrehætte". Lue; „natlue". „Stövle", dum person; „det er en rigtig stövle, han!" „snörestövle", „det var en sølle sær sn-", „stövlesmörer. „Traller", pjalt. „Tøffel", en idiot (Thy). Lap; „Fedt-, snotlap"; „laphæl" en sluske. „Pjalt", „en pjalt dreng, kaptain"; „russepjalt". „Ralt", pjalt; „ralteröv, -skalle". „Trævl", „en arrig trævl", om en kvinde; „trævling". „Hegle", „en gammel h-, hvas kvinde; „hampehegle". „Hervetræ", garnvinde, om dum person. Kile; „drivekile". Hövl; „skredhövl". „Kjærnestav", navn til hyrden, der kommer sidst hjem pinsedag. Saks; vel kun om kvinder: „hjabre-, kjæbre-, klæp-, knæbre-, skræfle-, snakkesaks". „Svejl", smedens tilspidsede jærnstang som han gløder og brænder hul i træ med; tynd, opløben person; „svejlben". Syl; „fedt-, knæbre-, pløk-, snæbresyl". „Hængsel", kvinde, som klæderne hænger på. „Hvirvel", lukke for en dör; person, som kan vrides og vendes. „Trisse", „linke-, lumpetrisse". „Trille", „en gammel tr-", om kvinde. „Snold", „min lille sn-", er vel mest kæleord. Hakke; „möghakke". „Plejl", grov, stor person; „mög-, sludreplejl". Skaft; „bable-, flyve-, hjabre-, hjappe-, revle-, snyde-, vade-". „Skovl", „en dum sk-". „Tromle"; „en tyk tr-". Hank; „sladderhank". Kølle; „køllehoved", dum person. Nydde, kølle til at drive på en kile med; „nyddehoved", dum person. Hejring; utilhugget træstykke; „skidehejring"; måske også usammensat: „en skide hejring", klods. „Blok", stor, klodset person; „tværblok". „Klods"; „klods-Hans, -hoved, -major, -pande". Knort; „knortsak". Knub; „-hoved, -sak". „Knude", lille tyk fyr. „Prygl", „en sær prygl"; „pryglegreve", person som tager klodset på alt. „Spalt", person fuld af optöjer. „Sprøkke", pindebrænde; „se til den spr-!" til vigtigt barn. „Stykke"; „rigtig en skide stykke dreng", „en stykke doven los!" Kjæp; „skramlekjæp", larmende barn. Stok; „gabe-, gumle-, hugge-, hængestok". Stage; „hjap-i-, nød-, pjatte-, rende-, snydestage". Stikke; „fedtstikke". „Rapir", tynd, opløben person. „Klump", „en klump dreng", klodset dreng;

„klumphoved, -hugger, -sak". „Knold", lille og tyk person; „bondeknold". „Tue", „en bitte tue" = knold. „Prop", lignende; „propsak", „præsteprop". „Told", „en bitte t-" måske kæleord. „Tot", lille uselt barn. „Pr\u00e5s", tyndt lys; „pr\u00e5semager, -pette; „knildrepr\u00e5s". „Tamp"; hundetamp". „Ting", „en sølle led ting", usel, usædelig kvinde. „Perle" og det stærkere „knaldperle" er vel kun kæleord. „Tørv„; „dige-, møntørv"; „tørvebillling"; skident barn ser ud som en „tørvebjörn"; det er godt fægtet af en „tørvebasse!" „du er en Skidtmadses tørvedreng"; „tørvefylding" umættelig person, „tværfylding"; „tørvehoved, -stak, -triller, -træder". „Væv"; „nu, vævet, hvad gör du?" om sanseløs person. „Læder", „det er F- til læder!" om et dygtigt kvindfolk; „døvlæder", doven person.

„Hus", stor, grov kvinde; „husdjævel"; „hønse-, klokke-, snot-, t\u00e5belighus". „Hytte"; „din lille pryglehytte!" er vel kæleord. „Møbel", grimt stykke kvindfolk. Skab; „hængeskab", doven person. „Kakel", „en led k-". „Tressur", sølvtöjsskab (treasure); stort, grovt kvindfolk. Damper; „skruedamper", om kvinde med slem kæft. „Fregat", stor, stolt kvinde. Skude; „rebleskude", sladdertaske.

For en hel række ord, der betegner musikalske instrumenter eller dog redskaber, der frembringer larm, er anvendelsen nærliggende, hyppigt om larmende skældende personer: Fedel; „knarrefedel", larmende kvinde. „Fiol", utugtig kvinde. Flöjte; „gal-, spytteflöjte". „Harmonika"; møbelhandler i Kbh. kaldte en gæstgiver dær „en brystsyg harmonika", hvilket kostede Kr. 40, se Kold. Av. nr. 118. 1901. Klokke; „klokkef\u00e5r, -hus". „Klæbber", det svingende metalstykke i klokken, larmende person; „klæbrefitte, -hoved". „Lirekasse", snakkende person. „Orgelværk" = lirekasse. „Skalmeje" om et magert dyr. „Skræffel" redskab til at larme med, skralde: larmende person; „skræffelhals, -hæl, -mund, -saks". Skralde; „rappenskralde". „Spilleværk", løsagtigt kvindfolk. „Billede", „et ledt b-", om kvinder. Skabilken; „skabilkenhoved", magert dyr; „skabinkel", ubehagelig person, om kvinder.

En ikke ukendt ting er at man b\u00e5de skælder ildesmagende mad ud, s\u00e5velsom at man skælder ud over maden: „kaffe, — er det en „skrumlekaffe" at byde folk, bedre var det, at du hængte den op i skorstenen, at vandet kunde dryppe af den!" Al d\u00e5rlig tynd mad kaldes „plander“; „mælkogvand“, givet tjenestefolk istedetfor øl, kaldes „kalvedrikke“. Jeg har hørt ost kalde „skomagerflæsk“, bisköjter „plankeværk“, sødsuppe „batteriforskrækkelse“, „musikanter-, trompetervælling“ (jfr. Dania III. 74). „Abesnot“, „bolværk“ og „baksebom“, „the med grön sæbe“ og „smörrebrød med tobaksovs“ (Flensb. A. 14/5. 02), som ligger udenfor min erfaringskreds, nævnes også i Dania. Engang har jeg i en engelsk bog truffet „pickled corktree“, som omskrivning for messbeef. Med hensyn til de almindelige navne „kvalmepinde“ og „stinkadores“ se Dania III. 79. Menneskenaturen bliver her sig selv lig. En munk skriver[1]: habemus bonum comedere in bursa nostra et quotidie septem fercula bis mane et sero. Scilicet primum dicitur „Semper“, id est Teutonice Grütz. Secundum: „Continue“ ein Supp. Tertium: „Quotidie“, id est Muss; quartum „Frequenter“, id est mager Fleisch: quintum: „Raro“, id est Gebratenes; sextum „Nunquam“ id est Käs; septimum: „Aliquando“, id est Äpfel und Birn. Udtrykkene er milde i sammenligning med sømænds og soldaters, men munkene havde jo ord for at leve godt i klostrene.

Nogle enkelte skældsord optager motiver fra mad, således: Bakkelse; „sprutbakkelse“, vel noget i slægt med spradebasse. Grød; „grødhoved; -høg, -perser“ bliver sidst færdig ved måltidet. „Kavring“, om grim klodset mand. Klister; „klisterfitte, -röv“, om skidne kvinder. Kjød; „kjødhoved, -tærsker“. „Mælkogbrød“, „du er en m-“ ɔ: et „mæhæ“. Måltid; „måltidsbukse“, som sidder længe ved maden. „Ost-og-valle“; „du er en god o-, dig!“ Pølse; „trykpølse“ om læretung person; „rullepølse“ vel tyk person.

For yderligere at lette brugen af de omstående „lyriske udtryk“ grupperer jeg dem under hovedafdelinger:

Træffende og sömmelige udtryk om arrige kvinder er: hampehegle, kustos, nebber-i-bande el. -i-bilde, rabaldermær, rammel-i-skeer, ramuesk, rappenskralde, slamp-i-skidt.

En doven person nævnes: dovenkaj, døvlæder, flæg, hængeskab, los, löjser, slåri, sövnetryne.

En drillepind kaldes: drillepig, ærrepig.

En farende, stundesløs person: hvirmeskid, hjavs, hvervepind, rapskalle, rasepose, rendeskid, rivejærn, stik-i-rend-skrædder, stræbeskid.

Dumme folk: dogrehoved, dorskehoved, drog, drøl, drønnert,

[1] Epist. obsc. viror. v. E. Münch, Leipz. 1827, s. 151.

dummerhoved, dumrian, dvotnakke, døgenigt, fjog, fjolter, fjotte, flavepande, fonnitokke, goje, golde, gormes, hjante, mjæg, mæhæ, mægen, norkel, nyttel, nummer, nydde, pinkelmand, pjok, pose, pusak, pus, pøbel, ruffel, stannik, stjabehoved, stjamp, støt, tamper, tokki, tonnes, tordengjed, -hoved, -kalv, torkel, tosse, tratte, trokke, tronni, troppetalle, tåbelig-hus, tåbelig-Peder, tålig-fövs, -Per, tåri.

Personer, hvis figur af en eller anden grund er påfaldende: bommerutte, gumpe, humhest, kvapsæk, kvalper, lange-Lars, maduse, madusken, mjetting, mossel, nokke, pjønk, povter, povves, prons, pulte, rafte, rangel, rikomrande, skulder-brok, slanterdarius, snarris, snurrekop, snæbe, spelte, spile, spind, spire, spirrevip, spjalter, spjannis, spjarris, spjælk, splejs, sprinkelben, sprægl, strudöje, svalk, svappe, trotte, truntel, trut, tue, tykkert, tyksak, vallekrukke, vaps, vissenpind, vongsel, vrapso, vratte, vrikke, våmpel.

Fuld mand kan man kalde: brændevinssnude, fuldsnude, fyldebøtte, pangel, svirebasse.

Den, som gör gabe-arbejdet, hedder: gaber, glaner, glyner, tramminakke.

Person, hvis gang er påfaldende: flassedagger, -hæl, -kutte, gjølp, hinkeben, krøvl, langben, linkentridse, lumpentridse, pumpehaj, pøker, spjadder, spjarrebasse, spjatteben, sprade, springfort. sprittebasse, stennik, stumleben, trampel, trumpel.

En gerrig person kaldes: fedtekræmmer, gjerrig-pig, gnier, knavebælg, -fitte, -pande, -pes, -spand, knibekutte, kniber, knærp, nærigpig, rabe, rimpeliv, skavebælg, -nakke, -pig, -pind, skaver, skindskaver, skrabe, snosker, sugefitte, suger.

Grinende person: flanni, -potte, grinebider, skoggrehoved, skranne-ende, -høg, -pose, -potte, skranni, tinnipose, -potte, tinstrepose, -potte.

Grædende og klynkende person: flæbekande, grædepose, -stok, klygrehat, pib, pjæb, pyller, skrighals, skrålhals, snyller, snylrehoved, sygrepotte, sylrepotte, -skarn (?).

Klodset person: brokkehoved, buf, buffel, bumrehoved, bummerusse, -rutte, busehoved, -kræmmer, butlekræmmer, donner, drattefinger, -hæl, -röv, -skank, drövsemand, firkel, flamske, flandrik, fonnikod, fummelkodde, kejtensuse, klathoved, -Mikkel, kludrehoved, -mager, -Mikkel, -Mads, klummerhoved, -pande, klumphoved, -hugger, klunt, klyni, klytte, kløve, kløvning, muffel, plumhaggi, pragl, pulterfærd, -hoved, rundsel, skrummel, -hoved, skrump, skrusse, skråning, slabe, slabanter, slamper, slamsker, slog, stovster, slyni, stossi, tomling, tommel, trampel, trompel, tronnik, tronnes, trøgte, trønnes, tæbe, tølper, wonsel.

Person, som klæder sig påfaldende; flægøre, hævves, kyse-Katrine, -kutte, peberineldeskid, pöjekok, -rædde, -skank, pöjter, possirõv, -tå, tjalder.

En kryster kaldes: kreg, krybily, skurk.

Langsom i færd eller arbejde: draje, drimse, drunte, kjørmesseøg, knalder, knilder, kravl, nysle, nøl, nöwsel, pille, pilter, pinnek, puller, rodegalt, seg, segebasse, sikkerõv, sikibag, simpe, simpibag, simrepotte, sjakke, -hæl, sjakibag, sjokke, -Dorthe, slæbe, -hest, -hæl, -skank, smøl, snavebasse, -brand, snøl, snövl, soffe, sokkedeje, sosse, sæsse, sprækhæl, stegi, trippensagte.

En, som lurer: lurer, lurrik, lyttelår.

Den löjerlige er: en drabant, en sær fisk, en hoppegist.

Person, som er kræsen eller forslugen m. h. t. mad: bærmetønde, flødebøtte, -skjæg, -væder, grødpæser, gumlestok, hugstork, Pernittengryn, persevom, pottekiger, slikmund, slughals, -kniv, snag, snask, stopsæk, sukkermund, sulten-Hans, sultenpig, sægleskjæg, tværfylding, tægl, tørvefylding.

Hvad man intet navn ved til hedder: dikspasser, dings, himpegimpe, himpehampe, pillegejring, tingest.

Næsvis: lærp, snøffel, snøkker.

Praler: bredfisk, brettekløve, bretting, resenhæl, vindböjtel.

En roder: vradebasse, vradsel, vrannik, vråddik.

Ræv: lojak, mjævs.

Slesk person: filurendrejer, fislebøtte, -kræmmer, -taske, -tuder, fissebrok, -hose, -linke, -pind, skrede, skredhövl, skrile, slettenfejer, spytteflöjte.

Slet person i almindelighed: bagage, flækker, kras, pak, sluni, slyngel, slyngert, tralli, træring.

En snakker: bablekok, -mund, -skaft, bjalehals, bjalder, bjaldreskjæft, -mund, bjalstrehals, -mund, bjælder, bjældrehals, bjævlehals, bladreast, -kjæbe, -likke, brevbærer, hjabregasse, -skank, hjadregasse, -gås, -kar, -skank, hjappe, -kræmmer, -nakke-, -röv, -skaft, -skalle-, -skrædder, -trug, hvejrehöne, hæffel, kjæbrehoved, -saks, kjævlehest, klæbber, klæbrefitte, -hoved, klæphoved, -mund, -saks, knæbber, knæbresaks, -syl, kodrehoved, pjatte, -fitte, -kande,

-kræmmer, -rædde, -röv, -skid, -skrædder, pjæbber, plæbber, plæbre-Hans, -röv, rassel, rebleskaft, -skude, -sæk, skræble, -hals, -hæl, -mund, -saks, skræpand, skvalder, skvaldretaske, sladderhank, -kjælling, -mund, -potte, -röv, -søster, -taske, sludrebasse, -bøtte, -ende, -fitte, -gås, -hank, -hoved, -plejl, -röv, -skatol, snakkebasse, -broder, -saks, snæbresyl, spektakel, svalder, svaldrehals, -kjælling, -potte-, -taske, svalpe.

Svin, uordentlig i klæder, arbejde: blærp, fiseknippe, flarris, flavse, gravso, griminatus, grimrian, smadrebukse, -bøtte, -hage, hjatte, hjos, muddergalt, mögplejl, pladder-i-valseværk, -i-stonthose, pladdergås, -pes, -skarn, proddel, prik-i-lort, pøle-Jens, -Hans, sjask, sjossi, sjuske, slatte, slaws, sloje, slorke, slufud, slurre, sluske, slyrris, snaller, -bukse, -gris, -potte, -provst, tjål.

Person, ved hvis tale der er noget at mærke, kaldes: hvæsekande, mumle, snappert, snork, sprækker.

En tungnem hedder: tryddik, trykhals, trykkel.

Tvær person nævner man: bövl, flirris, gnavhoved, -pande, -pind, -pold, knurrebasse, -potte, morpe, mulebider, murk, pebbel, plejle, skorris, snyle, ten, tronse, tveg, tvægi, tværblok, tværi, vindsel, vrampel, vrankel, vringel, ørk.

Mange skældsord er ubestemte, der kan igrunden kun siges om dem, at de er ukvemsord: angel, bamberusse, bese, billede, bommerusse, -rutte, bukser, et sært par b-, brand, brodd, bussemand, bæls, bæse, bøste, donnik, dralrepil, faks, fandenhoved, fas, feddelmikkel, flegger, fløs, flån, fyr, gams, halunk, herring, holk, kanalje, kanut, kisser, konditor, klöj, knabe, kumpan, labe, laban, lampe, læbbert, lømmel, løttitot, löjser, madusken, malosi, murris, od, oppermand, pannis, pinsevæder, plambæk, pløg, pog, pövs, rad, roppe, rosmedulle, skaberak, skaffelysker, skalk, skjærdejs, slubbert, slytter, snorris, snosk, snosker, snyskithomas, snåri, stabejs, stamunkel, sterris, stiver, stondrik, strunte, stødaf, ståri, sveder, svejser, svisser, tarris, tegning, tims, tinfis, traderifjat, tralle, transe, trinse, trisse, vejskider, vilster.

Usædelig person er: horebuk, -kvind, hæft, luder, skulde, smejs, sulefinke.

Vildskab betegnes ved: fidde, flagger, flander, flane, flante, flavti, flyve, futte, galflöjte, -rus, gal-for-dag, galvrani, kaj, knegger, ruskebasse, -pels, russebasse, -pjalt, strelle, strandhale, stregtehas, stöjehale, töjte, tøs, vildbasse.

Et vrövl kaldes mjas, mjatte, vrövler, ævleskank.

Her er det vel bedst at standse. Endnu kun en betragtning til slut. Ord som de omstående må, selv hvor de er et adækvat udtryk for den følelsens inderlighed og styrke, der råder hos mennesker, som anvender dem, altid i vore dage bruges med nogen forsigtighed, dersom man vil undgå stævning, forhør og alle de herligheder den moderne jurisprudens trakterer med. Der er noget ubeskrivelig fantasiløst ved hele nutidens apparat, der vejer og takserer i kroner alle den slags udtryk. Anvender man dem, bliver det et rent, skært pengespörgsmål. Man forstod det bedre i henfarne dage. Havde en hærhjemme forsét sig med sin mund, måtte han betale en „skvaldertønde“ til samfundet og selv med tör mund se på, at naboerne drak den, mens vittigheder og löjer haglede ned over ham, og han måtte love aldrig at göre sligt mere. På rådhuset i Goslar har jeg sét et dobbeltbur af et menneskes höjde, ved en skillevæg af stærke, flettede jernstænger delt i to smalle rum, hvor en person lige kunde klemmes ind. Traf det sig da på torvedagene, eller ellers, at to damer noget ubehersket hengav sig til den personlige følelses inderlighed og varme, hvis lyriske billedsprog er skældsord, blev de puttede ind, hver i sit rum, med ansigtet mod hinanden og udstillede offentlig, indtil dampens spænding havde tabt sig. I England og Tyskland havde man et andet sindrigt redskab, der i Tyskland kaldtes „Korb“ (se Grimm Wb. 6) og i England „cucking“- eller „ducking-stool“, Anvendelsen har nok været lidt forskellig, mens „kurven“ eller „dyppestolen“ væsentlig var bygget på samme måde: en stærk brøndvippe, der stod på bredden af en mudderpøl, en dam, sø eller å, og som kunde bevæges vandret om sin sule, såvelsom lodret. På den ene ende af vippen var befæstet en stol, hvori synderinden sattes fast, og så drejedes bjælken ud over vandet. „Kurven“ blev jævnlig gjort med bund, der kunde løsnes fra land af, eller vedkommende fik fri rådighed til at forkorte sit fangenskab ved selv at springe i pølen og prøve på at bjærge sig i land. Men i vandet skulde man. Fra England må jeg helst fortælle en historie. Der var en vis dame, som hed Jane Dutch, som var berömt for sin veltalenhed, og om hvem det i det 17de hundredår fortælles, at hun gentagende gange fik et koldt bad ved „dyppestolen“, desværre uden at have synderlig gavn af det. Akterne anfører, at end ikke vandets kulde ved midvinterstide var istand til at kølne hendes stærke følelsers varme. Hun blev i stolen svinget ud over pølen og gentagne gange dyppet dybt i det iskolde vand, men — mellem hvert dyp fossede ordene ud af hendes mund i en hartad både bundløs og endeløs strŏm, og hun vidste at finde malende og træffende navne til hver enkelt blandt de mange tilskuere. Da hun omsider var færdig, mens vandet drev af hende som små bække, henvendte hun sig til sine forfølgere med en så vældig salve af hŏjtklingende troper og rhetoriske sving, at de blev overbeviste om, at om end hendes tunge kun var et lidet lem, var dens brand ikke til at køle eller slukke. Den sidste dame, som indtog denne ophŏjede plads, var Poll Wheldale 1780, seksten år senere blev „dyppe-stolen“ afskaffet [1].

Dette er jo noget helt andet end en kedsommelig retsforhandling og et forhør. Vore forfædre forstod sig ŏjensynlig ganske anderledes end vore livstrætte slægter på at gennemføre i praksis den gamle, længst prøvede leveregel:

at gavne og fornŏje
det altid hav for ŏje!

[1] Gentleman Magazine Libr., Manners Customs (1890) s. 52.

NORDISK OG LAPPISK GUDSDYRKELSE

BEMÆRKNINGER I ANLEDNING AF SOLVOGNEN FRA TRUNDHOLM

AF

AXEL OLRIK

TRUNDHOLMFUNDET, og særlig den opfattelse af det som Edv. Lehmann har fremsat i dette tidsskrift (1904 s. 72), giver mig tilskyndelse til at udforme en tanke, som jeg hidtil har holdt tilbage til nærmere prøvelse: om sammenhængen imellem Lappernes hedenske gudsdyrkelse og Nordboernes hedenskab[1].

Lappernes tro, således som den endnu var i det 17de årh., står på et trin, der i væsenlige henseender er ældre end f. eks. den nordiske tro ved oldtidens slutning. Der er ingen faste gudebilleder eller egenlige templer; ingen personliggörelse af guden ved mytedigtning, eller ved at forskellige og især åndige formål forenes hos visse gudeskikkelser. Gudsdyrkelsen er i ydre henseende stærkt knyttet til helligstene eller andre naturgenstande, som man vakler imellem at betragte som stedlige vætter og som legemliggörelse af himmelske guder. Menneskets daglige tilværelse omspindes af en række fagguddomme, for arnen og for indgangen,

[1] Kilderne til vor kendskab til lappisk gudetro er svenske beretninger fra 17de årh. (de vigtigste udgivne i Sv. landsmålen XVII) og de endnu bedre norske missionsberetninger fra beg. af 18de årh., især Nærøhåndskriftet (ypperlig udgivet af J. K. Qvigstad i Throndhjemske vidensk. selsk. skrifter, 1903; andre er benyttede i Jessens mytologi fra 1767). Endvidere troldmands-trommernes billedlige fremstillinger (gengivne især i Nærø-hs., i Friis, Lappisk mytologi, og i G. v. Düben, Om Lappland). — Til sammenligning har jeg benyttet Julius Krohns skrift om den finske folkeæts gudsdyrkelse (1894, Finsk lit. selskabs skrifter nr. 83) og en del spredte bidrag i de forskellige finsk-ugriske tids- eller samlingsskrifter fra de sidste år. Jeg bringer professor Vilh. Thomsen og mag. Eva Moltesen min bedste tak for hvad de har gjort til at lette mig indblikket i denne i flere henseender ikke let tilgængelige literatur.

for drengebørns fødsel og for undfangelsen, for jagt og for sneens smæltning (kun en enkelt af dem, arnens og fødselens gudinde Sarakka, har större betydning). Og over dem knejser de himmelske magter: solen, tordengubben, stormgubben og tillige frugtbarhedsguden, — dem hvem mennesket bringer de store ofre til visse årstider eller når deres særlige hjælp er påtrængende nødvendig. Her møder os i fyldig og livfuld beretning et religiøst trin, der i væsenlig grad svarer til, hvad vi ud fra de knappe levninger må formode at være broncealderens religion i Norden. Ikke saa ulig for resten det religiøse trin, der havde holdt sig hos de hedenske Littauere endnu ved middelalderens slutning. Sådanne afsidesboende mindre folk har öjensynlig budt særlige betingelser for, at en gammel religion kunde fortsættes ned i tiden.

Det er dog ikke almenbilledet, der har vor störste interesse. Det er bestemte overensstemmelser i skik og tankegang med nordisk oldtid, tildels en meget tidlig nordisk oldtid.

Ifølge Nærø-håndskriftet, den bedste kilde for lappisk mytologi, „bestaaer deris Offer, een deel udi levende Creaturer, saasom: Reinsdiur, Hester, Gieder, Hunde, Katter, een Hane, og andre Fugler, een deel udi adskillige giorde Træe-Figurer, saasom lange og store Hammere til *Thor* Gud, Hakker og Spader til *Waralden Olmay* [kornguden], Baader til *Bieka Galles* [stormguden], et Menniskis Billede til *Ruttu* [dødsguden], *Mubenaimo* eller Sathans Billede til Sathan, Soelens Efterlignelse til *Paive* eller Soelen, og Rokker samt Spinde-Teener til Gudinderne, Buer og Piiler til *Leibolmai* [jagtguden] etc.“ (Nærø s. 36).

Denne lappiske offerskik stemmer ikke med de andre finske folkestammers; deres guddomme er prægede af en overordenlig enstonighed, de samme offere og bönner gentager sig i det uendelige; hele den finske folkeæt udmærker sig ved sin mangel på ævne til at skabe personlige guder; offermåltidet bliver den eneste væsenlige kultusform, og en så stærk fordeling af genstande til de enkelte guders brug er ukendt, og alle forudsætninger for dens opståen mangler.

Heller ikke stemmer skikken med nordisk vikingetid. Vi har mange oplysninger om offermåltider, menneskeslagtninger og deslige, men genstande træffer vi ikke på. Går vi derimod til den nordiske broncealder, da byder den en ganske tilsvarende ydelse af store, og stærkt individualiserede offergenstande. Men ser vi nærmere efter, viser der sig tillige en mærkelig overensstemmelse mellem begge. Broncealderen har tre arter af særlig forarbejdede offergenstande: solbilledet, de små guldbåde, og de vældige økser eller par af økser. Alle tre har deres sidestykker i lappisk: til Paive, solen, ofrer man „solens efterlignelse“, til Biekagalles, „stormgubben“, hvem man anråber om at standse stormen for de fjæld- eller søfarende, ofrer man både, og til tordenguden ofrer man hamrene.

Meningen med den lappiske skik er öjensynlig den samme, som også anes gennem broncealderens offerfund: man skænker solen sol at den skal lyse, tordenguden den hammer hvormed han skal slå, gudinderne ten for at de kan spinde, jagtguden pile til at skyde med osv.

Stedet hvor disse offerting stilles, er i nogle tilfælde det almindelige offersted. Således har man beretning om at en spinderok er rejst der hvor der ofres offerdyr til solen[1]. Men man kan også ofre andensteds. „Den vederstyggelige anden Sædvane [om Julen] Finnerne bruger, bestaar der udi, at Manden, med Huustrue og Børn, offrer hver en Messing-Ring om Nyttaarsdags Morgen i en Brynd eller Bek til Soelen, hvor af hand tager sig dette Teign, at dersom Soelen skinner saa klart paa Ringerne i Vandet, at de alle seer klare ud i Vandet, da betyder det ham et got Aar,“ osv.[2]. Denne messingring, der ofres til solen, må ifølge adskillige kildesteder være det samme som det „solens efterlignelse“ der ofres. Dens henlæggelse i fri natur minder om vor oldtids store offerfund, allermest om solbilledet, der var henlagt på mosen, som til visse tider af året stod under vand. Hvis vi fra det lappiske soloffer tör slutte tilbage til Trundholmfundet, vil vi sige at solvognen er en nytårsgave til solen for at skaffe rigeligt med sol i det kommende år. Men med sikkerhed kan vi jo ikke vide, på hvad årstid den sællandske solvogn blev nedlagt.

[1] Jessen s. 47: „en spinderok for derunder at betegne solens vending og stråler.“ Denne sidste forklaring synes dog urigtig; ifølge Nærø-hskr. kunde der rejses spinderok for kvindelige guddomme. Jf. Nærø s. 39—40, hvor det hedder at disse ting henlægges på alteret, eller i mangel deraf nedgraves i jorden under hytten. [2] Nærø-håndskriftet, s. 42. — Skönt varslet for det kommende år efter sin natur er yngre end selve offerskikken, skal jeg dog nævne en skik, der delvis er sidestykke hertil: I Bayern kaster man ringe af vidjer i vand og tager varsel af deres flyden oppe eller synken (Jahn, Opfergebräuche, s. 142; lævning af gammelt soloffer?).

„Med Solens Offringer omgaaes Finnerne paa effterskrevne Maade. Naar Finnerne blive forvildet paa Fieldet om Dagen ved Skodde-Snee heller Land-Fok, falde de paa Knæ og bede Solen om hendis Lius og Skin, og offre de et stykke Træ udskaaret med et stort rundt Hull, som Figuren udviser [ɔ: en ring med et håndtag]. Dette holde de saa mod Solen, at hun skal skinne der igiennem til et Taknemmeligheds Teign for hendis Glands og for hun haver ladet sig see.

Ligeleedis bliver Maanens Offer giort, uden at paa det runde Træ, de holde for Maanen, bliver ikkun giort et lidet Hull paa, som hosføyede Figur udviiser. Bemelte Hull skal Maanen skinne igiennem for den skal ikke blive vred paa dem og blive borte med sit Skin, mens lyse for dem at de kand finde hiem til deris *Kield* heller *Gamme* om Natten“ (Nærø, s. 51).

Også her findes en parallel fra broncealderen: de runde på midten gennemborede skiver af harpiks, der findes henlagte enkeltvis eller flere sammen som offer. Med den lappiske skik som støtte bör vi formodenlig opfatte dem som sol- eller månebilleder; og de gengiver da disse naturfænomeners form endnu mere umiddelbart end de lappiske offergenstande, der har föjet et håndtag til.

Videre hedder det i Nærø-håndskriftet, at Lapperne ofrede både til stormguden. Hertil svarer i broncealderen det rige fund fra Nors i Ty ved kysten af Vesterhavet: omtr. 100 små bitte guldbåde henlagte som offergave i et lerkar, der var nedgravet i jorden. Opfattet i lighed med lappisk gudsdyrkelse — og denne tolkning ligger også i sig selv nær nok — er de et offer til havets herre.

En anden offerskik med både knytter sig til juletiden; og en hel række af beretninger vidner om dens udbredelse. En af dem er Samuel Rheens fra 1671; han fortæller, hvorledes man juleaften og juledag gemmer en bid af al mad, og husbonden samler alle disse bidder sammen og lægger dem i en æske af birkebark, formet som en båd og udrustet med mast, sejl og årer; dernæst øser de lidt fedt på det hele, hænger æsken op i et træ et bøsseskud fra hytten, „det de vilja giiva det omkringvandrande julfolk, som de då mena skola fårdes omkring i luften.“ Andre öjenvidner har set disse både med fødevarer, tre kvarter til en alen lange, tilhugne af fyrretræ, forsynede med master, og korstegnede eller mer eller mindre overmalte med rensdyrblod; de var ved den store slagtning för jul blevne satte op i de höjeste graner, også disse træer var korsede eller overmalte med blod. Andensteds har man på juleaften sat en sådan lille træbåd ud på en hel hob af sammenslæbte stammer, for at skaffe en syg helbredelse; efter julen var båden forsvundet[1]. Men også under helt anden form optræder skibsofferet. Hos nogle af Lapperne, i alt fald de finske, fandtes der på helligstedet ved siden af *seite*'n (stenfetischen) et træ opstillet, lignende en bådkøl: den bar navn af „djævlebåden" *(Hiiden wenet)* eller „offertræet" *(luotte-murit)*. Når Lappen kom til stedet, blottede han hovedet, lagde hånden på stenen, tiltalte den som sin gud i dybeste ærbødighed, og søgte ved en slags tankelæsning eller spiritisme at udfritte, hvad lykke guden vilde tilstå ham, og hvad offerdyr guden krævede, og om det skulde være levende eller dødt offer. Krævede guden levende offer, da rejstes der et nyt offertræ, hvortil de bandt offerdyret, og efter lang tale drev man det øksen i panden, smurte både træ og sten med dyrets blod, og når køddet var kogt, skar man små bidder af det, bandt dem på snoede kvistringe og hang dem på træet. Derefter holdt man måltid på det øvrige, men vogtede sig vel for at føre noget som helst af dyret bort fra stedet[2]. Meningen med båden er i alle disse tilfælde tydelig nok: den er ikke selv et offer, men tjæner til at skaffe guden offeret i hænde, fragte det til ham. Tanken er ganske den samme som i det, vi nu kender som broncealderens skik: fugle eller hjul der bragte offeret videre til guddommen.

I det senere Norden har vi måske noget tilsvarende indenfor gravfærden. Man lægger den døde med gods og til dels med dyreoffer i et skib, som dernæst bliver tilkastet med jord eller opbrændt. I lighed med den lappiske skik må vi vistnok opfatte dette som en overnaturlig befordring til det hinsidige, en forestilling, der næppe har været særlig levende for vore literære min-

[1] Düben, Lappland, s. 221. [2] Sv. landsmål XVII 2, s. 81; Krohn, s. 27; jf. Friis s. 183 (hvor det samme offer skildres som en birkebarksrulle med to spader; formodenlig et levn af båd og årer). — Ordet *luotte* (offer, trolddom, sang osv.) anses alm. for at være lånt fra oldn. *blót* (Finn. ugr. forsch. I 186. II 139 f.); men dette er uden interesse for vor undersøgelse, da *luotte murit* (rettere *-morra*) også forekommer i lappisk mangfoldige andre gange uden at have bådform, og selve brugen af „offertræer" er ældgammel skik hos den finske folkeæt. *Hiiden vene* (Hisi's båd) er derimod finsk, og synes at være en ny betegnelse.

desmærker fra vikingetiden, men som i sig selv er den naturlige forklaring af skikken[1].

Det er altså en mærkelig række skikke, der knytter Lappernes gudsdyrkelse sammen med den nordiske broncealder. Nogle vil måske regne det for tilfældigt. Visse forskere har jo en tilböjelighed til at anse religionerne for hjemmefødte; de beråber sig på at alverdens religioner på tidligt udviklingstrin ligner hinanden: da kan også Nordboer og Lapper uafhængig af hinanden have nået det samme trin i det hele og i enkeltheder.

Men det vil være örkesløst at regne med en hjemmefødt lappisk kultur. Sprogforskningen viser, i hvilket omfang ord og begreber fra den gotiske stamme lige fra en meget tidlig tid er gåede over i den finske stamme, og allermest i Lapperne. I selve udtrykkene for religiøse forestillinger vil man finde flere navne, der er fælles med nordisk, end med deres slægtninge Finnerne. Og som det er med Lappernes ordforråd, er det med selve tankerne; Fritzners afhandling om „Lappernes hedenskab"[2] har med nogle overdrivelser, men i det væsenlige rigtig bragt dette forhold for dagen. Vil vi have yderligere bevis, kan vi på troldmandens tromme aflæse hver ny kulturperiodes tilførsler aflejrede ovenpå den nærmest foregående. Øverst — dog sjælden — træffes her Gud Fader, Sön og Helligånd, altså den protestantiske treenighed. Dernæst en „hersker fader", „hersker moder" og „hersker sön", — en treenighed af mere katolsk eller tillæmpet skikkelse; også denne

[1] Jeg har i min Danm. heltedigtning I 249 ff. givet en undersøgelse af dette stof, og har vist, hvorledes vi må adskille to motiver 1) den dødes bortsendelse i skib over havet, som kun findes i en lille kres af Skjoldungsagn, 2) ligets brænding eller höjlægning i skib; den har aldrig i nogen pålidelig eller gammelartet beretning noget med havet at göre, skibet stilles frem på tört land. Höjlægningen findes tidligst o. 600 (svenske arkæologers datering), ligbrændingen kan være langt ældre og er snarest den oprindelige form. Det er muligt at den er opkommen af praktiske grunde — opbrænding af de i slaget faldne —; men overfor höjtidelige gravskikke vil ideelle grunde dog være mere rimelige. — At opfatte skibet som almindeligt gravgods, bestemt til brug i den hinsidige verden, går sikkert ikke an. Man kender ikke i Norden (måske overhovedet ikke i verden) noget hinsidigt rige, hvor de afdøde sejler frem og tilbage. Heller ikke vil en saadan tolkning passe ind i de kulturhistoriske rammer. Hvis skikken går tilbage til en ældre tid end den spirende vikingetid, må det være som knyttet til ligbrænding. Men hele den store opbrændings-bevægelse gennem broncealder og ind i jærnalder udmærker sig netop ved grundig at udrydde ofringen af gravgods til den afdøde. [2] (Norsk) Historisk tidsskrift, 1. række IV 135 ff.

række kan mangle og er kun lidt genstand for dyrkelse. Som tredje lag de virkelig store dyrkelsesguder: tordenguden Horagalles, stormgubben og frugtbarhedsguden. Men selve navnet på tordenguden er lånt fra Thor-karl; og frugtbarheds- eller solguden, hvis rolle svarer nöje til Fröjs, bærer navnet Varalde-olmai, himmel-manden, et ord der røber sig som nordisk lån. Denne tre-række svarer da til Nordboernes tre hovedguder Thor, Odin eller Njord, og Fröj; og „stormgubben“ er taget med op i rækken, skönt han er en fra lappisk standpunkt lidet betydelig gud. Först som det fjærde led i rækken træffes den finske folkeæts mere nationale gud, solen. Dog også den er omgiven med tre „söndagsmænd“ eller „helligmænd“, der våger over söndagens helligholdelse og gör söndags-trolddommen stærk; — formodenlig en ganske tidlig og uforstående overførelse af den kristne treenighed og helligdagsholdelse. Når alle de senere kulturströmninger har aflejret sig så nöje, den ene efter den anden, skulde det være mærkeligt, om ikke også de forhistoriske tidsrum har øvet indflydelse på den lappiske religion. Netop jo mindre afstanden var imellem Nordboers og Lappers hele kulturtrin, des lettere måtte det være at tilegne sig det fremmede.

Men, vil man sige, Lapperne har måske lånt nogle navne; men selve gudeofringen er vel den fra fædrene nedarvede skik. Men i så fald er det unægtelig mærkeligt at se den rolle, som hesteofferet spiller i lappisk gudsdyrkelse; — er et menneskeliv i fare, skal døden have en hest at ride hjem på —; ti Lapperne har jo ikke selv heste, men må købe dem til offerbrug af deres naboer Nordmændene. Ligeså alskens andre dyr, kvæg, væddere, bukke, hunde, haner købes til ofring, og man vil på lappiske spåtrommer finde disse fremmede dyr afbildede. Som man ser, er deriblandt de mest karakteristiske offerdyr fra nordisk oldtid. Eller Sarakka-grøden, barselkonernes höjtidsmåltid; korn til grød var en vare, som Lapperne tilhandlede sig hos Nordmændene; og selve måltidet svarer til den gamle norske (endnu færøske) nornegrød efter barnefødsel, og er sikkert kun en lappisk efterligning af den.

På samme måde med selve de skikke, vi ovenfor har gjort rede for. Skibsofferet er knyttet til julen, der efter selve sit navn er af nordisk oprindelse; og det bruges til et gennem luften dragende „juletog“ eller „julefolk“, der er lige så nordisk. Selve brugen af skib spiller overordenlig lille rolle i Lappernes virkelige liv;

de har lette småbåde, der kan bæres fra vand til vand; men fartöjer med mast synes ukendte i den egenlig lappiske kultur (Havlappernes kultur kan sikkert ikke betegnes som national lappisk). Offerskibet som befordring op til gudernes himmelske boliger har ingen støtte i deres egne forhold, men svarer til Nordboernes uhyre brug af skib til alt fjærnere samkvem. Oven i købet møder vi hos Lapperne det nationale samfærdsmiddel på tilsvarende sted. Den døde begraves i rensdyrslæde, eller med kølen af en rensdyrslæde lagt ved siden af sig; og selve dødningeofferet, visse dele af den slagtede ren, graves på tilsvarende måde ned i rendyrslæde. Her er en virkelig hjemlig befordring til det hinsidige; skibsofferet må være tilført udefra.

Også solskikkene røber påvirkning udefra. Solofferet på midsommersdagen består af grød, skönt korn må købes af de fremmede. Messingringen som solbillede forudsætter fremmed metalkultur. Selve troen på messingets hellighed i alle genstande (lige til dåbskedlen o. desl.) og frygten for at anvende jærn ved ofrets sønderdeling synes at være lævn fra en broncealderkultur, som Lapperne næppe nogensinde har haft i sin egenlige blomstring, men kun som religiøs sædvane.

Al sandsynlighed går i retning af fremmede forbilleder i tidlig tid. Men endnu er den lappiske gudetro vanskelig at granske til bunds. Her trænges til ikke blot de gode udgaver af kilderne, som vi er ved at få; men en ny og kritisk behandling af stoffet. Vi skulde ikke dele guderne i overhimmelske, himmelske, luftboende, jordiske og underjordiske, men granske hver gud efter den udbredelse han har, og den rolle han spiller i menneskenes liv, fördst og fremmest efter de offerskikke, der knytter sig til hans dyrkelse; på alle disse områder synes der også at være stærk forskel på de forskellige egne. I ikke mindre grad skulde der en arkæologisk undersøgelse af de billedlige fremstillinger på spåtrommerne, indtil hver figurs betydning og hele historie var fulgt gennem det samlede materiale. Indtil en særlig lappisk-finsk forsker gör alt dette arbejde, må vi på mange punkter nöjes med antydninger og hypoteser.

Forholdsvis sikre er vi med de enkelte gudeskikkelser, fordi vi her har et fyldigt materiale. Men naturligvis må vi da tage udgangspunkt i den nordiske vikingetid, ikke i broncealderen.

Horagalles, det væsenlige navn for Lappernes tordengud, er almindelig godkendt som lån fra norsk Thor-karl, den gamle Thor; også andre benævnelser for ham henføres mer eller mindre til nordisk oprindelse.[1]. Hammeren som hans stadige våben må ligeledes føres tilbage til nordisk påvirkning. De nærboende Finner opfatter lynilden som tordengudens pil og regnbuen som hans bue, eller de taler om hans altgennemtrængende ildsværd. Kun en enkelt gang i Kalevalas tryllesange nævnes i forbigående hans hammer (og dette kan jo være lånt fra Nordboer eller Littauer). Også hos Lapperne er tordengudens bue kendt; men deres hele påkaldelse af ham knytter sig til hammeren. B. a. tegner de sig med korstegn og forstår derved en indvielse til tordenguden, ligesom Trønderne i den bekendte fortælling om Håkon Adelstensfostre[2]. Endelig kan man også på spåmands-trommen finde et mærke for tordenguden, der let genkendes som en kejtet form af hagekorset; dettes islandske navn er Þórshamarr.

På den anden side finder man forestillinger om tordenguden, som ikke svarer til eddamytologien. Den mest iöjnefaldende af dem er, at han har ikke en men to hamre. „Denne afgud, som staaer med een Slegge udi sin eene Haand og en Krydts-Hammer i den anden Haand, tilbedis i særdeelished af Finnerne, naar Torden slaar, at hand med den eene Hammer vil drive den tilbage igien, at den ikke skal skade enten dem eller deris Reins-Diur, lige saa og paakalder de hannem, naar de vil have Torden og Liun-Ild udslaget ofver nogen de ere vrede paa, at hand da med siin Slegge, som hand havėr i den anden Haand skal udføre sin Torden og Liun-Ild ofver dem.“ På spåmands-trommer fra höjst forskellige lappiske egne finder man denne tordengud med de to hamre; ganske tilsvarende træbilleder af ham med en hammer stikkende frem til hver side kendes fra de svenske Lapper; også de sært dannede kors, der tjæner som tordengudens mærke på trommerne, er efter lappisk opfattelse en aftegning af hans to hamre[3].

For eddamytologien og for vikingetidens billeder af Thor og dens endnu langt talrigere gengivelser af hammeren som amulet, gravtegn osv. er denne tanke om et hammerpar fremmed. Kun en eneste gang træffes noget sådant, nemlig da Magnus den stærke fra en ø ved Sverig bortførte to store Thorshamre af malm til

[1] Qvigstad, Nærøhåndskr., s. 6. [2] Nærø-hskr. s. 10. 57. [3] Nærø s. 7. 63—64; Friis, s. 31 fig. 1, s. 39 fig. 9, s. 44, s. 46 fig. 2; Sv. l. XVII 1, s. 36.

stor krænkelse for alle svenske, både hedninger og kristne, der holdt stedet for overordenlig helligt. Dette svenske hammerpar, der synes os afstikkende, set fra vikingetidens standpunkt, er da formodenlig levning af en ældre skik. Stedets overordenlige hellighed tyder på en gennem lange tider nedarvet ærbødighed. Og hamrenes materiale, bronce, vækker formodning om, at de enten ligefrem udgår fra broncealderen, eller dog tilhører en gudsdyrkelse, som bygger på dens religiøse skikke. Vender vi os herfra til selve broncealderen, møder vi de overmenneskelig store økser eller øksehamre, der har været til gudeligt brug, og som forekommer parvis. Ligheden med bronce-Thorshamrene fra den svenske ø gör det sandsynligt, at også de på samme måde har været henlagte eller henstillede på tordengudens helligsted. Der falder yderligere lys herover fra den littauiske gudetro, der i mangt og meget står på samme trin som den lappiske og som vor broncealder. Dær tjæner en på helligstedet plantet hammer som selve den synlige fremstilling af tordenguden: den tilbedes af folket, den tros at have frelst solen da mörkets trolde vilde røve den. Og bag dette billede tegner sig atter en ældgammel kultusform, som vi kan følge gennem de europæiske lande indtil Eufratlandene og vistnok videre omkring, hvor det på altret henstillede våben er guddommens jordiske åbenbarelse. Ud derfra må vi forstå Svenskernes rædsel over Magnus den stærkes rov; det er selve den ældgamle gudefetish, han har taget. Også broncealderens store helligøkser må da ses i dette lys. De er ikke blot offergenstande, men de har vel for eftertiden stået som selve helligdommen, til hvem tilbedelse og offer bringes[1].

At man ud fra broncealderens skikke kunde komme til økseparret, er ikke underligt. Også blæsehornene blev altid nedlagt parvis som offer, ligeså de talrige ofre af to halsringe sammen; på Kivikegraven findes indhugget to kreskors sammen med to økser. Denne dobbelthed, som formodenlig har sit udspring i en eller anden offerskik[2], har for tordengudens vedkommende sat sig fast som et bestemt led i hans dyrkelse: derfor finder vi de to hamre i den svenske Thorshelligdom på øen, og de lappiske gudebilleder hvor Horagalles fører en hammer til hver side[3]. Dette par af

[1] Jf. DSt. 1904, 67. [2] Man kan muligvis sammenligne et sådant forhold som, at Lapperne rejser lige så mange billeder af en gud, som de slagter ham offerdyr. [3] Også på guldhornene findes der — efter Worsaaes tydning, der på dette

hamre har da Lapperne senere udtydet således, at han bruger den ene til at slå (udsende lynet) med, den anden til at afværge det, i lighed med at de tænker sig stormguden forsynet med to redskaber, et til at drive stormen frem og et til at standse den.

For øvrigt synes Lapperne også at have lævninger af dette symbols brug i stedet for gudebillede. Over det til en gud nedgravede offer (*damengare*) satte man i almindelighed et træbillede af guden; men „over Horagalles damengare satte de noget som skulde forestille en stor hammer, hvormed han skulde forjage hekser og andre onde mennesker"[1].

En anden ejendommelighed ved lappisk gudetro er den rolle, som tordengudens tjæner spiller. Når noaiden, spåmanden, ligger i sin dvalesövn, tros det at Horagalles' hund holder vagt over legemet, mens sjælen er på vandring; bliver det overfaldet af nogle fjender, gør hunden så höjt, at „tordengudens tjæner vågnede og gik hen til Aččekaš, tordenguden selv," som da med sin hammer drev troldene bort og lod noaidens sjæl slippe tilbage i legemet. På en spåtromme fra de svenske Lapper findes en „Thor" med de to hamre, og ved siden af ham en lille figur, der opgives at være „Thors tjæner". En svensk Lap tilstod i 1688, at han havde tre afgudsbilleder, 1) af Thor eller tordenen, 2) Thors engel, 3) Verdens-mand eller Gud[2]. En sådan gudeskikkelse kender vi ikke i nordisk; men vi kender denne Thors tjæner som mytisk figur, Thjalfe, der ledsager Thor på hans rejser, men betragtes som ganske underordnet væsen, en bondesön som guden har taget med sig. Atter hænger den lappiske tro sammen med nordisk, men således at den indeholder et ældre udviklingstrin end Eddaerne. At denne Thors tjæner er et gammelt gudevæsen og tillige naturfænomen, håber jeg ved en anden lejlighed at eftervise.

I begge de tilfælde vi her har undersøgt går de lappiske lån tilbage til en ældre form af Thorsdyrkelse, end vi kender fra literaturen. Det vil være af interesse at vide, om der også findes lån, der er forholdsvis sene. Torsdagens hellighed må hos Nordboerne være af sen oprindelse; ugedagenes navne overførtes langsomt med den romerske kultur til gotisk-germanske folk; i Norden er de indvandret så sent, at fredag røber sig som et ne-

punkt ikke synes urimelig — en Thor med to våben, hammer og kølle. [1] Jessen s. 47; det synes dog ikke helt tydeligt, om man ikke også har haft det sædvanlige rå træbillede. [2] Nærø, s. 11 note; Friis, s. 46. 69.

dertysk lånord; i lydrigtig form skulde den hedde „Friggs dag“. Torsdagens helligholdelse går igen hos Lapperne, og efter de ældste missionsberetninger har denne form for Thors dyrkelse spillet en stor rolle. Men går vi kilderne nærmere efter, viser det sig, at missionærerne ubevidst overfører forholdene fra de norske bønder på de lappiske[1]. Torsdagens navn er på lappisk slet og ret Duorasdak (oldn. Þórsdagr) og svarer ikke til Horagalles eller nogen anden lappisk benævnelse på tordenguden. Heller ikke kender jeg vidnesbyrd om, at torsdagen har med tordengudens dyrkelse at göre, eller overhoved med den egenlige gudedyrkelse; alt hvad vi véd, er vist kun dette, at Lapperne „vil ikke giøre visse Giærninger paa den Dag“; men dette kan bero på et sent og ganske uforstående lån fra norsk eller svensk folkeskik. Jeg må dog nævne et kildested, hvor torsdagens hellighed træder i umiddelbar sammenhæng med religionen. Ifølge Nærø-håndskriftet hændte det i 1722, da Th. v. Westen begyndte sin omvendelsespræken i Nordland, at en Lap modtog en åbenbaring: han så i toppen af et træ en mand sidde, klædt i hvidt og med langt skæg, han bød Lappen at forkynde sine landsmænd, at de skulde omvende sig fra deres synder: „I arbeyder om Løverdagen paa hvilken i skulle hvile eder, paa det i kunde betids reise til Kierken om Søndagen, og over alt den gode Torsdag har I nu gandske lagt af at hellig holde; I har nu i lang Tiid ikke giort noget Offer til Hora Galles eller Thor Gud; han er dog een god Gud, som vel fortiener, for meget godt hand giør eder, at tienis og dyrkis“, osv.; derfor skal Lappen advare alle sine landsmænd på de omgivende fjælde imod den fremmede (Th. v. Westen), der „vil have dem til een nye Troe, hvorved Thor Gud bliver grummelig vreed og fortørnet.“ Men denne beretning er vist ikke pålidelig; vi kender ellers intet til at Lapperne helligholdt lördag-söndag-torsdag; derimod har vi mangfoldige efterretninger om at fredag-lördag-söndag stod under de tre helligmænds beskærmelse. Nærø-forfatterens stærke tro på torsdagens sammenhæng med Thorsdyrkelse synes at have bevæget ham til et mindre pålideligt referat. I hvert fald bliver denne enestående beretning om de tre helligdage af ringe vægt i sammenligning med hvad vi véd fra alle andre sider.

„Nr. 2 er deres anden store afgud, nest effter Hora-Galles, som de kalde *Waralden olmay*, det er Verdens Mand, og er hand den

[1] Nærø s. 7 ff.; Jessen s. 79.

samme som Saturnus. Den afgud afmaler de paa Runnebommen med een krum Stræg over Hovedet, med adskillige Takker paa, hvilket skal beteigne Frugtbarhed, saavel af Jorden og Havet, som af Creaturer; derfore tilbeder de hannem, at hand skal give god Vext paa Korn i Landet, paa det derved maae blive got Kiøb for dennem paa Korn, paa Øll, Brendeviin og alt hvad som kommer af Korn, hvilket de vil beteigne med den Hakke, hand holder i Haanden, med hvilken Jorden af Restmand [de kristne, ɔ: de norske] skall tilhakkes, naar Sæden der udi er udkast; ligesaa ogsaa paakalder de ham, at hand skal frugtbar-giøre Havet, at de maae faae mange Fisk (det giør besynderlig Siøe-Finnerne), at hand skal frugtbar giøre deris Reinsdiur, at de maae bære mange Kalver, at hand skal frugtbar giøre Mossen paa Fieldene, som deris Reinsdiur æder, paa det de maae faae vel mange Reins-Oste, Reins-Smør etc., med et Ord: alt hvad som enten kand voxe eller aufles det paakalder de Waralden Olmay eller Saturnum om."

„Waralden-olmay" som slet og ret frugtbarhedsgud svarer ganske til Nordboernes Fröj; også ved ham træder jo jordens vækst og kvægets formering i forgrunden, avl og velvære er hele hans område. Det mærkelige ved den lappiske frugtbarhedsgud er, at han optræder med agerdyrkningsredskab, og at han påkaldes om at skaffe Nordmændene rigelig kornavl. Dette viser, at han er fremmed for den egenlig-lappiske kultur. Navnet *Waralden-olmay* betyder „verdens-manden" eller snarere „himmel-manden"; ordet *varalde* er lånt fra oldn. verǫld, verden. Snorre fortæller, at Svenskerne kaldte Fröj for *veraldar goð*, verdens gud; Waralden-olmay synes slet og ret at være en gengivelse af dette navn på Fröj. Nogen rent lappisk benævnelse på ham kendes ikke; derimod betegner de svenske Lapper ham ofte med et langt nyere lånord, Storjunker.

„Nr. 3 er deris 3die store afgud, som kaldes *Bieka Galles*, den sterke Vindens Mand, denne er den samme som Æolus, hvilken de maler af udi sin høyre Haand med en Skuffel, med hvilken han skufler Vind ind i siine Huuler, naar den har stormet nok, og med en Kiølle udi sin venstre Haand, hvormed hand skal drive Vinden ud, at den skal blæse. Denne afgud tilbeder de baade naar de ere paa Fieldet med deris Reins-diur at hand vil stille den Vind som giør Skade paa Diurene, saa og, naar de ere paa Havet at fiske, og der opkommer Storm saa de ere udi Lifs Fare da de love ham Offer paa deris Alter." Et sted i samme håndskrift hedder det, at der ofres både til ham, medens en anden kilde lader der blive ofret ham en skovl (Nærø s. 13 n.).

Skönt vi hos andre, østligere Lapper træffer en tilsvarende guddom med navnet *Ilmaris*, luftgud, der også kendes hos Finnerne, hører Biegga-galles, stormgubben, dog afgjort med til dem, der har nordisk forbillede. Hans plads som den tredje i gruppen sammen med tordengud og frugtbarhedsgud tyder i den retning. Hans særprægede ofre ligeledes. Bådeofferet er os kendt som et af de store ofre fra broncealderen. Det han påkaldes om er i alle kilder at frelse folk i uvejr, særlig på havet. Heri ligner han to nordiske guder, Njord og Odin. Om Njord hedder det hos Snorre, at han „standser ild og sø"; Odin fører tilnavnet Viðrir, den der frembringer vind, og i Hávamál roser den af Odin lærte troldmand sig af at have lært de tryllesange, der standser det oprørte hav. Tager vi hensyn til stormgubbens plads i gudekresen, har vi samme uvished: en trehed af hovedguder Odin-Thor-Fröj kendes fra Upsala og flere steder; en trehed Fröj-Njord-Thor kendes fra den ældste islandske edsformel. Men i virkeligheden kan der ingen alvorlig tvivl være om hans identitet. Han mangler alle de væsenlige træk i Odins personlighed: krigen og dødsriget, spyddet og hesten. Hans nære tilknytning til havet tyder bestemt på Njord, endnu bestemtere bådeofferet: Njords bolig og helligsteder som Nóatun, skibenes tun, træder overordenlig klart frem i de nordiske kilder. Bagved Lappernes stormgubbe står altså en nordisk havgud Njord med skibsofferet; det er en ikke usandsynlig formodning, at allerede broncealderens offerbåde har været viede til ham. Skovlen i hans hånd er snarest af noget yngre oprindelse; de stærkt særprægede gudefremstillinger tilhører jo jærnalderen og påvirkningen fra romersk kultur. Vi véd, at der indførtes til Norden antikke broncegudebilleder, bl. a. havguder med roret i hånden[1]. En sådan havgud måtte naturlig opfattes som Njord, og Lapperne, der ikke havde forudsætninger for at forstå den egenlige mening, omtydede roret til en skovl, hvormed han skulde standse vinden.

De tre lappiske storguder beror altså i væsenlig grad på lån fra Nordboernes Thor, Fröj og Njord, Det er mærkeligt, at Odin

[1] Ligeledes findes der på guldhornene (øverste ring af det lange guldhorn) en nøgen mand med åre i hånden, — formodenlig en klassisk havgud, omplantet i nordisk myteverden.

ikke er en af dem; snarest må det forklares af at den hele overførelse er sket, inden Odinsdyrkelsen har sat sig tilstrækkelig fast.

En guddom af noget lavere rang er *Rutu (Rota)*, **dødens og sygdommens gud**. Hans bolig tænkes at være et underjordisk *Rutaibmo* (Rutus verden, af oldn. heimar); han fremstilles på spåtrommerne med sit yndlingsoffer, en hest, ved siden, eller ridende på den. Offeret til ham bliver gravet ned i jorden helt, svarende til den overalt i Norden almindelige skik at grave et dyr (levende) i jorden imod stor smitsom sygdom [1]. Selve hans navn er et lån fra nordisk eller gotisk i tidlig tid, og betyder slet og ret „sygdom". Med nogen bestemt gudeskikkelse kan han derimod ikke ligestilles. Visse træk minder om Odin: han er dødsgud, fremstilles ridende, og „denne Rutu aabenbarer sig gierne for Finnerne udi blaae Klæder" (Nærø s. 15). Men snarest må han dog betegnes som en gud, Lapperne selv har skabt til forklaring af en fra Nordboerne lånt offerskik.

Et mærkeligt træk i lappiske offerskikke er forøvrigt den **dragt**, som bæres af den der leder offerhandlingen. „Hand maa effter gammel hedensk Sædvane være iført en besønderlig Offer-Habit, som bestaar der udi: at hans Hovet er Ombunden med en linnet qvinde-Snøre-Hatt, paa hvilken igien settis en Krants af Løv og Blomster (NB: saadan Krants settis ogsaa paa Diurets Hovet, som skal offris) for Resten haver hand over siin Skulder hengendis et hvidt Forklæde" [2]. Endnu udførligere er en anden beretning: „Saasnart Offerdagen frembrød, begav sig Blodmanden tillige med den Lappe, som havde forskaffet Offeret, og de som vare Giæstbudne, hen til Offer-Pladsen: Blodmanden var da iført sine bedste Klæder, havde en Kiæde af Messing omkring den høyre Haand, og var omgiven med et Bælte, som gik over den venstre

[1] Også J. Krohn s. 170 gör opmærksom på, at den skik at nedgrave dyret helt er fremmed for den finske folkeæt, og sikkert lånt fra nordisk; men da nordiske paralleler ligger endnu langt nærmere end han ved af. En anden form af offer er, at købe en sort ko i bygden og efterlade den som offer, bunden foran en fjældhule (jf. det nordvestlige Tysklands offer til den vilde jæger, Dania VIII 156). Dette sidste møder dog også i en finsk beretning fra 1393: på øen Konevitsa i Ladogasøen, hvor hestene om sommeren gik og græssede, blev der hver høst efterladt en foran „Hestestenen" som offer til de usynlige ånder, der boede under stenen, og som ventedes at ville værne mennesker og dyr den næste sommer (s. 186). [2] Nærø-hskr. s. 39, som tilföjer, at Finnerne „udi alle Offringer til alle Guderne uden Forskiel bruger lige eens Offer-Habit"; jf. sstds. s. 55.

Axel ned til den høyre Side, som et Ridderbaand. Skeede Ofringen en *Saiwo-Nieid* [bjærg-mø] eller en af Akkerne [de kvindelige, underjordiske eller til huset knyttede guddomme] til Ære, saa havde han og en hviid Linhat paa, foruden det sædvanlige hvide Linklæde" [1]. Når det hos Jul. Krohn (s. 112) hedder, at han bar en ring om höjre hånd, er det muligvis kun en huskefejl, jeg kender i alt fald ingen kilde derfor.

En vis pragtklædning for den ofrende er ikke ukendt hos andre stammer af den finske folkeæt; hvid kjortel er ret almindeligt, enkelte af de østrussiske kender endogså et særligt hovedtöj [2]. Men en så detaljeret offerdragt er ellers ukendt, blomsterprydelserne har ikke sidestykke, og under en så nordlig breddegrad ser de noget overraskende ud. Tillæmpning af offerdragt efter de enkelte guddomme er ellers ukendt i den finske folkeæt. Man synes, at det hele må høre hjemme i en anden og höjere kultur. Allerede de gamle missionærer har udtalt en tanke herom, der ved förste öjekast synes påfaldende: at det er den antikke gudsdyrkelse der går igen. Her forekommer jo blomsterkrans om offerdyr og om præst, den hvide offerdragt, ombinding på særlig måde, og iførelsen af klædningsstykker, der antyder den guddom man ofrer til. Således skildres Grækernes præstedragt: hvid dragt (undtagen purpur til de underjordiske guddomme), intet bælte, kranse om hoved; Demeters præst bærer sin herskerindes maske, Athenes præstinde hendes hjælm og våben. „Du står i Ceres' hovedbind, eller i Saturns purpurkappe, eller i Isis' linklæder," hedder det hos en romersk forfatter [3]. Her vilde den lappiske præstedragt passe adskillig bedre end i de omgivelser, hvor den findes! Løsningen af denne gåde ligger i den kæde (eller ring??), som den ofrende bar om sin höjre hånd. Her kender vi det mærkeligste stykke i nordisk gudsdyrkelse, helligringen, der havde sin plads på alteret, men under ofringen bares af goden på hans höjre hånd. Vi kender ikke de andre dele af en nordisk godes offerdragt; men efter hele det forhold, hvori de mere udviklede kultusformer hos Lapperne står til nordisk liv, må vi vente, at også offerdragten er

[1] Jessen s. 50, jf. s. 52 hvor noaiden opgiver at prydelserne betegner den frivillighed og beredvillighed, hvormed de frembar offeret. [2] Jul. Krohn, s. 103 (alenlang hue ved okse-offer). Disse østligere stammer har måske dog sådant ved påvirkning af fremmed kultur. [3] Stengel, Die griech. kultusaltertümer (München 1890) s. 13 f; Wissowa. Religion und kultus der Römer (1902) s. 351; Tertullian citeret hos E. Lehmann, Hedensk monoteisme, s. 71.

efterligning af den nordiske. Det kan ikke undre os, at Nordboerne har haft offerskik, der mindede om den romerske; kulturens bølgeslag havde stadig gået fra middelhavslandene nordpå. Vi mangler heller ikke ganske vink om netop disse træks forekomst, en østtysk folkestamme, Naharvalerne, havde på Tacitus' tid en præst „i kvindeklæder". Offerdyrets blomsterkrans er i al fald almindelig i Sydtyskland og spores svagere i Nordtyskland[1]. Intet er rimeligere, end at disse træk også i Norden har hørt med til den höjtidelige ofring.

Selv om enkelte ting kan være mindre klare, synes hovedresultatet ikke til at tage fejl af. Den lappiske gudsdyrkelse har i stort omfang optaget nordiske elementer, og denne optagelse har været i fuld gang på en tid, der ligger forud for vor vikingetid, ja som går tilbage til broncealderen, eller i alt fald til en tid hvor de nordligste nordiske folkestammer, Lappernes nærmeste naboer, endnu havde ret meget af broncealderens dyrkelsesformer i brug.

Dette stemmer med, hvad vi andetstedsfra véd om Lappernes kultur. På sprogets område går lånene tilbage til en tidlig forhistorisk tid. Hvor gamle de ældste er, lader sig ikke afgöre, fordi de indeholder lydformer, der falder forud for alt kendt nordisk sprog: lappisk *mānno*, måne, af förurnord. **mānō*, urnord. **māna*, oldn. *máni;* lappisk *gussa*, ko, af förurn. **kūz*, urn. **kūʀ*, oldn. *kýr*. Når sprogforskerne bruger det forsigtige udtryk „ældre end de ældste runeindskrifter" eller desl., giver dette jo kun ydergrænsen i den ene retning; det synes ikke udelukt, at disse lån går tilbage til den tidligste jærnalder eller endog broncealder[2]. En enkelt ting kan her have vor interesse. Netop disse ældste lånord svarer til de offerformer, som Lapperne synes at have lånt fra nordisk: månen dyrkedes ved offer af månebilledet, ligesom solen ved solbilledet (Trundholm-typen); koen kendtes af Lapperne langt mere som købt offerdyr end som virkeligt husdyr, og hører med til den pragtfulde gudsdyrkelse med blomstersmykke og gud-

[1] Jahn, Die deutschen opfergebräuche bei ackerbau und viehzucht (German. abhandlungen, III; 1884) s. 14. 100. 136. 138; Mannhardt, Baumkultus, 390 f. [2] Wiklund, Urlappische lautlehre (Mémoires de la société finno-ougrienne, X) I 29; jf. V. Thomsen, Den gotiske sprogklasses indflydelse på den finske, s. 90. 92. 102—3; afvigende: J. Qvigstad, Nordische lehnwörter im lappischen (Kria. 1893) s. 70—73. 184. [Professor Vilh. Thomsen meddeler mig nu, at han nærer betænkeligheder ved at göre disse lån ældre end urnordisk; derimod er der andre ord, der i alt fald kan være lånte i en overordenlig fjærn tid.]

domsklædt offerpræst, der havde sin rod i sydligere kultur. Sprogforskning og religionshistorie rækker her hinanden hånden[1].

I min undersøgelse har jeg ikke inddraget arkæologiske vidnesbyrd, fordi Norges „arktiske stenalder“ endnu indeholder så lidet klarede spörsmål. Norske forskere ser i den nærmest en tillæmpning af europæisk kultur (jf. ÅrbfnO. 1903, 305 note), hvad der vil stå i samklang med den her fremstillede udvikling. Men det er mig ikke klart, om dette standpunkt er almindelig tiltrådt af danske og svenske videnskabsmænd. Nylig har Andr. M. Hansen i et åndfuldt og sikkert på flere punkter betydningsfuldt skrift „Landnåm i Norge“ (Kristiania 1904) fremsat teorien om en kortskalle-stamme, nedstammende fra den ældre stenalders skaldynge-befolkning, og hvis kultur senere er arvet af Sølapperne. Hvis dette er rigtigt, har kortskalle-folket sikkert været mellemled ved den gotiske kulturs og de ældste gotiske lånords overførelse til lappisk. Men indtil de sproglige spor af dette urfolk er efterviste, må hypotesen vistnok behandles med varsomhed.

Det er ikke min mening, at alle religiøse forestillinger hos Lapperne er af nordisk oprindelse, — en nærliggende fejltagelse som selv en så samvittighedfuld forgænger som Fritzner ikke helt har undgået. Ved sammenligning med andre folk af finsk æt kan vi udpege visse områder, hvor den hjemlige overlevering har været stærkest. Först og fremmest er der hovedkendemærket for den finske religion, at menneskets forbindelse med den guddommelige verden kun sker gennem en troldmand, *shaman*, der bringer sig i somnambul tilstand og derved lader sin sjæl gæste fjærne og guddommelige egne. Også trommen som det instrument, hvis toner sætter ham i dvaletilstanden, er vidt udbredt. Endogså tegningerne på trommen viser en mærkelig overenstemmelse. Også hos sibiriske folkestammer finder man sådanne trommer, hvis billeder er en kortfattet gengivelse af hele universet og af offerforholdene i særdeleshed; en meget karakteristisk enkelthed er den „solstråle“, der som en lang bjælke går fra solen ned mod jorden og ender som en slags fork, — også den er fælles for Lappernes og de sibiriske stammers trommer (J. Krohn, s. 89 og 114). Også i offerskikke er der visse stående træk hos alle finske folk, således den hvide kjortel som den ofrende er iført (f. eks. Krohn s. 103),

[1] Af yngre datum er derimod formerne for ordet jul; finsk *joulu* synes lånt fra det ældste oldn. (*u* endnu bevaret i intetkön flertal); lappisk *juovlla* (endnu sædv. brugt i flertal) stemmer med finsk og er utvivlsomt gået derigennem (meddelelse fra prof. V. Thomsen, jf. Thomsen s. 78, Wiklund s. 137). Men her foreligger heller ikke religiøse grunde til et tidligt lån.

og offerdyrets farve — sort, rød eller lys —, der til dels skifter efter de forskellige guddomme. Som fælles for de finske folk møder ligeledes dyrkelsen af det enkelte træ, eller den enkelte stolpe, som bolig for guden. Dyrkelsen af stene, der af naturen eller ved at sammenföjes minder om dyre- eller menneskeskikkelser er i alt fald fælles for de egenlige Finner og Lapperne (Krohn s. 61 f.); men ligger for resten påfaldende nær ved den norske dyrkelse af fetishstene, således som den kendes fra sagaerne og fra nyere overtro.

Netop fordi visse former af dyrkelse kan udpeges som den finske æts gamle arvegods, tör vi på den anden side også fæste lid til vidnesbyrdet, når visse andre områder ligger langt nærmere over mod nordisk. Dette gælder öjensynlig for de mere personlige gudeskikkelser, og for visse mere sjældne eller særprægede dyrkelsesformer. Desuden røber mange af disse skikke, at de af kulturhistoriske grunde har deres udspring udenfor Lappernes verden.

FOLKEMINDER

LAUBS FOLKEVISEMELODIER

Danske folkeviser med gamle melodier, musiken lagt tilrette ved Thomas Laub, teksten ved Axel Olrik. I—II, 1899—1904 (G. B. N. F.).

Efter den udførlige redegørelse for sit seneste arbejde med folkemelodierne, som Thomas Laub nylig fremsatte her i tidsskriftet, kan det vel forekomme en og anden ganske overflødigt, når hermed følger endnu en omtale af samme værk. Imidlertid turde det næppe være af vejen, om „Danske Studier“ bidrog sit til at fastslå, hvad dansk folkekunst ejer i Laubs begejstrede syssel med de gamle musikskatte, og i de rige frugter den har sat. Så meget mere grund er der til det, som vor almindelige læseverden ganske er uden begreb om, hvad denne sag vil sige, ladt i stikken som den er ikke mindst af dannelsens almindelige hjælpemidler. I „Salmonsen Lexikon“ søger man forgæves efter en ordentlig redegørelse for folkemusik og -melodier, i „Danmarks Kultur ved Aar 1900“ ligeså[1].

Af hensyn til dem, der mulig skulde være hildet i den vildfarelse, at spørgsmålet er ligegyldigt, hidsætter vi nedenfor[2] en liste over nyere udenlandske forskninger, der viser at man allevegne ivrigt sysler med det. Laubs arbejde hos os er da, om end ret originalt, et led i en stor kulturbevægelse, der overalt har fået sit opsving ved folkemindestudiernes raske

[1] [„Danmarks kultur ved år 1900“ indeholder dog (s. 523, under „Folkeminder“) en karakteristik af Laubs arbejde med melodier ligestillet med Svend Grundtvigs tilsvarende arbejde med viser og æventyr. I øvrigt står den ærede anmælders anke sikkert ved magt. *Udg.*] [2] I Tyskland: F. M. Böhme „Altdeutsches Liederbuch“ 1877, v. Liliencron „Deutsches Leben im Volkslied um 1530“ 1884, Wolfrum „Die Entstehung und erste Entwickelung des deutschen evang. Kirchenliedes“ 1890; nyudgaverne af de store tyske visehåndskrifter Mondsee-, Colmar- og Jenahåndskrifterne, især det sidste ved Holz, Saran, og Bernouilli 1902; Prof. Dr. H. Rietsch „Die deutsche Liedweise“ 1904 (forelæsning for filologiske studenter ved Prags universitet). — I England: Dr. Fr. Limbert: „Beitrag zur Kenntnis der volkstümlichen Musik insbesondere der Balladenkomposition in England“ 1895. — I Frankrig: Tiersot „La Chanson populaire en France“ 1889 (alt 1858: Beaulieu „Mémoire sur quelques airs nationeaux qui sont dans la tonalité grégorienne“). — I Rusland: Cesar Cui „La musique en Russie“ 1880, Otakar Hostinsky „Volkslied und Volkstanz der Slaven“ 1895. Om russisk folkemusik og talrige arbejder derom giver Riemanns „Musiklexikon“ 6. opl. 1904 undtagelsesvis god oplysning. — I Sverige: Dr. C. Valentin „Studien über die schwedischen Volksmelodien“ 1885. Tobias Norlind „Svensk Musikhistoria“ 1899. — I de her anførte værker vil man finde opgivet og benyttet de nyeste materialsamlinger af folkemelodier, der efterhånden har afløst dem, som Berggreen benyttede.

vækst i den sidste menneskealder. Grundlaget for alle disse musikstudier er det, at folkemelodierne er groet frem af en helt anden musikalsk jordbund end vor moderne; de har deres fostermoder i den middelalderlige gregorianske kirkesang med dens fra vor nyere musik forskellige tonebygning. — For så vidt er det hos os bekendte berggreenske standpunkt overalt forladt; det var, mens dets ophavsmand levede, iøvrigt forældet, thi allerede den begavede musikamatør P. Grönland har bl. a. i fortalen til sine „Alte schwedische Volks-Melodien", København 1818, indset deres afhængighed af det gamle musiksystem. — Fælles for nutidsforskernes syn på folkemelodierne er endvidere hævdelsen af, at de — i samklang med al gammel musik — er opfundne, skabte uden al tanke om harmoni, altså er udpræget enstemmig musik. I det i noten anførte fortræffelige værk af prof. dr. H. Rietsch er dette med stor styrke understreget, naturligvis på grundlag af katolske videnskabsmænds arbejde med den gregorianske koralmusik, hvor denne monophoni eller monodi jo er grundlov.

Det, der særligt karakteriserer Laubs arbejde, grunder sig da ikke væsentligt på erkendelsen af disse ting. Man har også udenlands samlinger af folkemusik, der er kritisk bearbejdede under iagttagelse af disse principer, der mere hører det udvortes til. Det nye hos Laub er hans for en „protestantisk" musiker og videnskabsmand ret sjældne, dybe forståelse af den gregorianske musiks væsen, og hans deraf følgende evne til at forny folkeviserne ad kunstnerisk vej, og ikke, som man ellers gør det, ad den arkæologigke methodes mere tørre, kedsommelige stier. Laub kan derfor med rette tale om, at han har levendegjort den gamle musik, han har ført den fra arkiv og museum ud i dagens klare lys.

Den iagttagelse, der især har ført Laub til en frugtbar fornyelse af melodierne, omtaler han i sin sidste afhandling (s. 187 ff) på en lige så interessant som klar måde. Iagttagelsen af de gamle tonarters melodiske formler har han for første gang anvendt på folkemusiken, og hans bearbejdelser af visernes melodier er i kraft deraf bleven en musikalsk stordåd. Selv musikere der er opdraget med den gregorianske kirkemusik for øre, og som tror at have levet sig ind i den, har ikke været opmærksomme på, hvilken rolle disse formler spiller, mens de derimod taler vidt og bredt om ret illusoriske sager, som forskellen mellem autentiske og plagate tonarter og deres særlige ejendommeligheder. Således den haberlske skole i Tyskland. Overfor den hævder førerne for den franske Solesmes-retning, især den som musiker, videnskabsmand og forfatter lige dygtige og åndfulde prof. dr. P. Wagner (Freiburg, Schweiz) formlernes betydning for den gamle musiks melodiske rigdom og karakterfuldhed (se hans værk „Einführung in die gregorianishen Melodien" I 1895, 2. Aufl., 1901), og derfor viser denne retnings udgaver af den gregorianske sang langt mere dens poesi og kunstneriske kraft, end man skønner af de hidtil gængse, autoriserede haberlske udgaver. Intet under derfor, at Pius X i taknemligt minde om kirkesangens ophavsmand Gregorius den store († 604) fandt 1300-året for hans død passende til deri at indlede en restaurering af den, og det på grundlag af Solesmes-benedictinernes arbejde[1].

Formentlig ret uafhængig af disse franske forskere har Laub ved sit inderlige samliv med denne gamle kunst og ved sit praktiske syn på den, nået en lignende dyb forståelse af den, som de ejer. Det heldige for os er imidlertid det, at han på en genial måde har vidst at anvende den ved sin genfremstilling af folkeviserne. Og til trods for at Laub beskedent ytrer, at hans fornyelse af viserne kun kommer deres oprindelige stil så „nær som vi for tiden kan komme" (DSt. 1904, 97), må man dog tvivle om, hvorvidt „Ebbe Skammelsen", „Dronning Dagmar", „Elverskud", „Age og Else" nogensinde vil få en kyndigere, poetisk og musikalsk bedre rustet, restaurator end han er. Også som bearbejder af viserne i polyfon stil har Laub nået en kunstnerisk højde, der kan stå mål med de gamle mestres, en Isaacs og en Senfl's, men som i vor tid er meget sjælden. Evnen til værdig at ledsage middelalderlig sang, vokalt som instrumentalt, er nu om stunder en næsten uddød kunst, hvorvel mange forsøger sig i den. På deres specielle område er ganske vist Solesmes-benedictinerne mestre i den, men uden for deres kres er Laub ved sit alsidige mesterskab afgjort en „rara avis"[2].

Desværre kan denne fornyelse af folkeviserne endnu ikke glæde sig ved at være synderlig kendt uden for hovedstaden. Folkeviseaftnerne dær var en overraskelse for musikere og musikkritikere, men en fæst for publikum. I vore dage er det umuligt at nogen komponist skulde mægte at skabe små melodier, der som folkevisernes kan tåle at høres til snese af vers uden at folk trættes deraf; hvorledes skulde da ukendte kunstnere for århundreder siden have været i stand dertil? Sådan omtrent ræsonnerede musikmændene, og følgelig erklærede de Jerndorffs folkeviseaftner for musikløse; det var kun deklamation. Publikum dømte anderledes; selv ganske umusikalske samtidige, der ikke forstår sig på eller lever lykkeligt uvidende om Bach, Beethoven og Wagner, fandt at netop disse viser bød på musikføde for dem. Og når vi så ved siden af kan stille nogle af vort lands første nulevende tonekunstnere som begejstrede venner af Laubs arbejde, kan man med ret sige, at han har tilført vor folkekunst blivende værdier. Men for at de skal komme til deres ret, blive kendt og elsket af alle, må de først foredrages af kunstnere som Jerndorff og altså høres. Under vore aldeles uordnede musikalske „concert"forhold ude i landet, er dette ganske vist en vanskelig sag, men gennemføres må

[1] 1901 blev de fordrevet fra Frankrig. Deres første mand, dom. André Mocquereau bor nu på Wight. Hans vældige håndskriftudgave „Paléographie musicale" er basis for de praktiske værker „Liber gradualis" og den fra landflygtigheden stammende „Liber usualis" (1300 Sider, 4 fr. 50, Desclée, Lefebvre & Soc. Tournai, Belgien). [2] Dette gælder naturligvis også for denne kunstners behandling af det 16de århundredes kirkemelodier. Men vil man fra vor nordiske kultur have prøver fra en endnu ældre tid til sammenligning med Laubs arbejde, undersøge man prof. O. Byströms „Ur medeltidens kyrkosång" I—II 1899—1903 — et højst fortjænstfuldt udgiverarbejde, men den orgelledsagelse der er føjet til melodierne fattes føleligt den lyriske kraft, som er Laubs styrke i behandlingen af gammel musik.

den i stadig videre krese. Thi før det sker, kan folk ikke nynne viserne efter og tilegne sig dem varigt. Og dette må til, inden det næste vigtige skridt frem kan nås, det nemlig, at musikere, sangere og lærere bliver tvungne til at give sig af med den gamle sang og musik, teoretisk som praktisk. Får folk virkelig tag i og smag for den gamle kunst, så kan det umuligt vare længe, før den også gennem skoler og undervisning baner sig nye veje, især hos ungdommen.

Sålænge som de virkelige forudsætninger for „privat“ tilegnelse af denne visekunst imidlertid fattes musikere og publikum, er det en vanskelig sag at henvise nogen af parterne til Laubs egne fortræffelige udgaver af melodierne og de dertil knyttede afhandlinger; de vil stadig blive mistydede eller misforståede, sålænge en tradition for deres udførelse endnu ikke har fæstnet sig hos sangere og hos det sanglystne publikum. Men for dem der gang på gang har haft den lykke at høre en stor kunstners fortolkning af visernes poesi og musik, vil den fortsatte gennemstudering og fornyede prøvelse af Laubs literære arbejde bringe stadig nye glæder over rigdommen i vor folkekunsts skatkamre, og samtidig dermed øges ens følelse af, hvad man skylder den arbejder, hvis værk man her har fået adgang til.

Januar 1905. *Jens Årsbo.*

MELODIEN TIL AKSELS OG VALBORGS VISE

Jeg havde i Juletiden Besøg af min gamle Ven Morten Eskesen, som trods sine 79 Aar synger som en Ungersvend. Vi kom til at tale om Folkesangen, og han sang for mig Visen om Aksel og Valborg. Jeg fik ham til at synge flere Vers for at være sikker paa, at jeg ikke hørte fejl. — Paa indlagte Nodeblad er den opskreven saaledes som han sang den, og som han i sin Tid har sunget den for Berggreen. B. har altsaa rettet. Han har sat ♯ for *g* alle Steder, hvor det (*g*'et) ikke stemmer med moderne Tonesystem. M. E. sang aldeles tydeligt *g* alle de Steder, hvor det staar i Opskriften.

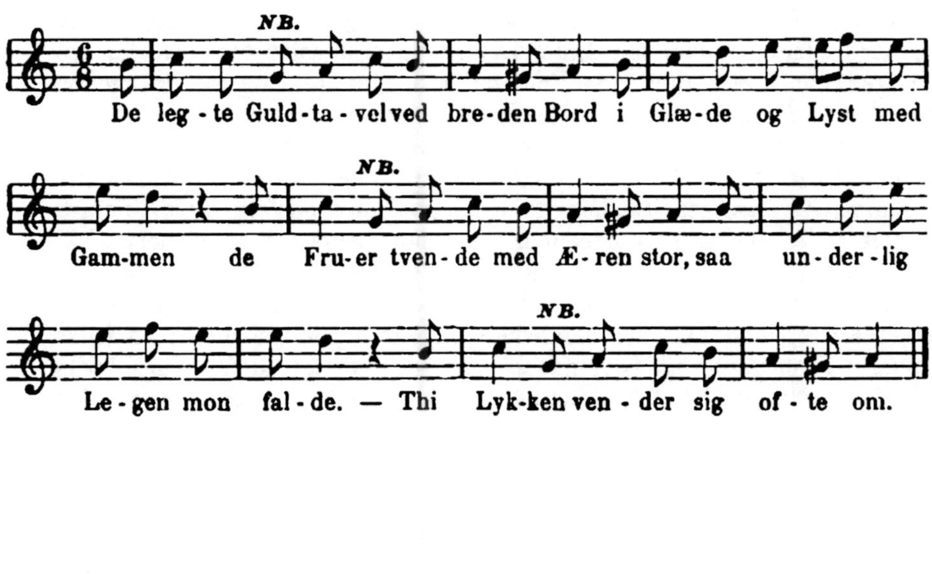

Saaledes foresungen mig af Morten Eskesen. Han har lært den saaledes af sin Fader, der sang godt, ja „udmærket". Faderen havde den fra sin Moder. *Morten Bredsdorff.*

[Fra den gamle samler og elsker af folkemelodier, pastor Morten Bredsdorff i Torkildstrup, har vi fået tilsendt foranstående, et godt eksempel på rigtigheden af Laubs opfattelse af melodiernes bygning fremfor den på tryk gængse (jf. DSt. 1904, 201). *Udg.*]

„RAKKERE"

Anton Gaardbo: Himmerlands Rakkere. I. Aarhus 1904, Albert Bayers Forlag.

Denne Bog danner en Fortsættelse af en i 1900 udkommen, ganske lignende Skildring af „De sidste Natmandsfolk i Vendsyssel", og der bebudes i Forordet en afsluttende, anden Del af den, der skal indeholde biografiske Optegnelser om Himmerlands boløse Rakkere.

Forf. har samlet et meget betydeligt Stof til Belysning af hele denne brogede Flok af vilde Fugle, hvis Tilværelse midt i den bofaste Befolkning har sat saa dybe Spor, at Billedet af den endnu kan tegnes med ikke ringe Sikkerhed alene efter den mundtlige Overlevering, og det begrændsede Omraade, hvorfra Forf. har samlet, giver Billedet forøget Værdi, fordi det er lykkedes ham at faa saa at sige alting med. Meget af det han meddeler er vel nok ret ubetydeligt, men i Sammenhæng med det øvrige har det dog sin Værdi, og Bogen indeholder adskilligt nyt, ikke blot om selve Natmandsfolket men ogsaa om den bofaste Befolknings Livsvilkaar og Tænkemaade i den første Halvdel af forrige Aarhundrede. Der findes saaledes en udførlig Fremstilling af Fordommen mod Kalveflaaning og mod Benyttelsen af Kalvekød, som staar i nær Forbindelse med den velkendte Fordom mod Hesteflaaning og Benyttelsen af Hestekød. Forf. gør udførligt Rede for den Forskel, som i denne Henseende gør sig gældende mellem Vendsyssel og Himmerland, uden at det dog er lykkedes ham at faa fuld Klarhed over Aarsagsforholdene. Han synes at have overset eller dog ikke lagt tilstrækkelig Vægt paa den Kendsgerning, at Kødet af spæde Kalve i Virkeligheden er saa slet og usmageligt, at Uviljen imod det var saare naturligt, og han sondrer ikke tilstrækkelig skarpt mellem spæde Kalve og ældre fedede Kalve. Sagen har ikke ringe Interesse, fordi den paa den ene Side belyser Spørgsmaalet om, hvorfor Befolkningen har foretrukket visse Fødemidler for andre i og for sig lige saa gode eller lige saa slette, og fordi den paa den anden Side giver Anledning til en Redegørelse for det ejendommelige Forhold, at netop Uviljen mod at befatte sig med de spæde Kalve fremkaldte en særegen lille Kaste, der danner Overgangen mellem de egenlige Natmandsfolk og de bofaste Fattigfolk. De saakaldte Kalvekoner var som Regel fattige Koner af Almuen, som gav sig af med denne Beskæftigelse, men som iøvrigt ikke hørte til Natmandsfolket. I det hele var dette vel nok en ret skarpt afgrænset Kaste, men det, der samlede den, var neppe saa meget en fælles Karakter, Tankegang og Levemaade som den øvrige Befolknings Uvilje imod den. Natmandsfolket omfattede ialfald en lang Række meget forskellige Bestanddele ligefra de ganske besiddelsesløse Landstrygere, der udelukkende levede af at betle og stjæle, til de forholdsvis bofaste Glarfolk og andre nogenlunde hæderlige Næringsdrivende, som efterhaanden gled ind i den øvrige Befolkning. Og ligesom Natmandsstammen uden Tvivl stedse har modtaget Tilgang fra andre Samfundsklasser, saaledes har sikkert ogsaa adskillige af dens Medlemmer i Aarenes Løb løsnet sig fra den og sluttet sig til den øvrige Befolkning, om ikke just paa Landet saa dog i Købstæderne, hvor det var lettere for dem at skjule deres Afstamning. Denne Afgang blev efterhaanden større og større, men det var ikke den, der medførte Natmandsfolkets Forsvinden. Det var den stigende Oplysning, Samfærdselsmidlernes Udvikling, Retssikkerhedens Vækst og i det hele den stærke Fremgang i Kultur som Landet gjorde i den sidste Halvdel af forrige Aarhundrede. Det var den, der adsplittede de sidste Flokke saa grundigt, at der nu kun er ganske smaa og svage Rester af den tilbage hist og her i Midtjylland og i Vendsyssel. Mylius Erichsen har opsøgt og skildret en Del af dem i sin store Bog om den jydske Hede, og Johan Miskov har nyligt i dette Tidsskrift behandlet den mærkelige Levning af Natmandsfolket, der endnu fastholder en særegen Stammefølelse og ikke uden Grund betragter sig selv som en Overklasse i Forhold til de andre. Naar Forfatteren af den her foreliggende Bog taler om Natmandsfolk og Rakkere som om noget, der tilhører Fortiden, er det for saavidt misvisende, som det i Virkeligheden kun er Begrebet, der er forsvunden. Stammen er ikke udryddet eller uddød paa samme Maade som Ulvene og Urhønsene, og foruden de ovennævnte sikre Levninger af den færdes der endnu rundt om i Landet og ikke mindst i de større Købstæder for ikke at tale om København et ret anseeligt Antal af hjemløse Landstrygere, som godt kunde kaldes Natmandsfolk, hvis dette Begreb endnu var anvendeligt.

At Forf. ikke har indladt sig paa en nærmere Undersøgelse af hele dette Spørgsmaal, er der imidlertid ingen Grund til at gaa i Rette med ham for, men den Maade, hvorpaa han iøvrigt har behandlet Natmandsfolkets Forhold til den bofaste Befolkning, er ikke helt tilfredsstillende. Det ligger i Sagens Natur, at en alene eller dog hovedsageligt paa retslige Aktstykker bygget Fremstilling af Natmandsfolkets Færd — som Dyrlunds — maa blive mangelfuld, fordi den savner de talrige Smaatræk, der skal til for at give Billedet Farve, men ligesaa sikkert er det, at en Fremstilling, der alene eller dog hovedsageligt er bygget paa mundtlig Overlevering, lider af den endnu værre Fejl, at der er for stærk Farve over den. Det fjendtlige Forhold, der bestod mellem disse Landstrygere og den bofaste Befolkning, har sat sit Præg paa Overleveringen og medført, at saa godt som alt, hvad der fortælles om Natmandsfolket, handler om dets slette Sider, og selv om der ikke er meget godt at fortælle, saa maa der dog altid være noget. Det kan selvfølgeligt ikke bebrejdes Efterkommerne af dem, der led under Natmandsuvæsenet, at deres Fortællinger endnu er farvede af Forældrenes Uvilje, men Historieskriveren maa ikke lade sig paavirke af den, og har han selv en saadan Uvilje, maa han ikke lade den komme til Orde i sin Fremstilling. Forf. har aabenbart under sin aarelange Syslen med disse Folk tilegnet sig en retskaffen Uvilje imod dem. I hans første Bog kalder han dem endnu Natmandsfolk, men i den sidste er det Rakkere, og her gaar han endog saa vidt, at han taler om „Hanrakkere" og „Hunrakkere", hvorved han trykker dem adskilligt længere ned end fornødent. Der er i vore Dages Syn paa Samfundets Bærme en god Del blødsødent Føleri, som bl. a. er kommen til Orde i Mylius Erichsens Skildringer, men herfra er der langt til den rolige og lidenskabsløse Bedømmelse, som er Forudsætningen for den fulde Forstaaelse af disse Folk, og denne Forstaaelse har Forf. ikke naaet, fordi hans Syn paa dem er hildet i svundne Tiders Fordomme. Han gør sig ikke sjeldent skyldig i aabenbar Uretfærdighed, som naar han kalder en Mand, der var uheldig ved Slagtningen af en Hest, for en hjerteløs Dyrplager, eller naar han beklager sig over, at en gammel, blind og døv Stakkel blev vred, fordi han „pumpede" ham for stærkt for Oplysninger uden at kunne forstaa det berettigede i Mandens Uvilje mod hans paatrængende Nysgerrighed. Forf. kunde i denne Henseende lære en hel Del af Johan Miskovs elskværdige og taktfulde Skildringer af „de Rejsende". Om nu end Bogen skæmmes i ikke ringe Grad af Forf.s lidet velvillige Sindelag imod de sikkert alt andet end elskelige Folk, den handler om, saa indeholder den dog saa meget af virkelig Værdi, at den fortjener Plads blandt det bedste af, hvad der hidtil er fremkommen om Jyllands Natmandsfolk, og man maa haabe, at Forf.s Helbred vil tillade ham at fortsætte sit ihærdige Arbejde for at redde, hvad der endnu er tilbage af Minder om dette i mange Henseender mærkelige Led af Landets Befolkning.

Søren Hansen.

HANEN „SLAAR SIN VINGE"

Det hedder i Folkevisen om „Elverhøj" (DgF 46): „Havde Gud ikke givet Lykken dertil, at Hanen havde slaget med sin Vinge." I Dania IX 181 findes den Ytring af Sofus Larsen: „At Hanen slaar sin Vinge eller med sin Vinge kan ikke hjælpe Ungersvenden, den maa absolut gale." Man maa dog vide, at naar Hanen slaar med Vingen, saa galer den ogsaa. Disse to Ting kan ikke skilles ad, og Udtrykket rummer altsaa ogsaa i sig, at den galer. Den kan nok gale uden at slaa med Vingen, men den kan ikke slaa med Vingen uden at gale. Den ligesom med sit Vingeslag betegner, at den vaagner op af Søvnen, og umiddelbart derefter lader den sin Stemme høre.

E. T. Kristensen.

FRA FOLKEVISESTRIDEN

NOGLE UDDRAG OG BREVE

MEDDELTE AF

CARL S. PETERSEN

I

DA Svend Grundtvig for et halvt århundrede siden grundlagde det videnskabelige studium af Danmarks folkeminder, mødte han vel i store dele af folket megen sympati og tilslutning; men i Hovedstadens æstetisk dannede og litterært interesserede krese, hvor man på forhånd kunde have ventet, at romantikernes begejstring for folkeeventyr og folkeviser vilde have beredt den ny videnskab vejen, stødte han på udpræget og afgjort uvilje. „Dagbladet“ modtog „Gamle danske Minder“ (1854) med hån og foragt som en samling af „de modbydeligste Ammestuehistorier, de elendigste Røverhistorier og den argeste Kjællingesladder“,[1] og om „Danmarks gamle Folkeviser“ udspandt der sig ved dets første tilsynekomst en strid, der har vundet en vis navnkundighed i vor litteraturs historie, da mange af tidens mest ansete mænd deltog i den. Vedrørende denne strid findes der blandt Grundtvigs samlinger på det kgl. bibliotek[2] en række breve, skrivelser og dagbladsartikler, hvoraf noget i det følgende skal meddeles i dets helhed, andet i uddrag til en nærmere belysning af de forhold, hvorunder et af den danske videnskabs storværker så lyset.

Svend Grundtvig var som bekendt kun 15 år gammel, da i året 1839 hans faders erhvervelse af et folkevisehåndskrift fra det 17de årh. åbnede hans øje for de gamle viser, der fra nu af, efter hans egne ord, blev udgangs- og midtpunktet for alle hans

[1] Dgbl. 1854, nr. 227. [2] Dansk Folkemindesamling 61—63; benyttet er desuden Molbechs og N. M. Petersens brevsamlinger samt „Samfundet til den danske Literaturs Fremme“s arkiv.

studier og interesser. Fem år senere udsendte han i forbindelse med sin gamle lærer Chr. S. Ley et opråb: „Om Kæmpeviserne, til danske Mænd og Kvinder". Heri henvendte han sig til „alle dem, som føle varmt for Fædrelandet og dets aandelige Eiendom" med bøn om at forene sig med ham om arbejdet for en ny udgave. Navnlig lagde han almenheden på sinde, medens det var tid, at redde så meget som muligt af, hvad der endnu levede blandt folket: „blot et enkelt Vers som det endnu synges i Folket, uden Hensyn til om det tilhører en forhen trykt, eller en aldrig før kjendt Vise — om muligt med Melodien, der staaer i en saa inderlig og væsentlig Forbindelse med Folkepoesien, — vil være et vigtigt Bidrag til dennes Historie". Han nærer „det faste Haab, at denne Opfordring ikke skal blive forgjæves, men at ret mange danske Mænd og Kvinder ville række Haand til denne Folkesags Fremme, og da navnlig at der endnu vil findes mange værdige Døttre af vor Folkesangs kjærlige Fostermødre."

Ved således at gøre hele folket til medarbejder betonede Grundtvig strax fra første færd af det nationale i sin virksomhed, af hvilken arbejdet med folkeviserne kun var en enkelt side[1]. Hans henvendelse blev ikke frugtesløs. Bidragene strømmede ind fra alle landets egne, fra høje og lave, litterære og illitterære, mænd og kvinder[2], og hermed var grunden lagt til et samarbejde, som næppe har andet sidestykke i vor historie end den samvirken mellem lærd og læg. Thomsen og Worsaae forstod at skabe pa den nationale oldforsknings område. Grundtvigs enestående samlinger er for folkemindestudiet, hvad det oldnordiske museum er for studiet af den forhistoriske arkæologi.

Allerede året i forvejen (1842) havde Grundtvig privat henvendt sig til en række ansete mænd i forskellige livsstillinger landet over med opfordring om at være ham behjælpelig med indsamlingen. Det var for største delen mænd, der stod hans fader nær i livssyn og interesser, som Ingemann i Sorø, Vilhelm Birkedal ved Vejle, Ludv. Chr. Müller i Thy, P. Chr. Koch i Haderslev; men der findes blandt dem også en mand, der stod den specielt grundtvigske retning så fjærnt som C. Paludan-Müller i Odense. Fra dem alle modtog han vidnesbyrd om det fortjenstlige og na-

[1] I „Gamle danske Minder", 1861, fremsatte han p. IV den storslåede plan for sin videnskabelige virksomhed. [2] Deres navne anføres i forordene til de første bind af „Danmarks gamle Folkeviser".

tionale i den opgave, han havde sat sig, og beredvilligt tilsagn om støtte. „Dersom jeg — skrev Ingemann — som du var en ung rørig Karl og ikke en gammel, noget philistrøs og stavnsbunden Embedsmand, spadserede jeg gjerne Landet rundt paa alle Kanter for at samle Bidrag til Samlingen.“ Adskillige af svarene er ganske karakteristiske for den opfattelse, man i de forskellige landsdele nærede med hensyn til almuens interesse for og evne til at bevare de gamle viser. „Mine Døttre, — skriver provst Ingerslev (Magleby, Møen) — der, sandt at sige, have bedre Greb herpaa end jeg, ere allerede i fuld Beskjæftigelse med at udfritte især vore gamle Koner i denne Henseende . . . jeg vil ogsaa ret gjærne henvende mig til Bornholmerne, der vel have Sagn og Viser, men nødig ville rykke ud med dem til Fremmede, saavelsom til mine sildigere Sognefolk i Thye, der ere langt mere trohjertige og tilgængelige i denne og alle andre Henseender.“ I det hele lyder svarene fra de sydlige øer ret skeptisk. Fra Karleby på Falster skriver således pastor O. D. Lütken: „Kan jeg selv finde Noget, som er brugbart for Deres Værk, skal det ogsaa være mig kjært, skjøndt jeg ikke tør love mig noget stort Udbytte her, efterdi Falster hverken er Kæmpernes eller Kæmpevisernes Land — Dverge og Puslinger have her bedre Hjemstavn.“ En lignende opfattelse har pastor Bindesbøll i Nakskov: „Lolland, især den Deel deraf, til hvilken jeg nærmest hører, Nørreherred hører til de Provindser, hvor, med en stigende Velstand, tillige Ringeagt for det Gammeldags er blevet herskende Tone blandt Menigmand, og hvor derfor neppe mange Quad fra ældre Tider ville være reddede enten paa Folkets Tunge eller i Visebøger“. Langt gunstigere lyder meddelelserne fra Jylland. Således er pastor Bechmann i Hald fuld af fortrøstning: „Hiertelig gierne skal jeg gjøre mit Bedste for at imødekomme Deres Ønske, og jeg veed godt, hvorledes jeg skal bære mig ad. at erholde Viserne, som de nu synges, thi jeg har dem desværre ei i Hukommelsen, dertil kom jeg for tidlig fra Fuur. Men naar jeg fortæller Dem, at Dronning Dagmars Vise blev endnu sungen paa Fuur, da Fredrik den Siettes med samme Tone[1] blev mig fra den nu afdøde ædle Stiftamtmand Ahlefeldt-Laurvig i Viborg tilsendt i mange Explre til Uddeling blandt Fuurboerne, er der jo al god Grund til at vente, der er fleer,

[1] Ingemanns bekendte „Mindesang over Kong Frederik den Siette“ (decbr. 1839): „Paa sin Ligseng ligger Kong Frederik hvid“.

hvor den kom fra. Det glædede mig med et ganske besynderligt Indtryk, dengang det slog mig, at Dagmar lever endnu paa Danskens Læber, jeg hører hendes herlige Minde og fornemmer, at hun var elsket som faa. Der er en Enke paa Øen, som medens jeg var der, laante Kæmpeviserne af mig og efter min Anmodning havde lagt Læg til alle dem, som hun kiendte. Jeg erindrer meget vel, at hun ved Tilbageleveringen sagde, at hun kunde dem anderledes, imidlertid gik Sagen mig ad Glemme, . . . men saavidt jeg veed, lever hun endnu, og det skal ikke vare meget længe inden De faaer Efterretning om, hvad De hos mig kan vente."

Imidlertid var Svend Grundtvig fuldt optaget af at opspore, afskrive og sammenligne de gamle håndskrifter fra det 16de og 17de årh., der var og måtte være hovedkilderne for en udgave af folkeviserne. Ganske vist havde Nyerup, da han 1814 afsluttede „Udvalgte Danske Viser fra Middelalderen", skrevet de bekendte ord[1]: „Bemeldte 5 Samlinger [ɔ: udgaverne fra Vedel til hans egen] indeholde Alt hvad godt er i de nys opregnede 21 Manuscripter, og disse har altsaa nu blot den Værd, at man ved Hjelp af dem vil kunne rette en og anden vrang Læsemaade i det Trykte"; men dette var en stor fejltagelse af Nyerup. Ikke alene havde udgiverne af „Udvalgte Viser" ikke kendt alle håndskrifter (et af de ældste, Karen Brahes foliant, var helt undgået dem); men deres udgave var besørget med den største vilkårlighed. Ligesom Vedel og Syv havde de rettet i texterne efter forgodtbefindende, vers var udeladte eller tilsatte efter løseligt skøn, forskelligartede texter var sammenarbejdede til en, viser var forbigåede, fordi de ikke tiltalte udgivernes æstetiske smag eller tidens moral[2]. Dette havde Grundtvig klart påvist i sine artikler i „Dansk Folkeblad" (1843—44), det samme havde N. M. Petersen udtalt i sin afhandling om kæmpeviserne (Annaler for nordisk Oldkyndighed 1842—43), og det var en almindelig erkendt sag. Trangen til en ny folkeviseudgave lå overhovedet i luften. Thiele havde en tid samlet materiale til den, men overladt sine samlinger[3] til Grundt-

[1] V. p. 27. [2] Interessante bidrag til denne udgaves historie yder udgivernes efterladte papirer på universitetsbiblioteket (Addit. 65, 4°) og det kgl. bibliotek (Ny kgl. Saml. 2314, 4°); nogle uddrag hos S. Grundtvig: Etatsraad Molbech og Kæmpeviserne, tillæg VII, samt spredte oplysninger i D. g. F. [3] Nu i Dansk Folkemindesaml. 27—28. Cfr. I. M. Thiele: Af mit Livs Aarbøger, p. 227—29. Hvorvidt Grundtvig — tilføjer Thiele — har haft nogen Nytte af mine Lister og andre Forarbeider, skal jeg ikke kunne sige.

vig; Fr. Fabricius havde syslet med samme opgave, og P. G. Thorsen havde påtaget sig at levere „en kritisk Udgave“ for „Samfundet til den danske Literaturs Fremme“.

Den 29 maj 1846 modtog Grundtvig, der da var 22 år gammel og endnu ikke student, et brev fra formanden i det nævnte samfund, prof. Abrahams. „Herr Underbibliothekar Thorsen — skrev Abrahams — har gjort mig opmærksom paa, at Deres Velbhed, saavidt han troede, var beskjeftiget med en Udgave af de danske Kæmpeviser. Et Ords Samtale med Dem i denne Anledning vilde være mig højst behagelig.“ Resultatet af de mundtlige forhandlinger blev, at Grundtvig, der i oktober tog studenterexamen, gik ind paa at besørge den længe paatænkte udgave af Danmarks gamle folkeviser, og i en skrivelse af 29 oktbr. udviklede han nøjere sine tanker om, hvorledes dette arbejde burde udføres, idet han lovede en udførligere plan og en prøve. Om sig selv ytrede han: „Hvad de Grunde angaaer, hvorpaa jeg støtter mig i det jeg vover at gjøre Samfundet det Tilbud at overtage et saa vigtigt og betydeligt Arbejde, saa maa min første Grund være min Kjærlighed til Sagen og min Tro: at jeg ved et fleraarigt Studium og Arbejde i denne Retning har erhvervet mig den fornødne Indsigt; men da en saadan Indsigt endnu ikke ved noget litterært Arbejde er tilstrækkelig dokumenteret, men kun antydet ved mine Oversættelser af „Engelske og Skotske Folkeviser“ (Kbhvn. 1842—46), samt ved en Afhandling „om en ny Udgave af Danmarks Kæmpeviser“ („Dansk Folkeblad“, 1844. Nr. 49—52), saa vil jeg ikke herpa [!] kunne beraabe mig. Den næste Grund er da den, hvorpaa jeg maa støtte min formentlige Berettigelse til at paatage mig det her omhandlede Arbejd, og denne Grund er mine til et saadant Værk alt foretagne Arbejder og gjorte Samlinger, i det alle mig bekjendte Kæmpevise-Haandskrifter, saa vel fra offentlige Bibliotheker, som i privat Eje, ere gjennemgaaede, deres Indhold ordnet og tildeels afskrevet, ligesom jeg ogsaa har modtaget ikke ubetydelige Bidrag af Viser, opskrevne efter mundtlig Overlevering i Landets forskjellige Egne.“

„I det jeg saaledes har forberedet en Udgave som den Ovennævnte, har jeg vel ikke kunnet have nogen bestemt Forestilling om, hvorledes den vilde kunne udkomme, skjøndt jeg jo har haabet, at det paa een eller anden Maade vilde skee; men har antaget, at det Arbejde dog ikke kunde kaldes forgjæves: i eet nyt Manuscript at samle, hvad nu findes adspredt i mange gamle, tildeels allerede hensmulrende Haandskrifter og hvad der vel endnu lever paa Folkets Læber, men rimeligviis i en ikke fjærn Fremtid vil derfra være fortrængt. Denne min Beslutning: at fortsætte og fuldføre Arbejdet, selv om der ikke skulde vise sig nogen Udsigt til at faae det udgivet, den er endnu uforandret; men med Glæde griber jeg naturligviis Lejligheden til et Forsøg paa at faae et længe næret Ønske opfyldt, og det paa den allerønskeligste Maade: ifald nemlig „Samfundet til den danske Litteraturs Fremme vilde overtage Udgivelsen af ovennævnte Værk".

Denne skrivelse forelagdes samfundets bestyrelse, i hvilken bl. a. N. M. Petersen havde sæde, og den 2 novbr. kunde Abrahams meddele, „at Bestyrelsen med Glæde vil modtage Deres lovede Plan ..., samt en Prøve paa denne Plans Iværksættelse". Han forsikrede, at Grundtvig trygt kunde regne med ham med hensyn til sagens fremme, og udtalte det håb, „at dette skjønne Værks Udførelse ikke fra nogen Side skal møde nogensomhelst Hindring, og at det vil blive til Glæde og Ære saavel for Dem som for Samfundet". Abrahams's håb gik dog foreløbig ikke i opfyldelse; ti vel blev „Danmarks gamle Folkeviser" i tidens løb til den største ære for udgiveren, „Samfundet" og den danske litteratur; men til at begynde med vakte værket en lignende storm af uvilje, hån og foragt som „Gamle danske Minder" nogle år senere.

Den 3 febr. 1847 indsendte Grundtvig til bestyrelsen den lovede plan og en foreløbig prøve indeholdende visen „Harpens Kraft" (D. g. F. 40) i 5 forskellige opskrifter med angivelse af samtlige varianter, også de ved afskrivning indkomne. Planen blev strax trykt og forelå til forhandling på „Samfundet"s generalforsamling den 3 marts 1847, medens prøven først udkom et halvt år senere i en udvidet og ændret skikkelse.

Efter at have betonet, at udgavens hovedformål er „det videnskabelige": **at overgive alt, hvad der af vor middelalders folkedigtning endnu er bevaret, helt og holdent, rent og uforvansket, i den danske læseverdens hænder**, giver Grundtvig en udsigt over, hvor stoffet til en sådan udgave må søges, og fremsætter derefter sine tanker om de principper, efter hvilke dette stof bør gives[1].

Om kilderne hedder det: „Den simpleste inddeling af dem er den i trykte og utrykte, og hver af disse to hovedklasser [deler sig atter i

[1] Når manuskriptet afviger fra den trykte „Plan" i andet end ortografien, angives dette; udhævelserne er dels den trykte plans, dels manuskriptets.

tvende afdelinger, således, at de trykte kilder dels ere samlinger, dels enkelte, enten særskildt trykte eller i forskellige skrifter adspredte, viser; de utrykte kilder derimod ere dels de ældre optegnelser, der i det 16de og 17de århundrede samledes i håndskrevne visebøger, dels nyere, sådanne som først i de sidste år eller dog indenfor det nærværende århundrede ere fra den mundtlige tradition, mest hos almuen, overførte på papiret"[1].

[„Den første art af kilder ere betegnede som de trykte samlinger; men her må atter göres en væsenlig adskillelse imellem de gamle og de ny, da alderen af disse samlinger gör den store forskel i deres betydning for os. De gamle (ɔ: Vedel, Syv og Tragica) have nemlig for en stor del øst af kilder, som vi ikke mere have, og vi kunne derfor ikke indlade os på nogen udsondring af, hvad disse samlingers forfattere fandt for sig, og hvad de kunne selv have tilsat. Herom kunne vi i mange tilfælde vel have en mening, men kunne dog kun sjælden komme til en sådan vished herom, at vi derpå kunde grunde nogen udstødelsesdom over hele viser eller over enkelte læsemåder. Alt hvad derfor disse samlinger meddele af kæmpeviser at være (ti om de blandt disse indblandede åbenbar nyere digte kan her naturligvis ikke være tale) må medtages som det findes, om man end kan have og udtrykke sin tvivl om pålideligheden deraf i det enkelte. De ny samlinger derimod (ɔ: Sandvigs og den abrahamson-nyerup-rahbekske) kunne og må vi betragte og behandle på en ganske anden måde. Disse samlinger have, med undtagelse af ganske få tilfælde, ikke haft nogen kilde, som vi nu mangle; vi kunne altså kun betragte dem som kildeskrifter for så vidt, som vi ikke vide, hvorfra de have hvad de meddele"[2].

[„Den anden art af trykte kilder er altså de udenfor samlingerne trykte viser, hvorved fornemmelig må tænkes på dem, der på såkaldte flyveblade „trykte i dette år" flöj landet rundt gennem århundreder og göre tildels så endnu. Sköndt nu adskillige af disse viser ere af stort værd og ej andensteds at finde og tildels grundede på optegnelser, der nå ned i det 16de århundrede allerede inden Vedels samling, så er dog den störste del af dem kun optryk efter de tre nævnte gamle samlinger, så antallet på dem, der falde ind under benævnelsen kilder kun er lidet i forhold til de i de trykte samlinger indeholdte"[3].

„Den anden hovedklasse af kilderne omfatter da de utrykte, dels i ældre dels i nyere opskrifter bevarede viser. Vi skulle først vende os til de ældre, og her komme vi da til hovedgemmerne for vor gamle folkesang, og hvad der i disse gemmer længe har ligget skjult og ventet sin forløsning, ventet på, at det, længe forstummet, atter skulde lyde fra danske læber og høres af danske øren, det er det, der fornemmelig må — og jeg vover at tilföje: også vil — tilfulde begrunde nytten og nødvendigheden af en ny udgave af Danmarks kæmpeviser. Disse ældre

[1] Dette stykke er ændret i den trykte plan. [2] Den trykte plan har kun en ganske kort opregning af de trykte kilder. [3] Den trykte plan kun lige nævner flyvebladene.

håndskrevne kilder bestå i nogle og tredive viseböger, skrevne mellem 1550 og 1720, af hvilke största delen [(ɔ: endog nogle af de ældste og da i særdeleshed alle de, der ere yngre end 1650)[1] er helt eller tildels afskrifter efter ældre, nu tabte viseböger; de fleste af dem opbevares på de offentlige bibliotheker i København, medens resten tilhører dels offentlige bibliotheker i de danske provinser, dels privatpersoner og dels det kongelige bibliothek i Stokholm. De ere, som alt bemærket, af forskellig alder; også ere de af forskelligt omfang: nogle indeholde under 20, andre over 200 viser; de ere endvidere i meget forskellig tilstand: nogle ere endnu komplette og vel konditionerede, andre — og det af de ældste og vigtigste — ere dels sønderrevne, dels hensmulrende og tildels hensmulrede af ælde og fugtighed, så hvert henrindende år gör dybere og dybere skår i disse kostbare lævninger. Disse håndskrifter tilhøre en tid, da den dannede klasse i landet, og da nærmest de adelige damer trindt om på herregårdene,[2] endnu mindedes og satte pris på deres fædres sange. Den anden afdeling af de utrykte kilder: de i det 19de århundrede opskrevne viser, der for største delen ere fremkaldte ved en i året 1842[3] udstedt opfordring, skylder derimod sin tilværelse til almuen på landet, der endnu har bevaret ikke lidet af den gamle folkedigtning, skjöndt erindringen også der synes snart ganske at ville uddø. Meget af hvad denne kilde har ydet forskriver sig vel fra de gamle trykte samlinger og fra flyvebladene, men meget er der også, der aldrig har været trykt, men kun ved mundtlig overlevering har forplantet sig til denne dag. Kun for så vidt dette sidste har været tilfældet, hvilket ikke er svært at bedömme, kunne disse optegnelser altså komme i betragtning."

Efter denne klare og kyndige udredning af kilderne, deres værd og indbyrdes forhold går Grundtvig over til at gøre rede for stoffets ordning[4] og principperne for selve udgivelsen. Om dette sidste hedder det: „På behandlingens rigtighed i planen og nöjagtighed i udførelsen vil arbejdets værd komme væsentlig til at bero, og det er også i denne de enkelte visers behandlingsmåde, at den projekterede udgave væsenlig skulde adskille sig fra de foregående, (næst deri, at den ikke som hine skulde være et udvalg, men en fuldstændig samling). Medens nemlig de foregående udgaver kun sjælden levere mere end én recension af hver vise, og det, navnlig hvad den abrahamsonske udgave angår, en af de forskellige benyttede opskrifter sammenstykket og med udgivernes egne rettelser og forandringer udstyret, så skulde den omhandlede ny udgave meddele visen uforandret i den oprindeligste skikkelse, hvori den er kommen til os og, for så vidt den haves i flere afvigende, indbyrdes uafhængige opskrifter, da alle disse hele og holdne, dels i teksten i flere på hverandre følgende aftryk, dels som varianter til disse i de under teksten tilföjede noter."

„At denne fremgangsmåde ikke er nogen unødvendig vidtløftighed,

[1] Senere overstreget. [2] Senere overstreget. [3] Hukommelsesfejl for 1843.
[4] Den bekendte inddeling i: mytisk-heroiske viser, trylleviser, ridderviser og historiske viser.

men en nødvendig udførlighed, der ligger i sagens natur, såfremt udgaven skal have den objektive, al subjektiv vilkårlighed udelukkende karakter, der ene kan hævde den videnskabelig betydning, — det håber jeg vil være indlysende for enhver, der er nöjere bekendt med al gammel folkepoesis vilkår. Det ligger nemlig i dennes natur, at den, født på tungen, er bleven opbevaret og forplantet ved mundtlig tradition ofte gennem en række af århundreder, för den bragtes på papiret. En følge heraf er det, at lige så lidet som der kan være tale om nu at påvise den ægte, oprindelige original til en vise, der, uden pennens hjælp, har udbredt sig over de forskelligste egne af et land, ja ofte over flere lande, hvis beboere nu ikke forstå hverandres tungemål, — lige så lidet kunne vi nu forkaste nogen således ved mundtlig overlevering forplantet version af en folkevise som uægte; ti mene vi dermed, at det ej er den oprindelige, så måtte vi erklære alle opskrifterne for uægte; men vi må i spörgsmålet om en opskrifts ægthed indskrænke os til at skelne imellem den forandring, en folkevise altid undergår og må undergå, så længe den kun lever i folkemunde, og den forandring, som en afskriver eller udgiver foretager sig med bevidsthed og med pennen i hånden. Da viserne nu så længe vare gangne fra mund og til mund för man begyndte på at opskrive dem, så have de undergået så store forandringer, at vi ofte finde samme vise hel og holden etsteds på 20 og andensteds på 60 vers, uden at der dog kan være tale hos hin om udeladelse, hos denne om indskud: hver for sig danne de et afrundet helt; og denne sondring er så gennemgribende, at enhver gammel selvstændig opskrift må i de fleste tilfælde hel aftrykkes i teksten, så hvad der af afvigende læsemåder bliver at meddele i de under teksten tilsatte noter vil i regelen kun være afvigelser, der ere opståede ved forskellige afskrifter efter fælles forskrift eller også ved opskrifter, tagne i samme egn og omtrent til samme tid."

Hvad selve textredaktionen angår, bemærker han: „Denne bör gå ud på at levere stoffet så uforandret som muligt, og jeg har derfor ment at burde anbefale det princip: at meddele alt, hvad der aftrykkes efter originaler, ældre end 1700 ... med den forefundne skrivemåde, kun med tilsætning af verseliniernes afdeling og interpunktionen, samt det ved forkortelsestegn antydede, og med bortkastelse af alle store bogstaver, undtagen i navne, efter punktum og i begyndelsen af hvert vers. At dette sidste ikke er nogen egentlig forandring af skrivemåden, er indlysende, når man erindrer, at de store og små bogstaver i den omhandlede tid (1550—1700) brugtes i flæng. Hvor aftrykket derimod sker efter originaler, yngre end 1700, ... der tror jeg ikke at man bör tage hensyn til forskellighed i skrivemåde, men give aftrykkene med nyere skrivemåde."

Ved hver enkelt vise skulde angives dens kilder og „de nødvendigste bemærkninger om visens stof, for så vidt dette lader sig sætte i forbindelse med sagn eller historie eller knytter sig til noget bestemt sted"; endvidere skulde henvisninger gives „til tilsvarende viser hos andre folk." Til udgaven skulde slutte sig som et fælles apparat: en nöjagtig beskrivelse over de benyttede kilder, særlig de håndskrevne, et glossarium, de behørige navne-, omkvæds- og sag-registre, „en kort udsigt over kæmpevisens natur og historie", samt alle de gamle kæmpevisemelodier, som kunde overkommes[1].

Udgavens størrelse anslog Grundtvig til 218 ark stor oktav med to spalter på siden, og han mente sig i stand til at levere 30 ark årlig; den hele udgivelsestid mente han vilde være $6^{1}/_{2}$ år fra „udgangen af indeværende år" [1847] at regne.

Det var ikke alene ud fra en kritisk betragtning af kilderne, at Grundtvig var kommet til sin plan; den havde til baggrund en almindelig anskuelse af folkevisens natur og oprindelse, der ganske faldt i tråd med den i tiden endnu herskende romantiske, som Heiberg hos os formulerede i de bekendte ord[2]: „Folke-Poesie er en Frembringelse af den poetiske Evne, fordeelt over hele Massen af Folket, endnu ikke individualiseret, og heller ikke trængende dertil; hvorimod en poetisk Litteratur først opstaaer ved individuelle Digtere". Hos Grundtvig hedder det[3]: „Folkeindividet som saadant, ikke det enkelte Menneskeindivid, er Folkepoesiens Digter. Derfor kjende vi ikke nogen enkelt Forfatter til nogen eneste Vise, fordi den ikke var den enkeltes Værk; han blev kun Anledningen til dens Fremkomst, han udtalte maaskee dens förste Rhythmer, dens förste Ord, der siden udformedes og paa mangfoldige Maader omformedes paa sin Vandring i Folkets Mund gjennem Landene. Folket er altsaa Forfatteren; fra dets Mund er det altsammen kommet til os, med dets Vidnesbyrd, som fra Slægt til Slægt udviklede og forplantede det. Folkepoesiens Ord og Toner udströmme altsaa ikke af nogen enkelts Mund, — og da endnu mindre fra nogen enkelts Pen — men fra hele Folkets Hjærte og Læber." Det er ud fra denne almindelige betragtning ved siden af det indgående studium af kilderne, at Grundtvig nåede til at opstille sit hovedprincip, at give alt, hvad der er, og alt, som det er, helt og holdent, rent og uforvansket, ti: „enhver Opskrift fra Folkets Mund, enhver fra Folkets umiddelbare Tradition hentet Text af en af disse Viser er ægte; thi alle have de samme Hjemmel, den eneste, der kan haves: Folkets Stemme; alle ere de fra förste Haand, saa at sige fra Forfatterens egen. Alle ere de Folkets ægte Börn, men, fostrede i forskjellige

[1] Redaktionen af melodierne havde han, da han selv manglede „al musikalsk kundskab", formået A. P. Berggreen til at overtage. [2] Pros. Skrifter III, p. 44. [3] „Tillægsbemærkninger" i 2det oplag af den trykte „Prøve" (decbr. 1847).

Tider og i forskjellige Egne. have de derved modtaget hver sit særegne Præg, som ikke maae betages dem. om man ikke med det samme vil beröve dem deres ejendommelige Farve og Duft, deres Ægtheds egentlige Stempel." Dette syn på folkevisernes tilblivelse har forskningen vel ikke godkendt; men selv om Grundtvigs præmisser nu for en del må anses for forfejlede, har dog hans konklusioner: de textkritiske udgiverprincipper stået deres prøve og er blevet almindeligt antagne som de eneste, der har blivende videnskabeligt værd.

Det er forståeligt, om der af samtiden næredes nogen betænkelighed ved denne kæmpemæssige plan og tvivl om muligheden af dens gennemførelse, også hvad den rent økonomiske side af sagen angik. Det skal også indrømmes, hvad der iøvrigt følger af sig selv, at „Plan og Prøve af en ny Udgave af Danmarks gamle Folkeviser" ikke gav og ikke kunde give noget indtryk af den overordentlige lærdom, udgiveren var i besiddelse af på sit specielle område. Men på den anden side skulde det alene ud fra „Planen" synes at måtte være klart for alle kyndige, at Grundtvig sad inde med betingelser for løsningen som næppe nogen anden. År efter år havde han i ungdommelig begejstring levet sig sammen med denne opgave, var trængt dybere og dybere ind i det uhyre stof, havde sondret og opløst det i dets enkelte bestanddele. udskilt og bestemt de forskellige kilder og overleveringer og vundet et overblik, som næppe nogen tidligere udgiver af folkeviserne havde besiddet. Med berettiget selvfølelse kunde han under polemikken udtale[1]: „Jeg troer uden Ubeskedenhed at turde antage, at mit Bekjendtskab til Nordens gamle Folkepoesi er saa udstrakt, som maaskee nogen af mine ærede samtidiges." I stedet for tidligere vilkårlighed mødte man her en i helhed som i enkeltheder vel gennemtænkt og nøje overvejet plan, der var fremsat med en modenhed og myndighed, som uvilkårligt må forbavse hos en så ung mand. Der var hos adskillige af hans samtidige heller ingen tvivl til stede om, at han var manden for at levere den længe ventede udgave af de danske folkeviser. Herom aflægger de nedenfor aftrykte breve fra mænd som C. Paludan-Müller, George Stephens og P. A. Munch vidnesbyrd[2]. Også N. M. Petersen, hvis

[1] Etatsraad Molbech og Kæmpeviserne, p. 17. [2] Følgende udtalelse af K. J. Lyngby i et brev (17/3 1862) fortjener at anføres her: „Jeg tror, at den måde, hvorpå Grundtvig udgiver viserne, er den rigtige. Den har ellers fundet

syn på folkevisedigtningen i adskilligt afveg fra Grundtvigs, og som i en enkelt henseende misbilligede hans plan, gav prøven sit bifald, „fordi den lagde en höjst usædvanlig kundskab til håndskrifterne for dagen, og fordi den gik ud på, at bevare det gamle sprog uforvansket og at meddele flere mærkelige redaktioner af samme vise"; midt under fejden udtalte han offentligt: „Palmen vinker i det fjærne; Sv. Grundtvig vil se den, og vil vinde den"[1]. Planen blev også, væsentligst vistnok ved hans støtte, godkendt af „Samfundets" bestyrelse (hvor navnlig Engelstoft nærede „adskillige Betænkeligheder ved denne omfattende, vidtudseende og paa sproglig Interesse altfor meget begrundede Plan"), og „Prøven" udkom i septbr. 1847 (2. opl. decbr. s. å.) som „Resultatet af de Forhandlinger, der have fundet Sted mellem Bestyrelsen og Grundtvig og af en ved disse Forhandlinger opnaaet Enighed mellem samme"[2]. Men hos den store mængde af datidens litterater og blandt det dannede publikum vakte Grundtvigs plan den voldsomste uvilje. En så anset og fortjent historiker som Chr. Molbech satte alt ind på at modarbejde den, og en heftig fejde brød løs, som varede året 1847 ud og noget ind i 1848, da den afbrødes ved krigsbegivenhederne og Grundtvigs deltagelse i felttoget. Kampen førtes på „Samfundets" generalforsamlinger[3], i bladene og i selvstændige stridsskrifter[4], og en tid var virkelig dagens hoved-

stærk modstand, og der er fremkaldt megen uvilje imod Sv. Gr, en uvilje, jeg anser for uretfærdig" (C. Berg: Minder om Sproggranskeren K. J. Lyngby, p. 38, note 1). [1] Om udgivelsen af kæmpeviserne, p. 10 og 16. [2] Grundtvig havde, mod sin oprindelige hensigt, på bestyrelsens forlangende måttet frafalde tanken om i udgaven at medtage også alle ved afskrivning indkomne varianter, af hvilke der kun ønskedes et begrænset udvalg. [3] På generalforsamlingerne d. 3 marts og d. 21 septbr. talte Molbech og Levin mod planen, Orla Lehmann nærede betænkeligheder og foreslog nedsættelse af en kommission. Generalforsamlingen fulgte dog hver gang bestyrelsen, og en masseudmældelse af „Samfundet", hvortil der opfordredes i „Adresseavisen" 1847, nr. 287, som en protest mod Grundtvig, blev ikke til noget. [4] De vigtigste bladartikler og pjecer er i kronologisk orden: Levins angreb i Fædrel. 1847 nr. 222; Grundtvigs svar smstd. nr. 233 og 235; Levins replik nr. 240 og 242: Grundtvigs ultimatum nr. 246. — Liebenbergs angreb i Berl. Tid. 1847 nr. 226; Grundtvigs svar nr. 233. — Fr. Barfod i Berl. Tid. 1847 nr. 238; herimod O. Lehmann nr. 240. — N. F. S. Grundtvig: Om Kæmpevise-Bogen (1847); herimod Levin i Fædrel. nr. 253. — Molbech: Betænkning om den nye Udgave (oktbr. 1847); anm. af C. P[loug] i Fædrel. nr. 264; Grundtvig i Berl. Tid. nr. 265. — P. Hjort: Om Grundtvig juniors Brugbarhed, i Kbhpost. 1847 nr. 263—64, 266—67, 1848 nr. 1—2 (særsk. aftr. og optag. i: Krit. Bidr., lit.-hist. Afd. II). — C. Paludan-Müller i Berl. Tid. 1847 spørgsmål, i det mindste blandt hovedstadens dannede publikum, blevet, som „Fædrelandet" skrev: „Spørgsmaalet om, hvorledes Kæmpeviserne bør udgives af og for „Samfundet til den danske Literaturs Fremme""[1].

Den, der i vore dage gennemlæser de talrige indlæg mod Grundtvigs plan og prøve, vil med forundring bemærke den ganske ubeherskede lidenskabelighed, hvormed hans modstandere optrådte. Det er, som om sproget for dem ikke havde ord hånende og spottende nok til at betegne den foragt og uvilje, de nærede overfor hans foretagende. Den projekterede udgave er i deres øjne „en blot og bar Materialsamling", „et vildt Aggregat af raae Texter" (Levin); den er „ideeløs", „uvidenskabelig og uforstandig", **„uden al Kritik og under al Kritik"** (Molbech); den er „en rå Afkopiering, den mest pedantiske Iagttagelse af U-Videnskabelighedens evige Vaklen", „en ukritisk, mekanisk, magelig Repetisjon af disse Sanges hele tilfældige, uskjönne, indbyrdes modstridende, og al Brug af dem hindrende næsten umueliggjörende Ydre", „et Museum for lingvistisk Galimathias" (P. Hjort). Denne, med sjælden enstemmighed udtalte, absolutte fordømmelsesdom viser henimod en opfattelse af, hvad en videnskabelig, kritisk udgave af vore folkeviser burde give, og hvorledes den burde give det, som er Svend Grundtvigs fuldstændig modsat, men som bliver forståelig, om end ikke undskyldelig, når man gør sig det klart, hvilke de forudsætninger var, hvormed Grundtvigs modstandere mødte „Danmarks gamle Folkeviser".

Betragter man de mænd, der optrådte mod ham: Chr. Molbech, J. Levin, F. L. Liebenberg, P. Hjort — til dels N. M. Petersen, vil man ikke kunne nægte, at der blandt dem fandtes mænd, hvis stemme, hvor talen var om dansk litteratur og sprog, måtte have en overordentlig vægt. Først og fremmest gælder dette naturligvis de to, hver på sin vis udmærkede videnskabsmænd Molbech og N. M. Petersen. Men når talen er om udgivelsen af folkeviserne, stiller sagen sig dog noget anderledes. Mol-

nr. 277 og 279: herimod Molbech i Hist. biogr. Saml. p. 104 ff. — [Just Homann]: For Kæmpeviserne (decbr. 1847). — Molbech i Hist.-biogr. Saml. p. 1—122 (decbr. 1847). — Molbech i Hist.-biogr. Saml. p. 153—84 (jan. 1848). — N. M. Petersen: Om udgivelsen af kæmpeviserne (jan. 1848); herimod Molbech l. c. p. 182—84. — Grundtvig: Etatsraad Molbech og Kæmpeviserne (marts 1848). — Se også Levin: En Appel (1850). — Alle udhævelser i citater i det følgende er vedkommende forfatteres egne. [1] Fædrel. 1847 nr. 264.

bech og navnlig N. M. Petersen havde ganske vist også tidligere[1] beskæftiget sig med middelalderens balladedigtning; de havde betragtet den fra æstetiske, historiske, metriske, sproglige eller rent litterærhistoriske synspunkter og havde i flere retninger fremsat rigtigere opfattelser (f. ex. af visernes alder og tilblivelse), end man tidligere havde haft; men grundlaget for deres betragtninger havde været de trykte udgaver; til det håndskrevne materiale havde de intet udstrakt første hånds kendskab. N. M. Petersen indrømmede selv[2] overfor Grundtvig, at „nogen illusion" kunde han ikke sige sig fri for: han havde „forestillet" sig de skrevne kilder bedre, end han nu fandt, de var; og om Molbech er det bevisligt, at først Grundtvigs prøve bragte ham til, i al hast, at stifte et løseligt bekendtskab med håndskrifterne. Hvad Levin og Liebenberg angår, da havde de leveret eller leverede senere særdeles respektable optryk af trykte litteraturværker; den første havde gode sproglige kundskaber, navnlig i det nyere sprog, som det forelå i trykte bøger; men med folkeviserne vides ingen af dem så lidt som P. Hjort tidligere at have beskæftiget sig ud over, hvad enhver æstetisk eller litterært interesseret mand kunde gøre; deres indlæg tyder sandelig heller ikke derpå.

Det vil således ikke kunne nægtes, at Grundtvigs modstandere savnede væsentlige forudsætninger for at kunne have en begrundet mening om, efter hvilke principper en kritisk udgave af folkeviserne burde foretages. De kendte ikke hele materialet, de havde ikke foretaget noget indtrængende eller sammenlignende studium af håndskrifter og udgaver, og de havde således ikke kunnet vinde nogen dybere indsigt i de ejendommelige forhold, der har gjort sig gældende ved folkevisernes overlevering ad mundtlig vej gennem tiderne. Navnlig denne sidste omstændighed blev skæbnesvanger; dommen over Grundtvigs prøve blev, forsåvidt der ikke var tale om enkeltheder[3], men om sagens realitet, ikke alene skæv og misvisende, den blev åbenbart uretfærdig, og de beskyldninger, der fremsattes mod ham for mangel på videnskabelig

[1] Molbech: Nogle Bemærkninger over vore gamle Folkeviser, 1823 (Skand. Literatur-Selsk. Skrift XIX); N. M. Petersen: Om Behandlingen af Kjæmpeviserne, Ann. f. nord. Oldk. 1842—43 (Saml. Afh. III). [2] Se det ndf. meddelte brev af 24 okt. 1847. [3] Utvivlsomt havde Grundtvig i sin prøve ikke overalt truffet det rette; enkelte af de indvendinger, N. M. Petersen gjorde i sine breve, blev tagne til følge i udgaven.

metode, kritisk sans og konsekvens i anvendelsen af de textkritiske principper, rammer i virkeligheden ikke ham, men hans modstandere.

For dem var den enkelte folkevises overlevering ikke væsentlig forskellig fra overleveringen af ethvert andet gammelt litteraturværk — forskellen mellem opskrift og afskrift som væsensforskel gik overhovedet ikke op for Molbech —, og textredaktionen burde derfor foretages efter de gængse udgiverprincipper, som gjaldt f. ex. for udgivelsen af græsk-romerske klassikere. „En fornuftig og videnskabelig Samling — siger Molbech — maa først og fortrinligst gaae ud paa at meddele enhver Vise i en Grundtext; det vil sige i den fuldstændigste og correcteste Text, som haves[1]. — Her maa altsaa blive tale om Kritik, om Dømmekraft til Udvalg, om æsthetisk Smag, saavelsom om Sprogkundskab, Sprogtact — og **Sprogfornuft.**"[2] „Texten må — erklærer også P. Hjort — behandles med langt mere æstetisk og filologisk Frihed, eller med et Ord kritisk, videnskabeligt."[3] Hovedhensynet ved udgaven måtte være det dannede publikums tarv. Texten skulde derfor behandles med smag og takt, „efter poetiske og konstneriske Hensyn" (P. Hjort). Den text, Grundtvigs udgave bød, var, også ved sin ortografi, tåbelig, barnagtig, meningsforstyrrende, ulæselig — Levin havde talt med et par af vore ypperste digtere, der havde sagt ham, at de ikke kunde stave sig igennem Grundtvigs prøve[4]. Sprogformen måtte altså moderniseres — kun N. M. Petersen ønskede (og dette var det hovedpunkt, hvori han skilte sig fra Grundtvig) viserne restitueret tilbage til middelalderens sprog[5] —, enkelte dialektord kunde måske blive stående, navnlig hvis det var jydsk, men, erklærede P. Hjort[6], „ser Grundtvig sig ikke istand til at levere en jydsk Tone i den hele Recensjon af

[1] Hist.-biogr. Saml. p. 168. Højst karakteristisk henviser Molbech følgende bemærkning til en note: „Der gives upaatvivleligt Tilfælde, hvori et Par Grundtexter saa at sige kunne staae ved Siden af hinanden, eller skille sig tilstrækkeligt fra hinanden, til at de omtrent faae lige Værd og Betydning. Men disse ville ikke være mange; og det Væsentlige og Universelle i det angivne Forhold lider derved ingen Forandring." [2] Betænkn., p. 8. [3] Krit. Bidr., lit.-hist. Afd. II, p. 324. [4] Fædrel. 1847 nr. 240. [5] Et sådant forsøg på at give en harmonisk og ensartet sprogform er, foruden redaktioner af nogle folkeviser i den anf. afh. i Annalerne (om dem cfr. Molbechs fornuftige bemærkninger i Hist.-biogr. Saml., p. 118), hans udgave af jydske lov (1850), der netop af den grund har vist sig ubrugelig. [6] l. c. p. 324.

en Sang, så må også disse Former opgives." Endelig ønskede man kun et udvalg af de bedste og smukkeste viser. største parten af de uudgivne viser var overhovedet ikke trykningen værd[1]. Grundtvigs fremgangsmåde derimod var fuldstændig bagvendt og forkert; en udgave efter hans principper vilde, siger Molbech[2], „i sin Art være det samme, som i Fald den, der vilde udgive et Skrift af en græsk eller romersk Classiker, i Stedet for at constituere en Text, eller følge en vis Codex, fik i Sinde, ved Hielp af offentlig Understøttelse, eller andre anseelige Pengemidler, at lade alle Haandskrifter, han kunde overkomme, bogstavret aftrykke i et samlet Værk; og paa denne vidtløftige og bekostelige Maade vilde sætte græske og latinske Philologer i Stand til at kunne, uden videre Undersøgelse af *Codices* eller gamle Udgaver, danne sig en Text af Skriftet, eller udgive denne Text, enhver efter sit Hoved."

Berettigelsen af et udvalg med en restitueret text, beregnet på det dannede publikum, nægtede Grundtvig nu ingenlunde; han var af den mening, at der gaves „flere lige rigtige Maader at udgive Viserne paa", alt efter det særlige formål, man satte sig; men han nægtede, at et sådant udvalg i videnskabelig henseende kunde træde i stedet for den af ham planlagte fuldstændige udgave, og han hævdede, at denne i alt fald måtte gives først som det nødvendige grundlag. Angående „en Restitution af Visernes, gjennem Tidens Løb i en Mængde forskjellige Redactioner splittede, oprindelige Grundtexter" udtaler han klart og bestemt[3]: „Langt fra at ansee en saadan, der maa tænkes frembragt ved en genial Indtrængen i Kæmpevisernes Aand og Tone, understøttet af en skarpsindig Conjectural-Kritik, for overflødig, anseer jeg den for at være af den største Vigtighed; men med Hensyn til Muligheden af en saadan Opgaves Løsning, da maa det vel være tilladt at tvivle om denne, saalænge man endnu ikke har seet Opgaven tilfredsstillende løst med en eneste Vise". Overfor dette syn på sagen, der vel skulde synes at vidne om den forsigtige videnskabsmand, erklærede Molbech[4] overlegent, at det netop beroede på „en forunderlig Inconsequents" hos Grundtvig: han påtager sig et kritisk arbejde og erklærer sig med det samme

[1] Levin i Fædrel. 1847 nr. 240; Molbech: Betænkning p. 26 ff., Hist.-biogr. Saml. p. 163 ff. [2] Betænkning p. 15. [3] Fædrel. 1847 nr. 233. [4] Betænkn. p. 20 og 12.

„**umyndig som Kritiker**"; men „hverken Anders Vedel i det 16de, eller Peder Syv i det 17de Aarhundrede, erklærede sig umyndige i Udførelsen af det Hverv, de selv havde paataget sig." „Hvo vilde — udråber Molbech[1] — have vovet sig, eller endnu ville vove sig til at give en Homer, Herodot, Dante, Shakspeare o. s. v. i Trykken — dersom det var et saa mageløst farligt, og i sin Vanskelighed uovervindeligt Kæmpeværk, at samle og udgive vore gamle Viser". Ganske vist, indrømmer Levin[2], er en kritisk udgave, der giver „en paalidelig, klar Text" af vore gamle viser, „den ubetinget største og slibrigste lingvistiske Opgave, vor Litteratur har at opstille, men fra et almindelig videnskabeligt Standpunkt betragtet er denne Opgave kun en Bagatel, og for Intet at regne mod de Problemer, hver Tidsalder har løst og løser. Hvo har saaledes ikke hørt tale om Kile-Indskrifterne, hine gaadefulde Texter i en Række ukjendte, med intet jordisk Alphabet beslægtede Charakterer, der skjule en Række Meddelelser i en Række Tungemaal, som for Aartusinder siden ere forstummede uden at efterlade Spor? Endnu for et halvt Aarhundrede siden spurgte man, om det var Indskrifter eller Forsiringer: nu ere en heel Mængde dechifrerede, og nye Sprog opdagede, og hver Dag gjøres nye Fund i de aabnede Gruber. Tvende Danske, Rask og Westergaard, staae, med Nordmanden den herlige Christian Lassen, forrest i denne Videnskabens Triumph. Og nu mener man, „at det maa være tilladt at tvivle om Muligheden af Kjæmpevisernes critiske Textrecension"! Har Hr. Grundtvig da reent glemt, hvad der lige indtil dette Aar stod paa alle Omslag af Litteratur-Samfundets Skrifter, i alle Aarsberetninger og andre Bekjendtgjørelser: „Paa Samfundets Forlag kan ventes at udkomme en critisk Udgave af de danske Kæmpeviser ved Bibliothekar P. Thorsen"?" Dette quasi-videnskabelige nonsens, hvorved Levin virkelig, som N. F. S. Grundtvig bemærker[3], „af en Feiltagelse kommer til at tage sig selv ved Næsen", fandt bifald endog hos Molbech, der føjede „Hieroglyphskriften, og det chinesiske Skriftsprog" til![4]

Manglen på sagkundskab og logik har unægtelig ført selv en mand som Molbech ud i en række betragtninger, der intet

[1] Smstd. p. 21. [2] Fædrel. 1847 nr. 240. [3] Om Kæmpevise-Bogen, p. 14. [4] Betænkn. p. 19. Som kuriosum kan anføres, at heller ikke H. P. Holst indså nødvendigheden af „en Materialsamling", da man i andre litteraturer havde exempler på muligheden af „en kritisk Udgave" (se Fædrel. 1850 nr. 105).

har med videnskab at gøre[1]. Men også udenfor det rent metodiske finder man hos Grundtvigs modstandere påstande og ræsonnementer, der ikke skal bibringe en høje tanker om deres videnskabelige sans eller kundskaber. Hvad må man f. ex. ikke tænke om Liebenberg, når man ser ham, i anledning af Grundtvigs bemærkning om den kildeværdi, der kan tillægges nutidens mundtlige tradition (ovf. p. 72), erklære[2]: „Af denne Forklaring skal Læseren neppe faae nogen klar Forestilling om Tingen, — men vel om en Udgiver, der, da han nedskrev de citerede Ord, ikke selv vidste at give videre Besked, end at han havde en heel Deel liggende, hvoraf „meget“ vel maatte casseres, men ogsaa „meget“ vilde kunne bruges. Med andre Ord: Udgiveren har om de nye Viser ... ikke kunnet meddele Publicum nogen nærmere Oplysning, fordi han herom endnu ikke havde faaet taget Aftale med sig selv“. Hvilket ukendskab til folkevisens historie lægger ikke Levin for dagen i følgende bemærkning[3]: „Udgiveren fortæller uden videre (Planen S. 5—6), som historisk Factum, at de danske Kjæmpeviser have existeret Aarhundreder før de nedskreves! Men vore Kjæmpeviser ere fra det fjortende og femtende Aarhundrede, da Skrivekonsten ikke var noget Mysterium i Danmark; og vi have i det mindste tre Visesamlinger fra det sextende Aarhundrede. — Grimms Phantasi om danske Viser fra det sjette Aarhundrede, som Peter Erasmus Müller for en Menneskealder siden har modbeviist, kan Udgiveren dog neppe ville holde paa.“ Det må også vække forbavselse at se sprogmanden Levin overfor Grundtvigs bemærkning om den i håndskrifterne herskende forvirring i brugen af store og små bogstaver (ovf. p. 73) fremsætte den påstand: „aldrig ere store og smaae Bogstaver i det danske Sprog brugte i Flæng“ og bevise dette af — Christian V's danske lov, „af alle ældre Bøger den, der endnu findes hyppigst, og mange hundrede Læsere kunne med ringe Møie hjemme i deres Stue undersøge, om det hele Skrift svarer til den aftrykkede Prøve.“[4] Det vilde være for meget at vente, at modstandere, der

[1] Overhovedet kommer Molbech ofte i modstrid med sig selv. I Hist.-biogr. Saml. p. 170 ff. indrømmer han uden at være sig det bevidst rigtigheden af Grundtvigs fremgangsmåde, idet han erkender, at af de 10 opskrifter, prøven meddeler, er de 7 nødvendige, 1 kunde udelades, og 2 burde være udeladte, fordi de — „ere slette, skiødesløse, platte og defecte.“ [2] Berl. Tid. 1847 nr. 226. [3] Fædrel. 1847 nr. 222. [4] Smstd. — Det bliver ikke bedre, fordi Levin tager Birgitte Thott, Huitfeldt og Christian III's bibel med.

viste en sådan mangel ikke alene på kundskab, men på ævne til videnskabelig tænkning, skulde kunne indse nødvendigheden og betydningen af en udgave som Grundtvigs, der af udgiveren[1] var bestemt til „at indtage samme Plads ligeover for alle Bearbeidelser og Benyttelser, som Samlingerne af et Folks historiske Kildeskrifter indtage ligeover for den pragmatiske og kritiske Historieskrivning, der aldrig kan gjøre dem overflødige, idet de bestandig maae atter umiddelbart benyttes af Enhver, der vil gjøre noget selvstændigt Studium af Historien.“

Svend Grundtvig savnede naturligvis ikke meningsfæller. I hans nærmeste kres fulgte man striden med den største interesse, og hans fader rykkede i marken med (som P. Hjort sagde) „en for ham usædvanlig klar og rolig liden Bog“. Fr. Barfod, Just Homann og F. Dyrlund (den sidste i Holbæk Avis) stillede sig på hans side; men for ham selv personlig var den støtte måske nok så værdifuld, som han fik i private udtalelser af historikere som C. Paludan-Müller og P. A. Munch, af folkemindesamlere som Hyltén-Cavallius og den entusiastiske George Stephens. Navnlig havde hans plan og prøve en varm ven i Paludan-Müller, der også tog direkte del i striden med en rolig, klar og saglig artikel. Selv var Grundtvig utrættelig i forsvar og angreb, og med hele sin styrke vendte han sig mod den hidsigste af sine modstandere: Molbech.

Molbech var i de stærkt nationalt bevægede frihedsår på sin post overfor alt, hvad der syntes ham at smage af nationalforgudelse og selvovervurdering. Grundtvigs fremhævelse af den nordiske, specielt den danske folkevisedigtnings enestående rigdom og skønhed syntes ham en sådan national selvovervurdering, og i den bogstavtro bevarelse af håndskrifternes ofte lemlæstede text og forvirrede ortografi så han blot en kanonisation af det tilfældige i folkepoesien. Klart kommer denne hans anskuelse frem i et brev til sønnen under striden[2]: „der vil reise sig ny „Bulder“ og Kamp imod den forvovne unationale, upatriotiske, udanske Opponent mod **alle** Visers guddommelige eller poetiske Inspiration i ethvert Bogstav, og enhver ussel Efterdigtning i den sildigere Folkesang.“ I sine talrige, i stor hast og med megen ilfærdighed skrevne indlæg angreb han ikke blot Grundtvigs plan, men søgte at nedsætte betydningen af de uudgivne viser og hånd-

[1] Fædrel. 1847 nr. 233. [2] Personalhist. Tidsskr. 4 R. V p. 224.

skrifternes værd. Og han gik videre endnu. For at vise, hvorledes „en rimelig og fornuftig Udgave“ burde være, begyndte han i decbr. 1847[1] udgivelsen af „Et Hundrede udvalgte Danske Folkeviser, hidtil utrykte“ efter håndskrifter, der fra Odense og Stockholm var udlånte til Grundtvig og ved dennes imødekommenhed overladte ham til gennemsyn „paa en kort Tid“.[2] Men ved dette skridt vendte han den offentlige mening imod sig. N. M. Petersen udtalte sig skarpt mod hans udgaves videnskabelige værd[3]; tidligere kampfæller som P. Hjort dadlede hans fremgangsmåde[4]; fra bibliotekarerne Madvig[5], Paludan-Müller[6] og Arwidsson[7] nedlagdes dels offentlig, dels privat protest mod hans brug af håndskrifterne, og Brandt sagde ham uforbeholdent sin mening i et brev[8]. Udgaven stansede med første hæfte. Molbech kunde dog ikke indse det usømmelige i sin adfærd, han talte om „privilegeret Brugsret endog til udenlandske Bibliothekers Haandskrifter“[9], og Paludan-Müller måtte „feje for sin egen Dør“[10]. At Grundtvigs venner imidlertid forstod at tage revanche, viser måden, hvorpå Stephens og Klemming spillede ham det tegnèrske folkevisehåndskrift i hænde[11].

„Jeg kommer til at tage ordentlig fat paa Molbech“, skrev Grundtvig til Homann efter affæren med håndskrifterne, og det gjorde han i „Etatsraad Molbech og Kæmpeviserne, et Stridsskrift“, marts 1848. Han viser her på det klareste sin overlegenhed i sagkundskab, modenhed og videnskabelig metode og retter et knusende slag mod Molbech og hans udgave. Efter at have påvist, hvilket hastværk der i stort og småt præger Molbechs arbejde,

[1] Cfr. hans forbemærkninger til udgaven i Fædrel. 1847 nr. 303. To breve fra Molbech til P. G. Thorsen i dennes samlinger på universitetsbiblioteket (Addit, 4°, 611) indeholder forespørgsler om lånet af de stockholmske håndskrifter. [2] De imellem Molbech og Grundtvig i denne anledning vexlede breve, hvoraf nogle er trykte ndfr., findes dels i Molbechs brevsamling, dels i Grundtvigs samlinger (D. F. S. 61). [3] Om udgivelsen af kæmpeviserne, p. 16 ff.; en sådan udgave — siger han — er just af den slags, hvormed ingen kan være tjent, og sprogets behandling deri er aldeles forfejlet, gamle og ny ordformer, gamle og ny konstruktioner ere i disse viser kastede om imellem hinanden, og udg. har selv lavet et sprog, der ingensteds er til og aldrig har været til i verden. [4] Kbhpost. 1848 nr. 2. [5] Fædrel. 1847 nr. 304, cfr. nr. 309 af Molbech. [6] Brev til Molbech af $^{19}/_{12}$ 1847 i Molbechs brevsamling. [7] Brev til Molbech af $^{25}/_{1}$ 1848 i Molbechs brevsamling; cfr. Arwidssons brev til Grundtvig af samme dato (D. F. S. 61). [8] Rønning: C. I. Brandt, p. 74 ff. [9] Hist.-biogr. Saml. p. 166, note 1. [10] Etatsraad Molbech og Karen Brahes Bibliothek (For Literatur og Kritik VI p. 109—14). [11] Se Stephens's ndfr. trykte brev til Grundtvig.

hvor tilfældigt hans udvalg er, hvilke fejllæsninger, misforståelser og vilkårligheder der er begået, sammenfatter han sin dom i de skarpe ord[1]: „En ideal Udgiver af vore gamle Ballader maa altsaa for det 1ste ikke kjende hele Stoffet, og for det 2det ikke kunne læse Haandskrifterne; han maa for det 3die ikke forstaae sig paa Stilen i Viserne eller forstaae Meningen af dem, for det 4de ikke forstaae deres Metrum eller have Öre for deres Velklang; han maa for det 5te ikke forstaae deres Sprog og for det 6te have Mod til, naar ham lyster, uden videre at forandre deres Ord og Udtryk, og endelig maa han til 7de og sidst have Mod til at sige, at han har overalt valgt det bedste: de bedste Viser, de bedste Redactioner, de bedste Læsemaader, samt, at han ikke har foretaget sig nogen vilkaarlig Forandring i Texten, eller i mindste Maade forandret eller forvansket Visernes Sprog ... Hvem der vil, mælde sig til denne Post. Jeg skal ikke concurrere.“

På dette stridsskrift kom der intet svar. Grundtvig havde sejret. Det var sikkert en almindelig anskuelse, I. L. Ussing udtrykte, når han i „Samfundet“s bestyrelse ytrede: „Varm Begeistring og Pietet har selv Levin indrømmet ham; klart Overblik og Sikkerhed under den foreløbige Discussion maa enhver indrømme ham der har læst hans sidste Bog.“

Da han i 1850 vendte hjem fra krigen som løjtnant, vedtog „Samfundet“ på sin generalforsamling den 3 maj 1850 at udgive folkeviserne efter Grundtvigs plan i en ubetydelig ændret form[2], og tre år efter forelå med kongelig understøttelse (anbefalet af Madvig som kultusminister) 1ste bind af „Danmarks gamle Folkeviser“ som en statelig kvart i et oplag af 500 exemplarer, hvoraf de 400 var forudbestilte ved subskription. Men i dagspressen gik værket temmelig upåagtet hen; der fremkom kun to anmældelser, den ene ved C. J. Brandt i „Fædrelandet“ (1853 nr. 60), den anden ved F. Dyrlund i — „Holbæk Avis“ (1853 nr. 35 og 38). Ingen af de tidligere modstandere havde et ord tilovers for den fylde af oplysninger, de lærde og grundige undersøgelser, værket bragte; derimod kastede Levin sig over Brandts anmældelse[3], og endnu så sent som 1861, efter at også 2det bind var udkommet, gentog han i sin fanatiske og usømmelige pjece „De danske Fol-

[1] p. 47—48. [2] For disse ændringer, der angår gengivelsen af håndskrifternes ortografi, gøres der rede i „Danmarks gamle Folkeviser“, I p. VII, § 6. [3] Flyv. Post. 1853 nr. 66.

keviser og Herr Svend Grundtvig", der af P. Hjort[1] anbefaledes som „et vel tungt skrevet, men skarpt og grundigt tænkt fortrinligt Skrift", alle de gamle hånsord mod Grundtvig, der erklæredes for „en Videnskabens Herostrat"; „Hr. Grundtvigs saakaldte „Udgave" — endte han — af vore Kjæmpeviser, bekostet af det største litterære Selskab i Norden, understøttet af Statskassen, er en Plet paa den danske Videnskab, er en Ulykke for den danske Litteratur." —

„En uhildet Eftertid vil dømme", havde P. Hjort profetisk udråbt[2]. Den har dømt, men anderledes, end Hjort og hans kampfæller troede. Langsomt, men sikkert kæmpede „Danmarks gamle Folkeviser" sig frem til anerkendelse, først i udlandet, senere her hjemme; „banebrydende" og „mønsterværdig" lød eftertidens dom. I Tyskland blev værket, efterhånden som det udkom, genstand for granskning og lovprisning af forskere som Ferdinand Wolf, Ludwig Uhland, Hermann Lüning, August Rassmann, Felix Liebrecht, Julius Feifalik. Som modsætning til den dom, Grundtvigs modstandere fældede over ham og hans værk, skal følgende udtalelse af den gamle Liebrecht hidsættes; den står i det åbne sendebrev til Grundtvig[3], hvori han beder denne vederkvæge hans „brechenden Augen" med et nyt hæfte: „Es gibt auf dem ganzen Gebiete der Volksliederforschung kaum einen einzigen Namen der sich dem Uhlands so würdig zur Seite stellen liesse, wie der des Herausgebers von Danmarks Gamle Folkeviser. Die unermüdliche Sammlung und Herbeischaffung oft weitzerstreuter Texte, die genaueste Feststellung und Wiedergabe derselben, die sorgfältigste Zusammenstellung der Lesarten, die eingehendste, gelehrteste, alles erschöpfende Untersuchung über Gegenstand und Geschichte jedes einzelnen Liedes, die höchste Gewissenhaftigkeit in Selbstkritik und Vervollständigung des irgendwo noch Mangelnden durch Berichtigungen und Zusätze, kurz was einem derartigen Werke nur immer die erreichbarste Vollkommenheit verschaffen kann, alles dies gewährt jenem *κτῆμα εἰς ἀεί* einen unvergänglichen Werth, eine der höchsten Stellen in dem betreffenden Litteraturgebiet, zur Seite der gleichartigen Arbeiten des genannten deutschen Dichters." Et år før Grundtvigs død fik „Danmarks gamle Folkeviser" i 1882 til hans store glæde „en levende unge":

[1] Krit. Bidr., lit.-hist. Afd. II, p. 350. [2] l. c. p. 345. [3] Germania 1876, p. 252—55.

Europas andet store folkeviseværk, det eneste, der kommer op på siden af det danske, der er dets forbillede i stort og småt: F. J. Childs „The English and Scottish Popular Ballads" (10 bd., 1882—1898). Ofte citerede er udgiverens ord om sin forgænger: „a work which will be prized highest by those who have used it most, and which leaves nothing to be desired but its completion". I Norden vandt folkeviseudgaven en trofast ven og medarbejder i Sophus Bugge, studiet af folkeminderne dreves overalt i Grundtvigs spor, og ved århundredets slutning sammenfattede den danske folkeviseforsker Ernst v. d. Recke sin dom i følgende ord[1]: „Vil man nævne et Værk i vor Literatur, der fremfor noget er stort og monumentalt, fremfor noget af blivende Værd og af en Interesse, der gaar langt udover Specialisternes Kreds — fremfor noget har været banebrydende for et helt Videnskabsfag, fremfor noget af Udlandet er blevet taget til Forbillede for alle andre Værker i sit Slags, og som ved Siden af sin universelle Betydning dog fremfor noget er nationalt i eminent Forstand — saa er der uimodsigeligt intet dansk Værk, der naar op i Højde med Svend Grundtvigs: Danmarks gamle Folkeviser."

II

B. S. Ingemann til Sv. Grundtvig.

Sorø d 20 Sept 1847

Meget kjære Svend Dansker!

Venligst Tak for Brevet og Prøven af den ny Folkevise-Udgave. Jeg glæder mig til Fuldførelsen af dette vigtige Værk, og efter dets Bestemmelse — vel ikke som Folkebog, men som en fuldstændig, med videnskabelig Omhu ordnet Samling af hele vor Middelalders Poesies baade trykte og utrykte Materiale — finder jeg Prøven fuldkommen svarende til hvad man kunde ønske og vente. De til Noterne valgte Typer ere rigtignok for smaa for mine Øine og burde være forbudne af Medicinal-Politiet, navnlig af alle Øienlæger, trods den Udvidelse af deres Praxis, de ville foranledige. Denne Omsorg for Læsernes Øine kan der vel des-

[1] Danmarks gamle Folkeviser. Særtryk af Berlingske Tidende. 1897, p. 5—6.

værre ikke tages Hensyn til — af Oeconomie, og man forudsætter vel, at de Øine, for hvem Værket fornemmelig er bestemt, allerede fra de lærde Skoler ere forsynede med Briller. Dog det kommer man vel ud af, hvis det ikke kan være anderledes. Hovedsagen, at faae en fuldstændig Samling og en nøiagtig Gjengivelse af Alt hvad der har Værd og Betydning baade fra trykte og utrykte Opskrifter, vil der saaledes blive sørget for, og derefter vil siden en folkelig Udgave kunne besørges, der som fordum Peder Syvs kan komme paa Bondens Hylde. Kunde den Tid saa tillige komme da al dansk folkelig Lyrik kun levede paa Folkets Tunge (dertil kunde vore Sangforeninger bidrage meget) saa blev der Udsigt til den Danskheds-Opvækkelse af Dvalen, som din Fader nylig har sjunget om paa Kongens Fødselsdag[1]. Angaaende hvad vi her[2] tænke paa med nærmest Hensyn paa Modersmaalet har jeg netop i denne Tid foreløbig givet Anviisning paa mulig Bistand af en ung Mand, der tillige kan give Underviisning i Islandsk og Angelsachsisk og som har levende Kjærlighed til Folkepoesien. — Gjæt engang hvem jeg kunde mene! Derom forresten Intet meer endnu; og den Idee bliver mellem os til den af sig selv kommer frem og gjør sig gjældende. Din og din Faders Mening derom, vilde jeg imidlertid gjerne vide. — — — — — — — — — — — — —

Din venligst hengivne

B. S. Ingeman

C. Paludan-Müller til Sv. Grundtvig.

Odense d: 9e October 1847

Høistærede Hr. Grundtvig!

Ret meget takker jeg Dem for Deres Brev af d: 17de f. M og for den tilsendte P r ø v e af Kæmpeviserne. Jeg burde tidligere have gjort det, og bliver nu ogsaa straffet, fordi jeg lod mig hindre af allehaande mellemkommende Sager, da min Mening om

[1] Grundtvigs digt „Den kongelige Fødselsdag" i Berl. Tid. 1847 nr. 218 (Poet. Skrift. VI p. 642—45). [2] Der sigtes utvivlsomt til en ansættelse ved den påtænkte „folkelige Højskole i Sorø", der som bekendt ikke blev til noget. I Grundtvigs og Ingemanns brevvexling (1882) findes intet i denne anledning om Sv. Grundtvig.

Deres Arbeide kan synes at være bestemt af den Polemik, der har reist sig. Det er dog virkelig ikke Tilfældet. Allerede ved den første Læsning af Prøven, vaktes levende Glæde hos mig over, at vi engang kunde faae en værdig og hensigtsmæssig Udgave af vore Folkeviser, — en Følelse, jeg allerede har havt mere end een Leilighed til at forsvare imod mangt et Angreb. Thi De kan vel vide, at den Deel af Publikum, som interesserer sig for literære Sager, ogsaa her har deelt sig i Modstandere af Prøven, og dens Tilhængere.

Jeg for min Part synes Deres Svar til Levin og Liebenberg er aldeles tilfredsstillende og jeg beder Dem ikke blive vild i Deres egen Mening, fordi Levin med sin vante cyniske Bidskhed er faret ud af sit Hundehuus i Benene paa Dem. Levin har ikke beviist Andet, end at han af alle var den Sidste, man maatte ønske til Udgiver af Kæmpeviserne.

Middelalderens Viser ere nu engang for største Delen forstummede paa Folkets Læber, fortrængte af Oplysningens Kunstpoesi. Dengang de endnu hørtes der, kunde den opmærksomme Samler til enhver Tid gribe dem i den Form, der behagede Folket bedst nu og her paa dette Sted. Den levende Røst besørgede en fortsat Udgave, altid paa det Bedste lempet efter Folkets Trang og Smag. Vistnok maatte det allerede dengang have været Granskeren tiltrækkende, at finde ældre Former for Viserne nedskrevne, og at sammenholde dem med det levende Ord; men dette var dog kun en Interesse af anden Rang. Anderledes er det nu; thi hvad kan der dog gjøres med disse Viser Andet, end enten at gjøre dem til almindelig Nydelse ved en Omdigtning, — og dette maa blive Øhlenschlægers eller Grundtvigs eller Hertz's Værk, — eller at give os dem saaledes, som de fordum levede blandt Folket, altsaa efter de ældste Opskrifter, eller rettere efter de Opskrifter, der kunne føres den levende Røst saa nær som muligt. En tredie Vei seer jeg ikke der gives, uden at falde i den meest uberettigede Vilkaarlighed, saaledes som Rahbek-Nyerup. Derfor billiger jeg ganske Hovedtanken i Deres Plan, — der da endelig heller ikke er bleven angreben, endskjøndt Dommen om Planen maa afhænge af Dommen om denne Hovedtanke. —

Heri ligger da ogsaa, at jeg maa billige Udgivelsesmaaden; at lempe Retskrivning efter en formentlig, af andre Værker abstraheret Norm, vilde ikke alene være vilkaarligt og paa mange Steder forvanske Meningen, men maatte ogsaa forrykke det hele Standpunkt, hvorfra Sagen bør opfattes. Det var at behandle de skrevne Viser som literære Produktioner, altsaa at forstaae dem som Fostere af Reflexionen, eller dog stærkt paavirkede af denne, medens deres poetiske Værd, deres Blomst og Duft just bestaaer deri, at de ere umiddelbare Yttringer af Folkeaanden, fastholdte i den Dragt, hvori Samleren uden lang Betænkning har klædt dem. En Urtext har jo aldrig været til; naar Madvig bearbeider et Værk af Cicero, leder han sig gjennem Afskrifterne frem til det Oprindelige; men ved Kæmpeviserne kan Spørgsmaalet jo ikke blive derom, det kan kun blive om det, den første Opskriver har hørt og har villet bevare. Jeg begriber ikke, hvorledes en sund Sands kan føle sig frastødt ved de mange Provindsialismer; tværtimod synes mig der er noget Tiltrækkende f Ex ved K. B: Haandskriftets bestemt jydske Farve. Dette, at jeg veed, at der, paa den Tid, har denne Vise lydt saaledes, giver den et concret Liv, et Farvespil, jeg nødig vilde savne. Den jydske Dialekt f Ex i Ebbe Skammelsens Vise svarer fortræffeligt til dens Indhold og vækker den umiddelbare Fornemmelse af, at vi her have Sørgesangen fra den tragiske Begivenheds eget Hjem, — eller fra den Egn, hvor den har gjældt for at være hjemme, og hvor Visen da maa være sunget og hørt med dobbelt Deeltagelse.

Overhovedet maa man meget frabede sig alle Udbygninger, Afpudsninger, Lempelser af disse herlige Fortidslevninger. Ruinen som den er, med sin Tids, sin Egns, sit Klimas Præg vil jeg meget hellere have, end see den udbygget til en brugelig Bygning, der dog aldrig passer til vor Tids Fornødenhed. Lad en overlegen Bygmester opføre en ganske ny Bygning i den gamles Smag, men lad Phantasien beholde Leiligheden til at fremmane det Liv, der engang bevægede sig i den gamle Borg.

Dog, — det var en Text for en meget lang Tale, hvor jeg desuden ikke kunde sige Dem Andet, end hvad De forlængst selv har tænkt; jeg skriver det ogsaa kun for at overtyde Dem om, at De i det mindste ikke har Alle imod Dem. Om Enkelthederne har jeg ingen Mening; jeg har jo vel nok standset ved dette og hiint men for at udtale en Dom derover, maatte man sætte sig ind i Betragtninger, jeg for min Part kun finder liden Nydelse ved. —

Med de oprigtigste Ønsker for, at De maa beholde Mod og

Lyst til, uforstyrret af forvirrende Raab at gaae frem paa den Vei, De har betraadt, forbliver jeg

Deres ærbødigst hengivne

C. Paludan-Müller

N. M. Petersen til Sv. Grundtvig.

d. 14 oct. 1847.

S. T.

Hr. Svend Grundtvig.

Da jeg føler liden tilböjelighed til at indlade mig i controverser i bladene, der i almindelighed heller ikke føre til noget, så henvender jeg mig til Dem med nogle få ord om udgaven af kæmpeviserne, og önsker, at selve disse bemærkninger måtte vise, at de ere fremkaldte af kærlighed til sagen og af kærlighed til Dem og Deres virken.

Deres prøve (den tidligere, thi den sidste[1] har jeg ikke set, da exemplarer ej vare at erholde) har jeg givet mit bifald i det hele, i det væsentlige (med det udtrykkelige forbehold, at man måtte enes om enkelthederne), thi jeg mente, at man af prøven kunde skönne, at De vilde give os de ægte gamle kæmpeviser i deres eget ægte gamle Sprog. Men nu synes tingen at være bleven hel forvirret, da De bestemt har udtalt, at De kun vil give en materialsamling.

Man kan tænke sig tre formål: at give en materialsamling eller en udgave eller en ny bearbejdelse. Det sidste er det, som de fleste helst vilde have, men just fordi dette er den mest vilkårlige afvigelse fra en god udgave, gav jeg Deres prøve mit bifald. En ny poetisk behandling ligger aldeles udenfor en udgaves hensigt, derom ere vi jo enige.

Men en materialsamling kan heller ikke gives, og det er ikke værd at give den. Det princip, De nu har opstillet, at give alt som det er (thi det må jo være en materialsamlings natur) kan ikke gennemføres; De har også selv opgivet det ved at indskrænke det. men såsnart nogen indskrænkning finder sted, så er også grændsen ubestemt, hvor denne indskrænkning skal standse. At

[1] Ved „den tidligere" prøve mener N. M. Petersen åbenbart den til bestyrelsen d. 3 febr. indsendte, ved „den sidste" den trykte prøve fra septbr.

give alt, det er at give alle redactioner som de ere; men De vil dog kun give nogle redactioner, de bedste, altså bestemmer De selv, hvilke der ere de bedste; og de [!] vil i disse redactioner udskyde eller forandre det, som er åbenbart fejlagtigt, altså bestemmer De selv hvad der er godt. Alle varianter af alle redactioner i alle deres forvirrede skrivemåder kan De dog umulig anføre. Altså duer dette princip ikke; princippet kan ikke være at give alt, men at give det gode, og, hvis selve det gode ej er til, det bedste. Noget er så slet, at det uden betænkning må forkastes; andet er af den beskaffenhed, at ingen kan vide om det er godt eller slet, det må anføres; andet er ligefrem det bedste, det må optages. Til afgörelsen hører kundskab og smag; de forudsættes, og de må anvendes. Kun således får man en god udgave.

Men en sådan udgave, siger De, kan De ikke give. Det er just alt det jeg kæmper for, at det måtte blive Dem en klar overbevisning, at De både bör give den og kan give den. Det er just det jeg mener med hvad jeg kalder enkelthederne, thi al vanskelighed opstår ved dem. Men det hele beror dog ikke på andet, end igennem den ydre form at trænge ind til selve det gamle sprog, og derpå at gengive det rent og uforvansket. Den bedste eller de bedste redactioner, som göre alle de slette overflødige, gengivne i deres eget gamle tungemål, det er en god udgave.

Herom kunde jeg have meget at bemærke, at udvikle, at oplyse; men jeg forestiller mig, at De også kunde tænke, at den sag nu ikke kommer mig ved; og det, som jeg mindst i verden vilde göre, er at påtrænge nogen min overbevisning.

Deres

N. M. Petersen.

Sv. Grundtvig til N. M. Petersen.

København, d. 18de october, 1847.

Höjt agtede her professor!

De har i Torsdags beæret mig med en skrivelse, som jeg — beskæftiget med her Levins vedblevne polemik — ikke för nu har kunnet besvare, men som jeg ikke kan og ikke bör undlade at besvare, om jeg end står fare for — hvad jeg såre nødig vilde —

ved mit svar at fortörne Dem. Det tör jeg dog love, at jeg ikke vil og ikke kan glemme den höjagtelse, jeg skylder Dem og bærer for Dem, ikke vil og ikke kan glemme den taknemmelighed, jeg skylder Dem og føler for Dem, for Deres beviste „kærlighed til sagen og kærlighed til mig og min virken".

Først må jeg stærkt betone, at jeg må anse det for en forglemmelse fra Deres side, når De siger, at „min sidste prøve har De ikke set". Jeg kan ikke antage andet, end at De har set den endnu i håndskrift. Jeg måtte ellers tiltro de øvrige medlemmer af litteratursamfundets bestyrelse, og navnlig formanden professor Abrahams og secretæren professor Krieger, ikke alene en utilgivelig skødesløshed, men ligefrem usandfærdighed, når de forsikkre, at min sidste prøve, den samme som senere er udkommen i trykken, blev Dem tilsendt i manuscript, efter at De udtrykkelig — ifølge Deres eget tidligere derom yttrede ønske — var bleven opfordret til at gennemgå den og ledsage den med Deres bemærkninger i henseende til „enkelthederne", samt at den tilbagesendtes formanden fra Dem. uden videre bemærkning, end et simpelt „vid".

Når De nu yttrer, at „en materialsamling kan ikke gives" og at „det er ikke værd at give den", da må jeg dertil svare følgende:

1) At den **er værd** at give, det er min fulde overbevisning, — hvorfor, har jeg stræbt at vise i min første artikel i Fædrelandet, og at det var en sådan der tilsigtedes, var klart af mit første forslag, af planen, af min første, som af min sidste prøve. Man kalde det en „materialsamling" eller hvad man vil — en udgave som den, hvorom jeg har talt i min første artikel i „Fædrelandet", er ingen anden end den, jeg fra først af har tilsigtet, og hvorom alle de nævnte actstykker aflægge vidnesbyrd; så når De tror, at sagen „nu" har stillet sig anderledes end fra først af, da véd jeg ikke, hvorpå De støtter denne mening. I øvrigt tror jeg, at en sådan udgave er ikke alene en materialsamling, men tillige noget andet og mere: nemlig den eneste udgave, der kan være den authentiske kilde, ikke alene for alle kommende forskere, bearbejdere og benyttere, men også for enhver, der vil kende og nyde vor gamle folkesang så ægte og oprindelig, som den nu kan haves.

2) At en sådan udgave, en sådan kildesamling **kan** gives,

er lige så fuldt min overbevisning, og jeg tror at vide, hvorledes dette kan ske. At give alt hvad der er, er en kildesamlings første princip, og dette tror jeg at kunne, ved at give alle bevarede kæmpeviser i alle deres redactioner, ɔ: i alle deres forskellige, fra folkets umiddelbare mundtlige tradition tidligere eller senere i skrift overførte skikkelser. Dette kan göres, også uden at medtage alle de ved afskrivning indkomne afvigelser, men disse kunne også uden skade medtages. Retskrivningen beholdes altså kun som den ydre form for det der gives, en dragt, dette ikke kan afføres, uden at sproget og derved tillige indholdet lider; men den indrømmes ingen selvstændig berettigelse, så at noget skulde optages alene for retskrivningens skyld, hvilket dels vilde næsten fordoble hele samlingens omfang, dels intet vilde have at göre med sagen, — med Danmarks gamle folkeviser som sådanne, og disse er det jo, der skulle gives, — ti hvad der gives, det gives ikke for retskrivningens, men for sin egen skyld, og retskrivningen beholdes i hvad der meddeles ikke for sin egen, men for dets skyld, der af andre grunde bör gives. Forandringer i teksten ske aldrig således, at det oprindelig forefundne fortrænges anderledes, end at dette jo dog findes uforandret på samme side i bogen.

Derfor „duer dette princip“, fordi vilkårligheden derved er udelukket, at det kan skarpt begrænses, hvormeget der er overladt til udgiverens judicium, hvilket indskrænker sig til at afgöre: 1) hvad der er kæmpeviser, — hvilket ved simpel forstand og øvet takt utvivlsomt lader sig afgöre; 2) hvad der er en opskrift, og hvad der kun er flere afskrifter af en og samme opskrift, — hvilket enhver, der blot nogle gange har set begge dele i deres enhed og i deres forskelligheder, öjeblikkelig kan afgöre; og 3) hvad der står skrevet på de papirer, der foreligge, — og dette må altid være en udgivers skön underkastet: han må kunne læse, förend han vil skrive og lade trykke. Jeg må altså anse det for en misforståelse af mine ord, når De taler om det meget, jeg dog skulde ville have mit subjective skön underlagt.

Således kan og således bör efter min formening „en materialsamling“, eller rettere: en kildesamling, gives; og vil man nu indvende, at det kan altsammen være meget godt, men man må hellere lade være at give selve materialet, og derimod isteden give en derpå baseret „kritisk udgave“, — så må jeg hertil svare:

først, at af en materialsamling kan göres én og to og hundrede kritiske udgaver, så vel som alle andre slags udgaver, beregnede på dette eller hint særegne öjemed; men af en kritisk udgave kan aldrig i evighed göres nogen materialsamling, samt at alle andre udgaver tilsammen aldrig kunne göre en fuldstændig og ordret udgave overflødig; dernæst, at jeg ligeoverfor det danske folks vel erhvervede og kærlig bevarede ejendom føler mig som en ringe tjener og ikke som nogen hersker og dommer, der kan forholde og give efter eget tykke; og endelig, at hvad det angår, at kunne give, hvad man kalder en kritisk udgave, da vover jeg at tro, hvad De ønsker, jeg skulde tro: at jeg også kunde give en sådan, og når jeg har gjort, hvad her nærmest og først ligger mig på hjærte og for hånden, da er det også min agt, at forsøge, hvad jeg formår i den retning.

Jeg vil altså ikke en materialsamling, fordi jeg ikke tror at kunne levere andet, men fordi jeg tror, at en sådan er det først fornødne og er det meste der kan göres, så at besvarelsen af spörgsmålet, om en kildesamling af vor gamle folkepoesi er fornøden eller er værd at have, som jeg forhen har sagt[1] tilsidst kommer til at bero på, om man anser kilderne til kunskaben om folkets indre (ideale) liv for at være af samme betyding og at kræve samme omhu og troskab, som de til kunskaben om det ydre (reale), om man anser en poetisk (åndshistorisk) kildesamling for lige så fornøden og lige så vigtig, som en historisk; at den er det, er min overbevisning, og derfor kan jeg ikke stemme for, derfor vil jeg, at vi skulle ikke nöjes med — noget mindre.

Når De yttrer frygt for, at jeg skulde finde det „påtrængende“ af Dem, at sige mig Deres mening om tingen, da gör De ikke alene mig men også Dem selv uret, og jeg beder Dem være forsikkret om, at sligt aldrig noget öjeblik kunde falde mig ind. Altid må jeg ønske at kende Deres mening, — om jeg end måtte ønske, at have kendt den för, og tror, at have haft ret til at vente det.

Men enten jeg vilde give en kritisk eller en fuldstændig og ordret udgave, så vilde jeg i mangfoldige tilfælde kunne have megen gavn og glæde af Deres kyndige og velvillige vejledning og råd, og det er mit håb, at De ikke vil nægte mig dette, selv om jeg ikke kan være ganske enig med Dem i alt enkelt. Ett er

[1] Fædrel. 1847 nr. 233 (ovf. p. 83).

der, som De ikke vil nægte, og det er, at for at dette som ethvert arbejde skal lykkes, da må det udføres ikke alene med kærlighed, men ogsä med lyst og med håb, og De vil derfor finde det naturligt, at jeg ikke vil og ikke kan eller bör indlade mig på et arbejde, mindst et så möjsommeligt og omfattende, når jeg savnede tilliden til de fulgte grundsætningers rigtighed og derfor snart måtte tabe lysten dertil og slippe håbet om derved at virke til gavn og glæde for vort nordiske fædreland, jeg, som De, har viet liv og kræfter.

Deres med sand höjagtelse og taknemmelighed

hengivne

Svend Grundtvig

P. S. Jeg tillader mig hermed at tilstille Dem et denne sag angående brev[1], jeg for nogle dage siden modtog fra Dr. Paludan-Müller i Odense, da det måske vilde kunne interessere Dem at læse det. De kan give mig det tilbage, når jeg om et par dage personlig henvender mig til Dem, for at tale nærmere med Dem om sagen.

Chr. Molbech til Sv. Grundtvig.

23. Octobr 1847.

Saavidt jeg i Gaar forstod Hr. Grundtvigs Yttring om Udlaanet til Dem af Haandskriftet fra Od:, var Deres Mening, at De om kort Tid, efter Forlangende skal remittere Haandskr: til Fyn, og paa Grund heraf ikkun paa et Par Dage kunde overlade mig samme til Giennemsyn. Hermed kunde jeg — i det jeg agter at ville giennemlæse hele Haandskriftet — ikke nøies; og har nu tilskrevet Vedkommende om at tilstede, at Brugen af bem: Hdskr: i en Tid af 12—14 Dage giøres mig muelig — uden at blive Dem betaget; nemlig paa den omskrevnè Maade, ved at deponere det paa K. Bibl. — Jeg kan saaledes ikke formode, at De vil bortskikke Haandskr: inden jeg modtager Svar herpaa; og da det er mig om at giøre, ja saa at sige nødvendigt, i det mindste at faae et foreløbigt Begreb om Beskaffenheden af denne Visebog, som ved Deres

[1] Det foran trykte brev af 9/10 1847.

Charakteristik af samme har faaet saamegen Mærkværdighed: vilde jeg bede Dem være af den Godhed fra idag til paa Mandag at deponere Manuskriptet hos Hr. Just. Raad Moldenhawer, hvor jeg da i Dag efter Kl. 2, og nogen Tid i Morgen Formiddag, kunde tage et kort Overblik af denne Visebog. Naar De da paa Mandag eller Tirsdag ønsker det tilbage — har jeg for det første ikke noget Ønske om videre at benytte Visebogen.

Jeg vil ved denne Leilighed ikke undlade at forsikkre Dem om, at den Opposition hvori jeg træder til Deres Forehavende, saaledes som De har forkyndt det, er saa langt fra at være — jeg vil ikke sige personlig — men individuel: at den hverken gaaer ud paa Objectet, at udgive danske Viser, eller paa Udgivelsen ved Dem; men kun paa en forfeilet subjectiv Anskuelse: at ville anvende en stor Capital i et Land som Danmark paa at aftrykke et Manuskript, egnet for yderst faa Besiddere, 1500 Gange. I øvrigt er min Mening, at De burde besørge en god Udgave af det Gode i Vise-Materialet, fordi Ingen nu saa let kan det, som De; men De maatte da indrette Udgaven ikke blot for Dem selv, eller et lille Antal, som have Deres Trang og dele Deres Mening, men for det første, for det hele danske og norske (eller dansktalende) Folk i det 19de Aarh:, for det andet for, og med Hensyn til det Selskab, som vilde bekoste Udgaven for sine Medlemmer. — Dette korteligt og hastigt af

Deres ærbødige

C Molbech.

Sv. Grundtvig til Chr. Molbech.

[23 okt. 1847].

Da jeg igaar forstod Hr. Etatsraaden saaledes, at De ikke ønskede at laane det omtalte Ms. af mig paa de eneste Betingelser, hvorpaa jeg kunde fremlaane det, eftersom det af Bibliothekaren Dr. Paludan Müller i Odense var blevet mig udtrykkelig paalagt, kun at gjøre dette „paa et Par Dage", da Ms. derefter, ifølge Klosterpatronens Grev Bille-Brahes Ordre, skulde tilbagesendes til Eftersyn, — samt da De tilføjede, at De allerede havde henvendt Dem directe til Vedkommende, for at erholde det til umiddelbart

Laan paa en noget længere Tid, — saa troede jeg det i Hr. Etatsraadens egen Interesse, strax at iværksætte Remitteringen, da det ikke forinden vilde atter blive udlaant. Jeg indleverede det derfor endnu igaar til Forsendelse med Pakkeposten; men efter at have modtaget Hr. Etatsraadens artige Skrivelse af Dags Dato, har jeg gjort gjentagne frugtesløse Forsøg paa at erholde det tilbage, hvilket var ugjørligt, da det alt var emballeret og forsejglet for at afgaae herfra Kl. 1.

Idet jeg meget beklager, at jeg saaledes ikke kan opfylde Hr. Etatsraadens Ønske, beder jeg Dem være forsikkret om, at jeg ikke har forvexlet eller nogensinde skal forvexle en videnskabelig og litterær Uovereensstemmelse med en personlig Uvillie, den jeg haaber aldrig at fortjene af Dem.

Deres med Højagtelse

ærbødige

Svend Grundtvig

Chr. Molbech til Sv. Grundtvig.

K. Bibl. Løverdag Efterm. 23 Oct. 47.

I det jeg beklager, at jeg netop nu, da jeg var mest opsat paa at ville gierne see den omhandlede Visebog, tildeels ved min egen Skyld, maa gaae Glip af mit Ønske, maa jeg takke Hr. Grundtvig for den særdeles velvillige Omsorg for min Skyld, i at ville tilbagekalde en noget hurtig Afsending, hvorom Deres Brev underretter mig.

Jeg finder mig herved saameget mere opfordret til at gientage min Bevidnelse for Dem, hvor lidt der ogsaa fra min Side kan findes nogen „personlig Uvillie“ blandet i min Polemik, om end denne, i sin objective Natur, maatte findes nok saa skarp og alvorlig. Langt mere vilde det altid være mig høilig kiært, om en ung Mand, der har følt Kald til at opoffre sig til et saa betydeligt og møisommeligt Arbeide, maatte engang høste Lønnen derfor ved, som Udgiver af de danske Folkeviser, at betræde den Bane, hvor det sande og ægte poetiske Guld kan bringes for Dagen af slette eller mindre gehaltrige Overleveringers blandede

Grundmalm, og hvor en bedre og varigere Krands vil være at vinde, end paa Bogstavkræmmets og Variantjagtens ufrugtbare Tornesti.

Deres ærb:

C Molbech.

N. M. Petersen til Sv. Grundtvig.

d. 24 oktober 1847.

Kære Hr. Grundtvig!

Ved at tilbagesende indlagte skal jeg, efter at vi nu flere gange have talt om kæmpevisesagen, indskrænke mig til nogle få bemærkninger, der kun ere en gentagelse af hvad jeg för har ytret, anvendt på nogle enkeltheder, men langtfra på alle. De holder Dem dertil, at De vil give alt som det er, uforvansket; men jeg mener, at De vilkårlig afviger derfra, at De vil være nødt dertil (når De ikke vil give os hele fortiden i al sin usselhed), og at grændsen for denne vilkårlighed må være den: kun at give det gode. Når De vil give os de gamle, höjst forvanskede, viser aldeles uforvansket, så lad der stå hvad der står: ikke aldrig, men aldeg (ligesom oh for och), ikke hiarte, men hiarten ell. hiartee, ikke brast, men bratt etc. etc. i det uendelige (thi hvad er skrivfejl og hvad er det ikke? og hvad skal det være, derom kan være mange meninger); så lad rimene være som de ere (aldeles urimelige); så lad omkvæd og selve strofen være blandede ind i hinanden, som de ofte ere; så lad være meningsløst hvad der er meningsløst; kort, giv det som det er. Men når De først begynder at rette, så må De blive ved dermed, indtil alt det slette er fejet ud, så der kun bliver d e t gode tilbage, som kan bringes ud af disse yderst forhutlede ting. Ellers bliver Deres rettelser vilkårlige. På nogle steder retter De rimene, men der er mange andre steder, hvor rimene også ere gale, dem retter De ikke; på nogle steder sætter De ordene om, for at få rimene frem, på andre ikke; på nogle steder sætter De ord i klammer, for at få rimene frem, skönt det er tydeligt, at hele strofen er forvansket, så det er höjst tvivlsomt, om de af Dem antagne rim ere de rette (2 A. 17; 2 B.

5[1]). Hvad regel er der nu deri? Af to læsemåder danner De selv en tredie, og optager den (3 B. 9. gangers skou for ganger skou, som jo er fuldkommen rigtigt, da ejeformens s falder bort foran et andet s)[2], men på andre steder lader De den urigtige læsemåde stå (3 D. 4. guld meest, som åbenbar skal være guldnest, hvilket følger både af det forrige vers og af rimet). Hvilken regel følger De deri? De indsætter læsemåder som ikke findes (1 A. 53. brast[3]. 3 C. 1. skemtens), og vælger af to læsemåder den slettere (2 B. 18. thenum for hannem; han kunde kun göre sig selv usynlig, ikke hende). Alt sådant vil jo stedse blive vilkårligt; den ene vil foretrække en, den anden en anden læsemåde, den gode er måske slet ikke til. Når De derimod vil følge Deres princip, at give alt uforvansket, så foretrækker De hverken det ene eller det andet; De beretter os blot: sådanne læsemåder findes.

Dersom De derimod vil gå ind på det, som jeg forestiller mig som det rette (i følge den grundtanke, at nutiden skal lære af og forfriskes og forædles ved fortiden ved at modtage det gode fra den, som ingen nutid kan selv skabe, men ikke skal gentage det slette og fordærvede i hele sin elendighed), så vil De befri os fra en aldeles forstyrret retskrivning (som thagger for tager, skabber for skaber etc. etc.), så vil De igennem denne forvirring trænge ind til ordet, og give os det i en harmonisk form (når arm forandres til favn ell. omvendt, så må i rimene: lui (luj) og brudt det sidste forandres til brud; et ord som brudt (nupta) har aldrig været til). Det var det første. Vil De gå videre, så vil De også bringe ordene, sætningerne, rimene i orden (thi alt det er jo også i håndskrifterne forvirret), forsåvidt det lader sig göre. Naturligvis må De da göre rede for de fulgte grundsætninger, og tilföje alle de oplysninger, som i æsthetisk eller sproglig henseende kunne have noget værd; og for at göre hele forandringen anskuelig, vilde det være godt at meddele nogle viser aldeles som de ere i håndskrifterne.

Kæmpeviserne ere efter Deres mening en folkeejendom, men de forvanskede viser i håndskrifterne ere ingen folkeejendom, de ere et forvansket produkt af den, som nedskrev dem. Al ærbø-

[1] Ændret i D. g. F. 39 B 5. [2] Rettelsen er, i overensstemmelse med N. M. Petersen, ikke foretaget i D. g. F. 40 B 9. [3] Rettelsen er ikke foretaget i D. g. F. 47 A 53. N. M. Petersens øvrige indvendinger er ikke tagne til følge.

dighed for det herlige i folkepoesien! men det fordærvede hader jeg, hvor det end findes.

I ordforklaringen: stuoff og stauffn (2 A. 21), er det stue og stavn? Red de igennem stuer og stavne (skib?)? eller er det stub og stofn (græsstub og træstub)?[1] — Mund i 3 A. 27 måtte vel forklares; folk må jo tro, at han havde de tre jomfruer i munden?[2]

Der kunde synes at være en modsigelse imellem alt det jeg nu ytrer om Deres prøve, og at jeg dog har anbefalet den så stærkt. Men det er jo såre simpelt; en udgave af kæmpeviserne, så tro som mulig, har i mange år været min længsel; af prøven troede jeg at skönne, at De var manden dertil; om behandlingen kunde meningerne være höjst forskellige, det, tænkte jeg, vilde finde sig; nogen illusion kan jeg heller ikke sige mig fri for, jeg forestillede mig håndskrifterne bedre, end jeg nu finder dem; skulde jeg have sat mig imod Deres prøve, som dog vidnede om den omhyggeligste samling og den inderligste kærlighed for sagen, og derved tilintetgöre hele sagen? Og alt hvad jeg her ytrer imod Deres prøve har jo heller ikke til hensigt at forkaste den; for mig er den meget fortræffelig; set fra dens eget standpunkt er den endog usædvanlig god; jeg træder heller ikke med mine bemærkninger offentlig op imod den, men jeg henstiller dem til Deres overvejelse. Det, der spörges om, og som jeg flere gange har ytret, er, om ikke det samme, ja noget bedre, kunde opnås, uden at De skulde spilde Deres kostbare år på sådanne usselheder, som om der læses oh eller och, she eller sche eller schee, øgste eller øngste eller yngste, stente eller stentte eller stete eller stette etc. etc. etc. om hvor mange gange der står: i vil, hvor mange: ville i, hvor mange: om i ville etc. etc. etc., og om de penge, som skal anvendes til at aftrykke og idelig (i hver vise) at aftrykke og gentage disse usselheder, ikke kunde anvendes bedre til originale værker.

Men hvor forskellige vore meninger end kunne være herom, én ting ere vi enige i: at agte hinandens mening og at søge den bedste. I alle tilfælde er jeg viss på, at Deres udgave, hvorledes De end nu behandler den, vil blive meget fortrinlig; det kan man

[1] „Ordforklaringer" bag i 2. opl. af prøven har her: „stuoff oh stauffn = Stue og Stavn, eller (efter Prof. N. M. Petersens Gisning) = Stub og Stovn (ɔ: Græsstub og Træstub. Isl. stubbi ok stofn)." [2] „Ordforklaringer" har: „munde Dat. sing af Mund = Haand. (?)."

just ikke sige om alle udgaver; og således ønsker jeg Dem da, hvad der vist ikke vil udeblive, megen glæde af Deres arbejde, om der end, som altid, vil blande sig nogen tvivl og nogen bekymring derimellem.

Deres

N. M. Petersen.

C. Paludan-Müller til Sv. Grundtvig.

Odense d. 5 Nvbr 1847.

S. T.

Hr. Student S. Grundtvig

i Kjøbenhavn.

— — — — — — — — — — — — — — — — — —

— — — — — — — — — — — — — — — — — —

Deres Hr. Faders Kæmpeviser til Skolebrug[1] har jeg gjennemgaaet med sand Fornøielse. Baade Valget og Behandlingen forekommer mig særdeles heldigt til det Brug, Bogen er bestemt for. Kun beklager jeg, at Aslag Tordsens Vise har maattet miste sit interessanteste Parti, Enden; men det forstaaer sig, der er noget Betænkeligt i denne Deel, i det mindste naar Visen skal læses i Pigeskoler. — Deres Hr. Fader gjør os Skolemænd dog nogen Uret, naar han mener, at Kæmpeviserne slet ikke komme til vore Disciples Kundskab. For nogle Aar siden var det maaskee Tilfældet, men det er nu erkjendt, at dansk Literatur bør være en Hovedgjenstand i den studerende Ungdoms Dannelse, og der arbeides ikke uden Fremgang paa at føre det igjennem. Skoleprogrammerne vise det allerede. Her i Odense var jeg netop i Færd

[1] „Danske Kæmpeviser til Skole-Brug udvalgte og tillæmpede af Nik. Fred. Sev. Grundtvig". Kbh., 1847. Stødet til dette arbejde blev givet af skolebestyrer, prof. Mariboe. I Fortalen siger udg., at det er „baade en stor Skam og en ubodelig Skade, at vor opvoxende Ungdom selv i Skolen er forblevet saa ubekiendt med vor Skat af gamle Folkeviser, at den kunde blive graa, uden engang at vide, der var saadant Noget til."

med at gjøre vor øverste Klasse bekjendt med Kæmpeviserne, da Deres Hr. Faders Bog udkom. De havde seet Vedels og Syvs Udgaver, faaet Underretning om Visernes Historie og læst alle Marsk-Stigviserne efter Rahbek-Nyerup. Stort mere kan der ikke gjøres i Aar ved dette Parti, saa knap Tiden er os tilmaalt. —

— Dersom De uden Indiscretion kan gjøre det, ønskede jeg at vide, hvorledes Deres Sag nu staaer hos Bestyrelsen for Literatursamfundet. Der er dog vel ingen Grund til at frygte for, at Deres Plan bliver mutileret, — eller at De finder Dem i at forandre Grundtrækkene, dem maa De endelig holde fast paa, og i alt Fald hellere opgive noget af den luxuriøse typografiske Udstyring og gjøre et strengere Udvalg af Noter.

Ærbødigst

C. Paludan-Müller

I. M. Thiele til Chr. Molbech.

Charlottenb. d. 14 Dec. 1847

Hoivelbaarne Hr. Etatsraad!

Som jeg allerede mundtligt har yttret for Dem, foranlediger Deres ærede Skrivelse af Gaarsdato mig til skriftligt at gientage, at, da jeg i sin Tid har overgivet Hr. S. Grundtvig mine Forarbeider til de Gamle danske Visers Udgivelse uden nogensomhelst Betingelse og til aldeles frit Brug, saa finder jeg det ikke passeligt for mig, allermindst under de nærværende Forhold, nu at ville hævde nogensomhelst Eiendomsret derover eller at forsøge en Indflydelse i denne Henseende, som jo dog aabenbart vilde blive brugt i Hr. S. Grundtvigs Disfaveur.

Deres ærbødigste Ven,

I Thiele

C. Paludan-Müller til Sv. Grundtvig.

Odense d. 19de Dcbr. 1847.

Det er mig meget ubehageligt, at Molbech volder Dem Bryderi angaaende Karen-Brahe-Haandskriftet, om hvis Aflevering jeg hver Dag ventede Underretning. Jeg har derfor ogsaa i Aften strax efter at have modtaget Deres sidste Brev skrevet til Molbech, bragt ham Bestemmelsen i Erindring, og viist ham, at da De har et bestemt Løfte af Grev Bille, har De en positiv Ret til at forlange Haandskriftet tilbage, saa at jeg ikke kan unddrage mig den Pligt at overholde Bestemmelsen. — Saasnart De modtager det, beder jeg Dem underrette mig derom. At De paa Deres Brev til Greven enten allerede har modtaget eller vil modtage et ligelydende Svar, betvivler jeg ikke og skal gjøre Mit dertil. — I Øieblikket seer jeg ikke der fra min Side kan gjøres mere imod denne Molbechs paafaldende Adfærd, førend jeg modtager Grevens Ordre om at gaae skarpere frem, hvilket vel dog med Guds Hjælp ikke vil blive fornødent.

Det vigtigste er vel nu, at gjentage Reqvisitionen i Henhold til dette mit Brev. Hjælper det endnu ikke, vil De vel i Slutningen af Ugen faae ny og stærkere Anledning dertil. Lad mig *da* vide Sagens Udfald. —

Skulde Molbech virkelig ville gaae saaledes frem, som De troer? Deres sidste Beretning er saa bestemt, at jeg ikke er berettiget til Tvivl, — ellers vilde jeg, oprigtig talt, ikke troe ham istand til en saa lidet hæderlig Adfærd, der tillige nødvendigviis maa paadrage ham skarpe Bebreidelser, dem jeg da ikke veed hvorledes han vil møde.

Jeg spørger mig ofte med Forundring: hvad er der da paa Færde med disse Kæmpeviser? hvorfor optræde Grundtvigs Modstandere med den lidenskabelige Heftighed, som om det var deres Liv om at gjøre, ikke om et literært Anliggende, der jo kun kan vinde ved rolig Discussion? Det er jo en formelig Agitation; — og hvorfor har Ingen taget fat paa min Artikel? Ligger den saa ganske udenfor Sagen, at den ingen Modsigelse behøver? — Jeg begriber det ikke. Men det er min inderlige Overbeviisning, at om Modstanderne forhindre Udførelsen af Deres Grundtanke, gjøre de Danmark en daarlig Tjeneste. Derfor, — lad ikke Modet falde; sæt Alt paa at føre Sagen igjennem, paa den ene eller den anden Maade. Og lad ikke Deres Ro forstyrres af en Modstand, som enten er udsprungen af personlig Lidenskab, eller dog henter sin største Styrke derfra. — Vil Literatursamfundet trække sig tilbage, saa søg Kongen paa Haand, eller vend Dem til Folket. Det gaaer maaskee dog nok, og naar De da endelig gaaer seirrig ud af

Kampen, har hverken De eller Deres Værk nogen Skade af, at den var saa haard. —

— — — — — — — — — — — — — — — — — — —

Deres

C. Paludan-Müller

Sv. Grundtvig til Chr. Molbech.

Kbhn. d. 20de Dec. 1847.

Som jeg ved skrivelse af gårs dato fra Bibl. ved Odense frøkenkl. bibl. Dr. Paludan-Müller erfarer, er Hr. Etatsråden nu atter bleven påmindet om min ret til uopholdelig at få udleveret det håndskrift fra bemældte Bibl., som De allerede har haft langt over den tid, i hvilken dets brug var Dem tilstået. I henhold hertil tillader jeg mig derfor at fornye mit under 9de dennes gjorte og under samme dato afslåede, men utvivlsomt retfærdige forlangende.

Da De, selv om De måtte finde det passende, nu at udgive et udvalg af andre kæmpevise-håndskrifters indhold, dog ikke vil kunne dertil benytte dette håndskrift, så lidt som de mig til min udgave lånte stokholmske håndskrifter, så indser jeg ikke, hvad brug De kan have for det, efter at have haft 6 uger til at göre Dem bekjendt dermed, hvortil De oprindelig kun mente at behøve 12—14 dage.

Jeg udbeder mig derfor Deres svar på, hvor jeg endnu i dag kan afhente dette håndskrift, på hvilket jeg har et så retmæssigt krav, og for hvilket jeg har en så påtrængende brug.

Jeg håber ikke at blive sat i den nødvændighed til opnåelsen af dette formål at tage min tilflugt til andre midler, der vilde være Hr. Etatsråden mindre behagelige.

Jeg håber aldrig at behøve at opgive den agtelse jeg altid har båret for Dem og — hvad De ikke vil nægte — altid vist Dem; men da det vilde være hykleri af mig, om jeg i dette öjeblik bevidnede Dem min höjagtelse, så kan jeg kun underskrive mig:

Svend Gr[undtvig].

[Koncept.]

Chr. Molbech til Sv. Grundtvig.

Kiøbenhavn, den 21 Dec. 1847.

Paa Deres i Gaar modtagne Skrivelse har jeg den Ære at svare, i Henhold til mit tidligere Svar til Dem af 9. Decbr.

Da jeg endnu ikke har modtaget noget Svar paa det Brev, jeg under 7de Decbr.[1] tilskrev Hs. Excellence Grev Bille-Brahe, som Patron for Odense Frøkenkloster og Chef for det samme tilhørende „Karen Brahes Bibliothek“, og hvori jeg udbad mig Grevens Tilladelse til at beholde det mig fra bemeldte Bibliothek, imod mit udstedte Beviis, udlaante Haandskrift, indtil otte Dage efter Nytaar: kan jeg naturligvis ikke, inden jeg modtager Hr. Grevens Svar eller Resolution, udlevere det mig laante Haandskrift til nogen Anden. Jeg gientager altsaa min forrige Yttring: at saasnart jeg modtager Hans Excellences Resolution angaaende Haandskriftet, skal jeg meddele Dem dens Indhold, og holde mig samme efterrettelig.

De øvrige Udladelser i Deres Brev, der synes at antyde, at De mener at have udelukkende Brugsret til et Haandskrift, som ikke er Deres, men et offentligt Bibliotheks Eiendom, og at kunne ved „ubehagelige“ Midler tvinge mig til at udlevere Dem et mig fra dette Bibliothek laant og tilsendt Haandskrift: anseer jeg det for overflødigt at besvare (da De formodentlig, ved roligere Eftertanke selv maa finde, hvor lidet passende disse Yttringer af Dem ere).

Deres ærbødige

C Molbech.

Grev Bille Brahe til Sv. Grundtvig.

Hvedholm d. 21. Decbr. 1847.

Da De har et tidligere Løfte om, at benytte det i Deres ærede Skrivelse af 10. dennes ommeldte Manuskript under Udarbeidelsen af Kjæmpeviserne; har jeg idag anmodet Hr. Etatsraad

[1] En koncept til brevet, hvori Molbech tilbyder at testamentere Karen Brahes bibliothek sin samling af bøger, „hørende til dansk Historie, Sprogkundskab og Sprogvidenskab“, findes i Molbechs brevsamling.

Molbech om at udlevere samme saasnart De melder Dem[1]. Om faa Dage vil De saaledes kunne være i Besiddelsen af Manuskriptet, og haaber jeg, at det korte Ophold ikke vil have medført nogen betydelig Ulempe for Dem. —

Bille Brahe.

Sv. Grundtvig til Hyltén-Cavallius.

Kbhn. $^{24}/_{12}$ 47.

Höjstærede her Cavallius![2]

De vil af indlagte erklæring fra Univ. Bibliothekar Madvig, der findes i „Fædrelandet“ f. igår, erfare, hvilken brug etatsråd Molbech har tilladt sig at göre af de mig til min udgave godhedsfuldt lånte stokholmske kæmpevisehåndskr. Da jeg ikke antager det for umuligt, at han kunde henvende sig til Bibl. for dels at erholde en „bill of indemnity“, dels at erholde tilladelse til at fortsætte aftrykningen af forhen utr. viser i bemældte håndskr.[3], så beder jeg Dem selv at læse og tillige at vise Hr Bibl Arwidsson denne Madvigs erklæring og göre ham bekendt med Molbechs adfærd: at ville bekæmpe min udgave af alle Danmarks kæmpeviser ved i hast at udgive hvad han anser for det bedste af, hvad hidtil er utrykt. Den interesse for mit arbejde, som både De og Hr. Arwidsson har vist, borger mig for, at De, når De behørig er underrettet om sagens stilling, ikke vil understötte Molbechs forsøg på at undergrave det på en så lidet hæderlig måde. De kan næppe göre Dem noget begreb om sletheden af Molbechs hastværks-udgave, den jeg med det første skal offenlig godtgöre. Han kender ikke nær det hele stof og dog vil han give et „udvalg“, men griber da også i blinde. Han erklærer ingen forandringer at ville foretage sig i ord, udtryk og væsenlige sprogformer uden udtrykkelig at anmærke det, men dog findes på de 4 ark småt oktav. han hidtil har udgivet, flere hundrede sådanne forandringer, der ikke med et ord ere omtalte.

[1] Grevens brev til Molbech findes i Molbechs brevsamling. [2] Gunnar Olof Hyltén-Cavallius (f. 1818) var 1839—56 ansat ved det kgl. bibliotek i Stockholm. Hans svar på dette brev af $^{31}/_{12}$ 1847 i Dansk folkemindesaml. 61. [3] En sådan henvendelse rettede Molbech til Arwidsson i decbr. 1847, cfr. Arwidssons svar af $^{25}/_{1}$ 1848 i Molbechs brevsamling.

Under 5te oct. d. å. har Bibl. Arwidsson tilsagt mig benyttelsen af de stokh. håndskr. så længe udg. varer, og jeg tror ikke at have misforstået hans ord, når jeg derefter antager, at det ikke vil blive nogen anden tilstedet inden min udg. er færdig, at aftrykke deres indhold.

På fortsættelsen af Deres herlige „Folk-sagor“[1] venter jeg og flere med længsel. Kommer den ikke ud i denne juletid?

Til Stephens beder jeg Dem bringe min venlige hilsen. Jeg har endnu ikke erfaret udfaldet af den commission han godhedsfuldt påtog sig med hensyn til indkøbet af det håndskr. i Biskop Tegnérs bibl, på hvis tilværelse De først har gjort mig opmærksom. Jeg venter kun på hans underretning derom for at tilskrive ham. Foreløbig beder jeg Dem bringe ham min hjærtelige taksigelse for hans höjst interessante „Legendarium“.[2]

Jeg beder Dem bringe Hr Bibl. Arwidsson min höjagtelsesfulde hilsen og forbliver Deres

med Höjagtelse forbundne

[Koncept] Svend Gr[undtvig].

George Stephens til Sv. Grundtvig.

Stockholm. Jan. 9, 1848.[3]

My Dear Grundtvig!

You are doubtless rather astonished at not having heard from me long ere this. But the fact is, that one of my friends here, Hr. C. O. Levertin, has long been expecting, week after week, to travel to Copenhagen, and I wished to send a letter and paquet by him. His journey, however, is now definitely adjourned till the end of next month (february) and I consequently write you at once by post.

And first as to the first. — The MS. Danish Ballad-Book is yours! — And not only so, but yours almost for nothing. I

[1] Svenska Folk-Sagor och Äfventyr. Efter muntlig öfverlemning samlade och utgifna af G. O. Hyltén-Cavallius och G. Stephens. I. Stockh. 1844—49, „en for sin Tid ypperlig Samling“ (Ax. Olrik). [2] Ett Forn-Svenskt Legendarium, innehållande Medeltids Kloster-Sagor om Helgon, Påfvar och Kejsare ifrån det Ista til det XIIIde århundradet. Efter gamla Handskrifter af G. Stephens. I—II. Stockh. 1847—58. [3] Stephens (f. 1813) opholdt sig 1834—1851 i Stockholm.

myself of course would not bid against you; and there was no other speculator here. The only other offer from Denmark was from Hr. Thorsen, for the Universitets-Bibliothek. He requested Hr. Klemming to go as high as 10 RBD or more for it. Both I and Hr. Klemming, however, smelt a rat. We suspected, and perhaps rightly, that Thorsen wished to get the MS. not so much for its own sake, as to keep it out of your hands. Now Hr. Klemming is a very good fellow, and a very clever fellow, and one of your admirers. So we put our heads together, and agreed that he (being the Commissioner at the Auction) should buy it for you as low as possible, without paying any regard to Hr. Thorsens offer. This he did, and wrote to Hr. Thorsen that he did not think it worth while to go as high as 10 RBD, when he had another offer, from Denmark, of **100** RBD. You consequently got it for 4 RDB, or 6 Dollars Swedish Riksgålds. — Hurrah! — Allow me to congratulate you. It contains 141 Ballads, and is a **good** MS. Do not forget Klemming's good offices in this affair. — The MS. itself I will not send by post. It will cost you much too much, and I dare say you, like me, and most other good fellows, are as poor as a Church-mouse. So I intend sending it by my friend Hr Levertin, in february. When he comes, pray show him all the kindness you can. He is a young merchant here, and more than usually educated. You can then pay him the 4 RDBanco.[1]

I see by your letter to Cavallius that you have received the Legendarium-pacquet. I hope you like it.

Your „Prøve“ has got you into a hornet's nest in Copenhagen. Of course I am not aware of all that has been printed on each side, but from what I have seen the attacks against you are only proof of ignorance and malice. Do not move one step. Follow out your plan unchanged. If you don't, you will deserve to be hanged. Molbech's pamphlet I have read, and almost every view and statement in it is wrong. As for England, you know that we, unfortunately, have no „MSS“ to publish. We would give our teeth for them if we had. I mean MSS of Ballads. Otherwise we always publish all our old MSS with the utmost fidelity. Sweden also has, comparatively, no old MS. Ballad-books of any

Se Olriks ypperlige biografi af ham i Dansk biogr. Lex. XVI. [1] Hdskr. findes nu på det kgl. bibl. blandt Grundtvigs samlinger (D. F. S. 24).

consequence. The Ballads in Afzelius[1] are almost all from tradition, or from printed broad-sides („flyg-blad", „skillings-visor"). Arwidsson[2] had only 2 or 3 MSS. of any consequence, and these he has always printed verbatim, and with complete variations (A, B, etc.) whenever it was proper and necessary. And you will do the same, for the accusation that you will print unnecessary ballad-varieties, is simply a mean scandal. Cavallius and I are going to publish a new collection of hitherto unprinted or comparatively unknown Swedish Ballads, and we shall follow the same plan as Arwidsson.[3] The stupid Molbechs would be easiest helped by burning up about 4—5ths of your Ballads. This would cut the Gordian knot. They seem to think the MS. treasures God has given Denmark an „embarras de richesse"!!! They seem not to understand the difference between *a* text and *divers* texts. The talk about Classical authors is worse than nonsense. If there were 3 or 6 texts (different and independent variations of contents) in existence of Homer, or some of Anacreon's Chansons, or some of Cicero's Orations, or Tacitus de Germania, — of course all Europe would hasten to demand the faithful publication of each separate text. Nay, even with regard to modern Classics, such men as Scott, and Byron and Tegnér, of course all the different copies are printed, when the Author has rewritten or altered a poem 2 or 3 times. But the fact is, that the existence of so many varieties is the great proof of authenticity with regard to every thing traditional. A tale or ballad which has long been in the memory and mouth of the people, and at last is committed to writing in different places or at different times, will always offer great varieties of text. Some remember what others forget. Often the contents are modified by age or locality. Sometimes the taste of the copyist influences his transcript. Each one of the old varieties (of course I mean bona fide varieties, I don't speak of small things) is not only of infinite value in itself, but it also receives an additional value when placed in juxta-position with the other texts. They all illustrate and explain and complete each other.

[1] E. G. Geijer och A. A. Afzelius: Svenska folkvisor. I—III. Stockh., 1814—16. [2] A. I. Arwidsson: Svenska fornsånger. I—III. Stockh. 1834—42. [3] Sveriges Historiska och Politiska Visor. Samlade och utgifna af G. O. Hyltén-Cavallius och G. Stephens. I. Örebro, 1853. Dommen over dette værk lyder ikke gunstig (se Olrik i Dansk biogr. Lex.).

This has sometimes been the case with the Old Norwegian Sagas. Several of these exist in different shapes in different MSS. What is then done? — Of course they are all printed, whole or in part, under the same head. No one thinks of composing a text, to avoid the trouble of reading or printing the varieties. As for your **making a text,** the idea is absurd. If you do, I will break your head. Touch one of the old Ballads if you dare. What you have to do. is to give us the most complete copy of all the Danish Ballads that you possibly can. Where 2 or more copies exist of the same Ballad, you of course use your judgement. If the variations are numerous and important, you print both or all, as A, B, C, etc. If of minor consequence, you cite all the variations of value under the page or at the end of the ballad. If 6 ballad-copies are evidently mere varieties of 2, you then print these two, throwing the variations into the notes as before. In one word, you use your judgement in all these things, always remembering to be extremely faithful. and to give rather too much than too little. This is expected from you by all Europe. Germany would do the same with its Ballads, if it had them. But it has not! Molbech does not appear to understand the difference between Lyrical Songs or Poems, and old Folk-Ballads. Scarce any MS. of these latter exists in Germany. Only in Denmark were they fortunately. committed to writing so early, as to preserve the greater part from destruction. Denmark is for the Northern Ballad, what Iceland is for the Northern Saga. This is a curious fact.

As for your sometimes mis-using the term Champion-Ballad, that may be true, for I cannot say at this distance. Properly, you ought to use the word Folk-Ballads, when speaking of the whole, and Champion-Ballads, Romance-Ballads, Love-Ballads, etc., Political Ballads, etc. when speaking of each separate division.

The affair of the sh (sch) etc.[1] I don't understand, so far off. But I fancy that you are right and wrong both, according to the theory one may adopt. It appears to me to be a very similar case with our old English forms — $\overset{e}{y}$, ye, for the, origi-

[1] Levin havde (Fædrel. 1847 nr. 222) bebrejdet Grundtvig, at han end ikke kunde læse håndskrifterne, men f. ex. overalt havde gengivet det sammenslyngede sch med sh (du shal). Grundtvig hævdede, at der stod sh, og dette indrømmedes af N. M. Petersen, Molbech og Paludan-Müller.

nally derived from the Anglo-Saxon þe, (ye, yͤ). Almost all our learned men and old books and MSS always preserve this yͤ or ye (for *the*), when printing old texts. So also with *xtian*, for Christian, which occurs continually in old English books and many others. All that is necessary in this case is, if one preserves the spelling, to inform the reader of the *meaning* of the contraction so employed. Perhaps it would be best, however, in your case, to resolve the contraction, and print the sch etc. in full.

When you have once given us the genuine Ballads, illustrated by all the helps you can, then it will be time enough for Poets to poetize and Dramatists to dramatize, as they like.

That Denmark cannot or will not **pay** for the work, because it is too *big*, I don't believe. Old Denmark has too much love for its old Literature, its national Antiquities, its treasure of Folksong and Folk-lore, to refuse the same sum for the splendid Ballad-Gallery that its inhabitants have already given for one single modern frivolous Romance, — the „Mysteries of Paris" or „the Wandering Jew".

I need not add, that you can make whatever use you like of my opinion on this subject, as expressed above, if you think it worth while.

Your father's answer contains some beautiful passages.

Molbechs conduct with regard to the MSS. in the Universitets-Bibliothek, was that of a mean, dishonourable, pettifogging traitor! — Bah!

You have doubtless seen the „Fragment eines alten nordischen Volksliedes" contained in *Gräters* „Bragur", Bd. VIII (the only one I have), Breslau, 1812, pp. 120—130.

— — — — — — — — — — — — — — — — — —

At Tegnér's Auktion I bought a fine copy of „Den 1 Part Tragica Eller Gamle Danske Historiske Elskaffs Viser". Kiøb. 1657. pp. 302.

You will think it is now high time I finished this letter. I think so too. But I could not make it shorter. Give my best compliments to your father and sister etc., and remember me kindly to all my old friends.

Write soon, and tell me all the news. Meantime believe me,

Ever yours

George Stephens.

P. A. Munch til Sv. Grundtvig.

Christiania, 20 Jan. 1848.

S. T.

Hr. S. Grundtvig.

For ikke meget længe siden fik jeg tilfældigviis høre, at der i et Avertissement fra Toldboden om uindløste Pakker ogsaa skulde staa noget om en Pakke, adresseret til Munch. Uvis, om denne Adresse gjaldt mig eller nogen anden af mit Navn, gik jeg for Curiositets Skyld ned at see efter, og fik saaledes — Deres Sending med venlige Skrivelse, der havde henligget siden September Maaned. Om De nu har været lidt forundret over, at intet fra min Haand har været at see, maa — haaber jeg — ved denne Efterretning al saadan Forundring og mulig Uvillje mod mig ophøre.

Jeg er imidlertid ved dette lange Ophold sat istand til at kunne udtale mig efterat have hørt alle de Grunde pro og contra, der i de uendeligen udspundne Fejder have været fremførte. Og jeg glæder mig over at min Mening ligefuldt er den samme, som jeg fra først af, da Unger viiste mig Deres Plan og Prøvehefte, fattede om Sagen, nemlig at en Udgave af Kæmpeviserne, naar den skal kunne tjene som Material for en senere kritisk Bearbejdelse eller Haandudgave, umuligen kan besørges anderledes, end De har antydet. Thi Meningen er dog vel, endog fra Samfundets Side, den, at den her omhandlede Udgave skal kunne gjøre Enhver, der føler Kald til at give Publikum en kritisk Bearbejdelse af det Hele eller enkelte Viser, uafhængig af nogetsomhelst Haandskrifts-Depositum i Kjøbenhavn eller andensteds, og sætte ham istand til at overskue det hele Materiale uden at han behøver at forlade sin Stue, om han saa var i Grønland eller Lofoten. Men den Sag, synes mig, maa Selskabet have opgjort hos sig, forinden Arbejdet blev Dem overdraget, og den hele Strid eller det Meste af den drejer sig paa den Maade om, hvad Juristerne kalde en res transacta. Deres paatænkte Vise-Udgave har overhoved altformegen Lighed med vor Lov-Udgave[1], til at jeg ej i denne Fejde næsten skulde betragte mig som en Part i Sagen.

[1] Norges gamle Love indtil 1387. Iflölge offentlig Foranstaltning udgivne ved R. Keyser og P. A. Munch. Chria. 1846 ff.

Ogsaa vor Udgave har til Hensigt, ej at levere nogen kritisk Haand-Udgave, men en fuldstændig Samling af det hele Variant-Apparat, forat en vordende kritisk Udgiver kan have det for sig paa en bekvem og tilgængelig Maade, hvortil da og kommer den anden vigtige Hensigt, een Gang for alle at redde disse Sager fra Undergang ved ulykkeligt Tilfælde. — At Hoved-Texterne forresten ved disse Love ere saa gode, at de selv kunne benyttes som kritiske Haandudgaver, og at saadanne neppe nogensinde i Virkeligheden ville komme, er en anden Sag.

Kun mod et enkelt Udtryk i Deres Plan maa jeg som Sproghistoriker protestere. De regner det danske Folk til den gotiske Folkestamme[1] og stempler det derfor som tydskt. Vistnok er den gotiske Afdeling af den tydske Hovedgren af Urgermanisken forlængesiden uddøet, og der er nu blot Højtydsk og Nedertydsk tilbage, men desuagtet hører dog Dansken til den nordiske Hovedgren, og „besser ist besser". Vi kunne her dømme med Sikkerhed, da vi jo baade kjende det gotiske Sprog og Folkets Navn „Gutþiuda". Det vilde være en stor Vinding for Oldhistorien, hvis flere lignende svævende eller uklare Folkebenævnelser kunde afskaffes eller henføres til det rette.

Tiden tillader mig dennegang ej yderligere at udbrede mig herover, hvad der desuden i et Brev kun lidet vilde passe. Jeg ønsker Dem al mulig Lykke med Deres interessante Arbejde, hvilket De vel, uden at ændse Modpartiets Skriverier, med friskt Mod paabegynder.

Fra min Kone har jeg mange Hilsener til Deres venlige Forældre[2] og Dem selv; hun vilde gjerne skrive, og vil ogsaa engang skrive, men Husets Sysler m. m. hindre hende somoftest fra, med udeelt Rolighed at sætte sig ned til Brevskrivning. Ogsaa fra mig tør jeg bede Deres Hr. Fader bragt en ærbødig Hilsen.

Deres forbundne

P. A. Munch.

[1] Planen har: „Af alle de Grene af den gothiske Folkestamme, der have bevaret noget af den for dem fælles og for dem ejendommelige Balladepoesi fra Middelalderen, som vi sædvanlig kalde Kæmpevisen, har ingen rigere Rester heraf at opvise, end det danske Folk." Med „gothisk" mener Grundtvig (efter Rask) altså det samme som Munch med „germansk". [2] Under opholdet i København 1835—36 omgikkes Munchs meget med N. F. S. Grundtvigs (L. Larsen-Naur. P. A. Munch, p. 25).

SPOR AF SOLDYRKELSE I NORGE

I. AF IVAR MORTENSSON

J. A. Friis fortæller i sin „Lappisk Mythologi", at „som en Levning af Soldyrkelsen finder man endnu en og anden overtroisk Skik blandt Befolkningen, f. Ex. at kline Smør paa Væggen, saaledes at Solen kan smelte det, naar den igjen om Vinteren kommer tilsyne." Det synes, at han med denne Setning tager Sigte paa Lapperne, der er kendte som nidkære Soltilbedere.

Selvsamme Skik finder man ogsaa i mange norske Bygder.

Fra Valdres fortæller saaledes Hallv. A. Bergh (Nye Folkeeventyr S. 75) at „det for ikke ret længe siden var Skik at give Solen Smør. Naar Husene laa saa dybt nede i Dalen, at Solen var borte endel af Vinteren, lagde Husmoderen et Smørgran paa det Sted i Stuen, som Solen om Vaaren først skinnede paa. Dette skulde da opfattes som en taus Bön om at den dog tidt og ofte maatte sende sine varmende Straaler didhen." Fra Vikøyr i Hardanger er mig meddelt, at man sætter en Ske med Smør i Vinduet, hvor Solen først kommer efter Solhverv. I Sætesdalen sættes Smørret paa Stuetaget.

J. Storaker beretter følgende[1]: „Fra et enkelt Sted i Mandals Fogderi er mig fortalt, at man i gamle Dage brugte ‚at ofre til Solen'. Naar den kom saa høit paa Himmelen, at den kunde skinne ned igjennem Ljoren i Ildhusets Tag, gik En op paa Taget og lagde endel Smør for den, saa dette kunde smeltes af dens Straaler.

Paa Gaarden Egeland i Vennesland, hvor Solen ikke skinner endel af Vinteren, da en Aas stænger Adgangen mod Øst og Syd, blev der gjort en Ring af Smør i Ljorehullet, naar Solen første Gang naaede Huset. Man kaldte det ‚at give Solen Smør'."

[1] Efterladte Samlinger vedkommende Folketroen. Manuskript tilhørende Universitetsbiblioteket i Kristiania.

Fra et Par Steder i Sundalen er ogsaa meddelt, „at det tildels endnu er Skik, at naar Solen begynder at skinne om Vaaren første Gang, efterat den har været borte om Vinteren, at give den Smør. Man lægger lidt helst i Vinduet eller ogsaa stundom paa en Væg udenfor Stuen mod Syd, saa Solen kan skinne derpaa, naar den kommer op over Synskredsen. Naar man gjør dette, vil der blive meget Solskin om Sommeren. Dette udtrykkes ogsaa saa, at Solen skal se paa En med et behageligt Øie."

Ogsaa fra Guldbrandsdalen har man meddelt, og det synes antydet, at den gamle Skik enkeltsteds tør blive iagttaget endnu, „at første Gang Solen kommer tilbage og skinner ind i Stuen, kliner man lidt Smør paa det Sted, hvor den skinner, og saa faar den god Lyst til at skinne hele Sommeren."

Fra Søndmøre fortælles ogsaa, at naar Solen første Gang viser sig, efter at den en Tid ikke er gaaet op over Synskredsen, skal man give den lidt Smør. Det lægges lidt i Vindueskarmen, eller man klæber det til en Rude, saa at det kan smelte i Solen."

I Nordre Østerdalen, nærværende Meddelers Hjemsted, har det ogsaa været gammel Skik at fæste en Smule Smør paa det Sted paa Væggen, hvor Solen først skinner efter Vinter-solhverv. Det er dog ikke mange, som kjender til dette nu. Jeg maa dog bekjende, at mig selv sidder gammel Vane saa fast i Blodet, at jeg intet Aar undlader at følge nedarvet Sæd.

Ifjor spurgte jeg en ung Pige her fra Dalen, som kjendte Skikken, om hun havde hørt, hvorfor man skulde bære sig saaledes ad. Hun svarede, at hun havde hørt at naar man gjør saaledes, „skal man faa godt Aar."

Man kommer til at tænke paa, hvad det hed om Midvintersblotet i gamle Dage, at det blev holdt „til gróðrar", for at det skulde vokse godt Sommeren efter. Og denne Vinterfest (jól) blev holdt paa samme Tid (9—16de Januar), hvor man nu almindeligvis giver Solen oven omtalte Smøroffer, omtrent samme Tid, hvor Tyvende-dagen falder, som endnu er halv Helligdag i norske Bygder.

J. Storaker beretter videre: „Nær Gaarden Kvarenæs i Randøsund Sogn ved Kristiansand er et Fjeld som man kalder Kvaren. Det rager forholdsvis høit op; man kan derfra se, naar Solen stiger op af Havet. Her findes en hel Hoben Stene, alle næsten runde og omtrent af ens Størrelse. I Bygden gaar det Sagn, at

Fædrene her tilbade Solen og ofrede til den, naar den stod op i sin Glands. Sagnet tillægger, at de, som vilde ofre til den, altid bare en Sten med sig og lagde den i Stenhoben. Noget nærmere herom ved man ikke at fortælle."

„Det sees at have været en almindelig Skik, og Beretningerne stemme ogsaa alle deri overens, at det ‚at ofre til Solen', som den fra et enkelt Sted udtrykkelig kaldes, foretages ved Solens Tilbagevenden, efterat den ikke har været seet i endel af den mørkeste Vinter.

Til festlige Skikke og Sædvaner er det ellers almindeligt i Folketroen, at Ting, som da ske, varsle kommende Begivenheder, og vil man udfritte, hvad ens Vilkaar senere skal blive, saa er netop en saadan Tid dertil beleilig. I denne Henseende staar den her omtalte vistnok næsten glemte Skik heller ikke som Undtagelse. Fra Salten er det mig nemlig mundtligt meddelt, at man har brugt at gaa op paa en eller anden nærliggende høi Hei for at se Solen, naar den ved sin Tilbagevenden er kommen saa høit over Synskredsen, at den kan sees. Man har da havt med sig en Salmebog; denne har man slaaet op uden at se i den, og den Salmes Indhold, som da falder op, varsler, hvad man kan vente sig. Træffer man saaledes en ‚Dødssalme', er man feig"[1].

I Anledning af denne Berettelse minder Storaker om Prokops Fortælling om Thuliterne, at efter deres 35 Dage lange Vinternat klatrer de op paa Bjergene og speider efter den sig nærmende Sol og feirer da deres største Fest.

Fra Nordland meddeles mig mundtlig følgende af indfødte: Den Dag da man først faar Solen at se efter Nytaar (naar „Soløiet er fuldt"), er det Skik at drikke et Glas Vin. I Harstad skal man før i Tiden ogsaa have brugt at kaste noget af Vinen ud i Vind og Veir. Samme Dag bruger man at holde en Salmebog bag Ryggen og slaa op Bogen. Den Salme man da kommer til at se, tager man Varsel af. Skolerne har fri eller halvfri.

[1] Jf. hermed H. J. Willes Optegnelser fra Thelemarken (Hist. Tidsskr. 1881) S. 186: „Julenyet, som blev tændt efter Juledagen, var det mærkværdigste i hele Aaret; om Aftenen gik man da ud med en Psalmebog, saa paa Lyset og da greb i Psalmebogen, som man holdt bag paa Ryggen; traf man da paa en Ligpsalme, da skulde man dø det Aar, traf man paa en Brudepsalme, skulde man giftes."

Enkelte Steder (Hammerø) pleier man ogsaa, naar Himmelen er klar paa den Dag da Solen kan ventes, at gaa i Flok og Følge op i Fjeldet. Naar saa Solen kommer til Syne, hilser man den med Jubel.

II. AF AXEL OLRIK

Det er et rigt materiale til soldyrkelsens historie, som forfatter Ivar Mortensson her har bragt frem for en stor del fra utrykte, endogså mundtlige kilder. Hvad vi lærer at kende derigennem er

1) en over så godt som hele Norge udbredt skik at ofre smör til solen, når den efter vintermörket igen viser sig på de enkelte gårde.

2) en på Helgeland (ↄ: nord for polarkresen) eksisterende skik, at man under höjtidelige former går op på en höjde for atter at tage mod solen ved dens genkomst.

3) en mere usikker efterretning om soldyrkelse på et fjæld i det sydligste Norge.

Den förste form, gårdofferet til solen, ligger helt tydelig for os. I de trange dale har den laftstående sol i den mörkeste vintertid været skjult for gårdens beboere; den förste dag den atter skinner på gården sættes der smör til den på taget, på væggen eller i vinduet, og solstrålerne slikker det op: man byder den velsete gæst et måltid, at han skal komme snart igen. Hensigten med offeret opgives udtrykkelig at være den at skaffe meget solskin (eller god åring). Med julefestens skikke træder det ikke i forbindelse; det fejres jo også kun på den enkelte gård, og til forskellig tid efter som gårdene ligger til at nås af solen. Skikken kendes i en mængde norske bygder, fra Norges sydspids østover lige til Østerdalen og nordpå indtil Søndmøre. Efter sin natur kan den ikke have været fejret i samtlige bygder; i de mere åbne strækninger f. eks. Mjøs-sletten og Trøndelagen er solen jo synlig hele året. Mærkelig nok kender man den ikke i det nordenfjældske, med mindre Friis's udtalelse skal gælde de derboende Lapper. I det egenlige Nordland træder i dens sted en anden form: at gå til fjælds og hilse den tilbagevendende sol. Men med denne begrænsning for de nordlige egnes vedkommende må smörofferet på gården betegnes som i höjeste grad almen-norsk.

Den anden form er kun nordlandsk. Den er betinget af, at solen er under synskresen en vis tid af året; altså nord for polarkresen. Den ældste beretning skriver sig fra 6te årh. e. Kr. Prokop fortæller i sin Gotekrig om en folkestamme, der ved midvintertid har 40 dögns nat; når de 35 dögn er gåede, sender de spejdere op på de höjeste bjærge, og når de får solen at se, giver de det til kende for de nedenfor boende; derpå begynder de, skönt endnu værende i mörket, at göre gæstebud for at fejre solens genkomst. „Dette er hos Thuleboerne den största höjtid."

Man opfatter ofte Prokops beretning som vidne om en almindelig soldyrkelse på den skandinaviske halvø. Efter sit eget indhold er den dog begrænset til en landsdel der ligger et stykke nord for polarkresen, nemlig med en midvintersnat på 30 dögn (nede i bygden 40 dögn). Endvidere er det uvist, efter Prokops fremstilling, om det er en nordisk folkestamme, der holdt denne fest. Fra en anden samtidig kilde, Jordanes' Getica, véd vi, at denne folkestamme med de 40 dages nat hed Adogit; „namnet är säkerligen ej af nordisk-germansk ursprung"[1] Det ligger da nær at opfatte det som navn for en finsk stamme eller — da heller ikke finske sprogforskere hidtil har været i stand til at forklare det — et nu forsvundet ukendt folk, hvis det da ikke skyldes skrivefejl.

Det er höjst mærkeligt, at 1400 år senere dukker den samme skik — at gå til fjælds for at tage mod solen efter den lange vinternat — op på samme egn (i Helgeland), denne gang öjensynlig hos den norske befolkning, og med religiøse orakler knyttet til. Skikken synes at have holdt sig gennem halvandet tusend år, og har muligvis overlevet et nationalitets-skifte; men den står jo også i et særlig inderligt forhold til disse egnes særlige naturforhold.

Hos Lapper, der boede sydligere end polarkresen, fandtes en offerfest på nytårsmorgen, hvorved hver mand med kone og børn lagde en messingring i brönd eller bæk som offer til solen; af ringens farve tog man siden varsler om liv og død (se ovenfor s. 41). Denne fest synes at være i slægt med de nordligere egnes solfest. For øvrigt er der jo også et vist alment slægtskab mellem den nordlandske fjældfest og den sydligere gårdfest, selv om offerskikkene er forskellige.

Mere uklare står vi overfor den tredje form, tilbedelse og

[1] Läffler, Folknamnen hos Jordanes (Sv. landsm. XIII 9) s. 4.

stenoffer ved solopgang. Vi har kun den ene beretning fra det sydligste Norge, og den er med hensyn til solens betydning ikke udtömmende. De øvrige træk i overleveringen synes rigtige nok: at et særlig höjt og fremtrædende fjæld betragtes som helligt sted, og at der ofres ved at kaste en sten til dyngen. Om den sidste form af offer har der nylig været meddelt en række oplysninger både fra nordisk folkeskik og fra fjærne og vilde folkeslag[1], og vort tidsskrift skal snart bringe yderligere meddelelser om de höjtidelige former, hvorunder dette offer er bevaret ned til vore dage på flere steder i Norden. Fra Island kender man derimod det stejle, lidt særligt formede fjæld der betragtes som helligt, og som hyppig bærer en stenhob som egenligt helligsted (Helgafell, Krorshólar, Borg). Dets hellighed står formodenlig i forbindelse med, at „det rager forholdsvis höjt op, man kan derfra se når solen stiger op af havet", og omvendt må fjældet være det förste sted som solskinnet faldt på. Endelig selve efterretningen, at man gik til fjælds for at bede til solen, når den stod op af havet, og ofrede sten til den, svarer i visse måder til den nordlandske skik, at gå til fjælds og hilse på den tilbagevendende sol. Men som beretning, der ikke er knyttet til solens årlige forsvinden, men giver en soldyrkelse i almindelighed står den for enlig og er formet for ubestemt, til at den kan have fuld troværdighed. Her må ønskes nye oplysninger, om muligt fra selve stedet, og ellers sidestykker andensteds fra.

[1] Dania VII 224 ff. VIII 50; Zeitschrift des vereins für volsk. 1902, 89. 203. 319.

ADJEKTIVISKE INTETKÖNSFORMER I SAMSISK

AF

MARIUS KRISTENSEN

Som jeg allerede en gang tidligere her i tidsskriftet (1904, 125) har gjort opmærksom på, er der to jyske mål, som har bevaret spor af könsböjning i tillægsmåderne, og da sagen vel fortjænte grundigt at undersøges, var jeg allerede den gang bestemt på at søge nærmere udredning af de pågældende forhold i samsisk. Da mine egne optegnelser var ret tilfældige, og jeg desuden ikke fuldtud turde stole på en „udlændings" opfattelse, måtte jeg først se at få oplysningerne udfyldte og bekræftede, og jeg var så heldig hertil at få en både kyndig og velvillig hjælper i realskolelærer Didrik Didriksen. Stoffet kan vel på ingen måde siges at være enten udtömt eller engang aldeles utvivlsomt på ethvert punkt, men det er tilstrækkelig stort og sikkert til at kunne afgöre hovedspørgsmålene. Der er imidlertid grund til at tage også tillægsordenes könsböjning med ind under behandlingen, da som bekendt jysk i det hele og store mangler intetkönsformer i tillægsordene. Kun i vendelbomål og sønderjysk er der noget rigeligere brug af intetkönsformer, for det øvrige Jylland kan man omtrent fræmstille forholdet på følgende måde.

Af ordet god bruges undertiden intetkönsformen godt [*gɔt*] også foran navneord, som 'et godt hus', 'et godt sölle skrog' o. lign., i den del af Jylland, som i det hele taget har intetköns-navneord. I det øvrige Jylland hedder det naturligvis 'en god hus'. I hele Jylland bruges enkelte tillægsord som neutrale navneord: 'han gör ikke meget godt', 'det gör ondt'; og ligeledes på grænsen af adverbiel stilling: 'han har det godt, ondt, hårdt', 'han taler höjt', 'han spænder vidt', 'de måtte tage det tyndt', 'vi gik langt', i nogle egne: 'det var da grimt', 'han kommer snart', 'det er lyst' o. lign. Men allerede ved de sidst nævnte eksempler vil der være vaklen mellem fælleskøns- og intetkönsform, og f. eks. i Århus-egnen vil man nok sige 'det er lyst' i betydningen 'det er klar dag', og 'det er gråt' d. v. s. 'det er gråvejr', 'det kan se gråt og blive godt', 'det var pænt (könt) gjort af ham', men 'et pæn (kön) hus', 'huset er pæn (kön)', ligesom også 'töjet er lys'. Så snart vi kommer uden for nogle få faste forbindelser, vil hele det store østjyske område, undt. det nordligste og det sydligste, sige 'töjet er lys, mörk', 'huset er rød, hvid, grå', 'stykket er ikke så farlig stor, lang', 'lammet er to måneder gammel', 'vejret er mild, grim', 'huset er fuld af folk', 'hullet er dyb', skönt de samme egne har 'de har fuldt op af alt', 'de gravede dybt', 'han kan ikke se forskel på stort og småt' osv. Når vi ser bort fra det ene ord god, kan vi udtrykke det sådan, at jo mere udpræget tillægsordet står i adjektivisk stilling, des mindre er det modtageligt for könsböjning. Som attribut er det aldeles uböjeligt, som prædikatsnomen vaklende, og jo mere det nærmer sig til adverbiel eller substantivisk brug, des mere tilböjeligt er det til at få t lagt til. Da grænsen mellem disse områder er noget usikker, kan vi i en egn finde -t, hvor en anden egn ikke har det, ja der kan være forskel i sprogbrugen hos forskellige personer i samme by. Enkelte ord, som grov, stræng, dyr, sand (alle uden stød!) har aldrig -t, skönt de i alm. dansk er enstavelsesord, ligesom alle flerstavelsestillægsord er uböjelige.

Vensysselsk har særlig den afvigelse fra det øvrige østjysk, at prædikativt tillægsord regelret har -t, når det hører til et intetköns-navneord; attribut er ligesom ellers uböjet, undt. godt. Østslesvigsk afviger endnu mere, idet intetkönsform på -t dær er normal også attributivt, som 'et stort hus', 'et gammelt sted', 'et hvidt lam'. Både Vensyssel og Sønderjylland mangler dog könsböjning i fortids tillægsmåde, når undtages hjörnet ved Husum, hvor Thorsen har påvist spor af könsböjning (Förh. vid VI nord. filologmötet, s. 183).

Samsø har et mål, som i visse henseender indtager et mellemstandpunkt mellem de omliggende landsdeles. Som øerne og Djursland har det bevaret de tre gamle kön, og i behandlingen af skriftsprogets nd nærmer det sig stærkt til fynsk og hadsherredsk. I anvendelsen af stødet er det rent sællandsk. Ellers er det et udpræget jysk mål, men det har bevaret mere af adjektivisk könsböjning end noget andet nörrejysk mål, så vidt mig bekendt. Muligvis findes lignende forhold på Anholt, men jeg har ikke haft mulighed for at få besked derom.

Naturligvis har samsisk det fælles-østjyske *gɔt* både i den ene og den anden forbindelse[1], sål. 'han giver *å gɔt bå*' (Ø, et godt bud), *å gɔt bå'ən* (barn); ligeledes findes intetkönsformer i lignende stillinger som ellers i østjysk: *de æ law'nt å go', de æ wa'ʀmt, de bæʀ wu'ət po' ə* ('det bærer vådt på det', ɔ: det småregner, B), *de æ liwəd klɔgən o·ət* (N).

Men desuden har samsisk i reglen -t i intetkön i prædikativ stilling, som *de sdæj æ smogt, tʀæ'ə æ ta'əʀt* (Ø, N), *ọl'ə* (*əl'ə* N) *æ su'əʀt* (Ø, N), *hu'sə æ bʀu'ənt, bu'əʀə æ ʀe'ənt* (N), *gʀəsə æ gʀæ'ənt* (N, græsset er grönt), *sda'ḳjidə æ målə gʀọ'nt* (Sydsams), *u'əʀə æ fʀit* (ordet er frit). Som eksempler på fælleskönsform kan mærkes *mi'əlkən æ su'əʀ* (mælken, Ø), *ʀOw'i* (rugen) *æ gʀæ'ən* (N), *sdOwən æ law', 'agaŋ'i æ fʀig*.

Ord som stræng (sml. ovenfor), sær (?), dårlig har ingen intetkönsform ps -t.

I ordet stor er intetkönsform kun fundet i denne art forbindelser;

[1] I det følgende betegner Ø Ørby, Br Brundby, K Koldby, P Pillemark (tilsammen Sønderlandet), B Besser, Øs Østerby, T Taftebjærg (Nordlandet), N Nordby; hvor intet sted er tilføjet, er formen alm. sydsamsisk.

det hedder *å sdow'ə sdegə trœ'* (Ø), *å sdu'ə sdek* (N, et stort stykke), men *de sdege træ æ sdow'ənt* (Ø), *de sdek æ sdu'ənt* (N); dog mener jeg fra T at have *å sdow'ənt sqjqr'n* (et stort skår med kniv), og også D. Didriksen mener at have hørt formen *sdow'ənt* fra Øs, så det er muligt, at Nordlandet har spor af gammel böjning også udenfor prædikat. I det hele synes Sydlandet at være noget nærmere alm. jysk i denne henseende, i alt fald opgiver D. D. sydlandsk *å sbœ'ə la'əm*, men B, T *å sbœ'ət bå'ən.*

I de fleste andre ord har hele Samsø imidlertid også -*t* i attributiv stilling, som *dæ æ u'ənt blu'ə i ham, u'ənt bry'ə* (B, brød som har afsmag, fordi det er bagt af fordærvet rug), *å u'ənt dyw'ə* (et ondsindet dyr), *å law'nt sdegə wæj, å blo'ət brow* (et blåt brev), *å hwet lOwt* (et hvidt loft), *nqj't gOl'* (nyt gulv), *å wrøt øw·kast* (et vredt öjekast), *å døt sdæj* (et 'dødt' sted, sml. senere), *å sel·døt kre'tu'r* (Ø), *å sjel·det fo'ər* (N, selvdødt), *å næ'mt arbæj'ə, å wu'ət o'ər* (et vådt år), *å ron't bu'ər, å gu'lt sqjæ'r, å klæj'nt sdegə ja'ən, bløt brø'* (Ø); *bløt hwedəbre'* (N, blødt hvedebrød), *å fæ'əlt sew'n* (et fælt syn, Ø) *å røt hu's* (N), *å röt hu's* (Sydsams), *å gal't bi'ən* (N), *å fjet fo'ər* (N, et fedt får).

Også i nogle ord som ikke har könsböjning i rigssproget findes könsböjning i samsisk, som *æn su'ərt kOw'* — *å swOrt fo'ər*: ligeså *sdəlpi æ ræ'ət* — *træ'ə æ ræt.*

Spor af lignende vaklen som ovenfor omtalt ved s t o r t, s p æ d t findes i d ø d, hvor Sydsams har *å dy'ə la'əm* i egentlig betydning, men *å døt sdæj* i overført betydning, i prædikativ stilling vist altid *døt*; ligeledes altid s e l v d ø d t (se ovenfor).

Også flerstavelsesord kan have -*t*, som *å wræjənt anseqt* (et vredt, egl. forvredent, ansigt), *å æjənt smil* (et egent smil).

Ved disse böjningsformer står samsisk sammen med ømålene og østslesvigsk, men ved sine ejendommelige former for fortids tillægsmåde kommer det til at stå for sig selv. Atter her synes Sydsams at dele sig, men i dette tilfælde skal det være Nordlandet som er tilböjeligt til at opgive de fælles-jyske fælleskönsformer på -*n* til fordel for de særlig samsiske, som efter tabet af det udlydende -*t* ender på -*ə*. Eksemplerne i det følgende er dærfor klarest for Sydlandet og Nordby.

Böjningen har i samsisk ikke længere noget med könnet at göre, så vidt man kan skönne. Den retter sig, hvor forskellen er bedst bevaret, kun efter om hjælpeverbet er e r (bliver?) eller h a r. Efter e r findes regelret formen på *n*, efter h a r den som i sin tid har haft *t*. Følgende eksempler, som er 'rene', kan vise forholdet:

[1] *kOw'ən (fo'ərə) æ lovən wæk* (Ø, P).	*hqj hå lovə hi·ələ daw'i* (Ø).
wOn'ə æ lovən uq (uj') (N).	*hOn hå lovə ən mi'l* (N).
kje'rən æ lovən ow'sdej (N).	
klogən æ lovən uj' (N).	

1. Koen (fåret) er løbet væk. / Vandet er løbet ud. / Køerne er løbet afsted. / Klokken (uret) er løbet ud. — Han har løbet hele dagen. / Han har løbet en mil.

[2]	*gå'eri æ roqən ful'* (Ø).	*a hå roqə mqj' to'bak* (Ø).
		de hå roqə swæ'ərt i nat (N).
[3]	*tøw'ə æ sdroqən* (N).	*a hå sdroqə tøw'ə* (N).
[4]	*kja'ərə æ fro·əsən* (N).	*de hå fro·əsəð i nat* (N).
[5]	*haj (dæj) æ bləwən wæk* (Ø).	
	smej'i æ bləwən fɔ'flət (N).	
[6]	*fOw'əli æ fləwən.*	
	pa'pi'ərə æ fləwən.	
[7]		*klɔj'i hå rqwə sə lø's.*
		haj hå rqwə ham i dr'mi.
[8]	*kal'i æ buŋən* (N).	*hår i buŋə kal'i?* (N).
[9]	*hæsdi bləw trOfən åw ləw'ənə.*	
[10]	*a æ bejən* (N).	*hå do bejə hOm?* (N).

Lidt mindre klart er forholdet i de følgende, hvor forskellige forskydninger har gjort sig gældende; men i det hele giver de dog samme indtryk.

[11]	*tøm'ərə æ drqwən wæk* (Sydsams).	*hå' do drəwə hOm wæk?* (N).
		a hå' drewəð ə uj' (N).
	no æ hOŋ drewən wæk (N).	
men:		
	kjø'rən bləw drqwə wæk (Sydsams).	
	haj bləw fɔ'drqwə (Ø).	
[12]	*a hå'r olə wdr sgrewə fɔ nOwəð i men daw·* (N).	*a hå sgrewəð ə* (N).
		a hå sgrewə brew'ə (N).
	bo'qən æ sgrqwən ug (P).	*ho månə ark hå do sgrqwə?* (Sydsams).
men:		*haj hå sgrqwə å brqw* (Ø).
	dæj' bo'q æ sgrqwə (Ø).	
	no æ brew'ə sgrewə (N).	

2.	Gården er føget fuld.	Jeg har røget meget tobak.
		Det har føget svært i nat.
3.	Töjet er strøget.	Jeg har strøget töjet.
4.	Kæret er frusset.	Det har frusset i nat.
5.	Han (den) er bleven borte.	
	Smedden er blevet forflyttet.	
6.	Fuglen er flöjen.	
	Papiret er flöjet.	
7.		Flaggen har revet sig løs.
		Han har revet ham i armen.
8.	Kalven er bunden.	Har I bundet kalven?
9.	Hesten blev truffet af lynet.	
10.	Jeg er bedt (indbudt).	Har du indbudt ham?
11.	Tömmeret er drevet bort.	Har du drevet ham bort?
	Nu er han drevet bort.	Jeg har drevet det ud.
	Køerne blev drevet bort.	
	Han blev fordrevet.	
12.	Jeg har aldrig været skrevet for noget i mine dage.	Jeg har skrevet det.
		Jeg har skrevet brevet.
	Bogen er skrevet ud.	Hvor mange ark har du skrevet?
	Den bog er skrevet.	Han har skrevet et brev.
	Nu er brevet skrevet.	

[13] *de sgęj' æ kʀɔvən mõj'.*
men:
kadi æ kʀɔvə ųjə sgav'ə.
tvivlsomt:
hąj wa kʀɔvə (el. *kʀɔvən) uǫ dw węjə.*
[14] *gʀi'si wa sbʀOŋən dw wu'ni.*
men:
lɔq'ə wa sbʀOŋə 'ap.
fi'əʀi æ sbʀOŋə i bøsən.
[15] *tąj'i æ tʀOgən 'uǫ.*
men:
wu'ni blǫw tʀOgə ęj' i wOn-sgyw'ətə.

I overensstemmelse med hovedreglen er også følgende, som dog er noget usikkert for den ene forms vedkommende:

[16] *hąj æ komən hi'əm* (T). *hå do kOmə smöʀ i gʀø'i?*
wʀaqə wa kOmən i lą̈j.
men:
hå do kOmən hOmət i ǫl'ə? mener jeg at have hørt i **T**; D. D. betvivler dog rigtigheden, og er det urigtigt, stemmer ordet med de først anførte.

Dersom ikke eksempel [9] talte imod, kunde man fristes til at tro, at -**n**-formen kun fandtes efter være, -**t**-formen efter have og blive; dærved vilde eks. [11] og [15] komme til den regelrette afdeling.

Ens efter alle tre hjælpeverber er ord som *fuŋə, sbuŋə* (fundet, spundet, **N**): *knyw'i æ fųjə — hąj hå fųjə i knyw'* (**Ø**); ligeså *kɔsə* (kyst, **Ø**), *sləvə* (slebet, Sydsams): *knyw'i æ sləvə.*

Skönt jeg ingenlunde regner dette for det sidste ord om denne sag — navnlig mangler endnu redegörelse for stillingen i Djurslands-målene og på Anholt — mener jeg dog at det her tilvejebragte stof er nok til at vise, at vi har andre vestdanske mål end sydslesvigsk, som i denne henseende indtager en særstilling.

13. Det skind er skrumpet meget.
Katten er krøbet under skabet.
Han var krøbet ud af vinduet.
14. Grisen var sprunget af vognen.
Låget var sprunget af.
Fjedren er sprunget i bøssen.
15. Tanden er trukket ud.
Vognen blev trukket ind i vognskjulet
16. Han er kommen hjem. Har du kommet smör i grøden?
Vraget er kommet i land.
Har du kommet humle i øllet?

KULTUR OG FOLKEMINDER

DANSK FOLKE-UNDERSØGELSE

Til Masseundersøgelser af vort Folks Legemsbygning og øvrige fysiske Forhold er der paa Finansloven for indeværende Finansaar opført en Bevilling paa 2000 Kr. som første Del af en treaarig Bevilling paa 2000 Kr. aarligt. Der vil ved disse Undersøgelser blive grundlagt et videnskabeligt Arbejde, som skal søge at raade Bod paa det højst mangelfulde Kendskab, man hidtil har haft til det danske Folks „Naturhistorie“, hvorom man besynderligt nok ved meget mindre end om Landets Plante- og Dyreverden, dets Jordbundsforhold, Klima og meget andet. Ved Folkets „Naturhistorie“ forstaas her i Overensstemmelse med Ordets sædvanlige Betydning navnlig Læren om dets rent legemlige Forhold: Højde og Vægt, Brystomfang, Lemmernes Længde og Hovedets Form, Haarets og Øjnenes Farve og andet lignende.

Saadanne Undersøgelser have hidtil ikke været foretagne i synderligt Omfang her i Landet; de kræve et betydeligere Arbejde, end Enkeltmand kan overkomme, hvis de skulle gennemføres i saa stort Omfang, at Resultaterne kunne faa virkelig videnskabelig Værdi. Opgaven er vanskelig, fordi Befolkningen ikke er ensartet men efter al Sandsynlighed sammensat af forskellige, i Tidernes Løb stærkt blandede Bestanddele, om hvis Ejendommeligheder man i de senere Aar har faaet adskillige værdifulde Oplysninger paa anden Haand gennem omfattende Undersøgelser af Forholdene i Nabolandene, uden at man dog herved er kommen stort videre end til en ganske almindelig Forstaaelse af, at det danske Folk i denne som i flere andre Henseender danner en Overgang mellem Svenskerne og Nordmændene paa den ene Side, Mellemeuropas Folkeslag paa den anden Side.

I Nabolandene ere Forholdene imidlertid lige saa indviklede og for en stor Del endnu saa lidet oplyste, at fuld Forstaaelse kun vil kunne ventes opnaaet, naar der ogsaa for Danmarks Vedkommende foreligger tilstrækkeligt omfattende Undersøgelser til at hele Nord- og Mellemeuropas Befolkning kan betragtes under et.

Det har længe været bekendt, at der selv indenfor vort lille Lands Grænser kan paavises endog ret betydelige Forskelligheder i Befolkningens ydre — og indre — Ejendommeligheder, uden at man dog har været paa det rene med Aarsagerne til saadanne Forhold, som at navnlig Vestjyderne ere højere af Vækst og lysere af Lød end Sydsjællænderne og Lollikerne. Der er nogen Grund til at antage, at der her er Tale om i det mindste to forskellige Racer, som man efter Hovedets Form har betegnet som Langskaller og Kortskaller; men Forholdet er neppe saa simpelt, som man navnlig fra norsk Side har fremstillet det. Rundt om i Landet træffer man stedlige Ejendommeligheder, overfor hvilke man endnu staar uden al Forstaaelse; og Betingelsen for en saadan er et paa umiddelbar og omhyggelig Iagttagelse hvilende sikkert Kendskab til Forholdene, som det der nu skal søges tilvejebragt.

Opgaven er for mangfoldig til at der her kan være Tale om nogen udtømmende Redegørelse for hvad det er der tilstræbes; men det kan dog endnu tilføjes, at det blandt andet paatænkes at foranstalte en Undersøgelse af hele Landets Skoleungdom med Hensyn til dens almindelige Udvikling — 25 Aar efter den Undersøgelse, som den i 1882 nedsatte Skolekomission lod foretage. Der vil antageligt herved fremkomme vægtige Bidrag til Belysning af det ideligt opdukkende Spørgsmaal om den fremadskridende Kulturs Indflydelse paa Folkets legemlige Udvikling, der er nøje knyttet til Spørgsmaalet om Virkningen af Landbefolkningens Indvandring til Byerne. Det har ved lignende Undersøgelser i andre Lande vist sig, at der er en mærkelig Forskel mellem Landets og Byernes Befolkning ikke blot i Henseende til Størrelse og almindelig Udvikling men ogsaa i Henseende til Hovedform og Haarfarve, og der synes at være nogen Forbindelse mellem de ydre Ejendommeligheder og Tilbøjeligheden til at forlade Hjemmet og søge ny Virksomhed under større Forhold. Disse Iagttagelser have givet Anledning til allehaande vidtsvævende Spekulationer over Sammenhængen mellem Legemsbygning og politisk eller religiøst Partistandpunkt, og man har endog villet overføre de Slutninger, man i andre Lande har ment at kunne drage af mere eller mindre usikre Kendsgerninger, paa Forholdene her i Danmark. Heri ligger der selvfølgeligt en Grund mere til at søge disse Forhold belyste gennem en omhyggelig Udforskning af de mange indviklede Spørgsmaal, der rejser sig saa snart man betræder dette hidtil saa godt som ganske ukendte Omraade.

Arbejdet er med Understøttelse af Carlsbergfonden planlagt og forberedt af en Komité, som ogsaa i Fremtiden vil lede det, og som bestaar af Generallæge Laub, Professor Harald Westergaard og Politilæge Søren Hansen, med førstnævnte som Formand og Kasserer og sidstnævnte som Sekretær og forretningsførende Medlem. Til denne Komité har der allerede sluttet sig en anseelig Kreds af Medarbejdere, og der er al Grund til at vente, at Sagen vil finde den Tilslutning rundt om i Landet, der er nødvendig, hvis det skal lykkes at løse den store og betyndningsfulde Opgave paa tilfredsstillende Maade. Nærværende Tidsskrift vil fra Tid til anden bringe Meddelelser om, hvorledes Arbejdet skrider frem.

S. H.

„SKRIFTER I SVENSK KULTURHISTORIA"

Den to år gamle forening „Urd" er nylig trådt frem for almenheden ved udsendelsen af to små arbejder, hver omhandlende een side af den svenske kulturs historie.

Den unge forening stiftedes i høsten 1902 i Upsala og satte til sit formål: at sprede kendskabet til fædrelandets kulturhistorie — først og fremmest blandt studenter, i anden række ude blandt folket. Og for at nå dette mål er foreningen begyndt at udsende en række småskrifter, skrevne af kendte særgranskere indenfor kulturhistoriens mange forskellige grene.

Som første led i rækken er nu kommet *„Sveriges fasta fornlämningar från hednatiden"* af docent ved Upsala universitet Oscar Almgren (i samvirke med enkelte andre). Det er en kortfattet redegørelse for de forhistoriske og tidlig-historiske mindesmærker, som i mark og skov vidner om landets ældste kulturforhold. Bogen er glimrende ordnet og byder læseren en god oversigt over de vigtigste typer — både med hensyn til mindesmærkernes art og med hensyn til landsdelenes særlige forhold. Til slut følger de gældende lovbestemmelser om fortidsminders fredning; de vækker næsten en smule misundelse hos en dansk!

Det andet af „Urds" skrifter er: *„Medeltida kyrklig byggnadskonst i Sverige"*, skrevet af arkæologen Sune Ambrosiani. På mange måder kan denne lille oversigt over stilens og de konstruktive systemers udvikling være god nok; men man savner tidt en sikker skelnen mellem væsenligt og uvæsenligt: der er taget for meget med i forhold til den knebne plads, og andet som er udeladt kunde og burde have været fremført. Hertil kommer at de mange men tarvelige billeder i altfor ringe grad støtter texten.

Så er der endnu dette: fra s. 21—27 omtales kirkernes brug som bondeborge i middelalderen. Forfatteren går ganske simpelt ud fra, at denne gisning er fuldt fastslået i den videnskabelige verden, og han nævner ikke med et ord den store modstand, den vakte både i Danmark og Tyskland[1]. Men når han kalder trappegavlene for „en dekorativ använding af krenelleringen"(!), så står han dog sikkert ganske ene i marken, og det skulde ikke undre os om han næste gang kaldte de høje, gotiske vinduer med poster og stavværk for „en dekorativ anvendelse" af skydehullerne. Begge ting er lige vidtdrevne — så langt over det rimeliges grænser.

Lad os til slut fastholde endnu en ting: mon rundkirker kendes fra alle Nordens hovedbygder? Hele Norge danner dog sikkert en undtagelse, da man kun kender svage spor af een eneste rundkirke — ved St. Olafsklosteret i Tønsberg — og så et ret tvivlsomt billede i kapitelseglet fra Benediktinerklostret på Nidarholmen[2]. *V. la Cour.*

[1] Årb. f. n. oldk. og hist. 2. XVII. 37ff. — Otto Piper: Burgenkunde. 1895. s. 167; loyalt fremhævet af dr. E. Ekhoff i Årb. f. n. oldk. og hist. 2 XIV. 31. — Årb. f. n. oldk. og hist. 2. X. 1ff. [2] Årb. 1903, tra foren. t. norske fortidsm. bev., s. 89.

TORDENGUDEN OG HANS DRENG

AF

AXEL OLRIK

I. THOR OG THJALFE

THJALFE er i den nordiske myteverden Thors hyppige ledsager på hans vandringer. Men det er en ledsager af yderst beskeden rang. Han optræder aldrig med ham indenfor Asgårds gudekres; og en myte, der tidligst forekommer i 10de årh., fortæller at han er sön af en bonde, der har måttet skænke sine to børn Thjalfe og Roskva til Thor som bod for at hans buk ved deres fejl er bleven halt.

Indenfor vikingetidens digtning findes dog også en anden opfattelse af ham. Skjalden Eilif Gudrunsön betegner i sin „Thorsdrapa“ fra slutn. af 10de årh. Thjalfe og Thor som „fostbrødre“, *eiðsvara*[1].

Går vi til myterne om Thors kampe, vidner de om en fast og nær samhørighed mellem de to personer.

I en af dem, Hrungne-myten, har Thjalfe en vis selvstændig rolle. Da Thor skal kæmpe med Hrungne løber Thjalfe i forvejen og råber: „Du står uvarlig, jætte, du holder skjoldet foran dig, men Thor kommer gennem jorden og angriber dig nedenfra.“ Da skød Hrungne skjoldet under fødderne og svang sin slibesten med begge hænder; men Thor slyngede sin hammer gennem luften, den törnede först sammen med slibestenen og splintrede den, og slog dernæst Hrungnes hoved sønder[2].

[1] Finnur Jónsson, Þórsdrápa Eilífs Goðrúnarsonar (Oversigt over danske vidensk. selsk. forh. 1900, nr. 5) s. 387; jf. digtets v. 2, hvor Thjalfe og Loke forudsættes at være ret ligestillede ledsagere af Thor. [2] Snorra Edda (Skaldsk. k. 17); historien om skjoldet under fødderne antydes allerede i Brages Ragnarsdrápa 1. I Tjodolf fra Hvins besyngelse af myten (Haustlǫng, fra slutn. af 9de

At denne myte er gammel, vidner ikke blot de mange og tidlige hentydninger til den, og det ry der går af denne kamp[1]. Men selve dens indre bygning. En Thor der ager til strid er forholdsvis sparsomt repræsenteret i sammenligning med de talrige myter, der lader ham vandre, og står sikkert tordenens naturfænomen et stykke nærmere. At Thor slynger sin hammer, således som man skulde vente af en tordengud, er ganske enestående; den er altid ellers et hugvåben til nærkamp. Også det at guderne vinder ved list, tör være et gammelt træk. Den sædvanlige eddadigtning gör sig kendelig umage for at fastholde Thors karakter af den stærke men ikke kløgtige. Endelig er også Thjalfe på sin plads her, fordi han udfører en i historien nødvendig rolle.

Lidt anderledes står han i forskellige andre digtninger. Eilif Gudrunsön giver i sin ‚Thorsdrapa‘ en skildring af Thors færd til Geirrød. Loke lokker ham til at drage ud, men Thjalfe var hurtigere end Loke til at blive hans følgesvend. Skjalden udmaler så, hvor tappert de med deres pigstave kæmper sig frem igennem den opsvulmede Vimur-elv, indtil Thjalfe er ved at overmandes og må holde sig i Thors bælte for at slippe levende i land. Nogen handling der griber ind i fortællingens gang, udfører Thjalfe ikke; og det vilde være besværligt at tænke sig ham til stede i Geirrøds hal. Grundene til hans optræden er öjensynlig kun, at digteren er vant til at se ham som Thors ledsager, og at han kan stille Thors styrke i fuldere lys ved at lade ham hjælpe Thjalfe.

På lignende trin står en — formodenlig af selve digteren opfunden — myte i Hárbarðsljóð. „Jeg slog bersærkekvinder ihjel på Læsø“, fortæller Thor, „de havde handlet frygteligt, mishandlet hele folket .... de trued mig med jærnfork og jagede efter Thjalfe.“ Atter tjæner Thjalfes svaghed som modsætning til Thors styrke.

Endelig er der Thors besøg hos Udgårdsloke, hvor både han og hans to ledsagere Loke og Thjalfe må göre idrætsprøver med den snedige jættes folk; Thjalfe må løbe om kap med pilten Huge. Vi tager næppe fejl i at opfatte dette som en sen myte. Foruden dens tvivlsomme religiøse holdning vidner derom dens usædvanlig

årh.) hedder det blot, at guderne voldte, skjoldet kom ind under Hrungnes fødder. Digteren må vel dog have tænkt sig, at en bestemt af guderne udfører listen; om det var Thjalfe, fremgår ikke af teksten; der findes blot den sætning: „Kampens diser vilde det således“, der intet oplyser om de egenlig handlende personer. [1] Hárbarðsljóð 14—15; Grottasǫngr 9; Bragi, Ragnarsdr. 1 osv.

nære afhængighed af et østeuropæisk folkeæventyr[1]; det er også i höj grad påfaldende, at Thor har begge de to ledsagere (og oven i købet søsteren Roskva, ifølge Snorres fremstilling). Ti i alle andre myter har han kun én følgesvend, enten Thjalfe eller Loke. — Noget nyt mytetræk tilfører denne digtning os heller ikke; Thjalfes hurtighed er os kendt fra det, at han løber i forvejen for Thor (Hrungne-myten og formodenlig Hárbarðsljóð).

Hele denne mytegruppe, hvor han kun er poetisk staffage, har derfor liden betydning for os. Den giver os på intet punkt en större viden om ham, end Hrungne-myten indeholder. Og denne digtning, hvor han er gudens hurtige og forudilende hjælper, står foreløbig som grundtype af Thjalfes mytiske betydning.

Går vi herfra til Lapperne, træffer vi sammen med tordenguden en mindre ledsager, der sædvanlig betegnes som hans tjæner, en enkelt gang som hans engel (ɔ: sendebud); han tager sig af den i dvale liggende troldmands sjæl, og når den er i fare kalder han på sin herre, at han skal drive fjenderne bort med sin hammer (se min „Nordisk og lappisk gudsdyrkelse“, DSt. 1905, 49). Som kultus tilhører denne tjæner mere de svenske Lapper end de norske; vi kender intet kultusbillede af ham fra norsk side, men han forekommer på en svensk-lappisk tromme som en lille figur ved siden af den hammerførende tordengud; og man har endvidere en opgivelse fra 1688 om hans billedstøtte. (For øvrigt er denne billedstøtte vel af forholdsvis sen oprindelse; han er bleven indsat i den sædvanlige gudetrehed på stormgudens plads, sikkert fordi Lapperne kun havde ringe praktisk brug for denne. Det almindelige har öjesynlig været, at han ikke havde særligt billede, men betragtedes som underordnet tordenguden.)

Der kan — som jeg i min tidlige afhandling har søgt at påvise — næppe være tvivl om, at dyrkelsen af denne hammerførende tordengud (som led i de tre himmelguders gruppe), og ligeledes af hans „tjæner“, må være lån fra nordisk. Dyrkelsens optræden hos de østlige Lapper tyder på, at den er lånt fra Svenskerne. Disse må da have kendt en Thors tjæner og hjælper, — en Thjalfe eller hvad han nu har heddet — ikke blot som en mytisk figur, men også som gudens tjæner og sendebud i forhold til de påkaldende mennesker.

[1] F. v. d. Leyen, Das märchen in den göttersagen der Edda (Berlin 1899) s. 72.

Vi går nu over til en svensk overlevering, der vel foreligger fra forholdsvis sen tid, men er ret mærkelig i sit indhold. En Peter Rudbeck i Småland samlede i begyndelsen af 18de årh. sin hjemstavns overlevering; og i hans „Smålands Antiqviteter", kap. 3, findes også følgende[1].

„OM LYFTE-STENEN"

„En fast underlig och rolig historia månde jag referera, om tvänne stenar i Konga härad och Linneryd socken, hvilka kallas Lyfte-sten, och är ett gammalt urminnes monument, som i hedendomen väl haft något märkeligt till att betyda. Och är dessas natur fast underlig, i det den ena lilla stenen stundom blir så tung, att ingen honom må röra, stundom lätt, att man kan lyfta honom och bära'n hvart man vill. Och är detta monument således, att en sten står derstädes och lutar litet, varandes nästan så hög som till midjan på en karl, och är ofvanpå så slät, att den lilla stenen, som kan vara så stor som en stor halfpundig ost eller litet större, kan läggas ofvanpå honom, som afritningen utvisar. Och som detta faller ganska sällsamt, och detta äfventyr står midt i kyrkovägen emellan Friggestorps och Bastanäs gårdar, så lyfta alltid kyrkofolket, så väl som andra förbifarande, på denna stenen, när de gå till och från kyrkan, och händer ibland, att den minste och svagaste råder med att lyfta upp honom på den andra stenen, ibland, en annan, och om man vill med all styrka och kraft taga i honom, så tör han vara allra svårast, och ju mera man nappas med honom, ju tyngre blifver han, så att på slutet kan ingen få honom från jorden, och den som då har lycka att upplyfta honom på besagda sten, han tycker sig stor förmån deraf; men häfver han ned honom igen och vill andra gången upplyfta honom, så skämmer han straxt ut sig; ty det går intet an, och lyftes han intet upp två gånger af en. Jag har med förundran detta sjelf åsett, och lärer ett så reelt monument och memorabile efterdöme någon serdeles begynnelse haft i gamla dagar.

„Jag hörde Nils Knutsson i Linneryds by, med flera, säga sig hört af sina förfäder, att guden Thor har låtit denna eftersyn ditsätta, och det stora och höga derhos liggende stenrör, som Lyfterör kallas, sammanvältat, och torde någon det tycka vara ett monument till den gåta och mythologier i Edda omtalas; men våra Smålandska relationer äro fast annorlunda, fast den med många flere icke är uppttecknad i den danska Edda[2]. Ty således berätta gamla män härom efter sina förfäder hört, att Thor gick en gång från Asgård till hafvet och Walhall och hade en dräng, och lär det vara den Edda kallar Tiolfe. När han kommen emellan Asa gård och hafvet, mötte honom en forfärlig stor jätte. Thor frågade, hvart han skulle taga vägen. „Till Asgård," sade han. „Hvad vill du der?" sade Thor. „Jag vill slås med Asarne och

[1] Trykt i Hyltén-Cavallius. Wärend och Wirdarne, II 29. [2] Resens danske udgave af Snorra Edda 1665.

serdeles med Thor,“ sade han. „Hvad har han gjort?“ sade Thor. „Han har slagit ned mitt fähus och brännt upp all boskap med huset.“ „Intet törer du råda med honom,“ sade Thor, „helst du är vapenlös.“ Jätten sade: „jag vill taga mig en stor stenklippa, när jag kommer emot Asgård, och slå neder hela huset.“ „Du äst intet så stark som du skryter till,“ sade Thor. „Låt se, om du kan taga denna lilla stenen och lyfta på den andra som står hos!“ och i detsamma lade Thor hammaren på stenen och vigde honom. „Jag vill taga honom med två finger,“ sade jätten, „och kasta honom hvart jag vill.“ Vid han tog till stenen med fingrarne, förmådde han intet (med) dem eller (med) båda händerna lyfta honom till knäna på sig. „En stackare äst du,“ sade Thor. „Min dräng, som så liten är, skall lyfta honom.“ Då tog drängen stenen, och lyfte honom upp som en vante. Det förtröt jätten, och (han) slog med sin knytte näfve till Thor, så at han hade när fallit på knäet. Thor nappar till stridshammaren och slår denna jätten i skallen, så att all hjernan föll utt, och dog han der, och skal i detta stora stenrör ligga begrafven, och af detta lyftande har Lyfte-sten fått namn. Thor och hans dräng begrofvo honom der sjelfva.“

Det er påfaldende, at en myte om Thor endnu skal have levet hos den smålandske bondealmue o. 1700; men ved nærmere eftersyn er det ikke så usandsynligt. I Småland, og i det hele i de sydsvenske egne, har forestillingen om de enkelte hedenske guder levet videre i så stort omfang som intet andet sted i Norden; vi møder „Oden“ i det 17de årh.s hekseprosesser, og vi møder „Oden“, „Tor“ og „Frigg“ i forskellig nyere folketro, og tillige sagn om Odens og Tors kamp med troldene. Et stedsagn om at løftestenen har sin oprindelse fra at Thor har tryllet den for at narre jætten, er da intet unaturligt; vi har jo fra Urebø i Telemarken ægte sagn om at „Tor med tungum hamri“ har hugget uren[1].

Men, siger en og anden, kunde der alligevel ikke stikke literær mytologi deri? At optegneren ikke selv har digtet det, derom vidner hans tydelige påberåbelse af almen tradition og af en bestemt hjemmelsmand, og den hele folkelige tone i fortællingen. Man skulde da tænke sig, at en tidligere læser af Eddaerne har overført myter om Thor og Thjalfe til den smålandske løftesten. Men i så fald skulde man gærne have et eller andet bestemt holdepunkt for denne tanke.

Lad os en gang se på sagnet og dets enkelte dele. Midt i alfarvej ligger den store sten, af halv mandshöjde, og den lille,

[1] DgF. IV 582. I 2.

kun lidt större end en halvlispunds ost; kirkegængerne og andre vejfarende plejer altid, når de kommer forbi, at prøve om den lille sten idag lader sig løfte eller ikke. Tanken sysler stadig med æmnet, og den kræver da selvfølgelig svar i et sagn: hvorledes er stenen bleven så forhekset?

Svaret er da myten. Thor kommer vandrende fra „Asgård" eller „Asagård" til „havet", som det synes det hav som skiller menneskene fra jætterne, eller ved hvis kant jætterne bor. Da han er kommen halvvejs (ↄ: til Linneryd i Småland), møder han en jætte der kommer fra modsat side. Man vil lægge mærke til, hvor nöjaglig fortællingen har det for sagn og myte almindelige at føle sit hjemsted som tilværelsens midtpunkt, hvorudenom den øvrige verden ordner sig symmetrisk. Men at Thor kommer fra „Asagård", røber ikke det literær påvirkning? Nej, ned igennem middelalderen har man bevidstheden om Odin som asernes konge, vistnok nærmest at opfatte som tryllekyndig hersker i et afsides liggende land, der hyppig men kun på hastige besøg færdes her blandt menneskene[1]; i en trylleformel fra Södermanland møder vi udtrykkelig navnet „Oden af Adersgård", ↄ: Asgård[2]. Vi finder her i sagnet oldtidens mytiske verden netop snævret ind i den grad som vi måtte vente hos smålandsk bondealmue: „Asagård" ved den ene ende af hans synskres, og „havet" (Østersøen?) ved den anden ende, ved den side mod øst hvor han kan vente jætternes indfald[3].

Jættens ærende er at kæmpe med aserne og særlig med Thor: „Han har slagit ned mitt fähus och bränt upp all boskap med huset." Her er vi netop ikke i eddamytologien, men i den svenske folketro, hvor Thor og tordenen er ett og det samme. Og i lige så ægte folkesagnsstil er det, at jætten vil tage en stenklippe og kaste den over Asgård; således drejer sagnene sig — i modsætning til eddamyterne jo — altid om, at jætten vil knuse eller begrave en eller anden gård eller by.

„Du äst icke så stark som du skryter till," siger Thor. „Låt se om du kan taga denna lilla stenen och lyfta på den andra som står hos." Men i det samme lagde Thor sin hammer på stenen og viede den; jætten, der nok så rask tog efter den med to fingre,

[1] Dg. F. I 222. [2] Bidrag till Södermanlands äldre kulturhistoria, I, 4 s. 74. [3] Mere mistænkeligt er Walhall, men i den forvirrede måde hvorpå det indføres synes det ikke at høre fortællingen, men kun optegneren til.

var ikke i stand til at løfte den op med al sin styrke. „Min dräng, så liten han är, skall lyfta honom,“ siger Thor; og ‚drengen‘ (karlen) løftede den da, så let som havde det været en vante. Jætten kom da i raseri (han slog med sin knytte næve til Thor, så han nær var sunken i knæ, — hedder det i opskriften); men i det samme slog Thor ham med sin stridshammer i hovedet, så hjærnen flød ud, og han var død.

De enkelte træk er i harmoni med Eddamytologien. Thor der lægger hammeren på stenen svarer til den kendte Eddamyte, hvor han svinger hamren over bukkeskindene: i det samme sker miraklet, Den lille svend, der ledsager ham, er — hvad allerede optegneren indså — Eddaens Thjalfe. Handlingen, hvorved jætten först narres, og dernæst da han er gået i fælden og berøvet sin sikre stilling, rammes af Thors hammer, svarer til listen i Hrungne-myten. Men der er en stor forskel: Thor optræder her som den snedige og tryllekyndige gud.

Gennem næsten hele Eddamytologien går der en bestræbelse efter at karakterisere de væsenligste gudeskikkelser. Thor udmærker sig ved styrke, men mangler overlæg og snedighed; Odin fremtræder derimod som kløgtens gud, i så stort omfang at man aldrig ser ham i åben kamp mod jætter (uden i ragnarok) men kun overvældende dem med sit ord, sine rænker og tryllemidler. Når undtagelsesvis Thor udfører en list, er de andre guder ophav til den, og kun med möje får man Thor overtalt til at medvirke (Thrymskvida). I Hrungne-myten er det efter Snorres fremstilling Thjalfe, efter Eilif Gudrunsöns aserne, der narrer jætten. Men i sagnet fra løftestenen er Thor den snedige og tryllekyndige, og hans tjæner er en ganske uvæsenlig hjælper.

Thor som den der narrer troldene, har vi kun i et eneste eddakvad, Alvíssmál; her holder han dværgen med snak, indtil solen rinder og han bliver til sten. Dette læredigt står udenfor den gængse æstetiske stræben efter at karakterisere Thor ved den blotte styrke. Da denne retning er så bevidst i eddadigtningen, er denne ene undtagelse sikkert et lævn fra ældre tider.

Går vi derimod til de sydsvenske folkeoverleveringer, så er denne karakteristik af de to hovedguder slet ikke til. „Oden“ fælder trolde med sit spyd, lige så fuldt som Thor med sin tordenkile; for begge gælder det ikke så meget om styrke som om hurtighed til at overraske troldene. Her på smålandsk grund er det ganske i folkets ånd at lade aserne, også Thor, — ganske ligesom menneskene — vinde over jætterne ved list. På dette punkt står den smålandske myte på et ældre kulturtrin end næsten hele eddadigtningen med dens æstetiske hang til at karakterisere. Myten om Thors og jættens tvekamp ved løftestenen er en slags tvilling til Thors kamp med Hrungne, men mere naiv for så vidt den spiller på den simple modsætning mellem jættestyrke og gudelist, og ikke deler rollerne indenfor gudefolket.

Resultatet af undersøgelsen er da, at Thjalfe-typen ikke er særlig norsk-islandsk; han forekommer også i en svensk myte. Hans optræden er i begge lande knyttet til myter om Thors tvekamp med en jætte, hvor list i forening med hammerhug vinder over jættens plumpe styrke; den unge ledsager spiller en eller anden rolle ved udførelsen af denne list — som kæmpe kan han naturligvis ikke gælde noget ved siden af den stærke Thor — dog altid som en bifigur der ikke lader Thors betydning træde i skygge.

Ad to forskellige veje er vi således komne til at eftervise Thjalfe-skikkelsen i Sverig. Gennem lappisk mytologi lærte vi at kende en fra svensk lånt „Thors tjæner“ eller „sendebud“ som menneskenes hjælper i vanskeligheder, og i den smålandske myte lærer vi denne „Thors dräng“ at kende som tordengudens stadige ledsager. —

Endnu et spor af Thjalfes tilværelse findes på svensk grund. Medens navnet synes ganske at mangle tilknytning på norsk grund, er i Sverig *Þialfi* (og det noget sjældnere *Þialfar)* almindeligt som mandsnavn[1]. En sammenhæng eksisterer der öjensynlig mellem navnet som jordisk og som guddommeligt. Formodenlig er det den, at mennesker er blevne opholdte efter Thors rappe følgesvend. Det stemmer jo godt nok med nordisk skik, at man benævner dødelige personer efter — ikke de egenlige kultusnavne, men efter de guddommelige helte af lavere rang: Hermod, Brage, Nanna osv. Endnu ad en tredje vej får vi altså sandsynlighed for, at Thjalfe i Sverig har været en yndet mytisk skikkelse.

Et enkelt sagn knytter sig til dette svenske navn. Øen Gulland skal have været fortryllet („eluist“) så at den ved nat var oppe, men sank i hav ved dag, indtil en mand ved navn Thielvar bragte ild til øen, og siden sank den ikke mere. Sagnet er side-

[1] Lundgren, Spår af hednisk tro och kult i fornsvenska personnamn (Upsala univ. årsskrift 1880) s. 40.

stykke til en flere steder i Norden forekommende overlevering, at den eller den ø har tilhørt huldrefolk og kun til tider været tilgængelig, indtil et eller andet menneske eller dyr bragte jærn eller andet tryllemiddel til øen (eller til en kristen mand kom på øen), og fra da af sank den ikke mere[1]. Når sammenlignende mytologer har fået ud af sagnet, at Thjalfe var en Prometheus der bragte ilden til jorden, er det en ganske vilkårlig omtydning, og den er kun mulig ved at løsrive Þielvar-sagnet fra det organisk sammenhørende stof. En anden sag er det, at det muligvis er en mytisk Thielvar-Thialfe, der bryder øens trolddom, — men da vi aldrig har ham optrædende uden i Thors følge, svæver en sådan gætning ret höjt i det blå. Ilden som middel mod troldskab er så almindelig i folkeskik (Feilberg, Ordbog II 12), at den ikke byder nogensomhelst sandsynlighed for, at sagnet rører sig i gudernes verden.

Dette er hvad kilderne indeholder om Thjalfe. Vi griber efter midler til at fastholde hans egenlige væsen: men tilsyneladende forgæves. Det eneste faste punkt er hans nære **forbindelse med Thor**. Mytedigtningen fra 10de årh. kender **Røskva** som hans søster; de er sammen givne Thor til ledsagere som bod for den skadede buk[2]. Det synes, som dette navn kan betyde den „frugtbærende" el. lign.[3]. Da Thor, i alt fald hos Svenskerne, er den egenlige kornavlsgud (Adam af Bremen og nyere folketro), vil en faggudinde for kornets sætten frugt passe godt ind i hans følge. Men en anden sag er det, om Røskva også har nogen forbindelse med Thjalfe. Hun optræder aldrig i Thorsmyterne, kun i Udgårdsfærden er hun med som ren statist, hun ikke engang således som Loke og Thjalfe udfører nogen prøve, hun er alene kommen med fordi digteren har taget myten om bondens to børn til begyndelse på sin historie. Derfor er Thjalfes forbindelse med Thor fast nok, men hans slægtskab med Røskva er så meget løsere, snarest kun en følge af at de begge har med Thor at göre.

I selve navnet *Þjalfi* har man søgt middel til nærmere bestemmelse af hans væsen. Forskerne synes enige om at sætte det i

[1] E. T. Kristensen, Danske sagn III 371, 372; Hammershaimb, Færøsk anthologi, I 352. [2] Forf. af Hýmiskviða (o. 975?) nævner fortællingen som velkendt; Eilif Gudrunsön (henimod 1000) nævner Thjalfe som „(V)røsku bróðir". Fortællingens yndest ved denne tid skal måske antyde, at den da var nylig digtet. [3] Røskva af ældre Vrøskva (Eilif Gudrunsön), jf. got. gavrisqvan, bære frugt; dog uvist om blot = oldn. røskr, moden, dygtig.

forbindelse med isl. *þjálf*, „arbejde" (urarisk rod *telq*, „arbejde"), idet nogle opfatter ham som repræsentant for det menneskelige arbejde der må forenes med gudens (Thors) hjælp; andre tager ham for agerbrugets gud; og atter andre for en smedegud, en Hefaistos der smeder tordengudens våben (R. Much, Der germanische himmelsgott, Festschrift für R. Heinzel, 1898, s. 234). Alle disse opfattelser står i en påfaldende modsætning til selve hans mytiske væsen: den lille, sædvanlig svage, men rappe ledsager for tordenguden; og da de ganske mangler tilknytning i virkeligheden — at han ikke er en ildbringende Prometheus har jeg nylig påpeget — så turde der være grund til at sætte et stort spörsmålstegn ved alle disse tolkninger. Selve oprindelsen fra *þjálf* synes mig usikker. Muligvis er *þialfi* slet ikke det egenlig navn, men kun en kortform; og den fuldstændige form har vi da i det jævnsides forekommende *þialfar:* formodenlig hængende sammen med oldn. *þel*, „grund", „kraft", og udsagnsordet *fara*. En grundbetydning af „den stærkt ilende" vil i höj grad svare til hans mytiske væsen. — På den anden side regner jeg spörsmålet om navnets oprindelse for så dunkelt — og hele den religionshistoriske etymologi for så vanskelig og umetodisk —, at jeg ikke heri vil søge nogen støtte for min opfattelse.

Större betydning end de usikre navnetydninger har Thjalfeskikkelsens stilling i mytetypisk henseende. Indenfor den nordiske myteverden gentager Thor—Thjalfe sig i Thor—Loke. I Thrymskvadet (og i færden til Udgårdsloke) har Loke en lignende rolle som Thors tjænende ledsager og sendebud. Denne mytegruppe skal vi snart granske nærmere.

I gallisk optræder en tordengud, den „galliske Jupiter"; hans kendetegn er hjulet, tordenkilen og den jupiterslignende form af hår og skæg. I en bestemt gruppe af lerfigurer findes der ved hans venstre side en lille dreng eller tjæner[1]. Altså en gentagelse af „tordenguden og hans tjæner"; navnlig ligger det nær at tænke på lappiske billeder (formodenlig byggede på tabte nordiske) hvor tjæneren afbildes ved siden af den væbnede tordengud.

I littauisk optræden en gud af yderst beskeden rang, han hedder Varpulis, og er det drön der høres för tordenen og følger efter; navnet Varpulis betyder „den lille klokke"[2]. Han er altså

[1] H. Gaidoz, Le dieu gaulois du soleil (Revue archéologique 1884), Paris 1886, s. 2—3. [2] Usener, Götternamen, 104. 110.

for så vidt forskellig fra Thjalfe som han er identisk med et naturfænomen. Men han svarer til ham, idet han kun optræder i forbindelse med tordenguden, og netop kommer forud for ham (som Thjalfe i Hrungne-myten). Da Thor utvivlsomt er et ældre naturfænomen (i svensk er han det endnu håndgribeligt), må hans faste ledsager efter rimelighed også være et oprindeligt naturfænomen, og da sikkert det samme som i littauisk: det lille drön der går forud for tordenen.

Har da Nordboerne haft nogen tilböjelighed til at skabe mytiske væsner ud af de fænomener, der ledsager tordenen? I hvert fald i svensk folketro er vindstødene der går forud for tordenen opfattede som trolde der flygter for den, og på Gulland har der udformet sig en bestemt mytisk figur: Thors-pjäska (ɔ: Thors pige), et kvindeligt væsen som Thor altid er på jagt efter[1]. Naturligvis måtte vindstødene — som almindeligt i svensk tro — opfattes som trolde; dærimod må det lille drön för tordenen naturligere opfattes som et væsen af samme art som tordenguden, hans forudilende tjæner.

Den stadig genkommende Thors-tjæner adskiller sig fra de fleste andre gudetjænere i nordisk myteverden. I reglen er de meget unge. Fröj har sin Byggvir, der alene forekommer i Lokasenna, og hvis forhold til kornsorten byg er ganske gennemsigtigt; formodenlig er navn og skikkelse först opfundet af selve digteren. Ligeså med Skírnir (den klare), der kun kendes igennem kvadet om Gerds og Fröjs elskov. Ligeså Odins svend Hermod, hvis navn synes ganske menneskeligt, og som er bunden til Baldersagnet. I modsætning dertil står Thjalfe som gammel, ved sin hyppige forekomst og ved sit lidet gennemsigtige navn. Så meget mere bliver det tilfældet, når vi ser, at Nordboerne har en dublet til ham i Loke, og at en lignende „tordengudens tjæner“ findes hos de nærmeste stammefrænder i øst og i vest, hos Littauer og hos Kelter.

Denne samklang mellem de mellemevropæiske, nærbeslægtede folk giver grund til at holde forbindelsen mellem tordenguden og tjæneren for gammel, og for grundet på et naturfænomen (ti ellers vilde forbindelsen vanskelig have holdt sig; i kultus spiller tjæ-

[1] Torspjäska, se Säves hskr. samlinger. Om torden efter trolde se f. eks. Eva Wigström, Folkdiktning, II 93; Sv. landsm. VIII 3, nr. 269—82; Cavallius, Wärend, II 13, I 231; Resens hskr. Atlas (fra Møen); Haukenæs, Hardanger, VIII 155.

neren aldrig nogen selvstændig rolle), Derfra har det udviklet sig dels til at tjæneren blev medoptaget i kultus som en bifigur (bevaret i gallisk og lappisk), dels at han blev mytisk udfoldet (i Thjalfe og stærkere i Loke). Kun Littauerne har, svarende til deres hele gammeldags gudevæsen, holdt ham på naturstandpunktet.

Det er naturligvis muligt, at årsagerne er mere sammensatte, end det endelige resultat, der foreligger os, lader formode, og at f. eks. de forskellige mellemeuropæiske Thorstjænere har hver sit ophav; men i forhold til den gennemgående enighed og simpelhed i resultatet er dog en sådan hypotese ret urimelig.

Der er anledning til at fremhæve, at denne underordnede Thorstjæner overalt er forskellig fra de selvstændige guddomme der kan optræde sammen med tordenguden, f. eks. hos Inderne Vishnu og Pushan i Indras følge. Kun Loke er en gud med en egen myteverden, foruden den han har fælles med Thor og her er naturligvis et problem at løse: hans sammenhæng med Thor, hans sammenhæng med Odin, og hans optræden på egen hånd. Men at han skulde have haft en egen dyrkelse, véd vi intet om.

II. THOR OG LOKE

Hos Esterne er der bevaret, helt ned mod vore dage, mytiske fortællinger hvori folkets gamle förkristne myteskikkelser spiller hovedrollen. En af dem er fortællingen om tordenguden, der mistede sin sækkepibe og vandt den igen[1].

Tordensönnen var kommen i djævlens magt[2], og for at købe sig fri lovede han at hjælpe djævlen med at få fat på den sækkepibe hvormed gamlefar plejede at frembringe tordenen. En aften, da gamlefar var falden i dyb sövn efter et vældigt uvejr, steg de sammen op på et höjt bjærg, og djævlen løftede ham på sine skuldre og strakte sin krop længer og længer, så han kunde kigge over skyerne ind i himlen. Dær lå gamlefar i dyb sövn, men med höjre hånd over sækkepiben, så ingen kunde få fat i den. Da listede tordensönnen sig hen til den gamle og satte et lille dyr ved hans næse så at den kløede, og gamlefar tog sig med hånden op til næsen. I samme öjeblik snappede han tordentingesten bort, og gav den til djævlen, der styrtede af sted med den ned i helvede

[1] Myten foreligger i to tekster: Jannsen, Märchen und sagen des estnischen volkes, II (1888) nr. 4; I (1881) nr. 10. [2] Dette udmales i kristen stil: djævlen havde lovet at tjæne ham i syv år imod at få hans sjæl efter udløbet af denne tid.

og gemte den i et jærnkammer med syv slåer for. Men nu var der ingen torden mere i himlen, og derfor kom der ingen regn, alt på jorden törrede bort i det stadige solskin. Det havde tordensönnen ikke tænkt sig, og han drog til en finsk troldmand for at spörge om råd. Troldmanden sagde, at han måtte fortælle gamlefar hvor tordentingesten var skjult, gamlefar vilde da nok selv hitte udvej til at få den igen. Og så sendte troldmanden „ørnen fra norden“ med den besked til gamlefar. Tordenguden skabte sig da til en dreng, gik til en fisker og tog tjæneste hos ham; han vidste at djævlen ofte kom til den sø og stjal fisk. Flere gange fandt de nettet tomt, når de kom efter fangst; men en nat da de roede ud, så de djævlen sidde i nettet og pille fiskene ud. De tryllede ham fast i nettet, så at han ikke kunde komme løs; dernæst slæbte de nettet til land og pryglede ham igennem indtil han lovede en stor løbesum. Så fulgte de med djævlen ned til helvede, han beværtede dem på det prægtigste og viste dem alle sine skatte. Piker (tordenguden) sagde sagte til fiskeren: „Du skal også bede at se hans sækkepibe, som ligger inde i jærnkamret bag syv slåer.“ Og da de havde drukket godt, bad fiskeren om også at se hans sækkepibe. Sækkepiben blev båret ind; djævlen prøvede at spille på den, men det lød ikke smukkere end om man trækker en gris i halen. „Da kan min dreng göre det bedre,“ sagde fiskeren. Piker tog piben, og straks da han satte læberne til mundstykket, blæste han så helvedes mure rystede og alle djævle styrtede om som døde. I stedet for drengen stod der selve gamlefar, og takkede fiskeren for hans hjælp. Så gav han sig på vej hjemefter; undervejs satte han sig på en sten og blæste i sækkepiben, så regnportene lukkedes op og jorden blev dyndvåd. Men tordensönnen ham tog gamlefader med som sin tjæner, og han skal være hos ham endnu.

Der haves en anden kortere form af samme myte, hvor indledningen med „tordensönnen“ slet ikke findes. Den gamle Tyhi ligger stadig på lur for at rane Piknes sækkepibe, og da han en gang, træt af stadig at være på vagt, har lagt sig til at sove og har glemt at putte sækkepiben under hovedet, listede Tyhi sig på tæerne hen og snappede den fra ham. Pikne vågnede og kunde nok vide, hvem der havde stjålet den. Tyhi vidste nu, at Pikne vilde søge at ramme ham, og han skjulte sig da på bunden af vandet. Men Pikne fandt på list, han skabte sig i skikkelse af en dreng, og gik hos fiskerne og tilbød sin tjæneste, og kom også i tjæneste hos en af dem. Nu skulde den gamle Tyhi göre sin söns bryllup, og en dag på søen så drengen ham stjæle fiskene ud af fiskerens net, i det samme sagde han det til fiskeren, og fiskeren tryllede ham fast, og næste dag bankede de ham igennem på stranden. Endelig slap han fri og bød til gengæld fiskeren og hans dreng til sönnens bryllup. På drengens opfordring bad fiskeren om at se hans sækkepibe, der lå gemt under syv slåer; da ingen andre kunde blæse den, fik drengen den at prøve og blæste så alle troldene styrtede til jorden. Så gav han sig på hjemvejen, satte sig undervejs på en sten og blæste så regnen atter faldt efter syv måneders törke[1].

Som estnisk myte er denne fortælling i dens forskellige former godt nok i orden. Guddommene er nær naturbundne, og der er den dertil svarende korte afstand mellem himmel, jord og underjord, som endnu er så fremtrædende i dette folks overleveringer.

Meget mærkeligere er den vidtgående lighed med nordiske myter. Hovedhandlingen svarer til Thrymskvadet: gudens tordenvåben bliver stjålet fra ham mens han sover, men i forklædning drager han ned i troldeboligen til bryllup, får våbnet givet i sine hænder af de intetanende trolde og fælder så hele flokken dermed, inden han vender hjem til gudeboligen med den genvundne skat. Den indskudte fortælling svarer til Hymeskvadet: tordenguden omskabt til dreng vandrer til fiskeren, får lov at ro ud med og fanger trolden i sit næt (ligesom Thor Midgårdsormen på sin snöre), og lader utysket mærke de hårde hug.

Mest overraskende er det vel dog, hvor nöje „tordensönnen“ (i den förste fortælling) svarer til Loke. At han løskøber sig selv fra trolden imod at hjælpe med tyveriet fra guderne, svarer til myten om Iduns rov. At han får den sovende til at vende sig og slippe skatten ved hjælp af et loppestik, genfindes i myten om Lokes ran af Brisingemen. At han optræder som Thors ledsager og tjæner, svarer til hans rolle i Thrymskvadet o. fl. st.

Nu opstår det spörsmål: hvorledes forklares denne mærkelige række af ligheder? At menneskeånden altid ligner sig selv og gang på gang skaber det samme uden at vide af det, vil ikke slå til som forklaring. Ligheden er så gennemgående, fortællingen i est-

[1] Til slutning lovede Pikne fiskeren, der hed Lijon, at han altid vilde opfylde hans bönner, og derfor er endnu Lijon mellemmand mellem guder og jætter.

nisk er alene bygget op af motiver der genfindes i nordisk; ud over det findes intet. Hvilket underligt tilfælde skulde der ikke til, for at en sådan digtning af sig selv skulde vælge denne kres af motiver og ellers intet af dem der svømmer på folkedigtningens uhyre hav? Der må være en bestemt forbindelse.

Et slægtskab imellem dem vil sandsynligvis sige, at den ene form ligger nærmest ved mytens grundform, den anden er mere afledt.

Det vil være vanskeligt eller snarere umuligt at opfatte den estniske som afledt af nordisk. Der mangler netop alle de træk som mest umiddelbart må fæste sig i dens erindring, der hører myten, sådanne optrin som at Thor har Midgårdsormen på sin fiskekrog og giver den hammerhug, eller at Thor bliver klædt ud som brud. At man skulde være i stand til at pille alle de forskellige Loke-træk ud af de mange myter og forene dem til en helhed, er også höjst usandsynligt. Og hele denne opfattelse, at tordenguden væsenlig sejrer ved sin snedighed, er så afvigende fra den nordiske Thors-type, at den umulig kan forklares som afledt af den.

Den estniske myte står derimod over hele linjen på et trin, der selv røber sig som oprindeligt. Dens tordentingest er virkelig den genstand, hvormed torden og regn frembringes. Mytens forskellige optrin er byggede over enkle motiver — tordenguden som fiskerdreng, tordenguden forklædt ved troldegildet, osv. — der kan foreligge stærkere udviklede og individualiserede i den rigere nordiske myteverden.

Hertil kommer endnu et hensyn. I de nordiske Thorsmyter er — som jeg tidligere har fremhævet — gudens styrke nu mest fremtrædende; men til hver af hans bedrifter knytter sig dog træk af snedighed, som ikke helt har kunnet fjærnes, men som i den foreliggende skikkelse interesserer mytefortællingen mindre. Thors kamp med Midgårdsormen står i alle de foreliggende kilder som den store styrkeprøve, men tillige findes snedighedsmotivet, at Thor forklædt som en ung dreng kan nærme sig til den og få den på sin krog. Thors hammerhentning er også i förste række en snedig streg; mytefortællingen kan kun holde Thors-karakteren ved at lægge snedigheden over på andre (Heimdal, Loke). I begge tilfælde har vi den simpelt-byggede grundform i den estniske myte, og den nordiske mere omfattende fremstilling indeholder bl. a. levn af disse ældre motiver.

Denne sætning gælder jo for øvrigt også de andre Thorsmyter. Hrungne-kampen indeholder levn af jættens overlistelse, og myteteksterne tumler på mærkelige måder med den for at komme uden om den kendsgerning at Thors sejr i tvekampen skyldes en list. Selv en myte som den i Hymeskvadet, om Thor der vinder kedlen ved at knuse jættens bæger, har en grundmodsætning mellem gudens snille og troldens tankeløse styrke.

Rene myter om tordengudens list har vi derimod ikke uden i Alvíssmál (der med sit læredigts-præg står alene) og så udenfor eddadigtningen i den smålandske myte. Men også dette vidner om, at der er en art af Thors-myter der er skudt til side af eddakvadenes gudefortællere, — men som nu viser sig at hænge sammen med mytetyper andensteds i Europa.

Som det forholder sig med Thorsmyterne, er det også med Loke. Her i den estniske myte møder vi Loke-skikkelsen, men på et ganske andet og ældre trin af udvikling, end i Eddamytologien der sætter hans jættebyrd og ondskab på spidsen. Han er ganske let forståelig, han er den svage unge gudeledsager, hvis uoverlagte måde selv at slippe ud af forlegenheden står i modsætning til storgudens videre kløgt. Vi står der overfor en sikkert ganske primitiv myte-type. Således kommer jo altid „Sankt Per" galt af sted, og „Vorherre" må bringe det i lave.

Både tordengubben med sin kløgt og tordensönnen med sin ubesindighed, er da ældre former af de gudeskikkelser, der mere udviklede foreligger os som Thor og Loke. Denne sidste iagttagelse er af ikke mindre interesse end den förste. Ti er der nogen skikkelse, der har voldt forskernes vanskelighed, er det Loke. Man har søgt hans oprindelse i naturfænomener, i kultus, i teologiske grundbegreber og måske i mere endnu. Kun den vej er man ikke gået, at søge oprindelsen til denne myteskikkelse (ti kun gennem myter kender vi ham) slet og ret ad mytisk vej. Den förste vej til at løse hans gåde bör være at følge myteelementernes historie. Det løser ikke alle hans gåder, men det fører et overraskende stort stykke frem ad vejen. Thors og Lokes fælles sagnkres bliver klar ved at han fra förstaf er „tordensönnen", „Thors tjæner" eller hvad vi nu vil kalde den yngre og svagere ledsager for tordenguden. Hvorledes han har fået alle den nuværende Lokes træk véd vi ikke; men det er forståeligt, at alt som gudeskikkelserne hævedes i magt og i særpræg, og alt som jættekampen opfattedes dybere og alvorligere, at han da så at sige blev agterud, og hans tvetydige væsen opfattedes som jættebyrd.

Endnu står et spörsmål tilbage at besvare. Den estniske myte har vi hidtil betragtet blot som nordeuropæisk myte i almindelighed. Men hvorledes kommer det, at en finsk folkestamme skal sidde inde med urformen af en arisk, nærmere set en gotisk folkestammes myte. Der kan næppe være tvivl om det. Disse vestligste udløbere af den finske folkeæt er meget tidlig komne under arisk kultur. I ganske særlig grad gælder det Esterne, der har arvet land og navn fra en arisk, littauisk folkestamme, Æstierne, og som har optaget store mængder af lånord fra littauisk og fra gotisk. Også disse myter om tordenguden må være sådanne lån. Fra hvilken arisk stamme de er optagne, kan vi ikke afgöre med nogen sikkerhed. Samstemningen med den senere Eddamytologi, og den gotiske stammes större hang til mytedigtning, fremfor Littauerne, endelig også ulighed med den naturbundne littauiske tordenledsager (Varpulis), — alt det gör det sandsynligere, at det er folk af gotisk æt, der har siddet inde med mytekresen om tordengubben og tordensönnen.

„Loke“ eller „tordensönnen“ har i denne kres af myter en lignende rolle som Thjalfe har i andre myter: at være tordengudens ungdommelige ledsager og tjæner. De to skikkelser er dubletter til hinanden og kan ikke tænkes udviklede på samme egn. For Thjalfe var Sverig det land hvor skikkelsen optrådte fyldigst og dog i primitive former. For „tordensönnen“ findes den mest oprindelige form i egne øst for Østersøen; snarest således at den estniske overlevering repræsenterer et tidligt lån fra de østligste gotiske folk.

Thjalfe-skikkelsen frembyder for så vidt den störste interesse, som den viser mytedannelsen i sin spædeste vækst. Dens grundmotiv (i Hrungne- og i Løftesten-myten) er blot den forudilende tjæner for tordenguden. Vi ser dens forskellige episke muligheder udfolde sig: den svage skikkelse der må have den stærke guds hjælp (Þórsdr. og Hárb.), eller den snedige tjæner, der kan udfylde Thors styrke (Hrungne-myten hos Snorre). Det interessante er at disse nye skud ikke optræder som færdige myter, men som den enkelte fortællers indfald.

Den anden type har allerede som „tordensönnen“ en rigere episk udformning (og får det endnu langt stærkere som „Loke“). Man vil lægge mærke til, hvorledes den hele mytekres er bygget over modsætningen mellem den stærke gud og svagere ledsager, den unge gud der går på egen hånd og kommer i farer som den ældre må klare; og at denne modsætning mellem styrke og lidenhed behersker hele udviklingen, lige til den nordiske vikingetid har rendyrket styrken i Thor og tildelt Loke alle modsatte egenskaber. Modsætnings-loven er den simpleste og vistnok allermægtigste af de regler der gælder indenfor folkedigtningen. Og den enkelthed, hvormed den holdes fast og føres igennem i hele kresen af myter vidner om, at mytestoffet — hvilke træk af naturopfattelse eller gudsdyrkelse der kan være indkomne i det — först og fremmest beherskes og formes af episke hensyn. Derfor vil enhver opfattelse, der ikke opfatter myteoverleveringen efter sin indre bygning, men blot efter udefra hentede teorier, på forhånd stemple sig som mangelfuld; ti her er det eneste punkt, hvor vi kan opfatte stoffet efter sit eget væsen.

Dette mytens indre væsen er det, der viser Thjalfe, tordensönnen og (gudeæventyrenes) Loke som forskellige udviklingstrin af samme skikkelse.

CARL BERNHARDS »LYKKENS YNDLING«

DENS LITERÆRE FORBILLEDE OG CORPS DIPLOMATIQUE I KØBENHAVN I TYVERNE

AF

JULIUS SALOMON

I 1895 udkom en Bog af Dr. H. Schwanenflügel: Carl Bernhard (Andreas de Saint-Aubain), hans Liv og Forfattervirksomhed, som Afslutning paa en Subskriptionsudgave af Carl Bernhards samlede Skrifter. I denne Bog behandles ret udførligt (S. 17—37) „Lykkens Yndling“, der betegnes som Carl Bernhards store Forfatterheld. Jeg blev først for ganske nylig bekendt med Schwanenflügels Bog, og da det forekommer mig, at det kan have nogen historisk og literær Interesse at belyse Emnet noget nærmere, beder jeg om Plads for efterfølgende lille Artikel.

Jeg skulde søge at oplyse tvende Punkter: „Lykkens Yndling“ i Forhold til corps diplomatique i København i Tyverne og det literære Forbillede for denne Bog.

I en Biografi af Saint-Aubain i „Illustreret Tidende“ for Decbr. 1865, skreven af hans Slægtning, Lægen Professor Buntzen, hedder det: „Han henlevede sin Ungdom dels paa sin Families Landsted paa Kalkbrænderierne, dels i en af de Buntzenske Gaarde paa Christianshavn, hvor han havde sine hyggelige Værelser i Kvistetagen med den frie Udsigt over det flade Amagerland. Der studerede han noget Historie, mere Sprog, lidt Statsvidenskab, og indenfor de store hollandske Skydevinduer med en vid Horisont for Øje drømte han glad om en Carrière, som han aldrig naaede, maaske ved hans egne Fejl, maaske ogsaa paa Grund af et Spil af Skæbnen. Hans Fader blev i sin Tid ved sit Giftermaal ganske formuende, før ugunstige Tider havde undermineret den Købmandslykke, hvorfra Fremtidens Gaver skulde flyde; han havde derfor tænkt sig at betræde den diplomatiske Løbebane, der har tilsmilet saamangen Yngling med mere Lyst til Adspredelse end til Arbejde. Han havde i den Retning en god Protektor, nemlig den gamle Statsminister Rosenkrantz, der lod ham gøre nogle Arbejder og fandt Smag i hans lette Opfatning og stilistiske Dygtighed. Men Rosenkrantz døde, og Formuen svandt hen, og siden den Tid ytrede Saint-Aubain altid Ulyst til Statstjeneste og offentlige Hverv, hvilken Afsmag mere end én Gang har bestemt hans Valg i vigtige Livsspørgsmaal."

Saint Aubain kom som ungt Menneske i Tyveaarsalderen meget i det Rosenkrantz'ske Hus, og om hans Forhold til dette Hus og om de Personer, han traf der, findes Oplysninger i et Brudstykke af hans „Erindringer" offentliggjort i Tidsskriftet „Musæum" Aargang 1890. Det var i dette Hus, at han lærte corps diplomatique i København i Tyverne og dets Personligheder at kende. At Navnene paa de i „Lykkens Yndling" forekommende Personer meget ligner de Navne, der fandtes blandt de fremmede Diplomater paa den omhandlede Tid, vil fremgaa af nedenstaaende Sammenstilling mellem Personerne i Fortællingen og i Virkeligheden.

I „Lykkens Yndling" forekommer bl. A. følgende Personer:	Hertil svarer følgende Personer i corps diplomatique i Tyverne:
Grev Tesch.	Baron Steigentesch, østerrigsk Minister.
Marechal Monsigne.	Marechal Saint-Simon fransk do.
Den gl. Legationsraad.	Sachsisk Legationsraad B. C. Merbitz.
Grev Wallstein.	Grev Colloredo de Walsee, østerrigsk Minister fra 1826.
Fosber.	John Murray Forbes, Agent for Nord Amerika.
Baron Lotting.	Baron Lottum, preuss. Legationssekretær.
Baron Salla.	Baron de la Salle, fransk Attaché.
Grevinde Dehn.[1]	Grevinde Dohna, gift med den preuss. Minister.

Man har ogsaa før Carl Bernhards Erindringer offentliggjordes i 1890 været opmærksom paa dette Forhold. I 1876 udkom saaledes en Bog: „Breve fra Danske og Norske, især i Tiden nærmest efter Adskillelsen", udgivet af Professor L. Daae, som bl. A.

[1] Desuden svarer — som det nedenfor vil blive berørt — Novellens Grev Lublinsky til den polske Grev Strazzoldo, skønt her ikke er Navnelighed.

indeholder en Brevsamling „Af en dansk Diplomats Papirer 1817—28“, der navnlig omfatter Brevvexling mellem den danske chargé d'affaires i Dresden M. F. Irgens-Bergh og hans Foresatte Statsminister Rosenkrantz og særlig med det sachsiske Hofs residerende Diplomat i København, B. C. Merbitz. Professor Daae bemærker i Fortalen til Bogen: „En Novellist, Carl Bernhard, har i sin Fortælling „Lykkens Yndling“, der første Gang udkom i 1838, med den gamle Legationsraaad aabenbart sigtet til vor B. C. Merbitz. Det vil overhovedet for Læsere af de Irgens-Berghske Papirer saavelsom i det hele for den, der kender noget til Personer og Forhold i Tiden omkring Tyverne, ikke være vanskeligt at udpege Motiverne til flere af den nævnte Novelles Personager. Grev Tesch er saaledes tydelig nok Baron Steigentesch, Monsigny er Marquis St. Simon o. s. v.“

Dette vil Dr. Schwanenflügel ikke lade gælde. Han skriver ret udførligt derom og søger paa forskellige Punkter at afkræfte Professor Daaes Bemærkning. Det hedder saaledes hos Schwanenflügel: „At Grev Tesch skal være Baron Steigentesch er nu langtfra tydeligt, tværtimod, ingen Paastand kan være mere ukritisk. Steigentesch nævnes kun en eneste Gang i den paagældende Brevsamling og da med nogle faa Bemærkninger i Følge, som aldeles ikke henleder Tanken paa Novellens Grev Tesch. Dertil kommer, at Steigentesch vistnok ikke med Navns Nævnelse (men dog aldeles tydeligt — thi hvem kan vel være den østerrigske Legationssekretærs „herværende Chef“ uden netop Steigentesch) — omtales som den franske Marschalinde Fru St. Simons erklærede Elsker. Man læse S. 92 i den Daaeske Brevsamling: „Nysgjerrige ere vi efter at see, om hans herværende Chef afgaar til Damps med Fru St. Simon, med hvem han staar i nøje Forbindelse, og som med Flid synes at forhale sin Afrejse for at kunne ledsages af Elskeren. Nyligen gjorde de med flere en Tour sammen til Møen; men det var vel ikke den første Tour, de havde gjort med hverandre, Datteren til liden Opbyggelse.“ Men i Novellen omtales ikke Grev Tesch, men en østerrigsk Grev Wallstein atter og atter som den, der er Fru Monsignes alias Fru St. Simons Hjertes Udkaarede. Man erindre sig saaledes den ypperlige Situation, hvor hendes Bekymring over Wallsteins Duel skildres med fin Iagttagelse af slige Kvindenaturers ubeherskede Følelsesliv. Andre Steder i Novellen kunne jævnføres (se Carl Bernhards Sml. Skrifter 2. Udg. 1869 V

S. 115, 125, 300). Ved denne Grev Wallstein maa „Carl Bernhard“ tydeligvis have tænkt paa Grev Steigentesch; og det forekommer mig, at den eneste Grund, Prof. Daae har haft til at antage, at Grev Tesch er Steigentesch, er den halve Lighed de have i Navnet; men saa rask skulde en Historiker dog ikke slutte.“

Forholdet er i Virkeligheden det, at Schwanenflügels Bemærkninger bero paa en fuldstændig Misforstaaelse. Det er ham og ikke Professor Daae, der slutter for rask, thi det Brev, hvormed han søger at ramme Daae, er skrevet den 26 Juni 1827, men allerede 1825 var Steigentesch fratraadt som østerrigsk Minister. Den i Brevet nævnte Chef er derimod Grev Colloredo de Walsee, som blev Gesandt 1826, og i ham have vi da aabenbart Novellens Grev Wallstein. At St.-Aubain har været fuldt bekendt med, hvad Rygtet fortalte om Walsees Forhold til Fru Saint-Simon, ses ogsaa af hans føromtalte Erindringer, hvori det hedder: (Musæum 1890 pag. 67): „Senere levede hun dog i nogle Aar her i Kjøbenhavn, men de, (ɔ: Ægtefællerne) havde hver sin Menage, og den østerrigske Minister, Grev Colloredo de Walsee, saaes mere i hendes end i hans Selskaber, og var hendes stadige Suivant.“

Er det saaledes ganske utvivlsomt, at Carl Bernhards Grev Tesch ikke er Walsee, er der modsat meget, der tyder paa, at Daae har Ret ved her at tænke paa Steigentesch. Pg. 67—69 i „Lykkens Yndling“ findes en Beskrivelse af Tesch, som man maa tilgive at jeg, til yderligere Belysning af Spørgsmaalet, aftrykker det meste af. Den lyder saaledes: „Vistnok ville mange af Læserne erindre sig at have seet Grev von Tesch, medens han opholdt sig her i Kjøbenhavn, næsten daglig gaae op og ned i den Deel af Esplanaden, som er nærmest ved Østerport; thi ligesom han i mange andre Henseender afveg fra sine Laugsbrødres Sædvaner, gjorde han det ogsaa i Valget af sine Spadseretoure, og han kom kun sjeldent paa Langelinie. Men det er maaske kun faldet faa af Læserne ind, at den lille tykke Mand, der saa ud som om han ikke blot levede af Mad, men ogsaa ene og alene for Mad, og som i Virkeligheden var en Gourmand, ogsaa var en høist genial Mand, en smagfuld Forfatter til mange beundrede Digte, hvis Ynde og Finhed give dem en høi Rang i hans Fødelands Literatur. I sin Ungdom havde han staaet i et fortroligt Forhold til flere af den Tids aandrigste Mænd, og heraf var efterhaanden udviklet en Flersidighed i hans Charakter, som man ikke saa meget hyppig træffer blandt Folk af hans Fag. Han havde levet meget i Verden og deltaget i Alt, men selv i sine Udskeielser havde han vidst at indføre Smag og Elskværdighed. Nu var han en gammel Mand, en øvet Diplomat og en duelig Statistiker, men desuagtet havde hans hele Liv et vist idyllisk Præg“ ... etc.

Steigentesch var født 1774 og døde 1826, altsaa 52 Aar gammel. Han var oprindelig Officer og blev senere Diplomat. Han var under Wienerkongressen Generaladjutant hos Kongen af Danmark og blev et Par Aar senere østerrigsk Gesandt i København, hvilket han vedblev at være til 1825, men hans Ophold her var hyppigt afbrudt af diplomatiske Missioner og i Aarene 1822—25 staar der ved hans Navn i Statskalenderen „f. T. fraværende“. Carl Bernhard har formentlig truffet ham, men næppe hyppigt, og det meste, han ved om ham, er vel navnlig af Rosenkrantz's eller andres Fortællinger. En Biograf, Friedrich Brandes i „Allgemeine deutsche Biographie“, karakteriserer ham som en af de interessanteste Figurer fra det Napoleon-Metternich'ske Tidsrum, som en Mand af sjælden Skønhed, en virkelig „Levemand“, som en Finsmager uden Lige, for hvem gastronomisk Nydelse stod over Alt og hvis Valgsprog var: „Des Menschen Schicksal ist sein Magen“. Endvidere som en halv Eventyrer, men derhos som næsten redelig og Mand af Ære, med en stor Dosis Letsind, med temmelig løs Moral, ærgerrig, men magelig og sorgløs. Desuden var han bekendt som en smagfuld Digter og Lystspilforfatter.

Som man vil sé er der ikke faa Træk, der svare til Beskrivelsen i „Lykkens Yndling“, men det er ingenlunde umuligt, at der ogsaa findes Træk af Rosenkrantz i Novellens Grev Tesch, der jo bl. A. skildres som ældre end Steigentesch. Schwanenflügels Omtale af denne Person i Novellen maa i det Hele betegnes som misvisende.

Paa lignende Maade forholder det sig med en Bemærkning af Dr. S. om Saint-Simon: „Skønt „Carl Bernhard“ behandler ham med en vis égard, har han dog ikke skaanet ham. Saaledes i Scenen med den ham i Aand og Manerer overlegne Baron Lotting. Dette mesterligt skildrede Optrin tør man antage er en fri Opfindelse af Forfatteren selv; thi at Merbitz skulde have ladet en slig Himmelbid være upræsenteret for sin gode Ven i Dresden, Geheimelegationsraad Irgens-Bergh, som han opvarter med alle mulige Nyheder, det danske Hof og corps diplomatique vedrørende, vilde være næsten utænkeligt."

Ogsaa paa dette Punkt vil man i selve Erindringerne (Musæum pg. 75) Ord til andet finde „Scenen" fortalt om den preussiske Legationssekretær Baron Lottum, saaledes som den er gaaet over i Lykkens Yndling (pag. 169—70, Udgave 1838).

Beskrivelsen i Musæum pag. 75 af den gamle polske Grev Strazzoldo findes ligeledes næsten ordret fortalt i „Lykkens Yndling" om Grev Lublinsky (pag. 235).

Med Hensyn til Poppi, som i „Lykkens Yndling" spiller en ret stor Rolle, vil Schwanenflügel lade det være usagt, om han skulde være den samme som den neapolitanske Chargé d'affaires Prins Pignatelli-Ruffo. Der er ialtfald ingen Grund til at antage, at Portrætet skulde ligne, hvis det er ment som et Portræt; thi Poppi skildres i Novellen som en Nar der gaar paa Jagt efter Grevindens Formue, medens Merbitz i et Brev fra 21 April 1826 (Daae: pag. 82) netop omtaler Pignatelli som sin Ven og taler om hans Giftermaal med Hofraad Gersons Enke, en rig Jødedame i København. Han slutter saaledes: „Hun skal være et Fruentimmer af Cultur og Talenter, og han er en yderst retskaffen Mand, hvilket han bl. A. har bevist derved, at han udtrykkelig har forlangt, at hvis deres Ægteskab skulde blive uden Børn, man i Contrakten vilde stipulere, at Pengene efter den længstlevendes Død skulde falde til hendes Familie." Det kan jo tænkes, at C. B. har hørt noget løst om hans rige Giftermaal og at der kan være nogen Reminiscens — parret med lidt skjult Antisemitisme — i hans Skildring. Rosenkrantz var f. Ex. stærk „Antisemit" (jfr. hans Biografi i Biogr. Lexicon af P. Vedel) og kan tænkes paa dette Punkt at have paavirket C. B. Men om noget virkeligt Portræt er her vist ikke Tale.

Der er altsaa efter alt det ovenanførte ikke mindste Tvivl om, at Reminiscenserne fra det Rosenkrantzske Hus i den Tid, da Saint-Aubain bevægede sig der mellem corps diplomatiques Herrer og Damer, har været den Baggrund af Erindringer, paa hvilken han lader sine Personer bevæge sig i „Lykkens Yndling". Det er, underligt nok, undgaaet Dr. Schwanenflügels Opmærksomhed, at „Erindringerne", som paa hver Side bekræfte denne Paastand, findes i Musæum fra 1890, da han dog selv citerer deres Fortsættelse i samme Tidsskrift 1891. Naturligvis er det ikke sandsynligt, at Saint-Aubain, der kun var en Snes Aar, da han kom hos Rosenkrantz, har haft noget indgaaende Kendskab til de omtalte Diplomater. Han har vel maattet nøjes med, hvad han paa Soiréerne har kunnet iagttage, og med hvad han hørte Omgivelserne fortælle, og Karakteristiken i „Lykkens Yndling" er heller ikke videre dybtgaaende. Hvorvidt det — som Dr. Schw. formener — har været en Kærlighedshistorie eller Forelskelse fra Saint-Aubains Side i Grev Yoldis Datter, der har givet ham Impulsen til selve Kærlighedshistorien, maa staa hen, men det er jo højst sandsynligt, at han kan have været forelsket i en eller anden af de unge Diplomat-Damer. Hvad der derimod er ganske vist — jeg troer ikke, at man før har været opmærksom derpaa, — det er, at det literære Motiv til Fortællingen findes i Henri Beyles bekendte Roman: „Le rouge et le noir", der var udkommen i 1831, altsaa 6 Aar før „Lykkens Yndling".

Der er allerede noget i de ydre Forhold hos Hovedpersonerne, der kan henlede Opmærksomheden paa denne Bog som Forbillede for „Lykkens Yndling". Den unge Julian Sorel, der i Beyles Fortælling optræder som Marki de la Moles Privatsekretær, indvikles i et Kærlighedsforhold til Markiens Datter, Mademoiselle Mathilde. Allerede i Konstellationen: Den borgerlig fødte Sekretær — den adelige unge Dame, i hele Milieuet af det aristokratiske Selskab, i hvilket han bevæger sig m. v. findes Paralleler til Situationen i „Lykkens Yndling". Det være forøvrigt langt fra mig at ville jævnstille de to Bøger. Beyles Roman er en Samfundsskildring fra Restaurationstiden af det højeste Værd, som er ganske typisk for den paagældende Periode. Den indeholder langt mere end en Kærlighedsroman og nogle Skildringer af det diplomatiske Korps og gaaer baade langt dybere i Menneskeskildring og i Samfundsskildring end „Lykkens Yndling", men at den har tjent som Forbillede og har givet Impulsen til Bogen er let at se for Enhver, der læser de to Bøger, uden at man derfor kan kalde „Lykkens Yndling" for en direkte Efterligning af „Le rouge et le noir".

Jeg skal som Bevis blot aftrykke nogle Steder i begge Bøger ved Siden af hinanden, hvor saavel Situationen som paa sine Punkter selve Ordene ere laante fra „Le rouge et le noir".[1]

[1] Pagina i „Lykkens Yndling" referere sig til Udgaven af 1838, i „Le rouge et le noir" til Carl Michelsens danske Oversættelse („Præst og Socialist", Kbh. 1897).

Beyle pg. 46.	L. Y. pg. 146—47.
„Hr. Sorel“, sagde hun, „. . . kommer De med paa Ballet i Aften hos Hertugen?“ „Jeg har endnu ikke haft den Ære at blive forestillet for hans Durchlauchtighed, Komtesse.“ (Det kneb for den unge, stolte Mand at faa disse Titler frem).	Grevinden sagde forundret: De her? vil De da endelig kritisere os, siden De vil se Forestillingen to Gange? — — Fru Grevinde, sagde han halvhøjt, jeg kan kun faa det eengang at se, jeg har ikke den Rang, som er nødvendig for at komme til Hans kgl. Højhed. Idet han gav denne ydmyge Erklæring, rettede han sin ranke Figur endnu mere i Vejret . . .
pg. 48. Da han om Aftenen indfandt sig til Ballet, blev han forbavset over den Pragt, hvormed Hertugens Hus var smykket. Den Gaard, man skulde køre igennem for at komme hen til Opgangen, var dækket af et umaadeligt Telt af højrødt Bomuldstøj med gyldne Stjerner og forresten omdannet til en Lund med Appelsintræer og blomstrende Nerier, hvis Urtepotter var gravet ned i Jorden, saa det saa ud, som om de var vokset op af sig selv. Paa den Vej, ad hvilken Vognene skulde køre, var der strøet Sand. . . .	pg. 166. En saadan Pragt havde Ditmar endnu aldrig seet. Gaarden i Ministerens Hotel var oplyst med brogede Lamper og bestrøet med hvidt Sand, saa at man ikke kunde høre Støien af Vognene. Trapperne vare belagte med smukke Tepper og pyntede med Blomster og Krandse, Værelsernes Oplysning var næsten for stærk, den blændede Øjet mere end den klareste Dag. Uagtet det var midt om Vinteren, duftede en yndig Blomsterlugt fra de mange Vaser med levende Blomster . . .
pg. 48. Men det var ham næsten umuligt at komme ind i den næste, der var udsmykket som Alhambragaarden i Granada, saa stærk en Trængsel var der ved Døren. „Det kan ikke nægtes, at Komtesse de la Mole er Ballets Dronning“, sagde en ung Mand med Overskæg, der stod Julian saa nær, at hans Skulder trykkede ham i Brystet . . .	pg. 172. Døren til Balsalen var snart spærret af Tilskuere, hele Stuen var fyldt med Mennesker, og Ditmar var nødt til at standse midt i Trængselen. „Hvem er det, der dandser“, spurgte den gamle Legationsraad, der stod paa Taaspidsen for at se over de Andres Skuldere. „Det er Grevinde Corsel“, svarede Fru Dehn. „Hun er dog unægtelig Prima Donna paa Ballet.“ . . .
pg. 64. „. . . Hvilket herligt Bal! Her mangler intet!“ „Jo, der mangler Tanker“, svarede Greven . . .	pg. 174. „Det er et charmant Bal“, sagde Kammerjunker Pind, som kom lige ud af en Dands. „Et ganske charmant Bal, her mangler aldeles Intet.“

pg. 81. Medens Marki de Croisenois, ude af Stand til at bryde sig Vej gennem Trængslen, stod og saa smilende paa Frøken Mathilde, lod hun sine himmelblaa Øjne hvile paa ham og hans Sidemænd og tænkte: „Hvor de allesammen er hverdagsagtige! Der er nu de Croisenois, der tænker paa at fri til mig. Han er ligesaa stilfærdig og høflig og har et ligesaa net Væsen som de Rouvray. Hvis de ikke var saa kedsommelige, vilde de to unge Mænd være meget elskværdige. Han vil ligeledes følge mig paa Bal med denne indskrænkede og tilfredse Mine. Et Aar efter Bryllupet vil min Vogn, mine Heste, mine Kjoler og mit Gods en halv Snes Mil fra Paris være i den bedste Orden ... Det var imidlertid lykkedes Marki de Croisenois at komme hen til hende; men hun hørte ikke paa hvad han sagde, optaget som hun var af sine Tanker, og Lyden af hans Ord gik i ét for hende med Ballets Summen. Hun stod uvilkaarligt og saa efter Julian, der havde fjærnet sig med en ærbødig, men stolt og misfornøjet Mine. ...

Kender De Grev Altamira? spurgte hun Marki de Croisenois.

Dette Spørgsmaal kom saa uventet og stod saa lidt i Forbindelse med alt, hvad han havde sagt i de sidste fem Minuter, at han følte hele Løftelsen taget fra al hans Elskværdighed.

„Det Eneste skulde være et lille Parti Forstand til Fordeling“, sagde Rosen ...

pg. 178. ... Hvor er dog dette Liv tomt paa Interesser. Hvor jeg ser hen, møder jeg den samme Ubetydelighed ... Flavine? Han vilde holde mine Heste og Vogne i god Stand, men en Maaned efter Bryllupet havde jeg hørt alt, hvad han havde at sige mig ... Der staaer Ditmar ... hendes Ansigt udtrykte en vemodig Tilfredshed; i det hun betragtede den unge Mand ... Vicomte Flavine havde allerede i nogle Minuter converseret Grevinden, uden at hun mærkede det ...

Da Fru Corsel endelig bemærkede hans Nærværelse, spurgte hun med en Mine, som kun altfor meget røbede, hvor langt hendes Tanker havde været fraværende og som ganske forvirrede den stakkels Vicomte: „Kjender De Baronesse Rosen? Er hun forlovet? ...

Dr. Schwanenflügel anfører, at man i „Tidsskrift for Literatur og Kritik“ i 1839 har villet finde Forbilledet for Slutningskatastrofen i „Lykkens Yndling“ i en da udkommen fransk Novelle: „Kernock“ og slutter derefter sine Betragtninger med følgende Ord:

„Efter min Formening har vor Forfatter samlet sine Iagttagelser af Personer og Situationer fra de Rosenkranz'ske Soireer, hvor han som ungt Menneske er kommen. Han har ladet sin Erindrings fantastiske Skær belyse dem og stillet sig selv med sit unge Hjertes romantiske Kærlighed og dets dristige Forhaabninger som Midtpunkt for det Hele. Han har ikke som hin Anmelder i Tidsskr. for Lt. og Kritik paastod, laant sin Slutning fra en fransk Fortælling: han har ikke behøvet det; St. Aubains egen Livslykke gik til Bunds paa Skæbnens Hav. Ud af Selvsyn og Selvoplevelse, indre saa vel som ydre, er „Lykkens Yndling" skreven. Derfor blev den St. Aubains bedste Novelle."

Saaledes forholder det sig ikke. Saint-Aubain har som 40-aarig Mand, paavirket af den geniale franske Roman, samlet sine Ungdomserindringer fra en lignende Sfære i København, og har derefter skrevet sin Bog, maaske ogsaa under Indtryk af Minder fra en Ungdomsforelskelse, og han har skrevet den, saaledes som en dansk Skribent, der nærmest stod under Paavirkning af den danske romantiske Literaturperiode, har maattet skrive den. I Forhold til den franske Roman — der for mig staaer som primus motor, som den, der har givet Idéen til „Lykkens Yndling" — forekommer denne noget „opspædet", og den spænder — som sagt — baade i Menneske- og Samfundsskildring over langt mindre Felter. Men nogen Interesse har den baade som personlig Bekendelse og efter de Forhold i vort Hovedstadsliv i Tyverne, som den beskriver.

STEDNAVNE I ERRITSØ SOGN

AF

HENRIK USSING

Der findes Landet over en Uendelighed af Stednavne; kun den mindste Del af disse er optegnede og fremdragne til Undersøgelse; thi Landsdelenes, Herredernes, Sognenes og Byernes Navne udgör et forsvindende Tal i Forhold til den Mængde Stedbetegnelser, der rummes inden for Sognenes og Byernes Grænser. Hver Bakke og hver Bæk, hvert Kær og hvert Krat, hver Mark og hver Mose, ja tit baade Grøft og Gærde har sit Navn, som de har faaet i Tidernes Løb, efterhaanden som de med deres Ejendommeligheder traadte frem for Befolkningens Bevidsthed og fik deres Betydning for den. — Jordbundsforhold og Naturejendommeligheder er selvfølgelig det, som afgiver det förste, uvilkaarlige Navnestof; men dernæst kommer de forskellige Kulturfænomener, som et Folk under sit Levnedsløb tilegner sig, og afsætter hver sit Lag af Navne paa de Steder, som de knyttes til. Endelig kan en enkelt Begivenhed eller et særligt Forhold (som Ejendomsforhold) afføde et Stednavn. Vi faar saaledes hovedsagelig tre Arter af Navne: et naturbetinget, et kulturhistorisk og et historisk Navnestof.

En hel Del af disse Navne er imidlertid ved at blive skrevet i Glemmebogen, efter som de Natur- eller Kulturgenstande, hvortil de knyttedes, omformes eller forsvinder. Navnet paa et Kær bortfalder ganske naturligt samtidig med, at Fordybningen i Jorden fyldes, og Overfladen lægges under Plov ligesom den omgivende Mark. Den gamle Agerinddeling fra Fællesskabets Dage glemmes nogle Slægtled efter, at Udstykningen i Lodder er foretaget, — og dermed Agrenes Navne. En stor Sten, som bar Navn efter en vis Begivenhed, sprænges og føres bort — og nævnes aldrig blandt de unge, som ikke har set den. — Mange Navne bruges kun af ganske faa, Beboerne af den Gaard, hvortil Stedet hører — og undertiden endda kun af de ældste Folk paa Gaarden; de yngre kender Navnene, men bruger dem ikke selv; de benytter sig af mere „tidssvarende" Betegnelser. — Det er derfor ingenlunde let at indsamle Stoffet selv for et begrænset Omraade; det kan kun lade sig göre paa et Sted, hvor man færdes Dag ud og Dag ind, og hvor man kender næsten hvert Menneske. Jeg vil i det følgende søge at give et Eksempel paa, hvad der i den Henseende kan göres i et enkelt Sogn, Erritsø Sogn, Elbo Herred, Vejle Amt. —

Sognet ligger paa en Halvø, der dannes ved, at Lillebælt fra Møllebugten ved Fredericia först slaar et Slag mod Syd og dernæst ved Middelfart drejer ret i Vest. Det former sig som en Firkant, der altsaa paa de to Sider Øst og Syd grænser til Lillebælt, mod Nord skilles fra Fredericia Mark ved Erritsø Bæk (som løber mod Øst ud i Lillebælt) og mod Nordvest og Vest uden naturlige Grænser støder op til Ullerup, Bræstrup og Tavlov Kommuner. — Udstrækningen er omtrent en halv Mil fra Nord til Syd og henved tre Fjerdingvej fra Øst til Vest. — Sognet har kun een By, der strækker sig, en Fjerdingvej lang, fra Øst til Vest i dets nordlige Del.

Den allernordligste Del af Sognet udgöres af Erritsø Mose, *äʀ·sə mʊ·ós*, eller som den almindeligvis kaldes *æ mʊ·ós*; den østligste smalle Strimmel ud mod Havet (*tḭl·ə bḭlt*) bestaar af opskyllet Sand og kaldes Sanddal (*saŋ·dəl*). Vest derfor kommer et Stykke med det mærkelige Navn Bommernak: *bomənak*. Mosen afsætter större og mindre Forgreninger mod Syd, der i Rækkefølge fra Øst til Vest hedder: Korskilde Mose (*kɔskjəl mʊ·ós*) (hvoraf en Gren kaldes Brunbjærg: *ˈbʀuun,bjäʀ'ə*), *tʀä·ðkjə* (Trættekær?), *æ ˈtḭl,ha·ʊ* (Lillehaven), *æ sgiðən kja'ə* (det skidne Kær) og *si'q* (= oldnordisk: sík, langsomt rindende Vand); Bækkens øvre Løb gaar fra Syd til Nord gennem *æ hʊ·ót* (Hulningen), der ved Brovad (*bʀo·və*) grener sig i Brovads Have (*bʀovəsˈha·ʊ*) og *æˈbʀɔk,gʀa·ʊ* (Grævlingegravene). Fra Lillebælt strækker der sig langs hele Kysten smaa Moser og Kær ind mellem de höje Strandbanker; Navnene paa dem fra Nord til Syd er *li·mən* (Limen, der har Navn af Jordbundens Kalkholdighed, oldn. lím = Kalk), *ta·əmós* (Tavemose med Navn efter en eller anden sej Vækst: Taver), *tʀä·nkjə* (Tranekær), — og fra Øst til Vest: *åŋ·dəl* (Aandedal, hvor det i Mands Minde har huseret slemt med Aander), *syʊˈdam'* (Søsdam?), (*væjəmʊ·ós*), *bʀæjn·dəl* (Bregnedal), *tʀål·dəl* (Troldedal). Omtrent midt i Sognet ligger en lille Sø med en Mose omkring: Snaremose (*snåʀ·mós*); spredt omkring ligger smaa Kær eller forhenværende Kær: *ʀɔ̈kjə* (Rødkær), *laŋ·kjə* (Langekær), *nʊ·ökjə* (Nordkær), en lille Sænkning i en af Byens Tofter kaldes *æ dev'əl* (rimeligvis et gammelt Ord, dannet af dyb; saml., at i Nabosognet „Nybøl" er blevet til *nev'əl*)[1]; flere „side Strækninger, hvor Vandet bliver staaende en stor Del af Aaret", kaldes *æ flʊ'j* („Floden", æ Bundgaards *flʊ'j*, æ Skovs *flʊ'j* o. fl.; O. Nielsen har vist ikke Ret, hvis han mener (i Universitets Jubilæets Blandinger I Side 232), at dette Ord i alle slige Tilfælde kommer af oldn. flói; thi her kan det umuligt være udviklet af flói, der maatte blive til flow', men maa komme af flóð = Oversvömmelse; de af O. Nielsen nævnte Eksempler kan i alt Fald tildels forklares ud fra -flod, idet *d* nemt falder bort i den sidste, trykløse Stavelse). —

Jordsmonnet er let bølget, og faa Steder hæver sig med saa ejendommelige Former, at de har faaet Navn derefter; kun ud mod Mosen og mod Havet fremtræder Höjderne som „Banker": mellem Korskildemose og æ Lillehave strækker der sig ligesom en Halvø frem, der

[1] Se H. F. Feilbergs Ordb.

kaldes Tange (*taŋ˙*), og fremspringende Pynter paa den er: *æ taŋ˙ baŋ˙k* (den lange Banke), *æ ʀö˙ baŋ˙k* (den røde Banke) og *fʀəˈhɔ̈j* (Fru Hoved, en underlig voldstedlignende Halvrunding). Frem mellem Skiddenkær og Mosen strækker sig *æ kaˈnɛ̈tˌbaŋ˙k*, der efter Sigende har sit Navn af en „Kornet", som under Svenskekrigen faldt i en Duel her. Brunbjærg, der nu er Navnet paa en lille Gren af Mosen, maa vel oprindelig have betegnet den Bakke, som gaar ned dertil. Ud mod Lillebælt mod Syd vender en höj, brat Brink, hvis Ovre fra gammel Tid har været ryddet for Skov; derfor bærer den Navnet *ʀɔ̈jbɔʀ'ə* (Rydborg, Rudborg; oldn. ruð = ryddet Skovstrækning; borg = stejl Bakke); det höjeste Punkt i Sognet hedder *bɔʀ'ə* (Borg); det er rigtigt, naar O. Nielsen i sine Bidrag til Tolkning af danske Stednavne (Universitets-Jubilæets Blandinger), siger, at „lignende Overgang (som ved Wibiærg — Viborg) kan vi altsaa vænte at finde ved mange andre Stednavne, der allerede i det 14de Aarhundrede optræder med Endelsen -borg, men hvis Endelse alligevel er oprindelig -bjerg"; men han overser, at vi oprindelig har to Ord: bjærg og borg af omtrent samme Betydning, nemlig: Bakke, at Vekslingen imellem de to Ord som Endelse derved bliver let forklarlig, at Endelsen -borg derfor kan være lige saa oprindelig som -bjærg i Navnet paa en Bakke, hvor der aldrig er blevet bygget en Borg, og at et Lomborg (Longborg) altsaa slet ikke med Urette bærer sin Endelse -borg; „den höje, langstrakte Banke norden for Kirken" er netop en „Borg". — I Röjborg kunde det vel — skönt vanskeligt — tænkes, at -borg stammede fra et -bjærg; men det er rimeligst at antage, at vi som Endelse i dette Ord har det samme Borg, der selv optræder som Stednavn i *bɔʀ'ə* (hvilket selvfølgelig ikke kan komme af Bjærg), og som heller ikke andet Steds er ukendt som Stednavn; man mindes blot Egil Skallegrimsens Gaard Borg, der netop havde Navn efter den Bakke, den laa ved. — En Bakke, der er blevet brugt som Rettersted, har faaet Navn efter en der henrettet Forbryder (siges der) og kaldes *ˌmaʀkəsˈbaŋ˙k* (Markusbanke). Et Par Höje: *æ baʊ'n* og *æ baʊ˙nhjʊ'* har — som Navnene viser — tjent til at tænde Bavner paa, idet den ene ydede et vidt Udsyn over Bæltet mod Sydvest, den anden mod Nordøst. — Adskillige Gravhöje har ligget spredt ud over Markerne; Pontoppidans danske Atlas nævner et Par Stykker af dem: „Paa Erritsøe Mark findes trende Høie, kaldte Steenes-Høi, Ulve-Høi og Rød-Steen, som skal have været hedenske Offersteder."[1] Men Höjene er nu ved at forsvinde saa vel som Navnene; man öjner kun nogle svage Hævninger i Jordsmonnet, hvor de har ligget. — Byen og Sognet selv bærer Navn efter en Höj, Erikshøgh,

[1] Denne Meddelelse har D. Atl. fra Jochum Reimers Indberetning til P. Resen 1687, udgivet i Saml. til jysk Hist. og Topogr. X Bind ved O. Nielsen: Findis paa Eretzøe march 3 høie, som kaldis Steenis høi, Ulfue høi och Røed steen paa huilche findis opført nogle store steen, huor paa siges af gamble mænd, at hedningerne haffue opfert deris guder brendopfer. — I Præsteberetninger 1638, udgivet ved O. Nielsen i Danske Saml. for Hist., Topgr. osv. 2. R, 4. Bind: Findis paa Erretzøe march en megit stor sten oplagt paa tre andre stene, saa en kand side der under. Der hosz er en stor høie kaldes Landhøie, er trind offenpaa och synis der skal verit en kilde der paa i gamble dage.

som det tydeligt fremgaar af de gamle Stavemaader: Ærexhøgh, Erikshøg, Erixhø, Ærishøy (se t. E.: Ribe Oldemoder, sml. Blandinger II, 91); og denne var selvfølgelig en Gravhöj; thi kun en kunstig dannet Forhöjning, opkastet ved Menneskehaand, kunde kaldes høgh; en naturlig Hævning i Jordsmonnet vilde kaldes Banke, Borg, Bjærg eller lignende. Hvor imidlertid denne Erikshøgh har ligget, kan vanskeligt afgöres nu; det eneste i eller umiddelbart ved Byen, der paa en rimelig Maade minder om en Höj, er det Sted, hvor Kirken ligger. — Det er meget tvivlsomt, om det gamle Færgested Snoghöj, hvorfra Overfarten til Middelfart i gammel Tid foregik, bærer sin Endelse -höj med Rette; ganske vist siger Befolkningen paa Stedet nu *'sno·q,hjw'*; men for et Par Menneskealdere siden var Udtalen altid *sno·fə*, og denne Endelse *-fə* kan ikke komme af høgh, men leder derimod Tanken hen paa Middelfart, der af Egnens Folk kaldes *mätfə*; Snoghöjs oprindelige Navn har derfor vist endt paa -far (= Overfartssted); den nuværende Udtale er da fremkommet under Paavirkning af en misforstaaende Retskrivning[1]; — der findes heller ikke Spor af Höj i Nærheden af Stedet. I samme Retning som, hvad jeg her har fremsat, tyder ogsaa Hans de Hofmans Forklaring i den danske Atlas: Snoghøi „har efter Traditionen sit Navn deraf, at, da Vendelboerne forfulgte Kong Knud den Hellige, bleve de der opholdte, og kaldede Stedet Snove, det er, at dvæle“. Heri er i det mindste det rigtige, at Navnet hverken har noget med Snog eller Höj at göre. — Navnet paa en Höj, der er forsvundet, har vi bevaret i Mads-Höj-Agre (*ma'sjw',aq·ə*), der betegner et Stykke af Marken.

I ældre Tid har alle Sognets Gaarde og Huse — paa faa Undtagelser nær — ligget i „Byen“[2]. Paa begge Sider af Gaden (*æ gd·ð*) laa Hus ved Hus og Gaard ved Gaard, paa adskillige Steder næsten som dyngede sammen; stundom var to Gaarde saaledes bygget sammen, at de havde en Længe til Fælles. Ved den nordvestlige Grænse af Sognet, men uden for Skellet, ligger en Gaard, der kaldes Himmerig; — det Bolsted i Byen, som ligger længst borte fra Himmerig, har fra gammel Tid baaret Navnet Helvede (*höləð*), i „Kronens Skøder“ nævnes, at Peder Munch til Estvadgaard i 1593 mod andet Jordegods bortbytter i Erritsøe Sogn og By 1 Gaard med Skov til 15 Svin og 1 Bol, kaldet H e l f v e d e. Dette Bolsted strækker sig som en Gren mod Nordøst uden for Gaden; endnu længere fremme paa en Pynt laa til for faa Aar siden et Hus, „Udkik“, som paa Vagt ud imod Mosen, Møllebugten og Fredericia. Mod Sydøst ligger et Par Gaarde, der nu kaldes *æ 'ösdə,go·ə* (Østergaardene), men som i tidligere Dage muligvis kunde takke deres Fjærnhed fra Himmerig og deres Naboskab til Helvede for deres Navn: *æ su·ŋ knə'q*

[1] Præsteberetn. 1638: Noch udi Erretzøe sogen thuert offuer for Medelfart ere 3 fergehusze kaldis Snobhøie.

[2] Præsteberetn. 1638: Erretzøe sogen, der udi den ene by Erretzøe, haffuer gorde 28 och 1 mølle. — I Følge Hans de Hoffmann: Oeconomisk Beskrivelse over Coldinghuus Amt (Uldall. Saml. 192 Fol.) fra 1787 var der den Gang i Erritzøe Sogn 46 Gaardm., 34 Bolsm. og 14 Husm., paa Lyng 7 Fiskere, paa Snoghøj 1 Gaardm. og 7 Fiskerc, Hönneberggaard: 2 Gaardm. og 6 Boelsm.; udflyttet paa Byens Jord 4 og paa Hönneberggaards Jord 8.

(den onde Krog). Nærmest Helvede ligger imidlertid Holt (*hålt*), der vel har faaet Navn efter en lille Skov (Holt), hvoraf der nu i det höjeste er nogle Rester paa Skrænterne ned mod Korskildemose. — Tager vi nu alle de Gaarde, som bærer Navn (thi det er ikke dem alle, der gör det) paa Rad fra Øst til Vest uden Hensyn til, om de ligger Nord eller Syd for Gaden, bliver Rækkefølgen denne: Elkær (*ät·kjə*), Bjærg (*bjäʀ'ə*), Kær (*kja'ə*), Hovsted (*hå·sdə*), Smedegaard (*smæj·gō*) Hyldegaard (*hyləgō*), Javnsgaardene (*æ jaw'nsgo·ə*), der var Tvillinggaarde, som havde sammenstødende Bygninger, og bar Navn efter dette Forhold (*jaw'n* = jævn, lige, ligelig); *æ* ˈ*fåə·*ˌ*go·ə* var ligeledes Tvillinggaarde; deres Navn betyder vistnok Fogedgaard; Hovgaard (*hå·gō*), Bundgaard (*bɵŋ·gō* eller *bɵŋ·gō*), Præstegaard (*pʀä·sgō*), hvilket Navn er mærkeligt, da der ikke siden Reformationen i hvert Tilfælde har boet nogen Præst i Erritsø; langt naturligere bliver derfor det Navn, den næste Gaard bærer: *æ a*ˈ*næksə*ˌ*go'ə*; Sognet var — i Følge Pontoppidan — indtil 1667 Anneks til Tavlov, men blev fra da af Anneks til den tyske Menighed i Fredericia. För Udskiftningen og Udflytningen begyndte i sidste Halvdel af det 18de Aarhundrede, laa næsten alle Sognets Gaarde og Huse i Byen. Hans de Hofman, som fortsatte det af Erich Pontoppidan begyndte danske Atlas, og som boede i Fredericia og derfor kendte Erritsø Sogn ret grundigt, fortæller i 5te Tomus, der udkom i 1769, at der paa den Tid laa uden for Byen Færgestedet Snoghøi, Hønneborg Ladegaard, og disse Fiskerhuse ved Stranden: Lyng, Seiberg, Synderskov, Røiborg og Sanddal. — Hønneborg Ladegaard eller — som den andet Sted nævnes — Henneberggaard kaldes nu næsten altid Ladegaard (*lå·gō*), kun sjældent Henneberg Ladegaard. Den var oprindelig Ladegaard til det ved Snoghöj en halv Mil borte liggende Hönneborg, der i Følge Trap kaldes hønepurgh i et tysk Skrift fra Kristian den Andens Tid, som omtaler, hvorledes denne Konge efter Adelens Opsigelse af Huldskab og Troskab i een Nat sejlede vel tyve Gange frem og tilbage mellem „miltephar“ (Middelfart) og „hønepurgh“. I danske Atlas siges der, at „ei langt derfra (fra Snoghöj) findes Rudera af en stor Bygning, som fordum har været et Slot, kaldet Hönneborg, hvis Ladegaard endnu er til.[1] Ved Snoghöj er et Fiskerhuus, som endnu kaldes Slottet.“ — Nu er de omtalte Rudera forsvundne; men et Par Smaahuse kaldes endnu „de Slottens Huse“, og Beboerne af Stedet har i mange Tider altid faaet Slot (*slɔt*) til Efternavn. — Ude paa Sognets sydøstligste Spids, der hed-

[1] Tvivlsomt er det dog, om Hönneborg virkelig har ligget ved Snoghöj og ikke snarere omtr. ½ Mil vestligere i Nabosognet Tavlov ved Hagenør, hvor der er et meget anseligt Voldsted, der er omgivet af en Eng, der endnu kaldes Hönborg Mad. Dette støttes af Præsteberetn. 1638: Noch er der i skoffuen en enlige gord Hønborriggordt. Hønborrig haffuer verit et slot och befestning thuert offver for Hensegavell i Fyen, bleff ruineret udj skipper Clementz och hans medfølgers anløb her udi landit. — I Indberetning til P. Resen (1687) skriver Jochum Reimer: Udi samme soegen haffuer veret et schlott, som kaldtis Hønneborg, och er nu schleuffit, huorfor gaarden endnu kaldis Hønneborg Ladegaard. Viedere ved ieg intet. — Paa et gammelt Kort i „Ny kgl. Saml., Fol. 409a“ er „Hønneborg“ afsat ved Hagenør og ikke ved Snoghöj.

der Lyng eller Lyngsodde (*løŋ'* eller *løŋs'dj·*), ligger et lille Fiskerleje: de Lyngs Huse (*di løŋ's huu·s*). (Præsteberetn. 1638: Østen for Erretzøe ved Stranden paa en odde er en lystig sted kaldis Liung, er saa vitt begreben at en ferge mand som der paa boer haffuer der en tofft at pløye och saae paa). Efterhaanden blev imidlertid en Del af Byens Gaarde flyttet ud paa Marken. I Følge Begtrup: Beskrivelse over Agerdyrkningens Tilstand i Danmark, 1808, var der den Gang i Erritsø 35 Gaarde, deraf 12 udflyttede, 62 Huse og 1 Herregaard: Hönneberggaard. Trap nævner i 1859 „i alt i Sognet 68 Gaarde og 101 Huse, hvoraf 33 Gaarde og 59 Huse uden for Byen". De fleste af de udflyttede Gaarde har ført deres Navn med sig fra Byen: Hovsted, Hovgaard, Fovgaard, Bundgaard o. s. v., men saaledes at Navnet ude paa Marken nærmest er knyttet til Ejeren, medens det inde i Byen nærmest var og er knyttet til Gaarden, selvom man ogsaa her i vid Udstrækning brugte og bruger Gaardens Navn om Ejeren. I andre Tilfælde fik Gaarden dog Navn efter sin ny Beliggenhed: Sanddal, Röjborg, Sønderskovgaarde (*'syŋ·əsgós₁go·ə*), Bavngaard (*bau·ngó*) ved „Bavnen", Ballesgaarde (*'bal'əs₁go·ə*) i en Strækning af Sognet, som kaldes *bal'ə* (Balg), paa Generalstabens Kaart opføres: Overballe (mod Syd), Nederballe (mod Nord); efter det forhv. Vadested Brovad nævnes en Gaard Brogaard; et Sted, der for en 25 Aar siden er bygget ved Markusbanke, nævnes tit efter denne forhenværende Galgebakke, og Mejeriet, der i Firserne blev bygget ved Brovad, har faaet det gamle Vadesteds Navn. Fra Henneberggaard er udskilt en Gaard, der kaldes Damgaard (*dam·gó*). Da Erritsø ligger saa nær ved Fredericia, har det selvfølgelig ikke kunnet undgaas, at en Fabrikant fra Fæstningen har anmasset sig Navnet „Erritsøhus" som Benævnelse paa sin Villa.

Gaden, som gaar langs gennem Byen, deles i *'dø·ə₁gå·ð, æ 'medə₁gå·ð* og *æ 'næį·ə₁gå·ð*. Egnen ved Gadens Begyndelse i Øst kaldes *æ 'ptaŋ·də bæį* efter et Plantebed (Planteskole), som for længst er forsvundet. Her ligger ogsaa *æ kabə'rå'ttåøt*, opnævnt efter en forhenværende Ejermand, der fra sin Soldatertid førte Titlen Korporal. Et Stykke mod Vest, hvor Korskildemose støder op til Gaden, er Korskilde (*kəsķį·əļ*), der oprindelig maa have været Benævnelsen paa en Kilde med et Kors ved (her er endnu et Væld), men nu er Navnet ogsaa paa det nærmeste Nabolag; — igen lidt længere mod Vest støder vi paa en anden Sænkning, der kaldes *æ st'əpøt*, og den Stenkiste, der førte Folk törskoede over Pytten, kaldtes *æ 'st'əpøt₁bʀdø'*. Nær ved dette Sted paa den nordlige Side af Gaden er der en gammel Mergelgrav, der af ældre Folk nævnes *æ 'jø·əmatə₁hål* (Jordmarvhullet), et Navn, der stammer fra den förste Tid, Folk begyndte at mergle deres Jord, da de endnu kaldte Mergel for *jø·əmal'ə*. Paa Grænsen mellem Nedergaden og Midtergaden laa det gamle Bystævnested, der dannede en Plads Nord for Gaden, men nu er forsvundet. Et Stykke af Gaden, som forbinder Midtergaden og Overgaden og førte fra Kirken ned til *æ bøŋ·gó*, kaldtes *æ bøŋ·gós gųį·ð*. En Sænkning med en Del Smaahuse aller vestligst i Byen hedder Sig. — För Udskiftningen har der foruden Gaden ikke været andre offentlige Veje end Herredsvejen, der fra Fredericia førte til Snoghöj (nu kaldes den mest *æ 'næj·ə,væj*, den nedre Vej) og Landevejene til Kolding og Vejle fra Snoghöj. For øvrigt har man kun haft Markveje. Ved Udskiftningen blev anlagt et System af Veje, der udmærker sig ved Regelmæssighed — takket være dets Oprindelse. — Fra Herredsvejen udgaar mod Øst: Sanddalsvejen, Jomfruvejen, (*æ 'jom·fnə,væj*), opkaldt efter en hvid Jomfru, der ret jævnlig møder den ensomme Vandrer her i en natlig Stund; Strevelinsvej (*sdnevə'ljiʼnəvæj*), der løber langs med en Mark med Navnet Strevelin; og Lyngsvej, der fører til Lyngsodde.

Syd for Bytofterne løber *æ hə·əjvæj* (Hovedvejen), som forbindes med Gaden ved *æ 'hy·əlj,væj* (Hyrdeledvej, saaledes kaldet, fordi den støder til Gaden ved Hyrdehuset, hvor der i gammel Tid fandtes et Led: *æ hy·əlji*); *æ 'fås·gós,væj*, der gaar ud fra Fovgaard; *'aq·əlj,væj* (Agreledvej), der i gammel Tid har været lukket med et Led, gennem hvilket man kom ud til en Del af Byens Agre; og *æ 'sö·sgjŋs,væj* (Søskendevejen). Fra Hovedvejen mod Syd ud forbi Lodderne fører *'knoʼqsaqə,væj* (Krogs-Agre-Vej, der har sit Navn efter Krogs Agre, et Hold af de gamle „Agre" fra Fællesskabets Tid); *,tonə'kjaʼəsvæj* (Tonne Kærs Vej, som har opbevaret Navnet paa en ellers ukendt Mand: Tonne Kær, Anton Kær); *æ bljŋ· væj*, der ender blindt; og *'äl·kjəsaq·ə,væj* (Elkærs-Agre-Vej, der ligesom Krogs-Agre-Vej har Navn efter et af de gamle Agerskifter).

I den vestlige Del af Sognet foregaar Færdslen foruden ad Kolding Landevej og den gamle og den ny Vejlelandevej ogsaa ad Sognevejene: *möl·sgósvæj* (Mølleskovsvej), *æ 'ha·ulsgə,væj* (Haveløkke-Vejen) og *'lå·gó-sgåss,væj* (Ladegaardskovs-Vej). Jærnbanen (*æ bå·n*) gaar over et Hjørne af Sognet.

Det ser ud, som om Sognet er dyrket op inde fra Byen af; dets midterste Dele, de saakaldte Lodder, er aabenbart gammeldyrket Jord, hvor der ikke findes Spor af Skov; men uden om dem strækker sig som et bredt Bælte til næsten alle Sider Skove, opdyrkede Marker og Smaaenge, hvilket alt med et fælles Navn kaldes Haverne (*æ ha·və*). Kun een Strækning er her helt skovløs; det er Sognets sydøstligste Spids, og i Stedets Navn har man Forklaringen paa dette. Lyng (*løŋ'*) kaldes det og har i gammel Tid været en lille lyngvokset Hede, der dannede en Modsætning til de skov- og kratbevoksede Haver. „Haverne" har i Fællesskabets Tid udgjort Byens Overdrev, hvor Kvæget en stor Del af Aaret gik løst omkring; oprindelig har efter al Sandsynlighed disse Strækninger været een stor Skov; men det løsgaaende Kvæg har sörget for de fleste Steder at holde Opløbet nede, saa der til sidst ikke voksede andet end Græs og Krat; og kun enkelte Steder, hvor Skoven er blevet fredet, eller hvor Kvæget ikke helt har kunnet faa Magten, har man större Skovstrækninger. Efter at Udskiftningen havde fundet Sted (1772), hvorved hver Gaard foruden sin „Toft" i Byen og sin „Lod" af Agrene ogsaa fik sin „Have", blev Krattet de fleste Steder ryddet bort og Jorden lagt under Plov; men Skovene lod man for största Delen staa.

Den lille Mark, som hver Gaard i Byen ligger i, kaldes *æ tåst* (Toften), og Toften nævnes efter den Gaard eller den Mand, som den hører til: æ Elkjærs Toft, æ Bjærres Toft o. s. v. Gaarden kan være udflyttet eller nedlagt; men altigevel nævnes Toften efter den; saaledes er der ikke længer nogen *smæįˈgó*, men man taler endnu stadig om *æ smæįˈgós tåst*. Æ Ravns Toft, er der et Jordstykke i Byen, der hedder; men den Æt, der bærer Navnet Ravn, har i over hundrede Aar boet langt ude paa Marken (i det Strög, som hedder Balle[1]) og har i umindelige Tider intet haft med Toften at göre; i en Vedtegning paa et gammelt Skøde hedder det: „Fremlagt ved Skiftet efter afd. Jens Hansen Ravn af Raunsgaard paa Erritzøe Mark d. 11 Aug. 1802". — En forlængst afdød Mand ved Navn Gert har ejet en Toft, der endnu i Dag kaldes *æ gįˀədəs tåst*; sml. *æ kabəˈrålˀtåst*. — Et Jordstykke nær ved Kirken hedder stadig *æ krəˀtåst* (Krotoften), skönt det sikkert er mangfoldige Slægtled siden, man paa den By Erritsø kunde anvende det gamle Ordsprog, at hvor Vorherre bygger en Kirke, bygger Fanden en Kro ved Siden af. En enkelt Toft nævnes ikke efter Gaard eller Ejer, men efter dens Beliggenhed: *æ ˈnəˈəʀən͵tåst* (Nordentoften).

Det Omraade, som i Fællesskabets Tid udgjorde den væsentligste Del af den opdyrkede Jord, Agrene, blev ved Udskiftningen delt i „Lodder", hvoraf hver Gaard fik en. — For det meste nævnes disse Lodder nu efter Gaarden eller Ejermanden: *æ kɔgəs lɔð* (Koks Lod), *æ buŋˈgós lɔð* (Bundgaards Lod) — eller efter forhenværende Ejere: *æ ˈkʀåˈq͵lɔð* (Kragelodden, som har tilhørt en Familie, der hedder Krag eller Krage), *bɔʀˀəsəs lɔð* (som har tilhørt en Borres); — undertiden kaldes hele Lodden efter en Naturejendommelighed, der optager en Del af den: Rødkær, Langkær. Men i en Del Tilfælde bærer Lodden samme Navn, som de samme Sted liggende Agre bar i Fællesskabets Tid. Saadanne Navne er *aˈsaqˈə* (maaske Arsagre), *maˈsįwˀaqə* (Mads-Höj-Agre), *flįntsaqˈə* (Flindts Agre), *ˈkuuˀls͵aqˈə* (Kuls Agre); undertiden er det gamle Agernavn ikke længer knyttet til et Markstykke, men derimod til en Vej, som satte Byen i Forbindelse med vedkommende Ager: *ˈkʀɔˀqsaqə͵væį* (Krogs-Agre-Vej), *ˈälˈkjəsaqˈə͵væį* (Elkærs-Agre-Vej). Andre mere fantasifulde Navne paa Markstykker forekommer ogsaa, som: *æ åuˀn* (Ovnen, om en trekantet Jordstump Vest for Vejlelandevejen) eller det besynderligt klingende *sdʀevəˈlįˀn* (Strevelin); et större Omraade, hvorpaa der ligger tre Gaarde, kaldes Balle (*balˀə*), og en anden Steds liggende mindre Strækning hedder *bʀæįˈnbalˀə* (Bregneballe); dette Balle eller Balg forklares af O. Nielsen overensstemmende med J. Saml. X 135 og Kok: d. d. Folkesprog I. 177, som en höjt liggende Flade med eller uden Skov; de i Erritsø Sogn liggende „Balge" hæver sig imidlertid ikke over det omgivende Land. — Et Par Steder i Sognets Udkanter har man haft Indelukker eller Indhegninger, og som et Minde derom har vi i den sydlige Del Navnet *͵syŋəˈløgə* (Sønderløkke, den ved Sønderskov liggende Løkke; oldn. lykkja = indhegnet Jordstykke) og i den nordvestlige: *æ haˈuløgə* (Haveløkken, den i „Haverne" liggende Løkke).

Ligesom hver Gaard ved Udskiftningen fik en af de forholdsvis nærliggende, veldyrkede Lodder, fik den ogsaa en af de fjærntliggende,

[1] Paa Generalstabens Kaart kaldes dens Gaard Ravnsgaard.

uopdyrkede Haver; som Lodderne nævnes Haverne nu mest efter Ejermanden: Niels Bjerres Have, — eller efter den Gaard, de hører eller har hørt til; *æ smæi·gós ha·ɐ* har hørt til den nu forsvundne Smedegaard. Andre Haver har dog ogsaa mere ejendommelige Navne: Peterhave (*ˈpedəˌha·ɐ*), Husarhaven (*æ hɐˈsaˈə ha·ɐ*), Brovadshave (*bʀovəsˈha·ɐ*), *æ hɐ·ólha·ɐ* (den Have, der ligger i eller ved *æ hɐ·ól*), Rughave (*æ ʀdɐha·ɐ*, et Stykke „Have", der i sin Tid er taget ind til Rugdyrkning) og *æ tįḷ· ha·ɐ* (vistnok: den lille Have). En Mark paa den østlige Side af Lyng kaldes: *næį·s* (Næs), et Navn, der vel fra först har omfattet hele Næsset, men som saadant er blevet indskrænket og fortrængt af „Lyng" eller „Lyngsodde", der egentlig kun betegnede selve Spidsen. Nær ved det i gammel Tid stærkt befærdede Overfartssted Snoghöj ligger Toldbodtoften (*æ tɔł·bótdɐt*; men Toldboden findes naturligvis ikke mere).

Et eget Omraade har fra gammel Tid Henneberg Ladegaard udgjort — og udgör da paa en Maade endnu, idet den saakaldte „Ladegaardsjord" er tiendefri; en Del af denne hører endnu til Gaarden; men meget er frasolgt (særlig 1782). Herhen hørende Jordstykker med særligt Navn er: *æ pɔtmaqəlɔð* (Pottemagerlodden, hvor der for et Aarhundrede siden boede en Pottemager). Nordkær (*nɐ·əkjɐ*), beliggende Nord for Gaarden; Kohaven, der — paa lignende Maade som Bøndernes „Haver" — i sin Tid har tjent som Græsgang for Køerne paa Henneberggaard; og Vestertoften; i et Skøde fra 1786 vedrørende nogle fra Gaarden solgte Skovskifter hedder det: „Selv lader jeg opføre det Syndre Skiæld-Dige, hvad enten det kommer til at falde ved Træer Linien, der er hugen igennem Skoven fra Börup til Erritsøe Siden, eller Nordkiærgierdet for enden af Væster Tofte og Koehaugen". — Uden om Ladegaardsjorden gaar der et Gærde, der bærer Navnet: *æ ʀydəgʀæɐt* (Ryttergrøften), hvilket stammer fra den Tid, da Sognet hørte til det „Coldingske Rytter District". Endnu i 1786 hedder det i et Skøde: „For Rytter-Hæsten, der holdes ved Hönneberggaard, oppebær Gaardens Eiere den tilstaaede Godtgiørelse, uden at Parcel Eiere (af frasolgte Skovskifter) faaer dermed noget at befate sig; dog skal enhver Kiøber, naar en nye Rytter Hæst skal anskaffes, contribuere til sammes Indkiøb i Proportion af enhvers Hartkorn, hvorimod den afgaaende Rytter-Hæst sælges til alles Fordeel, saa mange som har Part i den, og Pengene deeles i blant Dem ligeleedes efter Hartkorn."

Rundt om i Sognets Udkanter er der en Del Skov; — i „Haverne" ud mod Lillebælt i Øst ligger *æ ˈha·ɐˌsgdɐ* (Haveskoven); de enkelte Skovskifter nævnes efter Ejermanden; — mod Syd ligger Sønderskov (*ˈsyŋəˌsgdɐ* — eller *syŋəsgó*); store Stykker af den er ryddet: en Strækning af den var særlig tæt og kaldtes *æ tygən* (Tykningen), Skoven er fældet, og Navnet bruges om et Omraade, hvor der ikke er et eneste Skovtræ. Sønderskov ligger Syd for Koldinglandevejen; Nord for ligger en lille Skovstump, der hedder Pallestoft (*ˌpaləsˈtdɐt*) — bortset fra Toldbodtoft og Vestertofte ved Ladegaard — det eneste Jordstykke uden for Byen („paa Marken"), som bærer Navn af Toft. — Øst og Nord for Henneberggaard strækker sig Ladegaardskov (*ɫá·gəsgdɐ*), hvoraf den sydligste Del kaldes Skærbækskov, fordi den ejes af nogle Bønder fra en Nabolandsby: Skærbæk (*sgjäʀ·bæk*); et nordligere Stykke kaldes *æ ˈfji̯ə-maŋ̩sgɑ̊ʁ* (Firemandsskoven), fordi den ejes af fire Bønder. — Paa bægge Sider af den Dal, som kaldes *hʁ·öt*, ligger *hʁ·ötsgɑ̊ʁ* (Hulskov), og Vest for Vandmøllen ligger *möt·sgö* (Mølleskoven) — Skoven er der for Resten kun Lævninger af; men Navnet bruges — som sædvanlig — om det Omraade, hvor Skoven har staaet. — Paa Sognets aller nordvestligste Kant ligger Tingskoven (*tįŋ·sgö*), der meget rimeligt i sin Tid har været Tingsted for Herredet, da den ligger omtrent midt i dette ved Sammenstødet af fire Sogne: Erritsø, Ullerup, Bræstrup og Tavlov. I Tange Nord for Byen ligger Tangeskov (*ˌtaŋˈsgɑ̊ʁ*).

Endnu findes der et og andet Sted, der har sit særlige Navn; saaledes er der et Ledhul eller Agehul, som det kaldes, der hedder *ˌmaʀən pəˈjöʀ·əns̩hɔl*, og Navnet skyldes følgende Hændelse. I Begyndelsen af det 19de Aarhundrede boede en gammel Kone nede ved Lillebælt; hun var Enke og ernærede sig af at fiske og arbejde for Bønderne; hun gik under Navnet Maren Per Jörgens, og en haard Sjæl har hun nok været. En Aften silde var hun inde hos en Gaardmand ved Brovad, og det var slemt Vejr og mörkt, — en Efteraars Nat. Folkene i Gaarden vilde sende en Karl med hende; men hun afslog det med de Ord, at hun hverken var bange for Gud eller Fanden. — Om Morgenen fandt man hendes Lig, som var helt revet i Stykker, og Sporene ved Stedet, et Agehul, var som af en Hest med to Fødder. Stedet kaldes nu Maren Per Jörgens Hul, og der gaar Spögeri i de mörke Nætter. Der er dog dem, der mener, at nogle glubske Hunde fra Damgaard har revet hende ihjel.

Et lille Befæstningsværk, der sammen med et lignende, som ligger lige over for paa Hindsgavl paa Fyn, har tjent til at forsvare Bæltet paa dets smalleste Sted, kaldes Batterierne (*æ badəʀiį'ə*); dets tjenstlige navn var Vejermoses Batteri — vel sagtens efter den hosliggende Mose, der nu er navnløs. Batteriet paa den fynske Kyst hed Basnæs. Fra Svenskekrigen havde man et Minde i *æ poˈtaksdį'ən* (Polakstenen), hvor en Polak havde mistet Livet; en Vej, der førte forbi Stenen, kaldtes *æ poˈtak-væį*; men Vejen er nedlagt, og Stenen blev 1864 af Pröjserne sprængt og brugt til en Skanse, som de opførte til at skyde paa Fredericia fra.

Det kunde maaske lönne sig efter denne sikkert temmelig udtömmende Opregning af Sognets Stednavne at gruppere en Del af disse — ikke efter Arten af, hvad de betegner, men efter deres Dannelsesmaade. Först betragter vi dem, som skylder historiske Forhold deres Oprindelse, og prøver vi i store Træk at bestemme deres Ælde.

Byens Navn, Erritsø, Erikshøgh, er et Minde om den Maade, hvorpaa Oldtiden jordfæstede sine ætstore Mænd; rundt om paa Marken har ligget mange „Kæmpehöje"; men „Kæmpens" Navn er overalt glemt; kun den Samling Gaarde, der efterhaanden dannede sig om Eriks Höj, har bragt Navnet paa dennes Beboer til Efterslægten. Helt udelukket er det dog ikke, at Steenes-Höj er et oprindeligt Steinars-Höj. „Hovgaard" og „Hovsted" kan maaske vidne om, at de gamle Aser har haft deres Helligdom her. Dog siger O. Nielsen: „De Gaarde, der hedder Hovgaarde, har ej heller noget med det hedenske Hov at göre, da de betyder de gamle Adelsgaarde, der fandtes omkring i Byerne, og hverken har Navn af, at der gjordes Hoveri til dem af Bønderne, eller egentlig betyder Hovedgaarde, men hedder saaledes, fordi de beboedes af Adelsmænd, der ligesom Kongen førte Hof (Hov)." Jeg tvivler dog om, at denne Forklaring ogsaa kan gælde for „Hovsted"; jf. isl. *Hofsstaðir,* Gaard med Hov, i flere Stednavne.

Hvor tidligt den regelmæssige Færgefart, som efter min Mening har givet Snofar (Snoghöj) Navn, er kommet i Stand, er vist ikke let at sige; men det maa vel være sket i den tidlige Middelalder. Til Middelalderen hører ogsaa de Forestillinger, som har bragt Sognets Beboere til at rejse det Kors, der gav Korskilde Navn, til kun med Gru at nærme sig Jomfruvejen ved Nattetid, og til at befolke Aanddal og Trolddal med overnaturlige Væsner. Ogsaa Navnet „Præstegaard" synes i Henhold til, hvad jeg ovenfor har anført, at skrive sig fra Middelalderen.

Om gamle, maaske middelalderlige, Retsforhold minder Tingskov, og Markusbanke var et af de mange Rettersteder, der i fordums Dage laa som strøet ud over Landet, medens Bavnen og Bavnehöjen genkalder os hine Tiders Telegrafering og Forsvarsvæsen. — Om militære Foranstaltninger, trufne i en senere Tid, vidner Ryttergrøften og Batterierne, medens Polakstenen, Kornetbanken og en saakaldet „Tyskergrav" fra 1849 viser, hvorledes Fredericias Nærhed til forskellige Tider ogsaa har draget Landets Fjender til Erritsø. — At Landets Forsvar inden for forskellige Vaaben har talt Mænd fra Sognet, ses af Navnene: Korporaltoft og Husarhave. — Man kan fremdeles gennem Navnene skimte hele det gamle Fællesskabs Landbrug. — Byen med Gaden, Gaardene og de indhegnede Tofter har udgjort Midtpunktet i det. Gaden har været indhegnet, og Udgangene har været lukket med Led (Agerleddet og Hyrdeleddet), gennem hvilke Bønderne kom ud til deres Agre, eller Hyrden drev Kvæget ud over Markvejene til Haverne, der laa hen som uopdyrket Overdrev for de løst omstrejfende Dyr, og som ogsaa skiltes fra de opdyrkede Strækninger med Hegn og Led („Kulsled", *ˌkuls'tji* ved Kulsager). Den opdyrkede Mark har været inddelt i en Mængde Agre: Krogs Agre, Kuls Agre, Flindts Agre, Mads-Höj-Agre o. s. v., hvoraf der i hver Aas (Samling af Agre) hørte et Skifte til hver Gaard. Men kun de redskeste Stykker har man haft under Plov; saa snart der var nogen synderlig Hindring, gik man uden om den i Stedet for at overvinde den. Höjene fik Lov til at ligge urørte, og vi kan sikkert takke Fællesskabet (der i mange Stykker var et Fællesskab til at optaarne Hindringer, og ikke til at fjærne dem) for Bevarelsen af saa mange af disse Oldtidsminder; saa snart Höjene med de Lodder, de laa paa, gik over til at være Særeje, tog man fat paa at bryde dem ned. Hver Sænkning, hvor der samlede sig en Smule Vand, fik Lov til at ligge hen som Kær, og Lodder, der nu er veldyrkede, som Rødkær, Langkær, Tavemose, bærer endnu Navn efter deres Tilstand i hine Tider. Kun undtagelsesvis skete det, at man tog et Stykke af Udmarkerne ind til Opdyrkning, og dette Jordstykke kunde da i længere Tid tilsaas hvert Aar med samme Kornart, saa det fik Navn derefter: Rughaven. — Eller man kunde hegne Dele af Udmarken ind til Løkker (Sønderløkke, Haveløkke), hvor man rimeligvis har haft Malkekøerne gaaende, da man ikke godt kunde have disse strejfende omkring paa det vidtløftige Overdrev sammen med det øvrige Kvæg; — det vilde da have været næsten umuligt at finde dem, naar de skulde malkes; — det kunde endda være besværligt nok to—tre Gange om Dagen at opsøge dem og hente Mælken en Fjærdingvej borte. — — Et ejendommeligt Eksempel paa, hvor langt man i Fællesskabets Tider kunde drive det med Fællesskabet, er de saakaldte Tvillinggaarde, som Javnsgaardene og Fovgaardene, der endog havde nogle af deres Bygninger til Fælles.

Adskillige af Stednavnene røber temmelig stor Ælde ved at vise hen til ældre Sprogperioder, idet de Fællesnavne, som de er dannet af, ikke længere findes i Egnens Maal. Saadanne Navne er Limen[1] (af lím = Kalk), Sig (af sík = et svagt rindende Vand), Devel (vistnok af diúp), Raajborg (Raaj = ruð; borg = Bakke; heraf ogsaa Borre, Sognets höjeste Punkt), Holt (= Skov), Sønderløkke og Haveløkke (Løkke = Indelukke, hvad der nu kaldes: en Indhegning eller en Løsgang) og Javnsgaarde (et Par Gaarde, som har noget til Fælles). Hølled er ganske vist den gamle, stedvoksne Udtale for Helvede; men kun i Stednavnet er den gamle Udtale bevaret; det hinsidige Straffested hedder nu i Erritsø som i Rigsmaalet. Balle (saa vel som den sidste Stavelse i Brejnballe) har sikkert engang været et Fællesnavn; thi der findes et Balle i mange Sogne; hvad det egentlig betyder, forekommer mig höjst tvivlsomt; skulde jeg formode noget, skulde det nærmest være: en træløs Strækning, der skyder sig frem imellem Skovland.

Adskillige Steder har faaet Navn af Egenskaber ved dem: lang (Langkær, Langbanke), rød (Rødkær, æ rö Banke) o. s. v. Andre Steder har faaet Navn efter deres Plantevækst: Brejndal, Brejnballe, Tavemose o. s. v., atter andre efter deres Dyreverden: Tranekær, Brokgravene; — men flest er dog de Navne, der minder om de Mennesker, der, Slægt efter Slægt, har boet og bygget paa disse Steder, har plöjet og harvet, saaet og høstet disse Jorder, har viet al deres Hu, deres Flid og Arbejde til disse Marker, som til Gengæld har givet dem baade Føde og Klæde: Krogs Agre, Elkærs Agre, Tonne Kærs Vej, Ravns Toft, Borres's Lod, Peterhave o. s. v.; thi Menneskene har længe været Jordens Herrer i Erritsø.

[1] Det er muligvis om dette Sted, det i Indberetn. til P. Resen 1687 hedder: 1. Stryges nogle steen ved stranden af blaa leer, som forbruges til skierweg (Skjelvæg?), skorsteen och anden muurwerck under taget, som forføres och forbruges paa nogle miel veys omkring.

— — —

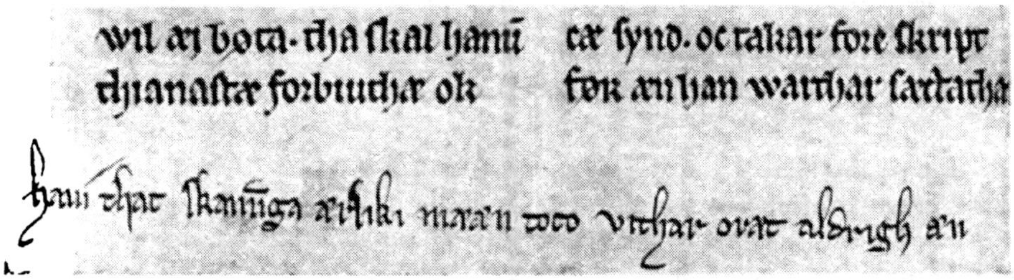

A. M. 37, 4to. 4/5 nat. störr.

FRA SPROG OG LITERATUR

DET ÆLDSTE DANSKE VERS FRA MIDDELALDEREN.

Det er næppe rigtigt, når man plejer at nævne Runehåndskriftets „Drømde mik en drøm i nat“ som det ældste middelaldersvers. Nok så gammelt er et, der findes i et håndskrift af Skånske lov. Der hvor det i en efterskrift til kirkeloven hedder, at Niklæs Erlandsön, gjælkære i Lund, lod den gamle skrå afskrive og sende til hvert herred, „at bønder måtte dem lovlig værge og ej tage ved ulove“, — der har en samtidig hånd skrevet følgende lille vers i randen:

Haui that Skanunga ærliki mææn:
toco vithar oræt aldrigh æn.

(Det — den ros — skal Skåningernes ærlige mænd have, at de aldrig end tog mod uret.)

Verset er udgivet af dr. K. Kålund (Arkiv XII 371, efter A. M. 37 4to), men synes slet ikke at have vakt opmærksomhed hos literaturmændene; og på hans foranledning bringer jeg det nu i erindring. Han tilföjer at den hånd, verset er skrevet med, er fra nær omkring år 1300. — I henseende til versemålet er den lille penneprøve höjst interessant. Vi møder tolinjes-strofen, som vi ellers — trods dens utvivlsomme höje alder — aldrig har i danske opskrifter fra middelalderen. Og vi møder den i en form, der viser samme fri udfyldning af det metriske skema, som vi kender fra folkeviserne i senere tiders opskrifter: svingende imellem en, to og tre tonløse stavelser efter hinanden. Også et udtryk som „ærlige mænd“ er ganske i visestil og røber de samfundslag, indenfor hvilke verset blev til (jf. for øvrigt „ærlig pæld“ i runeverset). Samtidig har verset en hørlig forkærlighed for de gammeldags stavrim; men lignende er jo ikke sjældent i folkeviserne, i indledningsstrofer og omkvæd, — sikkert som lævning af skikken i den tid da digtarten opstod. Alt i alt vil det være den rimeligste opfattelse, at vi her har at göre med et dansevers fra 13de årh.

I historisk henseende er verset mærkeligt som en udtalelse fra Skåningernes, eller særlig den skånske adels side, om en sluttet selvstændighedsfølelse, hvorom også krønikerne melder. Sakse kender under bondeoprørene Skåningernes „gamle trods", og hvorledes det var landets stormænd, der drev almuen frem; og det samme seje fasthold ved nedarvet ret bærer det 13de årh.s kirkekamp. *A. O.*

DEN FÖRSTE STROFE I BJARKEMÅL

Kære A. O.! Mens jeg sidder og læser din Danmarks Heltedigtning, falder der mig ind, om ikke den rette læsemåde af de sidste linjer i den förste strofe af den islandske tekst skulde være, ikke *Aðils of sinnar*, altså kong Adils „sinder" (følgesvende i Vænerslaget) eller *aðils of sinnar*, som N. M. Petersen foreslag, altså ædlingens (Rolfs) sinder, men *aðalsinnar*, altså adelsinder, kærnesvende, et udtryk, der synes mig at passe fortræffeligt både ind i strofen (hvor da *allir enir ǿztu* snarest er appositionelt) og i hele kvadets tankegang, ja ligesom at angive dets titel...

Din *Vilhelm Andersen.*

Teksten er da:

vaki ok æ vaki	„vågner, vågner,
vina hofuð,	vennehoveder,
allir enir ǿztu	alle de ypperste
aðalsinnar.	adel-svende."

Vilh. Andersens forslag synes mig udmærket at klare vanskelighederne i sprog og mening ved sidste linje. Derimod nærer jeg betænkeligheder ved en så stærk ophobning af rosende ord over Rolfs huskarle; og jeg savner en betegnelse af selve kongen (der vil være så meget nødvendigere, fordi *sinnar* betyder „følgesvende", altså henviser på en eller anden som man følger; i oldn. bruges *sinni* aldrig uden et tilföjet ord i ejeform). Begge disse vanskeligheder kan dog fjærnes med ét slag, hvis vi læser:

allir ens ǿzta	„alle den yppserstes
aðalsinnar.	adel-svende."

Da får vi både Rolf nævnt, og får svendene betegnet med en passelig grad af æreord, nemlig således at det mest rosende siges om kongen, og glansen over huskarlene udstråler fra ham; ti dette er netop digtets tankegang.

Jeg kan tillige föje en lille iagttagelse til Vilh. Andersens forslag. Der er en vis ord-lighed mellem denne strofe i Bjarkemål og vore gamle runeindskrifter: *sinni*, „følgesvend", genfindes på den gamle jyske Lyngbysten[1]; *enir ǿztu*, „de ypperste", svarer til Oddum-stenens *Tóki Tókasun hinn ǿzti* (DR II 291); og det nu foreslåede *aðalsinnar*, „følgesvende af den rette eller den bedste art", minder — som prof. Wimmer nævner for mig — om *aðalmærki*, „fremragende mindesmærke", på Alstedstenen ved Sorø (DR.II 475). Disse ligheder synes ikke at være tilfældige,

[1] *Æisku sinna*, „følgesvenden Eiska" DR II 115; Wimmers læsning styrkes ved at navnet Eiska virkelig findes: 'Hesca' i Helgesagnet hos Sakse.

da vi også i digtets navn *Húskarlahvǫt*, „Huskarle-opsang", har den udpræget danske betegnelse for hirdmændene.

Jeg vil da tro, at *aðalsinnar* er den rette læsemåde. Det overleverede *Aðils um sinnar* er i hvert fald galt; og dette er det eneste gode udtryk vi har at sætte i stedet. Ganske vist gör det metriske vanskeligheder når man måler med islandsk målestok; men fra olddansk standpunkt er det næppe utilstedeligt (jf. *vina hǫfuð* i samme strofe; samt Brate, Runverser, nr. 63. 55. 24). Endelig taler det til en vis grad for læsemådens rigtighed, at den metriske form måtte vække en Islændings mishag, så han indsatte det i versemål bedre, men i tanken uheldige „Adilses følgesvende."

A. O.

GRÖNLANDSVERSET

I Claus Svarts vers om Grönland (D St. 1904, 212) lod jeg ordet *nidefildh* stå uforklaret, idet jeg blot bemærkede at det måtte betegne noget ved det grönlandske ophold, der var ulige mindre behageligt end „flæsk hint fede". En gætning havde jeg allerede da, og da flere andre har foreslået det samme, nævner jeg det her: förste del af ordet synes at være *nid* el. *nidder*, ɔ: utöj, luseæg (se Kalkar, Ordbog III 228; Feilberg, II 685; E. T. Kristensen, Danske ordsprog s. 197. 225; sønderjysk *nærrer*, som en indsender fra Örderup sogn bemærker). Sidste sammensætningsled er da oldn. *feldr*, skindtæppe, der også kendes i gl. dansk (*skinæfeld*, Småstykker 29, fra o. 1300; P. Låle 492). Hvis det har været lus i skindtæpperne, hr. Spjeldebods opholdssted udmærkede sig ved, foruden ved fattigdom på flæsk, har det ikke været meget tiltalende for vore grönlandsfarere.

A. O.

ET BREV FRA EN FYNSK BONDE 1762

Meddelt af Chr. Villads Christensen

Egenhændige Breve fra Bønder i Stavnsbaandstiden er af gode Grunde sjældne, og denne Omstændighed kan maaske give efterfølgende Privatbrev nogen Interesse.

Brevskriveren er en Bondemand i Anderup i Lundby sogn paa Fyn. den gode Ven, som har ykriver til, er en Gaardmandssøn fra samme By, født 1736. I 1761 havde han for en Betaling af 40 Rdl. købt sig fri fra Fødestavnen og straks efter forladt sit Hjemsted for at søge sin Lykke i København. Hans Frihedspas bærer Paategning om, at han den 11. Juni 1761 har passeret Kronborg Slot og der forevist sine Papirer paa Hovedvagten. I København fik han Plads som Kusk hos Justitsraad Nissen, men allerede 1767 døde han, 31 Aar gammel. Brevet fra hans Ven i Anderup findes ved Skiftet efter ham.

Naar man husker paa, hvorledes Skoleforholdene var i de Tider, maa man nærmest undre sig over, at Brevskriveren dog har kunnet klare

Opgaven saa godt, som sket er. Brevet gør nok et meget ubehjælpsomt Indtryk; men dette skyldes alene den fortvivlede Stavelsedeling, den planløse Anvendelse af store Bogstaver og den fuldstændige Mangel paa Skilletegn — altsaa temmelig underordnede Ting. Skriften er tydelig og omhyggelig, Bogstaveringen er slet ikke daarlig — at han som Fynbo ikke ved, hvor de bløde d'er skal anbringes, maa man holde ham tilgode —, og Sætningernes Mening er som Regel helt klar. Indholdet af Brevet adskiller sig ikke fra tilsvarende i vore Dage, — det skulde da være, at en Nutids-Landmand ikke med saa stor Sindsro som Laurs Rasmussen kunde omtale det Faktnm, at Kvægsygen har bortrevet alle hans Kreaturer.

(Udskrift):

Dette til Min Kiære ven Jør gen hans Sen tien nen des til Jod stis Raad Nissens boen des i Nør.re gade lige over for tys Skee Kirke
Kiøben havn.

Hierte elsken de Kiære ven

Jør gen hans Sen Jeg lader dig vid de at Chris sten er vel kom men hiem og pe der hans Sen lige saa og vid er alle ved magt gud være lovede Men Kre tur Ret er bort død og Jey ey ier aldri eet Haar ver ken Lit eller stort og Knu Ped der Sen har heller in te og noe ne af dig an dre har heller in te og det er bor te i lan det og der er ikkun et enke høv ve til bage i gen Paa Sin ne stæd der saa det Seer ud til een be Svær ligtig og vort Nom mer 822 Er Kom men ud med 20 Rix og det be Løber Sig til 10 ℞ til ver ti ien de Part og Chris sten tog det halv ved af Rasmus Ses Part 5 ℞ og dig an dere 5 ℞ har Jeg til Dig of hans part og har i alt tildig med din egen Part 15 ℞ og det An det Nom mer 821 Er ikke Kom men u med noget og gaar in til een fri Lod føs ste gan og lad mig vid de med den føs ste Post om Du vil tage meer part der i eler have med det at giøre og der gik 8 ß af hver tig ien de Part til du Sør Pen ge til Post mes ste Ren af dig 20 Rix som vid vant i den anden lod og den Kris sten Krag Jeg skulde have dig Pen ge som Jeg skul de have hos dig 1 Rix in gen [Pen]ge Kan Jeg faa og in gen havver han og 2 ℞ for uden skal jeg have hos dig og 4 ℞ 8 ß har du til goed hos mig Paa den gam led Regnnin du og Rassmus i for Aar Ret og toe Sække blev der bor te som koe Je Klæder ne var id og Jeg har in gen skri velse fot der om en ten dig Kom til Ba ge eller ikke og lad mig vi de vor ledes du lever og Pe der Sagt de at til du var noget svag Den tig Hand Rix ste fra dig og Lad mig vid v de vor dan du le ver og vor det star til hos dig om alle tin hos dig og glem ikke at skrive mig til om vad Jeg har skre vet dig til om int te vi de Re een vid le ver alle vel gud vær love de og er ve helbre Jeg har at hel Se dig fra mig og Min Koe ne og børn Ren og fra alle andre goe de ven Ner alle sammen og Jeg le ver Kiære vens hulde ven in til dødden.

Laurs Ras Smus sen Anderup den 31 Desember ano 1762

Jeg ønd skeer dig et glæde ligt nyt aar

NYERE DANSK FOLKESANG

Dansk folkesang fra det 19. hundredår med sanghistoriske oplysninger ved *Jens Årsbo*. Småskrifter udg. af Selskab for germansk filologi, 8 og 9.

Der er al grund til at være glad for kand. Jens Årsbos påbegyndte samling af „Dansk folkesang fra det 19de hundredår". Der er foreløbig kommet to hæfter, I Fædrelandssange, II Land og folk — Naturen og årstiderne. De følgende hæfter skulde indeholde digte om kultur og folkeliv, religiøse og historiske sange, samt navnkundige skæmteviser.

Samlingen har to synspunkter, der krydser hinanden lidt: et historisk og et pædagogisk. Den vil på den ene side give det, der af digternes og sangkomponisternes værker er blevet folkets fælleseje ɔ: folkesange, — men desuden ogsaa noget af det, der „burde være blevet det". Hvilke af de optagne numre der falder ind under denne sidste rubrik, siger udgiveren ikke. Er det f. eks. Morten Børups Carmen vernale? Det undrer en i hvert fald at se den som folkesang. Men man vil undre sig over flere. Vidste man ikke bedre, skulde man forsværge, at et digt som Wilsters „Hvor bølgen larmer højt fra sø" kunde blive folkesang, så lidet umiddelbart det er. Men det er ikke det mindst interessante ved denne samling, at den, når den engang er sluttet, vil give et værdifuldt bidrag til en smagens historie i Danmark i sidste århundrede — ikke den officielle smag, som litteraturhistorien optegner, men en understrøm, der ofte er ganske uafhængig af hin.

Folkesmagen og barnesmagen er nær i slægt, naar de får lov at trives som de vil. Derfor har hr. Årsbo tænkt sig sin samling som hjælpebog ved sangundervisningen i skolerne, og hans fortale er et indlæg imod den kunstsang, der nærmest gør teksten til en slags syngeøvelser. Det primitive og naturlige trin er det, hvor ordene er herren og melodien kun tjener — en tjener ganske vist, der ofte først rigtig gør herren til den han er. Hvor sangen i skolerne står som et isoleret fag, vil det i reglen blive specielle faglige interesser, der bliver dyrkede. Men mange steder forsøger man dog nu — som også hr. Årsbo anbefaler — at knytte sangundervisningen til Dansk- og historietimerne, dels også til fremmede sprog. Først derved kan teksterne blive helt klare og gennemskuelige for eleverne.

Udgiveren har forsynet sin samling med noter efter hver sang. Det er dels ordforklaringer — måske lidt få, men forøvrigt fortræffelige, modsat de fleste noter, der nøjagtig siger hvad enhver lærer ved og springer det vanskelige over. Men desuden er der med stor omhu samlet sang- og musikhistoriske oplysninger om affattelsestid, oprindelige anledning og første findested for hver sang. Der er herimellem mange interessante og for de fleste nye oplysninger. De rene lejlighedsvers har udg. udeladt, ellers har han ved at gå tilbage til kilden fået nøjagtigere og fuldstændigere texter end de sædvanlige antologier, der aftrykker hverandres småfejl og ofte ganske vilkårlige udpluk af sange med flere end tre strofer.

Georg Christensen.

KULTUR OG FOLKEMINDER

NORDBOERNES GAMLE BOLDSPIL.

På den norske historiker, prof. Ludvig Daae's halvfjerdsinstyveårs fødselsdag den 7 dec. 1904 overrakte en kreds af venner og lærlinge ham et festskrift, indeholdende en tylvt historisk-kritiske afhandlinger. Blandt skriftets forfattere mødte prof. Ebbe Hertzberg frem med en undersøgelse af de nordiske boldspil i sagatiden — en undersøgelse der, set på baggrund af kildernes yderst sparsomme oplysninger, må siges at have ført til forbavsende vidtrækkende resultater, og som derfor har krav på at kendes i videre kredse [1].

Det er særligt boldspillet *knattleikr*, prof. har sin opmærksomhed henvendt på, dels fordi det åbenbart har indtaget en försteplads blandt legene, dels fordi de øvriges tydning ikke volder större vanskelighed, og man delvis allerede har undersøgt dem tilfredsstillende. Skönt vi kun kender legen gennem de islandske sagafortællinger, så viser dog norske stednavne som *Knattvǫllr*, at den også blev dyrket i hjemlandet på kendte mødesteder i bygderne. Hovedtrækkene i dens gang har man aldrig været fuldt på det rene med, men ved en omhyggelig og bred sammenstilling af de få kildesteder mener prof. Hertzberg at have løst de allerfleste af gåderne. Hans resultater og hans begrundelser er da i store træk følgende:

Legen udförtes af to boldlag, der kæmpede mod hinanden, og hvor hver enkelt deltager i det ene lag havde en fra förste færd udpeget modstander i det andet; det er denne mandjævning vi så ofte hörer sagaerne omtale (*var þar skipat saman þeim sem jafnsterkastir váru*, Grettes saga, kap. 15). De to modstandere skulde stadig være i hinandens nærhed, og som følge heraf mener forfatteren, at skarerne var spredte parvis over „leikvǫllr", så der ikke fandtes noget „ude" eller „inde" som i flere moderne boldspil. Til legen brugtes kun én bold, og den var

[1] Mellem de øvrige afhandlinger kan følgende af mere alment indhold fremhæves: Sophus Bugge, Nogle breve og optegnelser om nordiske videnskabsmænd og universitetsforhold i det 19de århundrede [bl. a. en dom af J. N. Madvig over vort universitets lærerkræfter i 1867]; Just Bing, Literaturhistoriske kandestøberier over Holbergs politiske kandestøber; Alexander Bugge, Det svenske og det danske aristokrati i deres förste udvikling. — Resten af afhandlingerne er byggede over særlig norske emner.

temmelig hård. Der tales nemlig overalt om *knǫttinn*, og man hører flere steder, den er så hård, at et slag af den kan volde død. Forfatteren gör skel mellem den blødere *svǫppr* og den mere massive *knǫttr*; den förste brugtes efter R. Keysers mening (Efterladte skrifter II 2, s. 111—12) i *soppleikr*[1], den sidste i *knattleikr*, og legene havde forskellig udførelse.

Hver af deltagerne havde derimod sit boldtræ, som både var indrettet til at slå og til at opfange, „gildre“ bolden, og som derfor var bredbladet og skovlformet — måske for den islandske types vedkommende forsynet med netværk. Det kaldes delvis *knattré*, delvis *knattdrepill* (*drepa* = slå), en enkelt gang *knattgildra* (*gildra* = opfange); dets brede form fremgår af betegnelsen *skǫfuleika* for *knattleika* og *skafa* for *knattré*, idet *skǫfur* betyder redskaber, som er tildannede ved „skavning“, ɔ: tilhugning eller udhuling f. eks. af en plankeende. Forøvrigt tænker forfatteren sig, at de forskellige navne på boldtræer muligvis kan tyde på en ulige form og beskaffenhed i de forskellige landsdele eller til de vekslende tider: den islandske netværksform er en løs gisning, bygget på fortællingen i Harðar saga kap. 22 om den hurtige istandsættelse af et boldtræ.

Når bolden var sat i gang, prøvede spillerne at gribe den, kæmpende to og to mod hinanden. Den spiller, som havde held til at gildre den, skulde „bære den ud“ (*bera út knǫttinn*), ɔ: føre den udenfor et vist grænsemærke, medens hans modspiller havde lov til at hindre det med magt; de øvrige deltagere måtte derimod ikke blande sig i kampen. Men hvis det var ham umuligt at føre bolden ud, havde han ret til at kaste den over til en medspiller, og det blev så dennes opgave at føre kampen med s i n modstander. Den, der bar bolden ud, skaffede sit lag sejr. Disse spilleregler omtales kun dunkelt i sagaerne; klarest finder forfatteren spillets gang beskrevet i Egils saga, kap. 39.

Endelig fastslår prof. Hertzberg, at der i det mindste ved enkelte lejligheder valgtes en opmand, som skulde varetage spillets regelmæssige gang og afgöre tvistemål. En sådan synes at nævnes i Gull-Thores saga, kap. 2 og i Laxdølasaga, kap. 45.

Denne på flere steder unægtelig noget dristige slutningsrække var efter professorens sigende udformet allerede i begyndelsen af firserne. Men i den følgende tid så han sig forgæves om efter lignende nordevropæiske boldspil, som måske på et og andet punkt kunde have støttet gisningerne — intet havde samme grundform.

Så kom i 1886 Victor Balcks „Illustrerad Idrottsbok“ med beskrivelse af et kanadisk indianerspil „l a c r o s s e“, som til de mindste enkeltheder stemmede med den antagne form for *knattleikr*. Punkt for punkt var så at sige ens, bare lagde knattleikr hovedvægten på styrkepröverne, lacrosse på udøvelsen af smidighed. Det var forskellen mellem vikingenatur og indanernatur, der havde præget legen.

[1] s v ǫ p p r = dansk s v a m p, norsk folkesprog s o p p.

Det er rimeligt, at et fund fra så fjerne egne forbavsede forfatteren, og man forstår, at fantasien blev sat i bevægelse. På afhandlingens sidste blade fremsætter da prof. Hertzberg den gisning, at nordboerne på deres Vinlandsrejser har lært indianerstammerne knattleikr, og hos disse er legen bevaret til vore dage. Lignende århundredgamle nationalspil finder han i det gotlandske „Pärkspil", i „at störta stång", eller i hollandske „Colloquia", og han minder om den besynderlige samstemmen, der kan findes mellem skotske og gotlandske folkelege. Men alligevel synes slutningen at være dristig. Oskar Montelius siger i anledning af nogle jordfundne sølvhalsringe fra Gotland og nogle endnu brugte ringe fra Sumatra, som alle viser spor af arabisk påvirkning: „Ligheden er lige så afgjort, som afstanden i tid og rum er stor"; men det vil være voveligt med prof. Hertzberg at anvende disse ord på knattleikr og lacrosse. Thi sølvringene fra de to vidtskilte øer kan lægges side om side, og ingen kan nægte ligheden og den fælles arabiske oprindelse; — men med legene, hvordan går det der? Lacrosse er sikker nok, knattleikr er en ren gisning, og det antagne mellemled er også bare gisning; her er ikke lighed mellem kendte störrelser men mellem en kendt og en tvivlsom.

Imidlertid er det forsøg prof. Hertzberg har offentliggjort sikkert for selve det gamle boldspils vedkommende grundigt og omhyggeligt underbygget, kun for afhandlingens sidste del — forbindelsen mellem knattleikr og lacrosse — er grundlaget ifølge hele opgavens plan mindre skarpt prøvet, og senere granskninger vil först være i stand til at kaste det fulde lys derover.

Men det må betones, at dette ikke kan ske uden endnu en kritisk gennemgang af selve knattleikrspörgsmålet. Thi er ikke formen for knattleikr aldeles fastslået, så siger en sammenligning kun lidt. Og de emner, hvoraf man kan danne sig et skön over formen for vore fædres yndede boldspil, er så fattige, og den ganske ubevidste tvang til at fylde hullerne ved hjælp af kendskabet til lacrosse derfor så stor, at spörgsmålet om den mulige forbindelse sikkert endnu delvis står åbent.

V. la Cour.

[Nylig har Hertzbergs hypotese været udførlig drøftet af professor Yngv. Nielsen i (norsk) Historisk Tidsskrift, 4 R, III 284—93, i en afhandling om Nordboernes forbindelser med Vinland. „At afvise den", siger han „som en blot og bar fantasi vil ikke kunne gå. Allerede deri, at en anset amerikansk etnograf har ment, at det indianske spil, hvormed vi har at göre, på amerikansk bund stammer fra det strög, der ligger meget nær Markland og Vinland, forekommer mig at være af betydning som et nyt sandsynlighedsbevis for muligheden af en forbindelse som den der er angivet i Hertzbergs afhandling".

Udg.].

NORDISK STEDNAVNEGRANSKNING

ET HISTORISK OVERBLIK

AF

MARIUS KRISTENSEN

I

Til Islands første bebyggelse knytter sig navnene Ingolshöfde og Hjörleifshöfde; de to første landnamsmænds navne er knyttede til deres landgangspladser. Og i det hele er den islandske landnamsbog en af de vigtigste og mærkeligste stednavnetolkninger, som nogensinde er skrevet, ja magen til den kan i det hele taget ikke mere skrives. Ti den gang var man endnu Islands bebyggelsestid saa nær, at man ikke blot vidste, hvorledes hvært stednavns oprindelige form var, men endog mangen gang, hvilke omstændigheder det skyldte sin tilværelse. Og i de islandske sagaer har vi gang på gang vidnesbyrd om, hvorledes overleveringen støttes til stednavnene — måske også nu og da stednavnene har været årsag til sagndannelse, men så meget vil vel altid blive stående, at de islandske stednavne bevarer en særlig plads.

Et eksempel vil vise, hvorledes de islandske tolkninger går ud over grænsen for det, som er opnåeligt ad den sproglige undersøgelses vej. I Laksdølernes saga fortælles, at Olav Pås kvæg i alskens vejr plejede at samles paa et ryd i skoven norden for Höskuldsstad. Ved den skov lod Olav bygge sig en ny gård og så alt sit kvæg føre dærhen fra Goddastad, hvor han för havde boet. Men til minde om, at hjorderne havde haft deres samlingsplads dær i skoven, lod Olav sin ny gård kalde Hjordelund (*Hjarðarholt*). Selve navnet er her let at tolke, men kun overleveringen eller et forklarende sagn vil kunne sige, hvorfor stedet fik dette navn.

Enkelte gange kan vi også sige, hvorfor et dansk stednavn er blevet til; vi ved, at Pedersborg ved Sorø har navn efter Absalons frænde Peder Thorstensen, Århusbispen Peder Vognsens morfader; vi ved, at Herlufsholm bærer navn efter Herluf Trolle, Frederiksborg efter Frederik II, og Kristianshavn efter Kristian IV. Vi kan fortælle, at den fred, som har givet Fredensborg sit navn, var freden i Frederiksborg 1720. Oftere kan vi påvise grunden til navne som Søby, Skovby, Sundby, Horns herred, hvis naturforholdene endnu er lignende som på de tider, da navnet blev til. Men oftest må vi nöjes med en sproglig forklaring, og denne kan, som ovenfor sagt, ikke give en heltud fyldelstgörende tolkning.

Men på den anden side er det en naturlig lyst hos folk, at de gærne vil danne sig en forestilling om, hvad det eller det stednavn betyder, og således har det absolut været fra gammel tid af. Og aller helst har man ønsket en historisk tydning, hvis ikke en tydning på grundlag af naturforholdene lå lige for. Dærfor er det næsten en selvfølge, at vore egne middelalderlige historieskrivere har forsøgt — som de islandske — at finde historiske minder i stednavnene, og dærfor omfatter stednavnetydningens historie en lang række navne fra den ældste tid til vore dage. Vi skal dog ikke her gennemgå dem alle, men kun gennem nogle hovedtræk fastslå gangen i tydningernes udvikling.

En særstilling indenfor den ældre gruppe indtager **Ælnod**, Knud den helliges lævnedstegner. Han er mere 'klassisk' end de andre, selv ikke Sakse undtagen, mere tilböjelig til at lade sin latinlærdom skinne igennem. Og for at ikke de danske stednavne skal være pletter på hans latinske hud, har han så vidt muligt oversat dem på latin. Således bliver *Suddathorp* (Søderup ved Åbenrå) til 'dyndbyen', Roskilde til 'Roes kilde', Dalby til 'dalens by', Hedeby enten 'hedens by' (campi villa) eller opnævnt efter en fordums herskerinde dær på stedet, *Wændlæ* (Vendsyssel) 'det omskiftelige' og „*pontus* (eller måske snarere „*pondus*) *cornicus*" skal betyde Kragestrand (eller —sig). Et sted har hans eget sprog ført ham på afveje, idet han (rigtigt) sætter det danske *Wibiærgh* (Viborg) i forbindelse med oldengelsk *wig* (*weoh*) afgudsbillede, men desuden (urigtigt) igen stiller dette ord sammen med et andet *wig* (isl *víg*) kamp og med mandsnavnet Vige[1].

Ser vi bort fra Ælnod kan vi dærimod nok sige, at stednavnetydningen i middelalderen gennemgående her i Danmark må kaldes

[1] H. Olrik: Danske helgeners levned, det sidste eksempel s. 73.

blot en historisk hjælpevidenskab. Hos **Sakse** træder denne historiske bevæggrund stærkere fræm. Hans forklaringer er gennemgående stedfæstelser af sagn, som *Hithinsø, Roskilde, Thorø*; ja i reglen nöjes han med at antyde stednavnet, som *Baldersbrønde, Hjarnø, Sigersted, Hurrildshavn*, og overlader det til læserne at udfylde med det danske navn[1].

Undertiden er de middelalderlige krøniker nöjere i deres angivelser. En række af dem har sagnet om 'hundekongen' og Snø hyrde, og i dem omtales Læ jætte på *Læsø*[2], og en enkelt i alt fald, en sagnkrønike, skrevet med samme hånd som 'Mandevilles rejse', men skilt ud fra håndskriftet i senere tid, har slutningen af denne historie i følgende form:

Snø sendte en bonde, som han var ræd for, til Læ i julen, og bonden klarede sig ved sin snuhed, så Læ lod ham drage med fred. „Ter iulen hu*n* vor at ennæ, oc bonnend skulle hiem faræ, ta sen*n*æ Læ koni*n*g Snø koni*n*g en kom ok too hanskiæ, til ve*n*næ gafuæ, oc am*m*inelsæ forty at han hadæ lengæ m*ed* ha*n*nu*m* vareth. Tesse sendni*n*ger vo*re* uth sennæ ponnæ Wyburg*is* landz tingh, oc th*ær* han te hanzskiæ fek, ta woræ the meget prydæligæ och vænæ, oc drog strax then enæ ponnæ sin hand, oc i t*et* sa*m*mæ ke*n*nes han veder at tet vor rod aff Lææ. Oc i ten sam*m*æ stu*n*d ta wor om hans hand sa ma*n*gæ ormæ th*ær* ma*n* kaller luss, at the vo*ræ* vtalligæ sa at wmwælicht vor th*et* nogel ma*n* mottæ ha*n*nu*m* veder tøm skilliæ, th*et* gio*ræ* ha*n*nu*m* sa we at han ku*n*dæ sek engælu*n*dæ ver*r*iæ. Ta r*ed* han tel en høy hoos Vyburghæ oc th*ær* odæ the ha*n*num opp all samme*n* uth*en* benen, och ten høyyen heder efth*er* ha*n*nu*m* Lussæ høyyen.“

Som mange vil mindes, har Blicher i 'Fjorten Dage i Jylland' også — for skæmt — givet en forklaring af navnet Lushöj, men man kan ikke nægte, at for det naturlige menneske ser den gamle krønikes forklaring mere begribelig ud.

Fra reformationsårhundredets slutning har vi forklaringer af fynske stednavne i biskop **Jakob Madsen Vejles** visitatsbog[3], som *Fåborg* „aff faa borger“ (s. 245) eller *Kertemynde* 'nogle forklarer det af Kierthinge, en nærliggende landsby, som skal være ældre end anlægget af denne købstad — som dog er 150 år gammel;

[1] Axel Olrik: Sakses kilder I s. 25.
[2] M. Lorenzen: Gammeldanske krøniker s. 10—11.
[3] Udg. af A. Crone, Odense 1853; sml. Såby, Blandinger I s, 26*).

Tyskerne kalder den efter Korth Munde fordi der er snæver indsejling til byen' (s. 136). „Af kong Sven skulle *Svenborg* sigis, som den skulle haffue stigtet; eller aff fiøren, som ligger for byen, Suine Sund; oc der ocsaa af sigis Sundsherrit oc Suineborg" (s. 194). Netop den slags dobbelte forklaringer (sml. Ælnods af *Viborg*) er betegnende for hele den ordudledning, som går tilbage til den klassiske oldtid, eller i mere lige linie til Ysidorus, middelalderens store mester på dette område.

For øvrigt mærker man hos biskop Jakob Madsen undertiden tvivl om hans forklarings rigtighed, som når han skriver: „Eble Ø er skøn bøg oc eg paa, er ved 1 mil omkrink; heder af Eble Eblø, for der skulle vere en merkelig eblegord paa; men ingen kand finde den" (s. 119).

Mærkeligere endnu er det næsten, at han en enkelt gang anfører den ældre form, som når det om Nörre Nærå (*Nardow*) hedder, at den 'kaldes i en gammel pergamentsbog Niærthug, Anno 1282' (s. 122). Her har den gamle biskop været inde på den eneste vej, som kan føre til en virkelig forståelse; men det er kun et glimt.

Hos **Ole Worm** i hans Monumenta Danica (1643) finder vi — vist for første gang — *Ertedal* ved Roskilde (som Worm ærligt skriver det) forklaret som Herthas dal, efter den gudinde Hertha som man mente stod omtalt hos Tacitus; det viste sig senere, at gudinden hed Nerthus d. v. s. Njord (eller Frøja). I præsteindberetningerne til Ole Worm findes også adskilligt af den slags, væsentlig af samme beskaffenhed som hos Jakob Madsen, som når Bøvling skal være „Bøyel eller Bøffuel Eng" efterdi engene „bøye sig allevegne om oc igienom sognet", eller Flynder har sit navn af „adskillige odder og fleener" som bækkene danner i sognet, og ikke af flynder-fiskeri, „som der i sognet er aldelis ingen". Som hos Jakob Madsen kan der komme en enkelt oplysning om gammel form, som at Dybe 1517 kaldes *Dybbeck* (D. Saml.[2] IV, s. 11), eller at Rangstrup herred burde hedde *Rauffnstrup* (s. 116). Sjælden fejrer det glade vanvid en sådan fest som ved forklaringen af Vandfuld herreds sognenavne (s. 8), hvor vi har '*Hyom* (el. *Høyom*) af sine höje, *Hove* efter sin form, er skikket som en fiskerhov, *Engbierg* af de grönne engebjærge, *Vandborg* af

[1] O. Nielsens udgave i Danske Saml.[2] IV s. 1, 2.

de vandige bjærge, *Ferring* fordi det har færre enge, *Trans* af det latinske *trans* — hinsides, nl. Dybeå eller Buebjærg, *Fieltring*, af det tyske *viel* — mange enge, der har været ud mod havsiden i fordum tid, *Dybe* af dy, ɔ: dynd og „putzer", *Ramme* den rammer imellem sig og havet både Fjaltring, Trans, Ferring, Dybe, Vandborg og slutter Hove med sønden til'. Småtræk i samme stil findes dog oftere. Således har Vænø sit navn af, 'at i gamle dage skal omliggende folk have der ladet af*vænne* deres lam og kvæg'. Og om Vorgod er det 'berettiget', at der har været to små kirker, 'et i Hesborg og et andet i Fjelstervang', og af disse to meget små kirker blev den ny bygget, 'at af to ringe skulde *vorde* èn *god* og kaldes „Wordgod", dog er ikkun næppelig 24 gårde i denne sogn, derudi to bol mod én gård beregnet'[1]. (Om andre lignende afledninger kan for øvrigt henvises til Såby, Blandinger I s. 26 not.).

Af særlig interesse er det, når historiske eller sagnkendte ting drages fræm, som når den store mose på skellet mellem Skodborg og Hjærm herreder („Angelands eller Amletz moese") sættes i forbindelse med Sakses Amled (s. 6, 13—14), og hans gravhöj påvises dær, eller når Vidrik Verlandssöns gravhöj påvises i Ivetofta sogn i Villands herred i Skåne[2]; denne forbindelse med den berömte smeddesön har for øvrigt givet anledning til, at Villands herred den dag idag fører hans hammer og tang i sit våben.

Denne stednavnetolkning når sit toppunkt hos **Erik Pontoppidan** den ældre i hans *Grammatica Danica* (1668) s. 201—244, hvor galskaben ligefræm er sat i system. Dersom ikke navnet er selvklart — som Århus af *årer* og *hus* — eller der hos autoriteterne er givet en enkelt soleklar udtydning — Trelleborg ɔ: tre-løve-borg, fordi den er bygget til minde om de tre folks forening under den danske krone —, så har Pontoppidan altid både to og tre muligheder for en forklaring. Nakskov kan være *nakke*- eller *næs*-skov, eller *nah*-skov ɔ: nær ved skoven, eller *nass*-skov ɔ: den våde skov. Hvem kan begære mere? At der en enkelt gang forekommer en rigtig forklaring, som Skælskør af *skælfisk*-musling, eller Rendsborg af Reinoldsborg, må man bære over med.

Overfor denne lærde fortolkning, som bruger alle sprog til at forklare danske stednavne, fristes man til at prise den rent folke-

[1] Sst. s. 18, 44. [2] Suhms Saml. 1 B. 1 H. s. 118.

lige form for stednavneudtydning, som har sat sine spor i herreds- og byvåbner[1]. Vidrik 'Villandsens' hammer og tang er omtalt, men desuden kan nævnes Hellum herreds *hjælm*, Hatting herreds *hat*, Flæskum og Galten herreders *grise*, Harre og Herrestads herreders *harve*, Horns herredernes jagthorn, Horne herredernes drikkekorn, Hornums herreds oksehorn, Rævs herreds *ræv*, Malt herreds tre bygkorn, Stævns herreds skibsstavn, Tudse herreds tre padder, Løve herreds *løve*, Anst herreds *and*, og blandt byvåbnerne Århus med de tre årer i et hus. Der er noget umiddelbart tiltalende ved disse folkelige tolkninger, som man uvilkårligt glæder sig over. Jeg tror ikke — hvor meget end min historiske og sproghistoriske viden trækker til den side — at jeg bliver så glad over tretårns-våbnet med St. Povl og St. Klemen, som over de tre årer i huset.

Den folkelige tolkning af stednavne hører ikke udelukkende de gamle dage til. Endnu så sent som 1869 kan man finde den i N. K. Andersens Jordbeskrivelse I[2], i reglen vel med mere eller mindre udtalt forbehold. Dog er det undertiden tydeligt nok fo - fatterens egen mening der udtales, som når navnet Skælskør (s. 57) 'efter den rimeligste forklaring hidrører fra *skel* og *øre*', så at det skal betyde 'den øre eller halvø, der gör skel mellem den yderste og inderste del af noret', eller når Svendborgs navn (s. 121) sandsynligvis kommer 'hværken af *svend* eller *svin*, men dærimod af *sund*, hvilket bestyrkes dærved, at det i enkelte gamle skrifter kaldes *Suinborg*, hvis første stavelse ligger nær ved Fynboernes udtale af ordet *sund*'. Så var dog gamle Jakob Madsen, med al sin usikkerhed, nærmere ved sandheden.

II

Da **Rasmus Rask** og hans samtidige grundlægger en ny form for sprogvidenskab, må naturligt også stednavnetolkningen undergå en forandring. Det er den ny historiske sproggransknings fortjæneste at have vist tilbage til sprogets ældre former, og hvor disse ikke slår til ved forklaringen, til de nærmeste frændesprog i deres ældre former. På denne måde forklarede Rask det danske

[1] Thiset i Tidskr. f. Kunstindustri IX—X og Hist. tidskr. f. Skåneland I s. 333 flg.; sml. en del afbildninger også i almanakken Danmark 1899.

[2] Ringkøbing s. 217 (sml. Nyrop. Spr. v. Sk. s. 109), Odense s. 109, Hjørring s. 145 (en anden folkelig forklaring i Grönborgs Optegn. s. 176).

sprogs uregelrette endelser og former som lævn af den gammelnordiske brogede böjning, som den endnu til en stor del var bevaret i islandsk.

Som ved udarbejdelsen af den nordiske sproghistorie, blev også ved gennemførelsen af den historiske granskningsmåde overfor stednavnene **Niels Mathias Petersen** (1791—1862) den som skulde føre Rasks tanker ud i virkeligheden. Hans *Bemærkninger om danske og norske stedsnavnes oprindelse og forklaring* (i Nord. Tidsskr. f. Oldkyndighed II, 1833[1]) er i virkeligheden et udmærket værk. Der er vel meget i det, som ikke kan stå for nutidens syn, men det ny deri er gennemgående godt, og i mange måder giver det godt grundlag for en granskning. Petersen har fra Rask arvet tanken om, at en del af de uforståeligste stednavne stammer fra en tidligere finsk (og måske keltisk) befolkning; denne tanke ligger os nu fjærn. Han kender ikke så meget til forskellene mellem de nordiske sprog som vi, og det vilde i sandhed være vor skam, om vi ikke nu vidste mere end Nordens første universitetslærer i de nordiske sprog havde vidst. Han kan da også komme med sammenstillinger, som nu om stunder ikke kunne forekomme hos en sprogmand, som Drammen (*Dröfn*) ∾ Trafne-stræde i Skanør, eller oldnorsk *øyrr, aurar* ikke blot (rigtigt) ∾ -ør, -ere i Helsingør, Dragør, Snesere, men også (urigtigt) ∾ -ovre i Rødovre, Hvidovre. Men den glimrende skole, han har gennemgået hos Rask, fornægter sig ikke, og hans store alsidige kundskab i Nordens gamle og nyere sprog, hans historiske lærdom, og den adgang til viden om ældre former af navnene, som hans stilling i gehejmearkivet gav ham, gör i forening hans arbejde rigt og tiltrækkende.

N. M. Petersen er for øvrigt så meget historiker og så lidt ensidig sprogmand, at han fuldtud er klar over den fare der er i at fortolke stednavnene, uden hensyn til det steds natur de er knyttede til. Som vi så blev Jakob Madsen usikker om rigtigheden af Æbeløs navn, da der ikke var noget spor at finde af æblegården. N. M. Petersen gör (Nord. Tidsskr. s. 53) udtrykkelig opmærksom på, at en fortolkning ikke må stå i modsigelse med stedets natur. Dersom Sjørring havde ligget fjærnt fra alt vand, eller midt i en sø, vilde fortolkningen Sjør-ende (søens ende) være uan-

[1] Optrykt i hans Saml. afh. I s. 105 flg.

tagelig, medens omvendt det, at stedet ligger ved den nu törlagte søs østende, bekræfter den.

På en lang række punkter har N. M. Petersen givet den afgjort rigtige forklaring, og af hans danske efterfølgere har vel egentlig ingen nået ham i sproglig sikkerhed, endsige overgået ham.

Nærmest N. M. Petersen kommer i tid Nordmanden **Peter Andreas Munch** (1810—1863) med sin skildring af den norske stat i middelalderen (*Noregsveldi* 1849) og sine tolkninger af Norges og Nordhavsøernes stednavne, og Svenskeren **Johan Erik Rydqvist** (1800—1877) med en kort systematisk fræmstilling af grundformerne for stednavnedannelse (*Svenska Språkets Lagar* II, 1857 s. 269 flg.). Også med hensyn til sproglig kundskab og sproghistorisk dannelse står disse to granskere höjt, og i visse måder var deres kundskaber videre spændende end N. M. Petersens.

Det nye hos alle disse forskere er, at de overalt søger den ældste kendte form og går ud fra den, og regner de senere former for forvanskninger. Det er en selvfølge, at dette mange gange fører dem til former, som er selvklare; således bliver Århus for dem *Árós* — åmunding, og årerne i våbnet en senere mistydning, *Skælfiskør* og *Swinæburgh* viser hen til *skælfisk* (musling) og *svin* (marsvin), og så fræmdeles.

Men deres vide kundskab gör dem det muligt at gå adskilligt længere. De kan drage andre nordiske egnes navneforråd med ind i undersøgelsen og dærved kaste lys over fuldstændig uforståelige ord. Således genfinder N. M. Petersen det fynske Brylle i det norske *Brýnla* — stedet i skovbrynet eller måske på bakkekanten. Malmø, som hos Pontoppidan forklaredes af malm-metal, får hos (Petersen og) Rydqvist sin rigtige tolkning, som *Malmhøghæ* sandhöje.

Det er omtrent en selvfølge, at al lærd stednavnetolkning i fræmtiden må gå den vej, som de ypperste sprogmænd i Norden har vist, og det må da også siges at være tilfældet. Men de mænd som i 1860-erne tager arbejdet op kan, hvor meget end vi står i gæld til dem, ikke siges at være deres forgængeres jævnbyrdige som sproggranskere.

Dette gælder i særlig grad kaptejn (senere oberst) **Emil Madsen** (f. 1830). Denne forfatter er ved sin virksomhed i generalstabens topografiske afdeling ganske naturligt kommet ind på en undersøgelse af stednavnene, og hans arbejder, den tankevækkende afhandling *Sjælandske Stednavne* (med et lille tillæg om *Samsøs Stednavne*) i Annaler fornordisk Oldkyndighed 1863, og den *Udsigt over den geografiske Udbredelse af nogle i Danmark forekommende Stednavneklasser* som han nylig har udgivet[1], har deres hovedstyrke i de topografiske bemærkninger. Ingen af dem som har skevet om danske stednavne har så vidtstrakt personlig kendskab til de danske landskabsformer, og derfor vil hans bemærkninger om beliggenheden af byer på *-løse* og *-lev* i den gamle afhandling, og de om andre navneklasser i den senere, tit være gode at tage hensyn til. Også som stofsamling med hensyn til ældre former har den gamle afhandling betydning, idet den bygger på præsten **Jens Henrik Larsens** (1773—1852) efterladte uddrag af gamle dokumenter. I den retning har dog nutiden en del mere at bygge på, men som en af de første större stofsamlinger i den retning fortjæner *Sjælandske Stednavne* vel at mindes. I rent sproglig retning mangler forskeren dærimod ikke blot kundskaber, men især dannelse, ævnen til at sammenligne med sikkerhed.

Få år senere, i 1867, kom to betydelige stofsamlinger endnu. Den ene er præsten **Johannes Koks** (1821—1887) *Det danske Folkesprog i Sønderjylland* II, som ikke blot giver forklaring af sønderjyske stednavne, men helt igennem sammenligner disse med stednavne fra det øvrige Norden og giver både ældre former og udtalen i almuemaalet, og i den henseende er den i Danmark enestående. Heller ikke denne forfatter sidder inde med den sproglige dannelse, som nutiden vilde kræve, men meget fortjænstfuldt findes i bogen. Den anden stofsamling er også endnu enestående i sin art, det er den svenske bibliotekar **Carl Gustaf Styffes** (f. 1817) *Skandinavien under unionstiden*[2], en geografisk oversigt over hele Norden undtagen Nordhavsøerne, med en mængde oplysninger om nordiske navnes middelalderlige form. Særlig for de senere svenske landes vedkommende er den righoldig — altså for det danske sprogområdes vedkommende for de skånske lande. Formålet er væsentlig historisk-geografisk, men også den sproglige værdi er stor.

Samme år disputerede **Oluf August Nielsen** (1838—96) for erhværvelsen af den filosofiske doktorgrad over Æmnet: *Bidrag til Oplysning om Sysselinddelingen i Danmark.* For ingen anden har

[1] Geogr. Tidsskr. XV—XVI, 1900—1901. [2] 2. udg. 1880.

studiet af ældre dansk navneskik i den grad været en hovedsag som for ham. I 1864 var han blevet medarbejder ved navneregistret til Scriptores Rerum Danicarum, den vældige udgave af kildeskrifter til Danmarks historie i middelalderen, som Langebek omtrent hundrede år tidligere havde begyndt. Dærved kom O. Nielsen på en grundig måde ind i ældre danske navneformer og blev nødt til at søge at udfinde, hvilket nydansk navn der var ment med det gamle. Utvivlsomt har han mere end én gang taget fejl, men mangfoldige gange har han ved sin syssel med de gamle navne fundet ikke blot det rette nynordiske navn, men også den rigtige tolkning af det gamle. Også ved sine udgaver af middelalderlige brevbøger og jordebøger[1], især *Kong Valdemars jordebog* (1873) og ved sine historiske undersøgelser af sydvestjyske herreder har han bidraget meget til at kaste lys over stednavnenes historie. Selv har han givet rige bidrag til en ordnet undersøgelse, dels i 'Blandinger udg. af Universitets-Jubilæets danske Samfund', dels i *Olddanske Personnavne* (1883). Ingen har tidligere rådet over så stort et kildestof som han, og ingen har mere end han åbnet andre adgang til de rige kilder. Hertil kommer, at han har vovet at træde delvis nye veje ved at finde personnavne i de danske stednavne, som man ikke kendte ad boglig vej. Han har da søgt tilsvarende navne i nabosprogenes oldskrifter, især i de tyske og engelske.

Også det vigtige spørgsmål om gudenavnenes brug i de stednavne, der går tilbage til hedensk tid, har han i N. M. Petersens spor søgt at løse. Han har dog foruden N. M. Petersen andre forgængere. Selv nævner han **M. Arnesens** *Minder om hedensk Gudedyrkelse i vore Stednavne* (i Frederikshalds lærde Skoles indbydelsesskrift (1866) og **O. Ryghs** *Minder om Guderne og deres Dyrkelse i norske Stednavne* (i P. A. Munchs Norrøne Gude- og Helte-Sagn 1880). Foruden disse forelå **Axel Falkmans** bidrag til samme spørgsmåls løsning i hans disputats *Ortnamnen i Skåne* (1877) og **Magnus Frederik Lundgrens** (1852—1903) *Språkliga intyg om hednisk gudatro* (1878) og *Spår af hednisk tro och kult i fornsvenska personnamn* (1880), men som det synes har O. Nielsen ikke benyttet disse. Hans *Spor af den hedenske Gudedyrkelse* kom 1886 i Blandinger I, 4 h. s. 257, og dærmed er hele stoffet til en

[1] Sml. ovenfor s. 180.

undersøgelse af de danske stednavnes forhold for første gang lagt klart og fyldigt tilrette.

Men om ham som om Falkman gælder det, at deres sproglige dannelse ikke står på höjde med deres flid og omfattende viden; de er endnu væsentlig fortsættere af den udvikling som var i gang, om end kunskabsrigere end deres forgængere. Vel kan man glæde sig over sådanne ting hos O. Nielsen som hans dristige gætninger med hensyn til personnavnes anvendelse som forled i stednavne, og hans skarpe skelnen mellem danske og andre nordiske sprog, men på mange punkter må hans opfattelse siges allerede nu at være fuldstændig forældet. Dog skal det på ny fremhæves, at den nyere stednavneforskning ikke står i større gæld til nogen anden dansk mand end til Oluf Nielsen.

III

Hvad der særtegner den nyeste tids stednavnegranskninger i modsætning til de ældre, er navnlig at man er langt klarere over midler og mål og arbejder efter mere nöjagtige metoder. Vi skal søge at få et indtryk af dette ved at fræmdrage enkelte sider.

Man var allerede tidligere optaget af spørgsmålet om, hvilke bidrag stednavnene kunde give til oplysning om bebyggelsens historie. Rigtigt udbytte i den Retning har man imidlertid næppe fået för ved prof. **Johannes C. H. R. Steenstrups** afhandling *Nogle Bidrag til vore Landsbyers og Bebyggelsens Historie* (Hist. Tidskr. 6 R. V s. 313, udg. i febr. 1895). Her er stednavnene inddelte i efterleds-grupper (på -lev, -sted, -by, -inge, -torp, -rød), og for hvær gruppe er det statistisk undersøgt, hvor stort og hvor værdifuldt et jordområde hvær by ejer. Ingen kan på forhånd sige, hvad udfald en sådan undersøgelse vil give, men Steenstrup har med uigendrivelige tal bevist, at de byer hvis navn tyder på senere bebyggelse måtte nöjes med mindre og navnlig med mindre værdifuld jord, de störste og bedste jordstykker blev først taget op til dyrkning. Dette er naturligt, men først ved Steenstrups undersøgelser er det bevist. Ved siden heraf har Steenstrup også påvist forholdet mellem antallet af kirkebyer inden for de forskellige efterledsgrupper, ligesom han har gjort opmærksom på det endnu uforklarede forhold, at vi kun i Sønderjylland finder herreder med navn efter et torp.

Steenstrups undersøgelser er fortsatte, delvis med inddragelse af ny kendsgærninger, af Madsen (Geogr. Tidskr. XV—XVI) og Rygh (Norske Gaardnavne, Indl.) og særlig af **Robert Norrby** i den lille skarpt formede afhandling *När blef Sverges befolkning i egentlig mening bofast* (Sv. Ldsm. XIX, 4) og af **Andreas M. Hansen** i det store værk *Landnåm i Norge* (1904)[1], og i fræmtiden vil sikkert denne undersøgelse bidrage til at underbygge også de sproglige fortolkninger.

Rygh og Steenstrup har også brudt vej på et andet område. I nutiden kan man godt sige, at der ingen regler er for navnegivning, hvad enten det gælder personer eller steder. For personnavnenes vedkommende kan man nok påvise spor af endog flere arter af gamle regler rundt om på landet, men mere og mere brydes de, og hvad stednavnene angår, turde det være umuligt nu at finde blot spor af regler. En nedbrændt gård, som er nyopført med tag af bølgeblik, har ejeren givet det velklingende navn Bølgeblik (sml. Brejdablik, den ligger i nærden af en höjskole!). Hofbager **J. L. W. Olsen** kalder sit landsted Jlwo, **C. I. v. Arenstorff** sin gård Civagård. Havde oldtiden givet os den slags nødder at knække, måtte vi selvfølgelig opgive alt håb om at få fat i deres kærne. Men allerede når vi går tilbage til lidt ældre navnegivning, viser det sig at være anderledes. Fra det 18de hundredår kender man navnene Flid, Lyst, Hjælp, Nåde, Lykke, Velsignelse (huse på Vejen mark i Malt herred). Her er åbenbart sammenhæng, vi står overfor en bestemt navnegruppe. Og i ældre tider kan man i det hele være vis på, at vi altid finder navnegrupper, at intet navn er dannet på det løse, men at navnegiveren har dannet det i overensstemmelse med sin tids brug. Det sikrer os da i höj grad mod at drage løse slutninger, hvis vi altid fastholder, at ethvert navn må fortolkes i overensstemmelse med sin gruppe, og navnlig i overensstemmelse med de klare navne indenfor gruppen.

Steenstrups afhandling: *Nogle Undersøgelser om Guders Navne i de nordiske Stednavne* (Hist. Tidsskr. 6 R. VI s. 353), som udkom i november 1896, giver meget mere end titelen antyder. Medens man för, som O. Nielsen, fandt personnavne i stednavnene her og dær, og ligeså gudenavne, påviste Steenstrup for det første at gudenavnene aldrig er forled i stednavne, hvis efterled betegner be-

[1] Sml. Dansk Tidsskr. 1905, januar. Skal senere omtales udførligt her i D. St.

byggelse (-sted, -bo, -torp, -lev, -by o. lign.), men at efterleddet i sådanne stednavne altid betegner naturforhold (-skov, -lund, -höj, -bæk, -ager) eller offersted (-vi, -harg, -hov). Men desuden påviser han, at også personnavnene som forled væsenlig er indskrænkede til bestemte efterledsgrupper (-sted, -lev, -torp, -rød, [-bølle]) og så godt som aldrig findes udenfor disse (altså f. eks. meget sjældent ved navne på -by).

Hvad dette betyder for hele stednavnetolkningen vil et eksempel let kunne klare. Bjernæs ved Rødby (ældre *Biarchnes*) henfører O. Nielsen (Oldd. Pers. s. 12) til mandsnavnet *Biarki*, men Nygård (Blandinger II, 95) gör med rette opmærksom på, at trænavnet birk ligger nærmere, da trænavne er lige så almindelige forled i navne på -næs, som personnavne er sjældne. På samme måde må man være tilböjelig til at antage *thorn* og ikke *Thor* for det oprindelige forled i Tårs (*Thornæs*), uagtet bægge dele sprogligt måske kunde forsvares.

Den smukke påvisning af disse faste navnegivningsregler vakte uvilkårlig opmærksomhed, og året efter påviste **Sigurd Nygård**, at de personnavne der var forled i navnene på -lev og -sted hørte hjemme i oldtiden, medens vi i navnene på -torp, -rød og -bølle finder den ældre middelalders personnavne; dærved var ikke blot det almindelige tidsforhold mellem disse navne fastslået — det havde allerede Steenstrup været klar over — men der var givet bestemte tidsgrænser for de to navnegrupper.

Både hos Steenstrup og Nygård kan forekomme ting, som vidner om mangler i den sproghistoriske opfattelse, men dærfor er deres fortjæneste lige stor; de har givet et nyt grundlag for undersøgelsen af stednavnenes betydning og stærkere end nogen för betonet vigtigheden af at behandle navnene i så fyldigt fremtrædende grupper som muligt. Det må beklages, at Nygårds undersøgelse af navnene på -næs endnu ikke er kommet fræm.

Med större sproglige betingelser for at overvinde vanskelighederne har **Elof Hellquist** boret, hvor Steenstrup og Nygård har vist vand. Hans *Om de svenska ortnamnen på -inge, -unge ock -unga* (Göteb. 1904) har åbnet adgang til et navnelag som er endnu ældre end navnene på -lev og -sted, væsentlig afledninger af personnavne. Ved siden af den almindelige påvisning heraf har han i forbigående antydet nye muligheder, som en forklaring af de midtsvenske -kind-herreders navne (under Hanunga) og en forklaring af herredsnavnene uden navneby, som Skånings, Lysings, Mimings herred (sml. danske herreder som Ginding, Hing, Ning og Göinge herr.) som opnævnte efter den ledende æt i herredet.

Endelig er man nu om stunder mere nöjeregnende med hensyn til undersøgelse om den oprindelige navneform. Mere og mere er det gået op for sprogmændene, at en gammel form meget vel kan være forvansket. Ofte er den gamle form os overleveret af folk, som slet ikke var kendte på stedet, og en fejl hos nedskriveren eller hans meddeler kan ligge snublende nær. Vi vil nævne nogle eksempler.

Først et fra nutiden. Der er en by i Øster Lisbjærg herred, som volder kvaler, når man hævder at Jylland ikke kender den østdanske endelse -rød. Den må anbringes i noter[1] eller forstyrrer ordenen[2], og så må det hele vist bero på en generalstabs-skrivefejl, eller måske en rettelse af en formodet skrivefejl. På egnen har den et navn, som vilde svare til skriftdansk Æskerod, hvorledes den har fået *ø* på kortene, ved jeg ikke. Men hvad man kan göre i nutiden, kunde man også göre i fortiden, det er der næppe nogen tvivl om. Og man gjorde det, som vi vil se af det følgende.

I 'Valdemars jordebog' finder vi navnet *Horæ hæræth*, som må være Vor herred i gl. Skanderborg amt. Dette navn fræmbyder vanskeligheder, når det gælder at få nytidsformen og middelalderformen til at stemme. Vanskelighederne ligger ikke i tabet af endelsen, for hvad det angår frembyder halvøens stednavne eksempler nok på, at man har 'beholdt' den nyjyske form også i skriftsproget, eller rettere nedskrevet den ufordöjet uden at tage hensyn til, at betoningen kræver tostavelsesform. Men *V* i forhold til *h* er uforklarligt. Vender vi os da fra skriftformen til folkemålsformen, finder vi [u.or] d. v. s. tostavelsesbetoning, som vi skulde vænte, og [u.o] svarende til *vo*. Jysk [u.o] svarer regelret til oldda. *o* eller *wa*, hvilken af delene kan ikke på forhånd afgöres. Men da Vald. jb. har *o*, kan vi med temmelig stor sikkerhed sige, at den jyske form i alm. dansk skrift burde gengives Ore. Det *h* som findes i Vald. jb. kan imidlertid ikke være bortfaldet i nyjysk, da noget sådant ikke kendes — medens dærimod urigtig anvendelse af *h* i middelalderhåndskrifter aldeles ikke kan siges at være en

[1] Som Hist. Tidsskr. 6 R. V, 343[3]. [2] Geogr. Tidskr. XVI, 9.

sjældenhed. Vi kan da med næsten tvingende grunde bevise, at *Horæ* i Vald. jb. er en 'skrivemåde' for *Oræ*, og denne form for navnet er vel også lettere at finde mening i, da ordet *ore* om udyrket jord (eller udlodder til byer) findes flere steder, bl. a. i Vald. jb.

Går det således med indenlandske optegnelser, kan man ikke undres over, at islænderne skriver *Jörungr* for Hjörring. *H* findes i alle jyske kilder, og i nyvendelbomål er stadig *hj*-lyden bevaret. Islænderen må have uret; måske har han optegnet navnet efter en sællandsfar, som allerede ikke længere kunde udtale *hj*. At sællænderne tidligt har mistet denne lyd (el. lydforbindelse) fræmgår med sikkerhed af *hiern* for jærn i en optegnelse fra 14 årh.[1] Men overhovedet må et eksempel som dette advare os imod at lægge for megen vægt på udenlandske kilders gengivelse af danske navne.

Den eneste mulighed for nogenlunde at kunne rette disse fejl i ny og gamle værker ligger i, at almuesmålene undertiden kan oplyse det oprindelige. Og dærfor bliver det i nutiden et uomgængeligt krav, at almueudtalen af stednavnene må rådspørges. Og der er tilstrækkelig mange vidnesbyrd om, at det ikke forslår at godtage de former, en generalstabsoffiser eller -underoffiser har optegnet. Kun et af de nordiske lande har dog for alvor løst denne opgave, næmlig Norge.

1863 blev det vedtaget, at Norge skulde have ny jordebog. Man blev da opmærksom på, at det vilde være rigtigst at benytte lejligheden til at bringe orden i den usikkerhed der var i brugen af stednavne. 1878 (man forhastede sig altså ikke) blev dette sproglige arbejde overdraget til tre af Norges ypperste sproggranskere og oldgranskere (ikke generalstabsoffiserer) Sophus Bugge, Johan Fritzner og **Olaf Rygh.** Og disse tre mænd indsamlede nu oplysninger både om gamle skriftformer og ny målformer, og 1886 kunde dette indsamlingsarbejde og den praktiske anvendelse af det siges at være fuldendt. Det var særlig de to yngste medarbejdere, professorerne Bugge og Rygh, som gjorde undersøgelser omkring i landet, provst Fritzner, der var omkring de 70, har væsentlig arbejdet med ved anvendelsen af de skrevne kilder.

Men da nu stoffet lå der, kunde professor **Olaf Rygh** (1833—

[1] Småstykker 1—16 udg. af Samf. t. udg. af gl. nord. litt. s. 31.[10]

1899) ikke bære det over sit hjærte at lade det ypperlige stof ligge ubearbejdet, og samtidig med udgivelsen af matriklen ordnede og renskrev han det indsamlede navnestof i 17 vældige foliobind. I 1896 foreslog åtte stortingsmedlemmer at man skulde göre disse udarbejdelser tilgængelige i tryk, og pengene til denne udgivelse blev bevilgede. Trykningen af *Norske Gaardnavne* begyndte så i februar 1897, og det ene statelige bind er kommet efter det andet, efter O. Ryghs død besørgede af hans broder prof. **Karl Rygh** og bibliotekar **A. Kjær.** Ved siden af gårdnavnene har O. Rygh udgivet undersøgelser over norske fjordnavne (Festskrift til Unger 1896) og mindre ting, og efter hans død forelå færdige en fortegnelse over gammelnorske personnavne i stednavnene (udg. 1901) og over elve og bækkenavne, som er indgået som sammensætningsled i stednavne.

Hvad stoffets værdi og rigdom angår, indtager Ryghs skrifter en plads, som næsten ikke kan overgås. Men det må siges, at Sverrig på en smuk måde søger at nå op ved siden af Norge. Ved filologmødet i Kristiania 1898 dannedes en nordisk komité for systematisk undersøgelse af Nordens hele stednavneforråd. Hvad de danske medlemmer af denne komité har udrettet, er ikke kommet fræm for offentligheden, men det svenske medlem, professor Adolf Noreen har i en meddelelse til Stockholms Dagblad for 6te marts 1904 oplyst, at det er lykkedes at få nedsat en komité bestående af en finansministeriel embedsmand, kammarrådet G. Thulin, rigsantikvar H. Hildebrand og Noreen selv, og at denne komité allerede 1902 begyndte at lade gennemforske Ålfsborgs len og en del af Vårmland af sprogligt fuldt uddannede yngre mænd, medens samtidig et stort arbejde blev sat i gang med undersøgelse af gamle jordbøger og breve for hele landet, og desuden andre forberedelser blev trufne. Det kommer nok til at tage længere tid for Svenskerne at udføre dette arbejde, end det har taget for Nordmændene, men de får så trøste sig med, at i Danmark er noget sådant endnu ikke påtænkt, og så med, at **Elof Hellquist** ved sit værk om *Svenska sjönamn* (Sv. Landsm. XX) har begyndt godt på arbejdet, om han end har måttet nöjes med adskilligt mindre værdifuld hjælp til fastsættelse af talens form, end komitéen har til sin rådighed. Et par udmærkede hjælpemidler har Sverrig også ydet i M. F. Lundgrens[1]: *Svenska personnamn från*

[1] Fortsættelsen er nu overtaget af R. Norrby (se s. 188).

medeltiden (Sv. Landsm. X, 6) og biblioteksamanuensis dr. **E. H. Linds** fuldstændige samling af alle personnavne, som forekommer i norske og islandske middelaldersbøger (endnu utrykt).

Vi danske har ingen grund til at hovmode os med hensyn til dette arbejde. Endnu får sproghistorisk udannede offiserer og underoffiserer lov at skalte efter behag med vore stednavne, og hvad værre er (for generalstabsoffisererne gör sig dog i det mindste hæderlige anstrængelser for at at finde forsvarlige former, det er ikke viljen de mangler) aldeles ukyndige jærnbanefunktionærer og andre ansvarsløse personer fastslår den sprogform, vore stednavne skal have. I Jylland kan forvanskede stednavne utvivlsomt tælles i hundredevis, og trods generalstabens (oberst Madsens?) hæderlige anstrængelser vokser meningsløse former som Herfølge og lignende også fast på Sælland og de andre øer. Var det ikke på tide, at også de mennesker, som kender noget til det danske sprogs og de danske stednavnes historie blev taget på råd? Og var der ikke al mulig grund for sproggranskere og historikere til at støtte generalstaben, hvor den har den soleklareste ret, og tilbyde deres hjælp, hvor den famler? Og var der ikke grund for statsmagten til at tage den sag i sin hånd og ændre den nugældende uforsvarlige navneforvanskning, så vidt endnu redning er mulig?

Og en ting til. Endnu kan man ved hjælp af gamle folk få rede på de mærkelige vangnavne og marknavne, som för har været brugt. Dette navnestof er sin undergang nær. H. F. Feilberg har i sin tid søgt at redde en del, men hans samlinger blev sendt ind til O. Nielsen og må vist anses for tabte. Her må tages fat, om det gamle skal reddes. Og til belysning af dansk historie og sprog rummer dette stof mange bidrag. Vi kan ikke være bekendt, at der intet göres. Arbejdere må kunne findes, ja det skulde gå underligt til, om ikke adskillige var rede til at tage fat, dersom de blot så udvej til at holdes skadesløse for det arbejde de måtte ofre derpå.

En lille prøve på, hvor meget blot et enkelt sogn, og det endda næppe af de mest givende, kan yde i den henseende, er meddelt her ovenfor[1]. Men det må ikke blive ved en enkelt prøve, vi må fræm gennem matrikkelbøger, kirkebøger og undersøgelser på stedet. Det er en folkeskat, som skal reddes.

[1] Se s. 157 flg.

VAGANTPOESI I NORDEN[1]

AF

J. PALUDAN

I

Middelalderens Latindigtning falder i to Grupper: en lærd Efterligning af antik Poesi i dennes ejendommelige Kunstform, de kvantiterende Versemaal, og en mere folkelig Digtning i rimede, rhytmisk, ikke metrisk bestemte Vers, byggede paa Udtale efter Betoningen, saaledes som denne i Tidernes Løb havde udviklet sig under Paavirkning af Folkesprogene. Den første var naturligvis i Samtiden den mest ansete; den agtedes ene værdig til Benævnelsen „versus," og det var den, der fortsatte sig ned igjennem Renaissancen. Men os forekommer den mindre interessant i sin stive, ofte kluntede Afhængighed af Mønstrene og med sit for største Delen theologisk lærde eller ufrit og upersonligt antikiserende Indhold. Den folkeligere Latindigtning derimod, de i al Beskedenhed saa kaldte „modi" eller „moduli" ɔ: „Rhytmer" i Modsætning til „Vers"[2], er ikke alene af største Betydning som Nøgle til Forstaaelsen af den mærkelige Udtaleovergang fra Kvantitet til Betoning og den dermed følgende Udvikling af moderne Versbygning og af Rimet; men den interesserer ogsaa ved Indholdets større Friskhed og Personlighed, en Følge af den stadige Berøring med Tidens aandelige Strømninger og Vexelvirkning med den egentlige Folkepoesi.

Som al middelalderlig Cultur udgik ogsaa denne Digtning af Kirkens Skød, og dens ældste Gren, der naar lige op til og ud over Middelalderens Begyndelse, er rent kirkelig. Skjønt den latinske Gudstjeneste var og blev Menigheden uforstaaelig, nærmede den sig dog især i Kirkesangen til folkelig Form og Udtale, dels fordi denne var mere sangbar, dels vel ogsaa fordi Gejstligheden selv kom længere

[1] [Et udvalg af latindigte fra Danmarks middelalder i oversættelse vil blive meddelte i tidsskriftet, men må af pladshensyn vente til næste årgang. *Udg.*]

[2] Svend Aagesen taler i Hist. regum Daniæ cap. I om „modi Islandenses" der besynge Skjoldungerne.

og længere bort fra det klassiske Latin. Saaledes opstod ved Siden af den officielle gregorianske Messesang i Recitativ en friere Hymnedigtning i strofisk, undertiden rimet Form, men dog med Bevarelse af en Del af det antike Præg og tildels kvantiterende Udtale. Rigere udvikledes de nye Former i Sekvenserne, oprindelig Prosatexter til de Tonerækker, der sluttede Messens Halleluja, og derfor kaldte „Proser", ogsaa efter at de havde antaget Versform, fordi denne var blot rhytmisk og bygget paa Betoning, ikke metrisk. Den simple Sekvenstype er en 6-liniet, oftest trochaisk Strofe med Rimstilling aabaab, og 3-4 Betoninger i hver Verslinie, men med fast Stavelsetal som Rest af den antike Versbygning. Den varieres imidlertid med stor Frihed; Linien kan udvides eller indskrænkes til 1-2 Betoninger, Strofen kan faa 8 (aaabaaab), endog 10 Linier og pyntes med Krydsrim og Indrim; Gangen kan blive jambisk eller daktytisk; undertiden blandes Formerne i samme Strofe, eller de forskjellige Strofer faa helt forskjellig Versform. Paa denne Maade nærmede Sekvensdigtningen sig til Folkevisens Frihed og fik stor Indflydelse paa denne og omvendt, skjønt den i Bygning skilte sig vidt fra Visens Simpelhed.

I disse nye Versformer uddannede der sig nu efterhaanden ogsaa en verdslig Latindigtning i Forbindelse med hele det aandelige Røre, som betegner det 12te Aarhundrede og fik sit verdenshistoriske Udtryk i Korstogsbevægelsen[1]. Der gaar igjennem denne Tid en Trang til at flytte alle Grændser og vide Horisonten udad og opad. I Stedet for de vilde indre Fejder træde Verdenskrige med ideelle Formaal. Kunstinteressen vaagner i den kirkelige Architektur, og Universiteterne afløse de gamle Kloster- og Domskoler. Et nyt og frisk Livsmod bredte sig i Slægten og fik sit naturlige Udtryk i Sang. Samtidig med at en national Digtning spirer i Folkesprogene, behandler den studerende Ungdom lignende lyriske Emner i den Form, som laa den nærmest, — den latinske Kirkesangs Rhytme. Efterhaanden som et friere Universitetsliv afløste Klosterskolens Tugt og Tvang, antog denne ældre Skolepoesi en kækkere og friskere, mere udfordrende Tone, og erklærede endelig som Vagantdigtning Moralen og hele det ordnede Samfund aaben Krig. Ifølge Universiternes rent private Oprindelse som Colonier af Tilhørere, der samlede sig om en enkelt berømt Lærer, vandrede de studerende flokke-

[1] Giesebrecht i Allg. Monatsschr. f. Litt. 1853. Hubatsch Die latein. Vagantenlieder des Mittelalters, 1870.

vis om fra den ene Lærestol til den anden. Men den Uro i Blodet, den Friheds- og Vandrelyst, som dengang havde grebet hele Europa, medførte, at mange af dem blev undervejs og opgav Studierne, blandede sig med andre Flokke af forløbne Munke, ledige Skrivere og Huscapellaner, og tilbragte hele deres Liv eller dog Ungdomsaarene som Landevejens frie Fugle, Vagabonder uden fast Hjem eller Beskæftigelse[1]. Disse „Clerici vagantes" levede tildels ligesom de samtidige Jongleurer og vandrende Sangere af at foredrage deres Digte mod til Gjengjæld at modtage Gjæstfrihed og Gaver, og til Gavmildhed opfordre de ligesaa uforbeholdent som hine. Men de hævdede sig bestandig som en Art Aristokrati, der lagde stor Vægt paa sin lærde Dannelse og saa ned paa den ulærde Sangerpøbel:

Laici non capiunt Ea, quæ sunt vatis!

De kunde ikke foredrage deres latinske Sange paa Torve og Gader, paa Ridderborge og i Fyrsteslotte, men maatte søge sig et langt mere begrændset Publikum i Klostrene og ved de gejstlige Herrers Hoffer. Men til Gjengjæld opnaaede Vagantpoesien ved sit internationale Sprog og sin tildels skriftlige Forplantning en endnu større Spredning over hele Nordeuropa end Folkeviser og Ridderdigte. Da Vagantviserne ikke som disse behøvede at oversættes fra det ene Sprog til det andet, og da de i Modsætning til Folkepoesien ere bevarede i næsten samtidige Optegnelser, har Tiden slidt langt mindre paa dem. De samme Viser ere, om end med mindre Lempelser og Varianter, vandrede fra Land til Land og findes i franske, tyske og engelske Haandskrifter, uden at den oprindelige Hjemstavn altid er klar.

Baade i Versform og Stil formidler Vagantdigtningen paa en mærkelig Maade Overgangen fra den klassiske Kunstpoesi gjennem kirkelig Digtning til nyere Folkepoesi. Dens mest yndede og benyttede Vers, den saakaldte „Vagantstrofe", er nemlig hverken mere eller mindre end det ældste klassiske dramatiske Vers, det ufuld-

[1] Som det hedder i en Vagantsang:

Cum: ‚In orbem universum'
Decantatur ‚ite!'
Sacerdotes ambulant,
Currunt coenobitæ,
Et ab evangelio
Jam surgunt levitæ,
Sectam nostram subeunt....

stændige trochaiske Tetrameter eller Septenaren, der forplanter sig ned gjennem de kirkelige Sekvenser, i Almindelighed med Overbrydning af Verslinien og strofisk udformet ved Tilføjelse af Rim. Trods Rimet og den accentuerede Rhytme bevarer Vagantstrofen Forbindelsen med den latinske Kunstpoesi gjennem Overholdelsen af fast Stavelsetal, medens Naturpoesien kun tæller Betoninger. Men i England synes Vagantstrofen at være overført i Folkesproget, efter dettes Natur at have antaget jambisk Gang og opgivet Stavelsetællingen, og saaledes at have omdannet sig til det engelske Balladevers, som mulig atter ligger til Grund for den nordiske 4-liniede Folkevisestrofe[1].

Derhos røber Vagantdigtningen sin Nedstamning fra latinsk Kunstpoesi ved Forkjærligheden for lærd, kunstlet og mythologisk Stil. Hentydninger til national Historie og Sagn ere sjeldne, men klsssiske og bibelske desto hyppigere, og hele klassiske Citater indfiettes i deres oprindelige Mètrum[2], medens paa den anden Side i de leoninske Vers Rimet trænger ind i den antikiserende Digtning. Den kirkelige Oprindelse skylder Vagantpoesien foruden sin Form tillige en stærk Forkjærlighed for scholastisk Ordleg, Reflexion og Dialektik, ligesom den ogsaa fra kirkelige Hymner overfører Billeder og hele Verslinier til Elskovs- og Drikkeviser[3]. Endelig har den antaget visse af Folkepoesiens Ejendommeligheder, dens Friskhed og Djærvhed i Stil og Tone, undertiden ogsaa en Art Omkvæd, som dog gjerne er flerliniet, indtil en halv Strofe, og savner Folkevisens fine poetiske Stemning. Men især have Vagant- og Folkeviser det til fælles, at de fleste ere uden kjendt Forfatter og paa deres Vandring fra den ene Sanger til den anden saaledes ændrede og omdigtede, at de i deres typiske Ensartethed snarere blive Udtryk for en hel Tidsalder og et særligt Befolkningslag end for enkelte Digterpersonligheder. Dog kunne visse af de mere fremragende Vagantdigte henføres til bestemte Digtere, endog blandt Tidens betydeligste Mænd, saaledes Gautier af Lille eller af Châtillon, Forfatter til det store Epos Alexandreïs, og Erkedegnen i Oxford Walter Mapes[4]. Begge levede i Slutningen af det 12te Aarhundrede og spillede en Rolle i Striden mellem Henrik II og Thomas Becket, men have maaske ogsaa en

[1] Paul Grundriss d. germ. Philologie II, 1046—48 cfr. 616. Just Bing, Folkevisernes Versform, i Nord. Tidsskr. 1902. Schreiber Die Vaganten-Strofe, i Ztschr. f. deutsche Philol. XXVIII, 1896, 284. [2] Sml. Wright Latin Poems attributed to W. Mapes, 1841, 152 ff. [3] Hubatsch 30 ff. [4] J. Bardoux, De Walterio Mappio, Paris 1900.

Tidlang første Vaganternes omflakkende Liv. Det store Flertal af Sangene ere dog anonyme eller tillægges nu ubekendte, tildels fingerede Personer som den tyske „Archipoeta" og en Biskop Golias, efter hvem Vaganterne ogsaa benævnes Goliarder, men som selv ikke er andet end en Personification af Vagantliv og Vagantaand.

Fra sin Hjemstavn i Frankrig, hvor Universitetsliv og Folkedigtning tidligst udviklede sig, bredte Vagantpoesien sig til England og Tyskland og satte sig især fast i Rhin- og Donauegnene. Men efterhaanden kom den i Vanry, da en strengere theologisk Videnskabelighed med Scholastiken afløste Dyrkelsen af de frie Kunster ved Universiteterne, og da Vandre- og Tiggerlivet blev anset for mindre sømmeligt for de studerende. I det 13de og 14de Aarhundrede forbød Conciler og Synoder de gejstlige Herrer at huse og høre Vaganterne; disse selv skulde miste deres gejstlige Forrettigheder og Tonsur, og endelig bragte Humanismen og Gjenoplivelsen af den correcte Latinitet Vagantdigtningen i fuldstændig Foragt. Saaledes sank Vaganterne ned i de almindelige Gøgleres, Jongleurernes og Landstrygernes Klasse, hvilket ogsaa spores i deres Digtning, som bliver makaronisk og blander Latin med Folkesproget eller gaar helt over i dette. Længst holdt Vagantlivet sig i Tyskland, hvor „die fahrenden Schüler" lige til og ud over Reformationen fortsatte Vaganternes Tradition og Digtning, om end ikke som særlig Klasse. I tyske og engelske Universitets- og Klosterbiblioteker gjemmes de største og bekjendteste Samlinger af Vagantdigte[1], og en Del af dem have endnu holdt sig i levende Brug i de tyske Studenters Lieder- og Commerzbücher[2].

I Middelalderens nylatinske Digtning gjenfødtes det døde Sprog virkelig til nyt Liv og blev Udtryk for noget af det bedste og dybeste i Tiden. De ypperste kirkelige Hymner, „Stabat mater" eller „Dies iræ", gav den inderlige religiøse Følelse og den mystiske Begejstring et ophøjet Udtryk, overfor hvilket Reformationens Psalmedigtning med dens nøgterne Forstandighed og ubehjælpsomme Form falder helt igjennem. Den verdslige Vagantpoesi er vel som al Middelaldersdigtning noget ensformig og typisk, men dens lette, ofte kunst-

[1] Kun een, fra det bayerske Kloster Benedictbeuern, er offentliggjort i sin Helhed v. Schmeller, Carmina Burana, 1847 (Haandskr. fra 13de Aarh.). Sml. V. Meyer Fragmenta Burana, Ztschr. f. deutsche Philol. XXXVI, 1901. [2] Carmina clericorum, Studentenlieder des Mittelalters, Heilbronn 1876, og i Oversættelse: L. Laistner: Golias, Studentenlieder d. Mittelalters. Aus d. lateinischen. Stuttg. 1879.

fuldt slyngede Rhytmer tvinge det latinske Sprog ind i en munter Dans, og den tiltaler umiddelbart ved sin Personlighed, Ungdommelighed og Ægthed i Følelsen, ved en frisk Natursans og et frejdigt Humør, som er sjældent i de metafysisk bestemte Tider baade før og endnu mere efter Reformationen, da Blikket helst vendtes bort fra og ud over denne Verden. Derved skiller Vagantdigtningen sig ogsaa fra de fleste Folkeviser med deres gjennemgaaende vemodige Tone, og medens disse blot anslaa en Naturstemning, udmale Vaganterne med Forkjærlighed især Vaarens Frembrud, da Vandrelivet begyndte, og Vinterens Frost og Kulde ikke længer knugede det flygtige Friluftsliv.

Fra Indholdets Side er Vagantpoesien mere rent lyrisk præget end den samtidige Digtning i Folkesprogene. Den kan lægge en skizzeret pastoral Ramme uden om et Elskovsdigt, men den kommer ikke ind paa den egentlige Ballade- og Romancestil, og endnu mindre paa den episke Ridderdigtnings; historiske Begivenheder, f. Ex. Korstogene, besynges i lyrisk Tone. Det er mest ægte Studenterlyrik til Vinens, Elskovs og Naturens Pris, deriblandt de første modernere Drikkeviser. Men ganske vist udarter Studenterhumøret til Kaadhed og Vildskab og præges af det raa og ryggesløse Landstrygerliv. Det er ofte Bacchus og Venus vulgivaga, der hyldes; sjeldnere naiv og sværmerisk Erotik end haandfast sanselig Djærvhed eller endog reflecteret og brutal Lystenhed, der kommer til Udtryk. Kjærligheden til ubunden Frihed bliver til respectløs og gudsforgaaen Trods mod alt bestaaende og alle de Samfundsvedtægter, som Vaganterne havde sagt sig løs fra og snart kom paa en fjendtlig Fod med. Medens de selv demonstrativt satte sig ud over Moralens Bud, prædikede de dog gjerne Moral for andre eller revsede med skarp Satire Samtidens Laster, ikke mindst Roms og Gejstlighedens Usædelighed, Verdslighed og Pengebegjærlighed. Disse Goliardsatirer[1] ere et kraftigt Udtryk for de udstødtes og forfulgtes Haan og Foragt for det conventionelle Samfund, og minde ofte om Trubadurernes Sirventes, ogsaa for saa vidt som de, trods deres Angreb paa Kirkens Fordærvelse og deres ofte kaade Parodier paa det hellige, dog aldrig angribe Religionen selv. Ved en af de Modsigelser, der ere saa betegnende for Middelalderens primitive, ureflecterede Følelsesliv, afvexle tvertimod Skildringer af den ryggesløse Vaganttilværelse med aabenbart ærligt mente Udbrud af Fromhed, Anger og Ruelse og

[1] Wright, Latin poems attributed to W. Mapes, efter engelske Haandskrifter.

med rent religiøse Sange, der i Form og Indhold neppe kunne skjelnes fra de kirkelige Sekvenser. Derfor kunde ogsaa de mystiske Secter og Reformationen selv benytte Goliardsatirerne i Kampen mod den officielle Kirkelighed.

II

Paa Grund af deres afsides Beliggenhed kom de nordiske Riger sent i Berøring med europæisk Middelalderscultur og have kun afgivet sparsomme Bidrag til den. Danmark har kun een betydelig Latindigter, Andreas Sunesön, hvis Hovedværk er et dogmatisk Læredigt i Hexametre, og det er kun ved et heldigt Tilfælde, at man i nyere Tid har kunnet constatere hans Forfatterskab til de mindre Digte, hvori Emnet har gjort ham det muligt at lægge egentlig poetisk Inspiration for Dagen, nemlig hans Maria-Sekvenser[1]. I alt Fald den ene af disse har været i Brug over en stor Del af det katholske Europa og afgiver en typisk Prøve paa den let flydende Sekvensrhytme:

Missus Gabriel de coelis,
Verbi bajulus fidelis,
Sacris disserit loquelis
Cum beata virgine.
Verbum bonum et suave
Pandit intrans in conclave,
Et ex Eva format Ave,
Evæ verso nomine etc.[2]

Den anden: „Stella solem præter morem“, var i alt Fald ogsaa kjendt i Sverig[3], og begge røbe deres nære Slægtskab med den almeneuropæiske Sekvensdigtning gjennem Flagrevers og Laan af Udtryk og Billeder, der her som overalt gaa over fra den ene Digter til den anden og bidrage til at give hele denne Digtning dens ensartede Præg, uden at det altid lader sig afgøre, hvem der har Prioriteten. Saaledes danne Ordene „Verbum bonum et suave“ Indgangslinien til andre Sekvenser og ere derfra benyttede i Drikkeviser om „Vinum bonum et suave“.[4] I „Stella solem“, der i det hele er mere kunstlet og fuld af scholastiske Lignelser og Ordspil om „Stjernen, der har født en Sol“ o. s. v.[5], forekommer den hyppigt gjentagne

[1] Ny kirkeh. Samt. II 785 ff. Gertz Andr. Sunonis filii Hexaëmeron, 376. [2] Oversat i P. Hansen, Ill. Literaturhist. I. [3] Klemming Latinska sånger fordom använda i svenska kyrkor o. s. v. 145, efter Missale Upaliense. [4] Daniel Thesaurus hymnologicus II 93 cfr. V 34. Du Méril Poésies populaires latines, 1847, 204. [5] Sml. Klemming anf. St. 119. 131.

Sammenstilling af den ubesmittede Undfangelse med Solstraalens Gjennemgang gjennem et Glar:

Ut admittit vitrum solem,
Sic admittit Virgo prolem.

Mange Sekvenser fra 12-13de Aarhundrede omskrive den i lidt andre Udtryk:

Ut vitrum non læditur
Sole penetrante,
Sic illæsa creditur
Post partum est ante,

eller:

Ut specular solidum
Solis intrat radius etc.[1]

og:

Sicut vitrum sol ascendit
Et transit innoxius etc.[2]

Sandsynligvis har Andr. Sunesön skrevet flere Sekvenser, og vor religiøse Latindigtning i Middelalderen maa have været langt rigere, end nu bekjendt; men vore gamle Missaler, Kirkehaandbøger og Helgenlitanier ere endnu ikke blevne Gjenstand for en Undersøgelse som den, ved hvilken Bibliotekar Klemming i den foran nævnte Samling har fremdraget en Mængde Hymner til den hellige Treenighed, Christus, Maria og Helgene for Sverigs Vedkommende. I alt Fald største Delen af dem, der behandle Nationalhelgene, maa være af svensk Oprindelse; til flere kjendes Forfatterne, og især om Sveriges Hovedhelgen, den hellige Birgitta, slynger sig en Flor af Poesi knyttet til bestemte Navne blandt hendes Disciple. Bekjendtest er vel Biskop Niels Hermansens kunstige Sekvens: „Rosa rorans bonitatem"[3].

Mere nationalt prægede ere de sparsomme Levninger af verdslig Latindigtning. Saxos latinske Oversættelser af Skjaldevers og Folkesang vedkomme os her mindre, da de tilhøre den lærde Munkepoesi i klassiske Metra, og de faa i Scriptores rer. danicarum optagne versificerede Kilder til dansk Historie ere mest af fremmed Oprindelse. Det samme gjælder utvivlsomt de leoninske Munkevers i Peder Laales latinske Ordsprog og Originaltexten til Hr. Mikkels De vita hominis. Men vi have et Par baade ved Indhold og Form interessante historiske Klagesange, hvoraf den ene, der er bevaret hos

[1] Julespillet i Carmina Burana S. 84. [2] Daniel Thesaurus II 212. V 225. 303.
[3] Schück Ill. sv. Litteraturhist. I 190 ff. Klemming Lat. sånger I 35; cfr. Eystein Åsgrimssons „Lilja" V. 33.

Huitfeldt og angaar Valdemar Sejrs Fangenskab 1223—25, nærmest er affattet i Hymneform med kvantiterende Udtale:

Plange, primatus Daciæ,
Quondam clarus in acie,
Sed tua nunc militia
Vili torpet pigritia.
Rex tuus furtim tollitur,
Sævus hostis extollitur;
O maris acris specula,
Cave mortis pericula! etc.[1]

Den anden Sang klager i smuk, klangfuld Sekvensform over Fremmedherredømmet i Christopher II's Tid c. 1329:

Geme, plange moesto more,
Dolorosa Dacia,
Quia probo protectore
Cares et audacia.
Gens eras fortissima,
Virtute clarissima.
Stravisti, vicisti
Populum æmulum
Per terrarum spatia.
. . . .
Flos regnorum exstitisti,
Coronata gloria,
Aliorum invasisti
Fines cum victoria.
Rex Ericus, Deo carus,
Dux præclarus, legis gnarus
Protexit, provexit,
Promovit, confovit
Te magna prudentia etc.

Lectoren i Lund Mogens Madsen, som har bevaret Sangen i sin Regum Daniæ series[2], udtaler sig i Humanismens Aand om Versformen og om den Tids Digtere, „qvibus nec ulla eruditæ Latinitatis, nec qvantitatis syllabarum cura. Rhytmis enim, qvos sic vocarunt, personabant omnia. Atque id genus versuum plerisqve tum visum apprime elegans." Fra Indholdets Side ere de to forholdsvis udførlige Sange mærkelige ved deres elegisk lyriske, reflecterende Tone, der især i den sidste hæver sig til et virkelig pathetisk Udtryk for Sorgen

[1] Optagen blandt nogle fremmede Klagesange af beslægtet Art hos Du Méril Poésies populaires latines, 277. Gertz Hist. Læseb. 162 ff. Oversat i Danm. Riges Hist. I 766. [2] Rørdam Monumenta 2 R. II 123, sml. Hist. Saml. og Studier II 188. Metrisk ovs. i Rosenørn Grev Gert og Niels Ebbesøn 50 ff.

over Fædrelandets Ulykke og Fornedrelse. Tilsvarende Digtning mangler vistnok ikke i fremmed Litteratur, lige fra visse Korsfarersange til svenske Klagesange over Hertugerne Valdemars og Eriks Mord 1319 og over det stockholmske Blodbad[1]. Men faa af disse taale Sammenligning med vore, end ikke den nærmeste Parallel:

Plange plorans Anglia, plena jam dolore,

der handler om Simon af Montforts og den engelske Adels Opstande mod Henrik III omkring 1260[2]. I Almindelighed holder den historiske Munkepoesi sig mere til Jorden og har et temmelig tørt, krønikeagtigt Præg; saaledes Erkebiskop Jens Grands Vita i Hymneform af en omtrent samtidig nedertysk Klerk henimod Midten af det 14 Aarh.:

Si qvis Archipræsulis Johannis Bremensis
Scire vult originem, qvi qvondam Lundensis
Fuit archipontifex et post hoc Rigensis,
Priusqve præpositus erat Roschildensis,
Credat viro simplici rhitmata scribenti
Et a narratoribus vera audienti[3]. . . . .

Disse historiske Digte kunne naturligvis ingenlunde uden videre betegnes som Vagantsange. Vagantdigtningen er jo kun en Gren af den nylatinske Munkepoesi og har baade i Form og Indhold saa mange Berøringer med den, at det, hvor særlige Kriterier mangle, ikke lader sig afgjøre, om et Digt stammer fra clerici vagi eller ej. I Carmina Burana, den eneste Samling, der i sin Helhed sikkert lader sig henføre til Vaganter, findes kun enkelte Digte af historisk Indhold, især Korsfarersange, men Hovedstammen bærer det ungdommelige, studentikose og oppositionelle Præg, som i de fleste Tilfælde er det eneste sikre Kjendetegn paa Vagantoprindelse. Hos os kunne vi ikke vente at finde denne Digtning fyldigt repræsenteret. Først ved Middelalderens Slutning oprettedes de nordiske Universiteter, og noget egentligt Studenterliv, end sige Vandreliv mellem Upsala og København, kunde der efter Forholdenes Natur ikke blive Tale om. En anden Sag er det, at forløbne Munke og Klerke vel fandtes her som allevegne, og at Skolerne til Dels traadte i Universiteternes Sted og beholdt deres Disciple langt ind i Ynglingealderen, ligesom Vandringer fra den ene Skole til den anden af mange Grunde kunde finde Sted. Petrus Palladius fortæller i Visitatsbogen om sin Skolegang omkring 1520 baade i Ribe, Ros-

[1] Klemming Lat. sånger från Sveriges medeltid, Cantiones morales etc. 1887.
[2] Wright Political songs of England 121. [3] Scr. rer. dan. VI 267.

kilde, Assens og maaske i flere Byer, og hvorledes han „gav en Pebling en dansk Hvid, for han skulde lære mig at gaa om By og tigge Almisse; men han var ikkun min Mester en Middagsstund; siden lærte det sig selv.“ Endnu langt ud over Reformationen høre vi jo, at der i Skolerne gaa

> Grothanser, som kunne drikke og bole.....
> Hos godt Øl og hos unge Kvinde,
> Der lade de dem mest finde[1],

og hvad vi vide om Løbedegnenes Sognegang, Tiggeri og Sang for Dørene lige ned i det 18de Aarhundrede, gjør det vel utvivlsomt, at den senere Middelalders Peblinge hos os have ført et ligesaa omflakkende og ryggesløst Liv som Vaganterne. Et andet Spørgsmaal er, hvorvidt Klima og Nationalcharakter har tilladt dette Liv at udforme sig poetisk paa samme Maade som i sydligere Egne; men der er dog Spor af, at baade den latinske Skolegudstjeneste, Skolefesterne og Tiggergangen har affødt en Digtning, der vel i Indhold kan skille sig noget fra Vaganternes, men i Formen ganske ligner den. Denne Form var nemlig hentet hjem fra Tyskland og Frankrig, hvor mange Nordboere studerede baade før og efter de hjemlige Universiteters Oprettelse, og vel ogsaa af og til deltog i Vagantlivet eller dog lærte dets poetiske Eftervirkning i Studenterdigtningen at kjende. Exempelvis kan henvises til det akademiske Vandreliv, som en af det kjøbenhavnske Universitets betydeligste Professorer, Christen Torkelsen Morsing, førte i den første Halvdel af det 16de Aarhnndrede[2].

Det fyldigste Vidnesbyrd om, hvorledes denne Poesi har formet sig i Norden, afgiver den Samling „Piæ cantiones ecclesiasticæ et scholasticæ... in inclyto regno Sveciæ passim usurpatæ“, som en finsk Student, Theodoricus Petri, udgav i Greifswalde 1582.[3] En Del af disse Sange ere sikkert lige indførte fra Udlandet, skjønt det kun er et Faatal, jeg har gjenfundet i fremmede Samlinger. Men mange ere aabenbart ogsaa hjemlige Producter, og det er i saa Henseende betegnende, at der ikke findes en eneste Sang af erotisk eller bacchantisk og kun to af naturlyrisk Indhold, begge opstaaede

[1] Lystig Samtale mellem Vor Herre og St. Peder, 1597. [2] Rørdam Universitets-Historie I 432 ff. [3] Schück Svensk litteraturhist. I 200. Optagne i Klemmings Lat. sånger i sv. kyrkor, og for de verdslige Visers Vedkommende i hans Lat. sånger från Sveriges medeltid, 1887. Originalsamlingen er desværre utilgængelig i Danmark, men behandles, især i musikalsk Henseende, ret udførligt af Norlind Schwedische Schullieder im Mittelalter, i Sammelbände d. internationalen Musikgesellsch. II, 1900—1901, p. 566 ff.

uden for Sverig. Den egentlige friske og kaade Studenterdigtning har ikke slaaet Rod i Norden, men erstattes af Skolesange af et meget artigt Indhold, om Kundskabers høje Værd, det studerende Livs Fred og Lykke og Risets velgjørende Virkninger. I Stedet for den vilde, hensynsløse Goliardsatire over Kirkens og Samfundets Brøst træder en tam Moraliseren over Livets Forfængelighed og Fordærvelse med religiøs Baggrund, og endelig indeholder Samlingen nogle bibelhistoriske Viser, medens de blandt Klemmings latinske Sange optagne Digte om svenske historiske Begivenheder ikke ere hentede fra Theodoricus Petri, men fra andre Kilder.

Vagantpoesien er først naaet til Norden paa et sent Tidspunkt, da den var ved at uddø i sine Hjemlande, og den levede hos os kun et sygnende Liv i nogle Aartier paa Grændsen mellem det 15de og 16de Aarhundrede, indtil Reformationsbevægelsens bestandig mørkere Religiøsitet helt kvalte den. Ved de nordtyske Universiteter, hvor de rejsende Nordboere nu studerede, fandtes intet Vagantliv og herskede i det hele en mere adstadig prosaisk, religiøs og moraliserende Tone, og efterhaanden bragte den humanistiske Dannelse Middelalderens Munke- og Klerkepoesi i Foragt og førte Latindigtningen tilbage til den stift antikiserende Efterligning. Th. Petri gjør endog en Slags Undskyldning for, at han har reddet disse Rester af Fortidens barbariske Poesi som en Brand ud af Ilden. Dog findes der i Sverig endnu et andet Spor af Vaganternes Indflydelse. Blandt de faa Goliardsatirer i Prosa, for det meste Parodier paa Bibel- og Curialstilen, Messeritualet o. s. v., er der en, der gaar ud over Klosterlivets Verdslighed, Kjødelighed og Vellevnet, et Emne, som ofte kommer igjen i Goliardernes Straffedigte, bl. a. i den bekjendte „Apocalypsis Goliæ“[1]. Denne Satire, „De qvodam abbate[2],“ findes i en forkortet og bearbejdet Oversættelse paa Svensk som „Hr. Abboten“, i Haandskrift fra 1457[3].

III

Ogsaa i Danmark er der bevaret Levninger fra Vagantdigtningens korte Blomstringstid. Ligesom de maaske mest levedygtige Rester af Nordens Indskud i Middelalderens kirkelige Latinpoesi, Andreas Sunesens Sekvenser, kun ere komne for Dagen ved et heldigt Tilfælde, saaledes har den bekjendteste af Morten Børups Sange skjult

[1] Wright Latin poems 16 ff. 184 ff. [2] Wright l. c. XL. [3] Klemming Prosadikter från Sveriges medeltid, 1887—89.

sig som et tilfældigt Indskud i Latindigteren Erasmus Lætus's Beretning om Christian IV's Fødsel og Daab 1577[1]. Børups Levnet er i og for sig betegnende for visse Sider af hin Tids akademiske Liv: Bondekarlen, der rømmer fra Hovarbejdet i „Skanderborrig Enge" og sidder paa Bænk med Smaapeblinge i Sinkelectien i Aarhus; den dygtige Student, der bliver Dr. juris utriusque i Kølln og ender som højt anset Videnskabsmand, Kannik og Rector ved den Skole, hvor han begyndte sine Studier. Men allerede Dr. Rørdam har gjort opmærksom paa, at det er en Misforstaaelse, naar man har opfattet Børup som en af Humanismens Forløbere i Danmark. Baade hans Levetid (han døde over 80 Aar gammel 1526), det fremmede Universitet (Kølln), hvor han drev sine Studier, og Arten af hans efterladte Vers stempler ham som et Senskud af Aristotelismen og Munkedannelsen, og hans for den Tid sjeldne Ry baade for Lærdom og Humanitet som Skolemand skyldes sikkert personlige Egenskaber mere, end det er Følge af en ny Dannelses Frembrud.

Da Magister Peder Albretsen d. 26. Maj 1479 red ind i Kjøbenhavn med det Følge af køllnske Doctores, Magistre og Studenter, der skulde lægge Spiren til vort Universitet, have disse sikkert ogsaa medført et Forraad af Vagantsang, der jo senest havde blomstret i Rhinegnene og vel trofast var bevaret ved det katholsk scholastiske Læresæde i Kølln, hvis Vedhængen ved gammel Sæd og Skik og forældet Lærdom noget senere blev Gjenstand for Humanisternes ubarmhjertige Spot i Epistolæ obscurorum virorum 1516. At der dog ogsaa kunde komme noget godt fra Kølln, derom vidner Morten Børups Studieophold der, som netop falder i Aarene omkring 1490. Som Rector i Aarhus hævede han denne Skole til den mest ansete i Danmark, hvorfra der udgik en Række betydelige Mænd, og hvor den friskere og humanere Aand i Undervisningen røber sig i en tiltalende Blanding af Spøg og Alvor. Ifølge Er. Lætus havde han ved sin Død været Rector i omtrent 30 Aar, og i saa Fald er det i hans tidlige Rectoratstid, vi høre om de første Skoleskuespil i Danmark, 1501 og følgende Aar. I Forbindelse hermed kan det erindres, at Vaganterne i deres dobbelte Egenskab af Klerke og Gøglere sikkert have været væsentlig medvirkende til at føre det ældste katholske Jule- og Paaskespil ud fra Kirken paa Torve og Gader og give det en mere verdslig Charakter ved Indblanding af ofte raa og barok Komik[2]. Til de ældste Vidnesbyrd om denne

[1] Rørdam Monumenta II 671, cfr. Rørdam Univ. Hist. I 31. [2] J. P. Jakobsen, Det komiske Drama i Frankrig før Renæssancen, 37.

Overgang fra det kirkelige til det verdslige Drama høre netop et Par Stykker i den nævnte Benedictbeuernske Samling, af hvilke navnlig Paaskespillet er yderst betegnende[1]. Jesus selv taler nemlig her med Bibelens Ord og i den recitativiske Messesangs højtidelige Tone, medens Maria Magdalenas letsindige Liv skildres i latinske rhytmiske Vers, og de Scener af det lavere Dagligliv, hvortil Anledningen gribes ved Indførelsen af Bolere, Landsknægte og andre Bipersoner, gaa tildels over i tyske Rim. Men med den begyndende humanistiske og reformatoriske Aand indtraadte en Reaction, der atter lukkede Skuespillet inde bag Skolens som før bag Kirkens Mure, og ved Siden af det forlystende lagde Vægten paa det opdragende Formaal, latinsk Sprogøvelse og moralsk Virkning. Skjøndt denne pædagogiske Tendens i Skuespillet først blev herskende hos os efter Reformationens Indførelse, maa vi dog i Aarhus-Skuespillene se en Eftervirkning af de tyske Humanisters Bestræbelser i denne Retning, da det udtrykkelig hedder, at de opførtes af et Gilde af Skolens Disciple[2]. Vi vide ellers intet om dem, ikke heller om Morten Børup har staaet i noget nærmere Forhold til dem som Forfatter eller Bearbejder. Sandsynligst er det vel efter Tidsforholdene, at det har været antike Dramer, der opførtes paa Latin, skjøndt det fremhæves, at der ogsaa var indbudt et Lægmandspublikum til Opførelsen. De tidligste originale nylatinske Skuespil digtedes først 1497 af Reuchlin i Tyskland, og de første Dramer paa Dansk ere 30 Aar senere end Opførelsen i Aarhus. Men at M. Børup ikke har staaet disse dramatiske Bestræbelser fjernt, og at han ogsaa har havt Øje for det forlystende Element deri, fremgaar af Er. Lætus's Ord, at han „cum ludicra multa excogitavisset comprehendissetqve litteris“ ogsaa havde componeret den endnu 1577 ved Christian IV's Daab opførte Narredans[3].

Et lignende Øjemed havde han med sin Sang til Skolens Majfest:

In vernalis temporis
Ortu lætabundo,
Dum recessum hiemis
Nuntiat hirundo,
Terræ, maris, nemoris

Decus adest deforis
Renovato mundo.
Vigor redit corporis,
Cedit dolor pectoris
Tempore jucundo.

[1] Carm. Bur. 95 ff. [2] Thura, Idea hist. litt. Danorum 72. Birket Smith, Studier II 77. [3] Rørdam Monum. II 670. 672.

Terra vernat floribus
Et nemus virore,
Aves mulcent cantibus
Et vocis dulcore.
Aqua tempestatibus
Caret, aër imbribus,
Dulci plenus rore.
Sol, consumptis nubibus,
Radiis potentibus
Lucet cum dulcore.

O, quam mira gloria,
Quantus decor Dei,
Quanta resplendentia
Suæ faciei!
A quo ducunt omnia,
Summa, ima, media,
Formam speciei.
Major hæc distantia,
Quam sit differentia
Noctis et diei[1]!

Skjøndt Visen sikkert er original og intet enkelt Forbillede har i fremmede Samlinger, kan der ingen Tvivl være om dens nære Slægtskab med Vagantpoesien, ikke blot i Form og Tone, men i de enkelte Udtryk og Vendinger. En Sang, der tillægges den senere Franciskanergeneral Bonaventura midt i det 13de Aarh., begynder:

Philomele prævia
Temporis amoeni,
Qvæ recessus nuntias
Imbris atqve coeni,

Dum demulces animos
Cantu tuo leni,
Ave pudentissima,
Qvæso ad me veni!

og ganske lignende Vers findes i Carmina Burana[2]:

Lætabundus rediit
Avium concentus,
Ver jucundum prodiit,
Gaudeat juventus,
Nova ferens gaudia;

Modo vernant omnia,
Phebus serenatur
Redolens temperiem
Novo flore faciem
Flora renovatur.

Der er blot den Forskel, at medens alle de naturlyriske Vagantsange ere af et letsindigt erotisk Præg og i Naturens Blomstring se en Opmuntring til at hengive sig til Elskov, gaar Børups Vise over i det religiøse og priser Skaberen for Naturens Skjønhed. Om man heri vil se en Virkning af den alvorligere nordiske Folkecharakter, faar staa hen; i alt Fald beror den ændrede Tone paa Overgangen fra Vagant- til Skolevise, og vi gjenfinde den derfor i de to eneste Stykker af naturlyrisk Indhold i Theodoricus Petris svenske Samling[3]. Det ene er selve Børups Vise i et meget fejlfuldt Aftryk; det andet er Bearbejdelse af en bekjendt Vagantsang:

[1] Oversat af Vilh. Andersen (DSt. 1904, 236), tidligere af Rector Blache i Digtsaml. Arosia, 1862, S. 86 (Berggreen, Sange til Skolebrug, 2. Udg. 1857, 2. Hefte Nr. 31), og af Dr. Fr. Moth i Regensens Visebog 1902, 91 [2] Pag. 136, cfr. 118. 146. 147. 180. 182. [3] Klemming, Lat. sånger från Sveriges medeltid, S. 81. 83. Se nu ogsaa Kirkeh. Saml. 5. R. III, 216.

Tempus adest floridum,
Surgunt namque flores,
Vernales mox in omnibus
Jam mutantur mores.
Hoc quod frigus læserat,
Reparant calores;
Cernimus hoc fieri
Per multos colores[1].

Men medens Vagantvisen fortsætter:

Stant prata plena floribus,
In quibus nos ludamus.
Virgines cum clericis
Simul prodeamus.
Per amorem Veneris
Ludum faciamus,
Ceteris virginibus
Ut hoc referamus,

hedder det i den aabenbart fordærvede Bearbejdelse hos Th. Petri i Overensstemmelse med Børup:

Hoc (?) vobis pulchre monstrant
Deum creatorem,
Quem quoque nos credimus
Omnium factorem.
O tempus ergo hilare,
quo lætari libet;
Renovato jam mundo
Nos novari decet.

Børups Foraarssang synes at have faaet ikke ringe Udbredelse i Sverig, idet den ogsaa findes i en gammel svensk Oversættelse optagen i et Folkevisehaandskrift:

Frögde sigh all creatur o. s. v.[2]

Her er den endnu stærkere religiøst stemt ved Tildigtning af et Par Strofer i ren Psalmestil.

De svenske Folkevisehaandskrifter indeholde endnu i alt Fald een Vaarsang:

Wii[n?]ter fröst, thet kommer medh ijs[3],

der ikke alene ved hele sin Tone, men ogsaa ved sin macaroniske Form røber middelalderig Klerkeoprindelse:

Nu är kommen then lystighe tid
Quo flores floreantur,
Marken giörs grön och solen giörs blidh,
Et silvæ floriantur.
Thett gläder sigh bådhe foghell och diur,
Estatis in dulcore,
Ther til bådhe pighor och stålte jungfruer,
Earumque amore.

[1] Carm. Bur. S. 183. [2] Noreen och Schück 15—1600talens sv. visböcker, V, Kgl. bibliotekets visbok in 16mo, Nr. 59. [3] 15—1600talens sv. visböcker, I, Harald Oluffsons visbok, Nr. 43.

Folkevise- og Vagantstil blandes her paa en ejendommelig Maade, og i Modsætning til Skolevisen er Folkevisen ikke betænkelig ved at bevare den erotiske Tone. Andre Spor af Overgang mellem Middelalderens Latindigtning og Folkedigtningen mangle heller ikke i de svenske Visehaandskrifter, saaledes en temmelig ubehændig Oversættelse af en af de mest charakteristiske moraliserende Sange hos Theodoricus Petri:

Vanitatum vanitas, Et omnia sunt vana:[1]
Alle tingh på jordenne Mödha oss och tvinga[2].

En anden Vise af M. Børup staar langt tilbage for den første. Den findes vist kun trykt i A. S. Vedels 100 danske Viser, hvor den har fundet Plads som sidste Numer, formodentlig som Sidestykke til en ligeledes meget dunkel og forvirret dansk Skjemtevise om vore Kjøbstæder. Vedel anfører udtrykkelig Aarhusianeren M. Børup som Forfatter, „dog han giver hverken Aarhus eller de andre (Byer) nogen synderlig Lov“. I Virkeligheden er det ogsaa en Lovprisning af Kjøbenhavn paa de danske Stiftshovedstæders Bekostning, stærkt katholsk farvet. Texten er imidlertid saa fordærvet og uforstaaelig[3], at det maa være nok at anføre den første af de 7 Strofer:

Clericali et regali
Turba gaude, Hafnia!
Non est talis nec æqvalis
Civitas in Dania.
Artium officina
Omnium pulcherrima,
Merces exerces,
Colligis et possides
Per terrarum spatia!
. . . .

Det er allerede fremhævet, at Vagantsangen mistede sine væsentligste Livsbetingelser ved Reformationstiden. Humanismen fordrede en streng klassisk Latinitet, og den nye Tidsaand meldte sig med en pedantisk Moral og en mørk Orthodoxi, der fordømte al verdslig Livslyst, al sanselig Elskov og frisk Naturfølelse. Men enkelte Levninger af Vagantdigtningen dukke dog op i halv ukjendelig Forklædning gjennem de følgende poesifattige Tider og lige ned til vore Dage. Gængse Sentenser kunne følges op til deres Vagantudspring:

[1] Klemming, Lat. sånger från Sveriges medeltid, S. 5. [2] 15—1600talens sv. visböcker V, Kgl. bibl. visbok in 16mo, Nr. 64. [3] Under denne Artikels Trykning er et interessant Tolkningsforsøg af Dr. H. F. Rørdam fremkommet i Kirkeh. Saml. 5. R. III, 1 ff.

Fodere non valeo, qvia sum scholaris, ...
Mendicare pudor est, mendicare nolo[1]

er hos Theodoricus Petri:

Monachus esse non valeo,
Mendicare erubesco,
Eremita non audeo,
Et fodere jam nequeo[2].

Men især er det, som før omtalt, blandt Drikkeviser og Skolevers, vi træffe disse 7—800 Aar gamle Gjengangere. Mærkeligst er i saa Henseende det Fragment af et af de allertidligste og ejendommeligste Goliarddigte, „Confessio Goliæ" fra det 12te Aarhundrede, der er blevet skilt ud som en populær Drikkevise:

Tertio capitulo
Memoro tabernam;
Illam nullo tempore
Sprevi neque spernam,
Donec sanctos angelos
Venientes cernam,
Cantantes pro mortuis
Requiem æternam.

Meum est propositum
In taberna mori,
Ubi vina proxima
Morientis ori.

Tunc cantabunt lætius
Angelorum chori:
Deus sit propitius
Huic potatori!
. . . .

Tales versus facio,
Quale vinum bibo;
Nihil possum facere
Nisi sumpto cibo.
Nihil valent penitus,
Quæ jejuna scribo,
Nasonem post calices
Carmine præibo etc.[3]

Til de to første Vers i omvendt Orden og med nogle Ændringer er der siden, i det 15de Aarhundrede, føjet tre nye, der dog neppe i Flugt og Fart maale sig med de udeladte. Begge Redactioner[4] have gjennem tyske og franske Studentervisebøger forplantet sig ned til vore Dage. Tøger Reenberg har oversat en fri fransk Omdigtning deraf som den første egentlige Drikkevise paa Dansk:

I et Vinhus vil jeg sige
Mit Farvel og lægges ned o. s. v.[5]

[1] Carm. Bur. 74. [2] Klemming, Lat. sånger från Sv. medeltid 72. [3] Carm. Bur. 68—69. [4] Aftrykte hos Wright Latin poems attributed to W. Mapes XLV og Du Méril Poésies popul. lat. 205 ff. [5] Prof. Nyrop har meddelt den latinske, franske og danske Text i Dania IV 45—46.

Reenbergs Vise blev senere omarbejdet (ved Abrahamson?)[1]; men ogsaa den oprindelige ældste Goliardvise haves i tysk Bearbejdelse i Bürgers „Zechlied“:

Ich will einst bei Ja und Nein
Vor dem Zapfen sterben[2],

og i en mere tro, men stivere dansk Oversættelse, ligeledes i Originalens Versemaal, der tillægges Finn Magnussen 1824[3].

Ogsaa paa Originalsproget have enkelte Vagantsange holdt sig i Brug, i Tyskland vel endnu den Dag i Dag, hos os i alt Fald indtil den latinske Sang uddøde ved Universitet og Skole, ned over Midten af det 19de Aarhundrede. Blandt Semper Hilaris's (Sylvester Hertz's) Studenterviser 1819 findes endnu en halv Snes latinske, nogle i macaronisk Sprog eller af moderne Oprindelse, medens andre som de tyske Studenters Opsang „Gaudeamus igitur“ sikkert i alt Fald for Hovedstammens Vedkommende ere middelalderlige[4]. „Mihi est propositum“ forekommer i den ældste Form, endog med vedføjet græsk Oversættelse, og en anden Vise, „Prisciani regula“ er et ganske lignende Uddrag af en bekjendt Goliardsatire[5]. De fleste gaa igjen i Seidelins Visebog 1821, og Regensvisebogen af 1902 har beholdt 3: „Mihi est“, „Gaudeamus“ og „In vernalis temporis“.

Som et sidste Bevis paa denne middelalderlige Digtnings mærkelige Vandringer gjennem Tid og Rum tør jeg vel anføre, at vi i min Skoletid i Horsens i 60rne ved Afslutningen før Sommerferien afsang en latinsk Sang:

Concinamus, o sodales,
Eia, quid silemus?

hvilken jeg hos Du Méril[6] finder nævnt som meget gammel, men brugt ved Pinseferien i Maria-Collegiet i Cambridge endnu i første Halvdel af det 19de Aarhundrede.

[1] Faber og Møller, Sang og Klang, 1873, I Nr. 85. [2] Sämmtl. Ged., 1889, I 75. [3] Sang og Klang II Nr. 12. [4] Regensens Visebog 1902, Note S. 143. Schwetzke Zur Gesch. d. Gaud. igitur, 1877. Bolte i Vierteljahrsschrift f. Litteraturgesch. I 248. 528. I Tyskland er den frit oversat af Chr. Günther 1723: „Brüder, lasst uns lustig seyn!“ men samtidig, maaske allerede tidligere, spores den i Danmark som yndet Studentervise fra Holbergs Universitetstid, citeret i Den 11 Juni Act IV, Sc. 7 (opført 1723), Er. Montanus III, 4 (skreven 1723), Kilderejsen I, 8 og Jacob v. Thyboe IV 7 (begge opførte 1724). [5] De concubinis sacerdotum, Wright 171. [6] Poésies popul. latines 213.

PERSISKE OG NORDISKE SAGN

AF

ARTHUR CHRISTENSEN

NAAR en dansk Læser gennemblader det store Forraad af persiske Fabler og Æventyr, Sagn og Legender, vil han træffe paa en Mængde gamle Bekendte. Snart vil han mindes hjemlige Træk fra Eddaer og Sagaer, snart vil han genfinde Motiver fra H. C. Andersen og Folkeæventyrene. Disse Overensstemmelser kan imidlertid være af forskellig Art. For Fablernes og Æventyrenes Vedkommende er Forholdet i Reglen simpelt nok. Det er en bekendt Sag, at Perserne har udbyttet den indiske Æventyrdigtnings rige Miner og sendt det indvundne Stof i mer eller mindre udpyntet Form videre til Europa med Syrere og Arabere som Mellemled. Ofte kan vi Skridt for Skridt følge Æventyrenes Vandring, der er foregaaet ad litterær Vej. Paa denne Maade er store Mængder af Pančatantra, Hitopadesa og de andre indiske Æventyrbøger gennem Perserne og Araberne blevet spredt over Europa i Middelalderen, da smaa naivt-pikante, lystige eller let moraliserende Historier stod i høj Kurs. Visse særlig yndede Motiver er blevet fuldstændig internationalt Gods, der dukker op overalt i forskellige Varianter. Man tænke f. Eks. paa „Konen med Æggene".

Paa det mytologiske og sagnhistoriske Omraade kan Overensstemmelser vel undertiden forklares ved en fælles Oprindelse, der daterer sig fra den indoevropiske Urtid, men ofte drejer det sig om Forestillinger af en saa almen Karakter, at de meget vel kan være opstaaet uafhængigt paa forskellige Steder.

De egentlig historiske Sagn har ikke været Genstand for synderlig Opmærksomhed. Slægtskabsforholdet mellem østerlandske og vesterlandske Sagn af denne Klasse er mindre klart. I nogle Tilfælde kan der muligvis være Tale om en fælles indoevropæisk Oprindelse; hyppigst er der dog sikkert foregaaet et Laan, men ad hvilke Veje det er sket, er meget vanskeligt at efterspore.

Jeg skal i det efterfølgende anføre nogle enkelte persiske Versioner af Sagn og Sagnmotiver, der er velkendte paa dansk Grund.

1. KHOSRU PARVEZ' HEST.

Den persiske Konge Khosru II Parvez af Sasanidernes Dynasti (590 -628 e. Kr.) havde en Hest, hvis Mage aldrig var set. Den var kraftig, velbygget, udholdende og klog. Dens Navn var Schabdez. Khosru havde faaet den af Kongen af Indien og havde den meget kær. Nu skete det engang, at Schabdez blev syg, og det lod ikke til, at den kunde komme sig. Saa sagde Kongen: „Den der bringer mig Meddelelse om Schabdez' Død, ham vil jeg lade dræbe".

Da Hesten alligevel lagde sig til at dø, turde Staldmesteren ikke nærme sig Kongen; han var bange for at blive udspurgt om Shabdez, saa at han vilde blive nødt til at sige, at den var død. I denne Forlegenhed henvendte han sig da til Kongens Yndling, den berømte Digter og Sanger Barbad og bad ham om i en Sang at meddele Kongen den sørgelige Begivenhed. Barbad lovede det, og ved den første givne Lejlighed foredrog han for Khosru en Sang, af hvis Indhold denne let kunde gætte, hvad der var sket.

„Ve dig!" raabte Kongen, „Schabdez er død".

„Det er Kongen selv, der siger det," svarede Barbad.

„Det var vel sagt," udbrød Khosru, „snildt har du frelst baade dig selv og den anden."

Og han græd bitterlig over Dyret[1]. —

Overensstemmelsen mellem denne Fortælling og Beretningen om, hvorledes Tyre Danebod meddelte sin Husbond, Kong Gorm, Sønnen Knud Daneasts Død, er iøjnefaldende[2]. At Historien skulde være en Arv fra den indoevropæiske Fællestid, er ikke sandsynligt. Efter sin hele Karakter synes Sagnet at være opstaaet under en forholdsvis fremskreden Kultur, som man ikke kan forudsætte i hin fjærne Urtid. Den Nøjagtighed, hvormed Replikskiftet mellem Gorm og Tyre svarer til det mellem Khosru og Barbad, leder ogsaa snarest Tanken hen paa et direkte Laan, og det er da paa Forhaand rimeligt at antage, at Sagnet er vandret den almindelige Vej: fra Øst til Vest.

Sagnet om Khosru og hans Hest er karakteristisk med Hensyn til den store Rolle, som Hesten fra gammel Tid af har spillet hos Perserne. Allerede Herodot fremhæver jo Ridning som en af de tre Ting, Perserne lagde mest Vægt paa, og de gamle Heltesagn viser os det samme. Her i Norden, hvor Forholdene var anderledes, er Hesten ganske naturlig blevet til et Menneske, og Faderkærligheden har erstattet et for Nordboere uforstaaeligt orientalsk Despotlune. Naturligvis kan denne Forvandling ogsaa været gaaet for sig under Sagnets Vandring, inden det naaede op til Norden.

[1] Den arabiske Geograf Kazvini omtaler denne Historie ved Skildringen af Skulpturerne og Basreliefferne i Bisutun, hvoriblandt der skal forefindes en Afbildning af Khosru ridende paa Shabdez. Han citerer som sine Hjemmelsmænd Geografen Hamadani († o. 903 e. Kr.) og den arabiske Digter Khalil al-Fajjad († o. 718 e. Kr.), der har behandlet Sagnet i poetisk Form (E. G. Browne i Journal of the Royal Asiatic Society 1899 p. 58). [2] [Jf. ogsaa „Hundekongens" Død i Lejrekrøniken (SRD I 225; Krøniker fra Valdemarstiden, ved Jørgen Olrik, S. 17).]

Om der ligger noget historisk til Grund for Hestesagnets Henførelse til Khosru Parvez, eller om det muligvis er ældre og først af en senere Tradition knyttet til Khosrus Navn, lader sig foreløbig ikke afgøre.

2. HASAN SABBAHS LANDERHVERVELSE.

Den schiitiske Sekt, som kaldes Ismailismen, fik i Slutningen af det 11. Aarhundrede e. Kr. en ærgærrig og hensynsløs Forkæmper i Hasan Sabbah. Denne Mand førte Ismailismen i Persien ind i et nyt Spor og blev Grundlægger af det i Korstogstiden saa frygtede Assassinersamfund. Det var paa den næsten uindtagelige Klippeborg Alamut, at han residerede, omgiven af sine Troende, der var rede til at ofre Livet for at udføre hans Befalinger. Og om Maaden, hvorpaa han kom i Besiddelse af denne Borg, fortælles følgende:

Under sin ivrige Propaganda kom Hasan ogsaa til Alamut, hvor Aliden Mahdi førte Kommandoen i Sultanens Navn. Mahdi var ham meget bevaagen og tillod ham at virke for sin Læres Udbredelse blandt Fæstningens Besætning og øvrige Beboere. Saa en Dag sagde Hasan til Kommandanten: Jeg har ingen Autoritet her paa Borgen og ser ingen Mulighed for at skaffe mig Lydighed. Hvis du finder det ret og billigt, sælg mig da saa megen Jord, som kan rummes i en Oksehud, saa at jeg paa min egen Grund kan skaffe mig Lydighed og tjene Gud den ophøjede, og ikke længer behøver at være en Slave af Forholdene." Mahdi gik ind derpaa, og Hasan skar Oksehuden i Strimler og omspændte med disse hele Borgen. „Hele Borgen er min!" sagde han. Mahdi der ikke kunde forhindre det, overlod ham da Fæstningen, som Hasan betalte med en Sum af 300 Gulddenarer[1].

Det er en Variation af Anekdoten om Dronning Didos Erhvervelse af Byrsa, det senere Karthago (se f. Eks. Virg. Aen. I, 365 ff.), den Anekdote, hvoraf en anden Variation er bekendt fra Nordens Sagnhistorie, idet Sakse fortæller, at Regner Lodbrogs Søn Ivar, der med en Flaade var draget til England for at hævne sin Faders Død, sluttede en foreløbig Fred med sin Faders Banemand Kong Ella paa de Vilkaar, at denne skulde overlade ham saa megen Jord, som han kunde spænde om med en Hestehud, hvorpaa Ivar benyttede den skildrede Fremgangsmaade og saaledes vandt et Stykke Land, der kunde tjene ham som Støttepunkt for videre krigeriske Foretagender.

Om, hvorfra Sagnet stammer, og hvorledes det har bredt sig, kan vi ikke udtale os om med nogen Grad af Sikkerhed. Maaske vil eventuelle Fund af Paralleler hos andre Folk hjælpe os til at faa Lys i Sagen[2].

[1] Efter Hamdullah Mustaufi-i Kazvinis historisk Værk Tarikh-i-guzida (forfattet 1330 e. Kr.). Se Salemann & Shukovski: Chrestomathia persica p. 5.

[2] Historen med Oksehuden henføres i et tyrkisk Sagn til den bekendte Kosak-Røver Jermak, Grundlæggeren af det russiske Herredømme i Sibirien. Se Pavet de Courteille i Journal Asiatique 7 série t. 4 p. 266—67. (Efter Radloffs "Proben der Volkslitteratur der türkischen Stämme Süd-Sibiriens").

3. ÆBLET, DER BLEV SKUDT AF DRENGENS HOVED.

Motivet i denne Fortælling er det berømte Træk, som vi kender fra Palnatokes Historie, og som af Schweizerne henføres til Wilhelm Tell. Men i den persiske Form har det mistet baade Hoved og Hale. Her er ikke længere Tale om politiske Modsætninger mellem to Mænd, Undertrykkelse, personligt Had og Hævnlyst. Drengen er her heller ikke Søn af Bueskytten. Historien er i det hele taget saa stærkt molesteret, at kun det ene Træk, som ved sin Ejendommelighed særlig egnede sig til at huskes, er blevet tilbage: Æblet, der ved et dristigt og heldigt Skud skydes af Hovedet paa en Dreng. I den persiske Version er der da heraf lavet en religiøs Legende, som skal vise, hvilke Farer der er forbundet med Hoflivet. Den findes i denne Form i Farid-ed-din Attars mystiske Værk „Mantik-et-tair" („Fuglenes Tale") og lyder i Oversættelse saaledes:

Der var en Gang en Konge af ædel Natur. Han fattede Kærlighed til en sølverbarmet Yngling, og saa forelsket var han, at han, naar han var borte fra denne Afgud, hverken havde Rist eller Ro. Han klædte ham prægtigere end de andre Slaver og havde ham bestandig for sine Øjne. Naar Kongen øvede sig i Bueskydning i sin Borg, var denne Slave ikke sig selv mægtig af Frygt, fordi Kongen altid brugte et Æble til Skive, og dette Æble anbragte han paa Slavens Hoved. Med sin Pil kløvede Kongen paa Stedet Æblet, men Slaven var af Angst gul som Zarir-Træet[1]. En Mand, der ikke kendte Sagens Sammenhæng, spurgte ham en Gang, hvorfor hans Ansigt havde Guldets Farve. „Du staar jo i saa stor Anseelse hos Kongen; forklar mig da, hvorfra denne dit Ansigts Gustenhed stammer." Slaven sagde: „Han lægger et Æble paa mit Hoved og skyder til Maals derefter; hvis hans Pil tilfældigvis ramte mig, vilde han sige: ‚Slaven har ikke staaet rolig, thi i hele min Hær findes ikke min Lige i Bueskydning'. Men naar Pilen rammer Maalet, saa siger de alle, at det kommer af Kongens Behændighed. Jeg svæver bekymret mellem Haab og Frygt, men han bryder sig ikke om min Fare[2]."

4. MYRTEBLADET.

Dette Sagns Udviklingshistorie er paa en vis Maade parallelt med det foregaaende; ogsaa her har vi et fuldt udformet historisk Sagn, som paa sin Vandring — ad foreløbig ukendte Veje — er blevet reduceret til det karakteristiske Hovedtræk. Kun er det her den persisk-arabiske Version, der giver os Sagnet i den oprindelige Form. Underligt nok, at dette blodige Drama, der er saa ægte orientalsk og saa betagende tragisk i sin Knaphed, er blevet til H. C. Andersens fredsommelige og gemytlige lille Spøg: Prinsessen paa Ærten.

Da Perserkongen Schapur (Sapor I, 240—71 e. Kr.) førte Krig med Romerne, sluttede den arabiske Stammehøvding Dajzen sig til disse sidste.

[1] Et Træ, hvoraf man udvinder et gult Farvestof.

[2] Mantik-et-tair v. 938 ff., Garcin de Tassys Oversættelse p. 52.

Dajzens Datter Nadirah fattede en heftig Kærlighed til Schapur; hun begav sig derfor hemmeligt til ham og lovede at overgive ham sin Faders By, hvis han vilde ægte hende og give hende den første Plads blandt sine Hustruer. Schapur gaar ind derpaa, Byen kommer i hans Vold og Dajzen myrdes. En Nat ligger Nadirah og kaster sig uroligt omkring og kan ikke sove. Kongen spørger, hvad der er ivejen, og hun svarer, at der er noget i Sengen, som trykker hende. „Er det muligt!" udbryder Schapur, „den er dog lavet af Strudsdun, og ingen Konge har et finere og blødere Leje." Den næste Dag fandt man under det Sted i Sengen, hvor Nadirahs Skulder havde hvilet, et Myrteblad. Da hun klagede over, at hendes Legeme var trykket tilblods, viste Kongen hende Myrtebladet og sagde: „Elendige! hvad gav dine Forældre dig at spise og drikke?" — Hun svarede: „Fløde, Marv, Sne, Honning og udsøgte Vine." — „Det er da min Pligt at lade dig dræbe," sagde Schapur, „eftersom Du har sendt din Fader og din Familie i Døden til Gengæld for den Godhed, som de har vist Dig." Han befalede saa, at man skulde binde hende ved Haarene mellem to fyrige Hingste, og idet de to Dyr blev slupne løs, blev hun sønderrevet[1].

Tiltrods for den forskellige Udvikling, som de to sidste Sagn har faaet i Orienten og i Occidenten, tror jeg, at man er berettiget til at antage en Sammenhæng mellem de østerlandske og de vesterlandske Versioner, fordi Tilknytningspunkterne netop er de centrale Træk, de Træk, hvormed Sagnene staar og falder. —

Jeg skal afslutte disse spredte Notitser med en Sammenstilling, der falder udenfor de historiske Sagns Ramme. Det er en persisk Fabel, som er fortalt af ingen ringere end Seldjukidekongen Melikschahs store Minister Nizam-el-mulk, og hvori man let vil se en Variant af — eller maaske Stamfaderen til — Wessels Fortælling „Gaffelen". Den nævnte Statsmand anfører i sin Bog om Regeringskunsten Historien som knyttet til en Tradition fra selve Profeten Muhammed og illustrerende dette Ord af Profeten angaaende Kvinderne: „Raadspørg dem, men gør det modsatte af, hvad de raader Eder til."

5. DE TRE ØNSKER.

Israeliterne havde fordum opnaaet den særlige Begunstigelse af Gud, at naar en Mand af deres Folk i 40 Aar havde levet et fromt og ulasteligt Liv, nøje overholdt de religiøse Pligter og ikke forurettet nogen, vilde han faa tre Ønsker opfyldt.

Nu levede der blandt dem en from Mand ved Navn Jusuf. Hans Kone, der ligeledes var gudfrygtig og dydig i alle Maader, hed Kirisf. Jusuf stod den 40aarige Prøvetid igennem, og endelig kom den Dag, da han havde Lov til at formulere sine tre Ønsker. For nu ikke at ønske

[1] Masudi: Les Prairies d'Or, publ. et trad. p. Barbier de Meynard t. IV p. 84.

overilet besluttede han at spørge sin Kone til Raads; af alle Mennesker var hun den, der var ham mest hengiven, og maatte vel derfor være bedst i Stand til at raade ham. Kirisf svarede: „Du ved, at i denne ringe Verden eksisterer Du alene for mig; Du er mine Øjnes Lys. Du ved, at Manden holder af at se paa sin Kone; dit Hjærte glædes altid ved at se mig, og mit Selskab gør dit Sind behageligt. Bed Gud give mig en saadan Skønhed, som ikke før har været givet nogen Kvinde. Hver Gang Du gaar over Dørtærsklen, og dine Øjne falder paa mig, vil min Ynde bringe Dig Glæde i Hjærtet, og vi vil tilbringe Resten af Livet i Fryd."

Jusuf var taabelig nok til at gaa ind paa sin Kones forfængelige Ønske. Kirisf blev nu ogsaa saa dejlig, at Jusuf var ved at gaa ud af sit gode Skind af Glæde. Hun blev skønnere og skønnere for hver Dag, der gik; tilsidst blev hendes Dejlighed saa straalende, at man ikke kunde taale at se paa hende ret længe ad Gangen, og der gik saa stort Ry deraf, at Folk strømmede til fra nær og fjærn. Men al den Beundring kunde Konen naturligvis ikke taale, hun blev indbildsk og hovmodig; hun saa sig i Spejlet og sagde til sig selv: „Hvilken Skabning i hele Verden kan lignes ved mig? Hvem har en saadan Skønhed? Og dog er jeg bunden til denne Stakkel, som ernærer sig af Bygbrød, og som hverken har noget at leve ordentlig af eller er i Stand til at tjene noget. Denne Olding har ingen Del i Verdens Goder, og det er en elendig Tilværelse, jeg fører ved hans Side. En Konge vilde være en passende Ægtefælle for mig; han vilde bedække mig med Guld og Ædelstene og kostbare Stoffer og overvælde mig med Beviser paa sin Ømhed."

Hun viste sig nu ulydig og uforskammet mod sin Mand og forsømte Huset og Børnene, og tilsidst blev hendes Opførsel saa utaalelig, at Jusuf vendte sig til Himlen og ønskede: „O Herre, forvandl denne Kone til en Bjørn!" Straks sker Forvandlingen. Kirisf vandrer nu Dagen lang rundt om Huset med Taarer i Øjnene. Jusuf fortryder sit andet Ønske, ligesom han havde angret det første; han føler Medlidenhed med sin Kones ulykkelige Tilstand, og tillige kan han nu, da han skal passe Børnene, ikke udfylde sine religiøse Pligter med den Nøjagtighed som før. Altsaa vender han sig igen til Himlen og siger: „Herre, giv denne Bjørn dens oprindelige Skikkelse tilbage, og gør hende som tidligere fuld af kærlig Hengivelse, saa at hun kan have Omsorg for Børnene, og saa at jeg, din Tjener, kan beskæftige mig med at tilbede Dig."

Hans tredje og sidste Ønske opfyldes, og Kirisf bliver igen den gamle. Men takket være hendes taabelige Luner var Resultatet at Jusufs 40 Aars Fromhed blevet som Støvet, der spredes af Vinden[1].

[1] Nizam-el-mulk: Siasset naméh (Traité de Gouvernement) trad. p. Ch. Schefer. Paris 1893, p. 237 ff. Docent Dr. J. Østrup har meddelt mig, at en anden orientalsk Version af Fortællingen om de tre Ønsker, — en Version af stærkt obskøn Karakter, — findes p. 11 i Kairenserudgaven af Skriftet Kitab-el-idah fi ilm-en-nikah, der med Urette tilskrives Sujuti.

KULTUR OG FOLKEMINDER

NYT FRA FOLKEMINDEFORSKNINGEN

Lad mig allerførst nævne professor Andr. Heuslers lille skrift *Lied und epos in germanischer sagendichtung* (Dortmund 1905, W. Ruhfus), der behandler almindelige spörsmål for digtningen og gör det i den klare form og med den fine virkelighedssans, der er denne forfatter egen. Jeg må her blandt hans — altid i omfang stærkt begrænsede — arbejder minde om *Der dialog in der altgermanischen erzählenden dichtung* (Zs. dt. alt. 46) og *Die lieder der lücke im Codex Regius der Edda* (Germanist. abhandl. zu H. Paul, 1902) blandt hvilke den sidste byder langt mere end titlen lover, idet den fører dybt ind i udviklingen af den nordiske oldtids mærkeligste skikkelse, Brynhild, og hendes forhold til Sigurd. Hans nye afhandling knytter sig til Ker's påvisning (*Epic and romance*, London 1897) af, at det ikke er stoffets störrelse der gör forskel på kvad og det episke digt, på eddakvad, Hildebrandskvad osv. overfor Beovulf-eposet, men det er den knappe fremstilling overfor den fyldige. Heuslers undersøgelse er et hugg mod den i Tyskland gængse „lieder"-teori, men ført så rolig og sikkert som en anatoms dissekerkniv. Han påviser, at digte af den art, som teorien forudsætter — brede episke besyngelser af enkelte optrin af sagnet — savner enhver tilknytning til virkelig litteratur. Ingen gamle kvad, folkeviserne medregnede, indeholder blot en episode, men ufravigelig den hele handling fra et nødvendigt udgangspunkt og indtil dens afgörelse, „den episke fabel og kvadets indhold dækker hinanden." Undtagelsesvis behandler et kvad to handlinger, der har hovedperson fælles (Vølundarkviða); men den knappe stofbehandling er da et kendetegn på at vi stadig ikke er i eposet. Sluttelig vender han sig til de större digtninger, hvis tilblivelse kildemæssig lader sig eftervise, fyldigst til Marsk-Stig-digtningen, for at fremhæve at den „lange" Marskstigvise står langt friere og mere overlegen i sin behandling af de ældre småviser, end „lieder"-teorien vil tænke sig, — og at det forøvrigt ikke er noget epos der er skabt, men — i henseende til værkets fylde — kun en lang folkevise; den „begyndende epopé" findes derimod i Vedels tekstbehandling (og i de jyske håndskrifter af Raneviserne, kunde man tilföje), altså i renæssancetid[1]. I en lignende undersøgelse af den engelske „Gest of Robin Hood" gör han opmærksom på at hver af dens tre bestanddele udgör en hel handling, og at også dær sammenarbejderen har tilført

[1] I anledning af en bemærkning på s. 44 må jeg göre opmærksom på, at vel J. Martensen men ikke jeg har taget de foreliggende småviser som eneste kilder for den lange vise. Hvad jeg har udtalt (DF i udv., indl. 55) er, at skovscenen er grundet på en tabt vise. Og i samme retning går H.s opfattelse s. 45!

kompositionstanker, som enkeltdelene ikke har. Ud fra denne tankegang søger Heusler dernæst at skitsere den sandsynlige løsning af Nibelungenproblemet. I stedet for den gamle teori om de episodiske digte sætter han dels den „episke svulmen“ idet en eposdigter af höj begavelse skaber scener som jagten ved Sigfrids død, Volkers og Hagens nattevagt, Didriks bortgang osv., dels foreningen af stoffet fra flere ældre kvad, hvoraf hver enkelt gav den hele handling i kort „skeletagtig“ fremstilling, men som udmærkede sig ved en eller anden scene eller bifigur, der af den endelige digter föjedes ind i det större hele. — Til slutning indprenter Heusler at de videnskabelige udtryk bör være klare og virkelighedsbundne. „Kvad“ bör kun bruges om de virkelig kendte korte digte, ikke om de store episke digte, heller ikke om deres enkelte afsnit. „Epos“ bör bruges om det længere digt. Udtryk som „enkeltkvad“ bör undgås, fordi de går ud fra teorien om episodiske kvad, der samles til en helhed. Man må ikke tale om en „kvadcyklus“, når der kun foreligger en „gruppe af kvad“ med lighed i person og æmne. Ordet „sagn“ bör kun bruges om den i sig selv sammenhængende handling. Betegnelser som Starkadsagn*et*, Beovulfsagn*et* er ganske misvisende, det bör hedde -sagn*ene*. „Sagn bruger vi om den episke realitet! Fabel = kvadindhold = sagn.“

Dette er indholdet af Heuslers skrift. Det vil kun „betegne det ene grundproblem, modsætningen mellem den ældre og den yngre digtform, mellem kvad og epos. Alt hvad der udfolder sig indenfor den brede eposstil . . . er her forbigået.“ Altså også, hvorledes epos opstår, hvor der för kun har været kvad. Der er i alt fald kun ganske svage antydninger. Men „grundproblemet“ er stillet med den skönneste klarhed og fasthed. (Fortsættes.) *A. O.*

„VIKINGERNE“.

Skreven med friskhed og varme, med fortroligt kendskab til alle de egne, hvor Nordboerne har færdedes, med en enestående fyldig kildekundskab, og med en udtryksfuld efterføling af tidens mærkelige indhold både i dens storhed og i dens brøst, således fremtræder professor Alexander Bugges bog *Vikingerne, billeder fra vore forfædres liv.* Der er adskilligt af dens indhold som man gærne så overvejet i videnskabelig form endnu en gang, inden det således fremtræder som led i helhedsbilledet (således den indholdsrige behandling af vikingetidens billedlige fremstillinger, hvor han dog undertiden synes mig at tolke ensartede billeder på ulige måde); forf. synes at være tilböjelig til at fraskrive de forudgående tidsaldre altfor meget; hans indsigt i Danmarks historiske forhold står slet ikke på höjde med hans varme broderfølelse for vort folk. Trods nogle fejl og flere uvisse sejre, er det den bedste skildring af vikingetidens sælsomt sammensatte åndsrørelser, rig på belæring og på løfter om fremtidig granskning. *A. O.*

[Et snart følgende hæfte vil bringe udførlig anmældelse af A. Bugges nu udkomne store værk om „Vesterlandenes indflydelse på Nordboerne i vikingetiden.“]

DANSKE STUDIER

UDGIVNE AF
MARIUS KRISTENSEN
OG
AXEL OLRIK

FOR UNIVERSITETSJUBILÆETS DANSKE SAMFUND

1ste 1904 Hæfte

DET SCHUBOTHESKE FORLAG

INDHOLD

DANSKE STUDIER

UDGIVNE AF

MARIUS KRISTENSEN

OG

AXEL OLRIK

FOR UNIVERSITETSJUBILÆETS DANSKE SAMFUND

2det 1904 Hæfte

DET SCHUBOTHESKE FORLAG.

DANSKE STUDIER

UDGIVNE AF

MARIUS KRISTENSEN

OG

AXEL OLRIK

FOR UNIVERSITETS-JUBILÆETS DANSKE SAMFUND

3die 1904 Hæfte

DET SCHUBOTHESKE FORLAG.

DANSKE STUDIER

UDGIVNE AF

MARIUS KRISTENSEN

OG

AXEL OLRIK

OR UNIVERSITETSJUBILÆETS DANSKE

SAMFUND

4de 1904 Hæfte

ET SCHUBOTHESKE FORLAG

DANSKE STUDIER

UDGIVNE AF

MARIUS KRISTENSEN

OG

AXEL OLRIK

…OR UNIVERSITETSJUBILÆETS DANSKE SAMFUND

1ste 1905 Hæfte

DET SCHUBOTHESKE FORLAG.

Af tidsskriftet DANIA er nu 1ste binds 2det hæfte udsolgt. Holdere af „Danske Studier“ får alle de udkomne 10 bind (÷ det udsolgte hæfte) for 9 kroner (bogladepris 43 kroner); enkelte bind à 1 kr. 50 øre.

DANSKE STUDIER

UDGIVNE AF
MARIUS KRISTENSEN
OG
AXEL OLRIK

FOR UNIVERSITETSJUBILÆETS DANSKE SAMFUND

2det 1905 Hæfte

DET SCHUBOTHESKE FORLAG.

DANSK FOLKEMINDESAMLING.

DANSK FOLKEMINDESAMLING beder alle, der har lejlighed til at göre optegnelser af fortællinger eller digt fra folkemunde, af gammel skik, lege, overtro, ytringer af folkelivet o. s. v., at sende deres bidrag til samlingen.

DANSK FOLKEMINDESAMLING beder alle, der i blade og tidsskrifter træffer notitser om folkeskik (jul, forårsfester, landlige gilder o. s. v.), retssager vedrørende overtro eller desl., at indsende det pågældende blad til samlingen.

Samlingens adresse er:

DANSK FOLKEMINDESAMLING.

Det store kongelige bibliotek,

København.

For større bidrag kan gives boggaver, i særlige tilfælde understøttelse til indsamlingsrejser.

AXEL OLRIK,
samlingens forstander.

DANSKE STUDIER

UDGIVNE AF

MARIUS KRISTENSEN

OG

AXEL OLRIK

[F]OR UNIVERSITETSJUBILÆETS DANSKE SAMFUND

3die 1905

DET ... LAG.

OPFORDRING.

DANSK FOLKEMINDESAMLING henvender sig herved til alle, som har lejlighed dertil, med bön om at medvirke til at få optegnet de mundtlige minder om fortidens kultur og tankeliv, inden de helt er bortdøde. Enhver meddelelse om ejendommelig tro eller skik (med nöje opgivelse af hjemsted), enhver stump fortælling, vise eller melodi vil være velkommen. Særlig ønskes samlinger af en enkelt egns tro og skik, fremstilling af dens dagligliv, gamle fester og gilder, og karakteristik af folkets sjælelige ejendommelighed.

Læserne bedes også at holde öje med, hvad af denne art der tilfældig kan forekomme i tidsskrifter og blade, særlig i den stedlige presse, og at indsende det pågældende nummer.

Billeder af genstande vedrörende folketro eller folkeskik, af dragter, gamle bygninger o. s. v. modtages også med störste tak.

Samlingens adresse er:

DANSK FOLKEMINDESAMLING.

Det store kongelige bibliotek,

København.

For bidragene kan gives frieksemplar af dette tidsskrift eller andre boggaver, i særlige tilfælde understøttelse til indsamlingsrejser. Meddelelserne vil til dels blive trykte i tidsskriftet, og dets sædvanlige forfatterlön betalt derfor.

AXEL OLRIK,
samlingens forstander.

DANSKE STUDIER

der hermed udsender sit förste hæfte, henvender sig ikke blot til fagmændene, men til alle der har interesse for granskning af dansk modersmål og dansk åndsliv.

Fra sin forgænger DANIA har det taget i arv en stab af dygtige medarbejdere fra forskellige samfundskrese og med ævne til at fremstille videnskabelige spörsmål på letfattelig og livlig måde. Støttet af dem og af nye, til dels yngre kræfter henvender det sig nu til offentligheden og håber at vinde dens tilslutning i ikke mindre grad end forhen.

Tidsskriftet vil stræbe at bringe nyt stof frem på ethvert af de herhenhørende områder: sproget, literaturhistorien, folkedigtningen, gammel skik, almuens livsvilkår, oldtidens trosforestillinger og livsformer. Der vil blive taget fyldigt hensyn til de andre nordiske landes forskning på tilsvarende område, og udblik vil blive givet til de værker og opfattelser i udlandets literatur, der er af særlig betydning på religionshistoriens og kulturhistoriens område.

Ved denne almene karakter, og ved bidrag der er tilsagte fra forskere i alle Nordens lande, vil tidsskriftet på flere felter få præg af at være almindeligt mødested for nordisk forskning.

De spörsmål, der mest sysselsætter videnskaben, vil blive dragne frem, snart i anmældelser, snart i samlede overblik over en literaturgruppes vækst, snart i selvstændige afhandlinger, der tager de mere fremtrædende spörsmål op og fører drøftelsen af dem videre. Også videnskabens anvendelse i skolen vil blive fulgt med opmærksomhed. Men tillige vil et tidsskrift som dette have til opgave at samle de spredte kræfter. Mange enkelte vil ved deres læsning og især ved deres kendskab til sprog og folkeliv være i stand til at bringe oplysninger frem, som vil være af værdi for forskningen, men som nu altfor let forsvinder. Her vil tidsskriftet søge at være mellemleddet mellem videnskabens spörgere og dens svarere, mellem dens iagttagere og dens ordnere. Allerede dets förste hæfte giver rigelig prøve på sådant samarbejde.

Bidrag vedrørende folkeminder og literatur bedes sendte til AXEL OLRIK (Gl. Kongevej 174, København), bidrag vedrørende sprog samt danskundervisning til MARIUS KRISTENSEN (Askov, Vejen). Eksemplarer af bøger til anmældelse bedes sendte til en af udgiverne eller til det Schoubotheske forlag.

DANSKE STUDIER udkommer med 4 hæfter årlig (14—16 ark) i stort format og delvis illustreret. Prisen er 4 kroner om året.

Holdere af „Danske Studier" får alle 10 bind af DANIA for 10 kroner (bogladepris 44 kr.).

DET SCHUBOTHESKE FORLAG.

Gennem hr. boghandler

udbeder undertegnede sig et eksemplar af

DANSKE STUDIER

1904. 1ste hæfte og følgende.

Navn:

Stand:

Bopæl:

Tillige udbeder undertegnede sig som holder af „Danske Studier" et eksemplar af tidsskriftet DANIA, 1ste—10de bind (bogladepris 44 kroner) til 10 kroner.

Navn:

Snekkerstenen syd for Helsingør. Til „Fotografien i folkeminde-forskningens tjæneste".

De nærmest følgende hæfter vil bl. a. indeholde:

Vilh. Andersen, Kildeforskning.
Maria Anholm, Det bundne uhyre.
Just Bing, Holbergs förste levnedsbrev.
Verner Dahlerup, Bidrag til tolkningen af Oehlenschlægerske skrifter.
Ida Falbe-Hansen, Svend Dyrings hus.
H. F. Feilberg, Ufødt.
Marius Kristensen, Betydningsovergange på grund af omgivelserne.
Thomas Laub, Vore folkevise-melodier og deres fornyelse.
Edv. Lehmann, Solvognen fra Trundholm.
Carl Ludvigsen, Ægteskabet hos vilde folkeslag.
M. Mackeprang, Anholt för Holberg.
Ivar Mortensson og **Axel Olrik**. Soldyrkelse i Norge.
Kr. Sandfeld-Jensen, Hop i ordforbindelsen.
Henrik Ussing, Steen Blicher og hans udgivere.
Helteliv. — Brynhild. — Nordisk mytologi. — Oldtidens harpe. — Håndværksskik.
Nyt fra sprogforskningen. — Ordbogsarbejde. — Gamle gadenavne.

Endvidere vil tidsskriftet bringe bl. a. følgende bidrag:

H. F. Feilberg, Gudens fodspor. — Skældsordenes lyrik.
Andr. Th. Grönborg, Folkeliv i Vendsyssel.
Jakob Jakobsen, Kirjarhöje på Færøerne.
Evald Tang Kristensen, Endnu en nyfunden legendevise.
Sofus Larsen, Studier over folkevisernes versemål.
Kaarle Krohn og **Eva Moltesen**, Kalevala-forskning.
Th. A. Müller, Et par psykologiske fænomener i gammel historie.

H. A. Nielsen, Kortskaller og langskaller som nordiske folketyper.
Kr. Nyrop, Ridder Rød.
Axel Olrik, At sidde på höj. — Baldersagnet. — Guders navne i nordiske stednavne. — Fra Absalonstiden.
Jörgen Olrik, Genstande fra folketroen i Dansk Folkemusæum.
Bernh. Olsen, Høstskikke.
Ernst v. d. Recke, En dansk og en fransk folkesang.
Rich. Steffen, Didriksvisorna.
Hj. Thuren, Vore folkemelodiers overlevering.
Karen Toxværd, Folkeliv på Sydfalster.
P. Severinsen, Den signede dag.
Karl Mortensen, Fra Karen Brahes bogsamling.
Edv. Lehmann, P. E. Müller som religionshistoriker.
O. Thyregod, Chr. Bredahls ungdomsdigtning.
Julius Clausen, Breve fra Bredahl.
Carl S. Petersen, Under folkevisestriden. — Breve fra N. M. Petersen.
Karl Mortensen, Nyere dansk versbygning (I. P. Jacobsen, Drachmann osv.).
Verner Dahlerup, Heller—eller.
Andr. Th. Grönborg, Mønbomål.
Otto Jespersen, Betydningsovergange.
Marius Kristensen, Nedertyske lånord i dansk för 1300. — Om granskningen af vore stednavne.
Poul la Cour, Fagord i fysikken.
Sigurd Müller, Lovbefalet retskrivning.
Johan Ottosen, Stednavne i Århus amt.
V. Schønau og **Henrik Ussing**, Steen Blichers sprog.
P. K. Thorsen, Angelbomål.

Til artiklen „Solvognen fra Trundholm“.

TILSENDTE BØGER

L. F. Läffler, Ännu några ord om de hedniska edsformuläran i Norden (Ant. tidskr. för Sverige XIII).

—, Den gottländska Taksteinar-sägnen. Ytterligare meddelanden. (Sv. landsm. XIX).

Mylius Erichsen og **Harald Moltke,** Grönland. 1.—10. hæfte. Kbh., Gyldendal.

Aage Friis, Verdenskulturen, h. 1—3. Kbh., Gyldendal.

L. F. Läffler, Några medeltida versus memoriales (Ant. tidskr. för Sverige, XIII).

Jon Olafssons oplevelser som bøsseskytte under Christian IV, overs. af S. Blöndal. (J. Clausen og P. F. Rist, Memoirer og breve, I). Kbh., Gyldendal. 5 kr.

Valdemar Bennike, Kristen Hansen i Vejstrup. Skildringer af det fynske Aandslivs Historie. Kbh. Udv. for Folkeoplysnings Fremme (Gad), Smaastykker 22. Bd., 2. H.

G. Gran, Holbergs „Indledning til naturretten“ (af Historiske Afhandl.).

Knud Bokkenheuser, Så by som borger. Kjøbenhavnerliv i slutn. af det 18. årh. Kbh., Schønberg.

Henrik Steffens, Indledning til philosofiske forelæsninger i København 1803. Udg. ved B. T. Dahl. Kbh., Gyldendal.

Grundtvig, Udvalgte skrifter, ved Holger Begtrup. 10.—18. hæfte. Kbh., Gyldendal.

A. Noreen, Vårt språk. Nysvensk grammatik i utförlig framställning. 6. h. (III, 1). Lund, Gleerup.

Marius Hægstad og **Alf Torp,** Gamalnorsk ordbok med nynorsk tyding. 1. h., 80 øyre. Krnia. Det norske samlaget. (Kommer i omtrent 8 hæfter på 64 sider hvert.)

Scandinavië-Nederland, 1. jaargang No. 6. Amsterdam, Versluys.

Bidrag vedrørende folkeminder og literatur bedes sendte til **Axel Olrik** (Gl. Kongevej 174, København), bidrag vedrørende sprog samt danskundervisning til **Marius Kristensen** (Askov, Vejen). Eksemplarer af bøger til anmældelse bedes sendte til en af udgiverne eller til det Schubotheske forlag.

TRYKFEJL

S. 136, l. 12 f. n.: *opholdte* læs *opkaldte*;
S. 141, l. 15: *løbesum* læs *løsesum*.

INDHOLD

Lightning Source UK Ltd.
Milton Keynes UK
UKOW020350300113

205538UK00005B/119/P

9 781142 340810